U0096413

古典文學研究輯刊

十六編

曾永義 主編

第6冊

金代主要別集散文研究

陳蕾安 著

國家圖書館出版品預行編目資料

金代主要別集散文研究／陳蕾安 著 — 初版 — 新北市：花木蘭文化事業有限公司，2017〔民 106〕

序 2+ 目 4+302 面；19×26 公分

（古典文學研究輯刊 十六編；第 6 冊）

ISBN 978-986-485-108-9（精裝）

1. 金代文學 2. 別集 3. 散文 4. 文學評論

820.8 106013418

古典文學研究輯刊

十六編 第六冊 ISBN：978-986-485-108-9

金代主要別集散文研究

作　　者 陳蕾安

主　　編 曾永義

總 編 輯 杜潔祥

副總編輯 楊嘉樂

編　　輯 許郁翎、王筑 美術編輯 陳逸婷

出　　版 花木蘭文化事業有限公司

社　　長 高小娟

聯絡地址 235 新北市中和區中安街七二號十三樓

電話：02-2923-1455 ／傳真：02-2923-1452

網　　址 http://www.huamulan.tw 信箱 hml 810518@gmail.com

印　　刷 普羅文化出版廣告事業

初　　版 2017 年 9 月

全書字數 270564 字

定　　價 十六編 8 冊（精裝）新台幣 15,000 元

金代主要別集散文研究

陳蕾安　著

作者簡介

陳蕾安，1976年生，台北人。2014年文化大學中文研究所博士畢業，2004年政治大學教育學程班結業，取得中等學校國文科教師資格，曾任教於國、高中及高職。目前於台北城市科技大學擔任兼任助理教授，教授「國文」、「中文閱讀與寫作實務」等課程。主要研究金代文學及古典散文等相關議題，著有《趙秉文散文研究》、《金代主要別集散文研究》。

提　　要

金代散文融合北方既有眞摯、奔放之風格，在古典散文中自張其軍，獨樹一格。本書之研究對象，先採現存文集且有足夠份量以資研究的散文爲優先。以作家之主要文學活動爲依據，分爲「借才異代期」、「國朝文派期」及「遺民餘音期」三期。今仍存有別集之「借才異代期」作家有：蔡松年一家；「國朝文派期」作家有：王寂、王庭筠、趙秉文與王若虛四家；「遺民餘音期」則有李俊民、元好問及楊奐三家。唯蔡松年《明秀集》因未有單篇散文留存，僅以簡論其詞序之內容與特色附於緒論後。

緒論陳述研究動機與目的、研究方法；詳述研究範圍及對象，簡介金代現存文集流傳之概況，與目前金文學相關研究之成果。第二章探討金代文化，包括語言文字、教育科舉制度、君王態度對散文的影響；第二節則就金流行之宗教對散文的影響進行論述，並針對金代新興道教全眞教對金代散文之主題與文風之影響爲研究。

第三、四章，爲本書之重心，以現存有別集之作家及其散文爲主要研究對象。其中第三章專就「國朝文派期」別集散文，即：王寂《拙軒集》、王庭筠《黃華集》與趙秉文《滏水集》及王若虛《滹南集》四部別集中之散文爲研究對象；第四章專就「遺民餘音期」別集散文，即：李俊民《莊靖集》、楊奐《還山遺稿》及元好問《遺山集》三部別集中之散文爲研究對象。每部別集爲一節，每節就其別集內散文創作之歷程爲依據，概論其生平行誼，並歸納分類其散文內容，董理其散文特色。

最後總結金代主要別集散文特色，探討由別集看金代散文之承啓。並附上相關單篇論文：〈僞齊時期散文及其繫年考〉、〈試論金代「中州」與「國朝文派」定義〉兩篇於其後。附錄三則整理自金太祖天輔元年（1117）至元世祖中統元年（1260）所有金代主要散文之繫年。

自　序

父親總希望我認眞做好每一件事情，充實的過每一天，將所學裨益於社會；然而就在我博二期末之際過世，終未能親見我完成學業。爾後我開始在各大學兼課，惜研究之金代文學尚屬冷門，總苦無機會將所學教予學生，不免感到遺憾。今有幸能將此論文出版，雖明知所學仍欠缺完整，依舊盼望藉此書與學人分享，並祈博雅君子不吝斧正指教。

在金代散文領域之中感謝所有師長的啓蒙與教導。謹以此書獻給深愛我的父親，與寡居辛苦持家偉大的母親，以及 業師。

2017.2.5

陳蕾安　於台北松山

目次

第一章　緒　論

中國散文史上自先秦，下至民國，各朝皆有其特色。金（1117～1234）以女眞族建國，歷一百二十餘年之經營發展，文物制度粲然可觀；其散文亦經無數文士苦心經營，追宗唐宋，仰鑽漢魏，迨金盛世時期方能穩健自樹一派，成爲北宋古文運動之遺緒。觀金代別集中散文可知，金之文人皆轉益多師，加以汲取韓愈、歐陽脩、蘇軾等人之文學觀，並融合北方既有眞摯、奔放之風格，與積極創作之態度，遂能使金散文自張其軍，獨樹一格。

惜金之別集在數量上，抵之於宋，復扼於元，隨歷代兵火之際，多任憑其散佚，乏人問津；而金之散文在藝術特色上，掩於唐宋古文之光芒，相形而見弱，多被歷代學人所遺漏，其價値終未能獲肯定。雖金代別集已百不存一，其中之散文仍爲中國散文史之重要一環，若乏積極之研究，則在文學史上終未能完整呈現發展之統緒。

有鑑於此，筆者碩士論文即以趙秉文散文研究爲題，知趙氏爲金代名士中一隅，其散文創作務實而璞美，上承唐、宋，下開元、明、清，反映一時散文之發達；遑論其他保有文集而名聞於當代之散文大家，更多有可觀者矣。故就讀博士班時間，即積極蒐集金代相關之資料，舉凡期刊、論文、專書等，以儘可能不遺漏爲原則，加以統整梳理與分類，再配合既有之金代文本，加以研析。

第一節　研究動機與目的

金代散文研究之意義，在於董理其不同他朝之內容與藝術特色，並發掘其與歷代散文承上啓下之關連，進而突顯金代散文的特色與時代意義。由於金朝乃女眞族所建立，初期並無中原文化之基礎；加以民族環境異於他朝，既有女眞人、漢人、鮮卑人、党項羌人、契丹人等，各族融合的情況前所未有；在政策上，秉國者無不積極學習唐宋文化以求華夏正統性，科舉制度以「合遼宋之法而潤色之」〔註1〕，亦留心於文事，訪求博學雅才之士，又加以獨特的文化環境，發展出三教合一的宗教觀，影響文人名士甚鉅。

一般研究金代文學者，多以其詩文並論，或研究其文學批評等，少有單獨將散文獨立考述者；然金代散文歷經百餘年茁長，克服各族文化差異，融合各種宗教體系，調和創新與傳統的理論，乃至能建立散文傳承之任務，在歷代散文史中皆是空前，實爲不易，値得重視與研究。

金代散文雖散亡泰甚，別集百不存一，然《全遼金文》輯佚後仍蒐金作家五百五十八人，文章二千五百四十六篇，較之《金文最》增加近千篇之多，數量依舊龐大。此一情況下，不論依文體或時間爲主軸的分類方式，研究都有高度之困難性。

第二節　研究範圍與金代別集總集保存概況

一、研究範圍

今之研究對象，先採現有文集存留，其文集有足夠份量以資研究的散文爲優先；以作家之主要文學活動爲依據，分爲「借才異代期」、「國朝文派期」及「遺民餘音期」三期；惟「借才異代期」之文人別集多已散佚，或雖有殘存別集，卻沒有足資研究之散文數量者〔註2〕，故本論文仍以「國朝文派期」及「遺民餘音期」兩期之主要別集散文爲主要研究範圍。

今仍存有別集之「國朝文派期」作家有：王寂、王庭筠、趙秉文與王若虛四家；「遺民餘音期」則有李俊民、元好問及楊奐三家。本論文第三章專研究「國朝文派期」別集散文，包括王寂《拙軒集》中的20篇散文；王庭筠的《黃華集》中的5篇散文；趙秉文《滏水集》中149篇散文；王若虛《滹南

〔註1〕（金）李世弼〈登科記序〉，見（清）張金吾輯：《金文最》（成都：四川民族出版社出版；四川新華書店發行，《中國少數民族古籍集成》第24、25冊；2002年第一版；景印光緒八年粵雅堂開雕本）卷四十五，葉七、八。

〔註2〕「借才異代期」之蔡松年有《明秀集》，然《明秀集》僅爲詞集，除有若干詞序外，未有成篇可資研究之散文。

集》中的 40 篇散文。第四章則專研究「遺民餘音期」別集散文，包括李俊民《莊靖集》中 113 篇散文；楊奐《還山遺稿》中 17 篇散文，以及元好問的《遺山集》254 篇散文。

然此七家別集散文，文體或有不均者，難以呈現作家整體寫作之風格，是爲一難；作家在金代以散文著作名聞一時者，文集多未有留存，故研究之過程中，發現有難以反映金代散文之眞實質量，或難以呈現散文傳承及演變完整之脈絡，此又爲一難。雖然，金代別集散文仍有研究之價值，茲分述本論文各章節之研究內容如下：

第一章：陳述研究動機與目的、研究方法；詳述研究範圍及對象，簡介金代現存文集流傳之概況，與目前金文學相關研究之成果；探討金文學與金散文分期之概況，簡介歷代分期觀點；並以此概況爲依據，提出新的金散文分期觀點。另外，金初蔡松年有《明秀集》，別集中並無單篇散文留存，僅有若干詞序，然猶有可觀者，故特附簡介並置於本章之末，專論其詞序之內容及特色。

第二章：第一節探討金代文化，包括語言文字、教育科舉制度、君王態度對散文的影響；第二節則專就金流行之宗教對散文的影響進行論述，並針對金代新興道教全眞教對金代散文之主題與文風之影響爲研究。

第三章、第四章：以現存有別集之作家及其散文爲主要研究對象。其中第三章，專就「國朝文派期」別集散文，即：王寂《拙軒集》、王庭筠《黃華集》與趙秉文《滏水集》與王若虛《滹南集》四部別集中之散文爲研究對象；第四章則專就「遺民餘音期」中之李俊民《莊靖集》、楊奐《還山遺稿》與元好問《遺山集》三部別集中散文爲研究對象。其中，元好問散文資料最爲豐富，且參考資料眾多，其生平若前賢已有論述者，則簡略帶過，降低其比重。每部別集爲一節，每節就其別集內散文創作之歷程概論其生平行誼，並歸納分類其散文內容，董理其散文特色。

第五章：據研究之成果，歸納分析金代散文之承先與啓後，包括對宋散文與文學理論之繼承和開創，以及對元散文可能的影響；並分析金散文家之獨特性與共性，董理金散文成果之共同特色，進而呈現其承上啓下之功。

附　錄：附錄一：專論僞齊時期（天會八年至十五年）間散文，並依序逐篇考證繫年；附錄二：探論金代「中州」與「國朝文派」之定義；附錄三：整理金代主要別集作家散文作品之繫年（1117～1260），若能依內文或其他相關資料考證其年份者，則加註於後。

二、金代別集及散文總集簡介與保存概況

金代別集、總集百不存一，究其原因，除宋、金、元三朝相對峙時期，激戰之兵火，人民死傷流離失所，甚波及文物外，蒙元刻意消滅金文化，凡有金別集、總集，多棄焚之，亦爲原因之一。這種情況比起正大四年（1227）西夏被蒙古所滅「免者百無一二，白骨蔽野」〔註3〕，所有文化幾乎徹底毀滅的情況已經好很多。早期蒙古當權者未有積極保存他國文化的觀念，僅一味以武力征服其國土，對於文學的破壞力是非常強大的。

金散文之總集整理，清以前一直乏人問津，乃因金本是異族建立的國家，加上「金之立國，元既相仇，明人又視同秦越，其文一任其散佚」〔註4〕。直至清，始基於女眞後裔之立場，著手開始鉤沉輯佚；然由於時代久遠，幾經戰爭及祝融摧殘，存者已多斷簡殘編，諸多名家名篇皆已散失，百不存一。單篇作品者多賴清人張金吾所編《金文最》與莊仲方所編《金文雅》二書，今才得以一見。

其中《金文最》乃第一本金文章總集，最爲重要。所據文獻有別集五本：《拙軒集》、《滹南集》、《莊靖集》、《滏水集》、《遺山集》；另有史書類如：《金史》、《大金集禮》、《大金弔伐錄》、《三朝北盟會編》、《高麗史》、《僞齊錄》《建炎以來繫年要錄》、《四朝聞見錄》；亦有個人筆記著作者，如：《南遷錄》、《思陵錄》、《祖庭廣記》、《玉堂嘉話》、《汝南遺事》、《松漠紀聞》等；其他尚取材自方志，如：《山西通志》、《陝西通志》、《泰安縣志》等；另有參之以醫書、譜錄、書志、石刻碑文等〔註5〕。《金文最》分爲六十卷，四十二體，收文約一千七百九十餘篇，體制浩大，前所未見，爲研究金代文學尤以研究散文者，案頭不可以或缺之參考文獻；況此書諸家之序言，多爲簡介金散文概況，亦可視爲一珍貴參考資料。

薛瑞兆先生曾在《江蘇大學學報》中發表過〈《金文最》校札〉〔註6〕一

〔註3〕（清）畢沅編《續資治通鑑》（國家圖書館藏，民國間上海中華書局《四部備要》排印本）卷一百六十四，宋紀一百六十四，「寶慶三年六月戊申條」，頁917。

〔註4〕《金文最》卷首，（清）黃廷鑑〈序〉，葉一。

〔註5〕《金文最》在文末皆註記來源出處，也有同時參考兩種以上的版本，如〈立劉豫冊文〉後有「《北盟會編》參《建炎以來繫年要錄》、《大金國志》、《大金弔伐錄》、《僞齊錄》」25字，可見參考的版本有五種之多。

〔註6〕薛瑞兆：〈《金文最》校札〉（《江蘇大學學報》（社會科學版）2011年1月，第13卷，第1期。）

文，其中對於《金文最》中「失名可考而未考」、「署名有誤而未考」、「誤收非金人作品」及「混入假冒金人文章」四者加以詳細地考述論證，極有成果；如其云：「宗幹〈上熙宗尊號冊文〉，輯自《大金集禮》；而該書卷一所收，未涉撰者，僅紀錄下那次禮儀經過：皇統元年正月二日，太師宗幹率百僚上表，『謹奉上尊號曰崇天體道欽明文武聖德皇帝』；正月七日又率百僚恭奉冊禮。宗幹，太祖庶長子，佐太祖、太宗滅遼克宋，熙宗朝領三省事，拜太師，《金史》有傳。今按，撰者另有其人。《金史》卷六六〈完顏勗傳〉：『皇統元年，撰定熙宗尊號冊文。上召勗飲於便殿，以玉帶賜之。』勗本名烏野，女眞宗室，『好學問，國人呼爲才子』。嘗預修〈祖宗實錄〉、〈太祖實錄〉、〈女眞郡望姓氏譜〉，及他文甚眾。」〔註 7〕已考證出〈上熙宗尊號冊文〉爲完顏勗所撰。該篇論文又考證出〈上世宗尊號冊文〉、〈加上世宗尊號冊文〉、〈立楚王爲皇太子冊文〉皆爲張景仁所撰。除了詔令文章外，也考證若干篇記敘類文章的眞正作者，如〈擬江樓記〉爲王章所撰，〈棲閑居士張中偉墓表〉爲党懷英所撰，〈范泉公記〉爲王城所撰等之證；薛氏可說爲近年來《金文最》補充最爲詳盡者，研究者可參考其校札方向。

別集部分，從《補三史藝文志》及《中州集》小傳等看來，金朝嘗流行於世的別集不下百家，其中詩文合集更多達半數以上。內有完整單篇散文而至今仍存者，僅有八家，即：趙秉文《滏水集》、王若虛《滹南集》、李俊民《莊靖集》及元好問的《遺山集》、明人宋廷佐輯自《永樂大典》之楊奐《還山遺稿》二卷與清代自《永樂大典》輯出王寂《拙軒集》六卷，以及後來由金毓黻搜集、整理王庭筠《黃華集》八卷。

目前留存的個人文集，約有二種情況：

（一）私人收藏

在金亡以前所付梓的文集散佚情況嚴重，然金末猶有文稿而能於入元後社會情況安穩才付梓者，今仍存世者比例增加不少。如楊宏道《小亨集》、李俊民《拙軒集》、段成己、段克己《二妙集》、元好問《遺山集》等，皆入元後子弟所刊刻而成，蒙金戰事則較無波及之疑慮。

如王若虛《滹南遺老集》一書，元初由友人王鶚，在王若虛亡後四年，與「其子恕見予於燕京，予盡以其書付之。又二年，藁城令董君彥明益以所

〔註 7〕薛瑞兆：〈《金文最》校札〉（《江蘇大學學報》（社會科學版）2011 年 1 月，第 13 卷，第 1 期。），頁 33。

藏，釐爲四十五卷，與其丞趙君壽卿倡義募工，將鏤其板以壽其傳，屬爲引。」〔註 8〕從序文中可知《滹南遺老集》一開始沒有任何朝政官吏支援，皆私人收藏後裒集而成。王永嘗考其版本源流：晚明年間，江西重刻本以抄本形式存於山殷祁氏澹生堂，清康熙年間轉由吳焯收藏，並加入吳氏之跋；後《四庫全書》與吳重熹《石蓮庵匯刻九金人集》，以及後來的《四部叢刊》校勘本、《畿輔叢書》排印本，都是以吳焯的澹生堂抄本爲底本〔註 9〕。

清以滿人建國，視金女眞族爲同宗，又同爲異族執政於中原，清人始標榜金代及其文物，遂有積極獎勵獻書與輯佚金書者；如張金吾《金文最》、莊仲方《金文雅》、吳重熹《九金人集》等皆輯於清代，尚有多位清人補金藝文志者，輯佚與整理，工程浩大，不失有盡亡羊補牢之力。

（二）宗教叢書

另外，宗教叢書收藏，對於金代遺散諸篇文章的蒐集亦見極大助益；如《道藏》中即收有金·姬志眞《雲山集》十卷。又據牛貴琥《金代文學編年史》中統計，丘處機共存詩兩百九十二首，詞一百五十三首〔註 10〕，文章作品亦散見於道教經典中，這在金末文人的存文比例上是非常高的。丘氏在全眞道教的地位極高，門人往往以其詩文奉爲修行之圭臬，保存數量自然較同期文人多。此亦歸功於當時不論金元之秉國者，對全眞教人皆多所尊重，其經典較能免於兵火之蹂躪，故能存者多。唯此類宗教文章文藝價值較少，雖然，仍適合專研究金宗教文學者。

第三節　金代文學相關研究之現況

民國以來，金代文學研究者不多，且研究者所能利用之資料有限，實爲一大憾事。所幸近年兩岸學人戮力於此者，愈趨蓬發，今就兩岸研究現況與成果，分爲「目錄類」、「總論類」、「作家類」、「散文彙編類」與「其他相關

〔註 8〕（金）王若虛：《滹南集》（（清）吳重熹輯：《石蓮盦彙刻九金人集》（臺北：成文出版社，民國六十五年八月臺一版）以下所用《滹南集》版本皆同）王鶚〈引〉，葉一。

〔註 9〕王永：《金代散文研究》（北京：中國社會科學出版社，2011 年 9 月第 1 版）〈《滹南遺老集》版本源流考〉一文（引自《古籍整理研究學刊》2010 年 1 月第 1 期）

〔註 10〕牛貴琥：《金代文學編年史》（北京：北京師範大學出版集團，安徽大學出版社：2011 年 3 月第 1 版）〈第三編　金代後期文學〉，頁 573。

類」五者，分別介紹之；尤其在「散文彙編」一類，特以《遼金元文彙》與《全遼金文》兩書之內容稍做指瑕，望裨益於金代散文之相關研究。

一、目錄類

《金史》本無藝文志，黃虞稷《千頃堂書目》〔註 11〕中的金朝書目，後世特整理定稿，遂爲金史藝文志最初之資料來源。黃目採取四部分類，其中「集部」本分爲八類：「別集類」、「制誥類」、「表奏類」、「騷賦類」、「總集類」、「文史類」、「制舉類」、「詞曲類」，此亦開分類之始。

清人倪燦、盧文弨皆有《補遼金元藝文志》〔註 12〕，亦採四目分類法，收金代文集書目六百多家，並分爲：「制詔類」二家九卷、「表奏類」十家五十五卷、「騷賦類」五家三十一卷、「別集類」四百七十六家五千二百零二卷、「詞曲類」二十九家八十四卷，「總集類」五十四家一千六百八十二卷、「文史類」二十三家一百三十六卷、「制舉類」七家三十二卷，所收書目顯較「黃目」爲多。

爾後又有清人金門詔，感於遼金元三代正史〈藝文志〉疏漏，著手金代文集目錄的搜集，其取三史所載之書目，兼以旁蒐博采，另成《補三史藝文志》。三代之中，金代所收錄的書目極少，且分類較爲特殊；其分爲「別集類」三十三家、「詩集類」十家、「詩選類」二家、「賦類」五家、「奏疏類」三家、「策論類」二家、「表類」二家、「書類」一家、「碑類」一家。此外，《欽定續文獻通考》〈經籍考〉亦有金代書目部份，但其中集部僅九家而已〔註 13〕。

清人孫德謙曾著手撰寫《金史藝文志》，則是以黃虞稷的《千頃堂書目》爲主要依據，參以倪、金二目；所收書目起自《完顏勖集》，終於《洹水集》，僅錄五十一家。孫目爲每一文集之作者撰寫生平，並詳記所存詩文數目，敘

〔註 11〕（清）黃虞稷：《千頃堂書目》（臺北:藝文印書館印行，《四部分類叢書集成·續編》：景印適園叢書第二集，吳興張氏采輯善本彙刊。）

〔註 12〕（清）倪燦撰，（清）盧文弨補：《補遼金元藝文志》（成都：四川民族出版社出版，四川新華書店發行，2002 年《中國少數民族古籍集成》第十八冊，據上海辭書出版社圖書館藏清光緒刻廣雅書局叢書本影印）

〔註 13〕清高宗敕撰：《欽定續文獻通考》卷一百九十〈經籍考〉集，別集二有：王寂《拙軒集》六卷；趙秉文《滏水集》二十卷；王若虛《滹南遺老集》四十五卷；李俊民《莊靖集》十卷；元好問《遺山集》四十卷附錄一卷（總頁 4294）。卷一百九十五〈經籍考〉集，詩集上有：元好問《遺山詩集》二十卷（總頁 4334）。卷一百九十七〈經籍考〉集，續集上有：元好問《中州集》十卷附《中州樂府》一卷《唐詩鼓吹》十卷；段克己成己《二妙集》八卷（總頁 4349）

明各書的內容，蒐集資料十分完整，是研究金文學的重要參考資料。但此目亦有缺失，其未說明出處，加以部分篇目未完整，未加以分類等等，筆者疑其未完成，或有缺稿者。

清人龔顯曾撰寫的《金藝文志補錄》，收有四百三十八種書目，也採取四部分類，其中集部分爲「別集類」、「總集類」、「評注類」、「詞曲類」及「雜著類」五種。

民國以後，楊家駱先生率諸生撰輯成《新補金史藝文志》〔註 14〕目錄，所錄書籍達一千三百餘種，著錄集部凡一百七十八種之多，且註明每家生平出處等，可一覽金代文集的流傳情況，資料極爲豐富。另又於卷八、九、十別錄「院本之屬」、「散曲之屬」、「諸宮調之屬」及「諸雜大小院本」等，亦可視爲研究金代俗文學之重要資料。

近世大陸金代目錄蒐集也有迅速的進展：北京大學中國古代史研究中心劉浦江先生所編《20 世紀遼金史論著目錄》〔註 15〕一書對二十世紀的中外文遼金史論著進行了全面的匯集與編纂，共輯得遼金史論著九千二百一十六條，超越了以往此類的目錄，爲遼金史的研究提供了極大的便利。

近年周峰先生又以劉浦江先生所編《20 世紀遼金史論著目錄》爲依據，陸續輯得爲劉氏著作漏載的四百餘條，按照劉氏的體例，分爲專著、政治、經濟、民族、人物、文化、宗教、科學技術、歷史地理、考古文物十類；編成《20 世紀遼金史論著目錄補遺上、中、下》〔註 16〕。劉、周兩書的相繼問世，可以視爲近世研究遼金史分類最詳盡而完整的目錄，更大開遼金相關研究方便之門。

二、總論類

金代文學研究者歷年皆不夥，建國以前，金代文學史皆併入中國文學史中匆匆帶過，未有獨立研究之專書出現。民國初年，吳梅先生率先注意到寂寥的遼金元文學，著手研究整理，撰有《遼金元文學史》〔註 17〕一書；爾後

〔註 14〕楊家駱編撰：《新補金史藝文志》（附於楊家駱主編：《新校本金史并附編七種》（臺北：鼎文書局，民國七十四年六月四版））。

〔註 15〕劉浦江編：《20 世紀遼金史論著目錄》（上海：上海辭書出版社，2003 年 10 月版）。

〔註 16〕周峰：《20 世紀遼金史論著目錄補遺上、中、下》（部分原載於臺灣《遼夏金元史教研通訊》2004 年第 1、2 期）。

〔註 17〕吳梅：《遼金元文學史》（臺北：臺灣商務印書館，民國二十三年三月初版）。

蘇雪林先生繼作《遼金元文學史》〔註 18〕，遂開兩岸研究之風氣；此後詹杭倫的《金代文學思想史》〔註 19〕亦有統整金文學思想之功。近年大陸則有周惠泉以專研究金代文學名聞於學術界，其先後集結所發表之論文，著有《金代文學發凡》〔註 20〕、《金代文學論》〔註 21〕及《金代文學研究》〔註 22〕等專書，成爲現今研究金代文學必讀之著作；稍後有胡傳志撰有《金代文學研究》〔註 23〕，亦爲整合金代文學概觀優秀的著作之一。

在散文總論類方面，近年大陸地區有王永《金代散文研究》〔註 24〕，是第一本針對金代散文所做整體性的研究專書；其就金代散文之發展歷程，分期探論金代散文家與散文作品，尤重視漢文化與女眞文化相互碰撞後，對於散文影響有深入的探討，可視爲研究金代散文者重要參考專書。

學位論文方面：臺灣前有鄭靖時《金代文學研究》〔註 25〕，後有胡幼峰《金詩研究》〔註 26〕，兩者研究皆以嚴謹著稱，今仍爲研究金代文學及金詩之重要參考資料。

三、作家類

至於金代單一作家的專題研究並不算多：臺灣有鐘屛蘭《元好問評傳》〔註 27〕，林宜陵《金末遺臣李俊民與楊宏道詩學考察》〔註 28〕，業已出版爲專書。大陸地區則有趙興勤著《元遺山研究》〔註 29〕，近年聶立申有《金代名士党怀英研究》〔註 30〕。

〔註 18〕 蘇雪林：《遼金元文學史》(臺北：臺灣商務印書館，民國五十八年七月初版)。

〔註 19〕 詹杭倫：《金代文學思想史》(成都：成都科技大學出版社，1990 年) 另有，詹杭倫：《金代文學史》(臺北：貫雅文化，1993 年)。

〔註 20〕 周惠泉：《金代文學發凡》(長春：東北師範大學出版社，1994 年)。

〔註 21〕 周惠泉：《金代文學論》(長春：東北師範大學出版社，1997 年)。

〔註 22〕 周惠泉：《金代文學研究》(臺北：文津出版社有限公司，2000 年 4 月)。

〔註 23〕 胡傳志：《金代文學研究》(合肥：安徽大學出版社，2000 年 5 月)。

〔註 24〕 王永：《金代散文研究》(北京：中國社會科學出版社，2011 年 9 月)。

〔註 25〕 鄭靖時：《金代文學研究》(國立政治大學中國文學系博士論文，1987 年)。

〔註 26〕 胡幼峰：《金詩研究》(私立輔仁大學中文研究所碩士論文，1976 年 5 月)。

〔註 27〕 鐘屛蘭：《元好問評傳》(臺北：文津出版社有限公司，1999 年 11 月)。

〔註 28〕 林宜陵：《金末遺臣李俊民與楊宏道詩學考察》(臺北：萬卷樓圖書股份有限公司，2011 年 8 月)。

〔註 29〕 趙興勤：《元遺山研究》(臺北：文津出版社有限公司，2011 年 4 月)。

〔註 30〕 聶立申：《金代名士党懷英研究》(吉林大學出版社 2012 年 12 月)。

論文部分：有鄭靖時《王若虛及其詩文論》〔註 31〕，洪光勳《趙秉文詩研究》〔註 32〕，蔡維倫《王寂及其文學研究》〔註 33〕；吳美玉專研究元好問詩之《元遺山詩研究》〔註 34〕、陳志光《元遺山詩析論》〔註 35〕、黃淑娟《李俊民詩詞用韻》〔註 36〕，翁精國《蔡松年《明秀集》研究》〔註 37〕。大陸地區則有禪志德《隱者的情懷遺民的哀歌論李俊民詞》〔註 38〕。此爲一隅，他如期刊論述者不勝枚舉。

至於專研究散文學位論文，相對則爲寂寥，有陳蕾安《趙秉文散文研究》〔註 39〕以及陳光廷《金代李俊民散文研究》〔註 40〕。

四、散文彙編類

散文資料之彙編，兩岸的相關整理與研究尤顯薄弱；所幸前有江應龍先生編輯的《遼金元文彙》〔註 41〕，後亦有由閻鳳梧先生所主編之《全遼金文》〔註 42〕，兩書蒐羅金代各體散文眾多，加以新式標點，儼然裨益於研究者。

（一）《遼金元文彙》

《遼金元文彙》所輯之文，體例大抵本之曾國藩「著述」、「告語」、「記載」三門之說，並參姚鼐之略加損益，將「著述門」散文之「頌贊」與「箴銘」合爲「頌銘」，自「辭賦」類散文中獨立出來；又將「贈序」自「著述門」

〔註 31〕鄭靖時：《王若虛及其詩文論》（國立政治大學中國文學研究所碩士論文，1974 年）。

〔註 32〕洪光勳：《趙秉文詩研究》（國立台灣大學中國文學研究所碩士論文，1986 年）。

〔註 33〕蔡維倫：《王寂及其文學研究》（佛光大學文學系碩士論文，2013 年 7 月）。

〔註 34〕吳美玉：《元遺山詩研究》（國立臺灣大學中國文學系研究所碩士論文，1972 年 6 月）。

〔註 35〕陳志光：《元遺山詩析論》（國立臺灣師範大學中國文學研究所碩士論文，1987 年 6 月）。

〔註 36〕黃淑娟：《李俊民詩詞用韻》（國立彰化師範大學國文系碩士論文，2008 年）。

〔註 37〕翁精國：《蔡松年《明秀集》研究》（私立淡江大學中國文學系碩士論文，2010 年 6 月）。

〔註 38〕禪志德：《隱者的情懷遺民的哀歌論李俊民詞》（大陸暨南大學中國古代文學研究所，碩士論文，2006 年）。

〔註 39〕陳蕾安：《趙秉文散文研究》（臺北：花木蘭文化出版社，2011 年 3 月）。

〔註 40〕陳光廷：《金代李俊民散文研究》（玄奘大學中文研究所碩士論文，2007 年 6 月。）

〔註 41〕高明總編纂，江應龍編纂：《遼金元文彙》（臺北：國立編譯館主編，1998 年。）

〔註 42〕閻鳳梧主編，貫培俊、牛貴琥副主編：《全遼金文》　（太原：山西古籍出版社，2002 年 08 月第 1 版）。

獨立出來，置於「告語門」；又將曾氏原有「雜記」一類，併入「敘記」文章之中〔註 43〕。分類完善，便於檢索，且所輯之文，俱注原書出處於題目之下，以備覆檢。其有文字羨脫歧異者，皆據善本，爲之參互考訂，別加案語注明，故以點校精良，校勘之版本眾多著稱。且前有金太祖等一百四十餘人之作家小傳，可與林明德《金源文學家小傳》〔註 44〕互爲參校。

然在「金文」部分，仍有若干瑕疵：

1、前人已考證出非金代文章仍收錄者

如：題宗翰所著〈獄中上熙宗疏〉一文，薛瑞兆在〈《金文最》校札〉一文中云：此疏輯自《三朝北盟會編》，南宋史家李心傳在《建炎以來繫年要錄》卷一一二中曰：「徐夢莘《北盟會編》有尼瑪哈（即宗翰）獄中上書，及金人誅尼瑪哈詔，其文鄙陋，他書無其事，今不取」，可知已對此疏的眞實性存疑。清人施國祁《金史詳校》卷七〈昌傳〉「乃下詔誅之」條校曰：「張匯〈金撻懶詔〉」〔註 45〕，故考此疏及詔文乃宋人仇宗翰，竭力杜撰詆毀之，恐爲移花接木以誣之。薛瑞兆考之《金史》，宗翰壽終正寢，配享太祖廟廷，非熙宗下詔受誅而亡，亦未有入獄之事。

案完顏宗翰乃國相完顏撒改長子，金國開國功臣，歷侍金太祖、太宗、熙宗三朝皇帝。《金史》載其：「內能謀國，外能謀敵，決策制勝，有古名將之風。他姿貌雄傑，善於馬上用劍。」〔註 46〕死後配享太廟，地位崇高。〈獄中上熙宗疏〉一文實爲宋人所僞造，乃因靖康之難時，宗翰爲軍事主將，既侵宋土又虜宋君，蓋宋人懷恨於心，僞造此文以洩憤。

《遼金元文彙》采錄此文於「奏議類」中，《全遼金文》亦收錄於「完顏宗翰」文下，然此文實非金散文。

2、疑其來源仍收錄者

如題爲昭德皇后所撰〈上世宗書〉一文，《遼金元文彙》收爲「奏議類」，然文末附記中有「文後原有雙行小字云：『金吾案：「採璧」，明．孫惟熊撰。中載昭德皇后上世宗書，未詳何本，姑錄之以俟續考』」。可見江應龍先生亦

〔註 43〕詳見高明總編纂：《中華文彙》（臺北：國立編譯館主編，1998 年。）凡例，頁 1。

〔註 44〕林明德撰：《金源文學家小傳》（臺北：臺灣商務印書館，民國六十七年一版）。

〔註 45〕薛瑞兆：〈《金文最》校札〉（《江蘇大學學報》（社會科學版）2011 年 1 月，第 13 卷，第 1 期。），頁 37。

〔註 46〕《金史》卷七十四，列傳第十二〈宗翰傳〉，葉八。

已知其爲僞作，但基於求史料之完整仍採錄之。事實上，此上書文章之修辭優美，文字亦精良，用典涵義深遠而艱深；再者，文中二次直呼海陵王爲「逆亮」，然此作乃爲昭德犧牲求全以保世宗之遺書，若直呼名諱又稱其爲「逆」必觸怒海陵，則保全世宗之計恐敗〔註47〕，僞作的機率極大。此文既未詳何本，稱呼又與當時之情況扞格，故推此文應非昭德親作；恐爲世宗執政後，好事者或爲緬懷昭德皇后之賢德，或以此邀功取悅上位，因而託名僞作之也〔註48〕。此文實宜加註「疑僞作」於題後，以提醒讀者。

3、不察金朝專有名詞而誤用標點符號者

如：程寀〈請肅禁籞增謚號正風俗立綱紀戒妒忌嚴宮衛疏〉一文中，《遼金元文彙》點校爲：

> 殿前點檢，司古殿巖環衛之任，所以肅禁籞，尊天子，備不虞也。

然按《金史》載明「殿前點檢司」即「殿前都檢司」或「殿前都點檢司」〔註49〕，乃金國所設置總領侍衛親軍的軍事機構，設於金熙宗天眷元年（1138）〔註50〕，此機構仿遼朝參照五代後周之制，主要負責保衛皇帝之安全，故應更正爲：

> 殿前點檢司，古殿巖環衛之任，所以肅禁籞，尊天子，備不虞也。

（二）《全遼金文》

《全遼金文》〔註51〕由閻鳳梧先生所主編，收金代作家五百五十八人，文章二千五百四十六篇，較之《金文最》多收作家一百零二人，散文九百四

〔註47〕按昭德皇后乃金世宗后，其先居海羅伊河，世爲烏林達部落之長，率部隊來歸。父石土黑，騎射絕倫，從太祖伐遼，以功授世襲謀克，爲東京留守。昭德皇后聰敏孝慈，容儀整肅，孝謹治家，甚得婦道。熙宗晚年，酗酒妄殺，獨於世宗無間，后實善處之。迨海陵篡立，召往中都，后知此去必得罪於海陵，只得於間自殺於途中以保世宗。大定二年，世宗追冊昭德皇后；二十九年，改謚「明德皇后」。

〔註48〕按：世宗時期毀謗玷污海陵王之作極多，士人往往附會僞造以求晉升之機會，《海陵實錄》即爲一例。

〔註49〕（元）脫脫：《金史》（臺北：臺灣商務印書館，百衲本二十四史，1988年1月臺六版）以下所引《金史》之版本皆同）卷五十六〈百官志〉：「殿前都點檢，天眷元年置：掌親軍，總領左右將軍、符寶郎、宿直將軍，左右振肅，官籍監、近侍等諸局屬、鷹坊、頓舍官隸焉。」（葉一，總頁525）。

〔註50〕按（宋）李心傳：《建炎以來繫年要錄》（北京：中華書局，《叢書集成初編》，第3861-3878冊，1985年）卷八十四，紹興元年正月金熙宗即位時即設殿前司。

〔註51〕閻鳳梧主編；賈培俊、牛貴琥副主編：《全遼金文》（太原：山西古籍出版社，2002年8月第一版）。

十八篇，其採取以人繫文的方式，以作家爲序目，仿《中州集》，於每個作家皆詳列小傳；若作者無可考者，則署「無名氏」，不計入作者數中，文章另行編排；凡有文集傳世者，先據其文集目錄，目次一仍其舊，再收錄來自各種總集、方志、史籍、筆記和類書中的文章以及石刻文字者。《全遼金文》有鑑於某些作家雖有文集傳世，然後人重輯之校勘之水準不一，故亦重新輯錄。至於別集之收錄，《全遼金文》凡輯自別集之文，皆於每卷最後一文篇尾括註「某集卷某止此」，文不足整卷者，則括註「某集卷某文止此」；別集之文全部收錄後，括註所使用的底本與校本；別集之後錄自其他零星史料之文，括註其來源及校勘資料。本書的收錄標準是從寬的，凡作家全部或大部份時間生活在金國，且所撰文章有作於金代者，皆得以收錄；由遼宋入金，且在金時撰有文者，金朝遺民入元不仕或雖出仕但卒於元世祖忽必烈至元八年（1271）改國號大元以前者，皆予以錄入。〔註52〕

《全遼金文》是站在粵雅堂《金文最》的基礎上，擴大體制，收錄更多曾遺漏的金代散文；然而數量龐多工程浩大且出於眾手〔註53〕，疏漏之處難免。張立敏先生曾發表過〈《全遼金文》指瑕〉〔註54〕，對於其書之「重收和誤收」、「繫年錯誤」、「文字校勘與考訂」及「句讀獻疑」四方面分別進行訂正及質疑，可啓迪各方研究者專注於金散文的校勘。筆者不才，閱讀《全遼金文》之校勘記等資料，裨益於本論文之研究，便隨手記錄分類，望能稍加補苴：

1、繫年錯誤者

除元好問外，《全遼金文》每篇散文有可考其著作年份者，皆加註文章寫作時間於題目之後，頗助於研究金散文歷史進程發展，然疑誤者不少。張立敏先生已舉諸多錯誤繫年之例，但筆者發現最嚴重的部份，是在僞齊時期八年間所有的文章，繫年錯誤者十有八九。《全遼金文》未考證這二十餘篇之編年，全部列在天會十五年，然天會十五年僞齊已遭廢，何來「立后」、「遷都」、「建元」等事，筆者能力有限，僅校正僞齊時期若干篇文章繫年，並整理爲表格於本論文「附錄一」中，冀能稍補缺失。

〔註52〕以上見《全遼金文》〈凡例〉，頁1、2。

〔註53〕《全遼金文》由閻鳳梧主編；賈培俊、牛貴琥副主編；編委則有王慶生等三十五人。

〔註54〕張立敏：〈《全遼金文》指瑕〉（《嘉興學院學報》2010年1月）

2、文章重複收錄者

如大定二年吳浩所著〈重修平山縣城碑〉，《全遼金文》前已收於「吳浩」之名下〔註 55〕，書後卻又再收錄一次於「無名氏」〔註 56〕之下，文章完全相同，顯非一人所整理，而編者不察又重複收錄。

他又如劉豫作〈肆赦文〉〔註 57〕與〈劉豫僭位肆赦僞詔〉〔註 58〕兩文實爲同一文；前文有校條共二十三條於後，後文則全無校條，考其內容，則完全相同。

3、校勘未慎者

（1）無別本參校卻不以史書校勘者

如張孝純〈上大宋書〉〔註 59〕，《全遼金文》於文後有「本文多有舛訛衍奪，因無別本參校，茲一如底本照錄」，並註明「據《四庫全書存目叢書》本《僞齊錄》收」。此文雖無他本可參校，但人名誤植顯可見史料卻未加以校勘；文中有：「有進士薛昂者，因詣金國上書歸僞齊，後以醜言訐劉豫，大概『令繫頸以組，與大臣回闕下。臣子之義，雖死猶生，或得以全其宗族。若夫緩一時之誅，忘終身之患，他日受擒，與妻子輩磔身東市，悔無所及。』劉豫欲殺之，以臣故得免，召至門下者二年，終不干其祿。」文中所述之進士「薛昂」實爲「薛筇」之誤，此事亦記於《劉豫事迹》阜昌三年下，其云：「進士薛筇，筇勉豫早圖反正，庶或全宗，孰與他日并妻子磔東市。豫怒欲兵之，賴張孝純勸止」。概筇與昂形近而易誤，《僞齊錄》誤將替張孝純傳送密牘的進士「薛筇」，寫成當時繼任爲右丞相兼門下侍郎的「薛昂」，而《全遼金文》未校勘而直接照錄。

（2）有別本參校仍校勘未精甚無校勘者

如劉豫作〈肆赦文〉〔註 60〕後雖案云：「據許涵度刻本《三朝北盟會編》卷一四一收，以《四庫全書》本《三朝北盟會編》、《四庫存目叢書》本《僞齊錄》校。」然校條文中仍有若干相異之處未有註明，如「率土無依，內離民心，致蜂起弄兵之盜。」其中「蜂起」《僞齊錄》作「蠭起」，校條文中未

〔註 55〕《全遼金文》，頁 1551。
〔註 56〕《全遼金文》，頁 4058。
〔註 57〕《全遼金文》，頁 1169。
〔註 58〕《全遼金文》，頁 1172。
〔註 59〕《全遼金文》，頁 1068。
〔註 60〕《全遼金文》，頁 1169。

有註明。又，「方圓自效而歸，敢有懷他之望」；其中「方圓」應作「方圖」，《僞齊錄》亦作「方圖」；校條文中未註明，卻案云：「《北盟會編》參《僞齊錄》」，實未詳加參校之。

（3）簡繁體字轉換而致誤者

如元好問〈東平行臺嚴公神道碑〉中有：「至前人良法美意，所以仁民愛物者，輒欣然慕之。故雖起行伍間，嚴厲不可犯，至于仁心爲質者，亦要其終而后見也。」〔註61〕以及元好問〈東平行台嚴公祠堂碑銘有序〉中亦有：「蓋公資稟沉毅，威望素著，且嚴於軍律，少所寬貸。見者流汗奪氣，莫敢仰視。中歲之后，乃能以仁民愛物爲懷。」〔註62〕以上兩者，「后」字乃「後」字之簡化字，顯爲簡化字轉換爲繁體字時失當之故，今查《四庫全書》、《金文最》、《遺山集》〔註63〕本等，皆作「後」字，實應修正。趙秉文〈答李天英書〉中亦有：「而韓愈又以古文之渾浩溢而爲詩，然后古今之變盡矣。」〔註64〕今據清《九金人集》本《滏水集》，其「后」字實應作「後」字。

又如「制」、「製」二字，雖古可通用，然仍應就古文獻校勘以更正之。如元好問〈令旨重修眞定廟學記〉中有：「或者以爲井田自戰國以來掃地矣，學之製不可得而見之矣。……由周而爲秦，秦又壞周製，燒詩，……周製雖亡，而出于人心者固在。」〔註65〕「學之製」實應更正爲「學之制」；「周製」則應更正爲「周制」；又如〈壽陽縣學記〉中有「近代皇統、正隆以來，學校之製，……」〔註66〕「學校之製」實應改正爲「學校之制」；〈代冠氏學生修廟學壁記〉中亦有「學之製，初亦儉狹，候就爲料理，而作新之意蓋未已也。」〔註67〕其中「製」字亦應更正爲「制」字。筆者發現山西大學姚奠中主編之《元好問全集》〔註68〕中〈令旨重修眞定廟學記〉一文中，也有簡體

〔註61〕《全遼金文》，頁3032。

〔註62〕《全遼金文》，頁3034。

〔註63〕以下舉元好問文章者，皆以《石蓮盦彙刻九金人集》本《遺山先生集》及張穆刊本《遺山集》四十卷（臺北：新文豐，民85《叢書集成三編》；第38冊）爲校勘底本。

〔註64〕《全遼金文》，頁2350。

〔註65〕《全遼金文》，頁3141～3142。

〔註66〕《全遼金文》，頁3150。

〔註67〕《全遼金文》，頁3152。

〔註68〕姚奠中主編：《元好問全集》（太原：山西古籍出版社，初版，1990）頁725、737。此書曾於2004年由李正民增訂改版，但該版校勘記又再次參考《全遼金文》，仍未改正。

轉繁體後的缺失，《全遼金文》或取自姚氏之《元好問全集》，卻未回校《金文最》〔註69〕、《金文雅》〔註70〕以及張本《遺山先生集》〔註71〕，加以修正之，或標註於校勘記後。

又如「朮虎」乃一女眞貴族專有姓氏，《全遼金文》中「朮」字或訛爲「术」字，既而轉換爲繁體字時，便作「術虎」二字；如元好問作之〈龍虎衛上將軍術虎公神道碑〉，題目與內文皆作「術虎公」〔註72〕，實應更正爲「朮虎公」。

（4）作者姓名誤植或可考而未考者

如〈京兆劉處士墓碣〉〔註73〕一文署作者爲「楊英，天興元年（1232）前後在世」。蓋因《金文最》卷一百九〈京兆劉處士墓碣銘〉屬名爲「楊英」，故後世總集不察，皆以作者爲楊英。然楊奐，字煥然，初名爲「煥」，入元改爲「奐」，又改爲「英」，號紫陽先生，又號騰騰老、奉天老民；乾州奉天（今陝西乾縣）人。朱彝尊《曝書亭集》卷五十一〈金京兆劉處士墓碣銘跋〉中云：「金京兆劉處士墓碣銘，奉天楊英撰文，武功張徽書，洛陽李微題額。」〔註74〕奉天楊英實爲楊奐；元人姚燧《牧庵集》卷三十一〈跋張夢卿所藏紫陽楊先生墨跡〉中云楊奐：

> 初名煥，後由上金季主〈河朔中興頌〉，季主壯之，置紅篋中。黃龍戰北，紅篋爲我元所獲，恐蹤跡物色姓名獲戾，宜避，更名奐。及後受我元太宗簡文制，誤奐爲英，遂不敢私更，始就名英。〔註75〕

故知「楊英」實爲「楊奐」，今應修正之。

又如韓昉爲金初由遼入金之文士，許多高文大冊皆出於其手，《全遼金文》卻僅收有〈丁文道墓誌銘並序〉〔註76〕一文，然如眾所周知的僞齊皇帝冊文

〔註69〕（清）張金吾編：《金文最》，卷三十，葉二。

〔註70〕（清）莊仲方編：《金文雅》（成都：四川民族出版社出版；四川新華書店發行《中國少數民族古籍集成》第22冊；2002年第一版；景印光緒辛卯七月江蘇書局重刊本）卷十，葉一，總頁309。

〔註71〕今考《石蓮盦彙刻九金人集》本《遺山先生集》及張穆刊本《遺山集》四十卷皆作「制」。

〔註72〕《全遼金文》，頁3045。

〔註73〕《全遼金文》，頁3701。

〔註74〕（清）朱彝尊：《曝書亭集》（上海商務印書館《四部叢刊初編集部》縮印康熙原刊本，民國十八年（1929））卷五十一〈金京兆劉處士墓碣銘跋〉，頁406。

〔註75〕（元）姚燧：《牧庵集》（((《文津閣四庫全書》集部，別集類；1206冊），北京：商務印書館，2006年。），葉十二、十三。

〔註76〕《全遼金文》，頁709。

乃出其手〔註77〕，《全遼金文》卻置之於「無名氏」之「冊文」類中，名爲〈立劉豫冊文〉〔註78〕，實爲一謬。周惠泉已於《金代文學研究》中說：「據南宋出使金朝羈留十五年的詩人洪皓所撰《松漠紀聞》紀載，熙宗〈誅宋兖諸王詔〉即出韓昉之手。詔書作于天眷二年（公元1139）女眞貴族舊勢力『皇伯』宗盤、『皇叔』宗雋謀反被誅之時，其中歷數宗盤等人『坐圖問鼎，行將弄兵』的罪狀，義正詞嚴，文理兼備」〔註79〕；而《全遼金文》收此文於「無名氏」之「詔令」類中〔註80〕，且標明「《松漠紀聞》參《北盟會編》」，卻未加註說明於後。

又，皇統五年之〈上太祖尊謚冊文〉〔註81〕一文，《金史》卷八十八〈石琚傳〉中有：「熙宗尊謚太祖，宇文虛中定禮儀，以常朝服行事。」〔註82〕證明此文應由宇文虛中所撰，《全遼金文》亦收於「無名氏」之「冊文」類中。

4、佚輯之虞者

《全遼金文》雖名爲「全」，然仍有多文未被收錄。羅海燕先生曾在《西南交通大學學報》中發表〈《全遼金文》輯佚11篇〉〔註83〕舉出孔元措一篇、楊奐五篇、姬志眞四篇、孟攀鱗一篇。然此十一篇僅爲一隅，牛貴琥先生在《金代文學編年史》中陸續發現有更多未被收錄的文章，如錦溪老人張汝納撰〈重立晉大夫荀叔廟碑〉〔註84〕、〈李瑞林墓志〉〔註85〕，李公老撰〈高麗國寶鏡寺住持大禪師贈謚圓眞國師碑銘〉〔註86〕，另有失撰人的〈十方淨土禪寺方丈遺規〉〔註87〕、〈柳光植墓志〉〔註88〕等等，諸如此類，繁不勝舉。

〔註77〕（宋）楊堯弼撰：《僞齊錄》（臺北：新文豐出版社，《叢書集成續編》史地類，第276冊，1989年臺一版）及《劉豫事迹》（（宋）無名氏：《劉豫事迹》；臺北：新興出版社，1975年，據清刊本影印）皆紀錄〈冊大齊皇帝文〉爲「禮部侍郎知制誥韓昉，備禮以璽綬立豫冊之。」

〔註78〕《全遼金文》，頁3917。

〔註79〕周惠泉：《金代文學研究》，頁5。

〔註80〕《全遼金文》，頁3813。

〔註81〕《全遼金文》，頁3915。

〔註82〕《金史》卷八十八，列傳二十六〈石琚傳〉，葉十二，總頁822。

〔註83〕羅海燕：〈《全遼金文》輯佚11篇〉（《西南交通大學學報》（社會科學版）2011年9月第12卷第5期）。

〔註84〕該文見於《山右石刻叢編》卷二十三，碑存山西省鄉寧縣，《全遼金文》未收。

〔註85〕該文見於《海東金石苑補遺》卷五，《全遼金文》未收。

〔註86〕該文見於《海東金石苑》卷七，《全遼金文》未收。

〔註87〕該文見於《八瓊寶金石補正》卷一百二十八，《全遼金文》未收。

〔註88〕該文見於《海東金石苑補遺》卷五，《全遼金文》未收。

五、文論類

金代文論研究者，是自民國以來所有金代文學研究中最多者，專書出版品與論文亦多。臺灣部份，前有張健先生所撰《宋金四家文學研究批評》〔註 89〕，後有林明德先生碩士論文《金代文學家考述》〔註 90〕；林明德並將金代文學家之文論資料集結成冊，編撰後出版爲《金代文學批評資料彙編》〔註 91〕一書，便於研究者檢索參考。爾後，其專書著作《中國傳統文學探索》〔註 92〕中，第二卷〈金代文學批評析論〉則專論金代文學文論，並列論趙秉文、李純甫、王若虛及元好問四位重要文人之文學批評〔註 93〕。另外，鄭靖時先生所著《金代文學批評研究》〔註 94〕，是最早統整所有金代文學家之文論的專書，對於研究金代詩文者，可視爲必讀之參考書籍。

金代文學家個別文論專題研究者，臺灣前有何三本《元好問論詩絕句三十首箋證》〔註 95〕，後有孫丕聖《王若虛文學思想研究》〔註 96〕、洪淑琴《王若虛《滹南詩話》研究》〔註 97〕。

六、其他相關類

屬歷史類但內容涉及文學的學位論文則有：陳昭揚《服王朝下的士人——金代漢族士人的政治、社會、文化論析》〔註 98〕與潘家宏《世變下知識分子的生命困境與自我安頓—以仕金漢士與滯金宋使爲主的析探》〔註 99〕。

〔註 89〕張健：《宋金四家文學研究批評》（臺北：聯經出版社，民國六十四年五月）。

〔註 90〕林明德：《金代文學家考述》（輔仁大學中國文學研究所碩士論文，民國六十年）。

〔註 91〕林明德編：《金代文學批評資料彙編》（臺北：成文出版有限公司，1979 年）。

〔註 92〕林明德：《中國傳統文學探索》（臺北：巨流圖書公司，民國七十年九月一版）。

〔註 93〕林明德又出版《文學批評指向》（臺北：時報文化出版企業有限公司，民國七十八年九月初版）其中有〈王若虛的文學批評〉與〈元好問的文學批評指向〉兩文，取自《中國傳統文學探索》第二卷，第四章、第五章。

〔註 94〕鄭靖時：《金代文學批評研究》（臺中：弘祥出版社，民國八十一年四月初版）。

〔註 95〕何三本：《元好問論詩絕句三十首箋證》（輔仁大學中國文學系研究所碩士論文，民國 57 年）

〔註 96〕孫丕聖：《王若虛文學思想研究》（東海大學中國文學系碩士論文，1999 年 6 月）。

〔註 97〕洪淑琴：《王若虛《滹南詩話》研究》（東海大學中國文學系碩士論文，2010 年 6 月）。

〔註 98〕陳昭揚：《征服王朝下的士人——金代漢族士人的政治、社會、文化論析》（國立清華大學歷史研究所博士論文，2006 年 6 月）。

〔註 99〕潘家宏：《世變下知識分子的生命困境與自我安頓——以仕金漢士與滯金宋使爲主的析探》（國立暨南國際大學中國語文學系碩士論文，2012 年 6 月）。

年譜部分，清人所編撰之金人年譜已不寡，諸如：王庭筠、趙秉文、段成己，段克己等皆有，元好問甚有六家之多〔註 100〕。近年年譜的重新編製，單一作家的整理者：臺灣有李宗憧著《新編王庭筠年譜》〔註 101〕，大陸則有狄寶心撰《元好問年譜新編》〔註 102〕。近年王慶生先生更統整金代重要文學家兩百四十二人，釐爲二十二卷，撰成《金代文學家年譜》〔註 103〕上、下兩冊，不僅彙編明、清及民國以來學者所編金人年譜，也兼考證、修訂與研究，是目前金代文學家年譜中最齊全的資料〔註 104〕，惟其人物編排依《中州集》、《中州樂府》及《河汾諸老集》三書原有的次第，並將「有血緣關係的作家合爲一譜，編排在文學地位相對尊顯者所在卷次」〔註 105〕然此三書不按時代先後排序，重編後亦不重新排序，實不利於快速檢索〔註 106〕。

〔註 100〕民國以前之年譜，輯元好問者，有：（清）凌廷堪：《元遺山先生年譜》（收於《石蓮盦彙刻九金人集》本；臺北：成文出版社；民國五十六年）；（清）李光廷撰：《廣元遺山年譜》二卷（上海古籍出版社，據湖北省圖書館藏清同治刻本影印，2002 年）；（清）余集編：《元遺山先生年譜略》（收錄於《北京圖書館藏珍本年譜叢刊》北京市：北京圖書館出版社，第 35 冊頁 141～146，1999 年；據清道光十年刻本影印）；（清）施國祁：《遺山先生年譜》（收於《石蓮盦彙刻九金人集》）；（清）翁方綱（臺北：臺灣商務印書館，《新編中國名人年譜集成》，民國六十七年）；民國後有繆鉞編《元遺山年譜彙纂》（發表於 1935 年，姚奠中徵得繆氏同意，將《年譜彙纂》作爲附錄收入姚奠中主編《元好問全集》中）。輯趙秉文年譜者，有（清）王樹枏編：《陶盧叢刻二十六種·閑閑老人詩集》（附年譜二卷，目錄二卷，清光緒～民國年間新城王氏刊本，1875 年）。輯段成己、段克己者，則有孫德謙編纂：《元金稷山段氏二妙年譜》（臺北：臺灣商務印書館，《新編中國名人年譜集成》，民國七十年）；王庭筠年譜則由金毓黻輯編：《黃華集年譜》（《叢書集成續編》景印《遼海叢書》第三冊，臺北：新文豐出版社，民國 78 年，收在卷八附錄中）。

〔註 101〕李宗憧：《新編王庭筠年譜》（臺北：秀威資訊科技股份有限公司，2006 年 7 月）。

〔註 102〕狄寶心：《元好問年譜新編》（北京：中國文聯出版社，2000 年 11 月）。

〔註 103〕王慶生：《金代文學家年譜》（南京：鳳凰出版社，2005 年 3 月）。

〔註 104〕《金代文學家年譜》凡例中有云，因元好問已有狄寶心之《元好問年譜新編》，故此年譜中並無編撰元好問的部份。

〔註 105〕《金代文學家年譜》〈凡例〉，頁 1。

〔註 106〕如金初約與宇文虛中同時代，天會八年（1130）立爲僞齊帝的「劉豫」，編於下冊卷第十六，生於大定元年（1161）的郝天挺及其子郝經（生於元光元年，1222 年）反而編於下冊卷第十五。生於宋哲宗元佑六年（1091）的宋臣司馬樸與靖康時遭囚禁於雲中的滕茂實、朱弁等卻又編排在下冊卷第十九。

近年牛貴琥撰成《金代文學編年史》〔註107〕上下兩冊，將金代文學分「前期」、「中期」、「後期」及「餘波」四期爲四編，以編年方式蒐集整理了金代百餘年的歷史與文學大事，逐年詳列文學作品，更能清楚的統整金代文學發展的歷程與變化；且所引用之資料豐富，文學各體兼論，考證亦詳確。唯論述偶有過於主觀者〔註108〕；又，無法考證作品正確年份者，往往不能加註於後而直接繫於推測之年〔註109〕。

總之，不論海峽兩岸，金代文學相關之議題逐漸受到重視，且專書著作、學報論文日趨增益；雖兩岸研究之角度與方法不同，態度與用語也不同〔註110〕，所得多寡之成果卻不失皆爲歷史文化盡一份心力。

第四節　現今金代文學分期概況

現今研究金代文學之學人，對於金代文學的分期方式各有不同意見，或以爲應分爲三期，或以爲可分爲四期者，所持之論點皆各有其理；今就「金代文學」與「金代散文」兩者，介紹現今學人分期的方式及依據如下：

一、金代文學的分期

金代文學的各種分期，歷來隨學者的觀點不同而有三期和四期兩種說法，茲分述如下：

（一）三期說

研究金代文學之學人，多遵循文學史上三期說，只是分期的觀點不盡相同而已。將金代文學分爲三期最早是清人伍紹棠所提出的，其在〈金文最跋〉寫出金代文學分期的看法：

〔註107〕牛貴琥：《金代文學編年史》（合肥：安徽大學出版社，2011年3月第一版）。

〔註108〕如認爲趙秉文〈送麻徵君引〉邏輯混亂，引用失當；又認爲僞齊羅誘〈南征議〉「全仿諸葛亮之〈出師表〉」（頁76）。又如天興元年條中評趙秉文的〈華山感古賦〉爲「死板低能」（頁617）。

〔註109〕如繫於貞元元年（1153）的〈擬江樓記〉，《保德州志》雖言作者完顏□（名缺）在貞元元年授保德州軍事，而文中亦有「余調官來此，太守乃皇族，性天昭徹，心地平坦，……。一日，矚余爲記，欲廣擬江之制。」雖斷定此文作於此年，若僅爲推測，應註明在後，可免後人混淆，亦可利考證。

〔註110〕鄭靖時曾云：「海峽兩岸文化交流以來，大陸出版有關金代文學批評之著述，雖有鴻文佳作，亦不乏政治化，簡單化，狹隘化之現實主義批評。」（鄭靖時：《金代文學批評研究》，〈序說〉，頁3。）

> 溯夫渤海龍興，飆馳電埽掃，始於收國，以迄海陵，文字甫興，科制肇舉，譬之唐室初定，議禮多藉馬周；魏台始營，故事或咨王粲，此一時也。大定、明昌，四方靜謐。乘軺之使，酌匹裂而敘歡；射策之英，染緹油而試藝。愷樂嬉宴，雍容揄揚。譬之馬工枚速，奮飛於孝武之朝；柳雅韓碑，續澡乎元和之盛，此又一時也。逮乎汴水南遷，邊疆日蹙，龍蛇澒洞，豺虎縱橫。羈人同楚社之悲，朝士有新亭之泣。譬之杜樊川之慷慨，乃喜談兵；劉越石之清剛，輒聞傷亂，此又一時也。〔註 111〕

此分期以年號爲時間分界，輔以文學風氣爲主要分期依據，並舉出相仿唐宋名士爲例，清楚標明每個時期的特色，胡傳志《金代文學研究》中也認爲三期說是最普遍的分期方法，多數學者包括鄭振鐸、游國恩及者周惠泉皆採此一分期說〔註 112〕，是最多學者贊同的分期方式。

（二）四期說

主張金代文學分爲四期者的學者亦不少，主要觀點在於：金亡後絕大多數文人依然活動於故土，這些文人曾經接受金朝舊有的教育，在文學作品中描繪或懷念金朝的一切，這些文人積極保存金文化，身爲遺民仍教授鄉里於一方。因此認爲金亡以後仍可分爲一期。主張金文學應分爲四期者有：

1、薛瑞兆及郭明志

薛瑞兆及郭明志在《全金詩》〔註 113〕序中將金詩分爲四個時期，其中包括太祖收國元年（1115）到海陵王正隆六年（1161），第二期則爲世宗大定初（1162）至章宗泰和末年（1208），第三期則從衛紹王（1109）到哀宗天興二年（1233），第四期則是天興三年金國亡到蒙古蒙哥汗七年元好問逝世（1257）爲止。

明顯的，這個分期主要以「詩作」爲探討標準，且第四期是以元好問爲主的。然而金亡國後，他如杜仁傑、麻革、李俊民、段成己、段克己、劉祁等，這些遺臣仍是創作金詩餘音的重要作家，但《全金詩》仍以元氏卒爲最終，與《金代文學編年史》中止於元世祖至元元年（1264），所持據的觀念顯略有不同。

〔註 111〕（清）伍紹棠：〈《金文最》‧跋〉（卷一百二十，葉一）。

〔註 112〕胡傳志：《金代文學研究》（合肥：安徽大學出版社，2000 年 5 月出版，第一刷）頁 5～6。

〔註 113〕薛瑞兆、郭明志編：《全金詩》（天津：南開大學出版社，1995 年 11 月出版）。

2、鄭靖時

鄭靖時將整個金代文學發展可分爲「持護」、「經營」、「創新」、「全盛」四期，他認爲前人如莊仲方〈金文雅・序〉、金達凱《歷代詩論》、許玉文《金源的文囿》、蘇雪林《遼金元文學史》及胡幼峰《金詩研究》皆「不甚切合遞變之機杼」〔註 114〕。其中，「持護時期」乃指金初至海陵王時期（1115～1160），此一五十餘年間，可與「借才異代」時期相應對；「經營時期」指世宗一朝（1161～1195），此一時期名家，以未能聞達仕宦之進士爲多；「創新時期」則指金章宗承安以還（1196～1223）前有党懷英、王庭筠等，後有趙秉文、楊雲翼等皈依於典實雅健之文學風格；「全盛時期」則爲金哀宗時至亡國後（1224～1257），此時王若虛與李純甫各據一派，各持理論依據，使平實與新奇文風各領風騷，後則由元好問、李俊民等集其大成。鄭靖時的分期，以「文學批評家」活動時代爲主，朝代爲輔。「全盛」時期又包括了金亡後二十二年，乃元憲宗七年（1257）元好問卒年爲止。

3、牛貴琥

牛貴琥《金代文學編年史》中，也將金代文學分爲四期：金太祖收國元年（1115）到海陵王亡的正隆六年（1161）視爲「前期文學」；金世宗大定元年（1161）即位到衛紹王至寧元年（1213）視爲「中期文學」；貞祐元年（1213）宣宗南渡到金哀宗天興三年（1234）亡國，稱爲「後期文學」；金亡國以後直到元世祖忽必烈至元元年（1264），稱之爲「餘波」。

牛貴琥對於金代文學的特色曾經有很好的整理，他認爲：

> 第一，籠統地評價金代文學的優劣是不可取的，結合具體的社會環境分析和解讀不同時期作者的內心世界，扣緊社會的發展變化，關注文學的發展變化，才是研究金代文學所最需要的。
>
> 第二，雖然受文獻的局限，我們面對的大多是傳統詩文，但是從金代社會統一的區域文化的形成過程來考察，就會發現金代文學所特有的新質素。
>
> 第三，正如金代滅亡之後《泰和律義》在蒙古占領區仍然有效那樣，金代這一北方少數民族建立的統一的區域文化，在同屬少數民族的蒙古統治時期繼續發展。金代文學的價值就在於爲元代文學打下基礎，做了厚實的鋪墊。

〔註 114〕見鄭靖時《金代文學批評研究》，第二章・金代之文學發展，註八，頁五七。

金代發芽、開花，蒙元結下豐碩的果實，如果沒有金代文學，元代文學能有那麼輝煌的成就是不可想像的。〔註115〕

《金代文學編年史》基本上掌握了金代文學分期，在於社會環境及文學發展變化的重點，然此書畢竟以編年爲主，作家的創作活動侷限於年份，難以掌握單一作家的整體特性。但值得注意的是：金亡國以後仍繼續關注者，牛氏雖非第一人，但卻是唯一將其單獨分爲一期的研究者。

二、金代散文的分期

第一個專針對金代散文做分期者，是《金代散文研究》的作者王永先生；其將金代散文發展歷程分爲四期：一是太祖、太宗、熙宗、海陵王朝時期，可以稱之爲「借才異代」期；二是世宗、章宗朝時期，可以稱之爲「國朝文派」期；三是衛紹王、宣宗、哀宗前期，可以稱爲「金文極盛」期；四是壬辰北渡直至元世祖即位前期，可以稱之爲「遺民餘音」期。他也表示，這樣的分法是受到張晶先生專著《遼金詩學思想研究》中關於金詩分期說法的啓發〔註116〕。王永先生的分期方式，可以視爲金代散文分期之新見。

筆者以爲，金散文的分期斷不能以帝王或其年號爲分期的依據，散文風格往往受政治環境、科舉制度所影響，加上宗教及文化風氣的因素所牽制；尤其是金代是由女眞族所建立的國家，對於文人或漢人的重視與否，也是影響散文的重要關鍵。金初散文雖有可觀之處，然多爲借才於異代的文人所創作，且無文集存留，使今學者無法窺見金初散文全貌，實爲憾事。金中葉以後，蕭貢提出的「國朝文派」〔註117〕，可視爲金散文的重大分水嶺，也是今仍存有別集的時期。金亡後，遺民進入元朝多有謳歌之作，風格既有所轉變，又有較多的作品存留，故又可視爲一期。

今以文人主要活動與創作時間爲主要立論依據，試將金代散文分爲以下三期：

（一）借才異代期

這時期的散文作者分爲兩部分：一部分是原有的女眞貴族，一部分是「借

〔註115〕牛貴琥：〈金代文學與金代社會〉（《遼寧工程技術大學學報》（社會科學版）2012年11月第14卷第6期）。

〔註116〕王永：《金代散文研究》〈第二章　金代散文發展歷程〉，頁13～14。

〔註117〕關於蕭貢及「國朝文派」之論述，詳見本論文附錄二：〈試論金朝之「國朝文派」定義〉。

才異代」的異族人。女眞貴族掌握著政治權力中心，他們沒有文化的基礎，以軍功定朝政地位，爲了外交國書以及軍事上制誥文章的需求，所以勉強撰文，或請他人代爲撰文，內容多爲應用告語類，這類文字非常生硬，幾乎談不上修辭。如〈與高麗文孝王書〉之屬，特色僅是口語化，實無法登大雅之堂；爾後，金太祖便下詔：「國書詔令，宜選善屬文者爲之」〔註 118〕，這代表著上位者已經開始重視應用類文章，他們意識到國書詔令代表國家的立場與態度，必須是能夠表現一國的威嚴與文化素養，於是有所謂「借才異代」政策的施行〔註 119〕。

文學史上統稱爲「借才異代」，文人皆來自亡遼或宋，這些文人有的是自願投奔，有的是被迫滯留於金。周惠泉曾依文人的立場與心態將其分爲三個層次〔註 120〕，但不論心態爲何、立場爲何，或是否來自於遼、宋，他們優美的散文修辭技巧，以及行文佈篇的方式，都被金國後起之秀所學習與模仿著，對金散文的進步起了龐大的作用。

〔註 118〕《金史》卷二〈太祖本紀〉，葉十三，總頁 36。

〔註 119〕（金）劉祁：《歸潛志》（北京：中華書局，崔文印中華書局點校本，1983 年 6 月 1 版 2007 年 5 月第 3 次印刷）卷十二云：「當其取遼時，誠與後魏初起不殊。及取宋，責其背約，名爲伐罪弔民，故徵索圖書、車服，褒崇元祐諸正人，取蔡京、童貫、王黼諸姦黨，皆以順百姓望，又能用遼宋人材，如韓企先、劉彥宗、韓昉輩也。及得天下，其封建廢置，政令如前朝，雖家法邊塞，害亦不及天下，故典章法度皆出于書生。」（頁 136）太祖用心可見一斑。

〔註 120〕周惠泉曾經在〈論金初作家蔡松年〉（《社會科學戰線》，1996 年第 6 期，東北歷史與文化，頁 255～262。）一文中表示：「金初文學實際上包含著北宋文學的某種延續，伴隨著大幅度的跌落，不絕如縷的文學傳統通過入金宋人得到繼承、發展。」他認爲，金初的宋人擔當起文化傳承的重任，他們對金源文學產生不同程度的影響，並將其分爲三個層次：

第一：「以朱弁、騰茂實、姚孝錫、何宏中、司馬樸等南冠詩人爲代表，他們忠於故國，不食金祿，抗節而終，留下了懸諸日月的忠義典範，垂示后人，也留下了一些感人肺腑的詩篇。」但是，這些南冠詩人的忠義節氣並未受到金人普遍接受，所以得不到廣泛的傳播。

第二：「以宇文虛中、高士談等人爲代表，他們出仕金朝，卻念念不忘宋室。他們身在朝廷，與女眞貴族頻繁往來，能有效地傳播漢文化，促進金初文學的發展，但其作品中的故國之念不爲金人所贊同，從而侷限了他們對金代文學思想內容方面的影響。」

第三：「以蔡松年爲代表，他出仕金廷，參與金廷的政治活動，雖然不免有心理的矛盾，但絕不會口口聲聲地思念故國，這一行爲方式得到了女眞貴族的首肯，委以高官，旨在歸隱的文學創作也易爲金人接受，所以，他對金代文學的影響最爲廣泛、最爲直接，值得我們重視。」

這個時期的散文多屬應用類文字，正因爲執政者是沒有任何文化基礎的女眞族，在國家建立後實難以有立即性的成就，所關注的焦點皆在實用類文字，即使自異代借才而來的文人，也往往受到政治的牽絆，除了爲上位者代筆撰文以外，少有主動創作的篇章出現。

牛貴琥曾經切中核心的指出：正因金初乃借才於異代，所以文士的作品往往因爲政治上的考量而使內容單調化，意旨晦澀化〔註 121〕。今觀金初的散文也有這些傾向，走向爲政治服務爲目的，單純的文藝創作極少，即使有，也小心翼翼的包裝在離群索居的隱居生活中，作爲掩飾與保身的準則；尤其是來自宋代的降臣，如蔡松年等人最爲明顯，然因爲今存數量不多，實難以董理其內涵。

（二）國朝文派期

金初依靠來自遼、宋優秀的文人，加以後起之秀不斷學習與創作，使得散文迅速脫離借才異代時期，進而建立屬於自己散文風格。這些金朝建國後才出生的後起士人，在國家中學習與創作，建立起屬於金源特色的文學風格，蕭貢稱之爲「國朝文派」。

國朝文派的建立，可視爲金代散文分期之重大分水嶺；這個時期隨著社會局勢與生活環境愈趨穩定，文人逐漸建立民族自信心。他們勇於模仿唐宋文學，並嘗試著獨立的創作。其代表人物與傳衍的脈絡當從蔡珪開始；蕭貢認爲：國朝文派的傳承，蔡珪、党懷英、趙秉文都是重要的關鍵人物，其云：

> 國初如宇文太學、蔡丞相、吳深州之等，不可不謂豪傑之士，然皆宋儒，難以國朝文派論之，故斷自正甫爲正傳之宗，党竹溪次之，禮部閑閑又次之。自蕭户部眞卿倡此論，天下迄今無異議云。〔註 122〕

蔡珪出生於金朝，承自父親蔡松年的家學，所以可以快速的學習唐宋古文的精華，進而能撰寫出屬於金朝特色的散文，是金代中第一個受世人認可的散文大家〔註 123〕；可惜的是，蔡珪的散文幾已亡佚殆盡，無法研究其散文的眞正內涵與風格。

王寂是國朝文派時期現存有別集，最早的一個作者，他的《拙軒集》中亦有足夠份量的散文可資研究，可視爲此期重要之代表作家。党懷英則是金

〔註 121〕牛貴琥：《金代文學編年史》〈前言〉，頁 3。

〔註 122〕《中州集》卷一，葉十六。

〔註 123〕《滏水集》卷十一〈翰林學士承旨文獻党公碑〉：「本朝百餘年間，以文章見稱者：皇統間宇文公，大定間無可蔡公，明昌間則党公。」（葉十七）。

代散文巨擘，他對金代散文的貢獻不僅在於實際的創作，更重要的是提倡古文運動，推崇歐、蘇，又規撫昌黎，主張「道統即文統」的行動標舉，使得金散文不再以宋為唯一仿作的對象，而是跨越朝代直接向唐代古文學習。這個標舉是前所未有的，其亦身體力行，實踐其文論，幾乎影響了金代中後期所有的文人散文的立論，進而影響散文創作之風格。概括而言，党懷英之散文有著刻意學習歐陽脩，以不尚虛飾、重在達意、淺易暢達的基本特色；然可惜的是，党氏的別集並沒有留存下來，今所能見者，僅寥寥幾篇碑文與哀祭文章而已〔註 124〕。雖然，党懷英領導著金代盛世以後的散文風格，走向繼承唐宋傳統風骨的平實，以「高文大冊，主盟於一世」〔註 125〕，是建立了金代散文典範，開啓「國朝文派」的核心人物，仍是不爭之事實。

國朝文派爾後又有王庭筠、趙秉文〔註 126〕以繼承前人之姿嶄露頭角。趙秉文專追宗蘇軾而遠紹李唐，重申周昂的文學理論，提出「文以意為主，辭以達意而已」〔註 127〕，又提「六經吾師也」〔註 128〕之論，其文論重義理大抵如此。趙氏在大定二十五年（1185）登進士第，這個時期的党懷英正是金文壇中如日中天的名士，趙以党為師，從党的文學理論中學建立屬於自己的文學概念，傳承的意味不言而喻。

趙秉文善於議論，亦敢於議論，是少數有多篇論著散文留存的散文家。這顯示此時期之文人，在太平盛世中已能擺脫金初那樣的政治束縛，進而在文章中自抒己見，發表高論。趙秉文在議論文章中包括發表自己的政治、民族以及經學、史學的種種理念，成為一時之特色，可能也進而帶領了後起之

〔註 124〕按：《全遼金文》錄党懷英文十三篇：其中九篇是碑文，二篇墓表，一篇哀詞，一篇疏文。篇名如下：〈禮部令史題名碑〉、〈重建鄆國夫人殿碑〉、〈重修天封寺碑〉、〈醇德王先生墓表〉、〈十萬靈巖寺記〉、〈曲阜重修至聖文宣王廟碑〉、〈棣州重修廟學碑〉、〈十方靈巖寺碑〉、〈谷山寺碑〉、〈新補塑釋迦佛舊像碑〉、〈魯兩先生祠碑〉、〈贈正奉大夫襲封衍聖公孔公墓表〉、〈姚醉軒先生哀詞〉、〈請照公和尚開堂疏〉。

〔註 125〕（金）趙秉文：《滏水集》（（清）吳重熹輯：《石蓮盦彙刻九金人集》（臺北：成文出版社，民國六十五年八月臺一版）以下使用《滏水集》之版本皆同）卷十五〈竹溪先生文集引〉，葉一。

〔註 126〕王永將趙秉文歸為「金文極盛」期，而非「國朝文派」期。（見王永：《金代散文研究》第二章·金代散文發展歷程，第三節·金文極盛期）此與蕭貢國朝文派傳承脈絡的論點頗有出入。

〔註 127〕《滏水集》卷十五〈竹溪先生文集引〉，葉一。

〔註 128〕《滏水集》卷十九〈答李天英書〉，葉三。

秀，如王若虛和李純甫議論散文陸續的出現。惟趙氏創作以詩爲重，以文爲次之，認爲論詩應細，論文可麤〔註129〕，因此在散文創作上偶有草率之作品出現。但不論如何，這些國朝文派的文人，除了以繼承唐宋六經文人爲尚外，他們逐漸有自己的文學理論，作品能夠在模仿外再加以創作，進而開啓下一個散文高峰期。

國朝文派另外兩個重要文人是王若虛和李純甫。王若虛承襲其舅周昂的文學理論，重新省思作品只求一味模仿所帶來的種種弊端，進而提出既不尊古，也不厚今的新散文觀念。他抨擊過於模擬與雕飾詩文，所以散文也顯得直書胸臆，平易而峻潔。李純甫時，金文有了重大轉折，《歸潛志》卷八曾云：「南渡後，文風一變，文多學奇古，詩多學風雅，由趙閑閑、李屏山倡之。屏山幼無師傳，爲文下筆便喜組左氏、莊周，故能一掃遼宋餘習。而雷希顏、宋飛卿諸人，皆作古文，故復往往相法傚，不作淺弱語。」〔註130〕這段文字標舉出兩個值得注意的關鍵：其一是李純甫「幼無師傳」，故能跳脫國朝文派那些試圖模擬唐宋的文格，進而專以《左傳》、《莊子》爲尚，走向「奇古」的風格；其二，這樣的標舉已經受到後生晚輩的注意，如雷淵、宋九嘉這些文人開始追從李純甫，相法效之，使得「爲文有奇氣」〔註131〕了起來。惜乎今所能見李純甫散文非常少，而且沒有別集留存，《全遼金文》僅搜得其文九篇，殘章十則〔註132〕而已。這九篇文章中，涉及文學理論者僅一篇，自贊之

〔註129〕《歸潛志》卷八曾云：「興定、元光間，余在南京，從趙閑閑、李屏山、王從之、雷希顏諸公游，多論爲文作詩。趙於詩最細，貴含蓄工夫，於文頗麤，止論氣象大概。李於文甚細，說關鍵賓主抑揚，於詩頗麤，止論詞氣才巧。故余於趙則取其作法，於李則取其爲文法。若王，則貴議論文字有體致，不喜出奇，下字止欲如家人語言，尤以助辭爲尚。與屏山之純學大不同。嘗曰：『之純雖才高，好作險句怪語，無意味。』亦不喜司馬遷《史記》，云：『失支墮節多』」（頁88）。鄭靖時亦云：「秉文享譽文壇，拜官六卿，交遊廣闊：故官方典冊詔令多出其手，而民間應酬文字，如堂記、碑銘、題跋等，亦重託操翰……此類文章，瑕瑜互見，或有應時急救，失之草率，如〈姬平叔墓表〉，章法散亂。」（《金代文學批評研究》〈第四章 趙秉文〉，頁97）。

〔註130〕《歸潛志》，卷八，頁85。

〔註131〕《歸潛志》卷一：「宋翰林九嘉，……從屏山遊，讀書，爲文有奇氣，與雷希顏、李天英相埒也。……文辭簡古，法宋祁《新唐書》。」（頁11）

〔註132〕李純甫之散文《全遼金文》收錄篇章如下：〈重修面壁庵碑〉、〈李純甫自贊〉、〈鳴道集說序〉、〈司馬溫公不喜佛辨〉、〈程伊川異端害教論辨〉、〈栖霞縣建廟學碑〉、〈新修雪庭西舍碑〉、〈嵩州福昌縣崇真觀記〉、〈西巖集序〉及《屏山居士傳》十篇殘則。

文一篇，其他七篇之內容，不分文體皆與哲學或佛學相關，似乎也很難從這些散文中看出眞正的「奇氣」。

（三）遺民餘音期

經歷過國朝文派時期，散文已經擁有屬於金代自己的風格，而且這樣的風格已經建立完成。他們也作古文，但卻能跳脫唐宋的框套模式，迅速的成長與茁壯。如果「國朝文派期」的文人已經能在學習唐宋古文的內涵中，增添金代獨有的風格，那麼「遺民餘音期」的文人則能完全擺脫唐宋古文的包袱，從中發展出符合北方民族特色的散文理論與作品。

國朝文派時期的周昂、党懷英所推「文以意爲主」的持論，到了此時終收振聾發聵之效。這時期的散文幾乎脫離了模仿，雖然還是標舉恢復唐宋古文的風格，但已經有了屬於金朝特色的生命力：他們批判宋文學，品評當代文人的作品，建立自己的文學理論，並且實踐創作大量的散文作品。

「遺民餘音期」文人的另一貢獻，在於啓下之功，他們跨越朝代，連接金元之間的散文傳承。然此期仍存有別集者，僅李俊民、楊奐與元好問三家而已。李俊民致力於教育，無心於政事，雖處於顚沛流離之中，仍努力不懈的創作，加上享壽極永，對於元代文壇的傳承，有一定程度的貢獻；楊奐則致力於理學道統的發揚，入元後仍與元理學家密切交往，相互切磋；金末跨朝代的元好問，是「遺民餘音期」最後一位散文大家，他獨樹一格的作品，可視爲此時期的核心人物，他培養了郝經等重要的散文家。三人對於元代散文都盡了一份心力。

值得注意的是，「遺民餘音期」三家別集，都出現文體不均的情況，如元好問的作品多以「記錄」代替「議論」，眞正的論著散文一篇也沒有，敘記及碑誌文章則佔二分之一強。《四庫全書總目提要》雖言其「眾體悉備」〔註 133〕，然文體的不均，對於元好問風格的呈現，仍有不夠完整的可能。相同的，李俊民《莊靖集》被指爲：「鳩集之日，僅得千百之十一爾」〔註 134〕與後來才由明人宋廷佐輯出遺稿的楊奐散文，有著同樣文體不均的問題，這是研究金遺民餘音期的學者，都會遇到的問題。

〔註 133〕《四庫全書總目提要》卷一百六十六，集部，別集類十九，葉八。
〔註 134〕（元）李翰《莊靖集·序》卷首，葉一。

綜上所言，此一散文分期立論，乃就金散文作家及創作時間爲主要依據，今製一簡表如下〔註 135〕，冀能稍補各家分期之論：

散文分期	代表人物	創作活動時間
借才異代期	虞仲文	天輔六年（1122）十二月，金破南京，即降金。
	宇文虛中	天會七年（1129）遭扣於金朝。
	祝簡	天會八年（1130）入僞齊爲宣教郎太常博士。
	韓昉	天會十二年（1134）入禮部。
	施宜生	天會十三年（1135）入僞齊爲大總管議事。
	蔡松年	天會十四年（1136）在燕山帥府始有詞作。
國朝文派期	代表人物	登進士第時間
	蔡珪	天德三年（1151）
	王寂	天德三年（1151）
	周昂	大定初年（1160）
	党懷英	大定十年（1170）
	王庭筠	大定十六年（1176）
	趙秉文	大定二十五年（1185）
	王若虛	承安二年（1197）
	李純甫	承安二年（1197）
遺民餘音期	代表人物	登進士第時間
	李俊民	承安五年（1200）
	楊　奐	興定年間（1217～1221）以遺誤下第，元太宗十年（1238）方應試中選。（泰和六年（1206）即有創作）〔註 136〕
	元好問	興定五年（1221）（貞祐四年（1216）即創作散文〈市隱齋記〉）

〔註 135〕本表格之「借才異代期」以文士入金時間爲依據，至於「國朝文派期」與「遺民餘音期」，則以各大散文家之登進士第時間爲依據，若登第前已有散文相關創作可考者，則另標註於後。

〔註 136〕《遺山遺稿》卷上〈跋太常擬試賦稿後〉:「泰和丙寅春三月二十五日，萬寧宮試貢士，總兩科無慮千二百輩，上躬命賦題曰〈日合天統〉，侍臣初甚難之，而太常卿北京趙公適充御前讀卷官，獨以爲不難，即日奏賦，議乃定。既而中選者才二十有八人。僕時甫冠，獲試廷下，而席屋偶居前列。」（葉六、七）《歸潛志》卷十有:「上自出題曰〈日合天統〉，以困諸進士，止取二十七人，皆積漸之所至也。」（頁 111）證明楊奐已有創作之能力，且情采兼備，能在千二百人中脫穎而出。

附：簡論蔡松年及《明秀集》詞序

蔡松年是金代「借才異代」時期至今唯一留有文集的文士，其《明秀集》內容皆為詩詞之作，沒有單獨成篇的散文作品，原不在本論文研究範圍內。然而蔡松年之子蔡珪是國朝文派時期重要的散文家，蔡松年不論直接或間接對國朝文派散文的傳承都可能有著重要的文學歷史意義；加以《明秀集》其中十二篇詞序曾收錄在《金文最》卷三十七中，顯見清人亦頗重視，今若能就詞序的題材內容加以分析，應可稍探究此時期由宋入金之文人在散文創作上的表現。

茲僅以蔡松年之生平行誼與《明秀集》中諸篇詞序的題材內容略加分類介紹，望能稍補金初散文作品不足之憾。

一、生平行誼

蔡松年（1107～1159），字伯堅，自號蕭閑老人，又號玩世酒狂〔註 137〕。他出身宋朝官宦之家，機緣促使下，在天會三年（1124）隨父蔡靖歸降於金國，年十九歲即入燕山幕，掌理機宜文字，開始金朝官宦生涯。後遷為太子中允，除眞定府判官，自此遂為眞定人。宋既南渡，金僞立劉豫為齊帝，蔡松年嘗從元帥府與齊俱伐宋。僞齊國廢，置行台尚書省於汴京，完顏宗弼領行台事，以松年為刑部郎中。又伐宋，兼總軍中六部事。南宋稱臣，師還，宗弼入為左丞相，薦其為刑部員外郎，遷左司員外郎。

天會九年，輾轉辟為金國元帥府的「令史」，赴職時，寫下〈滿江紅〉一詞，詞序中有：

> 去家六年，對花無好情悰，然得流坎有命，無不可者。古人謂人生安樂，孰知其好。屢誦此語，良用感嘆。〔註 138〕

表達無限的感慨，詞中又云：

> 老驥天山非我事，一蓑煙雨違人願。識醉歌悲壯一生心，狂嵇阮。〔註 139〕

當時蔡松年年方二十五，卻表現出厭倦紛擾的吏事，體會嵇康、阮籍放縱自我的心境。

〔註 137〕《明秀集》卷三〈滿江紅〉序：「是月十五日，玩世酒狂。」魏道明注曰：「玩世酒狂，公少時號也。」《續修四庫全書》集部．詞類（頁 300，葉四）。

〔註 138〕《明秀集》卷三〈滿江紅〉其四，（頁 300，葉四）。

〔註 139〕同上註。

天會十二年（1134），蔡氏隨金軍南征，寫下〈洞仙歌・甲寅歲從師江壖戲作竹廬〉一詞，詞中則云：

喚起兵前倦游興，地床深穩坐，春入蒲團，天憐我，教養疏慵野性。〔註 140〕

顯見蔡松年雖官運亨通，卻總厭倦於兵家之事。

蔡松年雖寫下厭惡戰爭的種種創作，卻從未阻礙其亨通之官運。天眷三年（1140），金復取河南地，完顏宗弼便委任蔡松年爲「兼總軍中六部事」〔註 141〕，並隨軍南征。也因爲如此，結識後來的海陵王完顏亮，兩人十分友好〔註 142〕，爲蔡氏後來的官路打下了基礎。事實上，蔡氏以南人的身分在金朝卻能得到如此高官厚祿，端賴其處事往往知分寸，如皇統二年（1142）二月，蔡松年至上京，高士談等曾設宴接風，蔡氏卻爲委婉的避嫌不赴，〈石州慢〉詞序中云：

今歲先入都門，意謂得與生平故人，共一笑之樂，且辱子文兄有同醉佳招。而前此二日，左目忽昏翳，不復敢近酒盞。〔註 143〕

蔡刻意與南人保持距離，正是他聰明過人的地方。

皇統六年（1146），一樣是來自宋的友人高士談、宇文虛中被金人所殺；宇文被誣指爲「恃才輕肆，好譏訕，凡見女直人輒以礦鹵目之，達官貴人往往積不能平。」〔註 144〕而態度低調處事謹慎的蔡松年則順利的躲過這次危機。非但如此，次年，曾以言語得罪蔡氏的田瑴，因黨事起而被殺，蔡氏不但如願的鏟除政敵〔註 145〕，更被熙宗加以進用，遷左司員外郎。

〔註 140〕《明秀集》卷二〈洞仙歌〉（頁 292，葉五）。

〔註 141〕《金史》列傳第一百二十五，葉三，頁 1162。

〔註 142〕《金史》列傳第一百二十五：「松年前在宗弼府，而海陵以宗室子在宗弼軍中任使，用是相友善。」葉三，頁 1162。

〔註 143〕《金文最》卷十九，蔡松年〈石州慢〉詞序。

〔註 144〕《金史》列傳第十七，葉十一，頁 749。

〔註 145〕此事見於《歸潛志》卷十：「熙宗時，韓丞相企先輔政，好講進人材，田瑴輩風采，誠一時人士魁，名士皆顯達焉。凡宴談會集間，諸公皆以分別流品、升沉人物爲事。時蔡丞相松年、曹尚書望之、許宣徽霖居下位，欲附其中，而瑴輩不許曰：『松年失節、望之俗吏、霖小人』，皆屏而不用。三人者大恨之。」（頁 110）後韓企先薨，瑴等失勢，蔡、曹、許三人促遼王起黨事奏聞，熙宗因而下令盡誅之，田瑴輩等或被殺或被流放，三人因此得以進用。此事後，史料對於蔡、曹、許三人之評價因而大貶。

海陵王弒熙宗篡位自立後，蔡松年官運便扶搖直上。天德二年（1150）被擢爲吏部侍郎，參予修建宮室。次年，其子蔡珪登進士第，蔡珪即是後來引領金中葉文壇的重要文人，尤其是散文，曾受到趙秉文等人一致的推崇，被視爲國朝文派第一人。

貞元元年（1153），蔡松年升爲戶部尚書，且循宋張咏「四川交子之法」模式，在金國發行紙幣，是爲「鈔引法」〔註 146〕，是中國歷史上第一個在國家中全面發行紙幣的政策。是年冬天，海陵王看中蔡松年從宋入金的特殊身分，特別擢顯他，用以聳南人視聽，派蔡氏代表金朝出使宋朝爲賀正旦使〔註 147〕。這顯示海陵王期間，不論在重要經濟改革或者外交上，蔡松年都被委以重任。貞元二年，蔡任吏部尚書，次年任參知政事，三年又遷任崇德大夫進銀青光祿大夫。正隆年間（1156～1159）更遷右丞、左丞，封郜國公、衛國公。晉升之速，前所未有。蔡松年最後成爲金朝文人所擔任的官職中最高的人物，漢人中「爵位最重者。」〔註 148〕。

卒後，謚文簡，海陵王加封爲吳國公，起復其子蔡珪爲翰林修撰。其原有《蔡松年集》〔註 149〕、《明秀集》〔註 150〕傳世，今僅存《明秀集》殘卷三卷，是爲詞集，共存八十六首詞作，由金人魏道明爲之注解〔註 151〕。本傳云其：「文辭清麗，尤工樂府，與吳激齊名，時號吳蔡體。」〔註 152〕

蔡松年十七歲由宋入金，是將北宋的文學帶入金朝的一個重要士人，也因爲他完全的歸化金朝，取得金上位者高度之信任，再加上其子蔡珪在金朝積極的文學活動，使得北宋的詩、詞、散文，得以在金朝繼續發展茁壯。翁

〔註 146〕《金史・食貨志三》云：「貞元二年遷都之後，户部尚書蔡松年復鈔引法，遂製交鈔，與錢並用。」「猶循宋張咏四川交子之法而紓其期爾。」（葉一，頁 452）。

〔註 147〕《金史》列傳第一百二十五：「海陵謀伐宋，以松年家世仕宋，故亟擢顯位以聳南人觀聽，遂以松年爲賀宋正旦使。」，葉三、四，頁 1162。

〔註 148〕《金史》列傳第一百二十六，贊曰：「蔡松年在文藝中，爵位之最重者，道金人言利，興黨獄，殺田瑴，文不能掩其所短者歟。」葉十三，頁 1174。

〔註 149〕《千頃堂書目》卷二十九，集部有《蔡松年文集》。

〔註 150〕《明秀集》原名「《蕭閑集》；《直齋書錄題解》卷二十一：「《蕭閑集》六卷，蔡伯堅撰，靖之子陷金者。」

〔註 151〕（清）張蓉鏡《明秀集注跋》云：「《明秀集》者，蕭閑老人蔡松年撰，……注出魏道明手，徵引博洽，集中酬贈諸君俱爲詳注始末，俾一代人文得所考核，未可以滹南、遺山微有不滿而忽視之也。」

〔註 152〕《金史》列傳第一百二十五（葉四，頁 1162。）；《中州集》卷一蔡松年小傳下亦云：「百年以來，樂府推伯堅與吳彥高，號吳蔡體。」

方綱就認爲蔡松年是蘇軾之學的傳承者，其曰：「當日程學盛于南，蘇學盛于北，如蔡松年、趙秉文之屬，蓋皆蘇氏之支流餘裔。」〔註 153〕

然而，金掌權者可能並未給予出身宋人的蔡松年太多的權力，因此他的詩詞時時表現出欲歸隱山林的態度，創作中屢屢感嘆爭奪殺伐的戰事，認爲政治名利都是虛幻而無謂的追逐。而且自號蕭閑老人，曾作圃於鎭陽，將圃園號爲「蕭閑圃」，又寓居汴都，建「蕭閑堂」，這些行徑顯示他幾乎半生都想著歸隱的事情。然迫於現實無奈，背負著宋人事金的污名，又被金人所利用，終其一生都沒有實現這個歸隱的理想。也因爲如此，他的創作與政治幾乎完全脫節，見其文章儼然是個嚮往歸隱的單純詞人，或許在文章中避談政事，也使他能成爲少數幾個由宋人入金，而能壽終正寢的文人之一〔註 154〕。

二、題材內容

蔡松年現今所見存文中，包括殘存的《明秀集》三卷，幾乎都是最爲世人所激賞的詞，究其原因：乃因蔡松年十九歲即擔任要職，直到過世時都未卸下金官宦的身分，終其一生都在金朝服務，然而「家世仕宋」〔註 155〕的出身，始終是蔡氏的負擔。擔任官職的過程中，往往須忍受女眞貴族的種種猜忌，表現更爲忠心耿耿〔註 156〕，這顯然不是件容易的事，蔡氏內心恐是戒愼苦悶的。詞作不像詩歌般嚴肅，可以帶著輕鬆詼諧在歌席酒筵中淺斟低唱，往往可以是文人在閑情逸興下隨興的創作，相較於詩的束縛，具有更高的靈活性。蔡松年的詞主要的內容都在抒寫隱逸的情懷，表現出對於官旅生涯的無奈，終究嚮往歸隱的心情；而詞序，此類淺白平易的散文形式，更能直接了當的表現出作者內心眞正的想法。因此，即使沒有成篇的散文流傳，我們仍能將此類簡單隨興的詞序視爲小品，藉以了解蔡松年官旅心境與現實生活的理想。茲就詞序題材內容分類如下：

〔註 153〕（清）翁方綱《石洲詩話》（上海古籍出版社 2002《續修四庫全書》據清嘉慶二十年蔣攸銛刻本影印），卷五，葉二，頁 188。

〔註 154〕一說蔡松年死於非命，然無直接的證據與紀錄，故仍視爲壽終正寢。

〔註 155〕《金史》列傳第一百二十五，葉三，頁 1162。

〔註 156〕《金史》列傳第一百二十五：「初，海陵愛宋使人山呼聲，使神衛軍習之。及孫道夫賀正隆三年正旦，入見，山呼聲不類往年來者。道夫退，海陵謂宰臣曰：『宋人知我使神衛軍習其聲，此必蔡松年、胡礪泄之。』松年惶恐對曰：『臣若懷此心，便當族滅。』」葉四，頁 1162。

（一）嚮往歸隱，求田問舍

蔡松年詞作題材上，有極大比例是圍繞在尋求歸隱與求田問舍的大主題之下。胡傳志就曾統計《金文最》中所收蔡氏十二首各調詞序，其中提到歸隱這個主題的即有九篇之多〔註157〕，佔四分之三強。

以〈雨中花〉詞序爲例，這是一篇最完整且篇幅頗長的代表作，也可以視爲蔡松年的自傳。序中先是娓娓道出自幼率性的個性：

> 僕自幼刻意林壑，不耐俗事，懶慢之僻，殆與成性。每加責勵，而不能自克。志復疏怯，嗜酒好睡，遇乘高屨危，動輒有畏。道逢達人稠人，則便欲退縮。其與人交，無賢不肖，往往率情任實，不留機心。自惟至熟，使之久與世接，所謂不有外難，當有內病，故謀爲早退閑居之樂。〔註158〕

再述自己年長以後，遭時多故，不得已總從事簿書鞍馬間，然實在有違初衷：

> 長大以來，遭時多故，一行作吏，從事于簿書鞍馬間，違己交病，不堪其憂。求田問舍，遑遑於四方，殆未見會心處。聞山陽間，魏晉諸賢故居，風氣清和，水竹蔥力。方今天壤間，蓋第一勝絕之境，有意蔔築於斯，雅詠玄虛，不談世事，起其流風遺躅。故自丙辰丁巳以來，三求官河內，經營三徑，遂將終焉。〔註159〕

所以蔡氏晚年一心求田問舍，欲隱居山林放下案牘之勞形，惜時局不允，終在「俗事」中度日：

> 事與願違，俯仰一紀，勞生愈甚，吊影自憐。然而觸於事物，感今懷昔，考其見於賦詠者，實未始一日而忘。李君不愚，作掾天臺，出佐是郡，因其行也，賦樂府長短句，以敍鄙懷。行春勝日，物彩照人，爲予擇稚秀者，以雨中花歌之，使清泉白石，聞我心曲，庶幾他日不爲生客耳！〔註160〕

通篇鋪敘了自幼到老的個性與心願，念念不忘有朝能遠離政事，道盡了嚮往歸隱卻迫於現實無奈的心情。

蔡松年在詞序中道出羨慕嵇康、阮籍，而萌生想要脫離現實的禮教束縛的念頭，他不斷大談歸隱山林的可貴，拋棄官名爵位等「外物」，企圖以這些

〔註157〕見胡傳志：《金代散文研究》，第二章 金代散文發展歷程，頁29。
〔註158〕《明秀集》卷一，〈雨中花〉。（頁289，葉十五）。
〔註159〕同上註。
〔註160〕同上註。

字句來淡化自己以一個宋人攀附金朝而得到高官的事實。如作於皇統五年（1145）的〈水龍吟〉，是蔡松年由上都告假歸鄉之時所寫，有最深刻的感嘆。序云：

> 時去中秋不數日，方遑遑於道路，宦遊飄泊，節物如馳，此生餘幾春秋，而所謂樂以酬身者乃如此，謀生之拙，可不哀耶？幸終焉之有圖，坐歸歟之不早，慨焉興感，無以爲懷，因作長短句詩，極道蕭閑退居之樂，歌以自寬，亦以自警，蓋越調水龍吟也。與我同志幸各賦一首爲他日林下故事。〔註 161〕

蔡松年感於中秋時節，仍「遑遑於道路」，感慨自己半生飄盪於官宦，不如早日歸隱以「極道蕭閑退居之樂」，所以寫歌以自寬、自警。

另一篇寫於貞元元年（1153）的〈水龍吟〉，則是蔡松年詞序中最長的一篇，也全將主題置在歌詠早退閑居之樂上。序文內容追憶自己二十餘歲即與吳激論求田問舍之事，然時光飛逝，即使已年逾五十，雅志仍未得以實現：

> 余始年二十餘，歲在丁未，與故人東山吳季高父論求田問舍事。數爲余言：懷衛間風氣清淑，物產奇麗，相約他年爲終焉之計。爾後事與願違，遑遑未暇。故其晚年詩曰：「夢想淇園上，春林布穀聲。」又曰：「故交半在青雲上，乞取淇園作醉鄉。」蓋誌此也。東山高情遠韻，參之魏晉諸賢而無媿，天下共知之。不幸年逾五十，遂下世。今墓木將拱矣！雅志莫遂，令人短氣。〔註 162〕

又寫爾後忙於公事「沈迷簿領」，且少有像故人能會心此歸隱之「眞樂」，直到癸酉年買田置草堂，才能稍成就自己喜愛敝野的個性：

> 癸酉歲，遂買田於蘇門之下，孫公和、邵堯夫之遺跡在焉。將營草堂，以寄餘齡。巾車短艇，偶有清興，往來不過三數百里，而前之佳境，悉爲己有，豈不適哉？但空疎之跡，晚被寵榮，叨陪國論，上恩未報，未敢遽言乞骸。若僶勉駑力，加以數年，庶幾早遂麋鹿之性。〔註 163〕

其內容皆言山居之樂，雖不能眞正的歸隱，然買田置草堂於一隅，亦爲一樂事。這一年的蔡松年得到海陵王擢顯，在加官晉爵之餘，恐於「上恩未報」，

〔註 161〕《明秀集》卷二，〈水龍吟〉。（頁 303，葉九）
〔註 162〕《明秀集》卷二，〈水龍吟〉。（頁 290，葉二）。
〔註 163〕《明秀集》卷二，〈水龍吟〉。（頁 290，葉二）。

不敢眞正的隱退。事實上，蔡氏晚年都在這種兩難的感慨下過生活，因爲身分的特殊，爲官總想要退隱以遠離政治是非與可畏的人言，但蔡氏心裡清楚，若眞退隱，唯恐將難逃獲罪之可能，所以表面上總稱欲報效金王朝浩大的知遇之恩，不敢恣意妄爲，實際上在游宦漂泊下，也只能將求田問舍的心情化爲文字以抒發內心之矛盾了。

（二）感懷故舊，追敘友誼

蔡松年詞序還有一部分將主題置於感懷故友上，內容或追敘與友人往日情誼，或讚賞故人才情與氣質者。如〈水調歌頭〉詞序，寫曹浩然「人品高秀，玉立而冠，在寒士右」，曹氏雖流離頓挫於事業，終日與酒爲伍卻「悠然得意，引滿徑醉」，且「醉中出豪爽語，往往冰雪逼人，翰墨淋漓，殆與海岳並驅爭先。」蔡松年詞序中借蘇軾之語，認爲讀書人身於憂患頓挫之中，反而能激發文思，其云：

> 雖其平生風味，可以想見，然流離頓挫之助，乃不爲不多。東坡先生云，士踐憂患，焉知非福，浩然有焉。老子於此，所謂興復不淺者，聞其風而悅之。念方問舍於蕭閑，陰求老伴，若加以數年，得相從乎林影水光之間，信足了此一生，猶恐君之嫌俗客也，作水調歌曲以訪之。〔註 164〕

又如〈水調歌頭〉其五，則敘述自己在戊申（天會六年 1128 年）之秋認識季霑，一見季氏即難忘其出眾之氣質，十二年過去，再別於燕之傳舍後，又錯身未遇，徒感悵然：

> 僕以戊申之秋，始識吾季霑兄於燕市稠人中，軒昂簡貴，使人神竦，既而過之，未嘗不彌日忘歸。至於一邱一壑，心通神解，殆不容聲。自是朝夕與之期，鄰里與之游者，蓋十有二年。己未五月，復別於燕之傳舍。及其得官汴梁，僕已去彼，悵然之情，日日往來乎心也。〔註 165〕

季霑姓范，魏道明註說明他是范仲淹第四世孫，家許昌，聚有圖書萬餘卷，是金初有名的士人。蔡松年在詞中說與對方是「神交一笑千載」，兩人交情可見其一斑。

〔註 164〕《明秀集》卷一，〈水調歌頭〉其二。（頁 282，葉二）。
〔註 165〕《明秀集》卷一，〈水調歌頭〉其五。（頁 283，葉四）。

〈石州慢〉則寫與毛澤民飲酒賦詩的經過，趣味盎然，類小品之輕鬆愜意，今逐錄一段以示之：

毛澤民嘗九日以微疾不飲酒，唯煎小團，薦以菊葉，作侑茶樂府。卒章有「一杯菊葉小雲團，滿眼蕭蕭松竹晚」之語，僕頃在汴梁三年，每約會心二三客，登故苑之友雲亭，或寓居之西岀，置酒高會，以酬佳節，酣觴賦詩，道早退閑居之樂。歲在庚子，有五字十章，其一云：「去年哦新詩，小山黃菊中。年年説歸思，遠目驚高鴻。」逮今已復三經。是日奔走塵泥，勞生愈甚，今歲先入都門，意謂得與平生故人，共一笑之樂，且辱子文兄有同醉佳招。而前此二日，左目忽病昏翳，不復敢近酒盞。癡坐亡聊，感念身世，無以自遣，乃用澤民故事，擬菊烹茶，仍作長短句，以石州之音歌之。〔註 166〕

〈滿江紅〉其三則記舅氏丹房先生云：

舅氏丹房先生，方外偉人，輕財如糞土，常有輕舉八表之志，故世莫能用之。時時出煙霞九天上語，醉墨淋漓，擺落人間俗學，自謂得三代鼎鐘妙意。今年以書抵僕，言行年七十，精力愈強，貧愈甚，知大丹之旨愈明。意使早成明秀歸計，以供其薪水之費也。作滿江紅長短句，以發千里一笑云。〔註 167〕

該詞序言及舅父丹房先生，認爲他乃世外高人，不慕榮利，仙風道骨，因此不爲世所用。即使年近古稀之年，精力愈強且知大丹之旨愈明，卻也因不事生產而愈加貧困。舅父於是寄書與蔡松年，請求供養生活之費用，蔡松年知其來意後不覺莞爾一笑，於是寫下〈滿江紅〉一詞，詞文讚頌舅父仙風道骨之餘，卻在詞序中稍加嘲弄一番。

又如〈永遇樂〉寫與施宜生同僚三年，讚賞其政術文章，回憶與之論流俗之世事，望能早退隱閑居一方，其云：

建安施明望，與余同僚，三年心期，最爲相得。其政術文章，皆餘之所畏仰，不復更言。獨記異時，共論流俗鄙吝之態，令人短氣。且謀早退，爲閒居之樂。斯言未寒，又復再見秋物，念之惘然，輒由其語爲永遇樂長短句寄之，並以自警。

〔註 166〕《明秀集》卷二，〈石州慢〉。（頁 291，葉三）。
〔註 167〕《明秀集》卷三，〈滿江紅〉。（頁 299，葉二）。

施宜生原名施逵（1091～1160），靖康之變後叛逃投僞齊，更名宜生，字明望，一生歷仕宋、齊、金三國，曾自號三住老人。歷史上對他的評價褒貶不一，但蔡松年的處境與施氏頗爲相類，皆有著宋人事金的汙名。從此詞序中不難見兩人惺惺相惜的情誼。

至於非詠當代之人，而偏向追懷古人之作，蔡松年〈念奴嬌〉一詞，其中後序有一段專提及晉人王衍之論，頗值得注意，其云：

> 王夷甫神姿高秀，宅心物外，爲天下稱首。復自言少無宦情，使其雅詠虛玄，不論世事，超然遂終其身，何必減嵇阮輩？而當衰世頹俗，力不可爲，不能遠引辭世，黽俛高位，顛危之禍，卒與晉俱爲千古名士之恨。又嘗讀山陰詩敘，考其論古今，感慨事物之變，既言修短隨化，終期於盡，而世殊事異，興懷一致，則死生終始，物理之常。正當乘化以歸盡，何足深歎？而區區列敘一時之述作，刊紀歲月，豈逸少之清眞簡裁，亦未盡能忘情於此耶？故因此詞並及之。

史載王衍「神情明秀，風姿詳雅」，又有盛才美貌，明悟若神。詞序中蔡氏認爲王衍面對亂世，仍黽俛於高位，倘若能遠引辭世，終身雅詠虛玄而不論世事，則應能上比嵇康阮籍之類的人物。大概蔡松年想藉由歌詠這位徒有高情遠志卻不能離開政事的王衍，來類比自己當下的處境與心情。

他如〈水龍吟〉詞序寫楊子能；以及〈念奴嬌〉其三寫與吳傑；〈滿江紅〉其三寫己之妹婿等，亦皆屬此類。

有些詞序只是點明詞旨，興起懷舊感嘆之意，無以分類，便歸於其他。如〈雨中花〉詞序道出臘梅時節感於平生親友多已凋零，於是招幾個知心者，集於禪坊小酌賦詩，自是感慨萬千：

> 僕將以窮臘去汴，平生親友，零落殆盡，復作天東之別。數日來，蠟梅風味頗已動，感念節物，無以爲懷，於是招二三會心者，載酒小集於禪坊。而樂府有清音人雅善歌雨中花，坐客請賦此曲，以侑一觴。情之所鍾，故不能已，以卒章記重遊退閑之樂，庶以自寬云。〔註168〕

一樣是感念節物而有所抒發，〈念奴嬌〉詞序中也寫道：

> 辛亥新正五日，天氣晴暖，偶出，道逢賣燈者，晚至一人家，飲橙酒，以滴蠟黃海侑樽。醉歸，感嘆節物，顧念身世，殆無以爲懷，作此解。

〔註168〕《明秀集》卷三，〈雨中花〉。（頁302，葉八）。

又如〈滿江紅〉詞序有：

> 辛亥三月，春事婉娩，士風熙然，東城雜花間，梨爲最。去家六年，對花無好情悰，然得流坎有命，無不可者。古人謂人生安樂，孰知其他，屢誦此語，良用感慨。插花把酒，偶記去年今日事，賦十數長短句遣意，非知心人亦殆難明此意。〔註 169〕

此類詞序，多爲排解內心憂懷感慨、歌詠閒適的心情，或闡明詞旨，雖部分恐有無病呻吟的意味，然詞序多清新，感觸眞實，亦可視爲金初小品的先驅。

三、藝術特色

蔡松年詞序有兩個藝術特徵，其一：敘事娓娓，篇幅加長。詞序雖非屬詞之主體，然蔡氏總將詞序篇幅加長，用以追憶時空背景以及紀錄創作當時心路歷程、想法態度等等，尤其篇幅最長的〈水龍吟〉更多達五百餘字，文中清楚交代求田問舍之經過，使得序文斐然成章，儼然可獨立爲小品散文，這在金代詞壇中實爲一獨特之處。

其二：感情眞摯，敘議兼有。如上所言，詞的創作態度較詩更爲輕鬆愜意，也因如此，蔡松年詞序中多有豐富之情感，如紀錄友誼則寫得自然眞摯，感嘆歸隱之不得則寫得感慨萬千，有些詞序爲排解內心憂懷感慨、歌詠閒適的心情，反而能寫得趣意盎然。又如〈念奴嬌〉詞序評論晉人王衍，儼然將議論寫於序中，亦堪稱一絕。如此隨喜賦寫，清新雋永而不囿於板滯，是蔡松年在詞序創作的藝術特色之一。

周惠泉曾經在〈論金初作家蔡松年〉一文中表示：「金初文學實際上包含著北宋文學的某種延續，伴隨著大幅度的跌落，不絕如縷的文學傳統通過入金宋人得到繼承、發展。」他認爲：「以蔡松年爲代表，他出仕金廷，參與金廷的政治活動，雖然不免有心理的矛盾，但絕不會口口聲聲地思念故國，這一行爲方式得到了女眞貴族的首肯，委以高官，旨在歸隱的文學創作也易爲金人接受，所以，他對金代文學的影響最爲廣泛、最爲直接，值得我們重視。」〔註 170〕這樣評論極爲公允，必須承認蔡松年對於金元之際的文學有著不可抹

〔註 169〕《明秀集》卷三〈滿江紅〉其四，（頁 300，葉四）。

〔註 170〕周惠泉：〈論金初作家蔡松年〉《社會科學戰線》，1996 年第 6 期，東北歷史與文化，頁 255～262。

滅的影響，尤其是他的詞作，元好問曾評曰：「百年以來，樂府推伯堅與吳彥高，號吳蔡體。」到了元代，甚有所謂「馬麗則之賦，李、杜光焰之詩，詞藻蘇、黃，歌詞吳、蔡，兼而有之，可謂得其全。」〔註171〕足見其影響之大。今觀其詞序斐然成章，清新雋永而情感眞摯，實可視爲金借才異代時期散文難得之餘絮。

〔註171〕（元）耶律楚材：《湛然居士文集》，王鄰序。（《摛藻堂四庫全書薈要》集部，別集類，第399冊），臺北：世界書局，1987年。

第二章　金代文化宗教對散文的影響

金代文化是汲取各種民族結晶薰陶而成的。女眞人自認爲渤海一家，渤海文化對他們有著重要的影響，與遼朝的藩屬關係，使他們受到契丹文化的薰陶；與北宋的交往，又促使他們主動地了解和吸收漢文化，再加上女眞固有文化的傳統，使得金朝文化有著以漢文化爲主，融合各民族的特點。

在宗教上，金代特有的全眞教以及佛教思想，對文人的創作必然有一定程度的影響；綜合文化與宗教內涵，方能激盪出金代獨有散文特質。茲就文化發展與宗教盛行兩大方向論述。

第一節　文化發展的影響

文化發展必影響散文之創作，金代散文之所以不應僅視爲唐宋散文之單純延續，就在於金代有獨特文化發展。以下就語言文字、科舉教育及君王態度，逐一分項討論金文化與散文間相互之影響：

一、語言文字

金建國初並無文字，與鄰國交往文書皆用契丹文或漢文。建國後，太祖命完顏希尹、葉魯創女眞文字。希尹（？～1140），女眞名谷神，完顏部人。他爲人思慮縝密足智多謀，通曉女眞族法度。受命後，即仿漢字之正楷體，沿用契丹大字體制，配合女眞語言，創制了女眞文字；於天輔三年（1119）八月完成，隨後立即頒行，爲「女眞大字」。熙宗時，又據契丹小字，創制「女眞小字」，天眷元年（1138）頒行，九月詔百官誥命，契丹文和漢文仍各用本字。

女眞文字頒行後，除用為官方往來文書外，還翻譯了大量漢文經史著作。世宗大定四年（1164），頒行女眞大小字所譯經書，令每謀克選兩人習之。不久又建女眞學校，由國家供給，學習古書、詩、策等，培養了一批有知識的女眞青年，為進一步發展女眞文化教育和設置女眞策論進士創造了條件。

世宗大定十六年（1176）與親王大臣談論古今興廢事時說：「經籍之興，其來久矣，垂教後世，無不盡善。今之學者，既能誦之，必須行之。然知而不能行者多矣，苟不能行，誦之何益？女直舊風最為純直，雖不知書，然其祭天地，敬親戚，尊耆老，接賓客，信朋友，禮意款曲，皆出自然，其善與古書所載無異。汝輩當學習之，舊風不可忘也」〔註 1〕；也曾云：「朕所以譯五經者，正欲女眞人知仁義道德之所在耳」〔註 2〕。世宗翻譯五經，也未遺忘女眞族舊有的文字語言，他曾在大定十三年（1173）感慨的訓誡女眞子弟說：「汝輩自幼惟習漢人風俗，不知女眞純實之風，至於文字語言，或不通曉，是忘本也」〔註 3〕；並首開女眞策論進士科，取徒單鎰等二十七人，以新進士為教授，在京師設女眞國子學，諸路設女眞府學，招收士民子弟中有志於學者。諸女眞進士亦不負皇恩，於大定十六年進所譯《史記》、《西漢書》、《貞觀政要》、《白氏策林》等書，世宗命頒行之，並選諸路學生三十餘人，令編修溫迪罕締達教以古書，習作詩、策。女眞進士同其他諸科一樣，為選拔人才的途徑之一，終金之世行而不廢。漢文字與女眞文字並行推廣，世宗乃諸帝王中對語言文字貢獻最鉅者。

至於漢語不僅為金朝境內之漢人所用，且契丹、女眞、渤海上層都通曉，使用範圍之重要性駕女眞語文之上，仍視為共通語言。由於契丹文字在金朝境內交往中佔有重要的地位，所以尚書省、御史台、樞密院都設有契丹令史、譯史，諸京、府、運司和防禦州、刺史州也設譯史，負責處理契丹文書，一直使用至章宗初年，明昌二年才明令廢止。

女眞文字的創制，代表了金朝有屬於自己的文字，再加上積極的翻譯五經、古書，以及設立專有的科舉取士制度，不但使儒家學說完全的被女眞人所接受，也能使原有的漢文學被女眞文人所模仿。今所能見刻於金代的女眞

〔註 1〕《金史》卷七〈世宗本紀中〉，葉八、九，總頁 90、91。
〔註 2〕《金史》卷八〈世宗本紀下〉，葉六。總頁 99。
〔註 3〕《金史》卷七〈世宗本紀中〉，葉四、五，總頁 88、89。

大字石碑共計十一件〔註 4〕，題名著錄的漢文典籍的女眞文譯本即有二十一本〔註 5〕，不難見出當時政策積極汲取漢文化的態度。女眞文字的創立，使女眞人能迅速的學習漢文學，並仿作詩文，對於散文的實有奠基之功。

二、教育科舉

元人或有云「遼以釋廢，金以儒亡」〔註 6〕，實乃金代特重進士科舉制之故；金人不僅沿襲了唐、宋時期之科舉舊制，且特爲本民族創立了女眞進士科，形成了具有一代特點的科舉制度，對漢、女眞兩大官學教育體系發展起了重要的促進作用。

《金文最》中李世弼曾從天會元年開始，對金代科舉的流衍做一個完整的紀錄，名之爲〈登科記序〉，序曰：

> 金天會元年，始設科舉，有詞賦，有經義，有同進士，有同三傳，有同學究，凡五等。……天眷三年，令大河以南，別開舉場，謂之南選。貞元二年，遷都於燕，遂合南北，通試于燕。……近批閱金國登科顯官，陞相位及名卿士大夫，間見迭出，代不乏人。所以翼贊百年，如大定明昌五十餘載，朝野閒暇，時和歲豐。則輔相佐佑，所益居多。科舉亦無負于國家矣！是知科舉豈徒習其言說，誦其句讀，摛章繪句

〔註 4〕關於女眞石碑研究彙編，詳可見日人安馬彌一郎編撰《女眞文金石志稿》，（京都：碧文堂，油印本，作者自刊，1943 年 3 月）其中較爲著名的是《大金得勝陀頌碑》：1185 年（金世宗大定二十五年）七月立碑，發現於今吉林省夫余縣拉林河，碑文爲女眞字－漢字雙面刻寫，正面刻有漢字碑文八百餘字，背面刻有*女眞大字碑文*一千五百餘字，約三十三行，由大文豪党懷英所奉敕篆額；《蒙古九峰石壁女眞大字石刻》：1196 年（金章宗明昌七年）立碑，發現於今蒙古國肯特縣巴彥霍特克蘇木鄉，共計九行，一百四十個女眞字。

〔註 5〕已全部亡佚但有題名著錄的漢文典籍女眞文譯本：1165 年版有《貞觀政要》、《白氏策林》、《史記》、《漢書》；1183 年版則有《易》、《書》、《論語》、《孟子》、《老子》、《揚子》、《文中子》、《劉子》、《新唐書》、《伍子胥書》、《孫臏書》、《太公書》、《磐石書》、《黃氏女書》、《家書》、《百家姓》、《孝經》。

〔註 6〕《元史》卷一百六十三列傳第五十，〈張德輝傳〉：「歲丁未，世祖在潛邸，召見，問曰：「孔子歿已久，今其性安在？」對曰：「聖人與天地終始，無往不在。殿下能行聖人之道，性即在是矣。」又問：「或云，遼以釋廢，金以儒亡，有諸？」對曰：「遼事臣未周知，金季乃所親睹。宰執中雖用一二儒臣，餘皆武弁世爵，及論軍國大事，又不使預聞，大抵以儒進者三十之一，國之存亡，自有任其責者，儒何咎焉！」世祖然之。」（（明）宋濂等主編：《元史》（臺北：中華書局：《四部備要》史部，據武英殿本校刊）葉六。）

而已哉？篆刻雕蟲而已哉？固將率性修道，以人文化成天下，上則安富尊榮，下則孝悌忠信，而建萬世之長策。科舉之功，不其大乎？！國家所以稽古重道者，以六經載道，所以重科舉也。後世所以重科舉者，以維持六經，能傳帝王之道也。科舉之功，不其大乎？！〔註7〕

此序文幾已紀錄了每一次科舉制度的重大改變，例如天眷二年的唱名制度，或天眷三年始分南北選，貞元二年又合南北選等，是研究金代科舉沿革的重要資料。

事實上，金初軍事進展迅速，得地日廣，職員多缺，雖以武立國，但金太祖早在天輔年間「已留心於文事」〔註8〕。在滅遼的過程中，太祖即下令蒐集遼代禮樂儀仗圖書文籍，並「令所在訪求博學雅才之士，敦遣赴闕。」〔註9〕

太宗時，爲網羅人才治理新附地區，曾於天會元年（1123）十一月及次年二月、八月連續三次開科取士。金太宗執政十三年，約選詞賦進士七次，經義進士四次，天會年間約取士一千五百餘人。此時科舉制度還沒有固定的制度，是爲配合女眞軍事及政治的需要而實行的權宜措施，科目、考試時間雖時有變化，其主旨仍不外「合遼宋之法而潤色之」〔註10〕。這證明金初即學習遼宋模式，甚借重韓昉等來自遼宋舊臣主持科舉；張孝純亦在建炎三年（1129）九月時爲金大將完顏宗翰主持科舉考試：

是秋，金國元帥府復試遼國及兩河舉人于蔚州。遼人試詞賦，河北人試經義。始用契丹三歲之制。初鄉薦，次府解，次省試，乃曰及第。時有士人不願赴者，州縣必根刷遣之雲中路察判。張孝純主文，得趙洞、孫九鼎諸人。〔註11〕

熙宗、海陵時期則是金代科舉發揚的階段。這一時期，金王朝進行了一系列政治、經濟改革。熙宗天眷年間科舉取士尚實行「南北選」；海陵王天

〔註7〕下有《金文最》編者張金吾案語云：「金吾案：李世弼，山東須城人。仕金爲教授。見山東通志。選舉考：庚子爲蒙古太宗十二年，彼時距金亡已七載。世弼仕元與否，不可考。惟是編述金科舉之制，較金史所載加詳。一代典章，瞭如指掌。不可謂非有用之文也。故亟錄之。」（卷四十五，葉十）

〔註8〕（清）趙翼《廿二史札記》（中華書局《叢書集成初編》，1985年）卷二十八「金代文物遠勝於遼元條」。

〔註9〕《金史》卷二〈太祖本紀〉，葉十三，總頁36。

〔註10〕（金）李世弼：〈登科記序〉（見《金文最》卷四十五，葉八）。

〔註11〕詳見於（宋）徐夢莘編：《三朝北盟會編》（臺北：臺灣商務印書館，景印《文淵閣四庫全書》版），卷一百三十二，葉四。

德三年（1151）并南北兩科選爲一，罷經義策試兩科，專以辭賦取士，〔註12〕藉以籠絡漢族士人。此時，也正式確立了鄉、府、省、御四級考試制度，此後各朝基本遵行未改。

值得一提的是，立於天會八年（1130）到天會十五年之間的僞齊政權，由於劉豫統治期間，尚知積極開科取士以招攬賢才，使得文壇亦頗不寂寥；馬定國、祝簡、杜佺及楊興宗、翟欽甫、羅誘等都有作品遺世；加以劉氏本身亦多優秀應用類散文著作，對於河南陝西等領地的文化發展也有一定程度的影響。

世宗時期是科舉鼎盛的階段，該時期政治穩定，經濟及各種制度也日臻完備。科舉科目至少有十科，其中漢人科目有八科。鄭靖時曾引陶晉生金代用人政策之數據爲證，統計出世宗以降進士錄取比例高達五分之四，每次多達六百人，超越唐制，不亞於宋制。又案《金史》列傳得出傳主中漢人佔半數以上，而進士出身者更高達四分之三〔註 13〕。爲因應所需人才，科舉錄取人數也不斷增加，府試場所幾乎遍及全國各地。大定年間，雖是太平盛世，借才於異代的文人卻逐漸凋零，世宗始感受到文章人才之後繼無人，嘗感慨而云：

> 自韓昉、張鈞後，則有翟永固，近日則張景仁、鄭子聃，今則伯仁而已，其次未見能文者。呂忠翰草〈降海陵庶人詔〉，點竄再四終不能盡朕意，狀元雖以詞賦甲天下，至於辭命未必皆能。凡進士可令補外，考其能文者召用之。〔註14〕

世宗這段話，主要針對散文而言的，目的雖在稱讚楊伯仁，卻透露兩個訊息：第一，世宗以前的科舉制度對於當代散文的發展沒有太大助益，文人雖以詞賦及第，經義取士，但能作佳文者卻很少，甚已影響到表、詔文的撰寫品質；第二，世宗想要以增額外補的方式，「考其能文者召用之」，可能已經著手培養能寫應制文章的能手，可惜史料沒有明確記載，若眞有實施，對散文的創作將是一大助益。

章宗時，提倡儒家思想，尊孔讀經，較世宗時期更尊崇儒家經典，史倬曾云：「明昌初，新主嗣位，崇尚儒術，作成人材，文風炳然，乃詔郡縣有孔

〔註12〕《金史》卷五十一〈選舉志一〉，葉六，總頁 480。

〔註13〕詳見鄭靖時：《金代文學批評研究》第二章．金代之文學發展，頁 41。

〔註14〕《金史》卷一百二十五，列傳六十三〈楊伯仁傳〉，葉十一，總頁 1166。

子廟皆舉而新之。」〔註 15〕說明了章宗顯更為崇儒，並更重視科舉及教育，使文風蔚然；為便於學子應試，特增府試三處，並增加了會試錄取的名額，又設置弘文院，續翻譯經書。且繼熙宗初年以孔子四十九代孫孔璠襲封衍聖公，和海陵王初次制定襲封衍聖公的俸格，以及世宗使孔總襲封之後，章宗又特授孔總為曲阜獻令，至明昌二年（1191），使孔元措襲封，並下詔各郡縣修復孔子廟。

衛紹王、宣宗、哀宗時期則屬於科舉制度的衰退期，雖錄取進士數量達到高峰〔註 16〕，然拘泥格法，進而拖累文風，影響文學創作甚鉅。宣宗南渡後，不得已詔免府試，參與科舉的各地舉人良莠不齊，會試考場秩序更加混亂。正大七年（1230），金朝舉行最後一次科舉；天興元年（1232），甚至「許買進士第」〔註 17〕。考選制度反映著國勢，亦可見其一斑。

鄭靖時曾云：「金代文學得以日盛日成，文士得以登晉仕途，揆其主因有二：一為漢化政策之推展，一為重視科舉制度。」〔註 18〕又云：「女眞文字之創制，女眞進士科之舉辦，似乎保護女眞文化，其實在民智提昇後，方能傾心於漢化，所以女眞文教對漢化頗生助力」〔註 19〕。始知金人重視科舉教育的程度，實不亞於唐、宋，然而後期因為過於重文輕武，滅亡後遂為元人所詬病。事實上，元不以儒學科舉為尚，國祚亦未見長，顯見正如元人張德輝所言「儒何咎焉」〔註 20〕，金重科舉實非亡國之獨因。綜觀金科舉與教育，影響文人甚鉅，或有因科舉而偏廢詩文詞賦的創作比例者，對於散文的發展亦有著一定的影響，值得重視。

三、君王態度

金朝君主對於散文的態度，史書上並沒有明確且完整的記載，但是偶有發現幾位皇帝對於古文的愛好，如：《歸潛志》中記載：「王翰林彪，字武叔，

〔註 15〕《金文最》卷七十八，〈長子縣重修宣聖廟碑〉，葉八。

〔註 16〕據陶晉生：〈金代的用人政策〉（《食貨月刊》8.11 （1979） 頁 521～531）之統計，章宗承安五年（1200）到哀宗天興二年（1233）年間，舉行進士科舉考試多達十二次，進士總錄取人數高達七千四百餘人，是金代數量最高的時期。

〔註 17〕《金史》卷十七〈哀宗本紀上〉，葉十六，總頁 193。

〔註 18〕鄭靖時：《金代文學批評研究》第二章・金代之文學發展，頁 39。

〔註 19〕同上註，頁 20。

〔註 20〕《元史》卷一百六十三列傳第五十，〈張德輝傳〉，葉六。

大興人，貞祐五年經義魁也。爲文頗馳騁波瀾。……初，對廷策，宣宗喜其文，以爲似古人，特授太子副司經、國史院編修官，進司經。」〔註 21〕可見，宣宗喜古文，甚可以此爲由拔擢一人。

在散文風格的偏好上，如王庭筠早年的文章冗弱不受章宗喜愛，章宗諭學士院士曰：「王庭筠所試文句太長，朕不喜此，亦恐四方倣之」；又謂平章張汝霖曰：「王庭筠文藝頗佳，然語句不健。其人才高，亦不難改。」〔註 22〕由此亦可知，章宗對於散文風格的喜好，顯趨於剛健精簡，甚有意扭轉文句冗長之風。又如承安二年（1197）八月，章宗下詔云：「計議官所進奏帖，可直言利害，勿用浮辭。」並親自誡諭尚書省云：「士庶陳言，皆從所司以聞，自今可悉令詣闕，量與食直，仍給官舍居之。其言切直及繫利害重者，并三日內奏聞。」〔註 23〕章宗直接下詔頒布奏文的型態，更證明了其對文章形態自有其獨特之喜好。

以另一個角度來看，章宗不喜浮辭、冗長之散文，爲改文風而下詔誡諭，亦反應了金中葉散文形式，逐漸由雄健走向浮華之事實。王永曾云：「元初楊奐認爲世宗朝和章宗朝文風是不同的，前期多實而少華，後期多華而少實。這種看法是有道理的，儘管我們現在很難見到後期所謂華靡之文，但是從散文家們對文風的批判中可以感受到一種浮華的時風」〔註 24〕。這個說法原則上是正確的，但是金朝各類文體存文的情況十分不均，敘記碑誌散文遠多於論著散文，應用文體數量又大於抒情文體；再加上主張平易暢達的散文家多有文集留存，好作「險句怪語」〔註 25〕的名儒其文集今則多佚，實難完全的論斷金代散文整體的樸實與浮華與否。

但無論如何，上有所好，則下必甚焉，君王的態度與喜好，往往偶有影響散文創作形式者，此亦爲研究者不可忽視之重點。

第二節　宗教盛行的影響

宗教對於穩定社會秩序、撫慰民心及改善社會風氣等，皆有其積極之作

〔註 21〕《歸潛志》卷五，頁 43。

〔註 22〕《金史》卷一百二十六〈列傳第六十四．王庭筠〉，葉二，總頁 1168。

〔註 23〕《金史》卷十二〈章宗本紀二〉，葉十五，總頁 127。

〔註 24〕王永：《金代散文研究》第二章．金代散文發展歷程。頁 35。

〔註 25〕《歸潛志》卷八：「之純雖才高，好作險句怪語，無意味。」（頁 88）

用。女眞族本以薩滿教〔註 26〕爲信仰依歸，後隨王朝建立入主中原，受遼宋以來佛學興盛之影響，加上金初即有道人始創立各式新興道教，民間信仰遂漸佐以佛、道二教，文壇士林亦已浸濡佛老之浪潮。金世宗時，各種宗教之流行始達高峰，對於文壇影響應不小。今以金朝之佛教、全眞教兩大宗教爲對象，探討其與文學間的影響如下：

一、佛教

金初自熙宗始能包容佛教，獨海陵王時期對外來佛教認同未深〔註 27〕；海陵「智足以拒諫，言足以飾非」〔註 28〕，斥佛之理實非皜論，其僅能暫抑佛教於一時，終未能阻文壇與民間信仰之流行。

金世宗對宗教接受度大增，是爲佛教流行於金代之轉折點；其母晚年祝髮爲比丘尼，號「通慧圓明大師」，母亡後，奉其遺願重修「神御殿」，更名爲「報德殿」，詔翰林學士張景仁作「清安寺碑」以祭之。世宗不僅接受佛教，對新興的道教亦多援助支持，遂開佛、老之盛行。大定十九年，世宗謂宰臣云：「人多奉釋老，意欲徼福。朕蚤年亦頗惑之，旋悟其非。且上天立君，使之治民，若盤樂怠忽，欲以僥倖祈福，難矣！果能愛養下民，上當天心，福必報之。」〔註 29〕可見世宗信仰已融合「以民爲本」的儒學思想，促使金代中後期三教合一觀念的建立。

世宗時，兩散文巨擘：李純甫、趙秉文，在文學上互有不同見解，卻對佛學皆深信不疑；耶律楚材亦曾感慨，金末年眞正能夠理解佛學而與其心靈

〔註 26〕關於女眞民族崇信薩滿教之最早明確記載，見於《三朝北盟會編》〈政宣上帙三〉，其稱完顏希尹「奸滑而有才……國人號爲珊蠻」（按：珊蠻即薩滿之音異譯，均出自於 saman 這個詞），意指其人變通如神或爲智者、賢者的代稱。

〔註 27〕《金史》列傳二十一有海陵鄙釋斥佛之紀錄：「會磁州僧法寶欲去，張浩、張暉欲留之不可得，朝官又有欲留之者。海陵聞其事，詔三品以上官上殿，責之曰：『聞卿等每到寺，僧法寶正坐，卿等皆坐其側，朕甚不取。佛者本一小國王子，能輕捨富貴，自苦修行，由是成佛，今人崇敬，以希福利，皆妄也。況僧者，往往不第秀才，市井游食，生計不足，乃去爲僧，較其貴賤，未可與簿尉抗禮。閭閻老婦，迫於死期，多歸信之。卿等位爲宰輔，乃復效此，失大臣體。張司徒老成歸人，三教該通，足爲儀表，何不師之？』召法寶謂之曰：『汝既爲僧，去住在己，何乃使人知之？』法寶戰懼，不知所爲。海陵曰：『汝爲長老，當有定力，今乃畏死耶？』遂於朝堂杖之二百，張浩、張暉杖二十。」（《金史》卷八十三，〈張通古傳〉，葉三，總頁 778。）

〔註 28〕《金史》卷五〈海陵本紀〉，葉二十五，總頁 71。

〔註 29〕《金史》卷七〈世宗本紀上〉，葉十七，總頁 95。

相通者，僅李純甫與趙秉文二人而已〔註 30〕。趙氏早年慕佛甚深，曾認爲自己前世乃一名僧侶，並嘗教後輩弟子禮佛參拜之道，又對劉祁云：「慎不可輕毀佛老二教，墮大地獄則無及矣」，從《歸潛志》的紀錄來看，劉祁當時未表完全認同〔註 31〕；趙氏又曾在〈題米元章修靜語錄引後〉中說：「信知殺人不劄眼漢，乃能立地成佛，非兒女曹咬豬狗腳者，所能湊泊也。」顯見趙秉文對佛教信仰的堅定程度。甚至，章宗明昌六年（1195）發生上書狂妄受追解而累及周昂一事，竟以「此前生冤業也」帶過〔註 32〕。故知其出入佛老，並曾潛心研究過佛理；然晚年卻「頗畏士論」，凡《滏水集》中關於佛老之文盡刪，並另成一部《閑閑外集》，以致被王若虛等譏爲「藏頭露尾」〔註 33〕。此在在顯示，金世宗時期散文家中有慕佛極深者，趙秉文即是一例。

宣宗以後，信佛的散文家日益增多，趙、李二大文壇領袖實大開金代佛老浸濡文林之風，士林討論遂大盛。雖然，其後輩亦有不能接受佛法者，如《金文最》中曾載：「王從之、雷希顏、王禧伯尚不肯屏山、閑閑，形於論辯，萬鍛炎爐，不停蚊蚋，宜乎子之難信也。」〔註 34〕李純甫曾於興定四年在〈重修面壁庵碑〉一文中感慨云：「學士大夫猶畏其高而疑其深，誣爲怪誕，詬微邪淫，惜哉！」〔註 35〕此一現象顯示：宣宗以後宗教與文學雖彼此影響，然信仰仍取決於個人，佛教並非全面受文人普遍認同。

〔註 30〕（金）耶律楚材認爲佛學可以「廢邪僞，外則含弘光大，禦侮敵國之雄豪；內則退讓謙恭，和好萬方之性行。……嘗以此訣忠告心友，時無識者，慨然曰：『唯屏山、閑閑可照吾心耳。』」然而，後輩也有不能接受佛法者：「王從之、雷希顏、王禧伯尚不肯屏山、閑閑，形於論辯，萬鍛炎爐，不停蚊蚋，宜乎子之難信也。」（見《金文最》卷四十六，釋行秀〈湛然居士集序〉，葉九。）

〔註 31〕《歸潛志》卷九，頁 107。

〔註 32〕《歸潛志》卷十：「初秉文與昂不相識，被累，已而昂杖臥，秉文謝焉，大爲昂母所詬。秉文但曰：『此前生冤業也！』故人爲之語，有『不攀欄檻只攀人』之句。」（頁 112）

〔註 33〕《歸潛志》卷九：「趙閑閑本喜佛，然方之屏山，頗畏士論，又欲得扶教傳道之名。晚年，自擇其文，凡主張佛、老二家者皆削去，號《文集》，首以中、和、誠諸說冠之，以擬退之原、道、性，楊禮部之美爲序，直推其繼韓、歐。然其爲二家所作文，並其葛藤詩句另作一編，號《閑閑外集》。以書少林寺長老英粹中，使刊之，故二書皆行於世。余嘗與王從之言：『公既欲爲純儒，又不捨二教，使後人何以處之？』王丈曰：『此老所謂藏頭露尾耳』」。

〔註 34〕《金文最》卷四十六，釋行秀（萬松老人）〈湛然居士集序〉，葉十一。

〔註 35〕《金文最》卷八十一，〈重修面壁庵碑〉，葉十三。

綜上所言，金代文壇浸濡佛教之風，章宗以後尤爲明顯，宣宗達到最盛。對散文而言，金朝專以闡釋佛教文章者，數量並不寡，鄭靖時曾統計《金文最》中所收千篇文章，發現其中有宗教性質者，約佔二百篇之多，恐有五分之一強〔註 36〕。然實際數量應在此之上，蓋金代名家專以闡佛釋老著作者，往往頗畏士論而另輯爲集，而兵後往往不存，趙秉文《閑閑外集》即爲一例；李純甫闡佛之論者多，今亦多亡佚，更爲一憾。

雖文章多已亡佚，仍不難知金中後期之各式文體沾染宗教的氣息之盛況；記載門散文，以「廟碑」、「寺塔銘」、「幢記」等文章尤多，往往從題目就能輕易發現；宗教靈異之神蹟故事，亦不時穿插在此類文章中，用以突顯佛教之力量與圓寂高僧之能力者，如王鼎〈平原縣淳熙寺重修千佛大殿碑〉中則有

> 既回，苦雨浹旬，溝澗漲溢，幾於漂溺。因失其路，轉於山西。風餐雨宿，面垢足躉，疲苶不可勝言。復值群虎據路，無少怖畏。乃默祝於佛曰：「若弟子稍涉欺紿，俾死於虎口無恨。倘合成就勝事，乞諸佛證明，即令路開。」語畢，虎皆四走〔註 37〕。

散文言及佛教與靈異之論者，不勝枚舉，此亦屬之。然金前期多爲佛寺、僧人寫傳志文章，中期後開始有序跋文章出現，如王寂之〈書金剛經後〉等；金末佛教影響散文更爲明顯，不僅記載門，甚有專論佛闡理之散文出現，如李純甫之〈司馬溫公不喜佛辨〉〔註 38〕等。元初與趙秉文、李純甫、元好問等文人友好的耶律楚材，其詩文與佛教相關者即有三分之二強，只能說金代佛學散文種下的芽，在元代才能看到無所顧忌結實纍纍的成果。

佛教亦影響金代文學理論，如趙秉文言「文以意爲主，辭以達意而已」〔註 39〕；王若虛言「夫文豈有定法哉，意之所至則爲之」〔註 40〕；元好問言「由心而誠，由誠而言」〔註 41〕等，均略援引宗教之教義以解文理。關於此一論述，鄭靖時《金代文學批評研究》一書中已有探論，今不再贅述。

〔註 36〕 鄭靖時：《金代文學批評研究》〈第一章　金代之文學環境〉註二十，頁 32。

〔註 37〕 《金文最》卷七十四，王鼎：〈平原縣淳熙寺重修千佛大殿碑〉，葉十四。

〔註 38〕 《金文最》卷六十，葉一。

〔註 39〕 （金）趙秉文：《滏水集》卷十五〈竹溪先生文集引〉，葉一。

〔註 40〕 （金）王若虛：《滹南集》卷三十六，〈文辯〉，葉六。

〔註 41〕 （金）元好問：《遺山集》（（清）吳重熹輯：《石蓮盦彙刻九金人集》（臺北：成文出版社，民國六十五年八月臺一版）以下使用《遺山集》之版本皆同）卷三十六〈楊叔能小亨集引〉，葉十二。

二、全眞教

金代全眞教的流行極爲特殊，實前朝所無，値得一探。金初年原有其他類似新興道教，包括創立最早，教主爲蕭抱珍的「太一教」，以及劉德仁所創之「眞大教」，然皆未及由王喆（王重陽）所創的「全眞教」盛行。全眞教肇創於海陵年間，在金代的流衍有四大眞人之說〔註 42〕；元好問嘗云：「貞元、正隆以來，又有全眞家之教。咸陽人王中孚倡之，譚、馬、丘、劉諸人和之。本於淵靜之說，而無黃冠禳禬之妄；參以禪定之習，而無頭陀縛律之苦。耕田鑿井，從身以自養，推有餘以及之人。視世間擾擾者，差若省便然，故墮窳之人翕然從之。」〔註 43〕可知全眞教約始於海陵，影響直至元朝。

全眞教之所以流行於一時，金君主多禮遇全眞人亦爲原因之一。如世宗曾召見教主王處一、丘處機，並留於內殿講述道義，臨終時更求與王處一謀上一面〔註 44〕。章宗亦曾於承安二年（1197）詔見王處一，談論養生之道，並賜其紫衣與「體玄大師」〔註 45〕稱號；承安六年、泰和三年（1203）時又兩次召見之，並讓其於亳州太清宮主持普天大醮，賜陝西終南山祖庭觀額「靈虛」二字，賜祖庭庵主呂道安爲「冲虛大師」。

〔註 42〕（金）孫謙勉在〈馬丹陽踏雲行序〉中，對於全眞教在金代的流衍與四大眞人各自的發展有很詳盡的敘述，其云：「昔重陽王先生嘗遇呂眞人，遽然入道，而隱于終南山六年。於一日，東游海島，於寧海境上而居焉。迨後得此丘、劉、譚、馬四人，立全眞之家風，而嘗自言曰：『一弟一侄兩個兒，和予五逸做修持。』於是同適汴梁，而重陽升霞，此四仙者，同入終南。丘仙遂居蟠溪六年，而烟火俱無，簞瓢不置，號曰長春子；劉仙住洛陽雲溪之洞，而養浩不語，號曰長生子；譚仙游化于磁、洺、懷州之間，號曰長眞子；馬仙獨守終南，而築園者不出，號曰丹陽子。此四仙嘗各述其詞章，而皆著性命德善，以爲勸化焉。」（見《金文最》卷四十一，頁 437。）

〔註 43〕見元好問：《遺山集》卷三十五〈紫微觀記〉，葉十二；此文作於蒙古太宗七年（1235）。

〔註 44〕可見於《金史》卷七〈世宗本紀〉、卷九一〈敬嗣暉列傳〉、卷九二〈徒單克寧列傳〉等。陳大任〈蟠溪集序〉亦云：「大定戊申（大定二十八年 1188），世宗皇帝聞之，驛召至京師，賜以冠巾傘服，見於便殿。前後凡四進長短句以述修眞之意，上嘉嘆焉。」（《金文最》卷三十九，葉三）

〔註 45〕（元）李道謙編：道藏本《甘水仙源錄》卷之一，葉二。完顏璹〈全眞教祖碑〉：「伏遇世宗皇帝知先生道德高明，（大定）二十八年戊申二月，遣使訪其門人，應命者邱與王也。命丘主萬春節醮事，職高功。五月，見於壽安宮長松島，講論至道。聖情大悅，命居於官菴，又命塑純陽、重陽、丹陽三師像於官菴正位。丘累進詩曲，其詞備載《蟠溪集》中。八月，懇辭還山。至承安丁巳六月，章宗再詔王處一至闕下，特賜號體玄大師，及賜修眞觀伊索。十月，召劉處玄至，命待詔天長觀。」（《金文最》卷八十二，葉十六、十七）

金中期新興道教迅速的被世人所接受，究其原因：一方面因新興道教融合儒、釋、道三教，其教義亦最符合金之傳統與多元民族文化衝擊之狀況，使異教紛雜的社會取得某種程度之平衡；另一方面，新興道教教義仍較原始薩滿教進步，能調和民間信仰的衝突〔註46〕。再加上全眞教往往能收留流民，防堵內亂，直接輔慰人心，故多受政府尊重及禮遇，而教主丘處機亦多能與秉國者交流，善於利用時機宣傳推廣，迄金末時信徒已是所有新興道教中最多者。

全眞教教義亦符合金代傳統與多元文化衝擊之狀況，因此文人儒士多表贊同與支持，一時名家如王寂、劉汲、趙渢、王庭筠、趙秉文、李純甫、麻九疇、元好問等皆與道僧相交遊，或談道論學，或詩文唱酬。辛愿曾撰〈陝州重修雪虛觀碑〉，其言：

> 今所謂全眞氏，雖爲近出，大能備該黃帝、老聃之蘊。然則涉世制行，殊有可喜者。其遜讓似儒，其勤苦似墨，其慈愛似佛。至於塊守質樸，淡無營爲，則又類夫修混沌者。異於畔岸似爲高，黠滑以爲通，詭誕以爲了，驚聾眩瞽，盜取聲利，抗顏自得而不知愧恥者，遠甚。〔註47〕

辛愿言下之意，指全眞教的教義取自各宗教之長，近乎完美無暇。

全眞教在與文學家交流方面來看，許多經典的書序都是出自一方的鄉貢進士，如付梓於大定二十三年的《重陽教化集》，作序者除了有府學正國師尹、州學正范澤、州學錄趙抗外，尚有鄉貢進士梁棟、劉孝友、劉愚之、王滋等，這些都是名聞一方且有其學術地位之士人；其序文雖良莠不齊，卻足見全眞教人與文壇往來之密切。

金代部分散文家也能接受全眞教的教義，爲其寫下不少序跋文章，如元好問即有大量道觀敘記文章，如〈太古觀記〉、〈紫微觀記〉、〈清眞觀記〉以及〈朝元觀記〉等。元氏並非教徒，甚至對於全眞的流行曾感到困惑，卻不反

〔註46〕王重陽認爲「道釋儒理最深」（（金）王喆：《全眞集》卷五〈武陵春〉）；又在〈金關玉鎖訣〉中云：「三教者，不離眞道也。喻曰：似一根樹生三枝。」（《道藏》（文物出版社、上海書店、天津古籍出版社 1999 年聯合出版）第二十五冊，頁 802）王氏並提出「三教平等」之口號，在〈全眞教祖碑〉中認爲「凡立會必以三教名之」、「不獨居一教」等；全眞刻意融合汲取儒、釋、道三教歸一，已是不爭事實。

〔註47〕《金文最》卷八十一〈陝州重修雪虛觀碑〉，葉十。

對神仙黃老之學，甚至進而研究全眞義理；其在〈通仙觀記〉中即云：「予嘗究於神仙之說，蓋人禀天地之氣，氣之清者爲賢。至於仙，則又人之賢而清者也。黃、老、莊、列而上不必置論，如抱朴子、陶貞白、司馬煉師之屬，其事可考，其書故在，其人可想而見」，進而嚴厲批判那些藉修習宗教之名，拋妻棄子追求成仙之路，卻「以黃冠自名者，宜若可望也」的道士。又在〈朝元觀記〉中說「予聞黃老家黜聰明、去漸羨之說，前賢以爲大概與《易》道何思何慮者合。」如此種種，皆可推知元好問並非黃老之學的門外漢，只不過他的理念雖以推揚儒學傳統爲重心，對於全眞道人與全眞教義則能了解並接納之。

此外，劉祁與全眞道士交遊亦爲頻繁；窩闊台汗八年（1236）八月，南游至東平拜訪全眞道士范圓曦，並應其請爲其師郝大通之著作《太古集》撰序文。序文中以儒學在金末不能眞正的對社會政治起作用，是因爲儒者不能施行「達則兼善天下；窮則獨善其身」的願望者極少，對於「所謂兼善不能，而獨善又失，深可嘆嗟」的文人，感慨其反不如全眞教人對社會國家的貢獻，而全眞教人「雖不能白日飛升，亦保體完神，康強終世，與夫逐逐於外物，爲虛名所劫持，耗智刓精而無補吾教者，相去亦遠矣。」〔註 48〕可知劉氏完全肯定全眞教在金代宗教界的價值。

再者，全眞教人多素善翰墨，工於吟詠之士，如郝大通（1140～1213）出身於一個「歷代游宦」之家，「家故饒財，爲州首盧」〔註 49〕，元好問稱其爲：「所載言詞，往往深入理窟，其以古道自任，有不可誣也」〔註 50〕，知其辯才無礙，能著書立說於一方。郝氏著有《太古集》四卷，並自序之，今仍存；其〈周易參同契簡要釋義敘〉亦收於《金文最》中〔註 51〕，此文修辭精美，文辭富有形象性，是金文中屬撰文技巧高超的一篇。

全眞教影響文壇甚鉅，就散文而論：一則全眞教人亦能多與文人交往，並爲其道觀、祠堂撰寫疏文、記文等等，相關作品因而大增；另一則全眞教之主要道士亦多爲能文之士，本身即能創作很好的詩文作品〔註 52〕，故對整個金代散文都有一定的影響，今從文風與主題兩個面向來看：

〔註 48〕以上見《金文最》卷四十五，劉祁：〈太古集序〉，葉十二。

〔註 49〕《道藏》第十九冊〈郝宗師道行碑〉，頁 739。

〔註 50〕《遺山集》卷三十五〈太古觀記〉，葉十一。

〔註 51〕《金文最》卷四十六〈周易參同契簡要釋義敘〉，葉四。

〔註 52〕除郝大通著有《太古集》外，北七眞中的馬鈺亦有《洞玄金玉集》、《神光燦》、《漸悟集》等，王重陽亦有《重陽全眞集》、《重陽教化集》、《重陽分梨十化集》，《金文最》卷一一五收其文〈金蓮社開明疏〉、〈玉花社疏〉等文章。

（一）文風走向簡古峻潔

爲便於傳播與教化，全眞教的散文創作多走向簡潔淺白的風格。范圓曦曾在〈太古集序〉中敘述了全眞教對於文學的主張，他說：

> 夫至人達觀，物無不可，故詞旨所發，務以明理爲宗，非必駢四儷六，抽青配白，如世之業文者以聲律意度相夸耳。在禪學則曰『粗言及細語，皆成第一義。』在孔門則曰『詞達而已矣』，又曰『以意逆志爲得之矣』。學者不志於道，而惟華采是求，豈爲道日損，損之又損之道乎！〔註53〕

此一「以明理爲宗」，綜合佛教「粗言細語皆歸第一義」與儒教中「詞以達意」、「以意逆志」等理論，可視爲全眞教最基本的文學原理觀。

以實際創作而言，李俊民曾爲郎志清的文集寫過〈大方集序〉，對於全眞道人的創作風格頗感認同，其言：

> 逍遙雲水間，其對景述懷，片言隻字，沾丐者多。簡而古，峻而潔，邃而深，無一點俗氣。〔註54〕

然此一「簡而古，峻而潔」的文風，正與党懷英、趙秉文所言之「暢達」、「達意」相契合，不難見其與原理論相符。

全眞教人寫序或敘記、疏文、序引等，明顯都不以雕琢爲尚。今援引丘處機〈世宗挽詞引〉一段以示之：

> 臣處機以大定戊申春二月自終南召赴闕下，蒙賜以巾冠衫縏，待詔于天長觀。越十有一日，旨令處機作高功法師，主萬春節醮事。夏四月朔，徙居城北官庵。越二日己己，奉聖旨塑純陽、重陽、丹陽三師像於官庵，彩繪供具，靡不精備。後五月十八日，召見於長松島。秋七月十日，再召見，剖析天人之理，頗愜宸衷薄暮言歸。翌日迨中使賜桃一盤，處機不食茶果。十月有餘年，過荷聖恩，即啖一枚。中秋以他事得旨，許放還山，仍賜錢十萬，表而辭之。逮己酉歲春，途經陝州，遽承哀詔。時也風塵澒洞，天氣蒼黃，士庶官僚盡皆素服。處機雖道修方外，身處世間，重念皇恩，寧不有感。

〔註53〕（金）范圓曦〈太古集序〉（《金文最》卷四十六，葉五，總頁478。）

〔註54〕（金）李俊民：《莊靖集》（（清）吳重熹輯：《石蓮盦彙刻九金人集》（臺北：成文出版社，民國六十五年八月臺一版）以下所引之《莊靖集》版本皆同）卷八〈大方集序〉，葉三。

謹綴挽詞一首，用表誠懇。〔註55〕

敘事娓娓，文字淺白不事雕琢，然辭暢而扼要，意達而情眞。

又如丘氏之〈神清觀十六絕序〉：

姑餘之西、蒼山之東、全道庵者，形勢之地也。氣象恢宏，峰嵐巉絕，大石長松，莫知其數，蓋貞祐元年東牟彭城先生首創也。至大定六年、予自栖霞而來，洎八年，重陽尋至，後因西邁，偶曆關中，二十餘年，重遊此地，睹其嶔岩突兀，千變萬狀，不可名目，選其孤高磊落出群者，標以名耳。煙霞之東，全道庵北，東西橫岡曰長松嶺，嶺之東角曰望海臺，臺之下一大石曰葆眞岩，岩之西曰海潮岩，岩之西南有石曰升仙臺，臺之西南曰風雲石，石之西南曰雲陽頂，洞之前，絕頂曰連雲峰，洞之西北隅，嵯峨大石曰落霞石，洞之背、曰瑞烟岩，洞之東半里許，有一大石曰獅子石，庵之東橫崗曰臥龍坪，庵之前橫崗曰仙遊嶺，大澗之東，雙峰並起曰天門山。其餘群峰深秀，不能盡舉。

此文以序代畫，僅連用「頂眞」以示景物之位置，未有多餘之修辭。文字淺易通俗，而全景呈現。毛麾曾在〈磻溪集序〉中大讚丘處機詩是「恬淡閑逸，縱凡儷俚，無所拘礙，若游戲於翰墨畦徑外者，不雕不琢，匪丹匪青。」〔註56〕此一「無所拘礙」，正寫出了全眞教人文學創作的理念；今觀全眞教人之文，亦可以「恬淡閑逸」概括評之。

不論是原理或創作，全眞教以文學爲教化之工具，不拘於形式修辭，與大多數的金文人所主張不謀而合，是研究金代文論中重要而容易被忽略的環節。

（二）主題偏於歌詠林壑

金代全眞道士的著作中，時常透露強烈厭煩世俗的情緒，或感嘆人生之短暫無常，或規勸功名富貴不可常保，不如山林隱居，是以歌詠泉林丘壑的作品不少。再者，全眞教所追求的空靈與消遙的境界，同時也是當代文人退隱後的理想。因此，全眞道人超逸灑脫的詩文風格，亦往往受到文人的讚賞

〔註55〕道藏（金）丘處機：《磻溪集》（收錄於《北京圖書館古籍珍本叢刊》，集部，金元別集，第91冊。北京市：書目文獻出版社，1988年出版）卷二〈世宗挽詞引〉，葉一、二，總頁23、24。

〔註56〕（金）毛麾：〈磻溪集序〉（見《金文最》卷三十八，葉二十二）。

與模仿，是以金末全眞興盛之時，山水散文遂多；如金亡後，王若虛以遺老的身分自居，晚年曾作〈趙州齊參謀新修悟眞庵記〉:「方當脫屣俗累，優游瀟灑，以畢其餘生。雖不足與聞玄理，廁跡羽流，而杖履往來，陪君爲方外之友，庶無愧焉。至其忘形，不知孰客，則君之庵猶我有也，能勿成其志乎？」〔註 57〕其高臥靈峰霞洞，閑伴林泉松竹，超拔之韻味顯然受全眞教理念的影響。

綜上所言，金代宗教文化自有獨特異於他朝之處，對散文亦能造成影響，尤其是像趙秉文、李純甫這類篤信於佛，或與全眞教人來往密切的李俊民、辛愿等文士，其散文之創作，亦能窺見宗教影響之迹。

〔註 57〕（金）王若虛:《滹南遺老集》卷四十四〈趙州齊參謀新修悟眞庵記〉，葉三。

第三章　金代國朝文派期之主要別集散文

「國朝文派」這個論點是金人蕭貢提出的，元好問《中州集》曾引述之，曰：

> 國初如宇文太學、蔡丞相、吳深州之等，不可不謂豪傑之士，然皆宋儒，難以國朝文派論之，故斷自正甫為正傳之宗，党竹溪次之，禮部閑閑又次之。自蕭户部真卿倡此論，天下迄今無異議云。〔註 1〕

根據蕭貢的說法，筆者以為「國朝文派」，當指非來自「宋」儒，而是培養於金朝，屬於金朝的文人；就此定義來說，蔡珪以下直至亡國前仍有足量創作的文人皆可屬之。數量本極為眾多，然而金亡國後，散佚實多。今別集猶存，且別集中仍有足資份量供研究的散文者，僅王寂、王庭筠、趙秉文及王若虛四家而已。本章以「國朝文派期」此四家別集散文為研究對象，每節研究一家之散文，先詳介其生平行誼，次將別集之散文依主題內容分類，再董理分析其風格特色。

第一節　王寂及其《拙軒集》之散文

一、生平行誼

王寂（1128～1194），字元老，薊州玉田（今河北玉田）人。天會六年生，

〔註 1〕《中州集》卷一〈蔡太常珪〉小傳，葉十六。

大金天德三年（1151）進士第〔註2〕，大定二年（1162）仕爲祁縣令。大定二十六年八月，發生了黃河決堤。此事本爲一天災，卻成了王寂政治生涯中的一個汙點；乃因「河決衛州提，壞其城。上命戶部侍郎王寂、都水少監王汝嘉馳傳措畫備禦。而寂視被災之民不爲拯救，乃專集眾以網漁取官物爲事，民甚怨嫉。上聞而惡之；既而，河勢氾濫及大名，上於是遣戶部尚書劉瑋往行戶部事，從宜規劃，黜寂爲蔡州防禦使。」〔註3〕地方政府救災不力，加上只顧網漁以取官物之指控，使王寂受到牽連，由戶部侍郎被黜守蔡州。

遭貶後應有一定程度上的心境轉變，於詩、詞、散文作品中偶會透露耿耿於懷的感慨。如其於〈與文伯起帖二首〉一文中言：

> 丙午冬，某自地官出守蔡州，終日兀然，如坐井底。閉門卻掃，謝絕交親。分爲凍蟄枯枿，無復有飛榮之望，其況可知。〔註4〕

閉門深思的生活之餘，雖未有過多的怨懟和辯解，仍可見其傷感與失望的情緒表現。

其實王寂在蔡州確山政績頗爲卓越，張文中曾經作〈創建靈應廟記〉〔註5〕，紀錄大定二十六年冬時，王氏「自尚書戶部侍郎來牧是郡，下車之始，拊疲瘵，擊強梁，未幾報治。」第二年「夏秋旱甚，民有憂色」，王寂八月初「遣汝陽令詣樂山，迎所謂聖水者，置之舞雩上」並「祝辭以祭」，結果「是夕雨作，闔境霑足，歲則大熟。」對王寂在蔡州的貢獻多有稱揚。王氏堅持繼承父親仁民愛物的精神，終究還是有回報，明昌初年章宗即召還王寂，轉任中都路轉運使等職；惜召還未幾，王寂即卒於明昌五年，享年六十七。

以金朝文人而言，王寂的存世的著作並不少，除了現存《拙軒集》外，《中州集》記錄他還有一本《北遷錄》〔註6〕傳於世，可惜今已亡佚。其實，《拙軒集》在明代尚存，至清時亦已散佚大半，現存本是乾隆年間編修《四庫全書》

〔註2〕據（金）元好問：《中州集》（據國立中央圖書館藏，影印元延祐乙卯年刊元建安廣勤堂修補本）卷二〈王都運寂〉（葉二十五）中所言：王寂亦有詩〈天德辛未，家君首關白霤，僕是歲登進士第……〉，故（清）紀筠：《四庫全書總目提要》云其爲天德二年中進士，誤也。

〔註3〕此事見於《金史》卷二十七，志第八〈河渠〉，葉三，總頁281。

〔註4〕《拙軒集》卷六〈與文伯起帖二首〉，葉四。

〔註5〕（金）張文中：〈創建靈應廟記〉（張景堂纂；張縉璜修：《確山縣志》（臺北：成文出版社，民國六十四年臺一版，影印民國二十年排印本）卷二十三，〈文徵〉中，葉一。）

〔註6〕《中州集》，卷二，〈王都運寂〉：「有《拙軒集》、《北遷錄》傳於世。」（葉二十五）

時，從《永樂大典》中裒輯出來的，仍題舊名，編纂者云其「各體俱存，可以得其什七矣。」〔註7〕共輯出詩一百九十首，詞三十五首，文十九篇，賦一篇，編爲六卷。除此之外，還輯出《遼東行部志》、《鴨江行部志》兩書，由今人賈敬顏收錄在《五代宋金元人邊疆行記十三種疏証稿》〔註8〕中並疏證。因此，成爲金初保存詩文較多的文人，反觀與王寂同年登進士第的蔡珪，存文則寥寥。

《四庫全書總目提要》云：「寂詩境清刻鑱露，有戛戛獨造之風；古文亦博大疏暢，在大定、明昌間，卓然不愧爲作者。金朝一代文士見於《中州集》者不下百數十家，今惟趙秉文、王若虛數家尚有傳本，餘多湮沒無存。獨寂是編幸於沉埋晦蝕之餘復顯於世，而文章體格亦足與《滹南》、《滏水》相爲抗行。」〔註9〕元好問嘗評其爲：「予謂詩固佳，恨其依倣蘇才翁太甚耳。」又云其「興陵朝以文章、政事顯。」〔註10〕《金文雅》則稱其爲「元老詩文清拔，爲《滹南》、《莊靖》二家先導。」〔註11〕《金文最》英和〈序〉中則譽其爲「大定、明昌文苑之冠」〔註12〕。這些評論無非說明了其作品在金初寂寥的散文界中，曾起了極大帶領的作用。

《拙軒集》的輯佚工作皆歸功於《四庫全書》的編纂，今日才能略窺原貌。可惜的是，王寂文集中的散文也不多，與同時期文集已散佚的党懷英相較，兩者存文數量竟相去不遠，除大多散佚的原因之外，或許恐眞如元好問所言，可能是個「專於詩」〔註13〕的文人。

二、題材內容

王寂的散文數量雖不多，但體式眾多，有賦一篇，表一篇，牒兩篇，記四篇，序跋七篇，哀祭文二篇，傳誌兩篇，雜記一篇〔註14〕。今則依其題材內容，分爲以下三類：

〔註7〕《四庫全書總目提要》，卷一百六十六，葉二。
〔註8〕賈敬顏：《五代宋金元人邊疆行記十三種疏証稿》，中華書局，2004年。
〔註9〕《四庫全書總目提要》卷一百六十六，集部十九，別集十九，葉二。
〔註10〕《中州集》卷二〈王都運寂〉，葉二十五。
〔註11〕見（清）莊仲方編：《金文雅》〈作者考〉「王寂條」，葉三，總頁242。
〔註12〕《金文最》卷首，英和〈序〉。葉一，總頁2。
〔註13〕《中州集》卷二〈王都運寂〉，葉二十五。
〔註14〕蔡維倫：《王寂及其文學研究》（佛光大學文學系碩士班碩士論文，2013年7月）中，將〈夢賜帶笏上表稱謝覺而思之得其五六因補其遺忘云〉一文歸類爲「表」，然該文乃王寂因夢章宗召還並賜帶笏，覺後有所感發，故隨手記下之雜記而已，非爲實際上表之文，應歸爲「雜記」一類爲妥。（頁30～33）

（一）自抒自喻，吟詠感慨

從《拙軒集》散文作品中，可以發現王寂是一個極爲自負的文人，不論是遭貶蔡州前或後，王氏總在文章中透露才華未受重視之苦，其中又以賦作最爲明顯。其〈巖蔓聚奇賦〉，是金初少有的詠物短賦，此賦作無疑是王寂文章中修辭最優美的一篇，歌詠巖蔓製成之罇器，暗喻無人賞識自己眞正才能，雖爲詠物，實爲寄情之作，惜賦作不屬散文討論範圍內，本論文姑不論之。

眞正的散文自抒自喻之作，則是〈三友軒記〉。所謂三友，即一「屹然而筆卓」的箏石，「蔚然而蓋偃」的仙榆樹及王寂自己；而己又「心如堅石，形如槁木」，則人、石、木三者「陶陶然不知何者爲我，何者爲物，其爲樂可勝計耶？予自是與木石有忘年莫逆之歡，因榜其軒曰『三友』。」然而友人皆曰箏石爲無用之石，榆樹爲不材之木人且賤而棄之，何以王寂異於他人而願意「友於是哉？」王氏則以爲人與物的價値並非俗世眼光所能衡量，乃在「夫人情之嗜好，固不在乎尤物，而在乎適意而已。然必先得之于心，而後寓之于物，故無物不可爲樂。」重點既在適意，則「人之遇物，但患不誠。果能以誠，則生公之石，可使點頭：老奘之松，亦能回指。」王寂以物自喻，筆觸難得的輕鬆愜意，藉以自抒其情懷。

吟詠感慨之作，以雜記〈夢賜帶笏上表稱謝覺而思之得其五六因補其遺忘云〉爲代表，此文作於貶官未幾世宗崩時，對於不及報皇恩，效力於朝廷，流露出無限的感慨。此文不過區區百餘字，卻不斷重申感念皇恩與遭貶時之冤屈；其言「爲貧而仕，素慚四壁之空」，又云：「丹赤捫心，無負孝先之經腹」，然面上雖言感念皇恩一片忠心，然不免透露自己遭小人讒言之處境，如：「伏念臣捕驪得鱗，畫蛇成足，嗟當途之見嫉，投絕徼以可憐」；或「念群言交構，擠臣於不測之淵」，諸如此類，皆顯示王寂疾呼含冤，待能雪而已。王寂對於遭貶的事雖能曠達自適於一方，但家世爲吏之故，仍望早日洗刷官涯之汙點，返歸朝廷，以期報效家國。另一篇〈謝帶笏表〉則作於受章宗召回之時，文中言「清談廢事，肯將拄漫吏之頤；老氣未除，猶足擊姦賊之齒」云云，亦足見王寂即便遭貶後召回，仍對於朝中小人姦賊充斥之事，耿耿於懷，此亦藉表以抒懷之作。

（二）紀錄親情，感念故友

王寂此類散文比例不少，多以贈序跋的形式寫下。如〈與文伯起帖二首〉作於貶蔡州後，閉門閑居家中之時，友人文伯起自穎汝歸時順道來訪，與王寂「握臂促膝，說有談空」，對於雪中送炭的文氏，王寂又驚又喜，很是感念，久未能忘懷，故寫下一詩一記，贈與文氏。文中回憶文氏來訪時云：

> 丙午冬，某自地官出守蔡州。終日兀然，如坐井底，閉門卻埽，謝絕交親。分爲凍蟄枯枿，無復有飛榮之望，其況可知。會足下自潁汝歸，袖刺踵門，修桑梓之敬。某亦喜聞其來，倒衣出迎，都不省屐齒之折也。已而，握臂促膝，說有談空，至領會將無同處，了不知賓主誰何。顧此樂豈可與俗兒語耶？某自改官，餘人例皆旅退，獨足下與鄭秀才相陪信宿。翌日，解攜，靳靳不忍訣去，此情未易忘也。〔註 15〕

或許是遭貶的文人有所抒發，同樣是感念故友，〈送故吏張弼序〉中，王寂發出深深的感嘆之音；文章作於大定二十九年〔註 16〕，貶至蔡州已屆三年餘，對於還朝的希望則日趨渺茫，張弼能不遠千里跋涉而來，讓王氏驚喜不已，徹夜長談讓他「恍如夢寐」一般。文末道出官場的黑暗面，感受到作者對世態總有著失望之感觸，其云：

> 夫吏之所習，詭道也。或桀黠尤甚者，揣不言之意，伺欲動之色，推輕重，矯枉直，必利而後已。爾奚獨反是，得非好學義理使之然哉？雖然，求之此途，亦未多得。以始終之際，殆不減明遠。所愧予名位不及古人，不使爾名白於當世，托以不朽。〔註 17〕

文中王寂顯然清楚官場總有些「桀黠」者，汲汲營營，凡事以「利」爲尙，對於張弼總不願同流合污，而以「義理」自處，王氏點出「求之此途，亦未多得」，可見王寂自己也不認爲凡事以義理處之，就一定會有什麼好下場，恐只能求「不使爾名白於當世」，無愧於心了。

〈曲全子詩集序〉則是王寂此類散文中感情最眞摯的一篇，曲全子爲王寂之親弟王宲，約早逝於大定十九年〔註 18〕。王寂蒐集斷簡殘文後編輯成詩

〔註 15〕《拙軒集》卷六〈與文伯起帖二首〉，葉四。

〔註 16〕〈送故吏張弼序〉一文，《金代散文家年譜》及《全遼金文》皆未繫年，今據內文有：「大定改元之再歲，予爲縣太原之祁…今予去祁二十有四年」又有「及予自從官出蔡守」云云；按王寂大定五年除祁縣改方山令，則推此序應作於大定二十九年。王永《金代散文研究》則以以〈祁縣重修延祥觀記〉中有「予爲祁三年，樂其土風信厚」亦推爲大定二十九年作（詳見頁 44），此又爲一證。

〔註 17〕《拙軒集》卷六〈送故吏張弼序〉，葉二。

〔註 18〕按〈曲全子詩集序〉作於「明昌改元之明年春正月」（見《拙軒集》卷六，葉三），文中亦有「元輔不幸，今十年矣」（葉三），故推知王宲應卒於大定十九年（1181）。

集，爲其寫下的序文。此文撰寫時王寂恐仍未回京師，回憶過去兄弟親情更顯眞摯感人，對比過去弟在世時「吾二親康健，歲時上壽，斑衣羅拜，里人榮之，指以爲慶門；故牓其堂曰『雙橘』。一時名卿大夫爭相歌咏其事。」與爾後「生寡食眾，貧不能生」，後弟逝，侄幼，詩作散佚，前途未明之相對照下，感慨頗深。

另一篇〈姚君哀詞〉則紀錄值得敬重的長者姚孝錫，雖除卻詞文，篇幅不長，但文字靈活生動。其以二事突顯姚氏之個性與生平爲人：一是「鴈門失守，主將以城降」驚天動地之下，姚氏卻「投床大鼾，絕不經意」，人問之則云「死生天也，夫何懼之有」，充分顯示出姚天性樂觀置生死爲無物的個性；二是述歲饑時，不肖者欲趁機哄抬物價大發國難財，反遭姚怒斥曰：「汝輩無狀！苟家有餓殍，雖有粟，吾得而食諸。」充分表現出姚孝錫悲天憫人、人溺己溺的處世原則。文後加諸自己若干評論，言簡意賅，亦不拖泥帶水。

（三）記地頌德，涉獵宗教

王寂有許多單純的敘記散文，記一地兼頌德政者，如〈瑞葵堂記〉，寫沃郡臨城本在「頃年多盜，晝夕有桴鼓之警。部使者督責有司，救過不暇。黠胥悍卒、因緣爲姦。以至逋租匿役，民罔克堪。」的情況下，「故吏之當臨城者，往往畏避如探湯」，卻在王君「引見耆舊，問弊所先」、「擊強梁，凡細民爲盜，攀牽罣誤者，悉澡雪而撫存之」的積極改善下，未幾「暴客相率以去，闔境恬然。昔時田里愁痛之聲化爲歌詠，民氣以和」。後王君燕居之側，產出瑞葵，眾以爲乃德政之報也，王寂亦借此文大力宣揚德政，以爲「夫天時、人事之際，其實甚明，然必有可致而致之。況神奇之產，豈偶然哉？予意其造物者，不特爲惠政和風之徵，亦有以見傾心向日之義也。」〔註 19〕王寂將瑞葵的出現歸功於德政的施行，將天人相應之說融入散文中，是記一地之事兼以頌德的典型文章。

純粹歌頌德政者，尚有爲其先父所撰之〈先君行狀〉，文中言其父仁慈的對待老弱的戰俘，爲朝廷除去劇盜，教化窮鄉僻陋之百姓，破除畜蠱祁富之陋習，以秘方救治百姓無數；任平山縣吏時，前吏莫敢治之強豪權貴，王父「盡發其姦贓，捕奴之用事者，案服抵罪」；任定州唐縣令時，又「大新廟學，延集諸生，親爲指授，檢責其日課」，使得「父老至今懷德，肖像以祠」〔註 20〕。王

〔註 19〕以上見《拙軒集》卷五〈瑞葵堂記〉，葉十、十一。
〔註 20〕以上見《拙軒集》卷六〈先君行狀〉，葉七～十。

寂對父親的歌頌特別著重於德政的施行，將其以仁愛之心救百姓於水火之事，視為最重要的行誼紀錄。

著於大定十八年的〈實塔山龜鏡寺記〉，亦為此類散文，本文雖為記一寺之歷史，但與同時期的寺記大異其趣。撰寫此文時，王氏已屆知命之年，他的文章風格仍然是一派的輕鬆與隨性，不僅只是單純述此寺廟之歷史，更添加了見山不是山的辯證思維，其云：「然石刻所載脫略，多不可取。以予攷之，義熙蓋東晉安帝時也，距今垂千載，風蝕雨蠹無幾。方是時，此地亦非晉有，不知從何而致此耶？」雖又引老僧之言，以為若僧言此石刻乃「神物護持」，則「非世智可量其然乎？其不然乎？」文中提出自己的質疑，又以神物不可以俗世之智量之為由，數語推翻前論。充滿疑惑的王寂文末提及一池井，筆鋒一轉，認為：「夫物之成敗相尋，故自有數，雖然，未有不因人而廢興者也。噫！池之廢久矣，安知他日無長才好事者，撤屋廢基，浚而出之，使復舊觀。」且期待若真有此一能人，必能「待我于西池之上，酌泉瀹茗，共話無生」〔註 21〕。既記歷史又涉獵宗教，留給讀者無限的餘味。次年也作有〈祈縣重修延祥觀記〉，雖也言道觀興建之過程，然僅言其歷程，未若此記能令人回味無窮。

三、風格特色

《四庫全書總目》以「博大疏暢」概括王寂之散文風格是非常公允的，也認為王寂的文章「體格亦足與《滹南》、《滏水》相為抗行」〔註 22〕。王永《金代散文研究》中則認為：王寂散文創作的風格與價值在於條達疏暢的敘事與傳奇志異的內容〔註 23〕。事實上，王氏散文受當時宗教風尚所影響，難免有傳奇志異之風格表現，重要的是其通達疏暢的敘事的風格特色，乃金初

〔註 21〕以上見《拙軒集》卷五〈實塔山龜鏡寺記〉，葉三、四。

〔註 22〕《四庫全書總目提要》卷一百六十六，集部十九，別集十九，葉二。

〔註 23〕王永：「傳奇志異的內容是王寂散文不同於前代散文的最大特色。他在作品構思中滲入一種塑造鮮明性格、描述神奇事物的意識，在散文作品中保存了大量的奇人奇事。」王永點出幾篇王寂的作品，包括〈寶塔山龜鏡寺記〉、〈祁縣重修延祥觀記〉、〈瑞葵堂記〉、〈贈日者李子明序〉等，都是帶有傳奇或志異性質的文章，他認為王寂傳奇志異的特點與金源文化當時的特定發展階段（指環境與文化）有關，乃因北方地區文化活動不多，族人飲酒聚談是消遣的主要方式，所以當傳奇類散文盛行，又加上當時佛教的盛行，所以神異故事廣為流傳。（《金代散文研究》〈第二章　金代散文發展歷程〉，頁 42～48。）

罕有，與同時期党懷英亦戮力宣揚淺易暢達文風與恢復唐宋古文之格，堪稱雙璧；二人讓金中期以後的散文走向平易疏暢之風，實功不可沒。今依其散文特色分述如下：

（一）善用對比手法，烘托營造效果

王寂散文的特色，在擅長用對比之手法，烘托營造效果：如〈姚君哀詞〉中，眾人以爲「鴈門失守，主將以城降」各謀所以生，姚氏卻「投床大鼾，絕不經意。」而〈贈日者李子明序〉中有「今之日者，行衢坐肆，紛紛如蝟毛，然而言信而有徵者亡幾。」對照李子明之「吉凶否泰，必以忠告」，以顯李氏是善卜者。〈送故吏張弼序〉中，以「桀黠」者，凡事以「利」爲尙，相對於張弼總以「義理」自處。〈曲全子詩集序〉一文則以其弟在世時之家門榮光景況，對比後「貧不能生」之景況。

〈先君行狀〉中的對比更爲顯著，王寂描述其父，幾乎通篇皆使用此手法來突顯其人異於時下惡吏。如：

> 時天會五年，王師南伐，調發民兵，本部以先君主之。進攻唐、鄧，城陷，軍中盡俘壯健，而殺老弱。先君獨取其老弱者數百，朝與之食，夜即縱去。〔註 24〕

此處以軍隊的殘暴對照，凸顯王氏先父之仁慈。

又：

> 縣有奚兵主將蕭嘉哩合，私釀酒椎牛，間遣奴輩白晝漁奪于市。前爲邑者，熟視強梗者莫敢治。先君盡發其姦贓，捕奴之用事者，案服抵罪。自是脅肩累足，訖去不敢犯。

此處則以前吏不敢治之豪強權貴，凸顯王父伏強發姦之勇。

又：

> 先君雅倦游，方抗章求去，適會命下遷歸府判官。時府帥怙權專恣，遇官曹暴甚，嘗課諸縣伐冰，厚取其直，以資公帑。先君曰：「二千石爲天子牧民者也，奈何掠民膚髓，爲觴豆之奉乎？」〔註 25〕

更以時府帥之橫徵暴歛與魚肉鄉民的專扈，對照其父之仁民愛物。

〔註 24〕《拙軒集》（（清）吳重熹輯：《石蓮盦彙刻九金人集》（臺北：成文出版社，民國六十五年八月臺一版）以下所用《拙軒集》版本皆同））卷六〈先君行狀〉，葉七、八。

〔註 25〕《拙軒集》卷六〈先君行狀〉，葉九。

此一對比烘托手法，金散文其他作家亦曾使用，然王寂今存十九篇文章中，使用對比手法即有五篇之多，以使用頻繁度而言，實無人能出其右。

（二）文字平易暢達，尤喜詠物自況

正如王永在《金代散文研究》中所言，王寂大多數的散文，尤其是敘記類，皆以簡練暢達爲特色之一〔註26〕。如〈三友軒記〉與〈先君行狀〉，文章鋪排與行文，皆符合流暢簡鍊；他如情感眞摯的〈曲全子詩集序〉及敘事娓娓的〈祁縣重修延觀記〉等，在優秀散文寂寥的金初，這些平易而暢達的文章，確實引領了金大定以後的散文風格，加以後來的趙秉文承繼，這種「達意」的散文筆法，幾乎影響了整個金中後期的散文風格。

此外，王寂也善於詠物，但詠物又往往加以寓意自況。正如〈巖蔓聚奇賦〉與〈三友軒記〉，一賦一記，體式截然不同，然二文的寓意卻驚人類似：〈巖蔓聚奇賦〉所述之物先是「爲時人所厭」，後遇識物者乃能發揮其效果，彰顯其價值；〈三友軒記〉則以笋石原爲「無用之石」，仙榆爲「不材之木」，「人且賤而棄之，曾不一顧」，然唯有作者知其內涵，故欣於友之。兩者皆爲抒發自況之文，〈三友軒記〉作於遭貶之後，雖不知〈巖蔓聚奇賦〉作於何時，但由此二文概可推知，王寂一直以來都是自負的文人，對於世態之炎涼早已有所體悟，並不特意掛心世俗之評價如何，無怪乎後來被無端被牽連遭貶至蔡州後，仍能自我調適，曠達處之。

第二節　王庭筠及其《黃華集》之散文

一、生平行誼

王庭筠（1151～1202），字子端，自號黃華山主，又號黃華眞逸、黃華老人、雪溪翁。其父是名士王遵古，與章宗有舊。王氏出身世家，聰穎好學，詩文書畫兼擅，是金朝開國繼党懷英以來第二個全才型的文人。

王庭筠大定十六年（1176）進士第，任恩州軍事判官，在當地施以仁政，誘殺謀不軌者鄒四，盡釋詿誤，因有能官之譽。大定二十年，因「在館嘗犯

〔註26〕《金代散文研究》：「這種敘事上的條達疏暢也是王寂散文的一個主要特色，他的記、帖、碑志等各體文章大都突出地加強散文的敘事功能，將更加豐富的內容組織進文章中。」（頁47）

贓罪，不當以館閣處之」〔註 27〕去官。王庭筠索性買田於彰德隆慮，並以黃華山主自居，隱居達十年，專心於詩文書畫著作。其間也與趙秉文相寄以詩，後王氏又舉薦趙氏入翰林，金文壇兩大散文家交情匪淺。

明昌三年，王氏復召爲應奉翰林文字，惜早年文章冗弱，不受章宗喜愛〔註 28〕，然章宗念在與其父王遵古素有舊交，仍寄以厚望。明昌五年八月，章宗因党懷英所作〈長白山冊文〉不能稱己意〔註 29〕，遂遣庭筠爲翰林修撰，負責朝廷制誥文章的撰寫；可見，王庭筠散文可與當時一代散文領袖党懷英相爲抗衡。其爲人和氣簡貴，謙沖自牧，李純甫嘗描述王氏是：「爲人眉目如畫，美談笑，俯仰可觀，外視若簡貴。人初不敢與接，一見之後，和氣津津，溢於衡宇間。又其折節下士，如恐不及，茍有可取，極口稱道之。故人人恨相見之晚也」〔註 30〕。

王庭筠才識過人，喜提攜後進，如趙秉文、馮璧、李純甫等人皆受他所薦引入翰林，時人都以能知人稱許之。承安元年（1196 年）卻因趙秉文上書狂妄一事（見本論文第三節〈趙秉文及其《滏水集》之散文〉「一、生平行誼」）牽連受累，被杖削官〔註 31〕。泰和元年（1201），才又復官。

其人學識豐厚，經史佛老無所不窺〔註 32〕，生平著作亦頗豐，據《金史》中載，著有《藂辯》十卷，《文集》四十卷〔註 33〕，元好問則云其有《摹刻雪溪堂帖》十卷傳世，然俱不存。歷史學家金毓黻，蒐集各方文獻及資料，釐爲八卷，題爲《黃華集》，收入於《遼海叢書》〔註 34〕中，是近年金代文學輯

〔註 27〕《金史》列傳第六十四，卷一百二十六〈王庭筠傳〉，葉二，總頁 1168。

〔註 28〕金章宗嘗諭學士院士曰：「王庭筠所試文句太長，朕不喜此，亦恐四方效之。」又謂平章張汝霖曰：「王庭筠文藝頗佳，然語句不健。其人才高，亦不難改。」（《金史》列傳第六十四，卷一百二十六〈王庭筠傳〉，葉二，總頁 1168）

〔註 29〕《金史》本傳：「五月八日，上顧謂宰相曰：『應奉王庭筠，朕欲以詔誥委之，其人才亦豈易得。近党懷英作〈長白山文〉，殊不工。聞文士多妒庭筠者，不論其文，顧以行止爲訾，大抵讀書人多口頰，或相党。』……遂遷庭筠爲翰林修撰。」（葉三，總頁 1169）

〔註 30〕《中州集》卷三，〈黃華王先生庭筠〉，葉二十二。

〔註 31〕《金史》列傳第六十四，卷一百二十六〈王庭筠傳〉：「承安元年正月，坐趙秉文上書事，削一官，杖六十，解職。」（葉三，總頁 1169）

〔註 32〕《遺山集》卷十六〈王黃華墓碑〉：「得悉力經史，務爲無所不窺，旁及釋老家，尤所精詣。學益博，志節益高，而名益重。」（葉八）

〔註 33〕《金史》〈王庭筠傳〉，葉四，總頁 1169。

〔註 34〕金毓黻輯：（金）王庭筠：《黃華集》（《叢書集成續編》第 133 冊，文學類，景印《遼海叢書》第三冊，臺北：新文豐出版社，民國 78 年。以下所引用《黃

佚最成功的一例。近人李宗憧先生曾經編《新編王庭筠年譜》，業已出版，對於王庭筠的生平及著作，繫年整理的相當完整。

二、題材內容

王庭筠本爲引領金代國朝文派的重要散文作家，惜其散文多已散佚，今僅存若干篇敘記文章而已，所幸這些存文仍能見其寫作功力，茲僅能就其題材內容分類如下：

（一）論史論事，言仁言義

論史者，王庭筠有〈涿州重修蜀先主廟碑〉，碑文以議論入手，文章前半主旨扣在一個「仁」字，開頭即點明「仁者未必成功，成功者未必仁」；依此下開議論，論仁與不仁之別都在於心之何如，以仁濟私而「竊仁以欺天下」者，最終會因「根著於心者，卒不可掩」；然而眞仁者雖未必能成功，但懷仁者之心則終可受天下人之謳歌與仰戴。後半則以「先生，仁人也」下開敘事，紀錄蜀先主劉備廟碑之沿革與位置，並在文後大發自己的感想云：「五季兵火之餘，室廬焚蕩殆盡，而廟貌巋然獨存。悍夫暴客過堂下，斂兵肅跽不敢犯，則其仁之入民也深矣！大哉仁乎，蘊之於心，充於天地，被於萬物。蓋有不與死而俱亡者，幽而爲神，其遺澤殘烈，丐及天下，後世以達其生平未厭之心必矣，豈獨私乎一鄉哉！祠而奉之者，特其鄉人之情耳。」敘事與議論皆緊扣於一「仁」字，寫作的手法與佈局，是同時期散文中極佳的作品。今迻錄一段以示之：

> 仁者未必成功，成功者未必仁。仁者之心，以仁仁天下，不仁者之心，以仁濟琪私。故善論人者，論其心之何如，而成敗不與，以仁濟其私者，發於其言，見於其事，亦仁也，蓋竊仁以欺天下。夫竊仁者是有大仁根於心，然竊仁易窮也，而根著於心者不可掩。天下之人莫不腹□臆唾，雖一時成功，旋與草木同腐矣。仁者之心，不以其身其家，而以天下，故天下之人亦相與謳歌戴仰，願以爲吾君。

華集》之版本皆同）。其中〈涿州重修蜀先王廟碑〉輯自《金文最》；〈五松亭記〉輯自《河南通志》又《金文雅》引；〈香林館記〉輯自《河南通志》引《沂州志》；〈李山風雪松圖詩跋〉輯自《金文最》引《墨緣彙觀》；〈西京留守廳題名記說〉輯自元・王惲撰：《秋澗集》（臺北：臺灣商務《四部叢刊正編》第 66 冊；據上海涵芬樓借江南圖書館藏明弘治翻元本景印；民國 68 年）疑爲殘文；〈跋米海嶽書〉僅十六字，輯自《玉虹鑑眞帖》。

雖生無成功，天下之人莫不嘆息，至後世猶喜稱道，精爽在天，能推其仁心，用之不已，施之不竭。〔註 35〕

全文兼議論、敘事、說理、抒情等各種表達方式於一體，對劉備的品德與功業進行論贊，難怪金毓黻評之爲：「同時作家如党懷英、趙滏水秉文、趙黃山渢、馮內翰璧，皆不及也。」〔註 36〕此文承安四年，刻石立碑，自題「前鄭州防禦判官提舉學校常平倉事武騎尉賜緋魚袋王庭筠撰書篆。」元人郝經曾經爲此文作長詩以盛讚其論議文采，歌謠慷慨，風流儒雅，冠爲當代，稱之爲「漢魏以來無此作」〔註 37〕。

論事者，王庭筠五十歲時爲張汝芳所撰的〈香林館記〉，與一樣是敘記體的〈五松亭記〉有著截然不同的風格。王氏在〈香林館記〉一文中單純歡遊賞景的心境顯已不復，取而代之的是藉張汝芳之口加入議論文字：

人之思出於心，心爲俗物所敗則亂。故治心者，先去其敗之之物，然後安。既安而思，則思之精。吾退食自公，隱几孤坐，每閱書至西，耳目之所接及者，乃林風竹月耳。無一物相敗，吾心甚安。乃益思所以事君與夫治身、治家、治民，凡有爲者，庶幾乎無愧焉！〔註 38〕

〈香林館記〉已非單純紀錄之敘記文，夾敘夾議中更能呈現詞理兼備的特點。王庭筠曾下獄，對於人生起落與人情冷暖，更能飲水自知。〈五松亭記〉與〈香林館記〉皆展現善於描繪景物的寫作功力，後者更能之寓含人生哲理，文辭暢然達煉，文意俐落而富有韻味。

（二）單純紀錄，寫景題名

王庭筠現存文章中，創作的最早的一篇是〈五松亭記〉。該文作於大定二十九年，時王氏僅三十九歲。今考大定二十三年時，王氏即以「碌碌常選」，「殊不自聊」〔註 39〕爲由，辭官歸隱，卜居於隆慮；歸隱六年後創作這篇敘記文時，他的心境應是顧視塵世，只盼悠游於田園景色間。〈五松亭記〉全文皆爲寫景，文章盡是描繪黃華寺五松亭附近「澗竹、巖花、諸山，繚然窈然，

〔註 35〕《黃華集》卷一〈涿州重修蜀先主廟碑〉，葉一。
〔註 36〕《黃華集》金毓黻〈序〉，卷首敘目，葉一。
〔註 37〕（元）郝經：《陵川集》（《景印摛藻堂四庫全書薈要》集部，別集類，第 399 冊；臺北：世界書局，民國七十六年（1987））卷九。
〔註 38〕《黃華集》卷一〈香林館記〉，葉六。
〔註 39〕《遺山集》卷十六〈王黃華墓碑〉，葉七。

嶄然崒然。旁立向背，俯仰呑吐，連綿絡繹，呈巧獻怪」之諸多景觀。大定時期乃金朝盛世，王庭筠又出身貴族世家，年歲尚輕，對政治應該還有很大的期望，一時躲避非屬眞隱，故其文仍不脫臺閣氣息。

章宗即位後即召王庭筠爲試館職中選，幾經波折，終於明昌三年應奉爲翰林文字；明昌五年，章宗更委以朝中制誥之重任，並認爲王氏之文優於當時一代文豪党懷英。初受重用的王氏，本對朝廷本有期盼，可惜好景不常，承安元年（1196）坐趙秉文上書事，削官解職。不久加以丁內外艱，自此哀毀骨立，幾至不起。

〈西京留守廳題名記說〉一文也屬單純紀錄之敘記散文，寫西京之歷史典故與地理位置，此文輯自《秋澗先生文集》卷九十七，僅爲節錄八十餘字而已，全文原貌今已亡佚，實足惜矣。

三、風格特色

王庭筠的文章起初不受章宗的喜愛，以爲其冗長勢弱，不利於制誥文體的撰寫，後見其文風改變，才又復起爲翰林文字。今觀後世眾家對其散文的評論，實有別於章宗初期所見，或稱其論議文采，歌謠慷慨，或稱其「辭理兼備，居然有臺閣體裁」〔註 40〕。由此可見，王庭筠的散文創作風格應經過某些轉變。王氏出身貴族，在仕宦上有幾次曲折的歷程，心境往往隨環境而轉，亦足以影響其詩文內涵；然存文頗寡，且逐篇繫年說法不一，實難以推敲散文創作轉變之歷程，是一憾事。

元好問曾云，王庭筠的散文是「爲文能道所欲言，如〈文殊院斫琴飛來〉、〈積雪賦〉及〈漢昭烈廟碑文〉等，辭理兼備，居然有臺閣體裁。」〔註 41〕今雖僅存〈漢昭烈廟碑文〉（或題爲〈涿州重修蜀先主廟碑〉），仍能見其「辭理兼備」之臺閣風範。今依其文章特色，析列如下：

（一）詞理兼備，寓含哲理

王庭筠現存之散文不多，然篇篇辭理兼備，在敘述中加入大篇幅議論文

〔註 40〕 元好問稱其：「爲文能道所欲言，如〈文殊院斲琴〉、〈飛來積雪賦〉，及〈漢昭烈廟碑文〉等，辭理兼備，居然有臺閣體裁。暮年詩律深嚴，七言長篇尤以險韻爲工。……馮內翰挽章云：詩名摩詰絕世，人品右軍書入神。……研摩於韓杜之後，宜愈困而愈工。……」（（金）元好問：《遺山集》卷十六〈王黃華墓碑〉，葉七）

〔註 41〕 《遺山集》卷十六〈王黃華墓碑〉，葉七。

字，是最大之特色；如〈涿州重修蜀先主廟碑〉，起筆即以「仁者未必成功，成功者未必仁」，下開百餘字之議論，藉以闡述仁與不仁之別；文章中再以「承安二年夏四月，里民始議增葺。於是富者以資，巧者以藝，少者走以服其勞，老者坐以董其功」云云，爲重修蜀先主廟的過程作一敘述。最後，又以「庭筠曰」下啓大篇幅的議論結尾：

> 庭筠曰：「五季兵火之餘，室廬焚蕩殆盡，而廟貌巋然獨存。悍夫暴客過堂下，斂兵肅跽不敢犯，則其仁之入民也深矣！大哉仁乎，蘊之於心，充於天地，被於萬物。蓋有不與死而俱亡者，幽而爲神，其遺澤殘烈，旬及天下，後世以達其生平未厭之心必矣，豈獨私乎一鄉哉！祠而奉之者特其鄉人之情耳，」〔註42〕

除中間一段屬單純敘述外，幾乎通篇皆以論著方式來撰敘記之碑，此手法實爲金敘記類散文罕有之特色。

〈香林館記〉亦爲如此，其雖題名爲記，仍以詞理兼備著稱，文章前半藉張汝芳之口描述建館之因、館之地理位置、周邊景色、命名之緣由等。話鋒一轉，以「人之思出於心，心爲俗物所敗則亂。故治心者，先去其敗之之物，然後安。既安而思，則思之精。」開啓夾敘夾議的行文；再以「庭筠復書，謝曰」，回應張公所言，再加入議論文字，既論爲官治民之理，又對館主加以稱賞。

從兩篇散文中，不難發現王庭筠不論傳誌及敘記文章中，都充分體現了辭理兼備，以論代敘，以論爲記的風格特色。

（二）活用對話，生動靈活

除以論代敘的筆法外，王庭筠也善於以對話架構整篇散文，如前所敘〈涿州重修蜀先主廟碑〉中以「庭筠曰」下開議論之文外，〈香林館記〉更則以兩封王庭筠與張汝芳之往來書信作爲鋪敘之手法，一則「公以書抵庭筠，曰：『……』」，一則「庭筠復書，謝曰：『……』」，一來一往，巧妙的結合論述與對話紀錄，架構成篇文章。

又如〈五松亭記〉，全文雖爲寫景，然前夾雜作者與李弼間對話式的行文云：

> 李輔之丞此邑也，初入寺，愛之不能歸，久之嘆曰：「寺固美矣，然樹林蒙密，屋宇蔽虧，而遊目騁懷者，有所未盡，必嘗得其全。」

〔註42〕《黃華集》卷一〈涿州重修蜀先主廟碑〉，葉一。

遂絕溪而南，陟南山而東，下臨斷壑，有平地數尋，若壇址然。喬松五章，挺立其側，山僧曰：「此地名五松亭，舊矣，而實未嘗有亭焉。豈前人欲有爲而未遑者歟？其或者有所待歟？」輔之笑曰：「此留以遺我也！」……。〔註 43〕

其以對話問答帶出敘述，生動而靈活；最後敘事娓娓道「加我數年，婚嫁事畢，歸作亭之主人，看夕月之龍蛇，聽夜風之琴筑，便當不減陶隱居」云云。文字清新，亦頗有明清小品文風範。

不論是〈涿州重修蜀先主廟碑〉或〈香林館記〉以對話式架構成篇文章，或〈五松亭記〉以對話層層推演出禪寺與五松亭之命名原因，皆生動靈活運用對話，在對話中帶出敘或論，筆法尤爲特殊。

第三節　趙秉文及其《滏水集》之散文

一、生平行誼

趙秉文（1159～1232）〔註 44〕，字周臣，自號閑閑老人〔註 45〕，磁州滏陽（今河北磁縣）人。主要的生平事蹟見於《金史》卷一百一十列傳四十八，及元好問所撰之〈閑閑公墓銘〉。清人王樹楠曾整理他的生平繫年，撰成《閑閑老人年譜》附在《閑閑老人詩集》之後，成爲少數幾個在清代時期擁有完整年譜的散文家。

趙氏自幼穎悟，讀書若夙習，十七歲參加鄉試，二十七歲登金世宗大定廿五年（1185）進士第〔註 46〕。厥後調安塞（今陝西安塞縣）主簿。未幾，

〔註 43〕《黃華集》卷一〈五松亭記〉，葉四、五。

〔註 44〕此據（金）元好問《遺山集》卷十七〈閑閑公墓銘〉所記曰：「……用是得疾，以（天興元年）夏五月十有二日，春秋七十有四終於私地之正寢……」（葉四）推知。《金史》本傳、清人錢大昕《疑年錄》（卷二）、翁方綱《元遺山先生年譜》、王樹枏《閑閑老人年譜》皆同。《歸潛志》元刊本則作「天興改元夏四月卒」（卷一，頁 5）。

〔註 45〕按：「閑閑」二字，本出於《莊子・齊物論》：「大知閑閑，小知閒閒。」成玄英疏云：「閑閑，寬裕也。閒閒，分別也。夫智惠寬大之人，率性虛淡，無是無非；小知狹劣之人，性靈褊促，有取有捨。有取有捨，故閒隔而分別；無是無非，故閑暇而寬裕也。」陸德明《經典釋文》云：「閑閑，李云：無所容貌。簡文云：廣博之貌。」趙秉文蓋取此意。

〔註 46〕此據《滏水集》卷十三〈學道齋記〉，《遺山集》卷十七〈閑閑公墓銘〉亦同。

以課最遷邯鄲令，再調唐山令。明昌二年（1191），丁父憂，次年「同薦者及提刑司廉舉起復，充南京路轉運司都句判官。」〔註 47〕明昌四年改應奉翰林文字，作〈禘禮慶成頌〉及〈駕幸宣聖廟釋奠頌〉等應用文章。明昌六年，因翰林修撰王庭筠舉薦，起復入爲應奉翰林文字，同知制誥〔註 48〕；同年上書狂妄論朝政，以爲「胥持國當罷，宗室守貞可大用」，因而累及舉薦他的王庭筠左遷久廢；周昂亦無端受牽連，兩人各受杖七十左貶外官。

承安五年（1200），轉北京（今遼寧）轉運司度支判官。次年十月，金大舉伐宋，趙秉文隨軍進止，凡諸謝表，皆出其手。泰和年間（1201～1208）他的散文創作開始變多，題材也變廣，如〈重修川州文廟記〉、〈祁忠毅公傳〉、〈滏水石橋記〉以及〈祭姬公平叔文〉等，文章明顯參雜有自己的思想論點，筆觸也更爲生動有活力，不同於前期僅關注在歌功頌德而已。

大安元年（1209）以後，趙秉文已屆知命之年，對於紛亂的政治局面憂心忡忡卻又備感無奈。二年，改刺平定州（今山西平定）〔註 49〕，前任刺史暴酷，盜賊無分大小皆掊殺於赦前，雖用重典，然盜愈繁，趙氏爲政則寬厚，以仁德爲教，不旬月，盜賊屏跡，終任無犯者。其亦於此建湧雲樓，閒暇則登樓賦詩。其集中詩文多作於此時，如〈湧雲樓記〉、〈游懸泉賦〉等皆是，然詩文屢萌退隱之意。

大安三年（1211），一代文壇盟主党懷英卒，曾爲下屬的趙秉文爲其撰寫墓誌銘，並毅然爲其編選詩文集。趙氏曾推党懷英是繼蔡珪後，最能夠承繼歐陽脩散文的士人，起而爲其編選刊刻文集十卷〔註 50〕，亦是文壇盛事一樁。

〔註 47〕此據《遺山集》卷十七〈閑閑公墓銘〉。

〔註 48〕〈墓銘〉只云：「用薦者起復」。《歸潛志》卷十則曰：「初，趙秉文由外官爲王庭筠所薦，入翰林。」

〔註 49〕此據《遺山集》卷十七〈閑閑公墓銘〉：「出爲寧邊州（今蒙古清水河縣溪南）刺史」及《滏水集》卷一〈黃河九昭〉：「大安元年，余出守甯邊。」《金史》〈趙秉文傳〉則言：「泰和二年，召爲户部主事，遷翰林修撰。十月，出爲寧邊州刺史。三年，改平定州。」疑誤。《年譜》則曰：「案《史傳》作三年改平定周，又繫之太和之下，誤之又誤者也，本集（《滏水集》）〈湧雲樓記〉云：『大安二年四月，余來平定』與《遺山集》卷十七〈閑閑公墓銘〉合，但《遺山集》卷十七〈閑閑公墓銘〉序之於元兵南嚮之後，爲失其次耳。」

〔註 50〕《滏水集》卷十五〈竹溪先生文集引〉：「近歲寇攘，喪亡幾盡。姑裒次遺文，僅成十卷，藏之翰苑云。」（葉二）

五十五歲以後，其爲許多地方仕紳、官吏、烈士，寫了碑誌文章，如貞祐二年（1214）撰〈東明令王君雞澤尉楊君死節銘〉、〈順州守王晦死節銘〉；貞祐三年撰〈廣平郡王完顏公神道碑〉及〈追薦李中丞子賢青詞〉等，都收錄在他的文集當中。同年，爲挽救江河日下的國運，與數十人皆撰〈德運議〉，討論五行的承繼。

《滏水集》初編於元光二年（1223），當時趙秉文六十五歲，〈閑閑公墓銘〉稱「前後三十卷」，然今所傳《滏水集》乃二十卷，應是晚年又重編者〔註 51〕。他一生著作無數，對於佛學、理學涉獵尤深，政論也頗有研究；牛貴琥先生說：「金末文士之所以對趙秉文十分推崇，並不純在於文學，而更重要的在於道統上。」〔註 52〕事實上，更進一步而言，趙秉文是結合道統學術於散文中的文人，他在《滏水集》中有一系列對於道統的看法與詮釋，是金代非常重要的文學家兼理學家、史學家。今整理其生平行誼特色於下：

（一）至誠樂易，承道宏儒

元好問即言：「公至誠樂易，與人交不立崖岸，主盟吾道將四十年，未嘗以大名自居……生河朔鞍馬間，不本於教育，不階於講習，紹聖學之絕學，行世俗所背馳之域，乃無一人推尊之。」〔註 53〕劉祁則針對其安貧樂道云：「家居未嘗有聲色之娛，夫人卒，不再娶。斷葷肉，麤衣糲食不卹也。」〔註 54〕趙秉文雖爲一代文壇名士，但爲人溫遜，與晚輩亦友之忘年〔註 55〕。且彼之書法字畫，向爲人所重〔註 56〕，以致求書者眾，其甚以爲苦，索性於自宅門

〔註 51〕《遺山集》卷十七〈閑閑公墓銘〉云：「時公已老，日以時事爲憂，雖食息傾不能忘。每聞一事可便民，一士可擢用，大則奏章，小則爲當路者言，殷勤鄭重，不能自已，竟用是得疾。」（葉四）按：天興元年（1232）正月，趙秉文仍作〈開興改元詔〉，當年五月十二日病卒。

〔註 52〕《金代文學編年史》第三編〈金代後期文學〉頁 621。

〔註 53〕見《遺山集》卷十七〈閑閑公墓銘〉。

〔註 54〕《歸潛志》卷一，頁 6。

〔註 55〕《歸潛志》卷九：「李屏山視趙閑閑爲丈人行，蓋屏山父與趙公同年，然趙以其才，友之忘年。屏山每見趙致禮，呼老叔，然於文字間未嘗假借，或因醉嫚罵，雖慍亦無如之何。其往刺寧夏，嘗以詩送，有云：『百錢一匹絹，留作寒儒裩。』譏其多爲人寫字也。又云：『一婢醜如鬼，老腳不作溫。』譏其侍妾也。」（頁 100）

〔註 56〕《歸潛志》卷八：「趙閑閑平日字畫工夫最深，詩其次，又其次散文也。」（頁 87）

首牓曰「老漢不寫字」，然求字者仍頻，相識輩強請亦往往不能拒〔註 57〕，足見其溫文可親之氣度。

他的摯友楊雲翼曾言：「今禮部趙公，實爲斯文主盟。近自擇其所爲文章，釐爲二十卷，過以見示，余披而讀之，粹然皆仁義之言也。蓋其學一歸諸孔孟，而異端不雜焉，故能周到如此，所謂儒之正，理之主，盡在是矣！天下學者，景附風靡，知所適從，雖有狂瀾橫流，障而東之，其有功吾道也大矣。」〔註 58〕說明趙氏的文章，是繼承孔孟道統學說，純正儒學的仁義之言。今觀其散文，猶以文集卷一「大學」、卷十四「論」中之散文最能表現以儒家爲宗，有積極繼往開來之特色，對於闡述儒教學術思想，彼自有一套理論。

（二）出入佛老，著作豐富

劉祁嘗云趙秉文是「酷好學，至老不衰。後兩目頗昏，猶孜孜執卷抄錄。上至六經解，外至浮屠、《莊》、《老》、醫藥丹訣，無不究心。其所著有《太玄解》、《老子解》、《南華指要》、《滏水集》、《外集》，無慮數十萬言。」〔註 59〕說明了趙氏對於佛老研究之深，相關著作亦不少。

《歸潛志》卷九又曾紀錄趙秉文本喜佛學，然頗畏士論，晚年自擇其文，凡主張佛老二家者皆削去。趙氏爲佛老所作文，并其葛藤詩句，另作一編，號《閑閑外集》〔註 60〕。蓋趙秉文猶一心以繼絕學、紹儒教爲己任，然對佛、老之學又頗不能釋之，故欲融合三教爲一，心態與李純甫幾如出一轍，又礙於公職身分，不能如李氏般暢所欲言，頗畏當時士論，故削刪佛老文章另輯爲《外集》，反遭兵火輾轉散佚，若未刪去，則今人猶得一窺。

趙秉文生活簡素，不好聲色之娛，自幼至老，手不釋卷。勤於創作，著作豐富，多達二十五種，凡經、史、詩、文，無不賅備〔註 61〕。可考者，有《易叢說》十卷、《中庸說》一卷、《中庸說解》一卷、《揚子發微》（即《法

〔註 57〕《歸潛志》卷九：「趙閑閑本好書，以其名重也，人多求之，公甚以爲苦。嘗於禮部廳壁上牓云：『老漢不寫字。』然燕居無客未嘗不鈔書。相識輩強請亦不能拒。若夫其心所不喜者，雖懇求竟不得也。雷希顏得其書最多，凡有求，未嘗拒。」（頁 100）

〔註 58〕（金）楊雲翼：〈閑閑老人滏水文集引〉（《滏水集》卷首，葉一）。

〔註 59〕《歸潛志》卷一，頁 6。

〔註 60〕《歸潛志》卷九，頁 106。

〔註 61〕據楊家駱編纂：《新補金史藝文志》統計，除詩文別集《滏水集》三十卷外，經部六種、史部五種、子部七種、集部兩種、政論四種。

言微旨》）一卷、《太玄箋贊》六卷、《素問標注》、《文中子類說》（即《中說類解》）一卷、《南華略釋》一卷、《老子解》〔註 62〕、《列子補註》一卷、《刪集論語孟子》十卷、《資暇錄》十五卷、《百里指南》一卷。又與楊雲翼同著之《龜鑑萬年錄》、《君臣政要》、《貞觀政要申鑑》；與高汝濿、張行簡同修《章宗實錄》。所著詩文集名《滏水集》，三十卷，今傳本僅二十卷，另有《閑閑外集》一編；然今可見僅《滏水集》一書，以及《道德眞經集解》中關於其對《道德經》的二十六條論述而已。

趙秉文一生孜孜執卷撰述，無怪王若虛嘗感慨的說：「嗚呼！公一代巨儒，德業文章，皆可師法。自少年名滿四海間，生平著述，殆不可勝紀，而晚年益勤，心醉乎義理之學。六經百子，莫不討論；迄今孜孜，筆不停綴。」〔註 63〕可想見其著作之勤。

（三）敢言敢為，改變文風

明昌六年，趙秉文剛入朝廷，見李師兒因而勢位烜赫，幾侔皇后，胥持國攀附以致宰相〔註 64〕，自此朝綱不正，軍民胥怨，便上書疾陳宰相胥持國當罷，宗室完顏守貞可大用，又言刑獄征伐之種種弊端〔註 65〕。章宗召問，趙氏則與上書所陳殊異，於是命有司鞫問之。趙初不肯一言，詰其僕，歷數交遊者，乃言曰：「初欲上言，嘗與修撰王庭筠、御史周昂、省令史潘豹、鄭贊道、高垣等私議。」於是趙氏與王庭筠等皆下獄，決罰有差。有司論秉文上書狂妄，當追解；幸章宗不欲以言罪人，遂特赦免。此事非但牽連推薦他的王庭筠，也牽連到周昂。〔註 66〕時人爲之語曰：「古有朱雲，今有秉文。朱

〔註 62〕《老子解》中趙秉文所解經之部分內容，可見於《道德眞經集解》四卷中。

〔註 63〕（金）王若虛：《滹南集》卷四十四〈揚子法言微旨序〉，葉六。

〔註 64〕詳見《金史》卷六十四〈后妃列傳下·章宗元妃李氏〉，葉十、十一，總頁 632、633。

〔註 65〕語見《遺山集》卷十七〈閑閑公墓銘〉。

〔註 66〕見《金史》本傳。《歸潛志》卷十亦載此事云：「初，趙秉文由外官爲王庭筠所薦，入翰林。既受職，遽上言云：『願陛下進君子，退小人。』上召入宮，使內侍問：『當今君子、小人爲誰？』」秉文對：『君子，故相完顏守貞；小人，今參政胥持國也。』上復使詰問：『汝何以知此二人爲君子、小人？』秉文惶迫不能對，但言：『臣新自外來，聞朝廷士大夫議論如此。』時上厭守貞直言，由宰相出留守東京。嚮持國諂諛，驟爲執政。聞之大怒，因窮治其事。收王庭筠等俱下吏。且搜索所作譏諷文字，復無所得，獨省掾周昂〈送路鐸外補詩〉有云：『龍移鰌鱔舞，日落鴟梟嘯。未須發三歎，但可付一笑。』頗涉譏諷。奏聞，上怒曰：『此正謂世宗升遐而朕嗣位也。』大臣皆懼，罪在不可測。

雲攀檻，秉文攀人。」趙秉文視此事爲人生的污點，所幸此事沒有對這位金代文學家後來的創作與仕途有太大的影響，卻可想見趙氏的個性極爲直率。朝政人人皆知胥持國阿諛，驟爲執政，然敢言者實不多，趙氏剛入朝廷爲小官吏，即上書論朝事，憂國而敢言可見其一斑。

趙秉文勇敢的事跡不止在政治上，也表現在文學上。《金史》〈趙秉文傳〉中曾記一事：「貞祐初，秉文爲省試，得李獻能賦，雖格律稍疏而詞藻頗麗，擢爲第一。舉人遂大喧噪，訴於臺省，以爲趙公大壞文格，且作詩謗之，久之方息。俄而獻能復中宏詞，入翰林，而秉文竟以是得罪。」〔註 67〕可見，趙秉文將李獻能頗具詞藻卻格律稍疏的作品擢爲第一的用意，並非一味恪守格律，而是要看賦文詞藻是否「莊嚴絕俗」。此一主張在跼守格法、「喜爲奇異語則往往遭絀落」〔註 68〕的年代裡，著實受到劉祁等人大力的讚賞。

也因趙氏勇於改變頹靡的科舉文風，而使「南渡後，文風一變，文多學奇古，詩多學風雅，由趙閑閑、李屏山倡之。……趙閑閑晚年，詩多法唐人李、杜諸公，然未嘗語於人。已而麻知幾、李長源、元欲之輩鼎出，故後進作詩者爭以唐人爲法。」〔註 69〕趙秉文提倡寫作風雅爲尚的詩，雖法唐人之法未嘗語人，而後輩卻紛紛群起效尤，爭學唐法撰詩，竟使南渡後的文風爲之一變。

（四）憂國憂民，談史論道

趙氏仕宦長達四十年，才識廣博，熟讀經史，詳研史筆及史法，每將其史觀表現於諸史論著之中。所著有關史評專籍頗多，如：《龜鑑萬年錄》、《君

參知政事孫公鐸從容言于上曰：『古之人臣，亦有擬爲龍爲日者，如孔明臥龍、荀氏八龍、趙衰冬日、趙盾夏日，宜無他。』于是上意稍解。翌日，有旨：庭筠坐舉秉文，昂坐諛諷，各杖七十，左貶外官。秉文狂愚，爲人所教，止以本等外補。……故人爲之語，有『不攀欄檻只攀人』之句。其後，趙公以文章翰墨著名，位三品，主文盟，然此少時事終不能掩。」（頁 111、112）

〔註 67〕此事亦見於《歸潛志》卷十：「泰和、大安以來，科舉之文弊，蓋有司惟守格法，無育材心，故所取之文皆萎弱陳腐，苟合程度而已。其逸才宏氣、喜爲奇異語者，往往遭絀落，文風益衰。及宣宗南渡，貞祐初，詔免府試，而趙閑閑爲省試有司，得李欽叔賦大愛之。蓋其文雖格律稍疏，然詞藻莊嚴絕俗，因擢爲第一人，擢麻知幾爲策論魁。於是舉子輩譁然，愬於臺省，投狀陳告趙公壞了文格，又作詩譏之。……夫科舉本以取天下英才，格律其大約也。或者捨比取此，使士有遺逸之嗟，而趙、李二公不徇眾好，獨所取得人，彼議者紛紛何足校也。」（頁 108）

〔註 68〕同上註。

〔註 69〕《歸潛志》卷八，頁 85。

臣政要》、《貞觀政要申鑑》、《百里指南》等。興定五年（1220）更實際參與《章宗實錄》的修撰〔註 70〕，在金朝儒士之中應爲史論家之首。可惜政論專書無一倖存，僅能從文集中數篇議論文略窺一斑，但以具體史論而言，仍較同朝其他名儒完整，足見其學識卓越醇厚。《滏水集》中亦有〈西漢論〉、〈東漢論〉、〈唐論〉，三文敘史兼論史，並研究三朝國運興衰及滅亡之因，無非希望以古喻今，改善日趨頹弱的金朝國勢。

趙秉文非僅紙上論兵而已，實際亦有善政之施行。章宗以後，政令不修，人心浮動，外有韃靼屢次擾邊，內有盜亂不斷。衛紹王大安元年（1209），趙爲寧邊州（今內蒙古清水河縣西南）刺史，二年改刺平定州（今山西平定）〔註 71〕，前任刺史暴酷，盜賊無分大小皆掊殺於赦前，雖用重典，然盜愈繁；趙氏爲政寬厚，以仁德爲教，不旬月，盜賊屏跡，終任無犯者。又，崇慶元年（1212），「歲饑，出俸粟爲豪民倡，以賑貧乏，賴以全活者眾。」〔註 72〕其善政爲世人所推崇。

哀宗天興元年（1232），正月改元開興，三月，趙秉文草〈開興改元詔〉〔註 73〕，閭巷間皆能傳誦，洛陽人讀詔畢，舉城痛哭；及蒙古兵退，大臣欲稱賀，且命趙秉文爲表，趙曰：「今園陵如此，酌之以禮，當慰不當賀。」此舉遂已〔註 74〕。五月，趙秉文即病歿，足見其臨終仍心繫朝政大事，憂國憂民。無怪〈閑閑公墓銘〉云：「公年已老，日以時事爲憂，雖食頃不能忘。每聞一事可便民、一士可擢用，大則奏章；小則爲當路言。殷勤鄭重，不能自

〔註 70〕金代國史院其史職設置有：一、「監修國史」：由宰相監領；二、「修國史」：掌判院事，是國史院修史工作的實際領導者；三、「同修國史」：乃修國史之副手；四、「檢閱官」：俗稱「從事」，掌書寫。趙秉文於此年拜禮部尚書轉侍讀學士，同修國史知集賢院事。

〔註 71〕此據《遺山集》卷十七〈閑閑公墓銘〉：「其秋，宣德以敗聞。十月，出爲寧邊州（今蒙古清水河縣溪南）刺史」（葉二）及《黃河九昭》：「大安元年，出守寧邊。」《金史》〈趙秉文傳〉則言：「泰和二年，召爲户部主事，遷翰林修撰。十月，出爲寧邊州刺史。三年，改平定州。」疑誤。《閑閑老人年譜》則曰：「案《史傳》作三年改平定周，又繫之太和之下，誤之又誤者也，《滏水集》〈湧雲樓記〉云：『大安二年四月，余來平定』與《遺山集》卷十七〈閑閑公墓銘〉合，但《遺山集》卷十七〈閑閑公墓銘〉序之於元兵南嚮之後，爲失其次耳。」（葉十一）

〔註 72〕見《遺山集》卷十七〈閑閑公墓銘〉，葉二。

〔註 73〕該文《滏水集》失載。

〔註 74〕詳見《金史》卷一百十，列傳四十八〈趙秉文傳〉，葉八，總頁 1035。

已。竟用是得疾……時軍國多故，賻祭不及。士大夫相弔，閭閻細民亦知有邦國殄瘁之歎」，其視民如傷如此。

二、題材內容

趙秉文是少數幾個文集至今仍完整留存的金代文人，散文存量也僅次於元好問而已。《滏水集》收有散文一百三十六篇；《畿輔叢書》又就《金文雅》與《金文最》、《祖庭廣記》、《中州啓劄》等書，再輯出〈郟縣文廟創建講堂記〉、〈手植檜刻像記〉、〈騶子跋〉、〈自書擬和韋蘇州詩跋〉、〈漢聞熹長韓仁銘跋〉、二篇〈與楊煥然先生書〉、〈德運議〉、〈乞伏村堯廟碑〉、〈鄧州創建宣聖廟碑〉、〈利州精嚴禪寺蓋公和尙墓銘〉等十一篇，合爲「補遺一卷」。然經洪光勳先生校定後，發現尙有兩篇未見於「補遺」之中，其一爲〈達摩面壁菴贊〉，其二爲〈郭恕先篆跋〉〔註 75〕，故趙秉文的散文今存有一百四十九篇。

依文體將其分類爲著述、告語門及記載三門，全部的文章統計有：

一、著述門：

論著：（論 10；說 5；原 1）

詞賦：（銘 10；頌 4；贊 4）

序跋：（題、跋 28；引 8）

　小計：70

二、告語門：

詔令：（諭、詔 2；制 2；冊文 1；誥 2）

奏議：（表 19；議 1）

書牘：（國書 5；書啓 6）〔註 76〕

哀祭：（祭文 9）

　小計：47

三、記載門：

傳誌：（墓表、墓銘 7；傳 1）

敘記：（記 15；碑 8；碣 1）

　小計：32

〔註 75〕洪光勳：《趙秉文詩研究》（國立臺灣大學中國文學研究所碩士論文，民國七十五年）。

〔註 76〕《九金人集》另輯出〈與楊煥然先生書〉二篇，《歸潛志》卷九亦有〈與劉京叔書〉一篇，然此篇僅三十三字，單獨以篇論之恐不宜，故未計。

由以上統計可得知，趙氏文章以著述門七十篇最多，告語門爲其次，記載門數量則又次之；以文體之存文數量而言，顯頗異於稍晚同樣存有文集的元好問。究其原因：則彼於貞祐年間，即以名聞於天下，見內政、法令、建設、外交戰略等，無不憂國憂民；既憂則不能傑聲，轉而爲文，粲然成篇，故論著之文體便相較於同時期文人爲夥。且趙氏畢竟擔任公職官吏多時，歷任縣令、翰林文字同知制誥、判官、翰林修撰、刺史、翰林侍讀，後又爲禮部尚書、翰林學士等，公務需要之高文大冊皆出其手，故多作詔令、奏議類散文。反觀元好問，金亡前雖亦歷任官職，但金亡後即退隱，故告語類文章不多；又礙於遺民身分，文章不敢多涉政治，故無單純論著文章。

今將趙秉文散文分爲「議論型」、「記載型」與「其他應用型」三者，並以內容爲依據，將各型文章詳加分類歸納如下：

（一）議論型

1、史評、政論

趙氏才識廣博，熟讀經史，詳研史筆及史法，每將其史觀表現於諸史論著之中。所著史評專籍亦頗多，如：《龜鑑萬年錄》、《君臣政要》、《貞觀政要申鑑》、《百里指南》等；興定五年（1220）更實際參與《章宗實錄》的修撰〔註 77〕；然至今政論專書無一倖存，僅能從文集中數篇議論文略窺一斑。以具體史論而言，仍較同朝其他名儒完整，足見其學識卓越醇厚。

以《滏水集》中之〈西漢論〉、〈東漢論〉、〈唐論〉爲例，三篇文章敘史兼論史，並研究此三朝國運興衰及滅亡之因。有承襲唐宋以來之公論，亦有推翻前人說法之獨特見解者。平心而論，雖非完全合用於當時政治局勢，但析論有理且持論有據。其以儒學爲宗，重君德、仁義、名教，並以《春秋》爲法，對治國理政之道，皆提出一套看法，堪稱學術致用之典型。對王若虛及元好問等人之政論史評必有一定程度的影響。以下分則論述趙秉文之史評政論：

（1）政治哲學與治國態度

趙秉文十分重視儒學思想的實踐，在政治上以講求「仁義」爲主。其政治主張大多見於文集卷十四的〈總論〉一文中，該篇明白指出：「盡天下

〔註 77〕金代國史院其史職設置有：一、「監修國史」：由宰相監領；二、「修國史」：掌判院事，是國史院修史工作的實際領導者；三、「同修國史」：乃修國史之副手；四、「檢閱官」：俗稱「從事」，掌書寫。趙秉文於此年拜禮部尚書轉侍讀學士，同修國史知集賢院事。

之道，曰：仁而已矣，仁不足，繼之以義。」按其所言，「仁」的定義是一種可以貫穿天下的道理，比較接近思想層面；而「義」則是較靠近制度層面的概念，正所謂「仁者天之道也，義者人之事也。」因此，他認爲治理天下事物，應以「仁」爲思想主導，不足之處才以「義」來塡補。最後總結爲：「世治之汙隆，系乎義之大小，而世數之久近，則系乎其仁所積之有厚薄。」〔註 78〕

對於「仁」與「義」，趙秉文也有詳盡的詮釋。在「義」的制度面上，他提出「政、刑、綱、紀」四大目，「政」與「刑」未有太多的文字解釋，但對「綱」與「紀」卻特別的強調。「綱」指「大綱」；「紀」指「小紀」又稱爲「小制」，所謂「大綱」指的是「風俗、人才、兵食」三者，屬於重大的政治議題；「小紀」則指「病者有坊，孤獨者有養，教養有官，官制有秩……」等，類似今日社會福利政策與公務人員管理制度。以重要性來看，「大綱」當然要比「小紀」重要許多，他說「大綱正而小紀不正，不害其爲治，大綱不正小紀雖正，不救其謂亂。所謂大綱，風俗也，人才也，兵食也。」據此，「綱」與「紀」相輔相成，天下才可以安定，然而這些都歸屬於「義」，又必須以「仁」爲指導原則，「仁」雖屬天道，然「人定者勝天，天定亦能勝人」，事在人爲，只求秉「仁」道而行。

稍熟悉金朝政治與歷史即不難發現，其之所以特意提出「仁義」的政治觀點，實乃針對海陵王的暴政而來。海陵王佔據半壁江山，雄心勃勃欲以武力一統南北，然趙氏認爲：「不仁而得天下者，亦有之矣；不仁而世數長久者，未之聞也。」〔註 79〕海陵王果眞未能得逞太久，暴政一敗，全國上下皆獲教訓，世宗「以仁易暴，休息斯民」才能恢復文治，更使趙氏體認到專制暴虐必致眾叛親離。因此，以仁義觀念談論政治的，金朝雖非僅趙秉文一人，但其以親身經歷的政治現況爲論述卻更見周密。

（2）社會制度與施政方針

效法三代，無疑是趙氏政治理想的藍圖。在卷十四〈唐論〉中即明言：「貞觀、開元，以仁義治天下，亦三代之遺意也。」又言：「以仁義刑政治天下，略法唐虞三代，參以後王之制，其可矣。」效法三代的原因，除了三代以仁義爲尚以外，「行封建」也是主要因素。

〔註 78〕以上見《滏水集》卷十四〈總論〉，葉一、二、三。
〔註 79〕同上註，葉二。

趙秉文在政治上力主封建制度的推行，且不只一次上書君上直陳施行封建的好處〔註 80〕。其封建之主張，在文集卷十四的〈侯守論〉中有所陳述。他認爲：「夫立國必有一家之制度，制度必有所法」然「法不能無弊，弊不能無變」。當郡縣制度在金朝造成政治的紊亂之時，則不能不有所革新以圖強，而效法三代施行封建制度，則是他認爲唯一可行的方式。其原因有二：首先，趙氏認爲天下太平之際，確實宜以郡縣治國，一旦政治環境紛亂，當行封建以救國。其云：

> 天下已定，上有一尊，下無異望，當此之時……其勢不得不郡縣。及太平日久，內弛外訌，夷狄肆侮，社稷阽危，人主有孤立之勢，海內有勤王之師，此斷臂以去所患也，故其勢不得不封建。〔註 81〕

因金朝所處的時代正值一危亡之秋，故趙秉文認爲封建乃勢所必行。

其次，趙亦指出施行封建的三大優點：

> ……封建，其利有三：諸侯世擅其地，則各愛其民，愛其民則軍不分。脩其城郭，備其器械，則人自爲戰，人自爲戰則我眾彼寡，夷狄不能交侵，一也。夷狄無外侮，則天下終歸我有，二也。雖有強獷之徒，大小相維，足以長世，三也。〔註 82〕

且以爲「郡縣之制，可以大治，亦可大亂。封建之制，不可大治，亦卒不之大亂。」面對動盪不安的金朝局勢，趙秉文也不得不保守起來，認爲「建侯數屏」是拯紊救亂的不二法門，姑且不論是否可以施行成功，他的論述都具功力。

趙氏把效法三代施行封建當作是拯救動亂中國家的良藥，認定施行封建後的金朝必定可使諸侯各愛其地其民，進而達到挽救衰敗政局的目的；然此一論點立意雖佳，卻與現實乖違，因在金朝內憂外患已至國本動搖之窘境，若再施行封建，更意味著中央政權的瓦解與崩潰，不無加速國家滅亡的可能。〈東漢論〉一文中，他又將治國之理譬若療疾：

> 善治病者，必之脈之虛實，病之大小，治之逆從。微者逆之，甚者從之，寒熱通塞因時。有時故疾未除，更生他疾，參伍其宜，徐以

〔註 80〕《遺山集》卷十七〈閑閑公墓銘〉：「貞祐初，公言時事三：一遷都；二導河；三封建……。」（葉二）

〔註 81〕《滏水集》卷十四〈侯守論〉，葉二十、二十一。

〔註 82〕同上註，葉二十一。

> 制之，夫然後病可爲也。……譬猶故病未除，益以他疾，其症已危，當以飲食醫藥，漸以致制之，一用驟藥，則大命除矣。〔註 83〕

然封建制度雖爲一救亂良方，但卻不適用於病入膏肓的金末時期；病急之下，趙氏也不免犯了下猛藥之忌，無怪乎最後連劉祁都言彼是「吏事非所長」〔註 84〕了。

（3）用人之道與辨明事理

趙秉文是金代少數幾個積極論述政治與歷史的文學家。趙氏既首重政治的法則與施行方法，則不能不強調知人善任。在卷十四的〈唐論〉、〈西漢論〉與〈東漢論〉、〈魏晉正名論〉諸篇中，即不時以史喻今，說明誅殺善人及謀臣終致國敗。如〈魏晉正名論〉中開頭即言：

> 善人，國之紀也，其可殺之乎？善人誅鋤，奸雄覬覦，又況鬼偷狐媚如操者哉。自後輕侮肆言，如孔文舉者殺之；勸讓九錫，如孫文若者殺之。豪傑既盡，國亦隨之，其餘恇怯諂附之徒，舉社稷以與人而不羞也。〔註 85〕

趙氏強烈以爲一國之興衰，端看上位者是否能知人善任，近賢臣、遠小人；殺善人者，豪傑既盡，國亦隨之覆亡。

在用人之道上，趙氏特撰〈知人論〉以說明天下之所以有患，大多肇因制度出了漏洞，導致小人趁機謀取私利，秉國者卻難以洞悉，即便察覺猶不能避免，終致國家覆敗。〈知人論〉中將小人的技倆及面貌，描寫得相當清楚：

> 其所謂小人者，又非其貪如盜跖，賊如商臣，讒如惡來，汰如欒黶之爲難也。譬如猛虎猘犬，人得執而殺之矣。其要在乎小慧似智，矯諫似忠，趦趄盤辟以爲敬，內厚情深以爲重，見小利而不圖大患，邀近校而不知遠慮。主有所向，則逢其惡而先之；主有所惡，則射其怒而遷之。其詐足以固人主之寵，其信足以結人主之知。〔註 86〕

正因爲「小慧似智，矯諫似忠」，故小人往往謀寵得利，使爲政者反而常怪罪犯小過錯的君子。他又言：

〔註 83〕《滏水集》卷十四〈東漢論〉，葉六、七。
〔註 84〕《歸潛志》卷八，頁 89。
〔註 85〕《滏水集》卷十四〈魏晉正名論〉，葉九。
〔註 86〕《滏水集》卷十四〈知人論〉，葉十六、十七。

小人不知大體而寡小過，苟得苟合，易進而難退；君子知大體而不免小過，不苟得不苟合，難進而易退。人主者赦君子之小過，而不逑于小人之寡過，以責其遠者大者，其庶乎其可也。〔註 87〕

趙秉文辨明君子、小人，闡述小人常得意，君子卻常遭誅殺或貶謫之因；文章中又善於以史為鑑，述王莽篡漢、東漢宦官、八王之亂、安史之禍、金石之潰等史例，說明禍害皆由於為政者聽信小人讒言媚語，終遺患數十載後，頗有替歷代遭厄君子申冤抒憤之意。又如〈總論〉中所云：「天下不可無正人，亦不能無邪人。在人君之所處之，正勝邪則治之端也，邪勝正則亂之端也，邪勝極，則為請託公行，為讒妒並興，則日趨於亂矣。」〔註 88〕不能知人善任，是國家日趨於亂的重要因素。

上位者欲知人善任，則須辨明事理，方能近賢遠奸。趙秉文在〈直論〉一文中，特提出直曲之別，以為直與曲並非絕對的善與惡，而有四者之別。其一，有「直而陷于曲者」，如：指證其父偷羊，雖表面正直，實際上卻陷於「曲」中而不自知；其二，有「曲以全其直者」，如：「魯昭公娶于吳，孔子以為知禮」，其雖是「曲」，然為保全正直之道，故受讚揚；其三，有「直而過於直者」，如國武子及洩冶皆以盡忠諫言而獲死罪，其行雖直，然不能衡量局勢，量力而為，故稱為「過於直者」。其四，有「直以遂其直者」，如「齊魯之會，孔子歷階而進；齊梁之見，孟子不肯枉尺而直尋。」〔註 89〕故君子之直，以此為最佳。由四者之別，可以辨明是非，使君子知所當擇。

（4）華夷之辨與史論正名

趙秉文在史論上，提出「誠」與「不誠」作為正名的依據，議論史事則必須以春秋之法定奪。卷十四〈蜀漢正名論〉即以「諸侯用夷禮，則夷之；夷而近於中國，則中國之」〔註 90〕，若依此理，西蜀雖為「僻陋之國，先主武侯，有公天下之心，宜稱曰：『漢』。漢者，公天下之言也，自餘則否」〔註 91〕；除此之外，趙秉文認為西蜀應稱為「漢」的原因，是蜀主心懷「誠」意，以正心誠意對待天下之人與事。

〔註 87〕《滏水集》卷十四〈知人論〉，葉十七。
〔註 88〕以上見《滏水集》卷十四〈總論〉，葉一、二。
〔註 89〕以上見《滏水集》卷十四〈直論〉，葉二十二、二十三。
〔註 90〕《滏水集》卷十四〈蜀漢正名論〉，葉十一。
〔註 91〕同上註。

關於「誠」的觀念，趙氏在〈誠說〉一文中即說得很清楚，即「誠自不欺入」。〈蜀漢正名論〉又以史爲例，曹氏父子「欺孤問鼎」，篡漢欺世，其心非出於誠；然而孔明則可以問心無愧，盡秉忠誠，力扶阿斗，方可稱漢。又如七擒七縱孟獲一事，則服眾心而已，其德更可上比堯舜，其言：

> 或曰：「誠固天德，其如人僞何。曹氏父子，所以付託司馬懿者，亦已至矣，而卒以篡奪，果在推誠哉？」曰：曹氏欺孤問鼎，何嘗一事而出于誠？使有孔明，不爲用也。至於託孤，曰：爾無負我，庸愚知笑之，豈與先主武侯同哉。夫仁人者，正其義不謀其利，往以義者來以義，往以利者來以利，義利之判久矣。曰：然則先主借荊州、逐劉璋，果皆出於誠乎；曰：使先主一出于扶漢，此亦兼弱侮亡之道，惟其不忍須臾，以即尊位，使人不能無憾。噫！安得王者之佐，與之共言至公哉。書漢丞相亮討孟獲七擒縱者何，昔舜舞干羽於兩階，七旬，有苗格。學者或疑焉，此古帝王正義明道之事，固非淺淺者所能議也。有苗雖爲逆命，又非冥頑無知者。其意曰：以位，則彼君也，我臣也；以力，則彼以天下，我一方也，而且退讓修德，其待我也亦至矣，且孔明所以不殺孟獲者，服其心也，孔明而一天下，其待孟獲也，必有道矣。〔註 92〕

值得深究的是，其於〈蜀漢正名論〉中提出「華夷之辨」的議題，無非是想拿西蜀來比喻一樣是崛起於敝陋一隅之女眞民族。正如同劉鋒燾先生所認爲，金朝面對少數民族融合的漢族而言，這是一種「艱難痛苦」的抉擇〔註 93〕。宋金的對立，已經非僅雙方政權之對立，也是「華夏」與「夷狄」之間的對峙，前者雖屬武力可解決的範圍，然後者卻是難以改變的觀念問題。且趙秉文在文中舉孔明七擒縱孟獲之例，待蠻夷如己族，終化蠻爲漢，無非刻意表彰孔明「一天下」之心，以史例爲狹隘之民族觀念解套。

撇開狹義的國家觀，趙氏這裡所討論的是廣義的「血統」與「文化」的問題。金宣宗貞祐二年，趙與黃裳、完顏烏楚、王仲元、呂于羽、張行信、穆顏烏登、田庭芳等，各上呈〈德運議〉〔註 94〕，曾各自表述金朝應承何朝

〔註 92〕《滏水集》卷十四〈蜀漢正名論〉，葉十二、十三。

〔註 93〕詳見劉鋒燾〈艱難的抉擇與融合〉《文史哲》2001 年第一期。

〔註 94〕詳見《金文最》卷五十八。〈德運議〉作者有趙秉文、黃裳、完顏烏楚、王仲元、舒穆嚕世勣、呂子羽、張行信，穆顏烏登、田庭芳。

之運以立國。趙氏力陳「不可越宋而遠繼唐」〔註 95〕，其目的正是表明金源文化應成爲華夏文明的延續，故不必脫宋而跳繼唐運，並以「近于中國，則中國之」的道理，來對抗長期以來漢族知識份子拒絕認同外來族群新政權的「正統」情結。金朝中後期的文士也都以「中州」文人自詡，把自己國家的政權視爲華夏的一部份，故「尊華卑夷」的心態，此時可說已不復存在。

此外，趙秉文在〈魏晉正名論〉中，則又以史評家的角度，評論東漢末年至南北朝間，政治及社會倫理不彰、民族道德衰敗的情形，並針對《晉書》及《魏書》二史，依歷史人物之心志、行徑、名聲及影響力重新予以定位。其將本應列於魏傳中的陳群及列於晉傳首的弒君賊賈充，改列於「漢魏賊臣傳」中以警世人；荀彧則其心向魏，應列於魏傳；反之，以羊祜、杜預之志，則應改列爲晉傳之首；而王祥「雖名孝友，身爲三公，無補國亡」〔註 96〕，故當附於《王導傳》首。其他如王淩、毌邱檢、諸葛誕雖以廣凌叛，猶有存魏之心，當作「魏臣」；阮籍作九錫表，登廣武而詠嘆，名魏實晉，故應爲「晉臣」。又如：陸機、陸雲以文章名世，應當列於「文藝傳」；稽康、阮籍則列於「玄虛傳」；至於王衍，其人「當國不營世務，職爲亂階」，故當列於「姦臣傳」；嚴厲批判司馬氏無存魏之心，依篡奪之行論之，當貶書曰：「司馬師廢正始皇帝，昭弒正元皇帝，炎篡元皇帝。」〔註 97〕趙秉文各正其名，使歷史人物各列其位，當見其史法深究之功力。

趙氏也嘗感嘆自司馬遷、班固後，執筆寫史者皆不能以春秋之法論史，「此後世作史，冗長無法，徒爲紛紛。而太史之書，言簡而事核，獨爲良史之法者也。」〔註 98〕加上《魏書》內容蕪穢，體例荒謬，無視史實，以意爲好惡，世稱「穢史」，無怪乎有強烈歷史責任感的趙秉文，要刻意提出駁正。

2、哲學、義理

趙秉文的理學思想明顯受到周程理學的影響，又參以朱子之學，其以儒學爲骨幹，亦醉心於佛老，涉獵廣泛卻又懼人訾議，可見其思想之矛盾，但這也是大多數金元學者的共同傾向。雖趙氏嘗試以三教合一來重新詮釋儒學，其思想本有其可觀之處，然因其不敢對抗排佛的正統觀念，故今文集中

〔註 95〕詳見《金文最》卷五十八，趙秉文撰〈德運議〉，葉一，總頁 576。
〔註 96〕《滏水集》卷十四〈魏晉正名論〉，葉十。
〔註 97〕同上註，葉十一。
〔註 98〕《滏水集》卷十一〈任子山壙銘〉，葉十六。

關於佛老的論著並不多見，加上《閑閑外集》又已亡佚，確實令人深感遺憾。其佛學思想相關，多見於其賦作之中，如卷二中的〈擭蓬賦〉，即是以老莊的「齊物觀」與佛理的「生死輪迴」做一種思想的對照呈現；〈無盡藏賦〉亦以佛道二家詮釋大自然與人類的生死觀，然皆屬賦作，本論文暫不探討，僅探討趙秉文之理學思想。

趙秉文一生以積極宣揚儒學思想爲己任，對理學研究亦極爲深入；其曾對《道學發源》一書的刊行興奮不已，建議「雖圜頂黃冠、村夫野婦，猶宜家置一書」〔註 99〕，並與楊奐等同時期的理學家相互交往，進而影響元初理學家郝經、竇默等人。然趙氏亦曾長年醉心於佛、老之學，後又頗畏世論，索性盡刪文集中佛老之專文，並特意將理學之專著散文置於《滏水集》卷一，其畏避之如此，可見一斑。

今見趙秉文卷一中之理學相關文章，不難見其理學論述乃多綜合周、程之說而來，是宋儒理學之延續；其內容已於拙作《趙秉文散文研究》中多有論述，今僅就其理學之重點觀念整理如下：

（1）反對高談，重視篤行

趙秉文對於王安石引領而來之新興理學，所引起不切實際的理學論述曾一再地提出相當程度的抨擊；他在〈書東坡寄無盡公書後〉中曾痛心的說：

> 自王氏之學興，士大夫非道德性命不談，往往高目賢聖，而無近思篤行之實。視其貌惝恍而不可親，聽其言汪洋而不可窮，叩其中枵然而無有也。〔註 100〕

卷一〈性道教說〉中又重申這個道理，以爲：

> 自王氏之學興，士大夫非道德性命不談，而不知篤厚力行之實，其蔽至于以世教爲俗學。而道學之蔽，亦有以中爲正位，仁爲種性，流爲佛老而不自知，其蔽反有甚于傳注之學，此又不可不知也。〔註 101〕

可見趙秉文對於王學之新興理學所造成「士大夫非道德性命不談」的流弊，極爲不滿。

卷一〈原教〉中又曾言：

> 揚子以身繫諸道德仁義禮，闢老氏而言也；韓子以仁義爲定名，道

〔註 99〕《滏水集》卷十五〈道學發源引〉，葉四。

〔註 100〕《滏水集》卷二十〈書東坡寄無盡公書後〉，葉九、十。

〔註 101〕《滏水集》卷一〈性道教說〉，葉五。

德爲虛位，闢佛老而言也。言各有當而已矣，然自韓子言仁義而不及道德，王氏所以有道德性命之說也。〔註 102〕

值得注意的是，即使趙氏認爲「學王而不至，其弊必至於佛老。」〔註 103〕然自己卻不能免俗的將佛老之義理參入儒學，其責王安石雖稱嚴苛，卻終不見斥佛之論。對於反佛韓愈，也未予以抨擊，且認爲「然學韓而不至，不失爲儒者」〔註 104〕。平心而論，趙氏固然反對王氏新學「借佛談儒」，但其出發點應該是針對南宋以後所流行穿鑿附會的王氏之學，以致學王不成反蒙蔽於佛老而擯棄正統儒學之理。

趙秉文極重視性命道德的實踐，全力反對虛無的空談，〈性道教說〉中曾闡述天道爲：

天道也，大中至正之道也；典禮德刑，非人爲之私也。且子以爲外是，別有所謂性與天道乎，吾恐貪高慕遠空談無得也，雖聖學如天亦必自近始。〔註 105〕

又言：

聖人于尋常日用之中，所語無非性與天道，故曰：「吾無隱乎爾。」但門弟子有不知者。迨子貢曰：「夫子之言，性與天道不可得而聞也。」子貢聞一貫之後，蓋知之矣，然亦未嘗以窮高極遠爲得也。〔註 106〕

趙秉文以聖人於「尋常日用之中」言性與天道，且「未嘗以窮高極遠」來強調日常實踐之理。

〈誠說〉中又將「道」應落實於日用的原則，更爲清楚說道：

夫道何爲者也？非太高難行之道也。今夫清虛寂滅之道，絕世離倫，非切於日用，或行焉，或否焉，自若也。至於君臣、父子、夫婦、兄弟、朋友之大經，可一日離乎？故曰：可離，非道也。其所以行之者，一曰誠也。誠自不欺入，固當戒愼恐懼於不見不聞之際，所以養夫誠也。而誠由學始，博學、審問、愼思、明辨、力行五者，所以學夫誠也。故曰：不明乎善，不誠乎身矣。聖人又懼夫貪高慕遠空談無得也，指而示之：近曰：不欺自妻子始，「身不行道，不行

〔註 102〕《滏水集》卷一〈原教〉，葉二。
〔註 103〕《滏水集》卷一〈原教〉，葉二。
〔註 104〕《滏水集》卷一〈原教〉，葉二。
〔註 105〕《滏水集》卷一〈性道教說〉，葉五。
〔註 106〕《滏水集》卷一〈性道教說〉，葉四。

> 于妻子。」使自身刑家，自家刑國，由近以及遠，由淺以至深，無駭于高無眩於奇，無精粗大小之殊，一于不欺而已，所以致夫誠。〔註107〕

趙秉文特撰〈誠說〉，提出以「誠」爲落實「道」的基本方針，強調「非太高難行」，亦「無駭於高無眩於奇」，一切就在日用之中，倡身體篤行與反對空談之說。

非但「誠」需落實日常之中，其〈中說〉也再次強調天下之正理需尋於日用之中的道理：

> 試論之曰：不偏之謂中，不倚之謂中。中者，天下之正理。夫不偏不倚之正理，似涉於喜怒哀樂已發而中節者也。然未發之前，亦豈外是哉？學者固不可求之於氣、形、質未分之前，胞胎未具之際也，且於尋常日用中。〔註108〕

卷十三〈葉縣學記〉亦言聖賢之道落實於日用之中：

> 自堯舜禹相授受，以精一大中之道，歷六七聖人至孔子而大備，其精則道德性命之説，其粗則禮樂刑政經綸，君臣、父子、兄弟、夫婦、朋友之大經，立天下之大本，……本末具備粗精一致，無太高極行之論，無荒虛怪誕之説。聖人得其全，賢者得其偏，百姓日用而不知，天地以此位，日月以此明，江河以此流，萬物以此育，故稱夫子與太極合德，豈不然耶。〔註109〕

綜上所言，知趙秉文重視實踐的功夫，更甚於流於浮泛的道德空談，反對王安石新學後所造成的流弊，不斥佛亦不主張以佛論道。

（2）推崇周程，紹聖絕學

〈性道教說〉中，又推崇周、程二夫子曰：

> 獨周、程二夫子，紹千古之絕學，發前聖之祕奥，教人于喜怒未發之前求之，以戒愼恐懼于不聞不見，爲入道之要，此前聖之所未到，其最優者乎？〔註110〕

又曰：

〔註107〕《滏水集》卷一〈誠說〉，葉九、十。
〔註108〕《滏水集》卷一〈中說〉，葉六。
〔註109〕《滏水集》卷十三〈葉縣學記〉，葉十八、十九。
〔註110〕《滏水集》卷一〈性道教說〉，葉三、四。

> 或曰：歐陽之學失之淺，蘇氏之學失之深，雜而不純何？曰：歐、蘇長於經濟之變，如其常，自當歸周、程。〔註 111〕

趙氏要人以周、程二子理論爲宗，並融合眾家之見解，以紹聖絕學爲最終依歸。如〈原教〉一文即是要正「道」與「教」之名，他認爲道是「總妙體而爲言者」，故沒有內外之分。所以聖人不會將「道」視爲己有：

> 聖人不私道，道私聖人乎哉？語夫教也，有正有偏，有小有大。備萬物，通百世，聖人不外乎大中，大中外聖人乎哉？非聖人之所獨也，仁者，人此者也；義者，宜此者也；禮者，體此者也；智者，知此者也；信者，誠此者也。天下之通道五，此之謂也。五常之目何謂也？是非孔子之言也，孟子言四端而不及信，雖兼言五者，而實主仁義而言之。於時未有五常之目也。漢儒以天下之通道莫大于五者，天下從而是之。〔註 112〕

趙秉文主張「道」非僅傳給聖人，而聖人只不過能了解道「窮理盡性」的本體以及其「開物成務」之理罷了。其後又云聖人用以體現「道」的過程而已，也因個人體現過程不同而有所異，才有所謂「仁、義、禮、智、信」五常之目也。

趙氏撰寫〈中說〉、〈誠說〉、〈和說〉、〈庸說〉等篇章，不過用以闡述性與天道如何落實於日常生活之理，目的皆爲紹聖絕學，繼承孔、孟、程、周之學術，使其在金代繼續發揚與實踐。其中對於「誠」的闡述篇幅最多，也最重視其實踐過程，他整理出一套見解，其云：

> 不欺盡誠乎？曰：未也，無妄之謂誠，不欺其次矣……無妄盡乎誠？曰：亦未也，無息之謂誠。……無息盡乎誠？曰：亦未也，贊化育之謂誠。〔註 113〕

如此層層推進，說明「誠」即是道德倫常的創生動力，體現「誠」的最高境界可以使性與天道合一。

綜上所言，趙秉文自有其一套理學思想的系統，既能融合兩宋理學，亦能積極影響金中葉甚至元代以後的理學。

〔註 111〕《滏水集》卷一〈性道教說〉，葉四。
〔註 112〕《滏水集》卷一〈原教〉，葉一。
〔註 113〕《滏水集》卷一〈誠說〉，葉十。

（二）記載型

1、傳誌類

趙秉文《滏水集》中傳誌類散文多集中在卷十一與卷十二中，包含碣文也不過十七篇，數量遠寡於稍晚的元好問。趙氏傳誌散文對象多爲貴冑大臣，且爲舊識故交；整體而言，所述之事多能與史籍相符，甚而可作正史之補。茲以所述對象之成就而言，趙氏傳誌散文可分爲兩大類：一爲宣揚良吏善政，尤推崇直諫敢言之忠臣類；一爲與趙來往相交，或世所尊崇的當代文學大儒。

（1）良吏善政，直諫忠臣

趙秉文年輕時即曾以直言觸怒章宗，牽連王庭筠、周昂等人，幸章宗不以言罪人，方能復起爲官。或許是因爲自身之經歷，趙氏認爲直言能諫，是爲臣子尤難者，故其傳誌散文中多標榜直言敢諫之士。如〈梁公墓銘〉寫於大定年間，朝政已漸趨清明穩定，四夷亦皆賓服，金世宗欲幸巡金連川，然當時任薛王府掾的梁襄，卻上〈諫北幸〉一書勸阻，極力陳述「其地在重山之俓，積陰之所，春燠不毛，夏暑仍纊，殆非所頤養聖躬也。況蕃部野心難制，萬騎摵列，信宿可到，萬一解嚴之際，奔突而前，卒何以禦？」世宗遂罷北巡之念，梁公也因直言而聲聞天下。趙氏將焦點全部置於梁襄的直言敢諫，銘詩中更云其「言言梁公，獨以諫鳴」、「薄海內外，聞公直聲」、「匪唯公直，由天子明」。

〈祁忠毅公傳〉，亦就其「忠言上諫」一端，來呈現祁宰忠義勇敢之性格。祁氏慷慨上書直陳金朝今非昔比之五者，突顯出祁宰能見人所不能見之智慧，以及能言人所不敢言之果敢形象，同時側寫海陵王的暴虐好戰，並反襯出祁公仁慈與忠君之心。對於直言之難得，趙秉文評曰：

> 強兵以逞，誅戮諫臣，固天所以開聖人也。……醫師之職，視疾疢，謹藥石，以決死生可也。至於諫諍輔拂，不濟則繼之以死，此公卿大臣之所難能；而公以一身易天下之患，功雖不成，亦志士仁人之用心。〔註114〕

對於祁宰以天下之患爲己任，以醫官身分直諫，極力稱頌之。

卷十一之〈姬平叔墓表〉，傳主宗端修〔註115〕乃趙秉文之摯友，與趙氏同

〔註114〕《滏水集》卷十二〈祁忠毅公傳〉，葉十八、十九。

〔註115〕宗端修（1150～1208），字平叔，汝州（今河南汝州市）人。章宗時官至大理丞，衛紹王時避睿宗諱改宗姓爲姬姓。

年登進士第〔註 116〕，其生平行誼亦以耿直忠貞聞名，趙氏也在墓表中特別強調：「太守子不法，攝置于獄，守怒，不爲屈。」〔註 117〕又云：「既而身愈斥，氣愈不衰，名愈重。天下士大夫識與不識，言正人，必曰平叔。公嘗奏對，以君子小人爲言。上遣近侍局使李仁惠，問小人爲誰，以仁惠對，上聞之愕然。及公歿而仁惠敗，天下哀其忠云。」〔註 118〕趙秉文以宗端修敢於上位者前，直指小人爲誰，使「上聞之愕然」，用以凸顯傳主之敢言與忠君；而這樣的行爲，趙氏年輕時也曾做過一次，此處特別表揚，無疑是認同宗端修果敢忠誠的行爲。

趙秉文又嘗爲張行簡、張行信兄弟撰寫傳誌之文。〈張文正公碑〉寫禮學大家張行簡，不著墨於其禮學典章文物的建樹，而以大篇幅的描述張行簡直言敢諫的種種事蹟之上：

> 其論襄陽可攻圍與否，及欲分淮南之半爲界。公言：「向者大舉，本期平蕩江漢。今平章軍回，竊意在彼事勢，或有未得如吾意者，但隨所得郡縣，撫而有之。彼必以我圖久駐之計，方事進取，震懾畏亡，求成不暇矣。不必以淮南遠近爲斷。」其後張巖書來，以朝廷所須之事，但欲量增歲幣，歸泗州俘略。朝議以面奉聖旨，必以割地稱臣，使得贖罪爲辭。公又言：「有司之事，容可擬議。至于聖訓，理難中止。大定中，蓋度僞宋必能遵稟，故令帥府開示聖訓報諭。今既聖度包荒，竊恐宋人以要約重難，怠於求請。不若使其易從，然後示之聖訓，重以生靈之故，曲依來請，庶幾兵革早息。」〔註 119〕

並言傳主張文正公乃一「純厚端懿，謹愼周密，口無擇言；而爲善不近名，修道不求容」，謙謹自持的大儒者。

再寫其弟諫議官張行信，更將重點置於「直諫」之功。金朝向來以宋重文輕武以致失天下爲借鑑，故上位者多寵武將，武將亦多恃寵跋扈，往往爲害於一時。〈張左丞碑〉一文中，寫張行信既反對「專任私意，枉害良民，蔑視省轄，以示強梁。媚結近習，以圖稱譽」的胡沙虎恢復官職於前，又於

〔註 116〕《滏水集》卷十一〈姬平叔墓表〉：「既而中大定二十五年進士第，調唐州司候。」（葉七）與趙秉文同年登進士第。

〔註 117〕《滏水集》卷十一〈姬平叔墓表〉，葉七。

〔註 118〕同上註。葉八。

〔註 119〕《滏水集》卷十一〈張文正公碑〉，葉十三、十四。

「適高琪攬權，醜正惡不附己者，衣冠之士，動遭窘辱」之時，不畏眾人所懼者，「引太平舊制，力抵其非」。趙秉文評張行信：「知無不言，可不謂忠乎？引經據正，可不謂貞乎？此予所以銘公而不愧也。」〔註 120〕又感慨的論述曰：

> 哀哉！然而知之非難，言之難；言之非難，聽之又其難也。言之於未然之前則不信，言之于已然之後則無及。此天下所以多公先見之明，而公亦不忍天下之被其禍也。〔註 121〕

皆極力讚揚張行信之直諫，與勇敢對抗強權之舉。

另外，〈廣平郡王完顏公碑〉則寫完顏承暉：

> 王性純一，既長，志在行其所學。世宗朝，任近侍局直長，諫幸老鷹獵非其地。已而果然，上悔之。

以及其銘中有：

> 剛而無欲，公則生明。蒞官事君，惟敬與誠。力竭股肱，加以忠貞。不畏彊禦，好是正直。力抗黃門，面斥貴戚。

推崇完顏承暉不畏貴戚，敢言能諫的耿直個性，亦是讚賞忠臣貴在能諫。

〈故葉令劉君遺愛碑〉一文又是一例，碑主乃劉祁之父親劉從益，趙、劉二家本為世交，趙氏為劉從益寫墓銘之事，劉祁於《歸潛志》中也特別提及〔註 122〕。劉從益本為翰林文字，為文學世家子弟，然趙秉文並不專寫其在文學上的建樹，而將焦點置於劉氏的惠政與直言：

> 吾友翰林修撰王君從之有言：「君子有惠政，而無異政。史傳循吏，而不傳能吏。」吾嘗誦云耳。如吾葉令劉君，既有惠政，又以才幹稱，可不謂全乎？……第進士，任監察御史，曰：「知無不言。」與當塗者辨曲直，以罪去。〔註 123〕

趙氏藉王若虛為官之道的名言，推崇劉從益修學講義，使葉縣一邑人民能受其「勵而教之」、「惠而安之」，並爭取減免賦稅，讓「民賴以濟，流亡自歸者數千。」

綜上所言，趙秉文因己身之直言個性，特別推崇能言敢諫之忠臣。《滏水

〔註 120〕《滏水集》卷十二〈張左丞碑〉，葉八。

〔註 121〕同上註，葉七。

〔註 122〕《歸潛志》卷十：「屏山之歿，雷希顏誌其墓，趙閑閑表焉。余先子之歿，亦雷誌其墓，趙閑閑表焉。皆刻于石矣。」（頁 120）

〔註 123〕《滏水集》卷十二〈故葉令劉君遺愛碑〉，葉十一、十二。

集》卷十一、十二共十四篇傳誌碑文中，即有九篇〔註 124〕是爲忠臣直諫者所撰，佔所有傳誌散文二分之一強，故知趙氏特意推崇不畏權勢而能直言之良臣。

（2）文學大儒，翰林菁英

〈翰林學士承旨文獻党公碑〉，則是趙氏爲金朝一代文人散文大家党懷英所著。趙氏與党不僅爲舊識，在職務上也曾有上下直屬的關係，故其對於這位亦師亦友的長官始終流露出尊敬且仰慕的態度來。首段從党懷英畢生最大的成就，即書法與文章談起。次段述其生平，其內容大致與金史列傳相合，唯卒年《金史》爲「大安三年」，本篇則詳述爲「大安二年九月」，顯較可信。且文末記載党氏出生之時與辭世之時的佚聞，正史中亦無記載，故可供參佐。

〈遺安先生言行碣〉乃寫王磵，王氏出生爲文學世家，以詩名聞於天下，碣中云王磵：

> 平居循循醇謹，視若無能爲；至不義，矯如也。其詩冲淡簡潔，似韋蘇州，嘲戲風月，一言不及也。所與游，皆世知名士。……其眞純之德、卓絕之才、淵深之學、廉正之節，黃叔度、陶淵明、元紫芝、司空表聖之徒歟！〔註 125〕

以陶潛、司空圖、韋應物比之，蓋可見王磵之文采如此。

卷十一〈史少中碑〉寫大文豪史公奕，其云：

> 行高而學博，能文翰，善談論，下至博弈，亦絕人遠甚。及來京師，始識之。溫厚謙冲，殆過所聞。其問學愈叩而愈無窮，與人交愈久而愈不厭。自趙黃山、王黃華諸公，皆屈己尊禮之。……季宏又嘗語其兄雋能詩，洎山東詩人王頤養道爲唱和友。獨恨晚生不及陪奉其先大夫杖屨，意必有名儒鉅公發其事業，第未之見也。

碑文中既寫史公奕以「卓然自立，文學富贍」，又寫其任官吏時更以拆穿權豪之詐騙；規勸豪民，使其爲善人；慷慨別白，以救愚民村人數千人等之事蹟。

其實，金中葉的碑銘文章大多只是歷敘墓主生平仕歷，碌碌之作眾矣。趙秉文受人之託寫了不少的碑文、墓表等，雖多爲官吏等上階層所撰，然往

〔註 124〕卷十一〈梁公墓銘〉、〈郭公碣銘〉、〈姬平叔墓表〉、〈東明令王君雞澤尉楊君死節銘〉、〈張文正公碑〉；卷十二〈張左丞碑〉、〈故葉令劉君遺愛碑〉、〈廣平郡王完顏公碑〉、〈祁忠毅公傳〉，以上九篇，傳主皆以忠君直諫，或以惠政良吏名聞於世者。

〔註 125〕《滏水集》卷十一〈遺安先生言行碣〉，葉十、十一。

往能跳脫一般生硬的模式；其特別致力於推崇直言能諫的忠臣與在文學上有建樹的大儒，且盡量在文章中說理寓意，一反眾人拘於碑志文章的生硬客套，進而使這些記體文字也能充滿文采，影響著後來的元好問與李俊民等的記體文章形式，這也是趙秉文能在金代散文中有重大貢獻之處。

2、敘記類

趙秉文敘記類散文集中在《滏水集》卷十三中，共有十三篇；後人又於《金文最》中輯出〈郟縣文廟創建講堂記〉、〈手植檜刻像記〉兩篇，總計十五篇。這些敘記文章或以詳實記錄，或以輕鬆詼諧又寓含深意的角度切入主題，皆有可觀者。今依其內容大致分類為「單純紀錄型」及「寓意寓理型」兩類：

（1）單純紀錄型

趙秉文一生遊歷各處，對於單純「記地、記遊」的作品，大都能夠呈現出宏大的氣勢；如〈磁州石橋記〉，從磁州地理位置落筆，先突顯磁州位居交通要衝，再利用空間位置變換，視角自高處鳥瞰，以磁州為中心，介紹其東南西北四方之銜接要道。其後，再將視野縮小至石橋之上，描繪夏秋之際漳水暴漲之情形。這裡，趙氏在文章中始終沒有使用過多的筆墨去描寫該橋如何籌款，如何選材，如何圖量、設計，只用「日而不笠，毳而不褐，風經雨營，垂四十年。」十六字，簡煉地敘說「和尚覺公」與其徒「善仙」造橋時所經歷的種種艱難與辛苦，終而能修成此一堅固又宏偉的石橋。其下又以「整散兼用」的華麗字辭描繪該橋的壯麗形勢：

> 如山斯屹，如月斯弓，力拔地勁，勢與空鬭，忽兮無楹，何其壯也。廣容兩軌，濠以十丈，旁鑿兩室，以泄水怒；下洞九泉，以鎮地脈。堊以白灰，制以鐵楗，標以華柱，護以崇欄。物鬼獸怪蹲伏，騰擲變態百出。屹若飛動，噓可駭也。〔註126〕

〈磁州石橋記〉的後半幾乎皆以典雅的詞語來歌頌石橋的美觀、工巧，並竭力將石橋之細部構造都生動的加以呈現。運用促短的音律節奏，把整篇文章帶入高潮，又從「每夕陽西下」開始，把敘事轉入抒情，語調一變為慷慨蒼涼，猶如詠嘆調一般，使讀者心境也隨之起伏。此記雖只是單純紀錄一項建築設備，然以華美語言組織成文，文勢磅礴，值得玩味。

〔註126〕《滏水集》卷十三〈磁州石橋記〉，葉五。

趙秉文晚年所表現的文風，迥異於前，不時流露退隱之念。〈遂初園記〉則是一例，該篇文章亦是單純紀錄型的作品，其記遂初園等八景，乃趙氏致仕後所退居之地。在「卷四」中有〈遂初園八詠〉，即以此八景爲題，各爲之吟詠的古詩。此記則以描述遂初園之地理位置入筆，其云：

> 滏水西來，枝分屬龍門堰入城，溉園田十餘里。城之西北隅，有園臨先塋往來道，與故翰林學士王公子立『成趣園』相鄰。〔註127〕

其下再述園內週遭各景曰：

> 其北……，名其莊曰『歸愚』。少南……，有亭曰『翠眞』。又南……，由竹徑行數十步……，軒之名曰『琴筑』。稍西，臨眺西山臺之名曰『悠然』。其東……，菴曰『味眞』。〔註128〕

文章以空間敘述法，標示其方位，逐一寫出「遂初園」、「歸愚莊」、「閑閑堂」、「翠眞亭」、「竹香亭」、「琴筑軒」、「悠然台」、「味眞菴」等八景。後半部則寫自己於此園中安享晚年，兒女既已「婚娶都畢」，而「斷置家事」，故南歸以後，可以「布衣一襲，糲飯一盂」，過安貧而悠閒的生活。前半寫景，後半則寫意，足見其退隱後之閒適。無怪乎鄭靖時評此篇爲：「辭采明潔，述事寫情詠志，約而達，眞而醇，高而明，爲集中上品。」〔註129〕

此外，一樣以空間敘述法單純紀錄者，尚有〈雙溪記〉一文。該記是趙氏針對尚書右丞侯侯摯所作，以其置產之處恰有「雲溪」、「浪溪」經過，藉二溪所發聯想，以「客問」與「公答」組成對侯公的一番頌揚。

〈雙溪記〉首段即述雙溪的地理位置與其形勢，藉週遭環境及建築等，展開一連串對侯摯政治功績的稱美。在仔細的鋪陳之後，末段又與首段相互呼應，回到以歌頌雙溪爲主的詩歌形式。這篇文章主要闡述傳統士人，以受知於帝王，得以在政治上施展抱負，建功立業，有益於國家，爲畢生之榮耀，在物質生活上已得豐厚的饋賞，這對侯公而言，都已做到了。然侯公不願居功，反尋求退隱江湖，確實明白明哲保身之道。趙氏雖未明白說出侯公眞正致仕之因，然文中也隱約透露出侯摯對於金朝末年國勢不振的無奈感，會急流勇退，也是時勢使然。

〔註127〕《滏水集》卷十三〈遂初園記〉，葉十二。

〔註128〕《滏水集》卷十三〈遂初園記〉，葉十二。

〔註129〕鄭靖時：〈「金源一代坡仙」——趙秉文〉（《中興大學中文學報》民國八十年一月 第四卷，頁171。）

丁如明先生認為：「〈雙溪記〉在章法上明顯地受到韓愈〈李愿歸盤谷序〉的影響。開頭寫山水形勢，中間兩層相反的文字，最後以歌詞作結；文字也有相彷彿處。但是就文章的氣派與文字的尖銳潑辣、渾然流轉來說，則〈雙溪記〉要遜色許多了」〔註 130〕。但丁氏也提到，這並非全然是文章技巧的問題，也關涉到文章所要面對的對象問題；韓愈文章所寫的對象是懷才不遇的李愿，而韓愈自己也是處於失意的狀況，所以不免要大發牢騷，以為發洩。至於趙秉文，所寫之對象是「得時行道，立功名於天下」的侯公，因此顯得委婉許多，此正是兩文差異之關鍵。

綜上所述，可知其單純紀錄型之散文形式亦多彩多樣，或以描述他人，或以自我為中心，闡述個人經驗、感受與想法，以砥礪後世。然而，其所記之情景與人物，除了偶有生動的比喻描摹外，無一絲虛構成份，所記詳實、懇切，是最重要之特色。

（2）寓意寓理型

趙秉文的記敘文章，大多數是含有深刻意涵的，可引發讀者深思。尤其是包含著軟性的寓意，與帶有濃厚說教氣息的議論性記敘文。例如，緊扣主題而從題目帶出意涵者，以〈適安堂記〉、〈寓樂亭記〉、〈學道齋記〉、〈種德堂記〉這四篇為例，內涵分別以「適安」、「寓樂」、「學道」、「種德」四者，作為抒發之主旨。

先從〈適安堂記〉這篇寓意敘記文之佳作談起，該文以堂主任子山與客問答，帶出「適安」之真義。首段客問道：「子將無適而不安乎，亦適意而安之乎？」然子山以「適吾性而已」答之，卻被客反駁；客認為專以「適性」，則非使心全然能「安」，乃因「苟以採山釣水為適，則忘其君；聲色嗜欲為適，則忘其親。忘親則不仁，忘君則不義，子安之乎？而且奚適哉？」這說明了所謂的「適」並非任性而為，而是能在各種環境之下都隨遇而安，真正達到「無入而不自得」的境界；而「適意而安之」則是片面性的追求個人安好，「無適而不安」則代表心靈全面的安寧。趙氏亦藉由問答來糾正世人的觀念，也對「心」作了一番重要的探討，最後，再點出「客為誰？滏陽趙某也。」給讀者回味無窮的感受。

〔註 130〕丁如明：《遼金元散文》（北京：上海書店出版社，《中國散文寶庫》系列，2000 年 2 月），頁 172。

〈寓樂亭記〉的主題則緊緊扣在一個「樂」字上，不作問答式辯駁，而改以「某曰」帶出「樂」之一連串詰問，以正、反兩面來述說世俗之人，讓讀者自行體會人往往身在「樂」中不知，終日醉心於名利：

> 某曰：今夫樵者樂于山，漁者樂于水，與夫其靜如山，其動如川，此智、仁者之所樂也。其所樂同，其所以寓者或異。嘗試與子登茲亭以四望，其亦有得乎？無得乎？將爲仁者靜乎？抑爲智者動乎？其動靜交相養乎？其亦動靜兼忘乎？不移一席之地，而寓妙意於數百里之外，皆茲亭之所助也。〔註 131〕

後半又舉歷史人物爲例證，再次將主題扣回「樂」字，以「沉酣于醉夢之場，而馳鶩於功名之會，至於芒然疲，溘然盡，其亦知有不疲不盡者乎？」述說「人之生有限」，而所寓樂者或異也。

〈學道齊記〉則是趙秉文泰和二年被召爲戶部主事，遷翰林修撰時的作品，對於這些年來坎坷的仕途有很深的體悟。其藉由宗端修的行誼，反思自己「年少氣鋭」：

> ……是時年少氣鋭，急簿書，稱賓客，舞智以自私，攘名以自尊，蓋無非爲利之學，使其乾沒不已，將遂君子之棄，而小人之歸矣。而吾伯正父心平氣和以拊循其下，……窮其心，淡然而無所求。察其私，蓋恥一物之不得其職。是豈眞有道者耶？他日余問道於伯正父，伯正父曰：「余何知道？余但日食二升米，終歲製一縕袍，日旦入扃，了吾職不敢欺。賓客慶吊之外，課子孫讀書而已。余何知道？」〔註 132〕

趙秉文對於這位同登進士第的友人十分佩服，他認爲人生深刻的道理就藏於尋常事情上，而人們往往不知，汲汲營營於仕途，計較於「得失毀譽之間」，其實才是「小計」。趙秉文從政多年以來，對於世道無常大發感慨，然而年輕一時衝動時候所犯下逾越快言的過錯，也能自我安慰的放下了。

〈種德堂記〉與〈寓樂亭記〉行文風格相似。文中討論「種木」與「種德」相異之處，說明凡爲善之家，必得回報，「如持印券鑰合，取所寄物，不在其身，即在其子孫」。趙秉文認爲，正如東坡先生所言，表面上蒼天未有擇善人而賞，或專擇惡人以罰之，然冥冥之中，必有所報應。次段，其區分兩

〔註 131〕《滏水集》卷十三〈寓樂亭記〉，葉四。
〔註 132〕《滏水集》卷十三〈學道齋記〉，葉六、七。

種人：一種是「無德而富貴」者，此乃天地間一大「巨蠹」，然此種人往往「朝為榮華，夕為憔悴」，乃因其「種木不種德」所致；另一種則如芝蘭香草般，自託于深林幽谷之中，雖默默無名，然以德性自居，故可稱為「種德不種木者」，如相如、子雲、李白等均是，皆天地精英之氣匯聚，不能常有，亦不能延續。末段則又舉出「種德之家」雖遭污陷而一時家道中落，然其「子孫興者十八九」的歷史證據，最後再引《詩經》之言結尾。〈種德堂記〉處處扣緊題目以行文，未有一處離題，以「種德」之名引發聯想，寓深遠之涵義於記中。

除上述四篇典型之寓意敘記文章外，其他也有不見於命題中，卻能在內文中展現其寓意者。如〈葉縣學記〉，雖題名為記葉縣學廟，然實際上卻是他闡述自己觀點的作品。該記分為前後兩部分，其入筆即言道德性命與五倫之說：

> 太虛寥廓，一氣渾淪，日而月之，星而辰之。噫以雷風，竅以山川，動靜合散，消息盈虛。獨陽不生，獨陰不成，一則神，二則化。所謂一，太極也。極，中也。人受天地之中以生。天地能生之，不能成之。〔註 133〕

前半部一再提及教化問題，如：

> 父母能育之，不能教之。有聖人者出，範以中正、仁義。……自唐、舜、禹相授受，以精一大中之道，歷六七聖人，至孔子而大備。〔註 134〕

又云：

> 立天下之大本，贊天地之化育，其教人始于戒慎恐懼于不聞之間。……聖人得其全，賢者得其偏，百姓日用而不知。〔註 135〕

文字緊扣「教」與「學」，然其眞正作用乃為聯想之源頭，再以此引出劉氏父子與剋石烈君對於葉縣所盡之教化之功，並以聖人賢者相喻之。

另一篇〈商水縣學記〉也是一寓理於記的作品，其首先以諸聖賢名言來切入「人人皆可為聖賢」的道理，並由此為主旨推衍出：就算資質不佳者，然「十駕不輟，斯亦千里而已」，在勤能補拙下，終可與聖賢媲美。他又認為，

〔註 133〕《滏水集》卷十三〈葉縣學記〉，葉十八。
〔註 134〕同上註。
〔註 135〕同上註。

聖賢之所以總為極少數人能稱之，是因為大多數人的本心與本性，往往陷溺於利欲之中而不自知，必須依靠不斷的「學」，才能使「心」恢復以往的清明，才能求與古人聖賢相去不遠。話鋒一轉，再以「學」為主，開啓議論，其云：

> 今之學者，則亦異于古之所謂學者矣？為士者，鉤章棘句，駢四儷六，以聖道為甚高而不肯學，敝精神于蹇淺之習，其功反有倍于道學而無用。入官者，急功利，趨期會，以聖道為背時而不足學，其勞反有病于夏畦。而未免為俗儒，盡棄其前日之學，此道之所以不明也。……豈先聖所以教人，老師宿儒所以望于後生也哉？〔註 136〕

藉感嘆世人往往以為學習高超的文學技巧才是眞學，卻忽略聖道的眞諦。最後再以商水縣地靈物秀，終應有賢人輩出作為勉勵與結尾。

以上所述，可知趙氏的敘記類散文，所呈現的亦皆是正面而樂觀的態度，未有沉痛之言語，或悲憤的感慨，此與唐宋諸家之遊記或有不同。此正反映出趙性格的樂觀進取，並企圖將進取的態度傳達給世人後代，尤其是以「學記」為題名的部分，更顯積極進取；同時，其仕途尚稱順遂，身在盛世為吏，少見對現實表達不滿的字句，言語溫和又能引人深思。

（三）其他應用型

趙秉文的散文，除上述議論類與敘述類外，尚有一些應用類文章，如：詔諭、書、表、冊文、誥、制、頌、箴銘等。由於篇幅較為短小，且內容相對薄寡，故將等統稱為「其他應用型散文」。今就其文體及用途分為「箴銘」、「頌贊」、「詔令」與「奏議」與「書牘」、「序引」六類，並作簡略介紹與分析。

1、箴銘類

趙秉文箴銘類文章，共一箴九銘〔註 137〕，篇短句潤。例如〈富義堂銘〉云：

> 富于利者，惟日不足；富于義者，亦惟日不足。不足于利者多辱，不足于義者無欲。多辱之辱，其禍常酷，無欲之欲，其樂也獨。是謂不龜而卜。〔註 138〕

〔註 136〕《滏水集》卷十三〈商水縣學記〉，葉二十。

〔註 137〕《九金人集》本加錄〈克齋銘〉，然該銘有目而無詞。詳見拙作《趙秉文散文研究》〈附錄二目錄整理〉。

〔註 138〕《滏水集》卷十七〈富義堂銘〉，葉三。

此處以「富於利」與「富於義」作爲反襯，又以「多辱」與「無欲」二者，簡潔有力的對比，銘文並押「入」聲韻，以顯其節奏，文學效果十分突出。

〈娛室銘〉與其類似，其云：

> 外樂者，逐物而喪氣；內樂者，忘己而無累。逐物之積，至于與禽獸無擇；忘己之積，至于與天地相似。然則，可以擇其所嗜矣，故曰:『少年娛于酒色，富者娛于利，事者娛于祿，而君子娛于道與義。』〔註 139〕

一樣是以「外樂」與「內樂」二者爲主體，互爲對比以明其別。

趙氏之箴銘之作，大多用以自我惕厲，故多採直筆，可立即見其意旨所在。就其思想內容來看，大多爲戒己之「德」或戒己之「學」，字數雖短，然力道遒勁。如〈思齋銘〉：

> 金煉乃精，水澄則清，克之又克，天理自明。〔註 140〕

該文簡潔而有力，以「金」與「水」爲喻，是「以物爲銘」的代表。又如〈時習齋銘〉云：

> 朝乎習，夕乎習，惟學日益，爲道日積。〔註 141〕

該文亦明快條暢，改「惟道日損」爲「惟道日積」，以勉勵學子，應「學」「道」並重，不宜偏廢。

2、頌贊類

趙氏有四篇贊文，四篇頌文。其贊文篇幅較爲短小，〈闕里升堂圖贊〉是一篇篇幅較長的褒畫之作，藉由觀畫產生聯想，運用了許多比喻的手法來寫孔門弟子之德行，其云：

> 掉乎其明，如引星辰而上也；窈然而幽，如窺鬼神知情狀也。根而幹之，爲德行政事；枝而葉之，爲語言文章。其精神爲道德性命之說。其教人有序，亦不越于起居飲食之間，進退灑掃之末。及其仰之而彌高，測之而益深，然後知其不可量也。……〔註 142〕

至於四篇頌文中，以〈聖德頌〉文字最爲平實。其先以古之三王二帝不重寶物，惟以仁賢爲寶，又以孔子不書祥瑞於《春秋》爲喻，說明當今聖主

〔註 139〕《滏水集》卷十七〈娛室銘〉，葉三。
〔註 140〕《滏水集》卷十七〈思齋銘〉，葉三。
〔註 141〕《滏水集》卷十七〈時習齋銘〉，葉二。
〔註 142〕《滏水集》卷十七〈闕里升堂圖贊〉，葉四、五。

不取百姓所盡諸瑞物，乃「上以符孔子之格言，下以合二帝三王之治。」故可以爲聖。其下又以聖主即位後所施行之政策加以稱頌，其云：

> 拔忠良之臣，退貪暴之吏，平刑釋冤，以重民命，輕傜薄賦，以紓民勞。聽言以盡下情，思政以答天望。和戎以息兵，平賊以除害。明詔理官，不得法外生情；申勒御史不得苛細生事。小遇水旱，則減省賦租云云。……若夫抑祥瑞而不奏，光武、文皇之明也；求賢憂民，唐虞之心也；內修政事，外攘夷狄，宣王之功也。誠能法文王之純不已，如成湯之德日新，則太平中興之功，指日可待。〔註143〕

這篇頌文，作者以當今聖上之政績作爲材料，並運用歷史上聖賢之事，正面烘托當今聖主的豐功偉業，讀來朗朗上口不失平易。

3、奏議類

《滏水集》中有十九篇表文，這些表文雖拘于形式，不乏「以辭害意」之作，然亦有「文情並茂」之篇。其中，兩篇「乞制仕表」因述及一生吏旅，進退之際情切矛盾之心，頗有可觀者。〈平章乞制仕表〉云：

> 恩厚身輕，莫有涓埃之報效，力微任重，豈逃天地之鑒臨，恐貽覆餗之羞，輒有避賢之請。中謝。臣聞忠臣不敢受無功之賞，明君不能蓄無用之材。早際休明，偶塵任使，適邊隅之少警，備行列之局前。……而臣才僅止于此，豈微軀之敢愛。慮賢路之久妨。伏望皇帝陛下，廓日月之明，回雷雨方施，別求俊異。俾就退閑，使臣無居寵之嫌，得安常分，而國有得賢之助，早致太平。〔註144〕

〈左參政乞制仕表〉篇幅較短，然正亦可見其暢達雅正之文風，其〈表〉云：

> 臣性惟朴魯，材本下愚，素好道家之言，本乏時才之用。偶塵任使，無補涓埃。……王衍清談，而本非經國；房琯虛學，而素不知兵。在乘平猶可尸居，而多難將來何補。豈但人言之可畏，實于賢路而有妨。況從改歲以來，已及懸車之際，陳力就列，不能者止。投閑置散，乃分之宜，豈可徒戀明思。〔註145〕

趙氏任官多年，年事已高，心力俱疲，漸萌退隱之心，故兩篇奏表皆直陳己之駑鈍，而乞求解職致仕。觀此二表文，雖極盡謙虛之辭，然頗自然切

〔註143〕《滏水集》卷十六〈聖德頌〉，葉六、七。
〔註144〕《滏水集》卷十〈平章乞制仕表〉，葉二十一。
〔註145〕《滏水集》卷十〈左參政乞制仕表〉，葉二十二。

當，文以達意，簡明易了；且能運用典故，以「王衍」、「房琯」自比，陳情懇切。

再觀〈進呈章宗實錄表〉一文，乃趙氏參與同修《章宗實錄》完成後，隨書上呈的表文。該文先以古有《尚書》以存人君之德，揚天之洪休發論，再言昔時金章宗光膺大業，能行不忍人之政以彰天下，故詔眾儒臣以編實錄。全文文字精美雅正，雖重褒頌，然亦能以氣運辭，暢通全篇，且脈絡一致，亦不失爲一佳作。

4、詔令類

趙秉文之詔令類文章集中在〈卷十〉，其中〈答夏國告和書〉亦頗具特色，今將部分文字迻錄於下：

> 以生民爲心，不以細故而忽生民之命；以天下爲度，不以私忿而傷天下之功，惟我國家。奄宅中外，威制萬里，恩結三方。高麗叛歸，卻而不受；孽宋既服，免其稱臣。苟可利于生靈，有不較其名分。矧惟大廈，時我寶鄰，盟誓既言百年于茲，恩好若一家之舊。……審此輔車之勢，屬我脣齒之邦。與其厭外夷之陸梁，孰若結諸夏之親昵。眾既烏合，罪復貫盈，彼物極則終衰，此數離而復合，且鬩牆猶可禦侮，況同舟何患乎異心。〔註146〕

觀此篇立場既無傲強之勢，亦不居卑弱屈膝，極言金朝凡事以生民之利爲度，在眾國烏合瓜分弱鄰之際，能與夏國友好，同禦外侮，方爲明智之上舉。文章既能動之以懇切之情，又能說之以明確之理，足見趙氏護國之心切，及其善於說理之功力。

5、書牘類

趙秉文散文中書啓僅六篇，但皆有著豐沛的感染力，主題都圍繞在文人的社會與文化責任上。如作於貞祐三年（1215）九月的〈相府請王教授書〉一文，雖是單純奉命以書招授隱士王澮之書牘，卻完全的顯現出趙秉文愛國情操，對於衰弱國勢的擔憂與牽掛之心表露無遺。文章先是以稱讚王氏，以引出君子應求兼善天下之理：

> 道尊德重，名聞天朝，推其緒餘，可利天下。然君子之道，出處語嘿，何常之有，或拂衣而長往，或濡跡以救時，故當其無事，則採

〔註146〕《滏水集》卷十〈答夏國告和書〉，葉四、五。

> 薇山阿，餌朮巖岫，固其宜矣。及多難之際，社稷傾危而不顧，蒼生倒懸而不解，其自爲謀則善矣，仁人之心固如是乎？〔註 147〕

趙氏以爲現在正是「多難之際」實在不宜見社稷「傾危而不顧」，見蒼生「倒懸而不解」。趙秉文從說之以理逐漸轉爲動之以情，期盼王滄能念在「累世祖宗之基業，億兆生靈知性命」，歸來審定大計，以轉危爲安。作者態度不卑亦不亢，充分顯現掛心於國家社稷的心情。事實上，當時朝廷大權都在武夫胡沙虎、高琪這一類的人手中，趙秉文寫此書時，方轉任翰林直學士不久，同年主持省試，在仕途上可說意氣風發，但對於國勢卻是憂心忡忡，身爲文人能做的也只是積極爲國家求才求賢，期待改變頹弱的國運。同樣的觀念在〈與楊煥然先生書〉趙氏多發感慨：

> 今之士人少問學，但知爲己，其於爲人，蔑如也。古人得志，雖一邑丞、簿，亦可爲人，量力而已。未得志，教人以善，亦行道之一端也。足下才高識明，當以孔、孟之學，啓導一方。萬一未遂，亦不虛生也。〔註 148〕

亦足見趙氏忡忡掛心於社會與文化的一面。

因重視士人之文化責任，另一篇書啓〈答麻知幾書〉，即表現出趙氏愛才且眞摯一面。麻知幾是趙秉文的晚輩，在地方上頗具盛名，刻苦勵學，精於經義，卻在興定五年（1221）年廷試時遭到誤絀，頗受打擊，遂打算隱居不爲科舉計；趙秉文深知麻氏實爲一人才，「必將有用」於天下，於是寄此書牘，用以勉勵正處失落的麻氏。認爲「天生大賢如足下，必將有用，又安之今日之窮，天將昌其道，非足下之福耶？」並以「大抵自古才人，多恃一時聰辨，少積前路資糧，故昔謂之福慧兩足尊，足下無乃近此類，尙何怨耶？」〔註 149〕趙秉文說了極多道理，無非就是希望麻知幾莫爲了此絀落之事灰心喪志，盼他日有用於天下，愛才惜才之心溢於言表。

與文化責任亦脫不了干係的，是與李經來往的書信〈答李天英書〉，該文則將焦點置於文學理論上。趙氏以爲文學應以「師古」作爲最初的創作的法則，其云：

> 嘗謂古人之詩，各得其一偏，又多其性之似者。若陶淵明、謝靈運、

〔註 147〕《滏水集》卷十九〈相府請王教授書〉，葉一。

〔註 148〕《金文最》卷五十四〈與楊煥然先生書之二〉，葉十。

〔註 149〕《滏水集》卷十九〈答麻知己書〉，葉七、八。

韋蘇州、王維、柳子厚、白樂天得其沖淡；江淹、鮑明遠、李白、李賀得其峭峻；孟東野、賈浪仙又得其幽憂不平之氣，若老杜可謂兼之矣。然杜陵知詩之爲詩，未知不詩之爲詩；而韓愈又以古文之渾浩溢而爲詩，然後古今之變盡矣。太白詞勝於理，樂天理勝於詞；東坡又以太白之豪、樂天之理合而爲一，是以高視古人，然亦不能廢古人。〔註 150〕

又言：

足下立意措言，不蹈襲前人一語，此最詩人妙處。然亦從古人中入。譬如彈琴不師譜，稱物不師衡，工匠不師繩墨，獨自師心，雖終身無成可也。……盡得諸人所長，然後卓然自成一家。非有意於專師古人也，亦非有意於專擯古人也。自書契以來，未有擯古人而獨立者。〔註 151〕

趙秉文並以學習書法之理來比喻學習創作之道，以爲「飛動而不能積學，皆一偏之弊耳」。並感慨李天英所作之詩「未能以故爲新，以俗爲雅非，所望於吾友也。」希望李氏能體會其「願足下以古人之心爲心，不願足下受之天而不受之人，如世輕薄子也」的一番心意。

6、序引類

趙秉文序引類文章集中在《滏水集》卷十五，分爲「書序」及「贈序」兩類；其中「書序」類一共七篇，又可分「文學」、「哲學」、「史學」三類；贈序則僅〈送庥徵君引〉一篇而已。

其中書序之「文學類」如〈竹溪先生文集引〉，乃是趙氏爲党懷英文集所撰之序引。趙秉文也在其中表達了對文學的重要論點：

文以意爲主，辭以達意而已。古之人不尚虛飾，因事遣詞，形吾心之所欲言者。耳聞有心之所不能言者，而能形之於文，斯亦文之至乎。譬之水不動則平，及其石激淵洄，紛然而龍翔，宛然而鳳蹙，千變萬化，不可殫窮，此天下之至文也。〔註 152〕

其中「文以意爲主」實由周昂所率先提出，趙氏顯然認同這種不尚虛飾、文意相符的寫作方法，同時也認爲党懷英的文章符合這個標準。

〔註 150〕《滏水集》卷十九〈答李天英書〉，葉三。
〔註 151〕同前註，葉三、四。
〔註 152〕《滏水集》卷十五〈竹溪先生文集引〉，葉一。

「哲學類」則包括〈法言微旨引〉、〈道學發源引〉、〈箋太玄贊引〉及〈中說類解引〉四篇。除〈道學發源引〉爲他序外，餘皆爲自序之文。劉祁嘗云趙秉文是「上至六經解，外至浮屠、《莊》、《老》、醫藥丹訣，無不究心。其所著有《太玄解》、《老子解》、《南華指要》、《滏水集》、《外集》，無慮數十萬言。」〔註 153〕其學識豐富，著作繁多，除文學外，便屬哲學類著作最多。相關著作雖已亡佚殆盡，後人藉此序文，可姑窺其斑；如〈箋太玄贊引〉中云：

> 顧僕何足以知《太玄》，姑以范注之小誤，以證本經之不誤。〔註 154〕

又云：

> 玄有文告等十一篇，道義象數之學，宋、陸二注及王氏辨之詳矣，茲不復云。獨首贊與晝夜不合，及首贊之辭與首之名義，亦如六十四卦與卦義當相合，如同人暌六爻，皆言同人睽之類是也。而注間有不悟，輒以他義釋之，恐有未安，理當釐正，使贊與首名義相合，庶幾粗明《玄經》之萬一。僕亦未能審於是非，姑錄以備遺忘，以爲學玄之階耳。俟得前人之注，改而正諸。〔註 155〕

使後人能知趙氏此書之內容大概。

「史學類」則有〈貞觀政要申鑒引〉及〈尚書無逸直解引〉兩篇，亦趙氏自序之文。趙秉文熟讀經史，詳研史筆及史法，每將歷史見識表現於諸篇史論之中。所著有關史評專籍亦頗多，如：《龜鑑萬年錄》、《君臣政要》、《貞觀政要申鑑》、《百里指南》等。僅《貞觀政要申鑑》留有序文，序中言此書乃就「史臣吳兢纂集《貞觀政要》十卷」加以梳理，「撮其樞要，附以愚見」；換言之，即吳氏《貞觀政要》之節錄本，以利聖上觀覽之用。

唯一一篇贈序是〈送麻徵君引〉，其內容則在告誡麻九疇爲官之理，今逡錄一段以示之：

> 可以仕，可以不仕。仕則爲人，不仕則爲已。是以古之君子，知進退之有義。進不爲榮，退不爲辱，盡其在我者而已。知窮達之有命，得之不爲喜，失之不爲憂，以其在外者也。孟子又於中形出養氣之說，配義與道，不以貧富、貴賤、死生動其心。猶以爲未也，推而

〔註 153〕《歸潛志》卷一，頁 6。
〔註 154〕《滏水集》卷十五〈箋太玄贊引〉，葉五。
〔註 155〕同前註，葉六、七。

至於聖人之於天道，窮理盡性。君子不謂之命，而大人之事備矣。〔註 156〕

綜上可知，趙秉文在金源官拜六卿，頗受朝廷重視，又享譽文壇而爲一代文宗，故凡諸官方典冊、謝表誥令等，多出於其手，求書序引者亦眾；鄭靖時評之曰：「大抵簡直明達，契合章法，考金代官方文書，謹守程式，相沿成風。」〔註 157〕其散文雖實用價值較高，藝術價值較低，但總體觀之，內容多簡煉而懇切，篇篇皆爲雅正之作。

三、風格特色

趙秉文治學勤奮，未嘗一日廢書，故別集能眾體兼備，在今存金代別集中實爲少見的，尤以論著類散文，不論史論或儒學義理議論者，存文量都是目前最多的文人，元好問亦有不及之處。在風格特色方面，丁如明先生曾認爲：從〈磁州石橋記〉等文章中不難發覺，趙氏此作是仿自歐陽脩的〈豐樂亭記〉，歐公在〈豐樂亭記〉中忽然夾入「滁於五代干戈之際，用武之地也」，以引起歷史今非昔比的感慨，和趙行文的格調類似。兩篇文章都充滿抒情思想，除仿歐陽脩之語調外，亦有獨特之內涵風格，其辭氣則更帶有感激的情緒，所以視野也更寬廣〔註 158〕，今分析如下：

（一）見識卓越，思想泰正

綜觀趙秉文論說類與敘述類文章，不難發現其乃以儒家思想爲鵠的，再輔以宋人理學，發爲議論，義理粲然。如此的淵博，端賴其內在修養與外在閱歷。內在修養方面：其自幼習讀經史子集，並熟習聖賢諸家之學說，對於儒家思想尤深有體會，故反對虛浮之學或「駢四儷六，鉤章棘句」的文學風格，提倡「文以意爲主，辭以達意而已」，又講求自身的修德端正；外在閱歷方面：趙秉文歷任安賽簿、判官、州刺史、禮部尚書與翰林學士等職，結交甚廣，經歷了官場上的惡鬥與誘惑，故對處世與生活也有了深刻的體驗。在內外交融下，從中引發種種創作動機，加上豐富的創作技巧，才能寫成宏深的佳構。

〔註 156〕《滏水集》卷十五〈送麻徵君引〉，葉十。

〔註 157〕鄭靖時：〈「金源一代坡仙」——趙秉文〉（《中興大學中文學報》民國八十年一月 第四卷），頁 173。

〔註 158〕丁如明：《遼金元散文》，頁 65。

趙秉文重視三綱五倫，致力發揚堯舜以來一貫的道統，力諫君王行仁教、慎用人。就其文章各體的道德表現而言，所論所述之思想無不泰正，如〈性道教說〉、〈誠說〉、〈庸說〉等篇皆一本於正。趙氏所期盼的世界，是建築在道德的平台上，文中每每呈現孔門學說的傳統理念，再加上自己融合諸家思想的獨特見解，所以能立意深遠。元好問說：「大概公之文出於義理之學，故長於辨析，極所欲言而止，不以繩墨自居。」〔註 159〕所言甚是。

（二）淺易通暢，重在達意

國朝文派自党懷英以下，士人皆走向師法唐宋古文之法，對抗刻意求工的文風；中葉以後，趙秉文與王若虛就是主導反對浮麗作品的重要文人。趙氏繼承党懷英淺易暢達的韓、歐文風〔註 160〕，王若虛則繼承周昂「文章以意爲主，以字語爲役」〔註 161〕的理論，與趙秉文「文以意爲主，辭以達意而已」〔註 162〕不謀而合；不論二人文學理論如何，無非皆是針對「朝野無事，侈靡成風」〔註 163〕下，刻意求工求麗而陷於浮艷的文學傾向而來，趙秉文就曾在〈答麻知幾書〉中表達對當時文風衰敗的失望：「今之士人，以綴緝聲律爲學，趨時乾沒爲賢，能留心于韓歐者幾人。」〔註 164〕

今觀趙秉文散文，多屬實用性質，每因辦理公事、諫頌皇帝或交際應酬而寫成。尤應用類文章，大抵簡質明達，乾淨俐落，且能契合章法。以祭文爲例，若相較於同時期也寫諸多告語文章的李俊民，趙氏用典顯少，文字也更簡明易懂，若文主爲親友，則用典更少，更顯淺易達意，情感亦更眞摯。即使以四六言形式撰寫，如〈祭薛威儀文〉、〈祭劉雲卿文〉，用典仍寡，且難得在駢化的散文中表現眞摯的情感。

因此，不論是論說類、敘述類或其他應用性的散文，形式上皆以不事雕琢，重在達意爲主，或抒家國之情，或懷身世之感，激憤豪壯，悲憫抑鬱，兼而有之，莫不淋漓酣暢，一掃虛飾浮麗之習。

〔註 159〕《遺山集》卷十七〈閑閑公墓銘〉，葉四。

〔註 160〕趙秉文嘗云：「亡宋百餘年間，唯歐陽公之文，不爲尖新艱險之語，而有從容閒雅之態。豐而不餘一言，約而不失一辭。使人讀之者，亹亹不厭，蓋非務奇之爲尚，而其勢不得不然之爲尚。」（卷十五〈竹溪先生文集引〉，葉一）。

〔註 161〕《金史》列傳第六十四，卷一百二十六〈周昂傳〉葉二，總頁 1168。

〔註 162〕《滏水集》卷十五〈竹溪先生文集引〉，葉一。

〔註 163〕（元）蘇天爵：《元文類》（臺北：世界書局，景印《摛藻堂四庫全書薈要》，集部，總集類：第 480 冊，民國七十七年）卷三十八，〈跋趙太常擬試賦稿後〉。

〔註 164〕《滏水集》卷十九〈答麻知幾書〉，葉八。

（三）不拘一體，託理寓意

強調文以意為主的趙秉文，同時也強調文學宣洩情感，託理寓意的作用，趙氏之創作，原則上不受形式束縛，不執於一體，雖師古卻不泥古；特色是能託理寓意於其中，充分發揮文以載道功能。文集中所有散文，幾乎沒有單純的紀錄或評述一事的作品，反是多為藉題發揮，或記物寓志，取代一味求工、徒求形似的寫作方法。趙教後進為文曾曰：「文章不可執一體，有時奇古，有時平淡，何拘。」〔註 165〕此雖針對李純甫散文只單一以議論為文，然又從《歸潛志》中得知，趙秉文「於文頗麤，止論氣象大概。」〔註 166〕知趙氏對於散文其實並不在意文體或拘於用字遣詞，內容雖多以學理為尚，但往往只求託理寓意而已，足見其巧心。

文章中寓含奧理，可使文章內容更為充實，情感之色彩更加豐富，彼常用具體事物，假象徵譬喻手法，寄寓道理，如〈東漢論〉以治病喻治國，極為特殊；或將說理融於敘述中，如文集中諸篇紀錄式散文雖說是以「記」名篇，然而實際上卻以說理或頗帶抒情的成分為重，如〈種德堂記〉一文，全文幾乎緊扣「德」字而說理，反而沒有紀錄「種德堂」的相關資料等。故知趙秉文為文並不刻意重視形式，反將重點擺在思想啓迪上。鄭靖時也認為：「其文章以學理為尚，樸質理趣，情味不足，但文筆通暢，有一定之水準，其中佳作，兼得陽剛清婉之美。」〔註 167〕都是說明趙氏行文風格毫不造作，往往在散文中融入自己主觀的思想色彩，運用聯想抒寫不同的心靈觀感，故能產生充沛的感染力。

（四）活用對話，鮮明靈動

趙秉文善於運用對話，論述或敘述事件過程更為詳盡而且鮮活。在論著類文章方面，不斷採用反覆詰難，交互問答，以達到完整的申論，如〈性道教說〉：

> 或曰：「歐陽之學失之淺，……。」……曰：「歐、蘇長于經濟之變，……。」或曰：「中庸之學，孔子傳之曾子，……。」曰：「《詩》、《書》執禮，皆雅言也，……。」〔註 168〕

〔註 165〕《歸潛志》卷八，頁 87。

〔註 166〕《歸潛志》卷八，頁 88。

〔註 167〕鄭靖時：〈「金源一代坡仙」——趙秉文〉（《中興大學中文學報》民國八十年一月 第四卷），頁 171。

〔註 168〕《滏水集》卷一〈性道教說〉，葉四。

〈中說〉亦使用大量詰問：

> 曰：「然則，中固天道，和，人道與？」曰：「天人交有之。……」。「然則寂然不動，赤子之心，非中與？」曰：「皆是也。……」。「佛老之説皆非與？」曰：「非此之謂也。……」「其所謂大中之道者何也？」「天道也，即堯、舜、禹、湯、文、武、周、孔之道也。……」〔註169〕

〈誠說〉亦如此：

> 「不欺，盡誠乎？」曰：「未也，無妄之謂誠，不欺其次矣……。」「無妄，盡誠乎？」曰：「亦未也，無息之謂誠。……。」「無息，盡誠乎？」曰：「亦未也，贊化育之謂誠。……。」「可以盡誠乎？」曰：「至矣，未盡也。……。」〔註170〕

如此反覆在自問自答中，既能層遞深探，又能駁正揭明，逐漸揭示論述之核心，於「一問一答」的模式撰寫論說類散文，以建立無隙可攻的論勢足見謀偏佈局之功力。

〈蜀漢正名論〉中亦有：

> 或曰：誠固天德，其如人僞何？曹氏父子，所以付託司馬懿者，亦已至矣，而卒以簒奪，果在推誠哉？曰：曹氏欺孤問鼎，何嘗一事出于誠？使有孔明，不爲用也，至於託孤，曰：爾無負我……曰：然則先生借荊州，逐劉璋，果皆出于誠乎？曰：使先主一出于扶漢，此亦兼弱侮亡之道，唯其不忍須臾，以即尊位，使人不能無憾。〔註171〕

趙氏顯然窮究經傳百家之言，故論道言理可說無不成章。〈蜀漢正名論〉中使用「或曰」、「曰」來構成一問一答的論勢，先設問，再解之，再設問，再破之。既可加深文章之深廣度，更可使論點面面俱到，沙盤演練的獲得讀者的認同。〈侯守論〉之前半，多以「或問……曰……」、「何以言之……曰……」、「何則……」、「昔謂……」、「或曰……曰」等形式，反覆詰問而使文生波瀾，不至板滯。問答模式的謀篇章法，處處可見，如其他尚有〈唐論〉、〈遷都論〉也都有使用詰問法來組織成篇。

〔註169〕《滏水集》卷一〈中說〉，葉七、八。
〔註170〕《滏水集》卷一〈誠說〉，葉十。
〔註171〕《滏水集》卷十四〈蜀漢正名論〉，葉十二、十三。

在敘記類文章中，亦有全以問答以謀篇者，如〈適安堂記〉：

許昌任君子山作草堂於私第，牓之曰「適安」。客過而問所以名堂之意，曰：「子將無適而不安乎？抑適意而安之乎？」子山曰：「今夫水適則流，……。」客曰：「先生之爲適則一，……不仁不義，子安之乎？而且奚適哉？」子山曰：「請無以形適，而以心適，其可乎？」客曰：「心迹一也，自心迹之判，……斯不亦無適而不安乎？」子山曰：「是吾心也，請歸而刊之石。」〔註 172〕

〈學道齋記〉中亦有：

他日余問道於伯正父。伯正父曰：「余何知道。……余何知道。」……曰：「今之學者不如是，且伯正父所學者何道也？」余笑謝曰：「子去矣。」有道人梵志者，翻著韈，嘗曰：「乍可刺你眼，不可隱我腳。」君當詣彼問之。〔註 173〕

上述兩篇敘記文章，皆以問答方式謀篇布局，足見趙秉文散文寫作筆法之靈活生動。

第四節　王若虛及其《滹南集》之散文

一、生平行誼

王若虛（1174～1243），字從之，號慵夫，眞定稾城（今河北省稾城市）人。幼穎悟，若夙昔在文字間者，爲人強記默識，誦古詩至萬餘首。承安二年（1197）登經義甲科進士第，卻不赴吏選。承安四年才赴官爲鄜州錄事，泰和元年（1201），赴調京師，泰和五年改管城令；大安元年（1206）召爲國史院編修，次年遷應奉翰林文字、著作佐郎，並奉使西夏，與雷淵同修《宣宗實錄》。興定四年（1220）與李純甫同知貢舉，正大元年（1224）召爲左司諫，正大八年轉翰林直學士。金亡後不仕，北歸鎭陽，東避泰山，自號「滹南遺老」；乃馬眞后二年（1243），與劉鬱相約往登泰山，在黃峴峰萊美亭「就大石上垂足而坐，良久瞑目若假寐然，從人怪其移時不寤，迫視之，而公已逝矣。」〔註 174〕

〔註 172〕《滏水集》卷十三〈適安堂記〉，葉一、二。
〔註 173〕《滏水集》卷十三〈學道齋記〉，葉七。
〔註 174〕《遺山集》卷十九〈內翰王公墓表〉，葉一。

王若虛著有《慵夫集》，已佚〔註 175〕，幸《滹南遺老集》今猶存之，是所有金代文學家中文論相關著作資料最豐富的一個，其文論則在卷三十四到三十六的〈文辨〉之中。鄭靖時先生專針對其文論，撰有論文《王若虛及其詩文論》〔註 176〕，後又有孫丕聖《王若虛文學思想研究》〔註 177〕皆以專研究王氏文論之論文。王若虛對於金代散文最大的貢獻，就在於文學理論之建立，其總結了金代大多數文人的文論，扭轉了金末浮華的文風，這是任何一個金代散文家都難以取代的。《四庫全書總目提要》稱王若虛是「然金元之間，學有根柢者，實無人出若虛右。吳澄稱其博學卓識，見之所到，不苟同於衆，亦可謂不虛美矣。」〔註 178〕茲整理他的生平行誼如下：

（一）無意仕途，隨遇而安

王若虛承安二年經義進士，卻不赴吏選，同年登進仕的李純甫以詩贈之，言彼「愛睡不愛官」〔註 179〕，可知其個性獨樹一格。王氏登進士第卻不赴吏選，令人意外，但這樣抉擇，並非全然沒有根據，推測原因，可能是登第前發生的諸多事件影響所致。明昌六年（1195），其舅周昂正因爲趙秉文狂愚上書之事，受到文字獄的牽連，與趙秉文各杖七十，左貶外官〔註 180〕；承安元年（1196）王庭筠受累被杖削官〔註 181〕。章宗晚年「爲人讒間」〔註 182〕，這些爲官吏所招來的禍患，都在此時恰巧出現在王若虛親友間，這些事件很可能直接或間接的影響他赴吏選的決定。他曾在〈茅先生道院記〉中說「予世

〔註 175〕《四庫全書總目提要》：「《慵夫集》虞稷雖著錄，而卷數則闕。考大德三年王復翁序，稱以《中州集》所載詩二十首附卷末，則《慵夫集》元時已佚」（集部卷十九，別集類十九，葉四。）又，王鶚〈滹南先生文集引〉云：「壬寅之春，先生歸自范陽，道順天，爲予作數日留，以手書四帙見示曰：『吾生平頗好議論，向所雜著，往往爲人竊去，今記憶止此，子其爲我去取之。』」，則推知《滹南集》應爲議論雜著類而《慵夫集》概爲詩文集。

〔註 176〕鄭靖時：《王若虛及其詩文論》（臺北：國立政治大學中國文學研究所碩士論文，1974。）

〔註 177〕孫丕聖：《王若虛文學思想研究》（台中：東海大學中國文學研究所碩士論文，1999。）

〔註 178〕《四庫全書總目提要》集部卷十九，別集類十九，葉六。

〔註 179〕見《歸潛志》卷九，李屏山〈送王從之南歸〉（頁 100）。

〔註 180〕詳見本論文第三節趙秉文及其《滏水集》之散文，「一、生平行誼」一節。

〔註 181〕《金史》列傳第六十四，卷一百二十六〈王庭筠傳〉：「承安元年正月，坐趙秉文上書事，削一官，杖六十，解職。」（葉三，總頁 1169）

〔註 182〕《歸潛志》卷十，頁 111～112。

之散人也，才能無取於人，而功名不切於己，雖寄迹市朝，而丘壑之念，未嘗一日忘。」也能見其未斷隱居之念。不論他不赴任的眞正原因爲何，都顯示出王若虛並非一個汲汲營營於仕途的人。

王若虛也並非對民瘼政事毫不關心，在章宗泰和七年任職於門山縣令時，嘗寫下〈門山縣吏隱堂記〉一文，此文暗諷中央對於偏遠的門山縣不聞問，讓他雖爲吏，卻若隱者一般閑居，感嘆的說：「吏則吏，隱則隱，二者判然其不可亂。吏而曰隱，此何理也？」對朝中政策如此，頗爲無奈；無獨有偶，〈送彭子升之任冀州序〉中，也對於當時「忌嫉之心勝，而推讓之道絕」的士風則有很大的感慨，表現王氏對於當時世局的感慨與無奈。對於爲政，也曾在給門人張仲傑的書信中表示爲官的不易，認爲「民之憔悴久矣，縱弗能救，又忍加暴乎？」《金史》本傳中述王若虛任歷管城、門山二縣令時，「皆有惠政」〔註 183〕，老幼鄉人攀轅而送之，數日才能成行，可知王若虛雖對吏事無意，但身爲地方父母官，縱有滿腹無奈與感慨，仍是視民如傷的善吏。

金亡後的王若虛對於政事更爲消極，他推辭爲崔立撰碑一事〔註 184〕，選擇明哲保身，最後還在〈千戶賈侯父墓銘〉中稱蒙元爲「盛朝」〔註 185〕，顯見朝代的轉換對其而言似乎沒有很大的衝擊與改變，他自詡只是個隨遇而安，身不由己的「遺老」而已。

（二）貌若嚴肅，狂放風趣

劉祁嘗云：「王翰林之貌嚴重若不可親，然喜於狎笑，酒間風味不淺。」王若虛雖好與他人辨博議論，但不因如此影響其友好關係。如王若虛之文學理論，向來與趙秉文相左〔註 186〕，然往往以字畫相贈〔註 187〕，交往頻繁。

亦與李純甫交往，〈墓表〉中有言，王若虛「又善持論。李右司之純以辨

〔註 183〕《金史》卷一百二十六，列傳六十四〈王若虛傳〉：「調鹿州錄事，歷管城、門山二縣令，皆有惠政。秩滿，老幼攀送，數日乃得行。」（葉八，總頁 1171）

〔註 184〕崔立立碑之事，詳細本末可見《歸潛志》十二，〈錄崔立碑事〉，頁 131。

〔註 185〕《滹南集》卷四十二〈千户賈侯父墓銘〉，葉一。

〔註 186〕《歸潛志》卷八：「趙閑閑論文曰：『文字無太硬，之純文字最硬，何傷！』王翰林從之則曰：『文字無軟者，惟其是也。』」（頁 88）

〔註 187〕《歸潛志》卷九：「趙閑閑本好書，以其名重也，人多求之，公甚以爲苦；嘗於禮部廳壁上牓云：『當職係三品官，爲人書扇面失體，請諸人知。』……一日，在禮部，適公爲王從之書，末云：『某月日爲從之天下士書，髯雷在側，笑其不工也。』闔坐大噱。」（頁 100～101）

博名天下，杯酒淋漓，談辭鋒起。公能三數語窒之，惟有嘆服而已。」〔註 188〕今亦有〈復之純交說并序〉一文，文中極盡辯論之能事，兩人雖偶有互譏互諷，卻不減其間之友情。

王若虛雖喜於辯論，然在朋友間「春風和氣」〔註 189〕，修養極佳，不因好辯而現咄咄逼人的氣勢，反而如〈墓表〉中所說：「滑稽無窮，談笑猶有味。而以雅重自持。朋會間，春風和氣，周浹四座，使人愛之而不能忘也」〔註 190〕。甚嘗因狂放不羈，「爲上官所捃」〔註 191〕，其個性可見一斑。

（三）雅愛品評，性好議論

王若虛與與李純甫相同，都以辨博名聞天下，所異者：李議論對象多在於佛學和玄學，王則偏向經學、文學和史學，大抵皆與金末政治紊亂，人多厭談當代政治轉向學習歷史經驗及哲學議題有關。

《四庫全書總目提要》中說「滹南王公，雅以辨博自負」，又說：「〈史記辨惑〉〈諸史辨惑〉、〈新唐書辨〉，皆考證史文；掊擊司馬遷宋祁，似未免過甚，或乃毛舉故細。亦失之煩瑣，然所摘遷之自相牴牾，與祁之過於雕斲，中其病者亦十之七八」〔註 192〕；「雜辨君事實辨臣事實辨，皆所作史評。議論辨惑、著述辨惑，皆品題先儒之是非，其閒多持平之論，頗足破宋人之拘攣。雜辨二卷，於訓詁亦多訂正，文辨宗蘇軾，而於韓愈閒有指摘，詩話尊杜甫，而於黃庭堅多所訾議。」〔註 193〕大抵如此。

元好問《中州集》小傳中言王氏是：「少日師其舅周德卿及劉正甫，得其論議爲多。博學強記，誦古詩至萬餘首，他文稱是，善持論。……自從之沒，經學、史學、文章、人物，公論遂絕，不知承平百年之後，當復有斯人也不？」

〔註 188〕《遺山集》卷十九〈內翰王公墓表〉，葉三、四。

〔註 189〕《遺山集》卷十九〈內翰王公墓表〉：「李右司之純以辯博名天下，杯酒淋漓，談辭鋒起，公能以數語窒之，唯有嘆服而已。……滑稽無窮，談笑尤有味，而以雅重自持。朋會間，春風和氣，周浹四座，使人愛之而不忘也。自公歿，文章人物，公論遂絕。」（葉三、四）

〔註 190〕《遺山集》卷十九〈內翰王公墓表〉，葉四。

〔註 191〕《滹南集》卷之四十四〈鄜州龍興寺明極軒記〉：「始予以狂放不羈，爲上官所捃，宴游戲劇事，悉禁絕之，雖所親愛，非公故不得相往來。逢於道路，斂避辭謝，莫敢立談者，出門倀然其無歸也。」今雖不知所言之事件始末，然可知王若虛嘗「狂放不羈」，甚爲上官所捃之。

〔註 192〕《四庫全書總目提要》集部卷十九，別集類十九，葉六。

〔註 193〕同上註。

〔註 194〕劉正甫即劉中，是金中葉非常知名的古文家，趙秉文的女婿與狀元高法颺都是他的弟子，泰和年間的書檄露布皆出其手〔註 195〕，王若虛在他的門下習得了古文的作法；而其舅周昂則是王氏文學觀念的傳授者，兩人的教誨使他自小奠定了「得其論議爲多」的基礎。

王若虛認爲自己雖喜辯論，其論點甚被當世之人所剽竊挪用〔註 196〕，此顯示王氏之種種論點，已受到當代文人的認同，故紛紛引用剽竊之，亦不難見其影響當代之巨。元好問嘗爲其撰墓表，總結王若虛一生行誼爲：「公資稟醇正，且有師承之素，故於事親待昆弟，及與朋友交者無不盡。學無不通，而不爲章句所困。頗譏宋儒經學，以旁牽遠引爲夸；而史學以探賾幽隱爲功。謂天下自有公是，言破即足，何必呶呶如是，其論道之行與否云：『戰國諸子之雜說寓言；漢儒之繁文末節；近世大夫參以禪機玄學，欲聖賢之實不隱，難矣！』經辭不善張九成；史例不取宋子京；詩不愛黃魯直，著論評之，凡數百條。世以劉子玄史通比之。爲人強記默識，誦古詩至萬餘首。他文稱是。文以歐蘇爲正脈，詩學百樂天。作雖不多，頗能似之」〔註 197〕，所言甚是。

王若虛晚年沒有積極的創作，只是寫寫墓碣之類的應用文章，彼對金代文壇的貢獻還是在於作於早期的那些諸多的經史辯論文字，以及文學理論的建樹；然平心而論，金元兩代學有根柢的文人，仍是無幾人能出其右者。

〔註 194〕《中州集》卷六〈王內翰若虛〉，葉三、四。

〔註 195〕劉中，字正夫，明昌五年（1194）詞賦經義進士，「賦甚得楚辭句法，尤長於古文，典雅雄放，有韓、歐氣象。教授弟子王若虛、高法颺、張屢、張雲卿，皆擢高第，學古文翕然宗之曰『劉先生』」（《中州集》卷四，〈劉左司中〉，葉十七）劉中恐是金朝第一個尊崇韓愈、柳宗元古文的文學家，王永云其「對文風演變頗有先導意味。」（王永：《金代散文研究》〈第六章・歐陽修與金代文壇〉，頁 177）宣宗以後科舉制度導致的文弊日甚，古文創作開始沉潛。但是隨當時文化環境的發展，古文在民間醞釀日趨深厚，而劉中在朝內爲官卻用心於創作與傳授古文上，他的子弟們也善盡發揚古文之能事，尤其是王若虛。

〔註 196〕（金）王鶚〈滹南先生文集引〉云：「壬寅之春，先生歸自范陽，道順天，爲予作數日留，以手書四帙見示曰：『吾生平頗好議論，向所雜著，往往爲人竊去，今記憶止此，子其爲我去取之。』」（《滹南集》卷首，葉三）

〔註 197〕《遺山集》卷十九〈內翰王公墓表〉。（葉三）

二、題材內容

王若虛今存之散文，數量比例上已不算多，尤其惋惜的是，很可能是他的創作詩文集，即《慵夫集》一書，元代業已亡佚〔註 198〕。今僅能從《滹南集》中卷四十一到卷四十五，標目爲「雜文」的部份，窺見其散文功力大概。《全遼金文》收錄王若虛散文各體文章三十九篇，殘文一則，最爲齊全。其中，敘記類與序跋類各有九篇，數量最多，傳誌類則有八篇，賦兩篇，論著與書牘各一篇，雜記畫記及其他贊文、箴銘等篇幅體制較爲短小的文章有九篇。今依其散文題材內容，分類如下：

（一）言哲論理，慕閑求道

王若虛雖以「善持議論」名聞於金末文壇，然今以「論」爲名者，僅存〈總論〉一文，文章對於歷代解《論語》者，有鞭辟入裡的深入探討。他認爲當時解《論語》者都不免犯「三過」，即「過於深也，過於高也，過於厚也」，並分項論述且各舉出諸多宋儒之例以證此三過。文章的批判意味濃厚，對於幾個曾有相關著作的宋儒，如張九成、張栻、范祖禹、謝良佐，甚至蘇東坡等，對於評解《論語》有所缺失的觀念都條理清晰的一一釐清。其實還是不脫《論語辨惑》中的論點，如〈總論〉中開頭即言：

> 夫子之言性與天道，子貢自謂其不得聞，而宋儒皆以爲實聞之。間既問鬼神，夫子不以告子路，而宋儒皆以爲實告之。〔註 199〕

〔註 198〕王永：〈《滹南遺老集》版本源流考〉（《古籍整理研究学刊》2010 年第 1 期）云：「其詩文創作多收在《慵夫集》中，然此集元初即已不傳於世，其學術著作主要收于《滹南遺老集》。」並考證《滹南集》之版本，《慵夫集》佚於元初不知所據何來，但據（元）王復翁〈滹南先生文集引〉中有：「《滹南辨惑》一書，初江左未之聞也，至元二十年，古滄王公時舉來丞是邦，出于行篋，始得見之。興賢書院謄錄刊行，迨今十年。其板爲復翁所得，以字多差舛，恐誤讀者，欲得元本證之，而王公去此陞行臺監察御史，尋柄文廣東，宦輒無定，雖欲求之，末由也已。既幸任迴，道過廬陵，吾州士夫以棠陰之舊，候迎公來，就乞校正，出脫漏差錯字四百餘，公因得改的付局刊換，公又以元遺山《中州集》所載《滹南古律詩》僅二十篇，俾續卷末收書，君子幸加詳焉。」此引文作於元大德三年二月，《滹南集》已「字多差舛」、「脫漏差錯」，未言《慵夫集》之事，《金史》卷一百二十六，列傳六十四〈王若虛傳〉言：「所著文章號《慵夫集》，凡若干卷；《滹南遺老》若干卷，傳於世。」《四庫全書總目提要》：「《慵夫集》虞稷雖著錄，而卷數則闕。考大德三年王復翁序，稱以《中州集》所載詩二十首附卷末，則《慵夫集》元時已佚」（集部卷十九，別集類十九，葉四。）知《慵夫集》約亡於《金史》成書與大德三年之間。

〔註 199〕《滹南集》卷三，〈總論〉，葉二。

《論語辨惑》則言：

> 蓋自漢以來，學者莫敢輕議，而近代諸公皆以爲聞而嘆美之辭。或又曰：『聖人之文章，句句字字無非性與天道者。』吾不知其果何所見也。」〔註200〕又言「蓋以子路不能切問近思，以盡人事之實而妄意幽遠，實拒而不告也。而宋儒之説曰：『人鬼之情同，死生之理一，知事人則知事鬼，知生則知死矣。不告者，乃所以深告之。』其論信美，但恐聖人言下初不及此意，而子路分上，亦不應設此機也。〔註201〕

兩相對照之下，明顯的，〈總論〉一文即《論語辨惑》一書之概論。研究王若虛《論語》學者，可與〈論語辨惑序〉一文互見，參見其經學在金代發展的狀況與觀點。

〈論語辯惑序〉是典型夾以議論的序跋文章，文章先云「解《論語》者，不知其幾家，義略備矣。」然歷代解論語的經學家是「舊說多失之不及，而新說每傷於太過。」點出新舊之說各自的缺失，其下又各以「失之不及」與「傷於太過」闡述造成這兩種結果的原因，分別是執聖人之言以求之，與離聖人之言以求之者。再言宋儒解論語有「功」也有「罪」:「功」則在於「斟酌時中之權，委曲疏通，多先儒之所未到」，而「罪」則在於「消息過深，揄揚過侈，以爲句句必涵氣象，而事事皆關造化，將以尊聖人，而不免反累，名爲排異端，而實流於其中」。剖析極爲深入，後半則引葉適之言，認爲葉氏「可謂切中其病矣」。全文條理分明，理氣十足。此文雖名之爲序，實近於論說文章。對於序，王若虛嘗云:「凡作序而併言作之之故者，此乃序之序，而非本序也。若記，若詩，若誌銘皆然，人少能免此病者。」〔註202〕本文不改王若虛爲文的本色，也能與其文論相合，在著作上展現自信。

王若虛善於將哲理以議論的方式帶入散文內容中，甚有全篇皆議論者，如〈高思誠詠白堂記〉，以「有所慕於人者，必有所悅乎其事也。或取其性情、德行、才能、技藝之所長，與夫衣服、儀度之如何，以想見其髣髴；甚者至有易名變姓，以自比而同之，此其嗜好趨向，自有合焉而不奪也。」一連串議論入筆，對於高思誠慕白居易進而詠之，命爲堂名，王若虛有不同與眾人的看法，他認爲：

〔註200〕《滹南集》卷四，〈論語辨惑〉，葉一。

〔註201〕同上註。

〔註202〕《滹南集》卷三十五〈文辨〉，葉二。

> 人物如樂天，吾復何議。子能於是而存心，其嗜好趨向，亦豈不佳？然慕之者欲其學之，而學之者欲其似之也。慕焉而不學，學焉而不似，亦何取乎其人耶！蓋樂天之爲人，冲和靜退，達理而任命，不爲榮喜，不爲窮憂，所謂無入而自得者。今子方遑遑干祿之計，求進甚急，而得喪之念，交戰于胷中，是未可以樂天論也。樂天之詩，坦白平易，直以寫自然之趣，合乎天造，厭乎人意，而不爲奇詭以駭末俗之耳目。子則雕鐫粉飾，未免有侈心而馳騁乎其外，是又未可以樂天論也。〔註 203〕

王若虛以爲世人言「慕」白，進而「學」白，再學而欲「似」白，此三階段皆能實踐，才有資格詠白；至於「遑遑干祿之計，求進甚急」者，則未可論也，望高思誠能知詠白「其所慕在此者，其所歸必在此」，更精進的學習，方能得「樂天之妙」。

至於另一文〈送呂鵬舉赴試序〉，則大量雜以論說，評述了當時的科舉與文學之間的關聯：

> 夫經義雖科舉之文，然不盡其心，不足以造其妙。辭欲其精，意欲其明，勢欲其若傾。故必探語、孟之淵源，擷歐、蘇之菁英，削以斤斧，約諸準繩，斂而節之，無乏作者之氣象，肆而馳之，無失有司之度程。勿怪、勿僻、勿猥、勿并。若是者，所向如志，敵功無勁，可以高視而横行矣！〔註 204〕

文中不僅只是勉勵呂鵬，同時也以先進者的立場，表達了應制之文應避免怪僻、猥并之形式。該文也呼應了王若虛散文以歐、蘇爲宗的理念。

〈焚驢誌〉則是一篇充滿科學精神的雜記散文，亦是言哲論理之屬。記載章宗承安四年河朔大旱之時，適民家有產白驢者，有人倡議焚驢以求雨，眾萬竟附其議，而王若虛即夢此驢喊冤，藉由夢境中驢所言，不斷藉問答以駁正揭明，道出人們愚昧迂腐的思想：

> 冤哉焚也！天禍流行，民自罹之，吾何與焉？吾生不幸爲異類，又不幸墮乎畜獸。乘負駕馭，惟人所命；驅叱鞭箠，亦惟所加。勞辱以終，吾分然也。若乃水旱之事，豈其所知，而欲置斯酷歟？孰誣我者，而帥從之。禍有存乎天，有因乎人。人者可以自求，而天者

〔註 203〕《滹南集》卷四十三〈高思誠詠白堂記〉葉五、六。

〔註 204〕《滹南集》卷四十四〈送呂鵬舉赴試序〉，葉八。

可以委之也。……不求諸人，不委諸天，以無稽之言，而謂我之愆，嘻其不然！暴巫投魃，即已迂矣，今茲無乃復甚？殺我而有利於人，吾何愛一死？如其未也，焉用爲是以益惡？濫殺不仁，輕信不智，不仁不智，帥胡取焉？吾子其屬也，敢私以訴。〔註205〕

文章寓言性極強又充滿科學辨證的作品，是金一代宗教迷信普及影響下而難得能獨立思考辯駁的一篇佳文。

（二）諷刺時局，論吏談政

正如生平行誼中所言，王若虛是一個隨遇而安的人，對於仕途並未積極，然身處金末亂世，對政事與爲吏之道，都頗有自己的看法。其有若干篇特殊諷刺寓意的散文，乃突顯出他在個人觀點的強勢之作。如〈門山縣吏隱堂記〉是金末少有的諷刺記敘文，其與元好問的〈市隱齋記〉同樣以「隱」入題，卻大異其趣。〈吏隱堂記〉言門山縣公署原名爲「三老堂」，然作者索之於圖誌、諸父老皆不可得命名之眞義爲何， 遂索性豪邁的更名爲「吏隱堂」，並爲之作記。記文其實是要大加嘲諷城鄉差距，他以「嗟乎！出處進退，君子之大致。吏則吏，隱則隱，二者判然其不可亂。吏而曰隱，此何理也？」打開議論的話匣子，認爲「非是之謂也，謂其爲吏而猶隱耳。」乃因門山縣極爲偏僻，「烟火蕭然」，「四際荒險」，雖強名爲縣，然王氏到任以後，方感「事簡俗淳，使於疏懶」，因此「常日高而起，申申自如」，「或時與客幽尋而曠望，蔭長林，藉豐草，酒酣一笑，身世兩忘，不知我之屬乎官也。」作者閑暇至幾乎忘卻自己是個官吏身分了，如此一來與隱者有何不同？作者來到此鄙邑，一方面自我解嘲，作文慶幸可免於疲於奔命的官旅生涯，頗符合自己慵懶的個性；另一方面恐也揭示朝廷根本不理會這個窮鄉僻壤，頗有的諷刺之意。

至於從論吏談政的角度來諷刺的是〈答張仲傑書〉一文，此文是王若虛現存唯一的書牘散文，對於與張仲傑同身爲官吏，他在文中自有一套看法。書牘中說：

所論道學，自是儒者本分事，抑老夫衰謬，日負初心，不足進也。吾子年壯氣銳，乃能屏去豪華之習，而專心于此，好之樂之，自謂有得，他時所至，殆未可量。老夫將受教之不暇，而反能爲之發藥

〔註205〕《滹南集》卷四十三〈焚驢誌〉，葉三、四。

哉！州郡之職，古稱勞人，況多此虞，亦必有道。頗聞吾子一以和緩處之，所望正如此。民之憔悴久矣，縱弗能救，又忍加暴乎？

君子有德政而無異政，史不傳能吏而傳循吏。若夫趨上而虐下，借眾命以易一身，流血刻骨，而求幹濟之譽，今之所謂能吏，古之所謂民賊，誠不願吾子效之。〔註206〕

這種消極的官宦觀念，乃針對當時像朮虎高琪這類要求「異政能吏」的政策而言〔註207〕，王氏雖不能苟同，卻也只能無奈的私表異議於書信中，並抒發自己的看法，亦能見金末期文人任仕消極態度之原因。

〈眞定縣令國公德政碑〉一樣以辯證議論爲吏之道，碑文不拖不沓，以「爲治莫如重守令，而令爲甚，蓋其於民最親，而理亂之原，於是乎在也。故一縣得人，則一縣之事舉；在在得人，而天下平也」云云之議論入筆後，敘中有議，議中有敘，敘一段隨之又議論一段，是夾敘夾議的典型之作，其中議論的部分尤爲精湛：

噫！智可以欺王公而不可以欺豚魚，力可以得天下而不可以得匹夫婦之心，事固有非人之所能強致者。民，至愚而神者也，其心有同感之好惡，其口有同然之毀譽。有以服其心，則比閭之徒，可使之俛首而聽命。不然，國之得失、長上之是非，皆將喧囂謗議于其下。蓋有誘之而不信，劫之而不從者，孰謂其可以強之而使吾譽之哉！〔註208〕

顯現王若虛認爲爲吏之得失，自在民心，民不論愚賢，皆同好惡，斷不可欺，其得失毀譽皆不可強致。此一爲吏之道，亦見於〈送彭子升之任冀州序〉，其亦以議論暢言古今任吏之態度相異：

〔註206〕《滹南集》卷四十四〈答張仲傑書〉，葉四。按：《九金人集》本作「古稱□人，況多此虞，□必道。」

〔註207〕《歸潛志》卷七：「貞祐間，朮虎高琪爲相，欲樹黨固其權，先擢用文人，將以爲羽翼。已而，臺諫官許古、劉元規之徒見其恣橫，相繼言之。高琪大怒，斥罷二人。因此大惡進士，更用胥吏。彼盡其獎拔，往往爲盡心，于是吏權大盛，勝進士矣。」（頁71）又卷十二云：「由高琪執政後，擢用胥吏，抑士大夫之氣不得伸，文法棼然，無興復遠略。大臣在位者，亦無忘身徇國之人，縱有之，亦不得馳騁。又偏私族類，疎外漢人，其機密謀謨，雖漢相不得預。人主以至公治天下，其分別如此，望羣下盡力難哉。故當路者惟知迎合其意，謹守簿書而已。爲將者，但之奉承近侍以偷榮幸寵，無効死之心。倖臣貴戚，皆據要職于一時。士大夫一有敢言、敢爲者，皆投置散地。此所以啓天興之亡也。」（頁137。）

〔註208〕《滹南集》卷四十一〈眞定縣令國公德政碑〉，葉四、五。

> 古之君子，其道相爲徒，而其徒相爲用，故能有濟也。有虞之時，眾賢和于其朝，而無乖爭之患。垂讓于殳斨，伯夷讓于夔、龍、皐陶之不知者以問諸禹，禹所不知者以質諸益。賢于已而不妒，不賢于己而不侮，師于人而不恥，告于人而不吝；志同氣合，不知物我之爲二。蓋其量識宏，而其德誠厚，此其能共成一代之極治者歟！予嘗悲夫昔人之難見，而病後世士風之薄也。忌嫉之心勝，而推讓之道絕；自待者重，待人者輕；相誇以其所長，而相鄙以其所短；鰓鰓然惟恐人之愈乎我也。凡得一職，必先審問其同僚者何如人，聞其不能而不已若也，則幸而喜；如其能焉，往往不樂曰：「是何以彰我？」故其至也，莫不角其智力而爭其權，至于不相容以敗事。處公家之事而敗之以其私，罪孰大焉？〔註209〕

其中「自待者重，待人者輕」八字，道盡了官場同僚間相誇其長相鄙其短的弊病，描述爲官爭權角力，以私害公，才使今日「忌嫉之心勝，而推讓之道絕」，士風日薄矣。王若虛借贈彭氏之序，予以大加批判，除感慨昔日士風難見之餘，亦顯現王氏對於金末世局之憂心如此。

（三）紀錄名人，抒懷友誼

王若虛雖以辯論文章名聞於世，然單純記錄者亦不寡作，其傳志類文章多能記錄詳實，在文章中夾以議論，更增記載的生動力。他如一反其他撰述者習慣將求碣之經過寫在文後，〈贈昭毅大將軍高公墓碣〉卻將求碣經過寫在文前，並在文末感慨的說：「嗚呼！積善之家，必有慶餘，不及其身，則在其後。物有定理，聖賢有成言，古今有同然之效，昭其不可誣也。」

另一篇看似平鋪直敘的〈保義副尉趙公墓誌〉，描寫卻十分細膩，舉墓主純質勤儉之事「服食器皿，期於僅足，自餘無毫毛非分用，日夕蹙蹙，恒若不足；教諸子孫及所以語他人亦唯是；見諸惰侈者，咄嗟惡棄，殆不能與言。」文雖短，僅以勤儉一事描繪墓主德行進而引出全文，然與同時期的傳誌文章相比，文字全無雕琢之痕跡，舖敘條暢，敘事樸質，誠爲佳作。他如〈寧晉縣令吳君遺愛碑〉、〈王氏先塋之碑〉、〈故朝列大夫劉君墓碣銘〉等，亦皆能在單純敘述中窺見王若虛的寫作功力。

〔註209〕《滹南集》卷四十四，〈送王士衡赴舉序〉，葉八。

王若虛雖善於在散文中大發議論，談政論道，無所不言，然亦有紀錄友情，兼以抒懷之作。正如元好問如〈墓表〉中所云，其人乃「滑稽無窮，談笑猶有味」，「春風和氣，周浹四座，使人愛之而不能忘也」〔註210〕，王氏實狂放不羈之士，對於友人有深刻之情誼者，從字裡行間即能窺見一斑，如〈四醉圖贊〉：

> 泰和辛酉冬，予赴調京師，清河垣之、振之、劉君景元俱以待舉客太學。一日同飲市中，既暮皆醉。三子者就宿予邸，枕籍而臥，初不記也。未旦而覺，呼童張燈，則餘樽在焉，即命重酌，復成小醉。擁衾散髮，相對怡然，顧而之樂，以爲他日或不能復得矣。振之將圖其形，而名以「四醉」，因命序而贊之，以記一時之美事。〔註211〕

王若虛與友人既醉而臥，覺而復飲，「擁衾散髮，相對怡然」之樂，歷歷在目，躍然於紙上，卻是情眞意切未有一絲虛假的散文。〈林下四友贊〉亦紀錄友誼，更爲深切，其言：

> 東垣彭子升悅、王士衡權、周晦之嗣明，皆予心契也。晦之於予爲親故，其相知最早。後游京師，始識士衡于稠人間，言論慷慨，遂如平生。當是時，泛見子升而未熟也。已而，復定交于觴次。予年爲長，子升次之，士衡又次之，而晦之最少。吾四人者，臭味相似，而意氣相投也，故不結而合。既合而歡，至于益深而莫之間。其好惡取舍，互有短長，而要歸其中。辨爭譏刺，間若不能相容，而終于無憾。方其俱在里中，行必偕，宴必共。詩雖不多，而嘲戲贈答，時出數語以相娛。酒雖不廣，而花時月夕，一杯一勺，亦自不廢也。嘗約他年爲林下之游，且各爲別號以自寄焉。蓋予以「慵夫」，而子升以「澹子」，士衡爲「狂生」，而晦之則「放翁」也。曰澹、曰慵、曰狂、曰放，世以爲怪，而自謂其眞，施于仕途，固非所宜，而在隱居則無害也。〔註212〕

序文道出與三位友人結識的經過，再述四人個性其實相似，進而能夠相知而相惜，即使各自好惡不同，互有優缺點，亦偶有意見迥異之時，然彼此間並沒有間隙，總是同進同出。對於四人能有臭味相似，意氣相投的友情，王若

〔註210〕《遺山集》卷十九〈內翰王公墓表〉，葉四。
〔註211〕《滹南集》卷四十三〈四醉圖贊〉葉二、三。
〔註212〕《滹南集》卷四十三〈林下四友贊〉葉三。

虛感到自豪。四人吟詩贈答，各有別號，世以為怪，王氏卻覺得這樣的友情最「眞」之處，特撰贊文以記之，加以輕鬆如小品的敘述方式，確實是為當代一絕。

〈李仲和墓碣銘〉也是抒懷友誼之屬，文中大部分都在針對墓主生前被世人種種誤會作辯解。對於墓主「性介少諧和，素不為鄉曲所重，徑行直視，傍不睹太山，輕薄子戲侮其後，而不之覺，人以為癡而笑。面目嚴冷，疏於禮貌，箕踞袒跣，不能一作謹媚狀向人，人復以為傲而怒。志大論高，以匹夫憂天下，每欲危言叫閶闔以取時名，而不計其利害，人又以為狂而哀。然仲和俱不屑也。」的個性極為讚賞。即使眾人對於墓主多為誤解，然王若虛總與之相知相惜，惜兩人相隔兩地，闊別十餘年終不能相見，殆「歸及相臺，或告仲和卒矣」，只能感慨萬分的說：「予愧仲和見遇之厚而無以報，憐其有大志而卒窮不偶，恨其思之十年欲一復見而弗果。」性好辨論的王若虛難得在此文中展露感慨眞摯的情感，此文充滿餘韻，借傳志之文以抒懷，想見彼之情深意厚。

三、風格特色

王若虛散文《四庫全書總目提要》嘗言：「蓋若虛詩文，不尚劖削鍛鍊之格，故其論如是也。統觀全集，偏駁之處誠有，然金元之間，學有根柢者，實無人出若虛右。吳澄稱其博學卓識，見之所到，不苟同於衆。」〔註213〕道盡王氏散文不同於當世散文之處，其中就以「不尚劖削鍛鍊之格」最能為其風格特色，且散文創作多能與其文論相符，更為難得。今就其散文風格特色，略分類如下：

（一）文宗歐蘇，典實平易

王若虛是金代末年中，最能表現北國樸質率眞性格的一位漢文人，其早年中第而不赴吏選，不拘小節的與人交往，業已現其率眞之一面。大抵率眞的文人，總不喜怪僻奇險的文字。《歸潛志》言：「興定、元光間，余在南京，從趙閑閑、李屏山、王從之、雷希顏諸公游，多論為文作詩。……若王，則貴議論文字有體致，不喜出奇，下字止欲如家人語言，尤以助辭為尙。與屏山之純學大不同。嘗曰：『之純雖才高，好作險句怪語，無意味。』亦不喜司馬遷《史記》，云：『失支墮節多。』……又多發古名篇中疵病，……此類甚

〔註213〕《四庫全書總目提要》集部卷十九，別集類十九，葉六。

多，不可勝紀。」〔註 214〕而元好問總結王若虛的文章是：「文以歐蘇爲正脈」〔註 215〕，王若虛散文最大的特色，就在於他的平實，這與他一貫所堅持的「文以意爲主」、「夫文章唯求眞而已」〔註 216〕、「惟其是也」〔註 217〕的文論也相爲契合，更與他樸質率眞性格相符。

正如他在〈送呂鵬舉赴試序〉中所云，文章應要「勿怪、勿僻、勿猥、勿并。若是者，所向如志，敵功無勁，可以高視而橫行矣！」對於金末年流行的奇險文字，極不贊同。今觀其散文，多能與其文論相符，即使在議論文字中仍能保持平易淺白的特色；

如其傳誌文章〈王氏先塋之碑〉有：

> 一日，語夫人程氏曰：「吾出微賤，才能勳業，無踰人者，僥緣幸會，驟至榮顯，非祖考之靈，其何以及此？而墳壠蕭然，沒沒于蓬藜榛棘之間，狐兔雜居，殆不忍視，吾罪大矣。每一念及，未嘗不痛心疾首。今將具禮而新之，庶幾死可以瞑目。」〔註 218〕

娓娓敘家常之事，或以對話方式呈現其生平行誼者，筆法靈活卻不僵化。

又如〈焚驢誌〉，以傳奇性的筆法寫「驢見夢于府之屬某」，藉驢之口道出水旱之事乃爲人禍天委，實與驢無關，敘中帶議，卻無一艱難雕琢文字。

王若虛曾在《滹南集》卷三十六〈文辯〉中，表達對於文章簡明需貴在「完粹有法」，其曰：

> 湘山野錄云：「謝希深、尹師魯、歐永叔各爲錢思公作河南驛記，希深僅七百字，歐公五百字，師魯止三百八十餘字。歐公不伏在師魯之下，別撰一記，更減十二字，尤完粹有法。師魯曰：『歐九眞一日千里也。』」予謂此特少年豪俊，一時爭勝而然耳。若以文章正理論之，亦惟適其宜而已，豈專以是爲貴哉？蓋簡而不已，其弊將至于簡陋而不足觀矣。〔註 219〕

王氏在〈文辯〉中表達了文章應簡明外還需暢達有法度的主張，否則，將簡陋不足觀矣。除推重歐陽脩之散文貴簡之文外，王氏更在意的是散文章法的

〔註 214〕《歸潛志》卷八，頁 88。
〔註 215〕《遺山集》卷十九〈內翰王公墓表〉，葉三。
〔註 216〕《滹南集》卷三十四〈文辨〉，葉三。
〔註 217〕《歸潛志》卷八，頁 88。
〔註 218〕《滹南集》卷四十一〈王氏先塋之碑〉，葉六。
〔註 219〕《滹南集》卷三十六〈文辯〉，葉五。

「完粹」。今觀其散文，相較於金晚期李純甫、李俊民等文人作品，更加典實平易是最大的特色。這樣的平易，甚至浸濡到本應講求鋪采摛文的賦中，〈揖翠軒賦〉與〈瑞竹賦〉兩賦，皆有平易暢達的格調，〈哀雁詞〉序文中並說自己的詞賦之作乃「文采不足，觀者取其意可也」，道盡王若虛在文章中總能體現平易的風格，體現北方文人的剴切直爽的風格。

（二）情感真摯，寓意深遠

王若虛作文又以描繪細膩纖巧爲尚，尤以記載門類文章最爲明顯，相較於同時期的傳誌文章更爲眞摯。許多碑銘碣文中，總盡情體現自己對於傳主的情感，如〈李仲和墓碣銘〉中說傳主與他「語合意，豁然大適，爲忘形交。久之益親，一日不見，相覓如求亡。」使讀者能想見兩人情感之眞摯。

又，也寫難得的友情的〈四醉圖贊〉，描繪過去與友人同飲市中，既暮皆醉，相枕而臥，怡然顧而樂之的情景，躍然於紙上。茲迻錄於下以示之：

> 泰和辛酉冬，予赴調京師，清河垣之、振之、劉君景元俱以待舉客太學。一日同飲市中，既暮皆醉。三子者，就宿予邸，枕籍而臥，初不記也。未旦而覺，呼童張燈，則餘樽在焉，即命重酌，復成小醉。擁衾散髮，相對怡然，樂之顧，以爲他日或不能復得矣。振之將圖其形，而名以「四醉」，因命序而贊之，以記一時之美事云。漠乎其如忘其聲，茫乎其如忘其形。神融氣泰無欲而無營，渺乎其如物莫之攖也。不爲劉伶，唯以酒爲名；不爲屈平，眾皆醉而獨醒。蓋不放不拘，不晦不明，不濁不清，隨其所適而寓其情者也。〔註220〕

此外，如〈門山縣吏隱堂記〉暗諷當世的不公不義，〈焚驢誌〉嘲弄迷信，這些言外之意的寓言式文章寫得精采可觀，也是王若虛散文的特色之一。

（三）善持議論，以論為記

王若虛之文章向來以「尚歐、蘇」，善持議論，不事雕琢，不喜出奇爲其特色；他也曾承認自己是個「平生頗好議論」〔註221〕的人。可惜的是，王氏

〔註220〕《滹南集》卷四十五〈四醉圖贊〉，葉二、三。

〔註221〕（金）王鶚在〈滹南先生文集引〉中曾云王若虛是：「出入經傳，手未嘗釋卷。爲文不事雕篆，唯求當理，尤不善四六。其主名節，區別是非，古人不貸也。壬寅之春，先生歸自范陽，道順天，爲予作數日留。以手書四秩見示曰：『吾平生頗好議論，嘗所雜著，往往爲人竊去，今記憶止此，子其爲我去取之。』」（葉三）

現存以論爲題名的文章多已亡佚，但在他序跋文章類文章中，仍看得出他辯論的功力。

序跋類文章中，以他爲自己的著作所寫的〈道學發源後序〉最爲經典，通篇持論，相較於趙秉文的〈道學發源引〉只在重新闡述道學，王若虛的序文更加雄辯滔滔的對道學發展的歷程與衰微之因痛下針砭云：

> 秦、漢以來，日就微滅，治經者局於章句訓詁之末，而立行者陷於功名利欲之私。至其語道，則又例爲荒忽之空談而不及於世用，髣髴疑似而失其眞，支離汗漫而無所統，其弊可勝言哉！故士有讀書萬卷，辯如懸河，而不免爲陋儒。負絕人之奇節，高世之美名，而豪釐之差，反入於惡者，唯其不合於大公至正之道故也。韓愈故知言矣，然其所得亦未至於深微之地，則信其果無傳矣。自宋儒發揚秘奧，使千古之絕學，一朝復續，開其致知格物之端，而力明乎天理、人欲之辨，始於至粗，極於至精，皆前人之所未見。〔註 222〕

論述文字幾乎佔其篇幅之大半，足見其辯論之功。

王若虛的敘記類多仿自歐陽脩，善以論爲記，如〈高思誠詠白堂記〉以議論入筆，再言堂主高思誠慕白樂天，及白樂天爲人與詩文受世人所慕之因：

> 有所慕于人者，必有所悅乎其事也。或取其性情、德行、才能、技藝之所長，與夫口服儀度之如何，以想見其髣髴；甚者至有易名變姓，以目比而同之，此其嗜好趨向，自有合焉而不□奪也。〔註 223〕

〈門山縣吏隱堂記〉更有一半以上篇幅都在辨論「吏」與「隱」的分別，先以「吏則吏，隱則隱，二者判然其不可亂。吏而曰隱，此何理也？」埋下問題的伏筆，再以大量之議論反覆證「爲吏而猶隱耳」之因；最後再以「酒酣一笑，身世兩忘，不知我之屬乎官也，此其與隱者果何以異？」自嘲一番，以「其誰曰不可哉」作結。

〈眞定縣令國公德政碑〉則是典型的議中有敘，敘中有議，夾敘又夾議的傳誌散文。文章以「爲治莫如重守令，而令爲甚，蓋其於民最親，而理亂之原，常於是乎在也。故一縣得人，則一縣之事舉；在在得人，而天下平也。」直接先作者對於治民之理作一番論述，再敘眞定縣令對於當地的治理，敘一段後，再以「噫！智可以欺王公而不可欺豚魚，力可以得天下而不可以得匹

〔註 222〕《滹南集》卷四十四〈道學發源後序〉，葉五。
〔註 223〕《滹南集》卷四十三〈高思誠詠白堂記〉葉五、六。

夫匹婦之心，事固有非人之所能強致者。」下開議論文字，爾後再敘縣令之行誼；最後以「噫！無實之譽，君子不以爲榮；無實而譽人，君子謂之愧辭。若公者，殆可以爲榮，而予亦庶乎其無愧也哉！」作結尾。如此論一段，敘一段，再論，再敘，最後以議論作結的撰寫筆法，實金代罕有。諸如此類，或善持議論，或以論爲記，論之皆條暢俊偉，無怪乎《四庫全書總目提要》稱王若虛是：「然金元之間，學有根柢者，實無人出若虛右。」〔註224〕

〔註224〕《四庫全書總目提要》集部卷十九，別集類十九，葉六。

第四章　金代遺民餘音期主要別集散文

金代遺民餘音期文人，乃指金代亡國後，跨越朝代活動於元朝的遺民文人；與國朝文派也跨越金、元二朝的文人不同處在於文人進入元朝以後仍有積極之文學創作或教授鄉里於一方者〔註 1〕。此類遺民文人不在少數，至今仍存有別集，僅李俊民、楊奐、元好問三家而已。此三人，共同特色在於創作份量多，加以弟子眾多，足以影響元文壇；三人並帶有遺民之情懷，也都在文章中不同程度的流露出遺民之謳歌。茲分別研究其生平行誼，與散文之題材內容、風格特色。

第一節　李俊民及其《莊靖集》之散文

一、生平行誼

李俊民（1176～1260），字用章，號鶴鳴。澤州晉城人（今山西省晉城縣）〔註 2〕，少得河南程氏之學〔註 3〕。承安五年（1200），以經義第一及

〔註 1〕王若虛（1174～1243）雖卒於亡國後八年，然今考其《滹南集》，此八年間之散文創作不見遺民之謳歌，其中多涉宗教、墓碣，亦未見遺民情懷，且金亡後即「微服歸里」（《四庫全書總目提要》卷一百六十六，集部十九，別集類十九，葉四）未涉及政事與教育之紀錄，故此處仍視王若虛爲「國朝文派期」文人。

〔註 2〕《元史》卷一百五十八〈列傳第四十五〉竇默附李俊民傳，僅指其爲「澤州人」。（頁十四）

〔註 3〕（清）黃宗羲撰，全祖望補：《宋元學案》（臺北：世界書局，1961 年出版）卷十四。

第〔註4〕，授翰林應奉，泰和初移任沁水令兼提舉常平倉事。旋棄官不仕，並以所學教授生徒於鄉里，從之者甚盛，至有不遠千里慕名而來者〔註5〕。貞祐初年，蒙古陷澤州，避亂於福昌。興定年間，南遷隱於嵩州鳴皋山。正大年間，與許古、劉祖謙、趙秉文、楊雲翼等皆有詩文唱和。後北渡，徙於懷州（今河南沁陽一帶），俄復隱於西山（即首陽山，在今河南省偃師西北一帶），依舊教授撰述，無心過問政事。金亡國以後，作爲曾食金祿的前朝遺民，李俊民在抱節守志、不仕貳姓的普遍倫理觀念下，堅持入元不仕，布衣終老。然而，李氏對於蒙元政權並無強烈敵視態度，所交往者亦多新朝人物。蒙古憲宗三年（1253）世祖忽必烈在潛藩，因劉秉忠極盛稱之，便以安車召之，不得已起而應之，延訪無虛日，仍遽乞還山，世祖重違其意，遣中貴人護送之。元世祖忽必烈嘗嘆云:「朕訪求賢士幾三十年，惟得李狀元、竇漢卿二人。」〔註6〕憲宗九年又嘗令張仲一問以禎祥之事，及世祖即位，其言皆驗。後李俊民死，乃追賜謚「莊靖先生」。今以史料及其文章，整理其生平行誼如下：

（一）歸隱山林，明哲保身

李俊民是一個見證朝代從興盛到衰敗的士人，然在金國猶太平之時，即

〔註4〕據《莊靖集》（（清）吳重熹輯：《石蓮盦彙刻九金人集》（臺北：成文出版社，民國六十五年八月臺一版））卷八，〈題登科記後〉載：「承安五年庚申四月十二日經義榜：李俊民，字用章，年二十五，澤州晉城。……」《元史》〈列傳第四十五〉李俊民傳僅稱其「得河南程氏傳受之學」（頁十四）。又載其「金承安中，舉進士第一，應奉翰林文字。」時爲經義進士第一，卻實非狀元，乃因承安四年（1199）起，經義第一狀元的稱號已經取消，僅同於辭賦第二名，故第二年即奪了經義第一。

〔註5〕（金）楊奐：《還山遺稿》（北京：書目文獻出版社，1988年。收錄於《北京圖書館古籍珍本叢刊》集部．元別集類．第93冊，頁755-806；據明嘉靖元年宋廷佐刻本影）卷上〈名臣事畧〉「李俊民條」:「居鄉閭，終日環書不出。四方學者不遠千里而往，隨問隨答，曾無倦色。」（葉三十九）

〔註6〕（元）竇默（1196-1280），元初理學家。廣平肥鄉（今河北省肥鄉縣，位邯鄲市東）人，曾官居太師，故世稱竇太師。元兵陷德安，楊惟忠招集儒釋道之義。他應召北歸至大名（今河北省大名縣，位廣平縣東南），與姚樞、許衡等講求理學。後又返回肥鄉，教授生徒以經術之學。元世祖忽必烈爲藩王時，曾召見問治國之道，使其皇子皆從之學。即位後，被元世祖任命爲翰林侍講學士。晚年又加至昭文館大學士。精針灸八脈穴法，著有《針經指南》，《標幽賦》爲是書主體內容，因行文典雅，論理精湛，元明諸名家皆宗之。論其體用，《標幽賦》之於針灸實如《煙波釣叟歌》之於遁甲也。卒，封魏國公，謚文正。事實上，忽必烈求賢士三十年，怎麼可能僅得李俊民與竇默兩人，何況兩人專長領域不盡相同，焉能一概而論之？

無時不興歸隱念頭。承安五年（1200）以經義第一及第，這一年因為政策的改變，沒有狀元的稱號，彼也不以為意，未幾索性罷官歸隱，專心於著述與地方教育之事。相較於同時期的文士，李氏對政事顯得興趣缺缺，亦無特殊政治作為。雖然他早年與其他少年郎一般，也曾「有志封侯萬里」〔註 7〕心，但卻苦無機會，既任官吏後，實覺己個性不宜當官，才會棄官回鄉里教書。

其實，李俊民不慕榮利的性格，早年即現。他多次提到陶淵明的田園生活，覺得自己與愛飲酒的陶淵明非常相似，認為「不妨結廬在人境，應念客從遠方來」〔註 8〕；還說：「愛酒陶家才種秫，何如共此即時杯。」〔註 9〕可見在李俊民心中，著實羨慕陶淵明不受束縛，過著自在田園生活的隱士生活。李俊民詩作中也曾言及張翰和孟浩然：「安得意如張翰適，憑誰放取浩然還」〔註 10〕，傾羨的是他們不做官的適意；又還多次提到王子猷雪夜訪戴，稱讚的也是王子猷的灑脫。

李氏許多詩詞作的話題往往都圍繞在「歸隱」的美好與嚮往上，散文也不例外，如〈睡鶴記〉一文，彼既號為鶴鳴，此文即以鶴自況，乃取鶴固有孤獨高節之性情，不能與世同污，正如己之高致之心故。〈醉梨賦〉與〈馴鹿賦〉兩篇賦作皆託物自況，如〈醉梨賦〉中言：

> 其未醉也，磊磊落落，高世之傑，趨之者眾，甚於成蹊之李；其既醉也，昏昏漠漠，保身之哲，趨之者寡，比於不材之樗。凌寒傲暑，舞空蹈虛。兀然將頹之叔夜，塊然獨留之淳於。其醉之心者，心朋之友也，如郭奕之見阮咸；其醉於面者，面朋面友也，若程普之遇周瑜。小二豪之在側，悼一夫之泣隅。〔註 11〕

該文取梨之特性以自況，飲酒以求自適；未醉時磊落高潔，既醉也有「以日月為過客，以天地為蘧廬」曠逸自適的情操。不論醉或不醉，僅是因時改變，梨的特性還是依然是「其花皎而白，金之色也；其實甘而冽，金之味也。皆

〔註 7〕（金）李俊民：《莊靖集》（（清）吳重熹輯：《石蓮盦彙刻九金人集》（臺北：成文出版社，民國六十五年八月臺一版））卷七〈清平樂·壬申歲六月十四日〉，葉十二。

〔註 8〕《莊靖集》卷二〈和東庵孔安道韻〉其二，葉十。

〔註 9〕《莊靖集》卷二〈夜雨·五月十八日夜雨，濟之、君祥、正之、顯之、漢卿、子昂燈下酌酒豐賀，喜而為之書〉，葉十五。

〔註 10〕《莊靖集》卷二〈宿村舍四首其二〉，葉十四。

〔註 11〕《莊靖集》卷一〈醉梨賦〉，葉一。

得天地之義氣，介然特立，確乎不移，此性之常也。」也可能暗示著朝代雖改變，自己一樣是孤傲不群的一個隱士。〈馴鹿賦〉亦言鹿「有足而跂，有角而枝，處山而適，食野而肥，一旦爲雉兔者所獲，遂見縶於藩籬。不纏而縛，不械而羈。」更暗示自己個性實「野哉」，隱居於林是最適當明智的做法。

《四庫全書總目提要》稱李俊民：「抗志遯荒，於出處之際能潔其身。集中於入元後只書甲子，隱然自比陶潛。故所作詩類多幽憂激烈之音，繫念宗邦，寄懷深遠，不徒以清新奇崛爲工。文格沖澹和平，具有高致，亦復似其爲人。」〔註 12〕李氏是個聰明人，雖曾爲有實無名的狀元，卻能在金末亂世中急流勇退，隱居不問國事。對於後來的蒙元政權又持明哲保身的態度，堅持不仕，布衣終老，這種潔身自愛的行爲，反爲他的教育之路增添平順的可能〔註 13〕。

（二）悲天憫人，批判戰爭

李俊民爲金元之際堅守儒家思想的文人，面對戰爭四起國破家亡，備感無奈與同情，蔡州陷後他屢次以詩文表達悲憤之心〔註 14〕，寫出對戰亂的無助與悲苦。

即使隱居一方，對於戰爭帶來的傷亡，他也在文章中表現無限的同情與感慨，尤其是祭文、碑文類的散文，如〈縣令崔仲通神霄宮祭孤魂碑〉有：

> 道否以來，刃政交惡，玉石俱焚，冤魂無依，哭聲相聞。哀於泰山之虎猛，悲於桓山之鳥別。〔註 15〕

又如〈郡侯段正卿祭孤魂碑〉云：

> 無戰之國民多壽，好戰之國民多夭。夫戰，危事也，民之壽夭係焉。……其民壽者少而夭者多。豈唯民哉，死而不得其所者，何可勝紀。〔註 16〕

〔註 12〕《四庫全書總目提要》卷一百六十六，集部，別集類十九，葉六。

〔註 13〕李俊民約於元太宗六年（1234）年冬，歸澤州。時同鄉長官段直「大修孔子廟，割田千畝，置書萬卷，迎儒士李俊民爲師，以招延四方來學者。不五六年，學之士子，以通經被選者，百二十有二人。在官二十年，多有惠政。」（《元史》卷一百九十二，列傳第七十九，良吏二，〈段直傳〉，葉十一。）

〔註 14〕《莊靖集》卷一〈聞蔡州破〉（甲午年正月十日己酉）：「不周力僵天柱折，陰山怨徹青冢骨，方將一擲賭乾坤，誰謂四面無日月。石馬汗滴昭陵血，銅人淚泣秋風客。君不見周家美化八百年，遺恨〈黍離〉詩一篇。」

〔註 15〕《莊靖集》卷九，〈縣令崔仲通神霄宮祭孤魂碑〉，葉五、六。

〔註 16〕《莊靖集》卷九，〈郡侯段正卿祭孤魂碑〉，葉七。

〈澤州圖記〉〔註 17〕中有：

> 上天之禍，如此其酷，尚未悔邪？泫然記之，庶幾父母瘡痍之民，者生怵惕之心。〔註 18〕

不論詩文，李俊民表達了一個遺民對於戰爭造成死亡的悲痛，透露出對於當時易代情況的無奈。

（三）教授鄉里，著述甚富

李俊民是金末少數幾個有文集傳世而且數量不寡者，其《莊靖集》〔註 19〕王特升〈序〉云：「勇退居閑，朝經暮史冥搜隱索，四十餘年，其德行才學，庶幾乎古，雖片言隻字，亦必有據。」〔註 20〕李翰則序言：「生平著述不下數千萬篇，中遭兵燹，遺棄殆盡，當郡侯段公正卿鳩集之日，僅得千百之十一爾，而況今日也哉。……」〔註 21〕創作數量相較於金末文人已經頗豐，李氏實爲一勤於著述之文人，但若眞如李翰所言，曾著述「不下數千萬篇」，則今存雖多，猶百一而已。

整體來說，李俊民是金代少數能在太平時即自願拋棄吏事，毅然投入教育與文化建設的人。門人劉瀛曾稱其散文爲：「其文章典贍，華實相副，字字有源流，句句有根柢。……雄篇鉅章，奔騰放逸，昌黎公之亞也。」〔註 22〕雖今實難見其奔騰放逸如韓愈的散文作品，但基本上「典贍」、「有源流」、「有根柢」之說，是非常公允之評論。再者，因李俊民享壽較永，八十五歲才辭世，在金國所受文化教育修養，加上終身戮力於教學，對於入元後文壇的傳承，必有其貢獻之處。

〔註 17〕李俊民也撰述了許多澤州當地的方志短文，如〈澤州圖記〉是李俊民於蒙古乃馬眞后元年（1242）所撰，全文共一千五百言，遍引《尚書》《周禮》《詩經》《漢書．地理志》，詳述此地易名之過程，分述各朝所屬的地理範圍，記述了澤州及所屬縣的地理沿革及歷史大事等；因其書完整的保存在其《莊靖集》卷八之中，故也成爲澤州地區唯一作於元初時期的歷史方志。

〔註 18〕《莊靖集》卷八〈澤州圖記〉，葉二十五。

〔註 19〕《莊靖集》原名爲《鶴鳴老人集》，《金代文學家年譜》云：「疑癸卯（蒙古馬乃眞后二年）初刻時曰《鶴鳴老人集》，卒後以有諡，改稱《莊靖集》。」（頁1421）收文三卷，詩七卷。

〔註 20〕（元）王特升《莊靖集．序》卷首，葉七。

〔註 21〕（元）李翰《莊靖集．序》卷首，葉一。

〔註 22〕（元）劉瀛《莊靖集．序》卷首，葉八。

二、題材內容

李俊民散文集中在其《莊靖集》卷八、九、十中。近來大陸所編之《全元文》中又自《永樂大典》等類書中輯得佚文六篇；《金文最》及《成化山西通志》等輯得三篇。《全遼金文》錄其文一百零九篇，以《石蓮盦匯刻九金人集》底本，與四庫全書本及粵雅堂本之《金文最》互爲參校。《石蓮盦匯刻九金人集》只止於卷十「雜著類」〈悼犬〉，共一百零二篇，又從《成化山西通志》、《陽城金石記》、《山右石刻叢編》、《澤州府志》《金石補正》等輯出八篇〔註 23〕。近年來大陸所編之《全元文》〔註 24〕又自《永樂大典》、《金石匯目分編》中輯出三篇〔註 25〕。總計存文一百一十三篇，數量僅次於元好問與趙秉文。其文體統計如下：

著述門：

詞賦：（賦 2；贊 1）

序跋：（詩序 2；書序 2）

小計：7

告語門：

詔令：（榜 12）

奏議：（疏 25；表 2，）

哀祭：（青詞 17；祭文 7；上梁文 6）

書牘：（啓 2）

小計：69

〔註 23〕據光緒十八年《山西通志》「藝文」輯出〈重修廟學記〉（《全元文》作〈澤州重修廟學記〉，輯自《成化山西通志》卷九十六「金石七」）；據「山西陵川縣眞澤宮碑文」抄收〈重修眞澤廟記〉；據山西陽城縣新編《陽城金石記》輯出〈陽城縣臺底村岱嶽觀記〉；據光緒廿七年編《山右石刻叢編》卷廿四輯出〈重修太清觀記〉（《全遼金文》以雍正十三年本〈澤州府志〉校。此文亦見於雍正《山西通志》卷一百七十「祠廟」。）；據光緒十八年本《山西通志》「金石記」輯出〈元修會眞觀記〉、〈重修梁甫廟記〉（亦收於《鳳臺縣志》卷十四。）；於清道光五年《河內縣志》卷二輯出〈新建五祖堂記〉（《全遼金文》據希古樓本陸正祥《金石補正》卷一百廿六校）共七篇。

〔註 24〕李修生：《全元文》（南京：鳳凰出版社（原江蘇古籍出版社），2004 年 12 月。）

〔註 25〕據《永樂大典》卷 7242 輯出〈遺善堂詩序〉；自《山右石刻叢編》卷廿三輯出〈大金澤州松嶺禪院記〉（記此文成於「泰和丙寅端午日」；自《金石匯目分編》卷九之二輯出〈金重修陽臺萬壽宮記〉（此文引《濟源縣志》曰：「大定四年，李俊民撰並書，濟源縣。」）

記載門：

傳誌：（傳 1；譜 1；碑銘 8）

敘記：（記 20）

雜記：7

小計：37

《石蓮盦匯刻九金人集》中《拙軒集》則缺下列幾篇散文：

〈遺善堂詩序〉〔註 26〕、〈重修太清觀記〉〔註 27〕、〈新建五祖堂記〉〔註 28〕、〈重建梁甫廟記〉〔註 29〕、〈大金澤州松嶺禪院記〉〔註 30〕、〈金重修陽臺萬壽宮〉記〔註 31〕、〈澤州重修廟學記〉〔註 32〕、〈澤州重修廟學碑〉〔註 33〕、〈梁甫廟碑〉〔註 34〕、〈重修眞澤廟記〉〔註 35〕、〈陽城縣臺底村岱嶽觀記〉〔註 36〕、〈元修會眞觀記〉。

李俊民是金代末年，少數幾個留有堪稱完整別集的文人，《莊靖集》是李氏於蒙古乃馬眞后二年（南宋淳祐三年 1243）由摯友澤州知州段直於錦堂發起刊編爲十卷，時李俊民六十八歲，由門人史秉直於四月十五日作序。但該版本已佚，今日所能見其文集，乃明朝正德三年（1508），李瀚將其重新付梓；清乾隆三十八年（1773）也有刊本。另有清陵川刊本、《四庫全書》本、《石蓮盦匯刻九金人集》本、《山右叢書初編》本等，亦多衍自李瀚刊本而來。清人顧嗣立《元詩選》〔註 37〕初集甲編收有《莊靖集》詩一卷。民國朱祖謀《彊村叢書》〔註 38〕則收有《莊靖先生樂府》一卷。

〔註 26〕 輯於《永樂大典》卷七二四二。

〔註 27〕 輯於《山右石刻叢編》（光緒二十七年本）卷二十四。《雍正山西通志》卷一百七十〈祠廟〉。

〔註 28〕 輯於清・道光五年《河內縣志》卷二。

〔註 29〕 輯於《鳳臺縣志》卷十四。

〔註 30〕 輯於《山右石刻叢書編》卷二十三，記此文成於「泰和丙寅端午日」

〔註 31〕 《金石匯目分編》卷九之二記此文，引《濟源縣志》曰：「正大四年，李俊民撰並書，濟源縣」。

〔註 32〕 輯於《成化山西通志》卷九十六〈金石〉七。

〔註 33〕 輯於《金文最》卷八十三。

〔註 34〕 輯於《成化山西通志》卷九十六〈金石〉七。

〔註 35〕 輯於《山西通志》卷〈藝文〉。

〔註 36〕 輯於山西陽城新編《陽城金石記》。

〔註 37〕 （清）顧嗣立編《元詩選》（臺北：世界書局，景印《摛藻堂四庫全書薈要》集部，總集類：第 488～490 冊，民國 77 年）

〔註 38〕 朱祖謀校輯：《彊村叢書》（國家圖書館典藏，民國十一年（1922）三次校補印行刊本）

史秉直嘗於〈莊靖集序〉中盛讚李俊民云：

> 我鶴鳴先生，今之昌黎公也。其出處事業，自有年譜，德行才學，自有公論，雄文傑句，板行於世，名儒鉅公又從而備序之，尚何待僕之諜諜也。然承先生之教，游先生之門，誦其詩聞其文者，三十餘年矣。〔註39〕

史氏將李俊民比為金之韓愈，斷非臆說妄論；李氏於金元之際富享盛名，元世祖曾幾度召之，然其素有遺民之風，不違初志，故不肯受召。也因如此，李氏多避談政治，故今存之散文多為應用文類。茲以題材內容為依據，將其分類於下：

（一）反對戰爭，傷於變遷

李俊民善於將反戰之議論融入告語類文章中，如〈縣令崔仲通神霄宮祭孤魂碑〉中有：

> 人之生，或幼或殤，或壯或夭；或幸而不殤不夭，獲考終命者，則煢而獨；或不幸而遭天之變，人之禍，邦之憲，身沒而名滅者，宗亦覆。吁！幸不幸，皆命也。……道否以來，刃政交惡，玉石俱焚，冤魂無依，哭聲相聞。哀於泰山之虎猛，悲於桓山之鳥別。其無所歸，幾何不憑於人而為厲者哉！當是時也，生且不遑恤，況夫死者乎？〔註40〕

文先言理，闡述人是殤是夭，是獨是禍，幸與不幸，皆本為天命；文後則淺談時局，對於「道否以來，刃政交惡，玉石俱焚」，生者尚無暇自顧，焉能祭孤魂野鬼。李俊民借此祭文將無奈感慨的心情寫入文中，彷彿對生死本為天命之說本該釋懷，然若肇因於「刃政交惡」的人禍，又該訴諸何種管道以求自適？對於時代變革戰爭帶來的傷亡，顯然有無限的感慨。

〈郡侯段正卿祭孤魂碑〉則以古諷今，反戰理念的宣揚更為明顯：

> 無戰之國民多壽，好戰之國民多夭。夫戰，危事也，民之壽夭係焉。春秋二百四十二年閒，書戰者二十三，內戰敗績六，外戰敗十二。豈惟戰哉，其侵、伐、襲、討、潰、滅、殲、獲等例，書者不絕。故其民壽者少而夭者多。豈唯民哉，死而不得其所者，何可勝紀。或見於新城之巫，或啼於貝丘之豕；或踊搏於寢丘之夢，或叫登於

〔註39〕（元）史秉直：《莊靖集．序》卷首，葉十。

〔註40〕《莊靖集》卷九，〈縣令崔仲通神霄宮祭孤魂碑〉，葉五、六。

> 昆吾之墟；或如若敖之餒於楚，或如伯有之懼於鄭；或與獻子而相訟，或同實沈而爲崇。皆不得其所而又無所歸，可哀也哉！……自中國稚廢以來，天道在北，日尋干戈，無異於春秋之時。縻爛之餘，百怪爭見，無異於春秋之民。吁！是時也，孰能以春秋之法享而止之哉！〔註41〕

下筆即點出「無戰之國民多壽，好戰之國民多夭。夫戰危事也，民之夭壽係焉。」沉痛的呼喊著，戰爭殺伐不絕，所以「百怪爭見」。透露出李氏對亡國之痛還是不能釋懷，暗諷蒙古不過也是「好戰之國」，感慨的爲無辜人民抱屈。這篇文章與王庭直寫於皇統元年的〈省冤谷掩骼記〉〔註42〕相互輝映，成爲金代散文中，皆以揭示無情戰爭而值得後人深思的作品。

同樣反戰之念，亦不時現於敘記散文中，如〈重修佛堂記〉中有：

> 兵興以來，俗狃於惡，以強陵弱，以眾暴寡，以勇苦怯，怙終自若。當是時也，未有不嗜殺人者。夫佛教自殺者不復得人身，况於他人乎？〔註43〕

敘記散文中，雖以紀錄舊事物爲主，然實有託物換星移之懷。如〈澤州圖記〉有：

> 以鄉觀鄉，以國觀國，以天下觀天下，其可知也。噫！生斯世者，何不幸邪！百六之數，莫能逃邪？死者已矣，生者倒懸，何時而已邪？上天之禍，如此其酷，尚未悔邪？泫然記之，庶幾父母瘡痍之民，者生怵惕之心。〔註44〕

〈重修眞澤廟碑〉有：

> 或者謂碑之所云，異其名也。名雖異，人心未嘗異也。……貞祐甲戌烽火以來，殘毀殆盡，幸而存者，前後二殿。神且不安，人其安乎？〔註45〕

〈重修王屋山陽臺宮碑〉有：

> 嗚呼！王笈秘文，流運道氣，猶有昇沉之時，况巍峩華構，豈無成壞邪？累代重規，一夕焦土。草木色歛，烟霞氣沮。方外之游，未

〔註41〕《莊靖集》卷九，〈郡侯段正卿祭孤魂碑〉，葉七。
〔註42〕見《金文最》卷二十二〈省冤谷掩骼記〉，葉五、六、七。
〔註43〕《莊靖集》卷八〈重修佛堂記〉，葉十六。
〔註44〕《莊靖集》卷八〈澤州圖記〉，葉二十五。
〔註45〕《莊靖集》卷九〈重修眞澤廟碑〉，葉一。

嘗過而問焉。正大四年丁亥，林州先生王志祐由平水抵王屋，周覽勝區，感嘆陳迹，慨然有動於心。〔註 46〕

〈重建修眞觀聖堂記〉中開頭即云：

按圖經，修眞觀在東門內街南，宋大觀戊子，陳遷孟新堂之故基也。值大金貞祐甲戌兵火而毀。煨燼之餘，瓦礫堆積，二十八年間，無一人刮目者。〔註 47〕

此皆傷於變遷，感於物換星移。身爲遺民，李俊民實有繫念宗邦之音，卻僅能藉敘記舊事、舊物以託變遷之感慨，數量雖不多，亦不失爲散文一重要內容。

（二）詠物自況，感於哀樂

李俊民有兩篇詠物賦，一篇是押韻合諧，文字精美的〈醉梨賦〉，作者認爲梨「未醉」時是一種樣貌，「既醉」後又是一種樣貌。另一篇是篇幅較短的〈馴鹿賦〉，作者以失去自由的鹿來譬喻自己失去自由的無奈。兩篇皆爲詠物賦，且都是以物自況的作品，十分具有意義，只可惜賦作不在散文類討論範圍之內，今探討的是能與這兩篇賦相互輝映的詠物散文〈睡鶴記〉。

〈睡鶴記〉是李俊民以鶴自況的散文作品，然相較於〈醉梨賦〉、〈馴鹿賦〉，〈睡鶴記〉更加著墨於世道的衰敗，表現出對世道的失望之感。文章以「人之情有所甚好。有所甚好而不得，則必見似之者而喜。非徒好之，蓋感而有所得焉。濠梁之魚得之樂，山陰之鵞得之書，支道林之鷹與馬得之神俊。不有所得，夫何好焉？鶴鳴之好鶴，亦猶是也」〔註 48〕作爲起頭的論述，其下再以詠鶴以自況之曰：

鶴也者，物之生於天而異者也。其性潔而介，其聲亮而清。潔而介，則寡所合；亮而清，則寡所和。獨以孤高自處，飛鳴於霄漢之上。豈求其異也哉，蓋天之所賦者，異也。夫才高則無親，勢孤則失眾，鶴奚恤焉？若或矯情自浼，下同於頻頻之黨，變常而喪其眞，非鶴之德也。非鶴鳴之所好也。叔世道衰，夭物暴殄，思其所好而不得。〔註 49〕

〔註 46〕《莊靖集》卷九〈重修王屋山陽臺宮碑〉，葉四。
〔註 47〕《莊靖集》卷八〈重建修眞觀聖堂記〉，葉十七。
〔註 48〕《莊靖集》卷八〈睡鶴記〉，葉八。
〔註 49〕同上註。

〈睡鶴記〉的寫作緣由，乃因李氏新居之側，有一蹲石形狀似睡鶴而名之爲睡鶴石，李氏因而有感而發，爲此一怪石寫下記文，藉此對世道之衰大表牢騷。鶴乃孤潔之物，性高而寡和，這是牠的本性，無法改變，若「變常而喪其眞，非鶴之德也」，李俊民以「鶴鳴老人」自號，蓋喜鶴之高傲特性，大抵也爲金末隱居不仕，樂於曠放的自己，做了一個寫照。

李俊民告語類散文內容幾乎不脫爲政治公務服務爲目的，如諸多的受地方官員請託代撰的祭孤魂榜、青詞，以及爲寺廟儀式、僧侶講經的榜文，各式之祭文等。此類文章多屬制式類文章，偶爾賣弄文學以達應用之目的，較無文學價值。然亦偶有清新的小品之作，如〈茶榜〉一文：

> 詩人多識，遂留荼苦之名；文士滑稽，乃立葉嘉之傳。豈謂詩情之重，或成水厄之憂。驛徒致衛公之泉，喫不得盧仝之椀。今茲團月，別具典刑。與其強浮泛而體輕，孰若自快活而心省。甘易迴頰，枯免搜腸。但歸愛惜之家，以待合嘗之客。〔註50〕

此處用了許多典故來詮釋茶的特色，而顯饒富趣味。本文篇幅雖短，卻是榜類文章中難得的佳作。

另一篇〈史正之酒疏〉，則專以歌詠杯中物，亦屬趣味文章：

> 伏念君子有酒，既多且旨，眾人皆醉，奈何獨醒。可以忘憂，速宜就飲。聊共孔文舉之客坐，莫聽劉伯倫之婦言。惠然肯來，永以爲好。〔註51〕

哀祭文章則有幾篇長篇祭文兼以理抒情，仍有可觀之一面，如〈設醮祭亡靈文〉中云：

> 傷心哉！陰德之門，或子或孫，蘭刈之後，有時而生；急難之原，或弟或兄，荊枯之後，有時而榮。投江爲父，孝感者女；化石爲夫，思深者婦。悲樹之風，念親而哀；望思之臺，欲子之來。顏死相繼，一家忠義；袁死相告，一門忠孝。嗚呼！人之生世，如夢一覺。其間利害，竟亦何校。生非所係，死非所好，伊誰不然，在順其道。〔註52〕

〔註50〕《莊靖集》卷九〈茶榜〉，葉十九。
〔註51〕《莊靖集》卷十〈史正之酒疏〉，葉五、六。
〔註52〕《莊靖集》卷十〈設醮祭亡靈文〉，葉十一。

文章雖以四言撰成，但文字通達平易，雖偶有用典之處，卻不害其通順，抒情兼說理。另一篇〈設醮祭孤魂文〉則特別的連用十一個問句，仿〈天問〉般，層層推衍的感嘆問答，其中「天地之間，人爲過客，能壽幾何，各反眞宅。何者爲休？何者爲戚？」也頗有曹操〈短歌行〉的風格。此皆感於喜悅或哀傷，藉文以抒情者。

（三）直刺諷喻，意在弦外

《莊靖集》卷十中，歸爲「雜著」類的散文，反有別於之前制式且嚴肅的散文作品，有著更多的文學價值。其中〈焚問舍卷〉及〈求田〉兩篇可視爲同一組散文，所說以求知遇者而已。〈焚問舍卷〉幾近文賦的體式，藉由主客之不相投契，呼籲著諤諤之士當另擇良木而棲，一如：

> 百尺樓前問舍，萬人海裏藏身。誰念入室相如，四壁徒立；自笑移居東野，一物全無，略敘幽懷，勿嫌多事。不欲起樓背山，借宅種竹，當門藝蘭，開徑訪菊。不欲犬吠於門，梟鳴於木，鬼嘯於梁，鼠穿於屋。所望取友必端，序賓以賢，屣爲槃倒，席因貫前。鄰不可不迎，枚不可不涎。醴如楚設，榻似陳懸。無使籍恥臣蔣，雲羞吏宣。諤諤者去，唯唯者來。〔註 53〕

李俊民曾嘆己身如睡鶴之孤立，不容於世，或對於知遇者，知可遇而不可求也，故撰此文以喻其感慨。〈求田〉一文也是類似，文曰：

> 願爲聖人氓，但得一廛田，大庇天下士，安用萬間屋。我館既定，我鄰既卜，人壽幾何，生理易足。約以自處，能者養福。非敢望設醴楚元，，指囷魯肅，馮驩食魚，子思餽肉。乃有鄭相葫蘆，薛公苜蓿。陰將軍之蔥葉麥飯，石季倫之萍虀豆粥。吏部公之藜莧，天隨生之杞菊。商山隱士之紫芝，少陵野老之黃獨。請學爲圃，中有樊遲之祿。至於華元羊羹，庾悅鵝炙，監州螃蠏，典籤熊白。雖不至於嗟來，而客不可以不速。蓋在人者，已所不爲；在己者，人所不欲。以小人之心，爲君子之腹。是則釜不須轑，鼎不須覆；犬不須吠，蠅不須逐。無事而食，有靦面目。噫！忘其朵頤之凶，以養吾之老饕，何其耐辱。〔註 54〕

〔註 53〕《莊靖集》卷十〈焚問舍卷〉，葉十九。
〔註 54〕《莊靖集》卷十〈求田〉，葉二十。

言只要能夠禮賢下士，則「雖不至於嗟來，而客不可以不速」。事實上，這兩篇散文都在言知遇者與被知遇者，蓋取「問舍求田」之典故耳。不難發現李俊民雖隱居一隅，仍希望有知遇者能在亂世中禮遇那些流離顛沛的文人們，頗有弦外之意。

至於〈悼犬〉則是李俊民晚年時的作品，對於文中所描述之犬，應是意有所指，雖不知所諷何人，但依內文所述：此犬「始善終惡」，且由「饑則乞憐，飽則反噬。不敬而養，雖猛何爲？稍能聽指蹤於蕭何，自可得終老於伯直……」云云，研判應是指某些既得利益的人，不知感恩，反背叛其主。又據本文作於金亡三年後，推測極可能是諷刺得利於金朝卻投奔元人的背信忘義者，最後落得失去生命的悲慘下場。文章平鋪直敘簡明易瞭，其內涵卻又耐人尋味，趣味無窮，在金代散文中不論是命意主題還是遊戲式的撰文方式，都堪稱少見。

另外也有直刺的散文作品，如〈劾張唐臣酒過〉，今迻錄一段以示之：

> 欲解憂於杜康，佳期難遇；俄立威於甯越，和氣有傷。民自速辜，酒以爲禮。序點揚觶而語，杜蕢歷階而升。罰以兕觥，脅以童羖。彼醉不臧，縱意所如；受爵不讓，多言數窮。登牀而忤鄭公，脱靴而忿力士。鴟夷過左阿君之家，沐猴舞平恩侯之第。自以爲適，不知敗德；自以爲眞，不知喪身。至有汝陽涎流，公孫腹溢，賀監眼花，夷吾舌出。未歌驪駒，先賦相鼠。犯朱虛之令，激灌夫之怒。拳安劉伶之肋，帽脱張旭之頂。曳墮地之遐，罵到官之鄭，不聞南康之納狂客，不見後閤之遣窮賓。在側雖有二豪，所指豈惟十手。醉猶未醒，死而復甦。初逐武坐之蠅，便可去矣；誰謂宋門之犬，如此惡邪！仰天而呼烏烏，向空而書咄咄。幾年程普，方思公瑾之交；一旦楚元，罷設穆生之醴，宜加薄責，用儆非彝。盍省前愆，勿貽後患。

意在弦外者，亦有〈酒檄〉一文。該文屬遊戲文章，題目有「山堂酒不至，戲檄以督之」云云，內容與〈劾張唐臣酒過〉相類，然言語則偏向戲謔，如「盜甕而飲者醉，指瓶而索者嘗。伶婦無言，宋犬不吠。乃有忘形爾汝，痛讀〈離騷〉。了一生於蝌螯，視二豪如蜾蠃。」及「徒使汝陽涎流，想見子幼耳熱。酲猶未解，釀可速傾。得到於齊，請鑒青州之事；或薄如魯，夫免邯鄲之圍。惠而不傷，吝則有悔。余言不食，眾怒難犯。」此類多遊戲戲謔之言，亦饒富趣味。

（四）單純記載，言忍言義

李俊民記載門散文也極有文學價值，畢竟少了矯柔做作的公務需要，文章更能反映內心眞實的情感。其中，傳誌類散文有一部分屬單純的記載，如紀錄與己同年登科的人物的〈題登科記後〉，爲孟駕之所寫的〈孟氏家傳〉和爲自己家族所撰的〈李氏家譜〉；這些平易暢達的文章中，偶有表現出身爲一個儒士，在亂世中仍堅持忠孝仁義的基本態度。如〈孟氏家傳〉中特別紀錄孟氏之祖父輩：

> 後以明法中選，知西北路招討司事。時有疑獄，獄成，當棄市。公拒不受命，雖怒而迫知，莫能奪也。後三日，得實，免死者百餘人。招討公執手而謂之曰：「子之陰德如此，其能無報乎？可勉之！」徙宣德州司候，登州軍事判官，享年八十而終。〔註 55〕

對於能有善政的能吏，李俊民也給予十足的肯定，該傳文字淺白，敘事娓娓，帶有生動豐沛的情感。

值得注意的是，李氏跨越金元二朝，親見戰爭災禍，對於亂世中仍能堅持仁義禮智的人物，頗爲推崇，每每在傳誌敘記散文中多所著墨於推崇仁義及各種值得宣揚的德行、義行。如內容意境頗高的〈劉濟之忍齋記〉，其以「忍」爲主題，前以說理，後開議論，說明忍的眞諦所在，云：

> 異哉！未有無事而忍者。若子之言，所以自處者得之，恐非所以處人者。得之於己，失之於人，可乎？夫情深則怨匿，理到則心服。與其匿怨，孰若服心。我以情怒，彼以理屈，則門外負荊踵接矣。莫不釋然開，怡然暢，廓然通，無一毫芥蔕於胸臆。〔註 56〕

這是李俊民散文中少數幾篇以議帶記的散文，探討「忍」背後深義，文章前後呼應，以對話方式行文，理氣十足，卻又不致板滯。

又，〈故王公輔之墓誌銘〉記良醫王輔之：

> 與人交，尚義，重然諾。友愛同氣，分財取眾房之所不取。武城張氏數口遇盜，不知所適。公一日因採藥偶得張遺橐及書契，瘞於巖下。後其孤還，給之。寡婦李氏，有少年安姓者強娶之，不從，力斃之，棄尸古冢。繼而婦活，公乃誘其父兄訴之官。安服其辜，人皆義之。丁先生女以父亡値艱食，兄鬻與豪民焦氏。焦婦疾篤，命

〔註 55〕《莊靖集》卷八〈孟氏家傳〉，葉四。

〔註 56〕《莊靖集》卷八〈劉濟之忍齋記〉，葉九。

> 公視之，曰：「若差，從公所欲報之。」公曰：「但得丁女可矣。」焦諾之。婦安，攜女而歸。長嫁於汝陽庾氏。醫不取利，眾醫讓之，曰：「予所重者人命，奚以利爲？利心一萌，何異紾臂奪食乎？」咸愧其言。〔註 57〕

此處則載良醫王氏「人皆義之」，以拯救受暴力威脅的婦女，醫術換取被鬻之婦女，醫不取利，使眾醫皆愧；如此仁義之行，李俊民顯刻意記載之。他如〈重修廟學記〉，以漢之文翁，宋之胡瑗爲例，說明一郡一國與一縣一州興學與教育之重要性，都作單純之紀錄。

三、風格特色

魏崇武云：「從〈李氏家譜〉和其他文章中，我們可以看到李俊民豐厚的知識積累和深邃的思想底蘊，這些因素無疑構成了他的散文中的理性色彩」〔註 58〕此評可說公允，然除了知識和思想的因素外，政治的紊亂與世局的變遷，種種的國仇家恨，亦是加速李俊民理性散文生成的重要因素。他曾寫各種青詞，祭孤魂榜、齋文等，又爲段直代撰各式上書文字，此皆必然以理性爲主導的應用類文章。

李氏生値亂世，既思高翔遠引，避禍全身，同時又不能忘情家國，加上惑於生命之無常，知世累亦難脫，故常陷於極端的徬徨與苦悶之中，所以他的詩詞作中常帶有憂傷離黍之情。但，《四庫全書總目提要》評論李俊民的詩和文章有些許不同之處，其云：

> ……抗志遁荒，於出處之際能潔其身。集中於入元後只書甲子，隱然自比陶潛，故所作詩類多幽憂激烈之音。繫念宗邦，寄懷深遠，不徒以清新奇崛爲工。文格沖澹和平，具有高致，亦復似其爲人。〔註 59〕

《四庫提要》會這麼評論，顯示李俊民的詩與文章確實有不同的內涵和特色；令人意外的是：其詩作中有的「幽憂激烈之音」，散文則較少呈現出極端辛酸感嘆的遺民情懷；即使有，也是化爲論述之句，「文格沖澹和平」。如〈澤州圖記〉、〈重修眞澤廟碑〉、〈重修王屋山陽臺宮碑〉皆有託遺民感懷之音，然此類不過化爲論述，敘物換星移之感而已，且數量遠比詩作爲寡。

〔註 57〕《莊靖集》卷九〈故王公輔之墓誌銘〉，葉十、十一。
〔註 58〕魏崇武：〈略論金末元初李俊民的散文〉（香港：《新亞論叢》2005 年第 1 期）。
〔註 59〕《四庫全書總目提要》卷一百六十六，集部，別集類十九，葉六。

李氏既然是著名棄官的隱士，在沒有公務的紛擾，理應有很多的機會可藉文章抒發他「繫念宗邦」的幽思，然而今存之散文卻不如其詩作能夠表現出他在生活與思想上的憂患，推究其原因，可能有三：

其一，李俊民由金入元，除了教授鄉里，偶爾擔任地方首長的幕僚外，幾乎沒有固定的公職，據他詩詞作品中顯示，他曾流離顛沛，甚至爲了避亂，入宋謀事於史嵩之〔註 60〕。可能是顛沛流離中寫以詩言志較爲方便，也可能是顛沛的生活，經常的搬遷避難，使得作品遺失不少。劉瀛就曾說：

> 先生平昔著述多矣！嚣亂以來，蕩析殆盡，此特晚年遊戲之緒餘耳。每一篇出，士大夫爭傳寫之，第以不見全集爲恨。錦堂主人崇儒重道，待先生以忠厚，迺與諸同道購求散落篇什，募工鋟木，用廣其傳，使國人有所矜式。門下劉君濟之、君祥、仲寬、姚子昂左右其事，未百日而工畢。瀛久蒙先生教載，仍嘉錦堂之好事，不揆荒蕪，姑道其梗概云爾。余月初吉劉瀛序。〔註 61〕

文中所稱「錦堂主人」即段直，《莊靖集》是在段氏廣邀眾人購求散落之篇章，裒析編輯而成，傳抄過程中，詩總便於抄頌紀錄，故數量往往比文章多。今存的文章，很可能大多是取自段直手邊既有的存文，而這些存文自然都是偏向應用文字類。

其二，可能是李俊民在寫作上的習慣所導致。金末典型儒士的他，曾在〈錦堂賦詩序〉中言：

> 士大夫詠情性，寫物狀，不託之詩，則託之畫。故詩中有畫，畫中有詩。得之心，應之口，可以奪造化，寓高興也。〔註 62〕

李氏顯然是習慣以詩來託詠情性的，加上不穩定的生活確實也不利於以長篇文章來抒發情感，導致他的散文並不能如詩中感物托情。

其三，《莊靖集》是李俊民六十八歲時才發起刊編，這時金亡還不到十年，正是改朝換代之際，政治和文學環境不免顯得緊張；未免於文字獄的禍害，他也許盡可能的少寫私人抒志的散文，把重心放在公務代筆上。

所幸李俊民著作豐富，留下百餘篇的文章，能讓吾人知其文章內容，至於他的散文特色則有下列三點：

〔註 60〕《拙軒集》卷五〈代別呼延路鈴〉：「森森戈戟亂如麻，剛把毛錐傍史家。彈鋏去年門下客，白頭今日又天涯」。（葉九）此處「史家」即史嵩之。

〔註 61〕（元）劉瀛《拙軒集・序》，葉八。

〔註 62〕《拙軒集》卷八〈錦堂賦詩序〉，葉三。

（一）散文駢化，工麗雍容

這是李俊民散文中最顯見的特色，其應用類型散文每每以工麗華美、典雅凝煉的文字著稱，句法偶駢散夾雜，錯落有致，雍容卻不流於靡麗。王特升序曾云：「勇退居閑，朝經暮史，冥搜隱索四十餘年，其德行才學，庶幾乎古。雖片言只字，亦必有據。如太羹玄酒，有典則無浮華，一時文士靡不推讓。」李氏才學豐富，散文字字有據，有典無華，沖澹而和平是其最主要之特色。觀其〈史沖霄祭清源王文〉便以精工巧麗見長，其云：

> 導流既東，《書》備明乎禹績；祭壇而北，《禮》詳著於周官。昔者封侯，今而王爵。善利於物，克長厥靈。驅雷叱電；祭壇而北，騰雲致雨，以澤地之産。不愛其實，故時時而效珍；所享者誠，夷翼翼而懷福。肅陳菲薦，仰瀆明靈。冀有感通，曲垂眷佑。〔註 63〕

文章幾乎通篇是四六行文，即使用典，亦不害其通順，且對仗工巧，文字也不以雕琢爲尚。

又如，〈請寶泉因長老碧落開講疏〉：

> 一把蓋茅，便是開山之祖；九年面壁，豈無立雪之人！不舉話頭，曷傳心印？伏惟堂頭和尚，花開震旦，雷震叢林。每笑古靈放光，不許豐干饒舌。宜示諄諄提耳之誨，以破昏昏無眼之禪。行處道場，誰非法器，寶泉巖下，拈起柱杖便行；碧落雲間，放下鉢囊且住。宜無多讓，少振家風。〔註 64〕

對仗也精巧，然文字非刻意求工而自工，甚用字偶有俚俗者，使這樣的開講疏文既雍容又饒富趣味。

又如〈重修佛堂記〉：

> 吳道子畫酆都宮，畏罪者眾；韓吏部題木居士，求福者多。世之人莫不知罪之爲可畏，福之爲可求。然信賞有所不能勸，必罰有所不能懲。而覩道子之畫、吏部之題，竦然有動於心。不待賞而勸，不待罰而懲，何耶？豈正率者難從，幻化者易感歟？〔註 65〕

用典舉譬皆合宜，文字工整而華美。

李俊民散文甚將散文詩化者，如〈求田〉一文，化用杜甫詩作：

〔註 63〕《莊靖集》卷十〈史沖霄祭清源王文〉，葉一、二。

〔註 64〕《莊靖集》卷十〈請寶泉因長老碧落開講疏〉，葉四。

〔註 65〕《莊靖集》卷八〈重修佛堂記〉，葉十六。

願爲聖人氓，但得一廛田，大庇天下士，安用萬間屋。〔註66〕

化用杜詩且對仗工巧，聲韻和諧，文字仍然是老嫗能解的暢達通順，未見以辭害意之跡。

（二）文有感懷，言有諷諭

李仲紳爲《莊靖集》寫序時即云：

自初筮仕，距今四十年餘，手不釋卷，經傳、子史、百家之書，無不研究，其學之有本可知矣。故其作爲文章，字字有來歷，格老而意新，辭經而旨遠。不涸不竭，其汪洋之學海歟？郡守段正卿公退之暇，一日召諸大夫謂之云云，遂裒集其文，募工鋟木，以壽其傳，可謂賢于用心矣。〔註67〕

其言「故其作爲文章，字字有來歷，格老而意新，辭經而旨遠」，對照李氏今存之文，可說極爲公允。

劉瀛亦曰：「（先生）……蓋以學問精勤，耽玩經史，諸子百家，無不研究。故其文章典贍，華實相符，字字有淵源，句句有根抵。」〔註68〕向來評論李俊民文章者，皆言其文字「有來歷」、「有淵源」、「有根抵」，深知李俊民本積學極深，學有根柢，經傳、子史、百家之書，無不研究，故能將學問化爲字句，加以享壽又永，遍觀人事政治之無常，所爲文字自然能兼雍容典麗與平易暢達爲一體。

觀李俊民散文雖少有「幽憂激烈之音」，卻仍有文人肩負著社會責任的態度，在文章中含有深切之諷喻。王永曾云：「李俊民散文的另外一個特點是長於說理，直指人心。」〔註69〕所言即是指李俊民的文章內涵總有深刻的社會意義。如〈劉濟之忍齋記〉以「忍」爲題旨作記，在常理外別出新意，自警以警人，原以自處進而使他人處之，皆涵深刻之寓意。又如〈睡鶴記〉，文章雖以「自晦」抒發自己的感懷，然文字背後卻訴說文人在亂世中的悲哀，「異」與「獨」豈是自求也，孤高亦只是「爲眾所棄」，實感慨著時不我與的情懷。

此外，〈焚問舍卷〉及〈求田〉言知遇與用人之本意：「蓋在人者，已所不爲；在己者，人所不欲。以小人之心，爲君子之腹。」〈悼犬〉言既得利益

〔註66〕《莊靖集》卷十〈求田〉，葉二十。

〔註67〕見（元）李仲紳《莊靖集・序》，葉五。

〔註68〕（元）劉瀛《拙軒集・序》，葉八。

〔註69〕王永：《金代散文研究》，第二章 金代散文發展歷程，頁88。

者，不知感恩，反背叛其主，最後反落得失去生命的下場，諷刺性十足，內涵耐人尋味；〈効張唐臣酒過〉雖効張唐臣戒酒，實用以自省；〈郡侯段正卿祭孤魂碑〉點出「無戰之國民多壽，好戰之國民多夭。夫戰危事也，民之夭壽係焉」，暗諷蒙古不過也是「好戰之國」。再加上諸多祭孤魂碑文，用以控訴戰爭的慘烈，揭露元人侵略之事實，都帶有深深諷喻之意。這是金末文人暗訴心情與想法的方式，也是李俊民散文中一大特色。

（三）敘事順暢，簡潔含蓄

整體來說，李俊民的作品，除卻純粹應酬文字外，皆表現出一種閑適、安逸、平和的特色，字裡行間洋溢著高情遠韻，尤其是雜著類散文更爲明顯。這證明了公務用的華美應用文章外，李俊民也能寫出淺白流暢的散文。魏崇武先生也認爲李俊民「散體文較爲平實，敘事順暢，議論總是有感而發，不作憑虛蹈空之論。」〔註 70〕今觀李俊民記載門與雜著類散文，往往體現了彼儒學本位的溫柔敦厚，敘事娓娓，沒有驚人的虛妄之語，咄咄逼人的議論，亦不喜用奇字險語，簡練而含蓄。如〈悼犬〉一文即是如此。

又如〈重修悟眞觀記〉有：

> 蓋禮所重者祭，或舉或廢不可得而私。即廟而觀，既觀而廟，是未嘗敢舉，亦未嘗敢廢，豈私也哉！兩得而不兩失，神人俱悅，無遺恨矣，此重修之意也。〔註 71〕

在娓娓敘事中略帶說理，文章更爲雍容典雅。

又如〈故王公輔之墓誌銘〉記良醫王輔之：

> 與人交，尚義，重然諾。友愛同氣，分財取眾房之所不取。……寡婦李氏，有少年安姓者強娶之，不從，力斃之，棄尸古冢。繼而婦活，公乃誘其父兄訴之官。安服其辜，人皆義之。……。醫不取利，眾醫讓之，曰：「予所重者人命，奚以利爲？利心一萌，何異紾臂奪食乎？」咸愧其言。〔註 72〕

文字簡練含蓄，以「尚義」爲主題，寫王輔之之種種義行，則下筆俐落暢達，乃金末罕有。

〔註 70〕（元）劉瀛：《拙軒集．序》，葉八。

〔註 71〕《莊靖集》卷八〈重修悟眞觀記〉，葉十二。

〔註 72〕《莊靖集》卷九〈故王公輔之墓誌銘〉，葉十、十一。

〈澤州圖記〉更以紀錄舊物中託寓遺民之懷，全篇敘事和平，記事娓娓；〈重修廟學記〉中，言及段侯乃：

> 我侯一舉，兼數賢大夫之美，力而好之者也。多難之世，好事者鮮能爲人之所不爲，人不以爲迂；不待請於上，毅然行之，人不以爲專；先事而後役，其功簡，其效速，人不以爲勞；堂筵齋廡，庖湢之次，儲書之室，延賓之位，煥焉一新，制度稱其宜，人不以爲侈。〔註 73〕

此一散文風格，相較與同時期的楊奐，顯得更爲雍容，無怪乎《四庫提要》要評李俊民的文是以「沖澹和平」〔註 74〕見長的。

第二節　楊奐及其《還山遺稿》之散文

一、生平行誼

楊奐（1186～1255），字煥然，初名爲「煥」，入元改爲「奐」，又改爲「英」，號紫陽先生，又號騰騰老、奉天老民。乾州奉天（今陝西乾縣）人。不三十，三赴廷試。興定年間（1217～1221），以遺誤下第〔註 75〕。正大年，曾慨然作萬言策指陳時弊，爲人勸阻未上。後歸隱教授鄉里。正大六年（1229），乾州請爲講議，安撫司辟經歷官，京兆行尚書省以便宜屬隴州經歷，皆辭不就。再以參乾、恒二州軍事，因親舊相勸，始應之。與趙秉文、李純甫諸名士交游，有「關西夫子」之稱。金亡後，元太宗十年（1238），赴試東平，兩中賦論第一，授河南路徵收課稅所長官兼廉訪使。憲宗三年（1253），忽必烈在潛邸，驛召爲參議京兆宣撫司事。累上書請老。三年得請歸鄉，築堂曰「歸來」，卒諡文憲。

楊奐性嗜讀書，博覽強記，下筆務去陳言，作文鏟刮塵爛，創爲裁制，以蹈襲剽竊爲恥。元好問云其「至于經爲通儒，文爲名家，不過翰苑六、七公而已。」〔註 76〕所作碑文，名公皆以奇才視之。著有《還山集》〔註 77〕、《概

〔註 73〕 據清光緒十八年本《山西通志》〈藝文〉收〈重修廟學記〉。

〔註 74〕 《四庫全書總目提要》卷一百六十六，集部，別集類十九，葉六。

〔註 75〕 見（金）楊奐：《還山遺稿》附錄，〈故河南路課稅所長官兼廉訪使楊君神道之碑〉：「賦業成，即有聲場屋間，不三十三，赴廷試。興定辛巳以遺誤下第，同舍盧長卿、李欽若、欽用昆弟惜君，連寒勸試。」（葉十二）。

〔註 76〕 同上註，葉十五。

〔註 77〕 《還山集》有一百二十卷、一百零一卷及六十卷諸說，原書已佚，雖已難考，然《還山遺稿》卷上〈臂僮記〉中云：「僅存《還山前集》八十一卷、《後集》

言》十卷、《近鑒》三十卷、《正統書》六十卷，皆佚。其中《還山集》自金亡後雖陸續散佚，明嘉靖年間宋廷佐輯其殘剩，輯成《還山遺稿》上下二卷，附錄一卷。卷上收書、記、碑文、序；跋、題名等共十六篇；下卷爲詩，分體收錄五言絕、五言律、七言絕、七言律、五言古、七言古等一百二首；附錄則收錄方志史料等相關詩文，三卷收入《適園叢書》中。此版本乃所有抄本中最原始最善者，國家圖書館藏有刻本共四冊〔註78〕。

楊奐與李俊民素爲友好，楊氏特撰有〈李狀元事略〉〔註79〕一文，情誼溢於文中，顯見二人相交匪淺。再加上兩位散文家處境亦有多處相仿：兩人金亡前皆未能受當權者重用，金亡後其皆入西山歸隱，教授鄉里於一方，反而因此享譽盛名；又兩人入元後皆受世祖忽必烈召見，楊奐雖勉強仕元，然未幾即乞歸，兩人最後皆復歸山林，以教授爲志業；再其次，二人享壽皆永：楊奐六十九歲辭世，李俊民至八十五歲才辭世，皆爲遺民的兩人絕大部分的著作也撰於金亡以後；兩人弟子亦眾多，故詩文皆自金朝末年後直接影響至元朝，可與元好問並列爲金亡後三大散文家。

二、題材內容

在散文的題材上，楊奐較李俊民爲多，乃因楊奐仕金又曾短暫仕元，他的思維只在於宏觀的入仕而爲世所用，並不拘於忠臣不仕貳君的傳統觀念。

二十卷。」（葉一）〈臂僮記〉乃楊奐自傳，撰後未幾即卒，當無增刪之可能，故一百零一卷之說當最可信矣。《金代文學家年譜》（頁1360）以爲元好問〈楊奐神道碑〉中云：「有《還山集》一百二十卷」者，應是門人取其存世作品剖輯重編而成；而《元史》本傳云：「所著有《還山集》六十卷」乃誤取《永樂順天府志》卷九「名宦」中之「君著述有《還山集》六十卷，始于古賦，次之以古律、詩文，又次之碑志…‧概數十卷。」之說。《元朝名臣事略》卷十三亦載其書「始於古賦，次之以古律詩，又次之以碑、志、記、說、銘、贊、雜文。」

〔註78〕褚玉晶有〈楊奐詩文集之存本〉一文，載於2007年4月第2期《文獻季刊》中。對於楊奐明、清及民國以後所有版本之皆有詳細探源及介紹。其中最早的版本爲明．宋廷佐輯《還山遺稿》（明嘉靖元年（1522）南陽刊本）；卷上收其文十六篇，附錄一卷則收其相關詩文、史料二十五條；後之知不足齋寫本、《適園叢書》本、《關隴叢書》本、《乾縣新志》本及《四庫全書》本都來自宋廷佐刻本；該刻本現典藏於故宮博物院，國家圖書館善本書室亦有其微片。詩作則以清．顧嗣立選編之《元詩選》（清康熙甲戌（三十三年，1694）長洲顧氏秀野草堂原刊本）最爲完善，較宋廷佐刻本多輯出佚詩十六首（卻少〈再題筠溪〉一首），又補上宋廷佐刻本中不少缺字，由國家圖書館善本書室典藏，兩書可爲互補。

〔註79〕見《還山遺稿》卷上，葉三十九。該文輯自《元朝名臣事略》。

也正因如此，楊奐的散文更能廣泛的觸及每個不同的議題，包括他重視的政治與社會。如他在諷刺性十足的〈射虎記〉中，寫出他對苛政猛於虎的鄙視，描繪各種惡人的嘴臉，並揭露社會政治的黑暗與不公，反映了現實，體現了自己用世之心。敢言敢寫的他，比起只願當個單純隱居遺民而使作品題材稍顯狹隘的李俊民，其散文的眼界要更加開闊，這也是楊氏散文更富有價值的地方。只可惜，他的散文存量非常少，即使偶有長篇大論者，也往往難以數量來董理出類別。茲就其文章之內容，概分類爲四：

（一）出入儒學，深探史論

楊奐出入儒學，輔以宋人理學，並深鑽研禮學與史論，學有根柢，發爲文章皆義理粲然，惜乎文章散佚泰甚，僅存者仍足見其學養。如〈與姚公茂書〉一文，最爲膾炙人口。姚公茂即爲姚樞，是元代非常著名的理學家，楊與姚的理學交流，由此書信可一窺其梗概。面對姚樞，楊奐頗是自負，文中藉與眾客的對話，突顯自己細微的觀察力與豐富的禮學知識，以向姚樞相互切磋。在此書信中，楊奐對於朱熹的〈朱文公家禮圖說〉中家廟的位置提出了不同的看法，大膽的質疑又佐以小心的求證。其云：

> 夫禮也者，制度名數之所寓也，不有所據，必有所見。文公所述未見其所據，當以奐之所目睹者爲廟之定制。天子與諸侯、卿大夫同，所以異者，名數也。今汴梁太廟法度，敝家俱有圖說。自己亥春定課時，有告隱匿官粟者，親入倉檢視，而倉即太廟也，因得考其制度焉。〔註 80〕

顯見楊奐即使與他人有不同的學術見解，亦能表現出十足的自信與勇氣。

此外，用以總結自己的著作《正統書》〔註 81〕的〈正統八例總序〉，雖名爲序，實爲典型的史論文章。文章開頭即氣勢磅礴，波濤洶湧，對於世人以「世系」爲標準，將明君、昏君同列，及以「土地」廣狹與否來論是否爲正統的舊觀念提出了強烈的反對。其後又論歷代之史事，總結爲「得」、「傳」、「衰」、「復」、「興」、「陷」、「絕」、「歸」，並分別說明此八例。文章以自問自

〔註 80〕 《還山遺稿》卷上〈與姚公茂書〉，葉十六。

〔註 81〕 《正統書》六十卷。楊奐《還山遺稿》卷上〈臂僮記〉曾言：「《正統書》六十卷。蓋起於唐虞，訖於五代也。間歲憂患叢至，自三國以降，規模已定，而點竄有所不暇。嘗憶度之，滿百二十卷，乃可爲完書。」（葉一）然楊奐撰此記後未幾而卒，故《正統書》應未有增刪之疑，然此書今已佚，不可考。

答的方式一一解說其書內容之分類。此序寫得邏輯嚴謹、層次分明，對於正誤的辯駁與論點的闡述都有條有理。

楊奐對於史學與史評自有其特別之見解，應是有感於朝代興衰、異代交替的無奈之故。《正統書》無疑是爲解決正統與華夷之辨而作，尤其是〈正統八例總序〉的論述更發人省思，其云：

> 索其梗概，不過善可以爲訓，惡可以爲戒而已。前哲之旨，果中於理所取也，敢強爲之可否。茍有外於理所去也，必補之以鄙見者，將足成其良法美意也；而忍肆爲斬絕不根之論，徒涉於乖戾耶？蓋得失不爾，則不著善惡；不爾，則不分勸戒；不爾，則不明。雖綿歷百千世，而正統之爲正統，昭昭矣。〔註 82〕

這種兼顧理學與政治的現實觀點，可能來自於趙秉文〈蜀漢正名論〉以及其道德論述。楊奐有意繼承趙秉文等人對於正統的定義，進而解決少數民族統治中原的困難。其著作《正統書》一書雖已亡佚，然藉由此文猶可一窺其書之內容，亦不難見其對於儒學義理及史論、禮學的用力之深。

（二）政論諷刺，寓意深遠

楊奐的敘記文章所佔比例亦不少，其中〈射虎記〉即是一篇極具諷刺性的敘記文章。作爲金末遺民的楊奐，對於亂世存在各種的「虎」，自有一番獨特的見解。開頭即言「吁！人之所欲詳，誠吾之所欲略」，即已顯示作者實有異於他人的看法。言人皆知要除「虎」，卻焉知要除「非虎之虎」。接著，他指出「虎之虎」與「非虎之虎」的差別在於：虎乃「見於迹，人猶得而避之，其害細」；至於「非虎之虎」則「藏於心，使人不知其所避，必狎而就之，其害鉅」。楊奐並把「非虎之虎」作詳細的分類：包括有「盜虎」、「豪虎」、「訟虎」、「吏虎」，還有「兵虎」、「同僚之虎」、「過客之虎」等；其中又以「假威官府，擇肉墟落，志在攫拿的，情忘畏惕」的吏虎，最爲諷刺。楊氏以爲這些以各種型態存在的虎，比眞虎還要可怕，最後再呼應前所述之鄘郡曹侯，能退此七虎，又認爲爲官「不以去虎之虎爲賢，而以去非虎之虎爲賢者」。此文本是楊奐友人求記載縣尉曹大中射殺虎的英勇事蹟，但楊奐完全按照自己的意思來寫這篇文章，雖名爲「記」，實爲抒發之文，寫得波瀾壯闊，是金末元初很特別的諷刺散文之一。

〔註 82〕《還山遺稿》卷上〈正統八例總序〉，葉十四、十五。

一樣屬於政論文章的，是從《孟子箋》中輯出的一篇論說文，楊奐針對學術與政治有大篇幅之議論，顯見其對於學術的傳承極爲重視。今迻錄一段以示之：

> 後世莫不有志於三代之治，而卒不能至者，謂之時勢之異不可也，學之不至也。三代之前，君必學而後王，臣必學而後仕，雖匹夫匹婦之賤，靡不學也。後之世，君學而臣不學者，有之矣；臣學而君不學者，亦有之矣。且農有農之師，工有工之師，以一家一國至於奄有天下之大，不資於學，雖堯、舜、孔、顏之質，有能不爲物之汩沒者，幾希矣！又曰：法制立，可以語政；德禮修，可以語教；仁聖備，可以語化。化之不至，有教焉；教之不至，有政焉。政之不立，區區盡心力於簿書、獄訟、期會之間者，俗吏也。以俗吏之所爲，而欲與三代擬隆，非所聞也。〔註 83〕

文中言「學」是一切的根本，上至君下至匹夫百姓都不能無「學」；又言「政」、「教」、「化」三者需並行，且「化」重於「教」，「教」又重於「政」，若連「政」都不立者，而欲上比三代之隆，是不可得的。此政教之論，與趙秉文在卷十四的〈總論〉所謂「大綱」與「小紀」並重之觀念者，或可類同。

（三）寄託情懷，感物抒發

在訪學論道之餘，楊奐也善於在敘記文章中抒發感慨，如〈東遊記〉雖是單純記遊之作，然此文卻是身爲遺民的楊奐寄託情懷的作品；在告老致仕後，藉由紀錄楊奐到春秋魯國舊地參訪，寄託無限的感慨與幽思。楊奐撰此文時是蒙古蒙哥汗二年（1252），已是六十六歲高齡，在此之前就因人事與疾病歸意甚切〔註 84〕，當年春正月即告老「還印政府，歸秦尋醫」〔註 85〕，隨即入山東曲阜朝聖，心中必是感慨又欣慰：

> 嗚呼！讀聖人之書，遊聖人之里，幸之幸者也。然有位者多以事奪，而無位者或苦力之不足也。況以豐、鎬之西，望鄒、魯之遠，與南

〔註 83〕《還山遺稿》卷上，葉四十、四十一。

〔註 84〕據《金代文學家年譜》〈楊奐年譜〉中載：海迷失后三年（1250）楊奐六十五歲，寫下〈未歸〉詩：「渭水遙通洛，函關近隔秦。百年垂老日，千里未歸身。夢寐嫌爲客，妻孥不諱貧。一官無可戀，花氣五陵春。」又〈夜雨〉：「老覺鄉心重，閑知世念輕。」；〈至滑州堤〉：「舊事悲存歿，殘年厭往還。」（頁 1352）知其漸萌歸心。次年春吉告老於行臺。

〔註 85〕（元）趙復：〈程夫人墓碑〉（《還山遺稿》附錄，葉六）。

北海之所謂不相及者何異焉？流離頓挫中有今日之遇，伯達既繪爲圖，且屬僕記之，敢以衰朽辭？勉強應命，將告未知者。〔註 86〕

文末表現出老當益壯的儒生心境，彷彿今日讀了聖賢書，也遊過聖人故里，明日死已可無憾矣。該文寄託感懷的成分，遠大於以文代畫的實踐意義；較之〈汴故宮記〉的平鋪直敘，〈東游記〉則反映出亡國儒生對於文化的繼承責任，態度更爲積極。對曲阜一帶古都之情況描述十分詳盡，其中之碑文與城門、故宮廟等舊址，今仍有遺跡可尋者，是金元之際重要地理與文獻的紀錄。

另一篇序跋文章寫來頗有異趣的是〈跋趙太常擬試賦稿後〉，文章以倒敘的方法回憶泰和六年時，於萬寧宮試貢士，約有一千二百人報考；題目一出，眾以爲太難，獨楊奐以爲不難。放榜後，方知僅二十八人〔註 87〕中選，楊奐便是其中之一。其獲試廷下，突然「朝隙聞異香出殿櫺間，一紫衣人顧予起，問題之難易及氏名、里貫、年齒而去。」此紫衣人即金章宗。楊奐在四十五年過後，即使已改朝換代，仍難以忘懷此事。文中敘事娓娓，話提當年之勇，雖是紀錄此「希遇」，不免還是要標榜自己才高八斗，千百人中猶能脫穎而出，親見聖顏。文章的最後，則「感念存沒，不能不惘然，爲敘其末，并以舊詩歸之」〔註 88〕，不難見作者實藉回憶當年事，流露遺民的情懷及對故國的思念。

（四）單純紀錄，自傳雜記

楊奐的傳誌文章也很是優秀，如〈錦峰王先生墓表〉寫王仲元「資高雅、清苦、寡言笑，無雜賓。嘗知阿干縣憲司，以簡靜聞。退食擁琴不出，正襟危坐，似與世相忘也。」〔註 89〕又寫其爲官之廉，僅列舉幾項值得一提之事，沒有多加以稱頌讚揚，卻能通過敘述，呈現當時世人對於傳主的尊敬，筆調相當簡淡，卻很有韻味。

另一篇〈京兆劉處士墓碣〉〔註 90〕，刻畫傳主劉章固執「不可觸」的性格與「鄉遇孤嫠爲所陵轢，無問識與不識，匍匐援之」的仁義精神，筆法皆

〔註 86〕《還山遺稿》卷上〈東游記〉，葉二十七。

〔註 87〕一說爲二十七人。《歸潛志》卷十有：「上自出題曰〈日合天統〉，以困諸進士，止取二十七人，皆積漸之所至也。」（頁 111）

〔註 88〕以上見《還山遺稿》卷上〈跋趙太常擬試賦稿後〉，葉六、七。

〔註 89〕《還山遺稿》卷上〈錦峰王先生墓表〉，葉七。

〔註 90〕〈京兆劉處士墓碣〉，《全遼金文》（頁 3701）一文署作者爲「楊英」，誤也。「楊英」實爲「楊奐」之訛也，詳參見本論文第一章第三節〈金代文學研究現況〉。

非常出色。魏崇武先生曾公允的評論：「楊奐以流轉自如的筆觸，將劉章從外貌、志向到文才、學識，以及個性、品格、聲望，幾乎是一氣呵成地，活脫脫地展現在讀者面前。這篇文章頗有明人小品的風貌。」〔註91〕所言甚是。

另一篇〈汴故宮記〉文章雖平鋪直敘，但記錄著金末元初國家興亡過程，頗有文獻的價值。該文自成一格，《金代文學編年史》中稱此文是「在平靜的敘述之中寄寓著亡國的傷感。」〔註 92〕值得一提的是，同年楊奐也以同樣的的心境寫下許多敘事詩，控訴蒙古兵入侵時造成的種種社會悲劇。

〈祭國信使王宣撫文〉，則用以祭宣撫使王檝，敘述王氏爲國家外交盡心盡力，雖壯志未酬而歿於異鄉，卻令人感佩而讚揚；文章語言簡鍊而生動，對於祭文主人的性格與憂國的心情刻畫得十分深刻。對於痛失知己，楊奐則表現了極度之哀傷：

> 嗚呼哀哉！頃聞使車淹留沔陽，忽報江陵坐易星霜。宵夢飛飛，不知在床。玉溪東館，金碧熒煌。恍然門開，棘圍堵墻。太山既裂，始知不詳。幾年金節，照耀南荒。一日漆棺，歸來朔方。將大限之難逃，抑生靈之禍未央。顧公之室，豈無橐裝？千金一揮，廩無見糧。賓客蕭條，路人慘傷。嗚呼哀哉！我生後公，仕及同時。人之於公，其孰不知？我之知公，獨與世而背馳。〔註 93〕

〈總帥汪義武王世顯神道碑〉則以時間順序法，紀錄一位系出汪骨族的元帥，單純的紀錄其驍勇善戰、足智多謀的一生。值得注意的是，碑主的身分是一名金降將，入元後又繼續爲蒙元服務；然楊奐以對話方式呈現碑主善於掌握局勢，不「徇一時之節」的果決態度，仍寫其「器局宏遠，資仁孝」、「喜儒術，聞介然之善，應接無少倦罷」、「士卒必與同甘苦，如父兄之於子弟然，臨陣整肅無敢干者」、「憫新民未輯，刑清役寡，縱所不免，猶度力緩期，不至急暴；上下不聞告訐，或有牽連，議從寬釋。」等生平行誼，著墨在碑主爲下屬或百姓所做之事，更證明楊氏的思維只在於宏觀的入仕而爲世所用，並不拘於忠臣不仕貳君的世俗觀點。

金末文人喜爲自己寫下傳記，如李純甫、李俊民皆有自傳性質之散文，或以物自況，或爲己之性格下定義，楊奐的〈臂僮記〉也是堪稱經典的作品

〔註 91〕《全遼金文》，頁 52。

〔註 92〕牛貴琥：《金代文學編年史》下冊，頁 714。

〔註 93〕《還山遺稿》卷上〈祭國信使王宣撫文〉，葉八、九。

之一。〈臂僮記〉所異於他人者，在於側重自己著作之簡介與闡明學術傳承的重要性，大異於僅引物自況的自傳不同。文中載明〈臂僮記〉寫於六十九歲之時，「衰亦宜矣」，又加上「兵火流離」，楊奐大概欲紀畢生經營著述，望後人能便於知曉檢索。他並感慨的說：「經史插架，濈濈如蠶。二三僮子，備朝夕檢閱。奈何索甲而得乙，語東而應西，能盡如己意耶？」文末再云其命題之緣由：

> 是以正襟危坐，聚所用書圜而帙之。終日左採右取，循環而無端。既息呼叫之煩，又絕奔走之冗。或疾或徐，或作或止，不過一引臂而已。因命之曰「臂僮」，所謂用力少而見功多也。今而後，吾書其完乎！彼徒知惡其圓，曾知有無窮之方乎？彼徒知惡其動，曾知有無窮之靜乎？且以器為器，止於得斯矣，抑知以人為器乎？〔註 94〕

方知楊氏自述命題之因，並闡述書之內容大概，與王若虛在《滹南集》卷三〈總論〉介紹自己著作之目的與行文方式皆相同，在金代也堪稱自傳式散文之雙璧。

三、風格特色

楊奐的文章整體來說，正如《四庫全書總目提要》云：

> 奐詩文皆光明俊偉，有中原文獻之遺，非南宋江湖諸人氣含蔬笋者可及。其〈汴故宮記〉，述北宋大內遺跡。〈與姚公茂書〉，論朱子家禮神主之式，舉所見唐杜衍家廟及汴京宋太廟為證。〈東遊記〉，述孔林古跡尤悉。皆可以備文獻之徵也。陶宗儀《輟耕錄》稱，奐嘗讀《通鑑》，至論漢、魏正閏，大不平之。遂修《漢書》，駁正其事。因作詩云：『風煙慘澹控三巴，漢燼將燃蜀婦髽。欲起溫公問書法，武侯入寇寇誰家。』後攻宋軍回，始見《通鑑綱目》，其書乃寢云云。是郝經以外，又有斯人，亦具是卓識矣。〔註 95〕

楊奐出入於禮學，使金、元兩朝能承續孔孟學術之正統，進而影響元代學術與文壇。〈提要〉言其「光明俊偉，有中原文獻之遺」，蓋指楊氏之文有理學家之道德風範，繼承趙秉文以來程朱理學的典型。

〔註 94〕《還山遺稿》卷上〈臂僮記〉，葉一、二。
〔註 95〕《四庫全書總目提要》卷一百六十六，集部，別集類十九，葉四十五。

楊奐又在文章中通過各種遊記與紀錄書寫，顯現對太平盛世的期待；在史論、政論文章中表現出隱誨的黍離之悲，譴責世態炎涼的混亂，是在金末遺民中少數幾個認眞於社會、政治的散文家。元好問既稱楊奐是「剗刮塵爛，創爲裁制，以蹈襲剽竊爲恥。其持論亦然，觀刪集韓文及所著書，爲可見矣。」〔註 96〕足見其尚新與求變之特點。其散文題材廣闊，文筆波瀾靈動，對於元文壇的影響實不亞於元好問。茲以其散文特色分述如下：

（一）善於分析，以論為記

〈射虎記〉、〈正統八例總序〉，二文皆以善於分析義理見長，是楊奐散文最顯見的特色。

〈射虎記〉將虎分爲「虎之虎」與「非虎之虎」，又將非虎類分爲八類，並在每類下冠以名稱，詳析其害：

> 若夫嘯凶嗥醜，伏晝伸夜，禁緩則跳踉，勢窮則騰擲者，盜虎也；氣吞一邑，塊視四鄉，逞貪婪之欲，啖孤羸之利者，豪虎也；矇昏昧由，誣下罔上，掉難折之舌，吐無證之辭者，訟虎也；假威官府，擇肉墟落，志在攫拿，情忘畏惕者，此吏虎也；爪牙爲名，意氣自若，倚事以下鄉，幸臟以中人者，此兵虎也；又若鈎距成性，博擊充己，據案弄威，攘權護失者，同僚之虎也；公銜上檄，私爭己忿，擁妖抱妍，醉釀飽鮮者，過客之虎也。人謂郿有曹侯，則盜者遁，豪者懾，訟者弭，吏爲之縮手，兵爲之斂跡，同僚服廉而退讓，過客憚正而引避。〔註 97〕

文章此段條理分明，氣勢強勁，不難見楊奐析論之功力。

〈正統八例總序〉也運用了非凡的董理能力，將王道正統細分爲八，並在每例下加以解釋，再舉史例，總結其著作之繁重要凡例。序文之史論例證有本有據，作者若無豐厚之史學知識，述論豈能如此暢達。此書雖已亡佚，今仍能藉此文一窺其梗概。又如〈李狀元事略〉後半以論「學」、「政」、「教」、「化」之重要；〈臂僮記〉中論述命題之緣由；〈與姚公茂書〉中自信而大膽的推測關於禮學的各種論點，莫不有大量之議論。正如《四庫全書總目提要》中所言，楊奐之著作皆「亦具是卓識矣」〔註 98〕；在文章中融入滔滔之理，

〔註 96〕《遺山集》卷二十三〈故河南路課稅所長官兼廉訪使楊君神道之碑〉，葉四。
〔註 97〕《還山遺稿》卷上〈射虎記〉，葉五、六。
〔註 98〕《四庫全書總目提要》卷一百六十六，集部，別集類十九，葉四十五。

且理足氣盛，善於歸納與分析，是楊奐散文中最明顯的特色，亦足見其學識涵養之豐富。

（二）傳誌代史，紀錄詳實

楊奐在金亡雖曾短暫的仕於元，但身爲故國遺民，親見兵火倥傯，有感於金之文化歷史逐漸被毀損、遺忘，故每每撰寫敘記傳誌文章時，都盡力紀錄寫眞，以求保存金國故有之人事。

如〈總帥汪義武王世顯神道碑〉撰之以史筆，每事繫之以時，盡其詳明矣。而〈李狀元事略〉一文，魏崇武先生更稱其爲：「言簡意豐，完全是史書的筆法」〔註 99〕。又，〈京兆劉處士墓碣〉以白描手法寫劉章性格，其中，「挾書掉臂而出」〔註 100〕以極爲傳神的白描筆法言劉氏之率性與堅持，是金末散文中難得之作。

〈東遊記〉更以記代畫，其中廟述魯之舊址、舊物，以詳實著稱，包括汶上都城、歸德門、鄆國夫人殿、齊國公魯夫人故殿、手植檜像、金碑、周公廟、孔廟、亞聖寺、玉女峰、千佛塔等，都是山東古都一代著名的古蹟文物，細如石碑文之地點、外貌，碑文之內容等，都描述詳盡，彷佛紀錄片般，一一紀錄下來。他如〈汴故宮記〉，也是以描繪詳盡見稱。不難見楊氏身爲金末遺民，欲以記代畫，敘記故國景物與人事，與元好問撰寫大量傳志文章以存史，其功略同。

（三）活用對話，文氣生動

相較於生硬而嚴肅的論著文章，楊奐敘記散文要顯得生動許多，其善於利用對話以活化文氣，增添靈動之氣勢。如（重修嶽雲宮記）藉作者與宮主之對話，引出宮廟之人文故事；又如〈與姚公茂書〉亦以生動之對話來表現自己對於禮學的理解以及細微的觀察力。茲迻錄一段以示之：

> 是日坐客甚眾，談竟，奐問之曰：「如公所言，其行禮時，將在秋冬，而不及春夏也？」客問：「何以知之？」奐曰：「以公止見虎席，故知其在秋冬也。若春夏，則以桃枝、桃竹枝也。」客曰：「適在冬耳。」奐又問：「公之行禮，將屬時享，而不及禘祫。」客問：「何以知之？」

〔註 99〕魏崇武：〈光明俊偉，尚新求變——簡論金末元初楊奐的散文〉（《殷都學刊》2005 年第 3 期，頁 51。）

〔註 100〕《金文最》卷一百九〈京兆劉處中墓碣銘〉，葉三。

奐曰：「禘祫則太祖神主，位於坎下而東向焉；而昭在於北，南向之；穆在於南，而北向之。公所言而曰太祖神主在門之內，南向焉；故知不及禘祫。」客謝未嘗及禘祫。吁！此定禮也，患不素考耳。是與非，吾友訂之，恐不宜襲《家禮》之誤也。〔註 101〕

〈總帥汪義武王世顯神道碑〉中，亦有精彩之對話例：

明年，京城變，郡縣風靡，公獨爲之堅守。越三年，猶按堵如故，而外攻不弛。謂其眾曰：「宗祀已死！吾何愛一死，千萬人之命，懸於吾手，平居享高爵厚祿，死其分也，餘者奚罪？與其經於溝瀆，姑徇一時之節，孰若屈己紓斯人之禍？」會頓兵城下，率僚佐耆老持牛羊酒幣迎謁焉。曰：「吾征討有年，所至皆下，汝獨爾耳，何也？」對曰：「有君在上，賣國市恩之人諒所不取。」王大悅，赦其下，絲毫無所犯。〔註 102〕

其以對話突顯碑主勇敢果決又詳慮周全之性格，使文氣生動，不至板滯。

他如〈洞眞眞人于先生碑并序〉亦有：

張道士來雲中，躬拜庭下，師堅讓不受。執事者曰：「眞人壽垂九秩，簪冠滿前，以此而處淵源之地，過矣。」師曰：「禮無不答，大白若辱，廣德若不足，老氏有之。以丹陽接一童子，必答焉，忍自尊大耶？」〔註 103〕

以一問一答間完全體現眞人虛懷若谷的謙遜態度，與文末描述眞人所謂「與人言，惟正心誠意而已」，相互呼應。

綜上所言，不論是善於析論，或以對話之例，凸顯人物性格與陳述事件過程，楊奐皆顯匠心獨運，不失光明俊偉之風。其文不刻意仿古，卻儼然有古風，元好問云其：「奐好古文，戒之曰：『無與同輩較優劣，能似古文乃古文耳，吾雖不能想，理當然也。』」〔註 104〕又云：「至於經爲通儒，文爲名家，不過翰苑六七公而已。君授學之後，其自望者不碌碌，舉業既成，乃以餘力作爲詩文，下筆即有可觀。嘗撰〈扶風福嚴院碑〉，宋內翰飛卿，時宰高陵，見之，奇其才，期君以遠大。與之書曰：『吾子資稟如此，宜有以自愛，得於

〔註 101〕《還山遺稿》卷上〈與姚公茂書〉，葉十六、十七。

〔註 102〕《還山遺稿》卷上〈總帥汪義武王世顯神道碑〉，葉三十六、三十七。

〔註 103〕《還山遺稿》卷上〈洞眞眞人于先生碑并序〉，葉三十二。

〔註 104〕《還山遺稿》附錄，元好問〈楊府君墓碑銘并引〉，葉四。

彼而失於此，非僕所敢知也。』君復之曰：『辱公特達之遇，敢不以古道自期？』飛卿喜曰：『若如君言，吾知韓、歐之門，世不乏人矣！』」〔註 105〕楊奐無意追配古人，然其熟悉古禮，力恢復儒學道統，所作之文章皆理氣十足，說理明確，敘事亦娓娓有條理，作品自能與古文同趣，是金末一片萎靡「多華而少實」〔註 106〕的風氣中，少有能與元好問散文筆法相互輝映的一代宗匠。

第三節　元好問及其《遺山集》之散文

一、生平行誼

元好問（1190～1257），字裕之，號遺山，出生於忻州秀容縣（今山西省忻州市）。父元德明，號東岩，未仕；母王氏，定襄人（今山西省定襄縣）。二歲過繼給叔父元格爲子。關於元好問的資料與相關研究，是金代文人中數量最多的一個，正因爲歷代討論以及近年的考證已經相當豐碩〔註 107〕，其生平細節茲不再贅述，僅簡單探討其思想梗概，並以其散文創作及與其他散文家之互動做爲思想分期之依據，分述如下：

（一）年少時期，尋求為世所用

元好問出身書香世家，系出北魏拓拔氏，是鮮卑族的後裔，也是唐代大詩人元結的後代。生父元德明乃一終生不仕之隱者，史載其「自幼嗜讀書，口不言世俗鄙事，樂易無畦畛，布衣蔬食，處之自若」；「累舉不第放浪山水間，飲酒賦詩以自適」〔註 108〕。元好問四歲始讀書，八歲即能詩，十一歲得

〔註 105〕《遺山集》卷第二十三〈故河南路課稅所長官兼廉訪使楊君神道之碑〉，葉三。

〔註 106〕《還山遺稿》卷上〈跋趙太常擬試賦稿後〉：「金大定中，君臣上下以淳德相尚。學校自京師達於郡國，專事經術教養。故士大夫之學，少華而多實。明昌以後，朝野無事，侈靡成風，喜歌詩。故士大夫之學，多華而少實。」（葉六）。

〔註 107〕關於元好問研究，兩岸都有豐碩成果。臺灣有續琨編著《元遺山研究》（臺北：臺灣中華書局，民國六十三年二月）；李冠禮：《詩人元遺山研究》（臺北：正中書局，民國 66 年 1 月初版）大陸地區有，山西省古典文學學會、元好問研究會編：《元好問研究文集》（山西：山西人民出版社 1987 年版）；中國元好問學會編：《紀念元好問 800 誕辰文集》（山西：山西人民出版社 1992 年版）；李正民：《元好問研究論略》（中國社會科學文獻出版社，1999 年版）；近年則有趙興勤：《元遺山研究》（臺北：文津出版社有限公司，2013 年 5 月）。

〔註 108〕《金史》列傳第六十四，卷一百二十六，文藝下，〈元德明傳〉葉十一，總頁 1173。

古文家路鐸的指點，十四歲師從當時的大儒郝天挺。郝氏是一個「厭於科舉」，「崖岸耿耿自信，寧落魄困窮，終不一至富豪之門」〔註 109〕的文人；父與師皆影響了元氏，使他養成重氣節，出仕則爲人民〔註 110〕，隱亦不愧於心的生涯態度。

十五歲時，元氏在陵川學爲時文，爲科舉作準備，欲實現其用世思想。爾後金章宗卒，衛紹王立，內憂外患不斷。貞祐二年（1214），蒙古南侵，勢如破竹，屠殺忻州，其兄元好古即死於蒙古軍馬蹄下。兩年後戰火燃及三晉，二十七歲的元好問扶持老母自秀容避亂河南，客居嵩山，又寓居三鄉〔註 111〕。同年寫下著名的諷刺散文〈市隱齊記〉，顯示彼已儼然具備了撰寫優秀散文的能力，文中盡是諷刺社會上假藉隱居而沽名釣譽的人。一年後，編成《錦機》一書〔註 112〕，同年撰成著名的〈論詩三十絕句〉〔註 113〕，那年元好問不過二十八歲而已，即能參透文學理論，並編撰成書，對於散文的創作更有其助益。

興定二年他移居登封，爲當地縣令薛居中罷任後寫下〈登封令薛侯去思頌〉，文章雖然不免歌功頌德，然尚未仕宦的他，已深知官吏善惡與否往往牽繫著百姓的生命財產。感於「故吏畏而愛，民愛而畏，上官不敢擾以事，賓客不敢干以私。教化興行，頌聲流聞」。且元好問已歷多次戰亂，對於國家未來頗爲茫然。興定四年，寫下〈興定庚辰太原貢士南京狀元樓宴集題名引〉，文中對於喪亂以來，士風的衰敗，有了很大的感觸。其云：

> 晉北號稱多士。太平文物繁榮時，發策決科者，率十分天下之二，可謂富矣。僵仆于原野，流離于道路，計其所存，百不能一。今年豫秋賦者，乃有百人焉。從是而往，所以榮吾晉者，在吾百人而已；

〔註 109〕《金史》列傳第六十五，卷一百二十七，隱逸，〈郝天挺〉葉五，總頁 1177。

〔註 110〕《遺山集》卷三十七〈南冠錄引〉：「予自四歲讀書，八歲學作詩，作詩今四十年矣。十八，先府君教之民政，從仕十年，出死以爲民。自少日，有志於世，雅以氣節自許，不甘落人後。四十五年之間，與世合者不能一二數。」（葉六）。

〔註 111〕（清）凌廷堪：《元遺山先生年譜》（《石蓮盦彙刻九金人集》本；臺北：成文出版社；民國五十六年）卷上，葉七，總頁 1026；（清）施國祁：《遺山先生年譜》（《石蓮盦彙刻九金人集》本），葉四。

〔註 112〕《遺山集》卷三十六〈錦機引〉中云：「興定丁丑（即金宣宗興定元年，西元 1217 年）間，居河南，始集前人議論爲一編，以便觀賞。蓋就李嗣英、衛昌叔家所有書而錄之，故未備也。」（葉三、四）《錦機》一書現已不存。

〔註 113〕元好問在題下自注：「丁丑歲，三鄉（三鄉在福昌，即今河南省宜陽縣）作。」皆是年完成也。

> 爲吾晉羞者，亦吾百人而已。然則爲吾百人者，其何以自處邪？將僥幸一第，以苟活妻子邪？將靳固一命，躐躐廉謹，死心于米鹽簿書之間，以取美食大官邪？抑將爲奇士，爲名臣，慨然自拔于流俗，以千載自任？使其欲爲名臣、奇士，以千載自任，則百人之少亦未害。如曰不然，雖充賦之多至十分天下之九，亦何貴乎十分天下之九哉！嗚呼！往者已矣，來者未可期。所以榮辱吾晉者，既有任其責者矣。凡我同盟，其可不勉！〔註 114〕

完全顯現元好問的責任感和抱負，對於參與科舉只求「苟活妻子」或「死心于米鹽簿書之間，以取美食大官」而完全不能自我期許者，元氏感到相當遺憾；他希望同鄉之士子多能重振士風，改變政治社會的衰敗。由此文可知，元好問年少時對仕宦的態度與肩負社會責任之心情。

（二）中年時期，面臨仕隱矛盾

興定初，元好問在文壇上已嶄露頭角，名聞於四方。並以〈箕山〉、〈琴台〉等詩受當時文壇盟主趙秉文的稱賞〔註 115〕。興定五年（1221），元好問三十二歲時終於進士及第，座主正是官拜禮部尚書的趙秉文。彼中進士，卻未就選，且因趙秉文獨推賞元氏的作品，反受到部份人士的異議，被宰相師仲安污指一干人等皆爲「元氏黨人」〔註 116〕，趙秉文爲此頗爲忿忿不平。然而，也因趙氏的引薦和推崇，元好問反而因此認識更多的文人，如楊雲翼、李獻能、辛愿等，彼此能交流討論，互贈詩文。金文壇兩大盟主也因此成爲忘年之交，既爲師徒亦爲文友，結下不解之緣。元好問登進士翌年宣宗過世，哀宗即位，本有一番抱負的他，面臨紛亂之政局，直到金亡的期間，都在仕與隱中徘徊。

〔註 114〕《遺山集》卷三十七〈興定庚辰太原貢士南京狀元樓宴集題名引〉，葉七。

〔註 115〕（元）郝經〈遺山先生墓銘〉（《石蓮盦彙刻九金人集》本《遺山先生集》附錄）：「下太行，渡大河，爲〈箕山〉、〈琴台〉等詩，趙禮部見之，以爲少陵以來無此作也。以書招之，於是名震京城。」（葉二）

〔註 116〕《遺山集》卷三十八〈趙閑閑眞贊〉云：「興定初，始以詩文見故禮部閑閑公。公若以爲可教，爲延譽諸公間。又五年，乃得以科第出公之門。公又謂當有所成就也，力爲挽之。獎借過稱，旁有不平者。宰相師仲安班列中倡言，謂公與禮部之美、雷御史希顏、李內翰欽叔爲元氏黨人，公之不恤也。正大甲申，諸公貢某詞科。公爲監試官，以例不赴院宿。一日，坐禮曹。欽叔從外至，誦某〈秦王破竇建德降王世充布露〉。公頗爲聳動，顧坐客陳司諫正叔言：『人言我黨元子，誠黨之耶？』公之篤于自信，蓋如此。」（葉七）

哀宗正大元年（1224 年）元氏在汴京應試宏詞科，中選，授儒林郎、權國史院編修官。次年夏，元氏告歸崧山（今河南省登封縣），作《杜詩學》，同時寫成〈杜詩學引〉，引文中曰：「乙酉之夏，自京師還，閑居崧山，因錄先君子所教與聞之師友之間為一書，名曰《杜詩學》。子美之傳志年譜，及唐以來論子美者在焉。」可知《杜詩學》應是整理他父親教杜甫詩時的教材，猶如今之教學筆記〔註 117〕，然此書今已亡佚。

之後又先後出任鎮平（今河南省鎮平縣）內鄉（今河南省內鄉縣），並閑居在內鄉。在內鄉期間，與文士們往來密切，其中麻革、楊弘道、杜仁傑、劉祖謙、張澄等，皆與之有詩相互唱和。正大五年，元氏三十九歲，遭母喪，罷內鄉令，作〈新齋賦〉，感於物換星移，天地萬物之變化進而有所感發：

> 唯夫守一而不變者，不足以語化，化之為神。拊陳迹以自覿，悼吾事之良勤。失壯歲于俯仰，竟四十而無聞。聖謨洋洋，善誨循循。出處語默之所依，性命道德之所存。有三年之至穀，有一日之歸仁。動可以周萬物而濟天下，靜可以崇高節而抗浮雲。曾出此之不知，乃角逐乎空文。……蓋嘗論之：生而知，困而學，固等級之不躐；憤則啓，悱則發，亦愚智之所均。齋戒沐浴，惡人可以祀上帝；潔己以進，童子可以游聖門。顧年歲之未暮，豈終老乎凡民。〔註 118〕

元好問年歲漸高，用這篇文賦來期許自我，望仍能溫故知新，發憤圖強。又作〈行齋賦〉：「取君子素其位而行之義」，作為新居之名；賦文又說罷官以後也許日子貧困，「無祿以為養，無田以為食，無僮僕為之負販，無子弟為之奔走，無好事者為之謀緩急而助薄少」，但仍要「泰然以閉戶讀書為業」、「不以為怨，不以為憂，而又且以為樂也」。能想見此時的元氏，即使罷官隱居，仍能閑適地用功著作於一方。

次年，嘗作《東坡詩雅》，在〈東坡詩雅引〉中云：「五言以來，六朝之陶、謝，唐之陳子昂、韋應物、柳子厚，最為近風雅，自餘多以雜體為之。……夫詩至於子瞻，而且有不能近古之恨，後人無所望矣。」寫出他對詩文的看法與評論。

〔註 117〕王基在〈元遺山早期文論著作簡論〉中云：「〈杜詩學引〉使人們看到了元好問對杜詩的精深研究和他對藝術創作規律的準確把握。它提供了研究元好問文藝思想的重要資料，是對《論詩》絕句的必要的補充與闡釋。」（《中國韵文學刊》總第 8 期，48 頁）。

〔註 118〕《遺山集》卷二〈新齋賦〉，葉二。

四十二歲時任南陽（今河南省南陽縣）縣令，期間與雷淵、李汾、王渥、王鶚、李獻卿、麻革、劉祖謙、高永等名儒交遊，奠定元氏在文壇的地位。由於政治的不穩定，元好問仕途並不順遂，在多次的仕與隱之間，總流露出無限的感慨與無奈，常陷於矛盾之中。金亡前一年，元好問四十四歲，與劉祁等被迫爲崔立起草「功德碑」〔註 119〕，重挫元氏的情操形象，讓他更無意於出仕，從此即使生活困頓，也堅持隱居著書，提倡儒學。

中年時期的他，散文著作轉而將主題轉移與宗教，亦多作儒學相關作品。且因已大有文名於文壇，四方求碑志墓銘者眾，文章也多此類。如著於三十六歲的〈劉景玄墓銘〉，三十八歲寫的〈墳雲墓銘〉，四十一歲撰〈孫伯英墓銘〉，四十二歲的〈華嚴寂大士墓銘〉與爲雷淵寫的〈雷希顏墓銘〉；四十三歲時更爲趙秉文寫的膾炙人口的〈閑閑公墓銘〉，皆爲一時之上品。此外，許多記載門文章，亦撰於此時，如四十二歲時撰〈南陽縣令題名記〉、〈州新記〉、〈南陽縣令題名記〉、〈鄭州新倉記〉；四十三歲寫下〈贈鎭南軍節度使良佐碑〉；金亡時寫下〈送李輔之之官濟南序〉、〈跋國朝名公書〉、〈校《笠澤叢書》後記〉、〈清眞觀記〉、〈南冠錄引〉等，都是極爲優秀的記載散文。

（三）晚年時期，以存文化為任

金亡以後，元好問的生活頓失重心，常常在痛飲中得到解脫，旋隱居於冠氏（今山東省冠縣），大量創作詩文。蒙古太宗七年（1235 年），遊濟南，作〈濟南行記〉，暫忘卻亡國之憂。太宗八年，四十七歲的他編《東坡樂府集選》並作引，又寫下〈故物譜〉、〈東游略記〉等。次年到東平，至范圓曦道士處拜范仲淹像，寫下〈范文正公眞贊〉，在歌頌范仲淹時，也對於金朝沒有這樣的良將感到惋惜。此後，其與方外之士交往頗頻繁，如太原照禪師、東平煉師范圓曦、康曄等，並爲這些名流寫下語錄引、功德記、贊文等等，也算是另一種逃避世俗，尋求解脫的方式。

〔註 119〕元好問與劉祁被迫替叛將崔立撰功德碑一事，史料記此事者眾，史論亦眾說紛紜；其中，以劉祁《歸潛志》卷十二〈錄崔立碑事〉記載最爲詳盡公允。元好問其實有深刻的感嘆，往往只能自我解嘲：他曾寫〈題眞〉一詩中云：「山林且慢蹉跎去，莫問人間第幾流。」待崔立被殺後，元好問又在〈即事〉一詩中留有：「逆豎終當鱠縷分，揮刀今得快三軍。燃臍易盡嗟何及，遺臭無窮古未聞。」之句；卷十九〈內翰王公墓表〉中也有過程的陳述，可說明元氏對於此事將遭世非議早已有體悟。

元好問是在這個時期編選了《中州集》的。此書始編於金亡前一年〔註 120〕，金亡後十六年（即 1249 年，蒙古海迷失后元年）完成並流傳刻本。此時，元氏已屆六十。十七年的編撰，保存了金代眾多文人的生平事蹟與詩文，提供了《金史》等史書重要的資料，也對於散佚多而寂寥的金代文學史有著不可衡量的重要性〔註 121〕。

在《中州集》編撰完成的同時，元好問仍不懈於創作，且爲保存文化而努力著。同年，彼向蒙古中書令耶律楚材上書〔註 122〕，推薦文士五十四人，請求保護與任用之。《金詩紀事》卷九引〈甌北詩話〉云：「又值金源亡國，以宗杜丘墟之感，發爲慷慨悲歌，有不求而自工者」〔註 123〕，道盡了元好問對於金滅亡的無奈與文化消逝的憂心，促使元氏的文學創作更加精進。

其中〈臨錦堂記〉著於蒙古乃馬眞后二年（1243）。據文中所言，入元以後中都的情況是：「焦土之變，其物華天寶，所以濟宮掖之甚者，固以散落於人間矣」〔註 124〕。元氏生不逢時，出生時金朝已是江河日下，政治上沒有可供發揮的舞台，見文化因逐年戰亂而不斷流失，遂晉身以詩存史之行列，以積極保護金代詩文作品爲己任。

蒙古貴由汗二年（1247），張德輝受忽必烈召見，進講儒術，推薦儒士。忽必烈曾詢問人材，張即薦舉魏璠、元好問、李治等二十餘人。忽必烈在此次的會面中，亦表達重視地方廟學之興建〔註 125〕。此事對整個中原文化的復興有一定程度的影響，而元好問也對此事投以高度期待。在己酉年（蒙古海迷失后元年，1249）八月，眞定廟學落成後特撰〈令旨重修眞定廟學記〉，一方面慶祝廟學完工，另一方面大發議論，強調儒學之正統性。

〔註 120〕〈中州集序〉云：「歲壬辰（天興元年 1232），予掾東曹。馮內翰子駿延登，劉鄧州光甫祖謙，約予爲此集。時京師方受圍，危急存亡之際，不暇及也。明年滯留聊城，杜門深居，頗以翰墨爲事。」顯示天興元年元好問已經計畫撰寫《中州集》，只是危亡之際，拖至天興二年才開始撰寫。

〔註 121〕牛貴琥：《金代文學編年史》中云：「《中州集》是金源之重要文獻，可以說沒有此集就沒有金代之文學和歷史。而且元好問眼光和水平之高是當時和後來之人難以比擬的。」（頁 658）

〔註 122〕見《遺山集》卷三十九〈寄中書耶律公書〉，葉一、二。

〔註 123〕陳衍輯；王慶生增訂：《金詩紀事》（上海：上海古籍出版社，2003 年 12 月），頁 275。

〔註 124〕《遺山集》卷三十三〈臨錦堂記〉，葉十二。

〔註 125〕元好問也在《遺山集》卷三十二〈令旨重修眞定廟學記〉記載此事云：「王以丁未五月，召眞定總府參佐張德輝北上。德輝既進見。王從容問及，鎭府廟學今廢興何如。」（葉一）

元好問六十一歲（1250）時，在〈陶然集詩序〉一文中闡述了自己探索文學理論後的收穫。其云：「詩家聖處，不離文字，不在文字；唐賢所謂『情性之外，不知有文字』云耳。」總結了他對文學的看法與創作論。二年後，元好問來到都城，同張德輝一同覲見忽必烈於潛邸，元氏便趁機向忽必烈建議免除儒戶的兵賦，並請忽必烈接受「儒教大宗師」的稱號，忽必烈皆欣然答應。此舉非但宣揚了儒學思想，也使女眞與蒙古民族情誼進步不少。據元人蘇天爵《名臣事略》引李愷《名臣言行錄》中所載，忽必烈在潛邸時「屢以史事爲言，嘗舉楊奐、元好問、李治，宜令秉筆」〔註 126〕，來修遼、金二史。元好問後來沒有接受任何職務，但提供了許多史料，以便於《金史》的修撰。對於想出仕的年輕儒生，亦予以鼓勵〔註 127〕，時間漸沖淡了他亡國之痛。

此後，元好問雖屆花甲，仍寫作不輟，爲已故友人之詩文集寫序跋，寫神道碑銘，也爲新落成的府學寫下學記。太宗七年九月四日，元好問卒於穫鹿（今河北省鹿泉市），享年六十八歲，歸葬家鄉忻州，門人郝經爲其撰寫祭文、墓銘。

元好問是金元之際多產的文人，今存詩歌一千三百餘首，樂府三百七十餘首。至於散文則多達兩百三十餘篇，另有志怪小說兩百多則。他在創作之餘，也積極蒐集金代文人著作，因他的《中州集》而留存的詩詞作品，多達兩千一百餘篇，堪稱偉大的文學家與史學家。至於文學理論方面，亡佚的作品很多，如《錦機》、《東坡詩雅》、《杜詩學》、《詩文自警》、《唐詩鼓吹集》等等。鄭靖時先生董理並研究元氏的文論相當完整〔註 128〕，可供時人研究參考用。

〔註 126〕（元）蘇天爵：《元朝名臣事略》（成都：四川民族出版社出版；四川新華書店發行；《中國少數民族古籍集成》，第一版）卷十二〈內翰王文康公〉，葉三。

〔註 127〕蒙古蒙哥汗二年（1252），元好問爲即將出仕蒙元的高鳴寫下〈送高雄飛序〉，文中云：「天家包舉六合，臣蜀萬國，立武事以兼文備，由草創而爲潤色。延見故老，網羅豪雋，必當考古昔之理亂，論治道之先後，察生民之休戚，觀風俗之媺惡，以成長治之業，以建久安之勢。金城千里，太山而四維之，顧豈汲汲于文章翰墨之用，縻羔雁而敝玄纁乎？且夫人臣以納忠爲難，人君以寬聽盡下爲尤難。蓋義則古今之體同，而情則天淵之路絕。」言下之意，已經對於忽必烈能夠召各儒生「寬聽盡下」（《遺山集》卷三十七，葉九）頗爲讚賞，透露元好問對於蒙元執政已完全能接受，只希望天下回歸太平，儒生盡其本分，君王寬明行仁政而已。

〔註 128〕鄭靖時：《金代文學批評研究》，〈第七章元好問〉（頁 294～394）。

至其散文，元代大儒徐世隆的總評最爲公允，其云：

竊嘗評金百年以來，得文派之正而主盟一時者，大定、明昌則承旨党公，貞祐、正大則禮部趙公，北渡則遺山先生一人而已。自中州斲喪，文氣奄奄幾絕，起衰救壞，時望在遺山。遺山雖無位柄，亦自知天之所以畀付者爲不輕，故力以斯文爲己任。周流乎齊、魯、燕、趙、晉、魏之間，幾三十年，其迹益窮，其文益富，其聲名益大以肆。且性樂易，好獎進後學，春風和氣，隱然眉睫間，未嘗以行輩自尊，故所在士子，從之如市然，號爲泛愛。至於品題人物，商訂古今，則絲毫不少貸，必歸之公是而後已。是以學者知所指歸，作爲詩文，皆有法度可觀，文體粹然爲之一變。大較：遺山詩祖李、杜，律切精深，而有豪放邁往之氣。文宗韓、歐，正大明達，而無纖晦澀之語。〔註 129〕

正如元好問自我評價說：「短小精悍。大有孟浪，勃萃槃跚，稍自振厲。豪爽不足以爲德秀（田紫芝）之兄，蕭散不足以爲元卿（王萬鐘）之弟，至於欽叔（李獻能）之雅重，希顏（雷淵）之高氣，京甫（冀禹錫）之醞藉，仲澤（王渥）之明銳，人豈不自知，蓋天秉有限，不可以強而至。若夫立心於毀譽失真之後，而無所卹，橫身於利害相磨之場而莫之避，以此而擬諸君亦庶幾有措足之地」〔註 130〕。既自謙又自傲。今觀其散文，若無「天秉」，實不能有此功力；其跨越朝代，除了上承唐宋之功外，對於元以後甚至明清兩朝散文，也埋下的深深的影響力量。

二、題材內容

元好問的文集，最早有元世祖中統三年（1262）「嚴氏初刻本」〔註 131〕，有李冶、徐世隆二序，杜仁傑、王鶚二跋，今已不存；單行的詩集，最早是元世祖至元七年（1270）曹益甫刊本，有段成己序，今亦亡佚。今所能見最早的《遺山集》，是明弘治戊午儲巏序的李瀚刊本，商務印書館之《四部叢刊》即影印此本，《四庫全書》亦據此本收錄之。清道光三十年（1850）張穆據李

〔註 129〕《遺山集》卷首，（元）徐世隆〈序〉，葉四。

〔註 130〕《遺山集》卷三十八〈寫眞自贊〉，葉八。

〔註 131〕《遺山集》卷首，張穆〈序〉，葉一。按：嚴氏爲東平嚴忠傑「喜與士人游，雅敬遺山，永其完集刊之，以大其傳云。」（《遺山集》卷首，（元）徐世隆〈序〉，葉四。）

瀚刊本，合元好問之詩集、年譜、《續夷堅志》四卷、《新樂府》四卷等，加以附錄補載爲五十四卷本，已非常完備，《石蓮盦彙刻九金人集》本即採張氏刊本校定而成；清光緒七年（1881），方戊昌所刊之讀書山房本也據張穆本增訂，并附趙培因《考證》三卷，是舊刻本中最完備的。今姚奠中《元好問全集》據讀書山房本爲底本，並多方搜考，增補散文十一篇〔註 132〕，補《續夷堅志》三篇，加以點校勘正，最爲齊全，裨益於研究者。

據《元好問全集》統計，元氏散文總計存文二百五十四篇〔註 133〕，依文體分項統計如下：

著述門：

詞賦：（箴銘 12；賦 4；贊頌 9）

序跋：（序引 31；題跋 19）

小計：75

告語門：

詔令：（詔、宏詞 7）

奏議：（疏 5）

書牘：（書 6）

哀祭：（上梁文 3；青詞 5；祭文 3）

小計：29

〔註 132〕《元好問全集》增補散文十一篇爲：卷三十〈安肅郝氏先塋碑〉從《金石例》補；卷三十一〈徽公塔銘〉據河南輝縣白雲寺石刻補、〈故規措使陳君墓志銘〉據成化本《山西通志》補；卷三十五〈明陽觀記〉據成化本《山西通志》補、〈五峰山重修洞眞觀記〉據光緒刊本《五峰山志》補；卷三十七〈李氏脾胃論序據《金文最》補；〈中州集序〉據《金文最》新補；卷三十九〈與楊春卿先生書〉據《金文最》新補；卷四十〈趙閑閑書柳柳州蘇東坡黨世傑王內翰詩跋〉據《金文最》補；〈趙閑閑書擬和韋蘇州詩跋〉據《金文最》補；〈米帖跋尾〉據《雍睦堂法書》補。

〔註 133〕喬芳：〈元好問碑志分類研究〉一文中說：「元好問的文章，收入《元好問全集》中的共 25 卷 256 篇，有游記、名勝古蹟記、畫記、書信、序跋、銘、贊、疏、碑銘表志碣等。」（《江蘇大學學報》社會科學版，2007 年 7 月，第 9 卷第 4 期，頁 54。）卻未見文中有另外輯佚者，推測喬芳應是誤將《元好問全集》卷第四十二之〈遺山樂府李宗準序〉及〈遺山樂府朱孝臧跋〉一併計入元好問著作之故，然此二篇僅收錄於《元好問全集》以便讀者參考，並非出自元氏之手。《全遼金文》亦錄文 254 篇，數量則與《元好問全集》相符。

記載門：

傳誌：（墓銘、碣銘、墓表、神道碑 99）

敘記：（記 45）

雜記：6

小計：150

過去研究元好問者多偏重其詩或其文學理論、選集標準等，然而專研究散文者卻很少。續琨《元遺山研究》一書中有介紹遺山之文，卻僅收錄後世對元好問散文之評隲，並逐錄〈雷希顏墓誌銘〉、〈行齋賦〉、〈故物譜引〉、〈太古觀記〉等全文，皆未加以分析評論〔註 134〕。李冠禮《詩人元遺山研究》一書偏重在詩的研究，至於文章則僅探討其文學批評之原理論。近來大陸學者趙興勤之《元遺山研究》則偏重於詞、樂府理論等。元好問雖爲金元時期名士大家，其散文研究至今卻仍寂寥，筆者有鑑於此，藉此論文著重於散文，並依「序引」、「傳誌」、「敘記」三大類，詳研元好問散文內容如下：

（一）序引類散文

元氏編撰書籍極眾，雖百不存一，所幸皆有序引之文，可供後人一窺其書之大概；再加以爲友人所彙集之別集撰寫序引文，其內容或以介紹作者之爲人，或以評論當代詩文等，皆有其重大參考價值。

1、涉及文論，品評詩文者

元好問序引類文章大多爲自己撰述作品或當代士人文集而撰之書序，對於文學創作原則的探討，及自身治學的態度等，頗有涉獵。茲以其著重之文學觀點，探討並分類如下：

（1）主張師古與創新併立

元好問許多序引散文中皆主張文學的「師古」與「創新」必須並重。如卷三十六〈杜詩學引〉乃爲元氏所著之《杜詩學》所作，原書雖佚，然從序引之文中可以得知，該書乃元氏記先父所教以及師友們的討論心得爲主要內容，另有杜甫之傳志、唐以後之評論語錄，及其所整理之杜甫年譜〔註 135〕。

〔註 134〕續琨：《元遺山研究》文藝篇，〈第二章・遺山之文〉，頁 152～159。

〔註 135〕《遺山集》卷三十六〈杜詩學引〉：「自京師還，閑居崧山，因錄先君子所教與聞之師友之間者爲一書，名曰《杜詩學》，子美年譜及唐以來論子美在者焉。」（葉二）

在文中，其以中藥合劑之理品評杜甫之詩：

> 夫金屑、丹砂、芝術、蔘桂，識者例能指名之，至于合而爲劑，其君臣佐使之互用，甘苦酸鹼之相入，有不可復以金屑、丹砂、芝術、蔘桂而名之者矣。故謂杜詩爲無一字無來處亦可也，謂不從古人中來亦可也。〔註 136〕

對於杜甫之詩，元氏認爲其原理與藥材合劑類同，可「無一字無來處」，亦可「不從古人中來」，正如藥名不同，「合而爲劑」後便不能以原來的藥材名之。這顯示元好問認爲杜詩終不能脫離古人之詩而憑空存在。

〈東坡詩雅引〉則是元氏有感於金中葉後詩風孱弱，貞祐南渡後雖詩學大興〔註 137〕，學詩者多尚風雅〔註 138〕，然實作反而去風雅愈遠。元氏於是編一詩目，供喜蘇詩的後世參閱〔註 139〕。引文中，元好問提及詩的風雅程度往往與雜體逐漸的完備有關，其云：

> 五言以來，六朝之謝、陶，唐之陳子昂、韋應物、柳子厚最爲近風雅，自余多以雜體爲之。詩之亡久矣，雜體愈備，則去風雅愈遠，其理然也。近世蘇子瞻，絕愛陶、柳二家，極其詩之所至，誠亦陶、柳之亞；然評者尚以其能似陶、柳而不能不爲風俗所移爲可恨耳。夫詩至于子瞻，而且有不能近古之恨，後人無所望矣！〔註 140〕

顯然，元好問推崇「近古」的詩作，對於蘇詩猶有「不能近古」之憾，遑論當代之文人更難以體現古詩之風雅，此又爲元好問主張爲詩者需盡求師古、近古之一證。

〈錦機引〉則是元好問閑居河南時，將前人之文論統整後，集爲一編，以便觀覽。其中元氏曾引敏之兄所言，云：

〔註 136〕《遺山集》卷三十六〈杜詩學引〉，葉二。

〔註 137〕《遺山集》卷三十六〈楊叔能小亨集引〉：「貞祐南渡後，詩學大興。」（葉十一）

〔註 138〕《歸潛志》有：「南渡後，文風一變，文多學奇古，詩多學風雅，由趙閑閑、李屏山倡之。」卷八，頁 85。

〔註 139〕《遺山集》卷三十六〈東坡詩雅引〉：「乃作《東坡詩雅目錄》一篇。」（葉二、三）按：該目錄作於正大己丑（正大六年 1229），概因：「金朝取士，止以詞賦爲重，故士人往往不暇讀書爲他文。嘗聞先進故老見子弟輩讀蘇、黃詩，輒怒斥，故學子止工於律、賦，問之他文則懵然不知。」（《歸潛志》卷八，頁 80）金末愈趨嚴重，元好問應感於近古之風雅詩無人提倡，故編此目錄以正詩風。

〔註 140〕《遺山集》卷三十六〈東坡詩雅引〉，葉二。

> 文章天下之難事，其法度雜見于百家之書，學者不偏考之，則無以知古人之淵源。〔註 141〕

其下又舉黃庭堅「欲作《楚辭》，須熟讀《楚辭》，觀古人用意曲折處，然後下筆」，的例證，說明古人作詩如此，今人作詩亦應以「師古」爲尙。

最明顯的主張師古與創新不能偏廢，文章亦不能卓然獨立的序引文則是〈鳩水集引〉，其內文有：

> 文章雖出於眞積之力，然非父兄淵源、師友講習、國家教養，能卓然自立者鮮矣！自隋、唐以來，以科舉取士，學校養賢；俊逸所聚，名卿材大夫爲之宗匠。琢磨淬礪，日就作新之功。〔註 142〕

「父兄淵源」、「師友講習」、「國家教養」正是主張文學之養成須先以「師古」爲入門的手段，才能求眞積之力。亦不難見元好問之文論與趙秉文所謂：「盡得諸人所長，然後卓然自成一家，非有意于專師古人也，亦非有意專擯古人也。自書契以來未有專擯古人而獨立者。」〔註 143〕頗有雷同之處，此亦金代文壇中普遍認同之文學原理論。

（2）以誠為本不求工自工

元好問序引文章中，除了師古、習古進而求創作之獨立外，又嘗言文章創作之內涵應以「誠」爲本，重提趙秉文所謂「不誠無物」的創作核心價值。不論創作的對象是誰，元好問以爲發自內心吟詠性情的文學，即是優秀的詩文，於是他提出「以誠爲本」的重要理論，進而提倡不求工而自工的文學形式。

如〈楊叔能小亨集引〉一文，乃楊宏道六十歲時所撰《小亨集》，書成，其子求序於元好問，元氏則藉序文暢言詩論，以爲：

> 有所記述之謂文，吟詠情性之謂詩，其爲言語則一也。唐詩所以絕出於《三百篇》之後者，知本焉爾矣！何謂本？誠是也。古聖賢道德言語，布在方冊者多矣，且以「弗慮胡獲？弗爲胡成？」「無有作好，無有作惡。」「樸雖小，天下莫敢臣」較之，與「祈年孔夙，方社不莫。」「敬共明神，宜無悔怒」何異？但篇題句讀不同而已。故由心而誠，由誠而言，由言而詩也，三者相爲一。情動於中而形於

〔註 141〕《遺山集》卷三十六〈錦機引〉，葉三。
〔註 142〕《遺山集》卷三十六〈鳩水集引〉，葉十一。
〔註 143〕《滏水集》卷十九〈答李天英書〉，葉四。

> 言，言發乎邇而見乎遠。同聲相應，同氣相求，雖小夫賤婦、孤臣孽子之感諷，皆可以厚人倫、美教化，無它道也。故曰：不誠無物。夫惟不誠，故言無所主，心口別爲二物，物我邈其千里。漠然而往，悠然而來，人之聽之，若春風之過馬耳。其欲動天地、感神鬼，難矣！其是之謂本。〔註 144〕

此段文字中，元氏不但強調詩與文同源，又提出詩文「不誠無物」之說，「誠」爲詩之本也。再以唐詩爲例，認爲唐詩之所以値得學習，乃因其能以誠爲本：

> 唐人之詩，其知本乎？何溫柔敦厚、藹然仁義之言之多也！幽憂憔悴，寒飢困憊，一寓於詩；而其阨窮而不憫，遺佚而不怨者，故在也。至於傷讒疾惡，不平之氣不能自掩，責之愈深，其旨愈婉；怨之愈深，其辭愈緩；優柔饜飫，使人涵泳於先王之澤，情性之外，不知有文字。幸矣！學者之得唐人爲指歸也。〔註 145〕

舉唐人之詩爲依歸，顯又與趙秉文之主張相類；並強調「情性之外，不知有文字」的說法，對於發自情性，本乎溫柔敦厚之內涵，皆予以推崇。

同卷之〈陶然集詩序〉亦重申性情爲本的理論。序文中提到兩個觀念：

第一，《詩經》許多篇章「皆以小夫賤婦滿心而發，肆口而成」，然聖人刪詩猶「不敢盡廢」，證明這些小夫賤婦所作之詩，雖肆口成文，然本乎性情，便有極大之文學價値：

> 蓋秦以前，民俗醇厚，去先王之澤未遠。質勝則野，故肆口成文，不害爲合理。使今世小夫賤婦，滿心而發，肆口而成，適足以汚簡牘；尚可辱采詩官之求取邪？故文字以來，詩爲難；魏、晉以來，復古爲難；唐以來，合規矩准繩尤難。夫因事以陳辭，辭不迫切而意獨至，初不爲難；後世以不得不難爲難耳！古律、歌行、篇章、操引、吟詠、謳謠、詞調、怨嘆，詩之目既廣；而詩評、詩品、詩說、詩式，亦不可勝讀。大概以脫棄凡近、澡雪塵翳、驅駕聲勢、破碎陣敵、囚鎖怪變、軒豁幽秘、籠絡今古、移奪造化爲工，鈍滯僻澀、淺露浮躁、狂縱淫靡、詭誕瑣碎、陳腐爲病。〔註 146〕

〔註 144〕《遺山集》卷三十六〈楊叔能小亨集引〉，葉十二。
〔註 145〕《遺山集》卷三十六〈楊叔能小亨集引〉，葉十二、十三。
〔註 146〕《遺山集》卷三十七〈陶然集詩序〉，葉三、四。

元好問認爲時代不同而使創作審美觀如何改變，本乎「情性之外，不知有文字」的基本原則不變。

第二，提出「爲道日損」與「不在文字，不離文字」的觀念：

> 今就子美而下論之，後世果以詩爲專門之學，求追配古人，欲不死生於詩，其可已乎？」雖然，方外之學有「爲道日損」之說，又有「學至於無學」之說；詩家亦有之。子美夔州以後，樂天香山以後，東坡海南以後，皆不煩繩削而自合，非技進于道者能之乎？詩家所以異於方外者，渠輩談道，不在文字、不離文字；詩家聖處，不離文字、不在文字；唐賢所謂『情性之外，不知有文字』云耳。〔註 147〕

元氏認爲本乎性情而創作的文學，正是詩家聖處。

同樣的，〈新軒樂府引〉乃爲張勝予〔註 148〕之《新軒樂府》所作，其對象雖是樂府詞作，仍重申「情性之外不知有文字」的重要觀念。元氏以爲蘇軾之後，人皆以爲樂府難作，事實上是一種誤解，皆「非知坡者」，並再舉《詩經》「肆口而成」，不求工而自工的例證，其言：

> 《詩三百》所載，小夫賤婦幽憂無聊賴之語，特猝爲外物感觸，滿心而發，肆口而成者爾；其初果欲被管弦、諧金石，經聖人手，以與《六經》並傳乎？小夫賤婦且然，而謂東坡翰墨游戲、乃求與前人角勝負，誤矣！自今觀之，東坡聖處，非有意於文字之爲工，不得不然之爲工也。坡以來，山谷、晁無咎、陳去非、辛幼安諸公，俱以歌詞取稱；吟詠情性，留連光景，清壯頓挫，能起人妙思；亦有語意拙直，不自緣飾，因病成妍者。〔註 149〕

對於張勝予的樂府詞作，不論是「喜而謔之之辭」或者「憤而吐之之辭」，都與東坡氣味相投。元氏所表達的文學觀點，旨在「非求工而自工」。文章中無非再次強調文學應以「性情」爲本、以「誠」爲本。

爲性英上人〔註 150〕所作之〈木庵詩集序〉中亦有類似的論述：

〔註 147〕《遺山集》卷三十七〈陶然集詩序〉，葉四。

〔註 148〕《金代文學編年史》中言：「新軒爲張勝予之號。從本序看，他是遼貴族的後代，且在金末很不得志。據《元好問全集》卷二十九〈故帥閻侯墓表〉：『辛丑元日，余方客東平。載之盛爲具，召予及大興張聖予……。』疑『聖予』與『勝予』爲同一人。」（頁 807）

〔註 149〕《遺山集》卷三十六〈新軒樂府引〉，葉十三、十四。

〔註 150〕按：性英，字粹中，號木庵，世稱「木庵上人」或「性英禪師」。早年隨高憲學詩，南渡後與元好問、趙秉文、楊弘道、劉祁等朝野諸詩人往來唱酬；元

境用人勝，思與神遇，故能游戲翰墨道場而透脱叢林科臼，於蔬筍中別爲無味之味；皎然所謂「情性之外不知有文字」者，蓋有望焉。〔註 151〕

元好問並在這篇序文中首次打破蘇軾在文學上的審美觀，他認爲蘇軾特愛參寥子無蔬笋氣的詩作，然「詩僧之詩，所以自別於詩人者，正以蔬筍氣在耳」，並假設參寥子若作柳宗元〈超師院晨起讀禪經〉那樣的五言詩，蘇軾便不會再以「無蔬笋氣」來稱讚參寥子的詩了。關於這個論點，清人李祖陶曾點評此文曰：「妙論破的，雖東坡亦不得不畏後生。」〔註 152〕可見元好問在論詩之餘，也關注到詩作者的身分與思想態度。

（3）主張詩文同源詩尤難

卷三十六的〈雙溪集序〉是爲耶律鑄所著《雙溪集》〔註 153〕之序，但文中僅言乃因受燕中文士張顯卿、趙昌齡之託，特撰此序，對於此書卻未加以介紹，反而多在文中闡論「詩文同源」的觀點，其言：

燕中文士張顯卿、趙昌齡爲予言：「省寺賓客，集今中令詩傳於時，欲吾子爲作序引。其有意乎？」予復之曰：「詩與文同源而別派。文固難，詩爲尤難。〔註 154〕

「詩文同源」的主張也在〈楊叔能小亨集引〉中特意提出，其言：

好問稱其爲「詩僧第一代，無愧百年間」（《遺山集》卷二〈寄英禪師師時住龍門應寶寺〉，葉十九），詩名甚盛；元．魏初《青崖集》卷五有〈木庵塔疏〉載其生平。牛貴琥：《金代文學編年史》言：「木庵英上人，名粹中，爲貞祐南渡後居洛西之詩僧，與辛愿、趙元、劉昂霄相往還，爲趙秉文等人所推賞。《滏水集》卷四有〈同英粹中賦梅〉，《二妙集》卷三有〈答木庵英粹中〉。《元好問全集》卷七〈懷粹中〉……按序中又云：『恨楊、趙諸公不及見之』，若文本作於乙酉年（1225），則在楊雲翼、趙秉文卒年之前，故《元好問全集》點校者云『疑爲己酉（1249）』。」（頁 779）牛氏誤以「粹中」爲名，實爲性英之字；元．楊宏道：《小亨集》卷一〈代茶榜〉有：「歸義寺長老勸余作此詩；長老性英，字粹中，自號木庵」，又爲一證。

〔註 151〕《遺山集》卷三十七〈木庵詩集序〉，葉五。

〔註 152〕（清）李祖陶評選：《元遺山文選》((長澤規矩也編：《和刻本漢籍文集》第十一輯，景印清同治八年奎文書屋藏刊本）昭和五十三年十月。）卷七〈木庵詩集序〉，葉二。

〔註 153〕《雙溪集》作者爲（金）耶律鑄，又名爲《雙溪小集》、《雙溪小稿》，今佚。《遺山集》卷三十六〈雙溪集序〉中云「中令天資高，于詩風夙習，故落筆有過人者，不足訝也。」（葉十）

〔註 154〕《遺山集》卷三十六〈雙溪集序〉，葉十。

> 詩與文，特言語之別稱耳；有所記述之謂文，吟詠情性之謂詩，其爲言語則一也。唐詩所以絕出於《三百篇》之後者，知本焉爾矣！〔註 155〕

可見，「詩文同源」是元好問文論中很重要的觀點，只是屢次出現在序引散文中，亦爲獨特。

2、涉及作者，敘其行誼者

元好問受人之託而寫之他序，往往不能不提及作者之生平行誼等，然而元氏在組織這些材料時，往往別具匠心。如〈拙軒銘引〉即爲當時左丞相張行信所居之軒而撰〔註 156〕。張氏爲一代名吏，元氏先寫張行信以拙軒自號，有別於「天下萬事一以巧爲之」，眾以爲不智，獨元好問以爲其以清白傳世德：

> 以清白傳世德，以忠信結人主，出入四朝，再秉鈞軸，危言高論，聳動天下。發凶豎未形之謀，則先識者以爲明；犯強臣不測之怒，則疾惡者以爲高。〔註 157〕

強調只有「先識者」、「疾惡者」方能知張行信之德。

又，〈如庵詩文序〉全文著重鋪敘密國公完顏璹之生平，寫其歷任君王封爵之過程，又寫其學任詢之字書，得「出藍之譽」，且對於其在文學上的建樹特別的著墨：

> 於書無所不讀，而以《資治通鑒》爲專門。馳騁上下千有三百餘年之事，其善惡是非、得失成敗，道之如目前。穿貫他書，考証同異，

〔註 155〕《遺山集》卷三十六〈楊叔能小亨集引〉，葉十二。

〔註 156〕《遺山集》卷三十六〈拙軒銘引〉云：「左轄公以拙軒自號，徵文于某，謹述而銘之。」（葉六）按：「左轄公」即「左丞相」；〈拙軒銘引〉著於於哀宗正大元年（1224），元好問今年亦有〈題張左丞家范寬秋山橫幅〉一詩，張左丞即張行信。又按：張行信（1163~1231），字信甫，號拙軒，本名行忠，避末帝舊諱改焉。莒州人，御史大夫暐之子。世宗大定二十八年（1188）年登進士第，與兄張行簡同朝爲官，家士以純厚稱，子侄亦多進士第，擔任官職，一門興盛，士論以爲如漢萬石君家，空前絕後。其以敢於進諫聞名，深得皇上信賴。衛紹王崇慶二年（1213），張行信任諫議大夫。時，殘忍凶暴、跋扈強橫的胡沙虎已因罪被罷官，貶爲平民，然而他企圖東山再起，用錢財賄賂權貴大臣，當時朝廷無一人敢議論其是非，獨張行信一人無畏，上奏直言其種種罪行。《歸潛志》評之曰：「爲人簡樸，不脩威儀，惡衣糲食如貧士」。（卷六，頁 58）主張議和與武力雙管齊下。體恤民情、收攏人心爲上。爲人。卒之日，雖平日甚娼忌者，亦曰「正人亡矣！」

〔註 157〕《遺山集》卷三十六〈拙軒銘引〉，葉六。

雖老於史學者，不加詳也。名勝過門，明窗棐幾，展玩圖籍，商略品第顧、陸、朱、吳筆虛筆實之論，極幽渺；及二王筆墨，推明草書、學究之說，窮高妙，而一言半辭皆可紀錄。……予竊謂：古今愛作詩者，特作晉人之自放酒耳；吟詠情性，留連光景，自當爲緩憂之一物。在公，則又以之遁世無悶，獨立而不懼者也。使公得時行所學，以文武之材，當顓面正朝之任，長轡遠馭，何必減古人？顧與槁項黃馘之士、爭一日之長於筆硯間哉？〔註 158〕

完顏璹雖是金宗室之一，然其與文人交遊，潛心學問，日以講誦吟詠爲事，時與士大夫唱酬，禮遇文人，向受士人所重，故元好問特加推崇。

此外，〈琴辨引〉則述苗彥實嘗受業於鄉先生喬孟州、扆君章，爲人以雅重見稱。南渡後，與士人交游，人以高士目之。「藝既專，又漸于敦樸之化，習與性成」，「選古人所傳〈操〉、〈弄〉百餘篇有古意者，纂集之，將傳于世。」包括其學音律之過程與交往之友人，其內容也偏重於描繪其生平行誼。

卷三十七〈傷寒會要引〉也偏重於描寫作者之生平行誼；據序文中言，作者李杲「幼歲好醫藥」，從易州名醫張元素學，「不數年盡傳家業」，後家既豐厚，則將所學寫爲《傷寒會要》三十餘萬言。並舉作者治癒「北京人王善甫」、「西台掾蕭君瑞」、「魏邦彥之夫人」、「馮內翰叔獻之侄櫟」、「陝帥郭巨濟病偏枯」、「宣德侯經歷之家人」六人之疾，詳述其病徵與治癒的過程。蒙古太宗十年（1238），李氏之子求序於元好問，因以爲序之。一樣是爲醫著作序，卷三十七〈周氏衛生方序〉則述周夢卿由投戎進而從醫，整理撰著醫書之歷程，亦屬此類。

3、其他

除在序引文中表達文論思想及介紹作者生平行誼外，尚有部分書序與贈序類散文不同於上述兩類者，皆歸於其他。如〈東坡樂府集選引〉，文章內容涉及文字考證與校勘。〈集諸家通鑑節要序〉在介紹弋彀英《集諸家通鑑節要》〔註 159〕一書編撰之過程與方法，讚美弋氏「眞積之力久，必能得其微旨；幸爲講明之，以曉我曹之未知者」。〈十七史蒙求序〉則寫元好問居太原時，吳

〔註 158〕《遺山集》卷三十六〈如庵詩文序〉，葉七、八。

〔註 159〕（宋）呂祖謙嘗作《大事記》十二卷，內容乃仿司馬光《資治通鑑》，較《通鑑》精簡；又著《呂氏家塾通鑑節要》等書傳入金朝，是《通鑑》學方面的權威，對北方影響很大。此處指的是後書。

庭秀與其弟嘗求《蒙求》書序於元氏，其欣然應諾，然無暇作之。後三十七年，元氏「過鎭陽，見張參議耀卿」，張氏正是吳庭秀兄弟之徒，元氏便主動詢問此書所在，輾轉「得于田家故箱中」，使遲來的序文終究得以完成的過程。

〈張仲經詩集序〉則大讚張澄〔註160〕「積十餘年，得致力文史，以詩爲專門之學」，並舉多例以示之。元好問以爲張澄之詩，符合楊雲翼所謂：「文章天地中和之氣，太過爲荒唐，不及爲滅裂」。而得「雍容和緩，道所欲言者而止，其亦得中和之氣者歟」〔註161〕。本序文雖以傳誌手法入筆，其述張澄之出身，遊宦及問學經歷、交遊文人等，但重點還是在於詩作的探討。

此外，〈中州集序〉乃元好問最重要的著作《中州集》之序引文，據文中所言，可知內容著重在強調《中州集》的成書過程：

> 歲壬辰（天興元年 1232），予掾東曹。馮内翰子駿延登，劉鄧州光甫祖謙，約予爲此集。時京師方受圍，危急存亡之際，不暇及也。明年滯留聊城，杜門深居，頗以翰墨爲事。〔註162〕

這顯示天興元年元好問已經計畫撰寫《中州集》，只是危亡之際，拖至天興二年才開始撰寫。序中元好問又說，宗端修手抄有一本《國朝百家詩略》，此書原是魏刑州元道道明所集，後宗氏補作增益。天興二年元氏始編《中州集》，十六年後編撰初稿完成，恰巧宗氏之子取先父之《國朝百家詩略》抄本來訪東平，元氏便將兩者「合予所錄者爲一編」〔註163〕，亦顯示《中州集》並非編自一人之手。總之，此序文當有助於溯《中州集》成書之源。

値得一提的是，〈興定庚辰太原貢士南京狀元樓宴集題名引〉感嘆時人參加科舉十之八九都是爲「苟活妻子」或「以取美食大官」，不能以千載自任也。士人仕宦的目的往往隨時局而改變，元好問在文中曾透露極大的感慨，以此自省，並勉勵自己與同行者。

另外，猶有贈序若干篇。屬送別類的有：〈送秦中諸人引〉、〈送李輔之之官濟南序〉；屬贈言類則有：〈送高雄飛序〉。其中〈送高雄飛序〉文中闡述自己對於經濟治國之理，以論爲序，亦頗有可觀者。

〔註160〕按：張澄生平僅見於此文與《遺山集》卷二十四中的〈張君墓志銘〉。

〔註161〕《遺山集》卷三十七〈張仲經詩集序〉，葉二。

〔註162〕《元好問全集》卷三十七〈中州集序〉，頁 787。

〔註163〕《中州集》卷首〈序〉：「兵火散亡，計所存者才什一耳，不總萃之則將遂湮滅而無聞，爲可惜也。乃記憶前輩及交遊諸人之詩，隨即錄之。會平叔之子孟卿，攜其先公手鈔本來東平，因得合予所錄者爲一編，目曰《中州集》。」

（二）傳誌類散文

《元好問全集》從卷十六至卷三十一，近百篇的都是碑誌散文，佔全集的三分之一強，數量龐大，比例最重。元氏碑誌文章之所以夥，端見其聲望之高，求文者眾之故；況碑誌文類可紀錄一人之生平，追述過往可進而反映當時現況，對以文存史爲己任的元氏而言，亦恐爲多未拒求文者之因。再者，作者亦可於碑誌文章中抒發己見，如〈資善大夫吏部尚書張公神道碑〉中，元氏藉碑文倡言農政制度改善之情況，此類政策評論的主觀文字，在金元之際的神道碑文中出現的情況實爲少見。

對於元好問碑誌散文，學人或有認爲難脫溢美之失〔註 164〕。其實元氏近於專業史家，受他人請託而撰文雖難免趨於隱惡揚善，然往往記錄詳實，不專以「浮誇」爲尚；且元氏之碑誌墓主，均非全爲名士勇將、達官貴人，若僅一方之善士隱者，總需在墓主生平細節中尋找鋪陳之材料，加以整理鋪陳，方能構成一篇優秀的碑誌散文，實無浮誇之虞。且元好問傳志文章雖多，未有見敷衍之作，每言一事，往往先繫此事發生時間以及傳主之職位等等，然後詳說事件之原委及結果。生動的敘事，如言自家之長者事，信而有徵，絕非道聽塗說或訛傳即紀錄成文。

元好問擁有豐富的撰史經驗，所著之《壬辰雜編》與《金源君臣言行錄》二書，本可展現其史學功力予後世，惜今皆亡佚，後人無從得見。元氏碑誌散文在革代之際，不但發揚値得稱頌之蹟，並保存金人史料，使一時故典遺聞，忠義氣節，遺老舊民，羽流孝悌者，皆賴以傳之。這些傳誌散文不僅有功於當代，亦讓後世能推測元氏之史筆〔註 165〕，是研究元好問者甚或金文學者，重要參考資料。

〔註 164〕王曉楓、王志華曾經說：「元好問的碑志銘詩突破了碑志文字尚實和尚簡的侷限，……尤其是碑志中的墓表文字，一般只有序文而沒有銘詩，如歐陽脩的墓表文中就無一銘詩。而元好問的十多篇墓表文字，偏偏有序文有銘詩，可見其對銘詩寫作的重視。……而元好問的碑志文字之所以具有文學意味，其碑志銘詩之所以有的具有詩的品格，正是由於他在一定程度上突破了碑志銘誄尚實、尚簡的傳統，而較多地採用了浮誇和鋪敘手法。如前文所引〈東平行臺嚴公神道碑〉。」（王曉楓、王志華：〈元好問碑志銘詩的文學成就〉（《山西大學師範學院學報》哲學社會科學版）1998 年第 2 期（總第 42 期））

〔註 165〕王永曾在《金代散文研究》中說：「金末的碑志文體現出以碑存史的史體化傾向，參與了喪亂之際歷史風雲的紀錄。」（第三章〈金代散文的分體研究〉，頁 95）

元好問傳誌類散文雖都以記人爲主，然亦有涉及一代之事、物者也，今依其內容之偏重比例，可以分爲「政治軍事」、「社會文化」二大方向，並依此方向再分細項如下：

1、政治軍事

身處跨越朝代的元好問，在政治及戰爭的看法，顯然有異於金中葉盛世時的觀念，又身爲士人必對於仕宦的心態有獨特之見解。茲就政治及軍事兩方面，依傳誌散文中所表露之內涵，分爲「對上，忠君愛國」、「對下，仁民愛物」兩者論之：

（1）忠君愛國

身在亂世，元好問對征戰南北，忠君愛國的歷史英雄是欣於謳歌的。對於這些戰士名將，元好問或寫其以少勝多之英勇善戰，或寫其御軍有方之身先士卒，甚寫其寧死不屈，爲國殉難的偉大事蹟。不論所敘寫偏重於何，元氏對忠君愛國的定義自有其觀點。如卷二十〈資善大夫武寧軍節度使夾谷公神道碑銘〉中完整的寫出元好問對忠君愛國的觀念，其云：

> 君臣之義，於名教爲尤重。名教者，天地之大經，而古今之恒典，惟天下之至誠爲能守。故人臣之於君者，有天道焉，有父道焉。大分一正，義均同體。吉凶禍福，不以回其慮；廢興存亡，不以奪其節。任重道遠，死而後已，猶之父有罔極之慕，而天無可逃之理。……居今之世，行古之道若公者，吾不知其去古人爲遠近；然則不以名教處之，其可乎？〔註 166〕

元氏認爲君臣之義，以名教爲重，名教乃天地之大經，古人以誠爲本，故能以名教處之，今人應引以爲忠君的準則。

秉持重視名教的觀念，爲陳和尚所撰之〈贈鎮南軍節度使良佐碑〉則以史法入筆，碑文藉尚書左丞轉述眾人之言：「中國數百年，唯養得一陳和尚耳！」元好問在此碑文中，非全然描述墓主驍勇愛國的行爲，而是以他的家世背景，及「天資高明，雅好文史」開始。文中墓主並非天生就是完美將士，元氏寫其處理訴訟之事失誤，反令己身陷囹圄，爾後宣宗下旨赦免，才讓他決心帶領軍隊振奮思戰，以赴死之心報國恩。元好問這樣的鋪陳，代表著忠君之思想並非是愚昧的，皇恩是確實施行在完顏陳和尚的身上，文中藉陳和

〔註 166〕《遺山集》卷二十〈資善大夫武寧軍節度使夾谷公神道碑銘〉，葉十四、十五。

尙之口曰：「我忠孝軍總領陳和尚。大昌原之勝亦我，衛州之勝亦我，倒回谷之勝亦我。死於亂軍，則人將以我爲負國家；今日明白死，天下必有知我者矣！」〔註 167〕才讓他最後慷慨就義，無所畏懼之跡，最後甚連敵軍都「義之」、「以馬湩酹之」。

元好問歌頌這些勇敢的將士並非歌頌戰爭，而是展現忠君愛國的名教觀念。又如卷二十九〈千戶喬公神道碑銘〉中，寫喬惟忠：

> 天興，軍北渡，平章白撒攻圍衛州，公力戰卻之。河南平，張公入覲，公復攝府事，從征淮右。歲甲午，朝廷第功，張公因陛奏：「臣之副喬惟忠，出入百戰，功最多，乞加寵擢。」於是特恩以寶書、金符，授公行軍千户。自是愈自奮勵。其破棗陽、攻光黃，率以先登被賞。〔註 168〕

忠君愛國亦建於皇恩之上，方使喬氏「愈自奮勵」。

〈龍虎衛上將軍耶律公墓志銘〉則寫耶律思忠感受皇恩，聞將國破家亡，竟投水殉國：

> 北兵襲荊、襄，京師戒嚴，詔公以都水監使充鎮撫軍民都彈壓。壬辰二月，公之季弟，今中書令楚才，奉旨理索公北歸，召見隆德殿。公再拜，乞留死汴梁。哀宗幸和議可成，贈金幣固遣之，君臣相視泣下。竟以某月十有七日，自投於內東城濠中水而沒。〔註 169〕

銘文中，元氏認爲憂國投水自沒的耶律思忠是「憂國愛君，存亡始終，裴回故都而不忍訣，則藹然有古人之風。」仍顯見元氏之忠君觀念顯建立在傳統儒學哲學思維下，愛國即愛君，以實現儒道爲忠君愛國爲最高指導原則。

（2）仁民愛物

如果說忠君愛國一類是偏重對武士的歌頌，那麼與元氏所交遊者，更多以仁民愛物爲志業的士人。元好問曾在〈南官錄引〉中云：「十八，先府君教之民政，從仕十年，出死以爲民。」可知，彼從弱冠時即建立民本思想，從官皆以仁民愛物爲依歸。元氏曾歷經了崩壞與變革之際的混亂，對於既愛民又有德政的良官善吏，往往是出自內心眞誠的頌揚。

〔註 167〕《遺山集》卷二十七〈贈鎮南軍節度使良佐碑〉，葉十一、十二。
〔註 168〕《遺山集》卷二十九〈千户喬公神道碑銘〉，葉七。
〔註 169〕《遺山集》卷二十六〈龍虎衛上將軍耶律公墓志銘〉，葉十四。

如描寫揚雲翼擔任陝西東路兵馬朝總管判官時「決獄寬平」，任吏部尚書時則「從寬收錄」〔註 170〕；寫趙秉文的則贊其「爲政，每從寬厚」，心繫國計、關心百姓，任平定州刺史時，歲饑「出俸粟爲豪民倡，以賑貧乏」，使得「民賴以活者甚眾」〔註 171〕；寫郭嶠「資稟孝友，臨政以仁信篤誠，不事表襮，既久，吏民安之，歡然有父母之愛。使者復以廉幹聞。」〔註 172〕；寫郭琩「天稟渾厚，有晉人淳篤之風；自持者甚廉而施予無少厭；議獄餘二十年，仁心爲質，所以致忠愛者無不盡」〔註 173〕；寫孫德秀處理強豪恃勢奪婚，「官畏，徇不爲理」而「公爲奏聞，詔還已許」〔註 174〕；寫雷淵不畏權貴，擊豪右、發奸伏，使得不數月「閭巷間有希顏畫像」，「百姓相傳雷御史至，豪滑望風遁去。」〔註 175〕；寫趙思文面對旱災，親自祈雨，安撫民心〔註 176〕；寫張澄「明昌初，歲艱，以飢死者，十室而五。公日設糜粥，以贍旁近，病者親詣護之，賴以全活者甚眾」〔註 177〕；寫趙侯「救護百至，老幼數萬，竟得全活」、「黃龍岡失利，將佐千餘人被俘，侯皆以計活之」，並大篇幅描繪其身爲軍中武人，卻以仁慈對待百姓：

> 在軍中二十年，未嘗妄笞一人，誅殺不論也。人有以急難來歸者，力爲賙恤之，脫之於奴虜、活之於屠戮者，前後不勝算。他日有負之者，亦不以爲意也。初，縣經喪亂之後，荊棘滿野；敝衣糲食，與士卒同甘苦。立城市、完保聚、合散亡、業單貧、備御盜賊、勸課耕稼，所以安集之者，心力俱盡。〔註 178〕

又寫張景賢到任後新民、救飢之成果：

> 前政有籍惡子姓名，揭之通衢者；景賢到官，遽命撤去，使渠輩知自新之路。迄終更，果無一犯者。有司以稱職聞。壬辰二月，遷南

〔註 170〕《遺山集》卷十八〈內相文獻楊公神道碑銘〉，葉三。

〔註 171〕《遺山集》卷十七〈閑閑公墓銘〉，葉二。

〔註 172〕《遺山集》卷二十八〈費縣令郭明府墓碑〉，葉九。

〔註 173〕《遺山集》卷二十八〈廣威將軍郭君墓表〉，葉十一。

〔註 174〕《遺山集》卷二十二〈御史孫公墓表〉，葉九。

〔註 175〕《遺山集》卷二十一〈雷希顏墓銘〉，葉九。

〔註 176〕《遺山集》卷十八〈通奉大夫禮部尚書趙公神道碑〉：「值歲旱，公步禱山神祠，應期而雨，歲以大熟。陝右兵交州，近關，爲訛言關失守者，居民不知所謂，狼狽散走。公止之曰：「關至陝，敵越之，則必有先聲，何得遽至於此？」乃械言者於市。果如公言，民賴以安。」（葉十五）。

〔註 177〕《遺山集》卷二十四〈張君墓志銘〉，葉十三。

〔註 178〕《遺山集》卷二十九〈千戶趙侯神道碑銘〉，葉十。

> 京左警巡院副使。屬歲飢，縣官作糜粥以食餓者，日費菽米數十斛。景賢區處有法，鼠雀無敢耗，人受實惠，多所全活。〔註 179〕

寫東平行臺嚴實，幾乎將焦點全部置於仁民愛物上，寫其：

> 故雖起行伍閒，嚴厲不可犯，至於仁心為質者，亦要其終而後見也。彰德既下，又破水柵。郡王怒其反復，驅老幼數萬欲屠之。公解之曰：「此國家舊民。吾兵力不能及，為所脅從，果何罪邪？」王從公言，釋不誅。繼破濮州，復有水柵之議。公為言：「百姓未嘗敵我，豈可與兵人並戮之？不若留之農種，以給芻秣。」濮人免者又數萬。〔註 180〕

又寫其於「冬大饑」時命人「作糜粥，盛置道旁，人得姿食之，所活又不知幾何人矣」；與「公為之為合散亡，業單貧，舉喪葬，助婚嫁」之仁舉，更是詳盡的加以羅列，藉以凸顯在亂世之中傳主「仁民為懷」之可貴。在〈東平行台嚴公祠堂碑銘并序〉亦將焦點扣在仁民與慈愛為懷之上，其言：

> 蓋公資稟沉毅，……中歲之後，乃能以仁民愛物為懷。郡王兵破相下之水柵，繼破曹、濮，怒其翻覆，莫可保全，欲盡坑之。公百方營救，得請而後已。兵出荊、襄，公自邳、徐赴之，謂所親言：「河南受兵，殺戮必多，當載金帛以贖之。」靈壁降，民方假息待命。公饋主兵者，下迨卒伍，亦沾膏潤，一縣老幼，皆被更生之賜，且縱遣之。計前後所活，無慮十數萬人。生口北渡，無從得食，糜粥所救者尚不論也。畫境之後，創罷之人，新去湯火，獨恃公為司命。公為之闢四野、完保聚，所至延見父老，訓飭子弟，教以農里之言，而勉之孝弟之本。懇切至到，如家人父子，初不以侯牧自居。官使善良，汰逐貪墨，岱逋賦以寬流亡，假閑田以業單貧，節浮費以豐委積，抑游末以厚風俗。至於排難解紛、周急繼困，……人出強勉，我則樂為。〔註 181〕

從改革內政到稅賦制度，濟弱扶窮，改善社會風氣等，他人以為勉強之事，嚴實卻樂於為之。同一碑主的兩篇兩碑，皆以「仁民」與「慈愛」為最主要之切入點。

〔註 179〕《遺山集》卷二十二〈中順大夫鎮南軍節度副使張君墓碑〉，葉三、四。
〔註 180〕《遺山集》卷二十六〈東平行臺嚴公神道碑〉，葉三。
〔註 181〕《遺山集》卷二十六〈東平行臺嚴公祠堂碑銘并序〉，葉五、六。

卷二十〈資善大夫吏部尚書張公神道碑銘并引〉中，則將傳主用計謀機智以救民於惡軍之手的過程，如實紀錄下：

縣境多營屯，世襲官主兵，挾勢橫恣，令佐莫敢與之抗。兵人毆縣民，民訴之縣，縣不決，申送軍中，謂之「就被論官司。」民大苦之。一日，閽者告：「百夫長夜破門鑰，挾兩妓以出。」公謂：「夜破門鑰，盜也。」遣吏捕還，榜掠至百數，且械繫之。明日，千夫長與其屬哀請不已，約此後不復犯平民，乃釋之。〔註182〕

其以機智助民對抗跋扈且「挾勢橫恣」的軍人，使任期內「終吏無一人敢橫者」。再言張公決訟獄之事，在「尚書省付有司諦審」後，且冤者「無異辭」的情況之下，張猶能「終以爲疑」，鍥而不捨的查明眞相，最終釋放無辜；文章扣緊傳主獨排眾議，當「人知其冤，而莫有爲之辨之者」時，傳主總能挺身而出「乞爲昭雪」的特點，表揚其在亂世中實爲眾多貪官汙吏中難得的清流。

相同以善於決獄，明辨是非者，亦有寫畢叔賢：

先相資剛嚴，威望素重，人有往訴者，率以不測爲憂。侯曲爲營護，使得自安。至於決重刑，亦時得與議，貰貸末減，前後不勝數。侯不自言，亦無能知者。妖人李佛子之獄，詿誤萬人，已會諸鎮兵守之長清，三日不與食，將盡誅之矣。侯言之先相：「愚民自陷於死，尚有可哀；其老幼何罪？垂死之命，恃公如父母！一言之重，人獲更生之賜，何忍坐視而不救乎！」先相惻然感動，爲之別白故誤，剖決生殺。〔註183〕

寫畢叔賢明辨是非，以理說服於先相，拯救詿誤牽連者老幼萬人。此亦側重於述寫身爲父母官，視民如傷之仁愛之心。

又如在〈沁州刺史李楫神道碑〉中，對於碑主李楫在陝西視察時「馳奏百姓苦饑，當議有賑貸之，未報，即開倉賑貧，所全活不勝計。朝廷以爲知權，不罪也。」〔註184〕當機立斷，無反顧地以民爲主，終贏得百姓的頌揚。〈五翼都總領豪士信公之碑并引〉也有「人有以急難告者，百方賙恤，不計有無。生口北渡，道殣相望，作糜粥以救餓者，思欲遍及之。其仁心爲質，

〔註182〕《遺山集》卷二十〈資善大夫吏部尚書張公神道碑銘並引〉，葉四。
〔註183〕《遺山集》卷三十〈濮州刺史畢侯神道碑銘〉，葉一、二。
〔註184〕《遺山集》卷十六〈沁州刺史李君神道碑〉，葉十。

多此類也。」〔註 185〕此類文章中，也都藉描寫碑墓主人視民如傷以推崇其人之德。

此外，〈曹徵君墓表〉寫曹珏遇「避兵之民」無所逃死者，則「擇貧病之尤者留養之，賴以全活者甚眾」〔註 186〕。甚至，以描寫戰事功勳爲主的〈順天萬戶張公勛德第二碑〉，對於元初功臣張勛德「爲吾州披荊棘、立城市、完保聚、闢田野、復官府、舉典制，摧伏強梗，拊存單弱，使暴骸之場，重爲樂國」〔註 187〕之行，大加讚揚；文章不但對於戰事描述清楚，以對話凸顯愛國情操，稱頌墓主對於國家的貢獻；後又寫其保境安民之功，且以「人徒知公席百勝之功，以取顓面之貴，威望崇重，見者起立拜揖，或周章失次，而不知寇奪略平之後，日與文儒考論今古，見仁民愛物之事，輒欣然慕之。恩拊吏民，恒若不及；雖笞罰之細，亦未嘗妄加。所謂仁心爲質，要其終而後見者也。」強調其仁心爲質作結，不因其爲元臣而忽略其惠政。

以上數例僅爲眾多傳誌散文之一隅，已足見元好問對於視民如傷的良吏多有謳歌，認爲爲官者即使「握兵柄，顓生殺」〔註 188〕，若不能以百姓生民爲己任者，皆不足取。藉由頌揚良吏，嘉許諸多善政，以肩負起士人之社會責任。

這些碑誌散文敘事委曲，抒情眞切，記錄了乘時而起的亂世英雄；從儒家「達則兼善天下」的立場出發，凡涉及仁政之蹟，不分民族朝代，即使傳主是蒙古權要人物，亦皆大書特書。

2、社會文化

除政治軍事方面主張「對上，忠君愛國」,「對下，仁民愛物」之外，元好問對於社會倫理之改善與文化學術發揚，亦多有重視。茲將涉及社會文化類之傳誌文章分爲「深於巷閭，歌揚善行」及「傳道授業，發揚學術」、「涉及宗教，傳奇誌異」三者，深入探討如下：

（1）深於巷閭，歌揚善行

從元好問傳誌歌頌的對象而言，有具體的善行而值得歌誦者，不論其人之經濟或社會地位爲何，元氏一律爲其寫碑志。他曾說：「夫善化一鄉，智效

〔註 185〕《遺山集》卷三十〈五翼都總領豪士信公之碑并引〉，葉十三。
〔註 186〕《遺山集》卷二十三〈曹徵君墓表〉，葉十。
〔註 187〕《遺山集》卷二十六〈順天萬户張公勛德第二碑〉，葉七。
〔註 188〕《遺山集》卷二十六〈東平行臺嚴公神道碑〉，葉三。

一官，人且喜聞而樂道之，不欲使之隨世磨滅」〔註 189〕元氏以爲即使僅善化之一鄉，仍應傳之金石，故不吝讚揚可歌可泣的孝順女子，以及友愛兄弟，器量寬宏的小人物。

元好問曾感慨當時的亂世是：「閭巷間有嫁妻以易一飽者」〔註 190〕，在這樣的亂世中元氏爲刲肉救父，復爲父「絕脰而死」的聶孝女寫下〈聶孝女墓銘〉一文。今將其內容節錄於下以示之：

> 五台聶天驥元吉，爲尚書左右司員外郎。壬辰之冬，車駕東狩，元吉留汴梁。明年正月二十有三日，崔立舉兵反，殺二相省中，元吉被兵創甚。女日夜悲泣謁醫者，療之百方，至刲其股，雜他肉以進，而元吉竟不可救。時京城圍久，食且盡，閭巷間有嫁妻以易一飽者；重以喋血之變，剽奪陵暴，無復人紀。女資孝弟，讀書知義理，思以大義自完，葬其父之明日，乃絕脰而死。……嗚呼！壬辰之亂極矣！中國之大，百年之久，其亡也，死而可書者，……十數人而已，且有婦人焉。〔註 191〕

在文章後半，元氏提及當時乃京城之亂，正處喋血之際，人有嫁妻求溫飽者，凸顯墓主身爲一弱女子，尚能讀書知義理，葬父後自絕而死，更尤顯難得，是極少數「死而可書者」〔註 192〕之一也。

元氏也爲因哭母歿而致病卒的三女兒阿秀，寫下墓銘云：

> 年十三，予爲南陽令，其母張病歿，孝女日夜哭泣，哀痛之聲，人不忍聞。明年，得疾於汴梁，病已急，哭且不止。或以爲言：「親一也，母亡而父存，汝不幸而死，爲棄父矣。」曰：「女從母爲順，寧從母死耳。」〔註 193〕

這兩篇對象特殊的墓銘，特別針對婦女的孝行加以紀錄，且身分不分貴賤，關係亦不分親疏，欲藉記錄這些「死而可書者」，表彰在亂世之中卑微的女子尚能有值得歌頌者。

此外，〈善人白公墓表〉亦單純爲「敦信義，樂施予」、賢行稱焉的善人作墓表。尤其讚揚墓主待舅父養子如嫡親昆弟，即使後「弟爲妄人所教」而

〔註 189〕《遺山集》卷十六〈平章政事壽國張文貞公神道碑〉，葉二。

〔註 190〕《遺山集》卷二十五〈聶孝女墓銘〉，葉六、七。

〔註 191〕《遺山集》卷二十五〈聶孝女墓銘〉，葉六、七。

〔註 192〕《遺山集》卷二十五〈聶孝女墓銘〉，葉七。

〔註 193〕《遺山集》卷二十五〈孝女阿秀墓銘〉，葉七。

求分產，公亦欣然分產一半予他，絲毫未有計較之心迹。其言：

> 初，僧舅既奉浮圖，愍其家事不傳，爲李氏置後，意甚專，初不以異姓爲嫌。已而事不果行。公承舅氏之意，挈此子養於家，以昆弟待之。大定初通檢，因附屬籍。舅已亡，又歷三推之久，弟爲妄人所教，遽求異財。公欣然以美田宅之半分之。人謂：「同胞而至別籍，往往起訟。白公乃無絲毫顧籍意，是難能也。」〔註 194〕

此墓表顯見元好問善於在細微的地方爲墓主之生平取材，對於「一言所諾，千金不易」以致榮家於一方之善人，元氏亦深感敬佩之意。

又如卷二十四〈臨海弋公阡表〉替「貲雄一鄉」的善士弋潤做墓表，則著墨於弋氏對待手足寬宏之器量：

> 弋氏自先世不異財，公蚤孤，能自樹立如成人，事從兄佑殊恭遜。佑嘗以事客內鄉者二十年；比還，公殖產倍於舊。佑歸，求分居，公謂佑言：「家所有，皆父兄所積，潤但謹守，僅無損耗耳。兄幸歸，請悉主之。潤得供指使，足矣。」佑悔悟曰：「吾弟忠敬如此，我乃爲讒口所間，慚恨無所及，尚欲言分異邪？」乃更相友愛。〔註 195〕

這些傳主單以善行揚於一方，他們沒有實際官名職位，稱謂亦僅以「善人」、「孝女」冠之，然此類小人物在元好問眼底卻足以影響社會風氣。元氏曾在〈楊叔能小亨集引〉中言：「情動於中而形於外，言發乎邇而見乎遠，同聲相應，同氣相求，雖小夫賤婦孤臣孽子之感諷，皆可以厚人倫、美教化，無他道也。」〔註 196〕旨雖言文學之理論，仍反映元好問重視小夫賤婦、孤臣孽子類，可「厚人倫，美教化」之。

值得一提的是，元好問所撰之《續夷堅志》亦秉持此一精神，若干篇描寫小動物與婦女此類相對之「弱者」時，往往透過特殊之環境背景，凸顯他們的勇敢與忠貞，進而產生而強大警世力量。如《續夷堅志》卷一〈戴十妻梁氏〉、卷二〈王氏孝犬〉、卷二〈貞雞〉、卷二〈原武閻氏犬〉、卷二〈雷氏節姑〉及卷三〈孝順馬〉等。所紀錄者：或爲知恩圖報，保護主人、有靈性而忠心爲主的小動物；或因伴侶的驟逝，選擇殉情的女子；或爲守節立下重誓者；或爲寧可乞食度日，放棄金錢，堅持報仇雪恨的婦人等。

〔註 194〕《遺山集》卷二十四〈善人白公墓表〉，葉三。
〔註 195〕《遺山集》卷二十四〈臨海弋公阡表〉，葉六。
〔註 196〕《遺山集》卷三十六〈楊叔能小亨集引〉，葉十二。

元好問筆下完整呈現這些性格剛烈的弱者，藉著這些文字，來感嘆亂世中人往往不如這些弱者的忠貞與勇敢，傳誌類散文亦秉此精神以謀篇，饒富深刻之社會意義。

（2）傳道授業，發揚學術

元好問對於文化之傳承，學術之發揚有卓越之貢獻，其所交往者，亦多文壇之名士；或興學教授於一方，或引領文壇，改變文風者。因此，以此類人物為墓主的傳誌文章數量最多。其中，最為膾炙人口的是為金源坡仙趙秉文寫〈閑閑公墓銘〉，其云：

> 若夫不溺于時俗，不汩于利祿，慨然以道德、仁義、性命、禍福之學自任，沉潛乎六經，從容乎百家，幼而壯，壯而老，怡然渙然，之死而後已者，惟我閑閑公一人。……道之傳，可一人而足；所以宏之，則非一人之功也。唐昌黎公、宋歐陽公身為大儒，繫道之廢興；亦有皇甫、張、曾、蘇諸人輔翼之，而後挾小辨者無異談。……生河朔鞍馬間，不本於教育，不階于講習，紹聖學之絶業，行世俗所背馳之域，乃無一人推尊之；此文章字畫，在公為餘事，自以徒費日力者，人知貴之，而不知貴其道歟？〔註 197〕

其內容則極力著墨於趙氏「沉潛乎六經，從容乎百家」，對儒家有紹聖絕學、傳道廢興之功。

〈內翰王公墓表〉寫一代文宗王若虛則云：

> 公資稟醇正，且有師承之素，故於事親、待昆弟，及與朋友交者，無不盡。學無不通，而不可為章句所困。頗譏宋儒經學以旁牽遠引為夸，而史學以探賾幽隱為功。……經解不善張九成，史例不取宋子京，詩不愛黃魯直，著論評之，凡數百條。世以劉子玄《史通》比之。為人強記默識，誦古詩至萬餘首，他文稱是。文以歐、蘇為正脈，詩學白樂天，作雖不多，而頗能似之。……又善持論。李右司之純以辨博名天下，杯酒淋漓，談辭鋒起；公能三數語窒之，唯有歎服而已。〔註 198〕

稱揚王若虛醇正儒士之風範，及其經學史學之建樹，並側重述其「文以歐、蘇為正脈」，標榜王氏辨博之名。

〔註 197〕《遺山集》卷十七〈閑閑公墓銘〉，葉一、五。
〔註 198〕《遺山集》卷第十九〈內翰王公墓表〉，葉三、四。

〈王黃華墓碑〉則寫王庭筠，說自己「志學以來」，即「知慕公名德」，且「蓋嘗夢寐見之。雖不逮指授，至于不腆之文，亦從公沾丐得之。」〔註 199〕傾訴自己仰慕王庭筠，並述王氏在詩文壇上崇高的地位。

又如〈龍虎衛上將軍朮虎公神道碑〉，言朮虎筠壽雖出於武功將軍世家，然「強學堅志」，「退而讀《律》。不二三年，條例及注釋問無不知」。元氏認爲朮虎筠壽童僕千人，家累鉅萬，卻生性儉素，是爲一難；「帶刀宿衛，從事獨賢，而於番宿更休之餘，爲幼學壯行之計，心樂性熟，寢食不廢，乃如寒苦一書生。雖明昌右文，海內向化，家存籝金之諺，士有橋門之盛；至於以衛士而治儒術者，唯公一人，是又一難也！」〔註 200〕大贊朮虎氏雖以武人之出身，猶能治儒強學，裨益於金代儒教之發揚。

〈劉景玄墓銘〉則稱劉昂霄之學是「無所不窺，六經百氏外，世譜、官制、地理與兵家所以成敗者爲最詳。作爲文章，淵綿緻密，視之若平易，而態度橫生，自有奇趣；他人極力追之，有不能到者。爲人細瘦，似不能勝衣。好橫策危坐，掉頭吟諷，幅巾奮袖，談辭如云。人有發其端者，徵難開示，初不置慮，窮探源委，解析絡脈，漫者知所以統，窒者知所以通，旁貫徑出，不可窺測。要之，不出天下之至理。四座聳聽，噤不得語。」〔註 201〕大讚其文章經學之建樹，是典型歌頌學人貢獻的傳誌文章。

〈郝先生墓誌〉則是爲自己的業師郝天挺所撰之墓誌，云：「先生習于禮義之俗，出於賢父兄教養之舊；且嘗以太學生游公卿閒，閱人既多，慮事亦審。故其容止可觀，而話言皆可傳。州里老成宿德，多自以爲不及也。」盛贊郝乃出身自書香世家，閱人多，慮事審，同鄉耆老自以爲不及。又藉郝氏之口述其教育理念等：

> 某既從之學，先生嘗教之曰：「學者，貴其有受學之器。器者何？慈與孝也。今汝有志矣，器如之何？」又曰：「今人學詞賦，以速售爲功。六經百氏，分裂補綴外，或篇題句讀之不知。幸而得之，且不免爲庸人，況一敗塗地者乎？」又曰：「讀書不爲文藝，選官不爲利養，唯知義者能之。今世仕宦，多用貪墨敗官，皆苦于饑凍，不能自堅者耳。」〔註 202〕

〔註 199〕《遺山集》卷第十六〈王黃華墓碑〉，葉九。
〔註 200〕《遺山集》卷第二十七〈龍虎衛上將軍朮虎公神道碑〉，葉五、六。
〔註 201〕《遺山集》卷第二十三〈劉景玄墓銘〉，葉六。
〔註 202〕《遺山集》卷二十三〈郝先生墓誌〉，葉八。

〈雷希顏墓誌〉則寫雷：「年十四五，貧，無以爲資，乃以冑子入國學，便能自樹立如成人。不二年，游公卿閒，太學諸人，莫敢與之齒。渡河後，學益博，文益奇，名益重。」〔註 203〕雷氏以經濟文學名揚於世，卒後，遂有「人物渺然之嘆」。

又在〈故河南路課稅所長官兼廉訪使楊君神道之碑〉寫元初大儒楊奐：「初，泰和、大安間，入仕者惟舉選爲貴科，榮路所在，人爭走之。程文之外，翰墨雜體悉指爲無用之技，尤諱作詩，謂其害賦律尤甚。至於經爲通儒，文爲名家，不過翰苑六七公而已。」〔註 204〕又言：「君授學之後，其自望者不碌碌，舉業既成，乃以餘力作爲詩文，下筆即有可觀」〔註 205〕後楊氏「志立而學富，器博而用遠」〔註 206〕，對於金元之際之文化建設，多有裨益。

寫書畫大家趙滋，亦著重於其詩文之成就：

> 大概藻然子少出閭里間，其曉音律、善談笑，得之宣、政故家遺俗者爲多。及長，厭於游蕩，乃更折節，取古人書讀之，久而學書學畫學詩學論文，立志既堅，力到便能有所得。爲人強記默識，不遺微隱。唐以來名家者之詩文，往往成誦如目前。考論文藝，解析脈絡，殆若夙昔在文字間者。畫入能品，詩學江西派，至於《黃石廟》等作，今代秉筆者或亦未可輕議。〔註 207〕

元好問並感慨的說趙滋乃「平生交不苟合，人與之言，一不相入，挾杖逕去，不返顧」的個性，卻對於元氏之詩文愛不能捨，「誦予詩文，恨相見之晚，而相從之不得久也，爲之泣數行下。」亦不難在文章中想見二人相知相惜之情誼。

寫「仕不近名，隱不違俗，藹然有古人之風」的趙端卿，乃正大年間經學文章大家，性不慕榮利，解職後「即閉戶讀書，無復仕進意。教誨子弟，以孝弟忠信爲根本，身自表率，使知踐履之實，不徒事章句而已。闔舉法行。當路有知君之賢、欲以一縣相屈者，君爲書以絕之。」〔註 208〕即使上召入史館，亦力辭而去。元好問對於此類與世不相入的一代高人，表現出敬佩之意。

〔註 203〕《遺山集》卷二十一〈雷希顏墓銘〉，葉九。
〔註 204〕《遺山集》卷二十三〈故河南路課稅所長官兼廉訪使楊公神道之碑〉，葉三。
〔註 205〕同上註。
〔註 206〕同上註，葉五。
〔註 207〕《遺山集》卷二十四〈藻然子墓碣銘〉，葉八。
〔註 208〕《遺山集》卷二十二〈奉直趙君墓碣銘〉，葉六、七。

值得一提的是，元好問在〈張伯英墓銘〉一文中分析當時外在的局勢與文人無奈的心境可說鞭辟入裡，其云：

> 予意其本出將家，氣甚高。已，折節爲書生，束以詩禮，優柔厭飫，偶以蘊藉見名。其鬱鬱不能平者，時一發見，如縛虎之急，一怒故在。世已亂，天下事無可爲，思得毀裂冠冕，投竄山海，以高騫自便，日暮途遠，倒行而逆施之。……我足天衢，彼責守閣。我材明堂，彼求侏儒。蚩蚩之與曹，而昧昧之與居。俱腐草木，孰別以區？千百載而下，或有搴蓬而問者，又焉知其輕世肆志、自放於方之外，以耗壯心而老歲月歟？〔註209〕

文中不僅寫墓主之際遇，也寫出當時眾多士人無奈之心境。乃因局勢紛亂，一再挫折著原本雄心壯志而想要有用於世的文人。元氏以爲既不能以武報國，方退而「束以詩禮」，然又不能爲世所用，迫於無奈高唱歸隱之調，只能自放山水之間，甘願徒「耗壯心而老歲月」，實非當時文人的本意。

元好問亦曾在這些傳誌文章中，表達自己對學術文化整體局勢的看法。如寫趙思文時，有云：

> 竊謂養士之效，猶種樹，猶作室。培植厚，則庇蔭之利博；堂構勤，則維持之功固。周家之作新民，漢氏之旁求儒雅，數世之後，人有士子之行，家食名氏之舊，王室下衰，而喬木故在。僑、札鬱爲時棟，陳、許坐鎮雅俗，名德相望，視全盛爲無愧。是知列國大夫，流風善政，固已發源於《菁莪》樂育之日，三國人物，高出近古者，猶興廉舉孝餘波之所及也。語有之：「魯無君子者，斯焉取斯？」敢以是論公。〔註210〕

以保存中原文脈爲己任的元好問，藉碑文道出發展儒學與教育養士的迫切性。養士即養國，望那些以著作自命，以學術繼往開來者，皆能有用於世。

（3）涉及宗教，傳奇誌異

元好問與全眞、佛、道等宗教人物往來素爲密切，或與之唱和，或有爲其別集著作撰序者。元氏對宗教靈異之事，其實頗有涉獵，然礙於身爲儒士，其總在儒教與其他宗教中取得自適之道。其曾於卷三十一〈紫虛大師于公墓碑〉中道出對宗教靈異之事的看法，其云：

〔註209〕《遺山集》卷三十一〈張伯英墓銘〉，葉五。

〔註210〕《遺山集》卷第十八〈通奉大夫禮部尚書趙公神道碑〉，葉十三、十四。

予聞之今之人：全眞道有取於佛老之閒，故其憔悴寒餓，痛自黥劓，若枯寂頭陀然。及其有得也，樹林、水鳥、竹木、瓦石之所感觸，則能事穎脫，戒律自解，心光爗然，普照六合，亦與頭陀得道者無異。故嘗論之：夫事與理偕，有是理則有是事，三尺童子以爲然。然而無是理而有是事，載於書、接見於耳目，往往有之，是三尺童子不以爲然，而老師宿學有不敢不以爲然者。予撰《夷堅志》，有平居未嘗知點畫，一旦作偈頌，肆口成文、深入理窟者三數人。黥卒販夫且然，況念念在道者乎？〔註 211〕

《續夷堅志》正多紀錄「無是理而有是事」者，對於這些超乎常理的異事，元氏「不敢不以爲然」，顯然是寧信其有的。

在傳誌散文中，元好問常以傳奇誌異的手法來記錄僧人、道士；如卷三十一〈華嚴寂大士墓銘〉中有：

正大丙戌九月五日夜，說〈世界成就品〉，明日以偈示眾，告以寂滅之意，且曰：「何從而來，何從而去。」於是右脅而化，壽七十有九。會葬萬人，所得舍利及它靈異甚多，此不具錄。〔註 212〕

同卷〈天慶王尊師墓表〉寫王志常尊師有：

尊師生大定壬午，又再閱二十九年，顏渥丹，須眉皓白，飲食如少壯人。客至，與談承平故事，歷歷可聽。識者謂異人得師童丱中，必謂他日爲受道之器，故置之仙聖所廬。敦龐耆艾，今既效矣。以庚戌冬十一月有八日，沐浴易衣，召弟子告以後事，留頌而逝。〔註 213〕

〈通眞子墓碣銘〉中寫通眞子秦志安有：

他主師席者皆竊有望洋之嘆。寶藏既成之五月，爲徒眾言：「寶藏成壞，事關幽顯，冥冥之間，當有陰相者。今大緣已竟，吾其行乎！」越二十有五日，夜參半，天無陰翳，忽震雷風烈，大木隨拔；遽沐浴易衣，蛻形於所居之樗櫟堂，得年五十有七。〔註 214〕

〈通玄大師李君墓碑〉寫李大方：「父以醫爲業。母管氏，妊十二月，夢神人捧日照其室，已而君生。」〈藏雲先生袁君墓表〉寫袁從義：「母娠十二

〔註 211〕《遺山集》卷三十一〈紫虛大師于公墓碑〉，葉六。
〔註 212〕《遺山集》卷三十一〈華嚴寂大士墓銘〉，葉三。
〔註 213〕《遺山集》卷三十一〈天慶王尊師墓表〉，葉八。
〔註 214〕《遺山集》卷三十一〈通眞子墓碣銘〉，葉九。

月而生，且有神光照室之異。幼沉默，不好爲童子劇。及長，儀觀秀偉，音聲如鐘，識者知其不凡。」皆爲傳奇之事。

〈徵公塔銘〉更以傳奇敘事寫澄徵投身僧佛事過程，全文頗具特色，今節錄如下以示之：

> 師諱澄徵，出於平定和氏。弱不好弄，行值塔廟，如欲作禮然。七歲白其父求出家。父知其代値善根，送之冠山大覺寺，師宗圓大德洪公。一日，詣洪公言：「今釋子迥迥，率言誓求佛果。如經所說，沙門修行歷三數劫，以至大千世界，無一臥牛許地非其舍身命處，乃得成道。信斯言也，世豈有一人可証佛果者？」洪雖心異之而不知所以答也。崇慶初，以恩例得僧服。洪命師歷講席以求義學，不三四年，能爲先學者指說。既久，厭抄書之繁，投卷嘆曰：「渠寧老於故紙間也！」即拂衣去，依清拙眞禪師於亳、泗間。眞一見師，知其不凡，贈之詩，有「三尺枯桐傳古意，一根藜杖知歸程」之句。再參少林隆、寶應遷，最後入龍潭虛明壽和尚之室。虛明風岸孤峻，特愼許可。師扣請未幾，即以第一座處之。有爲虛明言者：「公於徵首座推激過稱，不重加爐錘，則吾恐一軍皆驚將復見於今日矣。」虛明笑曰：「君未之知耳！我二十年不了者渠一見即了，尚待爐錘耶？」癸未冬，佛成道日，衆以師心光煥發有不可掩焉者，請於虛明，願爲師舉立僧佛事。師不得已升座，舉岩頭大歲法語云：「見過於師，方可傳授；見齊於師，減師半德。今日徵首座爲是見齊於師，爲復見過於師？若謂見過，辜負虛明老人；何止辜負虛明，亦乃喪身失命。若謂見齊於師，寧不辜負徵首座，何止辜負徵首座，雲門一枝，掃地而盡！然則究竟云何？」徐拈柱杖云：「一朝權在手，看取令行時。」虛明失喜，至以得人自賀。〔註215〕

又如〈墳雲墓銘〉，紀錄山僧法雲在母亡後守喪三年於廬墓旁，且號哭無時，父歿亦然。一日庵旁雨雪皆成花，眾人以爲「純孝之報」。元氏便在此墓銘中大發議論，以爲：「世之桑門以割愛爲本，至視其骨肉如路人。今師孝其親者乃如此，然則學佛者何必皆棄父而逃之，然後爲出家邪？」元氏以爲宗教回歸本質，不過懲惡勸善、安撫人心而已，然而百善又以孝爲先，出家人

〔註215〕《元好問全集》卷三十一〈徵公塔銘〉（據河南輝縣白雲寺石刻新補），頁656、657。

倘若拋棄六親，僅一味追求證道，到底不過捨本逐末，利己損他而已。不難見出元氏其實是藉此墓銘，諷刺當時迷信宗教而拋家棄子，「視其骨肉如路人」的普遍情況，反映出其獨特之宗教觀。

又，卷二十四〈南峰先生墓銘〉中寫呂豫慷慨就義，若早知死期，其敘事方式亦帶濃厚之傳奇色彩，其云：

貞佑之兵，謂所親言：「吾年八十有四，天數當盡癸酉，唯有坐待歸盡而已。」是冬，在所殘破，吾民老幼相與逃亡。先生喟然嘆曰：「癸酉之期至矣，明日有乘白馬、衣皂衣、挾弓矢、馳逐於社原桑林之下者，吾死此人手矣。」詰旦，果有邏騎到，物色悉如所言。先生欣然就戮，實十二月之二十三日也。〔註216〕

卷二十〈順安縣令趙公墓碑〉中亦有：

公方在襁褓，舉家藏匿林莽間，懼爲盜所跡，祝兒：「勿啼，啼則累我。」竟以不啼免難，宗黨異焉。〔註217〕

值得一提的是，在元好問筆下，神鬼怪異之事亦可爲傳誌文章素材。如〈朝散大夫同知東平府事胡公神道碑〉中，對於胡景崧「縣治瀕海」之時，以威嚇退妖狐一事，竟也列爲政績之一：

初，縣廨在古城之隅，爲妖狐所據。狐晝伏夜出，變化狡獪，或爲獄卒，縱遣囚系；或爲官妓，盜驛傳被襆，媚惑男女，有迷亂至死者。民無如之何，反以香火奉之，餘五十年矣。公下車，問知所以然，顧謂同僚：「官舍所以居賢，今令不得居，而狐得據之耶？」時屋空已久，頹圮殊甚，即命完葺之。明日，即聽事理務。抵暮，張燭而坐。夜參半，狐鳴後圃中，一唱百和。少頃，群集周帀廷內，中一大狐，據地而吼，如欲搏噬然。卒伍散走，投死無所；公安坐不爲動，而狐亦不敢前。良久，稍稍引退。如是者三日，遂不復來。〔註218〕

綜上所言，元好問傳志散文在對象上既打破華夷又跨越朝代，在內容主題上，則著重於歌詠義行善舉，尤其對於仁民愛物的良吏，對歷史文化有所貢獻的學人，更是不吝於讚揚。元氏本爲拓跋氏後裔，繼承趙秉文在〈蜀漢

〔註216〕《遺山集》卷二十四〈南峰先生墓銘〉，葉五。
〔註217〕《遺山集》卷二十〈順安縣令趙公墓碑〉，葉一。
〔註218〕《遺山集》卷十七〈朝散大夫同知東平府事胡公神道碑〉，葉六。

正名論〉中對民族觀念的精闢詮釋：「諸侯用夷禮，則夷之；夷而近於中國，則中國之」〔註 219〕。據喬芳統計，元氏近百篇碑志文章中，碑主有鮮卑族、女眞族、契丹族、漢族等〔註 220〕；對於不同民族的傳主，元好問同樣的加以頌贊，如實地紀錄其先祖世家，詳盡地述其德行生平，打破了狹隘的民族之見。文章不分南北夷狄，只要是「大河南北，皆吾境也；民，吾民也。」〔註 221〕凡值得紀錄者，必力求詳實記之。這對於不是生長在太平盛世，而是跨越時代民族的元好問來說，這樣的包容是很難得的。尤其是金亡之際，蒙古人踐踏中原後，元好問從未在碑志類文章中顯露出對於他族或異朝人的厭惡，而只將重點關注於墓主的品德與具體的作爲上。

他曾爲仕金又仕元的楊奐撰寫〈故河南路課稅所長官兼廉訪使楊公神道碑〉；爲投降蒙古且隨張柔滅金戰宋，屢立戰功的連襟喬惟忠撰寫〈千戶喬公神道碑銘〉，並冠其軍職於神道碑前。又如嚴實本爲金將，降宋又降元，甚又與宋聯合，最後爲元所用，然元好問僅以嚴氏在戰爭中，嘗阻止蒙古軍隊屠城，使數十萬人免於屠戮，同時亦約束自己的部下，不得殺掠無辜之行爲，列爲碑文素材。嘉許其仁民慈愛之心，更甚於計較一人之國家節操。又爲金朝降虜張子良寫下〈歸德府總管范陽張公先德碑〉，寫張氏除「信義昭著」外，更以「策慮愊億，氣節豪宕，其走夏寇、使大梁，特暫有所試，已足以信眉高談，無愧天下，況乎膂力方剛，委任伊始。」並巧於剪裁，輕筆帶過降元之事。

元好問傳誌文章除了能藉以保留更多史料以外，也能反映出元氏對於政治社會、道德理念的價值觀，其歌頌勇敢的戰士卻揭露戰爭的醜陋與殘酷；讚揚忠君愛國卻更能秉持愛民、施德政的人物；打破民族與朝代的藩籬，包容所有外來文化與接受各種宗教信仰，亦足見元好問在民族、社會、文化觀念上的包容性。

（三）敘記類散文

元好問現存的記體文四十四篇，包括學記、臺閣名勝記、山水遊記、廟觀記、畫記等，體式眾多，內容豐富，在金代名家中成就極高。元氏敘

〔註 219〕《滏水集》卷十四〈蜀漢正名論〉，葉十一。

〔註 220〕喬芳：〈元好問碑志分類研究〉（《江蘇大學學報》社會科學版，2007 年 7 月，第 9 卷第 4 期。）

〔註 221〕《遺山集》卷十八〈通奉大夫禮部尚書趙公神道碑〉，葉十六。

記類散文，雖都以記爲題，但內容並非單紀一事而已，文章中往往又夾雜議論，又略帶諷諭者，亦有兼懷故物，寄情山水者。茲就其內容略分爲四大類：

1、單純紀錄，寄情山水

和許多金末文人一樣，面對混亂的世局，頻仍的戰事，元好問常藉出遊，寄情於山水來聊慰內心，進而寫下許多遊記。

元好問單純遊記並不算多，以〈濟南行記〉、〈兩山行記〉及〈東游略記〉、〈惠遠廟新建外門記〉等文爲代表。其中，〈濟南行記〉記載濟南二十日遊，先寫「湖」，次寫「南北兩妙山」，再寫「泉」，寫「沇水」。對於景色的描繪非常仔細：

> 此亭在府宅之後，自周、齊以來有之。旁近有亭曰環波、鵲山、北渚、嵐漪、水香、水西、凝波、狎鷗。台與橋同，曰百花芙蓉。堂曰靜花，軒曰名士。水西亭之下湖曰大明，其源出於舜泉，其大占城府三之一。秋荷方盛，紅綠如繡，令人渺然有吳兒洲渚之想。大概承平時，濟南樓觀天下莫與爲比。喪亂二十年，唯有荊榛瓦礫而已。正如南都隆德故宮，頹圮百年，澗溪草樹，有荒寒古澹之趣；雖高甍畫棟無復其舊，而天巧具在，不待外飾而後奇也。凡北渚亭所見，西北孤峰五：曰匡山，齊河路出其下，世傳李白嘗讀書於此；曰粟山；曰藥山，以陽起石得名；曰鵲山，山之民有云：每歲七、八月，烏鵲群集其上，亦有一山皆曰鵲時，此山之所以得名歟？〔註 222〕

元氏寫「堂」、「軒」、「亭」、「湖」、「泉」、「山」等，得名之緣由及位置、景色等，皆以盡量詳細爲原則。最後再歸結到人事情境上，發出可嘆之音曰：

> 道南有仁宗時侍從龍圖張侍郎掞讀書堂，「讀書堂」三字，東坡所書，並範純粹律詩，俱有石刻。掞字叔文，自題仕宦之後，每以王事至某家，則必會鄉鄰甥侄，盡醉極歡而罷，各以歲月爲識。叔文有文譽，仕亦達，然以榮利之故，終身至其家三而已。名宦之役人如此，可爲一嘆也！〔註 223〕

〔註 222〕《遺山集》卷三十四〈濟南行記〉，葉八、九。
〔註 223〕《遺山集》卷三十四〈濟南行記〉，葉十一。

另，〈兩山行記〉則記鳳凰山與前高山「兩山」，然此記僅記鳳凰山，後人有疑脫稿者，或「遊而未記」〔註 224〕者。文章前半寫遊山之動機與經過，後半則敘次實跡，帶領讀者一探此山之深處。其中又以與李純甫間的對話，引入谷之景象描述，十分生動，值得一觀：

仲章步送入山，由眞人谷行。夾道雜花盛開，水聲潡潡，自澗壑而下。且行且止，不知登頓之爲勞也。半山一峰爲釣魚臺。其上爲十八盤，爲青龍嶺，爲風門。由風門而下，繞佩劍峰之右，爲來儀觀。觀在山腹，峰回路轉，臺殿突起，雲林悄然，別有天地，信靈境之絕異也！……山氣蒸鬱，可喜可愕。雨從林際來，謖謖有聲。雲烟草樹，濃澹覆露。不雨時頃，而極陰晴晦明之變。夜參半，星月清潤。中庭散步，森然魄動惜景之不可以久留也。〔註 225〕

「峰回路轉」、「別有天地」的絕美景色，以及隨氣候時間變化情形等，在元氏的刻畫入微下而生動。

〈東游略記〉則記載泰安地區名勝，手法明顯承《水經注》及《洛陽伽藍記》而來，所記山水地理皆認眞考察，並對石刻文字細心校勘〔註 226〕，今迻錄一段以示之：

今惟客省及誠享殿在耳，此殿是貯御香及御署祝版之所。城四周有岱嶽、青帝、乾元、升元四觀。青帝觀有唐大中歲金龍石刻：「大聖祖無上大道。」「金闕」、「玄元」、「天皇」、「大帝」之號，見於此。岱嶽觀有漢柏，柯葉甚茂。東有岩岩亭。山水自溪澗而下，就兩厓爲壁，如香山、石樓，上以亭壓之。北望天門，屹然如立屏，而濁流出幾席之下，眞太山絕勝處也！州門南，道左有宋封祀壇，合祀五方帝及九宮貴人壇。壇南有碑，碑陰載獻官姓名：駙馬都尉二人，攝司徒、司空、充黑帝、青帝獻官；九宮貴神合祀官、右諫議大夫種放；其餘知名如魏庠輩，又三四人。近城有眞宗御製御書並篆：〈登

〔註 224〕見（清）李祖陶點評：《元遺山文選》卷五〈兩山行記〉：「遊而未記，第存此味外味耶？」（葉三十七）。

〔註 225〕《遺山集》卷三十四〈兩山行記〉，葉十六、十七。

〔註 226〕〈東游略記〉中，記載泰安行臺齊武平中齊州胡僕射所造石室中刻文字，考其爲朗公所書；並仔細推敲前人廟記，加以對照《左傳》等史書記載，考「隔馬祠」應作「格馬祠」；並質疑党懷英以爲靈岩寺爲「希有道場」之說。如此種種，皆顯示元氏在地理、文物考證上的用心。

> 太山謝天書〉、〈述二聖功德銘〉。碑石堅整，若三山屏風然。道右有宋封禪朝覲壇，壇亦有頌。壇西南四五十里所，有蒿里山，山坡陀地中如大塚墓石，壇在其上。宋禪社首碑在山下祠中。宋以大中祥符元年十月二十七日封太山，碑刻皆王欽若、陳堯叟、錢惟演、楊億撰述。然字畫多剝裂，不能完讀矣。〔註 227〕

此文對當時泰安一帶之地理環境與風土人文，皆有豐富之參考價值。

〈惠遠廟新建外門記〉，前寫祠，次寫巨鎮，再著重於寫山麓所出之兩泉，其言：

> 蓋魏、齊而下，晉陽有北門之重；山川盤結，士馬強盛，天下名藩巨鎮，無有出其右者。此水去城才跬步閒耳。山之麓出兩大泉，噴薄湍駛；流不數步，遂可以載舟楫，匯爲巨陂，派爲通渠；稻塍蓮蕩，延袤百餘里，望之令人渺焉有吳兒洲渚之想。若濟源之清曠、蘇門之古澹、濟南之秀潤，以知水者言之，皆吾餘波之所及也！〔註 228〕

側重於歷史沿革與地理景觀的描繪，屬單純紀錄之敘記散文，目的在歌頌「南北路驛使寶坻高侯天輔憫外門之頹毀也，力爲新之。」

以上諸文雖爲單純紀錄之敘記文章典型之例，然在地理歷史、文物考證上，仍可見元氏不遺餘力之用心。

2、歌頌建設，尤重儒教

除單純紀錄寄情於山水的敘記文章外，元好問亦有兼歌詠臺閣名勝及基礎建設者。另外，也有一地之廟學興築完成，藉廟學記以宣揚儒學教化者。今依內容分類如下：

（1）單純紀錄臺閣名勝基礎建設者

元好問敘記文中有欲藉歌頌景色以讚揚當地建設者。如〈順天府營建記〉本寫順天府軍事位置極重且「民物繁夥」，然話鋒一轉，以侯顧而嘆曰：「水限吾州跬步閒耳！奇貨可居，乃棄之空虛無用之地。吾能指使之，則井泉有甘洌之變，溝澮流惡、又餘波之所及也。」側寫張德剛建設順天府的過程，再大篇幅的將內容主旨扣回歌詠建設：

> 宅侯所居，工材皆不資於官，役夫則以南征生口爲之；至別第悉然。爲南樓，因保塞故堞而爲之，位置高敞，可以盡一州之勝。……夫

〔註 227〕《遺山集》卷三十四〈東遊略記〉，葉十三。

〔註 228〕《遺山集》卷三十三〈惠遠廟新建外門記〉，葉七。

立城市，營居室，前人食政見於經、於史、於歌詠、於金石者多；今屬筆於子，其有意乎？」予因爲言：「自予來河朔，稚聞侯名，人謂其文武志膽，可爲當代侯伯之冠。起行陣閒不十五年，取萬户侯、金虎符如探囊中物。統城三十，制詔以州爲府，別自爲一道，並控關、陝、汴、洛、淮、泗之重。將佐喬惟忠孝先而下，賜金銀符者十數人。光大震耀，當世莫及。夫佩金紫、秉節鉞、書旗常、著鐘鼎，古人之所重；奔馳角逐、筋疲力涸有不敢望者，侯則顧盼顰呻而得之！況乎土木之計，力有可成者，豈不游刃恢恢有餘地哉？古有之，強可以作氣，堅可以立志。唯強也，故能舉天下之已廢；唯堅也，故能成天下之至難。非侯何以當之？是可書也已。」〔註229〕

〈警巡院廨署記〉乃元好問爲好友宋九嘉所領之兩警院作記，文中有言：

久之，得故教授位於樂善坊之東。教官廢久，屋爲民居，罅漏衰傾，風雨弗庇。侯以暇時易而新之。治有廳事，寢有堂奥，廚庫井廄，以次成列。外周以垣，内鍵以門，不私因，不公滯。蓋百日而後成，即以其事屬余記之。〔註230〕

皆以歌頌當地的建設爲主。

〈創開滹水渠堰記〉則藉李侯之口，側重於渠堰的建設經歷：

僕不自度量，以先廣威嘗與齊共事，思卒前業。賴縣豪傑、鄉父兄子弟佽助之，歷二年之久，僅有成立。蓋經始於壬寅之八月，起湯頭嶺西之北村，上下逾六十里，經建安口乃合流。又明年之三月既望，合鄉人豫議洎執役者，置酒張樂以落之。老幼欣快，歡呼動地，出乎昔所望之外。宜有文辭以垂示永久，幸吾子留意焉。〔註231〕

文中寫滹水水利興建始末，又以爲非特滹河可以，其他地區若「誠能引牧馬之水，以合三會於蒙山之麓，堤障有所，出內有限；才費數千人之功，平湖渺然，當倍晉溪之十。」表現出對本地之建設予以高度之期許。

〈代冠氏學生修廟學壁記〉則記右副元帥趙侯與知縣魯仔所增建之冠氏廟學，以爲「學校，大事也，前後歷數十政非無賢令佐，而乃因卑習陋，漫不加省；百年以來，能崇起之者，唯吾侯與魯、折三人而已。可勝嘆哉！」

〔註229〕《遺山集》卷三十三〈順天府營建記〉，葉十。
〔註230〕《遺山集》卷三十三〈警巡院廨署記〉，葉三。
〔註231〕《遺山集》卷三十三〈創開滹水渠堰記〉，葉四。

仍以頌揚三人增建廟學之功。〈竹林禪院記〉前寫永寧白馬原之竹林寺，間以寫景，後述佛徒建塔廟「富者以貲、工者以巧、壯者以力，咄嗟顧盼，化草萊爲金碧」，蓋歌頌工程偉浩如此。

〈鄧州新倉記〉中，元好問亦大發個人見解云：

> 天下之謀食者莫勞於農，而莫不害於農。農之力至於今極矣！叱牛而耕，曝脊而耘，一人之勞不能給二人之食，水旱霜雹，螟蝗蟊賊，凡害於嫁者不論也。用兵以來，調度百出，常賦所輸，皆創痍之民終歲勤動不得以養其父母妻子，而以佐軍興者。〔註 232〕

文章藉由陳述農民之辛苦與心酸，鋪敘農家耕種與國防息息相關，來總結穀倉建設之重要。

〈邢州新石橋記〉雖爲記錄石橋落成而作，然文章前半寫「橋」，後半則側重於議論說理；言「有一國之政，有一邑之政，大綱小紀，無非政也」。元氏並舉兩個例子，一則爲「子路治蒲，溝洫深治，孔子以恭敬而信許之」一則「子產以所乘輿濟人溱、洧之上，孟軻氏至以爲惠而不知爲政」，又言：「若二君者，謂不知啓閉之急與不知爲政，可乎？」其實二者皆惠民，只是受惠時間長短和受惠者眾寡不同而已，「禁民，政也；作新民，亦政也」善政之行一樣值得嘉許。這些散文大多是元氏受託而作，目的有二：一則紀錄建設之過程，二來歌頌讚揚當地官吏及士紳對地方的建設。然不論爲何，元好問對積極於基礎建設的過程總不吝於歌揚。

（2）藉歌頌建設以宣揚儒學教化者

元好問身處跨越金元兩個異族統治的朝代，又親見戰亂的影響，因此總特別留心於儒學教化和文化傳承。尤其是元氏往往在文章中寫自身感觸與經歷，或以略帶獨特的看法和意見。這些敘記文章中多有推重儒教，崇立道統的觀念者，比起純粹歌頌建設的記敘文章，更有文學與文化的價值。如〈令旨重修眞定府廟學記〉，言廟學廢於兵久矣，張德輝等奉旨振學，「奔走從事」，內容闡述了三代以來的教化歷程與文化傳，並下開長篇幅的議論，其以爲：

> 竊不自揆度：以爲仁、義、禮、智，出於天性，其爲德也四；君臣、父子、兄弟、夫婦、朋友，著於人倫，其爲典也五；惟其不能自達，必待學政振飾而開牖之，使率其典之當然，而充其德之所固有者耳。

〔註 232〕《元好問全集》卷三十三，〈鄧州新倉記〉，頁 683。

> 三代皆有學，而周爲備。其見之經者，始於井天下之田。井田中之法立，而後黨庠遂之教行。若鄉射，鄉飲酒，若春秋合樂、勞農、養老、尊賢、使能、考藝，選言之政，受成、獻馘、訊囚之事，無不在。又養鄉之俊，造者爲之士，取鄉大夫之嘗見於施設而去焉者爲之師。德則異之以知、仁、聖、義、忠、和；行則同之以孝、友、睦、婣、任、恤；藝則盡之以禮、樂、射、御、書、數。淫言詖行，凡不足以輔世者，無所容也。故學成則登之王朝；蔽陷畔逃不可與有言者，則撻之、識之，甚則棄之爲匪民，不得齒於天下。民生於其時，出入有教，動靜有養，優柔饜飫，於聖賢之化日益加而不自知，所謂人人有士君子之行者，非過論也。或者以爲井田自戰國以來埽地矣，學之制不可得而見之矣。天下之民既無以教之，將待其自化歟？竊謂不然。天佑下民，作之君師，夫豈不欲使之正人心、承王道、以平治天下？豈獨厚於周師而薄於世乎？由周而爲秦，秦又盡壞周制，燒詩、書以愚黔首，而黔首亦皆從之而愚。借耰鋤而德色，取箕帚而誶語，抵冒殊捍熟爛之極，宜莫秦民若也。高帝復以馬上得天下，其於變狂秦之餘習，復隆周之美化，亦不暇給矣。〔註233〕

元好問重視人之天性，亦重視後天之教化，認爲「尊師重道」與教化風俗宜並重，又言「風俗，國家之元氣；學校，王政之大本。不塞不流，理必有至」；文章中並以漢能復舉周制之事，論證今之儒教亦必能復，主旨都扣在儒學教化的宣揚上。

又在〈東平府新學記〉中強烈呼籲「學政之壞久矣！」並論「刑」與「教」乃治國兩大基本，全篇偏重於議論，旨在宣揚教與政不可偏廢之理：

> 嗚呼！治國治天下者有二：「教」與「刑」而已。刑所以禁民，教所以作新民。二者相爲用，廢一不可。然而有國則有刑；教則有廢有興，不能與刑並，理有不可曉者。故刑之屬不勝數，而賢愚皆知其不可犯；教則學政而已矣。去古既遠，人不經見，知所以爲教者亦鮮矣，況能從政之所導以率於教乎？何謂政？古者井天下之田，黨庠遂序，國學之法立乎其中。射鄉、飲酒、春秋合樂、養老、勞農、尊賢、使能、考藝、選賢之政皆在。聚士於其中，以卿大夫嘗見於

〔註233〕《遺山集》卷三十二〈令旨重修眞定府廟學記〉，葉一、二。

設施而去焉者爲之師，教以德以行，而盡之以藝。淫言詖行，詭怪之術，不足以輔世者，無所容也。士生於斯時，揖讓、酬酢、升降、出入於禮文之間。學成而爲卿、爲大夫，以佐王經邦國；雖未成而不害其能至焉者猶爲士，猶作食者之養吾棟也。所以承之庸之者如此。庶頑讒說，若不在時，侯以明之，撻以記之；記之而又不從，是蔽陷畔逃，終不可與有言，然後棄之爲匪民，不得齒於天下。〔註 234〕

該文說明教崩則萬惡生之理，望上位者引之爲戒。說服力十足，幾能成爲單篇的議論文章，更顯見元好問對於文化傳統的維護和整合實不遺餘力。

〈博州重修學記〉中，元氏認爲博州「自唐以來爲雄鎭，風化則齊魯禮義之舊，人物則魯連子、華歆、駱賓王之所從出」，應承繼優良傳統，把教化風俗當成治天下的重心，甚且非侷限於一州一地：

雖然，豈獨此州然哉？先王之時，治國治天下，以風俗爲元氣，庠序黨術無非教，太子至於庶人無不學。天下之人，幼而壯，壯而老，耳目之所接見，思慮之所安習，優柔於弦誦之域，而饜飫於禮文之地；一語之過差，一跬步之失容，即赧然自以爲小人之歸。若犯上，若作亂，雖驅逼之、從臾之、誘引之，有不可得者矣。故以之爲俗則美，以之爲政則治，以之爲國則安且久。理之固然而事之必至者，蓋如此。〔註 235〕

人倫之導正就像是「冠」與「履」般，需在一定的位置，不能「冠而履之，履而冠之」，顚倒人倫之秩序。元氏知戰亂後興學乃不易之事，故不覺大發淋漓之議論，恨不得能速樹學、立道統，以爲「士者，推詳序黨塾所自出之道而致之天下四方者也。」全文主旨都在宣揚教育的重要性。

〈趙州學記〉則以「且告之曰」下開議論，認爲五倫是百姓日用而不知，卻極爲重要的，且責無旁貸的警惕儒生們：

儒學之士，雖有任其責者，亦以爲不急之務矣。……趙侯不出於強率，不入於承望，崇儒向道，自拔於流俗者如此！在於學古之士，其喜聞而樂道之，宜何如哉？故爲記之，且告之曰：「吾道之在天下，未嘗古今，亦未嘗廢興。君臣、父子、夫婦、兄弟、朋友之際，百姓日用而不知。大業廣明五季之亂，綿蕝不施，而道固自若也。雖

〔註 234〕《遺山集》卷三十二〈東平府新學記〉，葉四、五。
〔註 235〕《遺山集》卷三十二〈博州重修學記〉，葉七。

然，庠序、黨塾，先王之所以教，後世雖有作者，既不能復有所加，亦豈容少有所損？羊存禮存，此告朔之餼所以不可廢也。夫興學，儒者事也；用武之世而責人以儒者之事，不可也。異時，時可爲，力可致，而使學宮有鞠爲園蔬之嘆，不必以前世趙、任、路三使君爲言。視今趙侯，能不少愧乎？」〔註236〕

元好問以爲興學，雖儒之事也，然「用武之世」，亦皆應以趙侯爲榜樣，儒道方能興於天下。

〈壽陽縣學記〉亦爲學記，前半寫金朝科舉教育制度之歷程，後半則專以論風俗教育與國家之大政：

公輩寧不知學校爲大政乎？夫風俗國家之元氣，而禮義由賢者出。學校所在，風俗之所在也。吾欲塗民耳目，尚何事於學？……則天下豈有不學而能之者乎？古有之：『有教無類』；雖在小人，尤不可不學也。使小人果可以不學，則武城之弦歌，當不以割雞爲戲言矣。……能自拔於流俗，崇儒重道如若人者乎？且子所言『無以自達』者，亦過矣。興學之事，賢相當任之，良民吏當爲之。賢相不任，良民吏不爲，曾謂斗食吏不得執鞭於其後乎？使吾不爲記茲學之廢興則已，如欲記焉，吾知張不渝之後，唯此兩從事而已！奚以斗食之薄、萬鐘之厚爲計哉？〔註237〕

〈馬侯孝思堂記〉亦爲宣揚教化之作，作者以「天地立人，聖人立名教；天大地大，而孝亦大」〔註238〕，開門見山點出主旨；接著，全文扣緊一「孝」字，以爲「孝子之念其親，無乎不在；君獨以名其堂者，其必有說」〔註239〕；然在得知建堂乃因「欲吾子孫不忘先人之故，爲無窮之傳耳」後，感慨而云：

有是哉！古人有言，不孝，則事君不忠，蒞官不敬，朋友不信，戰陣無勇；是故爲百行之本。先恆州忠義奮發，無愧千古，贈典之追崇，褒忠□□□□□〔註240〕之豫享，其必有以得之。〔註241〕

〔註236〕《遺山集》卷三十二〈趙州學記〉，葉八、九。

〔註237〕《遺山集》卷三十二〈壽陽縣學記〉，葉十。

〔註238〕《遺山集》卷三十三〈馬侯孝思堂記〉，葉十三。

〔註239〕同上註。

〔註240〕《文淵閣四庫全書》本《遺山集》卷三十三〈馬侯孝思堂記〉，無此五缺字。（葉二十二）

〔註241〕《遺山集》卷三十三〈馬侯孝思堂記〉，葉十四。

亦不難知元好問在亂世中教忠教孝之心迫切如此。

3、諷刺時局，論辯真偽

元好問諷刺散文並不多，然一旦決心以諷刺入筆，也就寫得酣唱淋漓。這類文章最能超越敘記文章本身之價值，反映當時的政治和社會現象。如作於正大二年（1225）的〈吏部掾屬題名記〉，對於金末吏部之敗壞，爲官者喪失廉恥之心，只知苟且度日，痛心疾首的揭露：

> 自風俗之壞，上之人以徒隸遇佐史，甚者先以機詐待之。廉恥之節廢，苟且之心生，頑鈍之習成，實坐於此。夫以天下銓綜之繫，與夫公卿達官之所自出，乃今以徒隸自居，身辱而不辭，名敗而不悔。甚矣，人之不自重也！乃錄南幸以來名姓凡若干人刻之石。孰善孰惡，孰由此而達，孰由此而敗，觀者當自知之，得以監焉。〔註 242〕

元好問在這篇散文中沉痛的呼告著，包括吏部廢「廉恥」、生「苟且」、習「頑鈍」，甚言此類公卿是「人之不自重也」，可想見元氏對於金末亂世官吏之間上下交相賊情況頗感痛心。

至於暗諷者，著名的〈市隱齋記〉更是此類代表作。對於號稱「隱於市」的假隱者，元氏實不齒之，其認爲：既爲一眞正之隱士，何必假他人之手撰寫敘記文章，大張旗鼓的昭告天下？元氏顯不認同此類以取終南捷徑之虛僞人物，文章委婉批判對於「欺松桂而誘雲豁」的假隱者，更對於那些「掛羊頭，賣狗脯；盜跖行，伯夷語」卻大言不慚的說「我，隱者也」的虛僞者加以指斥。語帶諷刺又不失敦厚，內容鋪排亦頗具匠心，令人玩味無窮。

另外，〈臨錦堂記〉雖表面是紀錄劉公子出資所建之雅堂，對於堂內諸多景物描繪亦是栩栩如生；然仔細推敲內文，可發現元好問對於時下出於富貴家，「春秋鼎盛，志得意滿，時輩莫敢與抗」的公子哥，其實頗不能苟同。文後話中有話指堂主劉公子乃一「能折節下士，敦布衣知好，以相期於文字間，境用入勝，果不虛語」者，然「河朔版蕩以來，公宮、侯第、曲室、便房，止以貯管弦、列姬侍，深閉固拒，敕外內不得通，其不爲風俗所移者，纏一二見耳。」此話一出，藉由堂中華麗的景物，冠蓋雲集的情況，反諷貴族只知築雅堂，招騷人詞客作樂吟詩，終日只求「名章雋語，傳播海內」；至於興建雅堂能否眞正宣揚儒術卻是未知。元好問表面上說「樂爲之書」，但樂與不

〔註 242〕《遺山集》卷三十三〈吏部掾屬題名記〉，葉三。

樂，恐已是昭然若揭。此文與〈市隱齋記〉異曲同工，暗諷貴族只知士紳只知沽名釣譽，築堂自樂，卻不能眞正對家國有所建設，亦足見元好問對於這些當地不知人間疾苦的豪貴是頗有微言的。

〈李參軍友山亭記〉中，作者恐也意有所指的質疑「僞隱者」。此記前寫「山」水形勢，後寫「友」之定義，其中以山比人，藉李麟參軍之言，倒敘貞祐南渡以來，「遭離喪亂」，「時移物換」的情況；李氏難得能尋得一山，進而與山爲友，並「以與麋鹿同群而遊」，離群索居。元氏嘉許李「不以欺松桂，誘雲壑而爲嫌」，樂於爲之作記。這篇散文乍看亦似平凡無奇，然細推敲其文意，會發現元氏在聽完李麟對於的「友山」的一番解釋後，在文末說「有是哉！予向所疑釋然矣。子歸，幸多問草堂之靈」，然此一「疑釋然」云云，恐即是元好問用以暗諷某些假隱者不如李參軍之眞誠老實。畢竟，那些大張旗鼓，唯恐天下不知的高調隱者，心態總是可議的。

〈通仙觀記〉亦有直刺虛僞的隱士者，他在該文中表示：「人」稟天地之氣，氣之清者爲「賢」；而賢者而清者，可以爲「仙」。但那些藉修習宗教之名，拋妻棄子追求成仙之路，卻「以黃冠自名者，宜若可望也。」其云：

> 夫玄學之廢久矣，惟玄學廢，故人以學仙爲疑。今夫居山林、棄妻子，而以黃冠自名者，宜若可望也，然叩其中，則世閒事人所共知者且不能知，況出世閒乎？倀倀之與游，憒憒之爲曹，未嘗學而曰「絕學」，不知所以言而曰「忘言」；囚首喪面、敗絮自裹，而曰「君子盛德，容貌若愚」，前所謂以俟其人者，果何所俟邪？抑有之而予不之見邪？嗚呼！靈都眞境，自昔宏衍博大，眞人之所往來；乃今求自拔於流俗者而不可得。於此可以觀世變矣！因並及之，以爲索隱行怪、斯（欺）世盜名者之勸。〔註 243〕

元氏稱這些虛僞的道士是：「索隱行怪、欺世盜名」，批判之嚴厲，不假辭色。

卷三十五〈紫微觀記〉中，則是直接批評虛妄荒誕的傳統道教，認爲全眞教在這些荒誕的宗教中依然秉持「本於淵靜」的本質，方能夠流行於當世。在文章中，元好問指出古之隱者與今之隱者大異之處：

> 予爲之說云：古之隱君子，學道之士爲多，居山林，木食澗飲，槁項黃馘，自放於方之外，若涪翁、河上丈人之流。……貞元、正隆以來，又有全眞家之教。咸陽人王中孚倡之，譚、馬、丘、劉諸人

〔註 243〕《遺山集》卷三十五〈通仙觀記〉，葉十八。

和之。本於淵靜之說，而無黃冠禳襘之妄；參以禪定之習，而無頭陀縛律之苦。……今河朔之人，什二爲所陷沒。無淵靜之習，無禪定之業，所謂舉桑門以自例者，則兼有之。望宣、政之季，厭而去之之事，且不可見，況附於黃、老家數以爲列仙者，其可得乎？嗚呼！先哲王之道、中邦之正，埽地之日久矣！是家何爲者，乃人敬而家事之？殆攻劫爭奪之際，天以神道設教、以弭勇鬥嗜殺者之心邪？抑三綱五常將遂湮滅、顛倒錯亂、人與物胥而爲一也？不然，則盛衰消長、有數存焉於其間，亦難於爲言也已！〔註244〕

本文中元好問雖稱揚全眞教的貢獻，然言下之意仍是望能恢復崇儒士風。清人李祖陶就曾認爲此文是：「全眞家古所未有，世風日降，雖異教亦變而愈下，然無用之用，於世道亦有小補。篇中追溯源本，究極流弊，無一語肯爲放倒，眞儒者之文。」〔註245〕所言亦有理。

值得注意的是，元好問在金末文壇中望高名大，前來求齋記文、道觀記文、廟學記者眾，元好問能爲這些古蹟宗教學府作些記錄亦爲美事一樁，以至敘記類文章與宗教、教育相關者數量最多，篇幅亦較長；然此類文章在行文上卻無敷衍重複之情況，實屬難得。再者，從這些文章中看來，元氏從不因委託人的身分或設定的立場而改變自己的主張，更不以阿諛奉承或溢美之詞來迎合任何人，往往將紓發自己理念與辯論眞僞是非視爲更重要的事情。

其中爭議頗大的是〈清眞觀記〉，其被陳垣等人認爲是「遺山偏見」〔註246〕。在此文中，作者肯定全眞教是：「自神州陸沈之禍之後，生聚已久而未復其半；蚩蚩之與居，泯泯之與徒，爲之教者獨全眞道而已。」〔註247〕在人情不甚美的世道中，丘處機「往赴龍庭之召，億兆之命，懸於好生惡死之一言。」但話鋒一轉，又言：「誠有之，則雖馮瀛王之對遼主不是過。從是而後，黃冠之人十分天下之二，聲焰隆盛，鼓動海岳；雖凶暴鷙悍、甚愚無聞知之徒，皆與之俱化。」元氏把丘處機比喻爲五代時期曾侍奉五朝、八姓、十三帝，爲官四十餘年的貳臣「馮道」；雖肯定全眞教在金元二朝交替之際有「止殺」的效用，然將宗教首領比喻爲政客這對堅守道教核心理念的人來說並不十分恰當。

〔註244〕《遺山集》卷三十五〈紫微觀記〉，葉十二。
〔註245〕見（清）李祖陶點評：《元遺山文選》卷六〈紫微觀記〉，葉十三。
〔註246〕陳垣：《南宋初河北新道教考》（中華書局，1989年5月再版）。
〔註247〕《遺山集》卷三十五〈清眞觀記〉，葉十五。

牛貴琥曾爲元好問此文做合理解釋，其認爲：「元好問是以詩人的氣質藉以抒發自己的感受，而不是將矛頭全指向全眞教。文中就明確講『並著予所感焉。』他將丘處機比爲馮道也不是對丘處機不敬，因爲元好問自己的行爲和觀念也頗近似馮道。」〔註248〕事實上，元好問不可能不明白歷史對於馮道的評價爲何，亦應不至於認爲丘處機如馮道般是個善於處世的政客，彼只是在文章中認爲「豈非天耶」的世態已非人能改變，且丘氏是個懂得在亂世中因應世局的宗教領導者，其與政治上也懂得順應局勢的領導者，確實有相類之處。金末元初全眞教能引領一切宗教進而取代佛道儒三家，元好問感到驚訝之餘，有更多是無限的感慨，於是不矯柔做作的一味奉承，反借題發揮，因事遣詞，形心之所欲言者而已。這樣的文章也符合了他的文論：「由心而誠，由誠而言」〔註249〕、「不誠無物」〔註250〕、「性情之外，不知有文字」〔註251〕的理念。清人李祖陶認爲：「此先生憂世之言，歸功於全眞家，其痛深矣。」〔註252〕應是最公允的說法了。

綜上所言，元好問將想說之心聲，發而爲文，包括〈市隱齋記〉、〈紫微觀記〉等篇，或諷刺時局，或辯論眞僞，不畏強權與世論，在朝代交替的亂世裡亦爲難得之事。

4、畫記雜記，兼懷故物

雜記如〈南陽縣令題名記〉、〈太古觀記〉、〈故物譜〉〔註253〕等，這些篇章文學價值看似較低，然不論是思想性或藝術造詣上，在金元之際都有獨特之處。

〈故物譜〉紀錄元氏家中所藏之字畫及寫本，數量相當龐大，可惜「焚盪之餘，蓋無幾矣」。元好問說自己「住在鄉里，常侍諸父及兩兄燕談，每及家所有書，則必枚舉而問之。如曰：某書買於某處所，傳之何人？藏之者幾何年，則欣然志之」。元氏自小即對書籍懷抱興趣，對於所藏諸書亦盡力訪知其來歷，並逐一紀錄之，對其《中州集》與《續夷堅志》諸書之編撰無疑打

〔註248〕牛貴琥：《金代文學編年史》下冊，頁675。

〔註249〕《遺山集》卷三十六〈楊叔能小亨集引〉，葉十二。

〔註250〕同上註。

〔註251〕同上註。

〔註252〕（清）李祖陶：《元遺山文選》卷六〈清眞觀記〉，葉十九。

〔註253〕〈故物譜〉，《遺山集》歸之於卷三十九「雜體」類，然今觀內文，實屬敘記散文，故歸之於敘記類。

下基礎。〈故物譜〉文末以反證法來反駁議者之說，認爲重視故物並非執著於「物」。對於這些故物，古聖人也往往款識「子子孫孫永寶用」之類文字，這並非不能忘情於一物，而是「備物以致用，守器以爲智」的表現，若「得之有道，傳之無愧」則可矣，不必矯情追求忘物超然的境界。若擴大解釋，這篇〈故物譜〉化守「故物」到「故國」，可說進而體現了思念故國的情懷。

另外，雜記文字者，有〈校笠澤叢書後記〉評陸龜蒙詩文；〈尙藥吳辨夫壽冢記〉則記錄與吳辨夫的對話，闡述生與死之間的迷思與價値；〈王無競題名記〉論述安陽王無競之書法；〈東平賈氏千秋錄後記〉則寫東平賈侯之世家，及賈侯一生之政績，敘事娓娓，猶以傳誌寫敘記，亦爲一特殊之作品。畫記則如〈張萱四景宮女〉記畫作四幅；〈朱繇三官〉以記「天官、地官、水官」三官服之圖像，兩者皆描繪生動，使讀者如親觀畫作，有當代文人不可及之處。

（四）其他類散文

元好問別集散文體式眾多，無法就每一文體詳研之，不屬「序引」、「傳誌」、「敘記」三大類者，茲皆歸之爲其他類。以下並分爲「頌贊」、「書牘」、「哀祭」、「雜體」四者略述：

1、頌贊

〈登封令薛侯去思頌並序〉爲贈序類佳作，大致上寫薛居中在登封侯後於政治上的總總德政，敘述條理分明，今逐錄一段以示之：

> ……侯之來前，政適爲飛語所被，羣小焰焰，如棼絲，如沸糜，殆若不復能措手者。侯曰：「内之不治，不可以言外。」於是退悍卒、併冗吏、決留務、釋滯獄，不旬日，縣中廓廓無事。即召里胥鄉三老之屬，凡民之貧富，丁之寡眾，里社之小大，輸送之近遠，諦問詳審，纖悉具備，著爲成籍，按其次而用之。貸逋賦以寬流亡，假閒田以業單貧。一粟之斂，一夫之役，均配周及。權衡之必平，錙銖之必分也。寬以期日，不復強責。計以追胥之費之半，而公上給矣。……大概侯之治，仁心以爲質，不屑屑於法禁。人有犯，薄示之辱，教以改過而已。至於老姦宿惡，不可以情用者，深治而痛繩之，終不以爲夸也。〔註 254〕

〔註 254〕《遺山集》卷三十八〈登封令薛侯去思頌並序〉，葉九。

敘述中可感受到元好問對於不屑於亂世中的法禁而能有自己優秀政績的薛侯讚賞不已，也透露出元氏對於能吏的欽佩與期待。

贊文則以〈寫眞自贊〉最爲膾炙人口，清人李祖陶稱此文是「自知之謂明，意雖謙而實傲」〔註255〕，亦迻錄全文於下以示之：

> 短小精悍，大有孟浪；勃窣盤跚，稍自振厲。豪爽不足以爲德秀之兄，蕭散不足以爲元卿之弟。至於欽叔之雅重、希顏之高氣、京甫之蘊藉、仲澤之明銳，人豈不自知？蓋天稟有限，不可以強而至。若夫立心於毀譽失眞之後，而無所恤，橫身於利害相磨之場而莫之避，以此而擬諸君，亦庶幾有措足之地。〔註256〕

2、書牘

〈癸巳寄中書耶律公書〉則是元好問在金亡入元以後，上書給當朝宰相耶律楚材的信，信中開頭就以說理入筆，以修屋建堂喻天下用才之緩急，曰：

> 夫天下大器，非一人之力可舉；而國家所以成就人材者，亦非一日之事也。從古以來，士之有立於世，必藉學校教育、父兄淵源、師交之講習，三者備而後可。喻如修明堂，總章必得楩楠豫章、節目磥砢、萬牛挽致之材，豫爲儲蓄數十年之間，乃能備一旦之用。非若起尋丈之屋，欂櫨椳楔、楹杙甍桷，雜出於榆柳槐柏，可以朝求而暮足也。〔註257〕

元氏於金亡後，終身未仕於元，在這份書牘中，彼僅以一危朝遺老的身分，擬了一份五十四人的士人名單，目的是希望耶律楚材能進用這些文人，裨益於天下。文字中足見其對文化建設的一片熱腸，即使後來因爲這封書牘，而遭到某些人毀謗非議〔註258〕，其亦不悔。

〈與樞判白兄書〉一文則感情眞摯，言語娓娓，對世局的變化與病癒後的心境有無限的感慨，頗有唐白居易〈與元微之書〉的風格，其言：

〔註255〕（清）李祖陶點評：《元遺山文選》卷七〈寫眞自贊〉，葉十三。

〔註256〕《遺山集》卷三十八〈寫眞自贊〉，葉八。

〔註257〕《遺山集》卷三十九〈寄中書耶律公書〉，葉一。

〔註258〕元好問撰此書信時，乃天興二年（1233）金尚未亡國時，然文中卻說「授之維新之朝」，於是輿論譁然；又因與蒙元宰相通信，節操備受質疑，議者多以爲元氏國家未亡即急於攀附新朝權貴。元好問亦嘗在〈外家別業上梁文〉中云：「爰自上書宰相，所謂試微軀於萬仞不測之淵；至於喋血京師，亦常保百族於群盜垂涎之口。皇天后土，實聞存趙之謀；枯木死灰，無復哭秦之淚。」（《遺山集》卷四十，葉二）即言此事遭非議之心境。

> 某頓首：自乙巳歲往河南舉先夫人旅殯，首尾閱十月之久，幾落賊手者屢矣！狼狽北來，復以葬事往東平，連三年不寧居。坐是不得奉起居之間；吾兄亦便一字不相及，何也？如聞曾定襄人處寄書，然至今不曾見。但近得仲庸書，報鐵山已娶婦，吾兄飲啖如平時；差用爲慰耳。去秋七月二十三日，忽得足痿症，賴醫者急救之，僅免偏廢。今臂痛全減，但左右指麻木仍在也。比來數處傳某下世，已有作祭文挽辭者。此雖出於妒者之口，亦恐是殘喘無幾、神先告之耳。向前八月大葬之後，惟有《實錄》一件，只消親去順天府一遭，破三數月功，披節每朝終始、及大政事、大善惡系廢興存亡者爲一書，大安及正大事則略補之。此書成，雖溘死道邊無恨矣！更看向去時事，稍得放松否也。王先生碑，今送去，中間有過當處，吾兄細爲商略之。碑石想亦便立得，他日改定，亦無害也。所欲言者甚多，聊疏三二事，欲吾兄知之。有便，望一書爲報也。時暑自愛。〔註259〕

另一封〈答聰上人書〉則幾乎將自傳寫入書信，娓娓道出自己求學的經歷以及寫詩的幾個觀點。文中說自己：

> 起寒鄉小邑，未嘗接先生長者餘論，内省缺然，故痛自鞭策，以攀逸駕。後學時文，五七年之後，頗有所省。進而學古詩，一言半辭，傳在人口，遂以爲專門之業。今四十年矣。見之之多，積之之久，揮毫落筆，自鑄偉詞以驚動海内則未能；至於量體裁、審音節、權利病、証眞贗，考古今詩人之變，有戇直而無姑息，雖古人復生、未敢多讓。〔註260〕

元氏畢竟治學見多而積久，關於寫詩很有自己的見地，既謙遜又帶有自信，做學問則「戇直而無姑息」。

3、哀祭

哀祭之文本較無文藝性，然元好問能藉哀祭文章以自抒，吐露生平憂思之感慨，在整個金代而言實屬罕見。如卷四十的〈外家別業上梁文〉，文中元好問說己「蟫蠹書痴，雞蟲祿薄，猥以勃窣盤跚之跡，仕於危急存亡之秋」，但冒著「萬仞不測之淵」上書耶律楚材，請求其養天下之名士，反遭「無罪

〔註259〕《遺山集》卷三十九〈與樞判白兄書〉，葉二、三。

〔註260〕《遺山集》卷三十九〈答聰上人書〉，葉四。

無辜之謗」，他痛心的說：「耿孤懷之自信，聽眾口之合攻。果吮癰舐痔之自甘，雖竄海投山其何恨！」〔註 261〕對於那些造謠者，元氏只好以「以流言之自止，知神理之可憑」自我安慰，最後再以「伏願上梁之後，里仁爲美，鄰德不孤」〔註 262〕，自悲自幸，兼而有之。清人李祖陶說此文是「古藻心織，秀骨天成，此當係先生絕筆之文。」〔註 263〕是一篇金朝極爲獨特的上梁文。

4、雜體

元好問亦有充滿寓意的雜記散文，如〈射說〉即是一篇充滿寓意的雜記，其以晉侯子婿馳射表演失敗爲開頭，借座下客之言，說明「身」、「馬」、「弓矢」、「的」四者與射準微妙的關係，客並表示自己能夠爲大家表演；卻被晉侯以「一馬百金」，寧可悻悻然罷酒也不願將馬借給此客表演以盡興。元好問以此事爲借鑑，認爲「天下事可見矣！爲之者無所知，知之者無以爲。」文中盡是暗示：政治上當政者或有不知爲政的道理，而眞正有才能的「知之者」，卻往往難以接近政治權力的中心。如此一來，當政者註定要失敗，而有才能者只能匏瓜徒懸，金朝終難逃滅亡的命運，難怪元氏要「是可嘆也」了。

三、風格特色

元好問散文體式眾多，寫作章法亦各有其特色，《四庫全書總目提要》稱其文乃：「至古文繩尺嚴密，眾體悉備而碑版誌銘諸作尤爲具有法度，晚年嘗以史筆自認。」〔註 264〕其中「繩尺嚴密」正是對元氏散文的主要特色。除此之外觀察其散文，特分爲「以論爲記，夾評夾議」、「對話鋪陳，靈活生動」、「匠心獨運，舉綱化繁」、「言簡意賅，樸質平易」四者，逐一探討其筆法及特色：

（一）以論為記，夾評夾議

元好問沒有議論文章存世，恐與其身處之政治時代背景與寫作習慣有關，然其仍好發議論於敘記與傳誌文章中，是一大特色；且元氏乃散文疏鑿手，化論於記中，手法亦極其自然靈動。今依其章法佈局，分類援以爲證：

〔註 261〕《遺山集》卷四十〈外家別業上梁文〉，葉二。

〔註 262〕同上註，葉三。

〔註 263〕（清）李祖陶：《元遺山文選》，卷七〈外家別業上梁文〉，葉二十四。

〔註 264〕《欽定四庫全書總目》卷一百六十六，集部，別集類十九，〈《遺山集》四十卷附錄一卷〉葉七、八。

1、敘記類

（1）夾敘夾議，援證入題者

不論是將議論文字置於文章何處，都能引起讀者對文章的興趣以增添讀者對敘述內容的認同，茲以議論文字出現的位置及其所佔之比例，作為文章架構之觀察：

① 前半先敘，置議於後

卷三十二〈令旨重修眞定廟學記〉：前敘張德輝受召，北上晉見忽必烈，直陳鎭府廟學興建情形，爾後張氏奉旨奔走興學，眞定廟學始成。以「竊不自揆度」，話鋒一轉，始論四德五倫及教化之重要。其中議論部分佔全文三分之二強。

卷三十二〈東平府新學記〉：文章前半從鄆州之學自唐宋以來即有所承繼，故「視他郡國為最盛」，惜貞佑兵後廢，嗣侯涖政後始有心「振飭文事」之歷程；後半則以「嗚呼！治國治天下者有二：『教』與『刑』而已。」論『教』與『刑』之異同與不可偏廢之理，並闡述兩者之內涵。議論文字約佔全篇記二分之一強。

卷三十二〈博州重修學記〉：前先記博州廟學興建之始末，並感慨博州自唐以來人文薈萃，民號良善易教，喪亂之後「不能自還耳」；文後便闡論自先王以來，學風更振，太子庶人無不學，論學與教化乃一切根本，「以之為俗則美，以之為政則治，以之為國則安且久」，又闡述道統之重要。論述部分佔全文三分之二強，清人李祖陶以為此文「後幅則老筆紛披，筆力如劍之出匣。」〔註265〕

卷三十二〈趙州學記〉：前敘趙州廟學廢於靖康，天會年間郡守趙公始立廟殿，歷泰和時諸位名臣興建之功，與兵亂後頹壞，今日再修之過程。文後便以「予以為學宮之廢久矣！儒學之士，雖有任其責，亦以為不急之務矣」，意極沉痛，下重談教化五倫等理論，議論約佔全文二分之一。

卷三十二〈壽陽縣學記〉：前言皇統、正隆年以來，金代教育制度之沿革與選士之標準；後則以「予謂二三君」云云，開展長幅之論述，告誡學子「天下豈有不學而能之者乎？」。論約佔全文二分之一。

〔註265〕（清）李祖陶點評：《元遺山文選》卷五〈博州重修學記〉，葉七。

卷三十二〈葉縣中嶽廟記〉：前言及河南葉縣之學，後以「予嘗謂：小人之情，畏之而有不義，恥之而有不仁，威之而有不懲，獨于事神若有所儆焉，何邪？」開啓一連串之議論。論約佔全文三分之二。

卷三十二〈扁鵲廟記〉：則前敘扁鵲之典故與傳說，再以「故嘗謂」三字轉折語氣，其以爲「扁鵲，至人也」可治疾病卻不能救「世之陰忌賊詐」。其論述有不同於世人的看法，無怪清人李祖陶以爲此文「思議與筆力俱奇」〔註266〕。議論文字則約佔全文二分之一。

卷三十二〈三皇堂記〉：前述三聖人與天同功，醫者便立三聖人之像事之，名爲「三皇堂」，堂既建成，元氏爲之記。文後「或曰」二字以下皆作者獨特的看法與議論，佔全文二分之一強。

卷三十二〈崔府君廟記〉：前以「世所傳蓋如此」，陳崔府君被百姓「以爲神而廟事之」過程，後則舉史上有功於民而立廟被祀之例。從「從是觀之」四字以下，別開境界，議論駁正「淫祀無福，非其鬼而祭之爲諂」之說。議論約佔全文三分之一。

卷三十三〈警巡院廨署記〉：前述兩警院本無定所，宋九嘉請於縣官建警巡院廨署之經過，後則以「竊嘗謂」三字下啓大篇幅議論；議論佔全文二分之一強。

卷三十三〈邢州新石橋記〉：前記邢州之水、城、橋及整建之過程，後半藉兩任安撫之政，自「嘗謂古人以慮始爲難」始暢論元氏的政治理念。議論約佔全文一半。

卷三十三〈致樂堂記〉：僅藉王惇甫、張無咎之口敘賈氏兄弟既孝且友愛，以「致樂」爲堂名，求記於作者之由百餘字；其後便以「予謝曰」下啓大篇幅之議論，佔全文三分之二強。

卷三十四〈樊侯壽塚記〉中，亦置小段議論於記文中；前記知郡定襄樊侯營冢之經過，然其經歷之事材料畢竟有限，作者旋即以「僕僭爲侯言」，增添自己對於生死觀點議論於文後。議論則佔篇幅二分之一強。

卷三十五〈威德院功德記〉：前寫并州威德院之歷史沿革，及院主明玘苦心經營之成果；再以「每竊嘆焉」啓寫己見及感慨於後。敘與議亦各佔二分之一。

〔註266〕（清）李祖陶點評：《元遺山文選》卷五〈扁鵲廟記〉，葉十三。

卷三十五〈少林藥局記〉：文前藉少林英粹禪師之口，敘少林藥局之成立經過；文後半即以「予以爲醫、難事也。」下啓大篇幅之議論。議論文字約佔全文二分之一左右。

卷三十五〈龍門川大清安禪寺碑〉：前半寫禪寺地理位置及營建原委，後半即以佛、儒兩家合同處落想，援儒入佛理：「竊唯達人大觀，通天地人爲一體。人於天地閒，又同之同者也。」〔註 267〕議論約佔全文一半。

卷三十五〈朝元觀記〉：藉梁煉師之口，敘閻德剛興建此道院未果之經過，並求記於元好問，元氏以「予諾之，曰」下開議論。議論與敘述各半。

卷三十五〈清眞觀記〉：前敘丘處機興築清眞觀之歷程，後以「嘗試言之」啓下之大篇幅議論。其中議論佔二分之一強。

卷三十五〈明陽觀記〉〔註 268〕則前敘明陽觀之之歷史，及王志寬求記之原由；後則以「吾于此有感焉」啓下之感慨議論文字。議論部分則約佔三分之一強。

② 以議引記，先論再敘

此類敘記文章較少，但仍有其例證，如卷三十四〈尚藥吳辨夫壽塚記〉，前以尚藥吳辨夫之請託爲開端，旋即以「余謂辨夫言：『古有之……』」云云，闡述自己對生死觀念的定義。後半再敘述吳氏之家世與行醫之典故，以及最後經營此冢之歷程等等。議論與敘述文字各佔一半。

③ 敘議交雜，再敘再議

有前後皆爲敘述，然兩段敘述中仍夾有較少量之議論者。如卷三十三〈鄧州新倉記〉，前敘判官曹德甫求記之經過，接著以「某以爲天下之爲食者，莫勞於農，而莫不害於農」爲主題，下啓一連串之議論，闡述農與兵之相恃之理，文後又扣回曹判官爲當地所做之建設，形成敘、議、再敘的結構。

卷三十三〈創開滹水渠堰記〉：前寫定襄李侯求記之經過，並藉李侯之口言滹水之水利可興之理，以及建設之經過；再以「試一二考之」開啓議論，佐以老子之說，暢談水與天道之理，最後主題再回扣李侯興建渠堰之功。

卷三十三〈馬侯孝思堂記〉，章法特殊，不採敘之在前，論之在後，採開門見山論之曰：「天地立人，聖人立名教，天大地大，而孝亦大」，再扣緊「孝」

〔註 267〕《遺山集》卷三十五〈龍門川大清安禪寺碑〉，葉七、八。

〔註 268〕《元好問全集》下，卷第三十五（本文新補據成化本《山西通志》），頁 20。

字爲主題，先議論一段；再藉以「馬侯涕泗言」，敘述求記之緣由一段；最末再以「予太息曰」展開孝爲百德之本的理論作爲結尾。屬前後皆議，中爲敘述者。

卷三十五〈通仙觀記〉結構亦爲特殊，元好問以敘一段論一段，再敘一段，再論一段來行文。其先敘通仙觀之所處位置，及諸位道人興築之過程，再以「予嘗究于神仙之說」云云，議論一段於後。話鋒一轉，再將焦點置全眞之經典，敘寫經典之大略；爾後再論一段，痛斥學道者敝於形式而欺世盜名。一敘一論，再敘再論，結構獨特。

④ 以議代敘，通篇皆議

卷三十三〈南陽縣令題名記〉：篇幅較短，以「古人以爲吏猶賈然」大發議論，兼以抨擊喪亂後「以徒隸自居，身辱而不辭，名敗而不悔」者；全文幾乎都在申論與闡述爲官之理，以論代記。

卷三十三〈吏部掾屬題名記〉：篇幅較短，僅數十字寫吏部之官屬，旋以「古人以爲吏猶賈然」自抒大篇幅之議論，通篇幾爲議論。

卷三十三〈市隱齋記〉：起首僅以李生告知作者求記之緣由述十字，遂議論「仕」與「隱」之別，全篇皆著重於議論。

（2）純粹紀錄，少著議論者

元好問敘記散文亦有純粹紀錄，而寡涉議論者，或雖有議論文字，字數極少，僅作爲次段敘述之銜接而已。

卷三十二〈代冠氏學生修廟學壁記〉，篇幅較短，文字僅在描述趙侯興建冠氏廟學之功，幾不著於議論。又如卷三十三〈惠遠廟新建外門記〉，全文皆敘惠遠廟之歷史沿革與近世重修之經歷。卷三十三〈順天府營建記〉，全文「洪纖皆舉」〔註 269〕清人李祖陶稱文「迤邐周詳中，直無一閑文剩字」〔註 270〕，僅敘及歷史、地理，議論極寡。

卷三十三〈李參軍友山亭記〉，清人李祖陶云此文「首詳形勢，『山』字纔有安頓，中間以山比人，『友』字纔有著落，一結似莊似諧，尤有風趣」，然全文皆以敘述見長，不論寫山寫人，都著重於敘述，而少著議論之迹。同卷〈臨錦堂記〉亦爲如此。

〔註 269〕（清）李祖陶點評：《元遺山文選》卷五〈順天府營建記〉，葉二十五。
〔註 270〕同上註。

卷三十五〈忻州天慶觀重建功德記〉，清人李祖陶稱之爲：「前半敘觀之由來，後半敘觀之人物事迹，不著議論，體度彌佳。」〔註 271〕亦無議論，純粹紀錄而已。

此外，卷三十四〈王無競題名記〉與〈東平賈氏千秋錄後記〉、〈校笠澤叢書後記〉、〈朱繇三官〉、〈張萱四景宮女〉、〈濟南行記〉、〈東游略記〉、〈兩山行記〉、〈毛氏宗支石記〉；卷三十五〈竹林禪院記〉、〈壽聖禪寺功德記〉、〈興福禪院功德記〉、〈太古觀記〉、〈紫微觀記〉、〈五峰山重修洞眞觀記〉〔註 272〕諸篇，皆以純粹紀錄爲主，涉議論者極寡，雖有議論文字，皆以兩三言帶過，或僅作爲次段敘述之銜接而已。

2、碑誌類

元好問碑誌類散文相較於其他金代文人，是現存文篇數最多者；其章法大抵追隨歐陽脩、蘇軾等人，既爲簡古，又不失其獨特風格；其中，又以敘述中夾以評論最爲膾炙人口。茲以「夾敘夾評」與「夾敘夾議」兩種結構，分別舉例分析如下：

（1）夾敘夾評，品評墓主者

在敘述中夾以對墓主的評論，一來可以讓讀者簡明的了解墓主行誼對後世留下何種啓發；二來可以此評論文字銜接多段的敘述，使文章讀來更爲靈活。茲以評論在碑誌文章中的位置，分述如下：

① 前敘行誼，總評於後

文章以時間爲順序，先紀錄重大或值得嘉許之事蹟，盡述墓主之行誼後，再加上作者或他人對於墓主之總評論者有：

卷十六〈平章政事壽國張文貞公神道碑〉，在文章最末以「故嘗論：公平生所言者，不勝載；……」〔註 273〕云云，作爲碑文的結尾，將墓主之行誼作評論式總結。

卷十七〈閑閑公墓銘〉亦以作者自己對當代的文化觀察，總結趙秉文一生功業於文後：「生河朔鞍馬閒，不本於教育，不階於講習，紹聖學之絕業，行世俗所背馳之域，乃無一人推尊之」〔註 274〕云云

〔註 271〕（清）陶點評：《元遺山文選》卷六〈忻州天慶觀重建功德記〉，葉十一。
〔註 272〕《元好問全集》下，卷第三十五，（本文新補據光緒刊本《五峰山志》），頁 21。
〔註 273〕《遺山集》卷十六〈平章政事壽國張文貞公神道碑〉，葉五。
〔註 274〕《遺山集》卷十七〈閑閑公墓銘〉，葉四、五。

卷十七〈寄庵先生墓碑〉則敘墓主之政事，詳寫涉縣治渠、邠請築城兩事後，以「某竊自念言」下撰作者對於墓主生平的總結，並以評價墓主於文後云：「不鄙其愚幼不肖，與之考論文藝，商略古昔人物之流品、世務之終至。問無不言，言無不盡，開示期許，皆非愚幼不肖所當得者。」〔註275〕

卷十九〈內翰王公墓表〉後半，元好問幾乎都在陳述對王若虛的總評價，其中包括：「公資稟醇正，且有師承之素，故於事親、待昆弟，及與朋友交者，無不盡。學無不通，而不爲章句所困。」又言：「文以歐、蘇爲正脈，詩學白樂天，作雖不多，而頗能似之。」以及：「典貢舉二十年，門生半天下，而不立崖岸，雖小書生登其門，亦殷重之。滑稽無窮，談笑尤有味，而以雅重自持。」

此外，卷十七〈朝列大夫同知東平府胡公神道碑〉以「公美豐儀，善談論，臨事剛嚴，人莫敢犯。至於推誠接物，則慈祥愷悌……」云云作結。

卷二十一〈雷希顏墓銘〉也有作者的主觀總結「渡河後，學益博，文益奇，名益重。爲人軀幹雄偉，髯張口哆，顏渥丹，眼如望羊。」〔註276〕等，運用多樣的譬喻修辭，將雷淵行誼譬爲戰國游士、關中豪傑、宿將、古能吏、孤臣孽子等，並置評於文後以成爲傳誌文章之總結。

卷十九〈內翰馮公神道碑銘〉猶有「私竊慨嘆」之評議曰：「意天錫公難老，使後生望見眉宇，以知百年以來文章鉅公、敦龐耆艾、故家遺俗，蓋如此。私竊慨嘆。使公得時行道，褒衣大冠，坐於廟堂，托六尺之孤，寄百里之命，招之不來，麾之不去，何必減古人？」〔註277〕

卷二十七〈廣威將軍郭君墓表〉文後作者亦以主觀評墓主云：「仲文溫淳有蘊藉，一府之事，皆所倚辦。擇善操履能正，博於玄學，道價重一時。而竊嘆郭氏世業淳雅，晉人少見其比，推究源委，知廣威君之後，方興而未艾也！」〔註278〕

卷二十九〈千戶喬公神道碑銘〉則於文末評喬惟忠曰：「舉止詳雅，有素宦之風。恬於喜怒，未嘗見於色。……識者謂公孝以安親、忠以立節、義以捍難、仁以濟物，視履考祥，必當敦龐耆艾，五福具備。今祿不酬庸、壽不符德者乃如此！天之報施，可易量邪？」〔註279〕

〔註275〕《遺山集》卷十七〈寄庵先生墓碑〉，葉十一。
〔註276〕《遺山集》卷二十一〈雷希顏墓銘〉，葉九。
〔註277〕《遺山集》卷十九〈內翰馮公神道碑銘〉，葉十九、二十。
〔註278〕《遺山集》卷二十八〈廣威將軍郭君墓表〉，葉十二。
〔註279〕《遺山集》卷二十九〈千戶喬公神道碑銘〉，葉八。

② 前後皆敘，中夾以評

元好問碑誌類散文亦有前後皆敘墓主生平事蹟，中偶夾以評論，或以評論作爲兩敘之銜接者。如卷十八〈內相文獻楊公神道碑銘〉則將楊氏生平以時間順序挨次敘明，前半從「八歲知屬封」至「正大五年八月」卒，敘其平生所爲與經歷；後半則單就其重大之建設事件，詳述描繪。兩敘述之間，夾以簡短扼要的評論曰：「公天資雅重，自律爲甚嚴，而其待人者寬以約，交分一定，死生禍福不少變。……高文大冊，多出其手。典貢舉三十年，門生半天下，而於獎借後進，初不以儒宗自居。」〔註 280〕。

卷二十〈通奉大夫鈞州刺史行尚書省參議張君神道碑銘并引〉：前寫張君之帶領保靜一軍之事，中忽夾以評論曰：「蘧伯玉爲顏闔說養虎，人以爲莊周氏之寓言；以君之事觀之，世乃眞有養虎者。至於時其飽飢，達其怒心，虎之與人，異類而媚。信斯言也！君其有道者與？」藉以引起下一段，描述對張君在戰事彪炳之功勳，與對國家社會實際之貢獻。

（2）夾敘夾議，以論興慨者

① 先議於前，後敘生平

卷二十〈資善大夫吏部尚書張公神道碑銘並引〉中，在敘墓主之子求碑文過程後，即以「某以爲」、「至於論列上前」云云，以開大篇幅之議論。同卷〈資善大夫武寧軍節度使夾谷公神道碑銘〉則在敘墓主在亂世中奮發自立、刻苦自持的經歷後，便以「蓋嘗論公」論述君臣與名教之義。卷二十一〈御史張君墓表〉更置議論於文章之前，以「僕嘗謂」開論歷史觀點云：

> 僕嘗謂，聖人澤後世，深矣。今虞、芮有閒田，豐鎬之間，男女異路。孔子近文王六七百歲，故言衣冠、禮樂，則莫齊、魯爲盛，宜矣。百年以來，東平劉莘老斯立，……滏陽內翰閻公，敦龐耆艾，海內取以爲法。其餘經明行修，由晦道商公、醇德王先生而下，何可一二數？至於人代變革，才、智、勇皆廢，守道之士懷先生之舊俗，區區不能自已者，往往有之，如御史君者，皆是也。〔註 281〕

卷二十七〈龍虎衛上將軍朮虎公神道碑〉乃以議論帶出傳述中最爲典型之例，文章開頭即以大篇幅議論作爲入筆，其論：

〔註 280〕《遺山集》卷十八〈內相文獻楊公神道碑銘〉，葉五、六。
〔註 281〕《遺山集》卷二十一〈御史張君墓表〉，葉一。

> 生而靜之謂性，靜而應之謂材。材與性出於天，其初則通，而中有大不同者。蓋性者材之體，而材者性之用；體喻則璞也，用喻則璞之雕也。然性不害爲不及，而材每患於有餘。惟其不及，故勉於成；惟其有餘，故趨於壞。人知椎鈍樸魯、拙於變通、艱於鐫鑿之爲無所取，而不知聰悟敏給、敢於負荷、安於墮窳，爲大可哀也！古有之：博學，雖愚必明，況賢者乎？困而學之，又其次也，況不至於困者乎、以是論公，則學之力爲可見矣！〔註282〕

再以「公諱鈞壽，字堅夫，姓術虎氏，世爲上京人。五世祖術不從武元下寧江，王業漸隆，論功第一。一命銀青榮祿大夫，節度寧江。」娓娓帶出其種種生平事蹟。

又如卷十七〈閑閑公墓銘〉、卷十八〈通奉大夫禮部尚書趙公神道碑〉、卷二十〈通奉大夫鈞州刺史行尚書省參議張君神道碑并引〉、卷二十一〈御史張君墓表〉、卷二十七〈恒州刺史馬君神道碑〉等傳誌散文，元好問亦以議論帶出敘述，先引起讀者閱讀興趣，進而敘述傳主之生平。

② 先敘生平，置議於後

元好問也有先作一段敘述，再將自己主觀的議論置於文章後者。如卷二十一〈御史程君墓表〉，先娓娓道程震之生平行誼於前，文後則以論總結云：

> 嗚呼！生才實難，盡其才重爲難。使君得時行道，坐於廟堂，分別賢否，其功烈可量也哉！方行萬里，而車折其軸，有才無命，古人所共嘆。雖然，地遠而位卑，身微而言輕，乃以一御史，犯強王之怒，卒使權貴落膽，縉紳增氣；雖不遇而去，伸眉高談，亦可以無愧天下矣，尚何恨耶？〔註283〕

卷二十一〈商平叔墓銘〉則在總結墓主商衡行誼之後，大發議論於文章最末云：

> 南渡以來，士大夫以救世之學自名，高者闊略而無統紀，下者或屑屑於簿書、米鹽之閒。公資雅重，遇事不錄錄，人所不能措手，率優爲之；苟可以利物，則死生禍福不複計。平居以大事自任，而人亦以大任期之。至今，評者以公用違其長，使之卒然就一死，爲世所惜也。〔註284〕

〔註282〕《遺山集》卷二十七〈龍虎衛上將軍朮虎公神道碑〉，葉一。
〔註283〕《遺山集》卷二十一〈御史程君墓表〉，葉五。
〔註284〕《遺山集》卷二十一〈商平叔墓銘〉，葉六、七。

卷二十五〈聶孝女墓銘〉中，在敘明聶孝女行誼後，於文章最末感慨地論道：「夫一脈存，不可謂之絕；一目張，不可謂之亂；一夫有立志，不可謂之土崩。痛乎，風俗之移人也！」〔註 285〕表達主觀之意見。

卷二十六〈順天萬戶張公勛德第二碑〉，寫元初戰功彪炳的將士，文末以歷史爲鑑作結，認爲戰爭乃時勢之故，不得已而爲之，其云：

> 以公之故，嘗妄論之；天地一氣也，萬物一體也，同仁一視，宜莫三代聖人者若也。今見之於書，則曰：「天吏逸德，火炎昆岡。」又曰：「前徒倒戈，血流漂杵。」信斯言也！謂不戰而屈人之兵也，而可乎？三代以來，將兵者何啻千萬！人孰不欲不鼓不成列、不禽二毛，曠然爲仁義之舉？然而百姓桉堵，獨稱忠武侯；市不易肆，獨稱李良器。其餘豈皆樂戰嗜殺、執凶器而履危道、得已而不已乎？抑所遭之時有同有不同也？〔註 286〕

卷三十〈西寧州同知張公之碑〉也將議論寫於文後云：

> 竊嘗謂風俗之壞久矣！同父之人，往往自爲仇敵，血戰於錐刀之下，顧肯以大縣萬家推之群從之間乎？惟公不出於生長見聞之素，而不階於教育講習之益，爲能自拔於流俗如此。雖曰未學，君子謂之學矣！〔註 287〕

卷二十八〈忠武任君墓碣銘〉中，從「嗚呼！朋黨之禍，何其易起而屢作也？」起，後半皆大篇幅之議論，闡述「天不容僞」，小人「不有人禍，必有天刑」之理。

綜上所述，元好問在傳誌文章中大量運用議論或品評文字，一則可充分發揮有限的生平資料，使讀者更了解墓主；二來亦使氣正辭達，更具說服力。

（二）對話鋪陳，靈活生動

元氏散文除以論爲記外，亦靈活的運用對話，或用以呈現當時之情況，或說明一事之始末，突顯一人之性格。以下舉數例以援證：

1、敘記類

卷三十二〈東平府新學記〉：以對話來呈現當時東平府學師生與元好問撰記之始末，藉以銜接前敘述與後議論兩者。

〔註 285〕《遺山集》卷二十五〈聶孝女墓銘〉，葉七。
〔註 286〕《遺山集》卷二十六〈順天萬户張公勛德第二碑〉，葉十三。
〔註 287〕《遺山集》卷三十〈西寧州同知張公之碑〉，葉十、十一。

卷三十三〈市隱齋記〉：則寫輾轉委託人李生與作者間對話，從兩人之對話帶出作者認爲所謂「隱」字之眞正意涵：

> 李生爲予言：「……婁，隱者也，居長安市三十年矣。家有小齋，號曰『市隱』，往來大夫士多爲之賦詩。渠欲得君作記，君其以我故爲之。」予曰：「若知隱乎？夫隱，自閉之義也。……；懸羊頭、賣狗脯，盜跖行、伯夷語，曰：『我隱者也。』而可乎？敢問婁之所隱奈何？」曰：「鬻書以爲食，取足而已，不害其爲廉；以詩酒游諸公閒，取和而已，不害其爲高。夫廉與高，固古人所以隱也，子何疑焉？」予曰：「子得之矣！予爲子記之。雖然，予於此猶有未滿焉者……予意大夫士之愛公者強爲之名耳，非公意也。君歸試以吾言問之。」〔註288〕

卷三十三〈順天府營建記〉，有侯曰：「盜所以來，揣我無固志耳。堂復成，吾且不歸矣！」〔註289〕與侯顧而嘆曰：「水限吾州跬步閒耳！奇貨可居，乃棄之空虛無用之地。吾能指使之，則井泉有甘洌之變，溝澮流惡、又餘波之所及也。」〔註290〕兩者對話以突顯張德剛對當地建設之憂心與積極。

卷三十三〈馬侯孝思堂記〉，以馬侯「涕泗言」求記於作者，作者亦以「予太息曰」〔註291〕云云，在對話中引出「孝」這個題旨。

卷三十三〈致樂堂記〉，借委託人王惇甫、張無咎兩人之口，言其堂命名之因，元好問亦以「予謝曰」〔註292〕後下開議論。

卷三十三〈李參軍友山亭記〉則以作者「疑而問焉」而參軍「復于予曰」，元氏再「笑之曰」〔註293〕，從對話敘出命名爲「友山亭」之因。

卷三十四〈東平賈氏千秋錄後記〉中對話更多。元好問多次以「文元建言」、「文元對曰」、「因言」、「文元時爲御史，建言」、「文元言」、「公笑曰」、「公知其旨，謂某曰」〔註294〕云云，諸多對話來顯現被描繪者爲政之深慮與仁慈和機智。

〔註288〕《遺山集》卷三十三〈市隱齋記〉，葉六、七。
〔註289〕《遺山集》卷三十三〈順天府營建記〉，葉八。
〔註290〕同上註，葉九。
〔註291〕《遺山集》卷三十三〈馬侯孝思堂記〉，葉十三、十四。
〔註292〕以上見《遺山集》卷三十三〈致樂堂記〉，葉十五。
〔註293〕以上見《遺山集》卷三十三〈李參軍友山亭記〉，葉十六。
〔註294〕以上見《遺山集》卷三十四〈東平賈氏千秋錄後記〉，葉二、三、四。

卷三十四之〈兩山行記〉則寫作者與李純甫之對話，其以「予謂」、「曰」與「予問」、「純甫言」〔註 295〕，一問一答中，引起入山一窺景色之動機。

卷三十四〈尚藥吳辨夫壽冢記〉則以尚藥吳辨夫有請曰：「思問不佞，侍先生湯液有年矣。日者不自揆度，輒豫作塚墓以寄終焉之志。而州里不經見，頗有言。敢質之先生以袪二三之惑。」與余謂辨夫言：「古有之：裸葬何必惡人……」〔註 296〕云云，下啓議論文字。

卷三十五〈少林藥局記〉，以少林英禪師對作者的話，語述少林藥局之緣由作爲文章開頭；又以「予以爲：醫，難事也」〔註 297〕，下開自己對於醫學的見解。

卷三十五〈忻州天慶觀重建功德記〉亦有以「道士王守沖謂予言」與作者「爲守沖言」〔註 298〕云云，連接歷史往事與此觀興建過程兩大部分。

此皆成功運用對話，或以敘求記之因，或藉作者之口以寫議論，靈活生動。

2、碑誌類

碑誌類對話之例亦多，如卷十八〈嘉議大夫陝西東路轉運使剛敏王公神道碑銘〉，碑文引述王擴與宣宗、太府、高琪的對話，用以突顯王擴的敢言敢爲：

> 宣宗親問公當如何，公奏曰：「帝王以天下爲度，何可逆詐？我雖欲勿許，彼恃威，令不能及，將何所不爲？不若因而封之。此高祖所以將韓信也。」宣宗顧謂高琪曰：「王擴與我意合，其亟行之！」太府監歐里白，以御膳羊瘦瘠被詰問，白跽奏：「御羊瘦瘠，轉運使不加意而然。」上復問公：「卿先朝舊人，號爲知禮，朕知之舊矣。太府之言乃如是，誠有之乎？」公進曰：「大駕初到，人心未安，宜省費以示儉德。比以一羊肥瘠，紛紛不已，以至庭辯，天下知者以爲有司不職，而不知者將以陛下日以自奉爲急耳。其於聖德，將無少損乎？」上忻然曰：「卿言是矣。細事再不必言。」公一日以事入省，適高琪自閱御羊，及校計鶉鴿水食。公問之故，高琪言：「聖上焦勞

〔註 295〕以上見《遺山集》卷三十四〈兩山行記〉，葉十四。

〔註 296〕以上見《遺山集》卷三十四〈尚藥吳辨夫壽冢記〉，葉十八、十九。

〔註 297〕以上見《遺山集》卷三十四〈少林藥局記〉，葉三。

〔註 298〕以上見《遺山集》卷三十五〈忻州天慶觀重建功德記〉，葉八、九、十。

過甚，全藉膳羞資養精力，安敢不備肥好？」公折之曰：「膳夫之事，何至宰相親臨？」高琪默然不能對，心甚恨之。〔註299〕

卷十九〈內翰王公墓表〉寫王若虛被迫撰崔立碑時，與「奕輩」小人們對話，以凸顯王氏的堅持與機智：

公自分必死，私謂好問言：「今召我作碑，不從則死；作之則名節埽地，貽笑將來。不若死之爲愈也。雖然，我姑以理諭之。」乃謂奕輩言：「丞相功德碑，當指何事爲言？」奕輩怒曰：「丞相以京城降，城中人百萬，皆有生路，非功德乎？」公又言：「學士代王言功德碑，謂之代王言可乎？且丞相既以城降，則朝官皆出丞相之門。自古豈有門下人爲主帥誦功德，而爲後人所信者？」問答之次，辭情閒暇，奕輩不能奪；……〔註300〕

卷十九〈國子祭酒權刑部尚書內翰馮君神道碑銘〉中寫馮延登於金末時奉旨入蒙古營，與主事者忠勇無懼的對話：

有旨問：「汝識鳳翔帥否？」對曰：「識之。」又問：「何若人？」曰：「能辦事者也。」又問：「汝能招之使降，即貰汝死；不則殺汝矣。」曰：「臣奉書請和，招降豈使者事乎？招降亦死，還朝亦死，不若今日即死之爲愈也。」明日復問：「昨所問，汝曾思之否？」對如前。問至再三，君執義不回。又明日，乃諭旨云：「汝罪應死，但古無殺使者理耳。」〔註301〕

卷二十二〈陽曲令周君墓表〉中，以對話呈現周鼎在城破危亡之際，堅不逃死之決心：

鄉曲以太原不可保，趣君弟獻臣就謀去就，君爲獻臣言：「城不保必矣。我臣子也，尚欲逃死乎？」獻臣欲挈君妻子以出，君又不可，曰：「吾守官於此，而不以妻子自隨，是懷二也。吾弟往，吾死於此矣。」乃與之泣別於北門之外。是歲城陷，沒於兵，實興定二年九月六日也。〔註302〕

卷二十七〈龍虎衛上將軍朮虎公神道碑〉中則有：

〔註299〕《遺山集》卷十八〈嘉議大夫陝西東路轉運使剛敏王公神道碑銘〉，葉十、十一。

〔註300〕《遺山集》卷十九〈內翰王公墓表〉，葉三。

〔註301〕《遺山集》卷十九〈國子祭酒權刑部尚書內翰馮君神道碑銘〉，葉十二。

〔註302〕《遺山集》卷二十二〈陽曲令周君墓表〉，葉五。

> 及弟兄析居，公悉有以處之曰：「季弟通貴，無俟分財；其弟戰歿，其孤當恤；小弱弟蚤失怙恃，尤可哀者。」孰多孰寡，咸適其當。公所取唯白玉帽環一雙而已，曰：「此大門時物也！」在軍中餘十年，與士卒同甘苦，至盛夏不操扇。或問之故，曰：「古名將類如此，吾願學焉！且身歷艱苦，亦從儉入奢之義也。」或言：「軍士近年，例無戰志，殆不堪用邪？」公謂：「不然！猶之鷹隼：往在田閒，悉能自取食；人得而畜之，豈遽忘搏擊邪？婦人女子爲氣所激，尚能持刃而鬥，況男子乎？吾謂兵士無不可用，亦猶鷹隼養之未至耳！」〔註303〕

以顯示墓主清廉節儉，「友愛諸季」之行。

另外，卷十九〈內翰馮公神道碑銘〉中，以對話方式呈現馮璧善於用兵；卷二十七〈尚書右丞耶律公神道碑〉中，以耶律履與金世宗對話，來突顯傳主不以私害公之堅持；卷二十二〈陽曲令周君墓表〉中，作者著錄墓主周鼎之話語，以顯其忠貞不逃之心；卷二十八〈信武曹君阡表〉亦以對話曹元夫人霍氏面對兵士正色言曰：「吾家父子皆食官祿，吾殺身以報可矣，財豈可得邪？」最後罵不絕口而死，完全表現無所畏懼，用計全其子女之決心；卷三十〈濮州刺史畢侯神道碑銘〉亦以對話呈現當時圍城戰況；卷三十一〈清涼相禪師墓銘〉，以追敘禪師與元好問對話，呈現禪師的機智、幽默與體貼他人的細心等等，皆爲例證。

元好問以對話方式行文，忠實呈現當時之景況或事件原委，使讀者一目了然，增強敘記或傳誌文章的可信度；再者，以對話取代一味的敘述，亦可使文氣更加生動，不致板滯。

（三）舉綱化繁，匠心獨運

傳誌類文章是以人物爲中心，描述一個人的生平事蹟，然人一生事蹟何其繁多，尤其元好問筆下傳主多官大望重，可書之事眾矣。傳誌散文能掌握敘事「詳」的特色，又能化繁爲簡扼，實考驗著撰述者的功力。

然而，元好問往往能夠以事爲綱，不必遍舉傳主事蹟，也能呈現傳主的性格與功業。如卷二十二〈大中大夫劉公墓碑〉，一改繫年紀事之手法，僅寫其依貧富均賦斂，與識破賊人奸計，決訟之事證，即現出傳主爲民盡力，嫉惡如仇。又如〈曹徵君墓表〉，爲求呈現曹珏爲人之廉潔，僅舉一事云：

〔註303〕《遺山集》卷二十七〈龍虎衛上將軍朮虎公神道碑〉，葉五。

> 方城人有倉猝避吏，留一篋而去者。君敕家人毋敢竊視。事定，其人復來，發篋驗之，貯金滿中，而封識宛然如手未觸者。君之廉，類如此。〔註 304〕

其以「類如此」三字概言傳主一生之廉潔德行。

又如卷二十二〈御史孫公墓表〉，寫孫德秀之生平事蹟，下筆僅寫五件決策、決獄之大事，如內帑被盜，上位者怒甚，法官無跡可尋，欲棄守者於市，孫公「執奏緩之，會赦，得原」；首相白撒之侄，欲恃勢奪婚，「公爲奏聞，詔還已許」；劾奏「郕國夫人溫敦氏過廟門而不偃蓋」事；上無故登焉。公奏曰「人主不可示民不信」，上方爲公犒軍；以及國家危亡之際，孫公仍「耿耿自信，言事數十條，藹然有承平之風」〔註 305〕。此五事例，雖未遍舉其生平，然已能呈現其人行誼風範之全部，是典型的舉綱化繁之優秀作品。

至於其他傳主若非將軍戰士、名吏偉人，則往往必須在其生平的小細節中尋找值得鋪陳的材料，並將這些材料加以整理鋪陳，在行文之鋪排上更需舉綱化繁的功力，然而元好問這方面總處理的恰到好處。

另外，元好問非獨僅以議論或對話來入筆，也有先從側寫他人，再引入題旨文意者。如〈雷希顏墓銘〉一文，入筆非直接寫雷淵，而是從與雷氏同有「衣冠龍門」的高廷玉、李純甫開始。先介紹高氏與李氏在「經濟之學」上的貢獻，爾後再將主題帶入傳主雷淵：

> 蓋自近朝，士大夫始知有經濟之學；一時有重名者並不多，而獨以獻臣爲稱首；獻臣之後，士論在之純；之純之後，在希顏；希顏死，遂有『人物渺然』之嘆。〔註 306〕

文末方使讀者恍然大悟，這樣的鋪排方式往往給讀者新奇的感受。此層層之探進，乃元好問靈活筆法與匠心獨運之鋪陳，金散文中實爲罕見。

（四）樸質平易，簡明暢達

元好問對金散文中最大的貢獻，是在於他承繼了唐宋古文的樸質，其總以傳續著道統，保存故國文化。在《遺山集》中，除了幾篇題之爲「說」的雜記外，幾乎沒有論著類散文，亦寡有詔令和奏議文章，從各文體存文比例

〔註 304〕《遺山集》卷二十三〈曹徵君墓表〉，葉十。

〔註 305〕以上見《遺山集》二十二〈御史孫公墓表〉，葉九。

〔註 306〕《遺山集》卷二十一〈雷希顏墓銘〉，葉八。

上來看，實異於金代其他文人別集之處。也因如此，元好問散文可擺脫賣弄文學的框架，捨棄了像李俊民那樣，需以駢入散的撰述應用文字。

沒有形式上的應用文字，元好問樸質白描的筆法仍能讓散文顯得言簡而意賅，暢達而不拖沓。如〈顯武將軍吳君阡表〉寫吳璋「為人誠實樂易，重然諾，輕施予，有以急難來歸者，必極力營贍之，以故家屢貧，然不恤也」〔註307〕；〈千戶喬公神道碑銘〉中寫喬惟忠「美鬚髯，舉止詳雅，有素宦之風。恬于喜怒，未嘗見于色。每戰勝，將佐共為欣快，而公初不以功伐自高」〔註308〕；〈千戶趙侯神道碑銘〉寫趙侯「在軍中二十年，未嘗妄笞一人，誅殺不論也。人有以急難來歸者，力為賙恤之，脫之於奴虜、活之於屠戮者，前後不勝算。他日有負之者，亦不以為意也。」〔註309〕；〈濮州刺史畢侯神道碑銘〉寫傳主「性忠厚，敬老慈幼，出于自然。家所有臧獲，得于南中之生口者，多放之自便，一毫無所取。與人交，有終始，終身不言短長，皆人所難能」〔註310〕；〈圓明李先生墓表〉中言「先生資禀醇正，寡于言論，行己接物，始終如一。時人以其仁恤周至，故有茲孝之目。周君亦以為無愧其名也」〔註311〕；〈故規措使陳君墓誌銘〉最後也以「君天性沖粹，與物無競，材技超絕，而恂恂退讓似不能者。與人交，雖愚幼且賤，未見有惰容」寫傳主；〈善人白公墓表〉寫白公「為人敦信義，樂施予，一言所諾，千金不易。」〔註312〕如此種種，如言自家長者之事，毫無矯情造作之態；且敘潔而論嚴，寫眞而評允，撰寫手法已非同時期文人所能匹敵。無怪金人杜仁傑云：「今觀遺山文集，又別是一副天生爐鞴，比古人轉身處更覺省力。不使奇字，新之又新；不用晦事，深之又深。但見其巧，不見其拙；但見其易，不見其難。如梓匠輪輿，各輸技能，可謂極天下之工。」〔註313〕所言正是如此。

〔註307〕《遺山集》卷二十九〈顯武將軍吳君阡表〉，葉二。
〔註308〕《遺山集》卷二十九〈千户喬公神道碑銘〉，葉八。
〔註309〕《遺山集》卷二十九〈千户趙侯神道碑銘〉，葉十。
〔註310〕《遺山集》卷三十〈濮州刺史畢侯神道碑銘〉，葉二。
〔註311〕《遺山集》卷三十一〈圓明李先生墓表〉，葉十、十一。
〔註312〕《遺山集》卷二十四〈善人白公墓表〉，葉四。
〔註313〕《遺山集》卷首，杜仁傑〈序〉，葉五。

第五章　結　論

金代散文自有獨特之處，乃他朝所不能比擬。正如緒論中所言，金之文化觀點與民族特性實異於他朝，民族文化與文學相互影響下，激盪出不同於中原風格之散文。縱使女眞建立的金國僅能於十二世紀閃耀北亞一隅，又往往掩於宋文之光芒而遭世人忽略，然金傳承百年之文學，帶入同樣是異族建立的元朝，進而影響明、清二朝，貢獻實不亞於任一朝代。

金散文非憑空獨創，乃立基於歷代文學繼而發展茁壯，正如元好問所言：「文章雖出於眞積之力，然非父兄淵源，師友講習，國家教養，能卓然自立者鮮矣！」〔註1〕金散文家積極學習前朝文化，方能卓然自立，自樹一格。他們「自隋唐以來，以科舉取士，學校養賢，俊逸所聚，名卿才大夫爲之宗匠，琢磨淬厲，日就作新之功」〔註2〕，爲散文創作盡心盡力。金散文家皆戮力琢磨淬厲，藉汲取前人創作精粹，方能成就己作。

金代散文乃唐宋古文之延續，亦自有特色，不乏文理兼備、情采雙流，堪與歐、蘇爭輝之佳構。茲就金別集散文家及其散文所呈現之特色，探論金散文承先啓後之歷史地位。

第一節　金代主要別集散文特色

金代主要別集散文各有其特色，若王寂《拙軒集》中以詠物感懷爲題材的篇章，王庭筠《黃華集》中雍容華貴的敘記散文。趙秉文《滏水集》簡練

〔註1〕《遺山集》卷三十六〈鳩水集引〉，葉十一。

〔註2〕同前註。

含蓄之敘記散文與理氣十足之論著散文；王若虛《滹南集》獨特的史論與文學批評，加之以論爲記、寓意深遠的敘記文。李俊民《莊靖集》之雜著工麗雍容、寓有諷諭；楊奐之史論具深厚理學，雄健暢達。元好問以論爲記，以論代誌的敘記與傳誌散文，亦卓然成家。金代主要別集散文有著驚人相似之共同特質，茲就其思想特色及內容特色二方面探究：

一、思想特色

在思想特色方面，有「皆具儒家弘道精神」;「豐沛卓越學術修養」及「勤於創作眞積力久」三項共同之特質：

（一）皆具儒家弘道精神

金代散文家皆以承繼儒學，崇文養士之風爲尙，並紛紛以繼唐宋歐蘇，承中原道統爲己任。此一風尙，亦爲內部政策所致〔註3〕，金秉國者源自太祖，終於哀宗，無不作新人材，並崇興之天下府學，積極弘儒，景仰唐宋以來之道統，此乃遼、西夏、元等同爲異族立國之朝代無所能匹敵者。

不僅秉國者態度崇儒，士人創作亦以「文似歐蘇」爲最高指導原則。姑且不論金初草創期借才於遼、宋之文人，僅就國朝文派期及餘民餘音期之散文家而言：王庭筠雖無刻意追配古人，然所作之詩文卻「偶與之合」〔註4〕；而提及趙秉文，後人皆以「紹聖學之絕學」〔註5〕、「皆仁義之言」，學問「一歸諸孔孟」〔註6〕稱揚之。再加以王若虛亦追求「文以歐蘇爲正脈」〔註7〕，視歐、蘇之文爲最終的學習標的；李俊民的「雄篇鉅章，奔騰放逸」，時人更稱之爲「昌黎公之亞」〔註8〕；而金最後一位散文大家元好問，本身即主張「文章有聖處，正脈要傳人」〔註9〕，其文被後輩指爲「文宗韓、歐，正大明達，

〔註3〕（金）王去非：〈博州重修廟學碑〉，文中描述大定年間教育的興盛：「本朝興太學於京師，設祭酒、司業、博士之員，以作新人材。又興天下府學，州、縣許以公府泉修治文宣王廟，舊有贍學田產經兵火沒縣官者，亦復給於學，此國家崇儒重道之意也。」(《金文最》卷六十九，葉十九)

〔註4〕《中州集》卷三王庭筠〈獄中賦萱〉下評云：「王內翰無意追配古人，而偶與之合」，雖爲評其詩，今觀其散文亦有古風。

〔註5〕《遺山集》卷十七〈閑閑公墓銘〉，葉一、五。

〔註6〕《滏水集》卷首，(金) 楊雲翼〈引〉，葉一。

〔註7〕《遺山集》卷第十九〈內翰王公墓表〉，葉三、四。

〔註8〕《莊靖集》卷首，(元) 劉瀛〈序〉，葉八。

〔註9〕《遺山集》卷七，〈答潞人李唐佐贈詩〉，葉六。

而無纖晦澀之語。」〔註 10〕此皆顯示，金散文作家皆以弘道爲己任，視承繼韓、歐、蘇諸家爲榮耀，遵循著唐宋古文家風範，延續儒學文以載道的傳統，態度之積極，遼、西夏、元朝皆未有。

（二）豐沛卓越學術修養

金散文家不僅勇於接受中原文化的養分，積極學習唐宋文學的精粹，進而獨立創作屬於北方民族特色的散文，加上金君積極發揚文化教育，建學養士，故金散文家皆有豐沛卓越之學術修養。元人王惲嘗言：「金源氏崛起海東，當天會間方域甫定，即設科取士，急於得賢，故文風振而人才輩出，治具張而紀綱不紊，有國雖餘百年，典章文物至比隆於唐、宋。」〔註 11〕知金朝上下，皆仰慕中原文化，上位者「急於得賢」，太宗天會年間，教育選吏之事即一一備置；海陵改革後，金代的科舉制度更趨完善，加以世宗「大定間，天子留意儒術，建學養士，以風四方。舉遺湮，興廢墜，曠然欲以文治太平。」〔註 12〕金大定後，馴致承平，興學設科，人材輩出。

這些擁有卓越學術修養的文士，逐漸形成一個能代表金朝的流派，此即「國朝文派」的產生。其成員有党懷英、王庭筠、趙秉文等，這些文士皆舉進士於大定年間，爲金散文創作之主力軍，且都對漢魏唐宋以來文學的整體流衍瞭若指掌，進而汲取前人創作之例法，習得創作之技巧，方能有宗有趣，粲然成篇。且金文人特性在於不吝提攜後進，若金末王若虛、楊奐、元好問等皆得力於國朝文人一脈之教育淵源，又接受金獨有山川之鐘毓，父兄之淵源，師友之講習，方能培養出獨樹一格的創作能量，秉持著獨特的金代文化風格，進而能創作出風格優美又言之有物的金代散文，亦能繼續教授於一方。

（三）勤於創作真積力久

金散文雖散亡泰甚，數量不多，難窺全貌，然散文家實皆勤於創作，著作之豐不亞於遼、元。以趙秉文爲例，彼「酷好學，至老不衰」，文論史論、經學佛老，無不究心，散文題材廣泛，以致散文作品眾體兼備；又如李俊民「生平著作不下千萬篇」，力以斯文爲任，即使散佚，百不存一，今仍存百餘

〔註 10〕《遺山集》卷首，（元）徐世隆〈序〉，葉四。

〔註 11〕（元）王惲：《秋澗集》卷五十八〈渾源劉氏世德碑〉，葉一。

〔註 12〕《金文最》卷七十，党懷英〈重建郓國夫人殿碑〉，葉十。

篇，足見其創作之夥；王若虛乃史論文論相關著作資料最豐者，所作史評、議論辨惑、著述辨惑諸作，肆筆成章，粲然有體制。

楊奐則「性嗜讀書，博覽強記，務爲無所不窺。眞積力久，猶恐不及；寒暑飢渴，不以累其業也。中歲之後，目力差減，猶能鐙下閱蠅頭細字，夜分不罷作文。剗刮塵爛，創爲裁制，以蹈襲剽竊爲恥。其持論亦然，觀刪集韓文及所著書，爲可見矣。」〔註13〕更見其戮力於學術，勤於著作之功。

元好問更堅持「晦道林莽，日課一詩，寒暑不易」〔註14〕，其「每以著作自任」〔註15〕，雖無權柄，猶力求以文存史；其創作不懈，雖遭兵火倥偬，斷簡殘編之餘，散文仍能有二百餘篇遺世，是現存散文最多的一位作家；他如詩詞樂府〔註16〕，筆記小說，鐫刻行世者，人人得共賞，著作之豐，前所未有。又積極編撰《中州集》，「旁搜遠引，發揚前賢遺美」〔註17〕，歷時十七年方成，金源文獻全賴以維持，概可窺見一斑矣。金散文家皆勤於創作，作品數量若無兵火祝融之摧，當更有可觀之數量矣。

二、內容特色

金別集之散文，雖承繼唐宋古文而來，然不同之時代背景，加以不同民族種性之創作者，當激盪出不同風格之作品，今歸納整理如下：

（一）託理寓意，言有諷喻

在內容上，金代散文多以論代記，好發議論文字，文章中往往有出人意表的意涵，或爲理氣十足明白的論述，或爲意在弦外的吟詠諷刺。如王寂《拙軒集》以「三友」自比自喻，在〈送故吏張弼序〉中更直接論述官場黑暗與

〔註13〕《遺山集》卷第二十三〈故河南路課稅所長官兼廉訪使楊君神道之碑〉，葉四。

〔註14〕《遺山集》卷首，余謙〈序〉，葉七。

〔註15〕（元）郝經：《陵川集》（臺北：世界書局；景印《摛藻堂四庫全書薈要》集部，別集類；399）卷三十五〈遺山先生墓銘〉，葉二。

〔註16〕（元）郝經〈遺山先生墓銘〉：「以五言雅爲正，出奇於長句雜言，至五千五百餘篇；爲古樂府，不用古題，特出新意以寫怨思者，又百餘篇；用今題爲樂府，揄揚新聲者，又數十百篇。皆近古所未有也。」按：此引自忻州韓巖村碑文，《九金人集》本之《遺山集》附錄〈陵川集本遺山先生墓銘〉亦作「五千五百餘篇」（葉一）；然《陵川集》卷三十五〈遺山先生墓銘〉作「長句雜言，至千五百餘篇」（葉二）；元好問詩今存一千三百餘首，若有脱簡散佚，應不致大半，概碑文衍字，疑誤也。

〔註17〕《遺山集》卷首，王鶚〈遺山先生文集引〉，葉六。

失望；王庭筠《黃華集》中〈涿州重修蜀先主廟碑〉，成篇以議論入筆，以論代碑，除此之外，〈香林亭記〉、〈五松亭記〉兩篇敘記散文中皆寓含深刻之哲理，體現辭理兼備之特色。趙秉文《滏水集》最多論著散文，既評史又論政，涉及大綱小紀者無不論述，傳誌散文與敘記文章亦寓含濃厚之人生哲學；如其以〈適安堂記〉、〈寓樂亭記〉、〈學道齋記〉、〈種德堂記〉四篇為例，分別以「適安」、「寓樂」、「學道」、「種德」四者為主旨以抒發，既寓情又寓理。

王若虛《滹南集》文章，以善持議論名聞於世，其中以直接諷刺時局，談吏論政，使敘中有議，議中有敘的敘記散文，有著最深刻的意涵。李俊民《莊靖集》中則有許多帶有反戰思維的祭文，以及雜著文章類如〈焚問舍卷〉及〈求田〉等，言知遇與用人之本意，每每意在弦外，發人省思；而楊奐《還山遺稿》散文更以波瀾壯闊的政論諷刺文章見長。元好問《遺山集》中不論是敘記或傳誌散文，每篇皆不忘以夾評夾論，展現才雄學贍的各種理念與主張，亦專撰〈市隱齋記〉、〈紫微觀記〉、〈射說〉等文，以直斥社會弊病與諷刺錯誤觀念。

金之所以普遍在散文中託意寓理，亦為繼承唐宋古文運動所謂「文以載道」之思想，不作無病呻吟之空泛散文，每文皆有其義理寓意，且思想泰正，以發揚儒學道統為最終目標。如趙秉文以儒學思想為鵠的，出於義理之學，為文長於辨析；王若虛雖無意仕途，然終身以道學為儒者本分之事〔註 18〕，學有根柢；楊奐出入理學，以儒生自詡，譴責世態炎涼，擁有豐富卓越的學識與修養，方能撰寫光明俊偉之文。金元之際以文章託理寓意更達極盛，元好問集其大成，身處亂世，所撰之散文，皆關心社會，諷刺時局，終收振聾發聵之效，實承載深厚沉重之時代責任。

（二）樸質剴切，辭意相符

以風格而言，金代主要別集散文有著樸質而剴切的特色，與唐宋散文風格多有不同，且其內涵與作者之文學理論亦多能相符。正如鄭靖時《金代文學批評研究》中所言，金代文學理論：

> 重視文學本質之認識：如『文以意為主』之析論未曾中斷，『意』之闡釋，深掘理浚，若綜合趙、王、元三家說，具見深源論證，而漸臻其精要；他如「貴真」之析論，亦見其詳贍；此外王若虛對文法

〔註 18〕《滹南集》卷四十四〈答張仲傑書〉，葉四。

之討論，針對文學素材，講求文字之精確使用，發前賢之所以未探者，皆可享譽後世。〔註19〕

其中，金散文家主張「貴眞」的文學論點，就是導向剴切文風的重要原因。

金以女眞建國，北方民族秉持純樸率眞之性格，民族特性反映在認知上，認知影響著文學原理論，文學原理論又實踐在著作上。金文人質樸的性格，認同宋代古文，發展了平易自然、「文從字順」，捨棄了古奧艱深的創作法，汲取歐、蘇的文學理論，從周昂、党懷英、趙秉文、王若虛、元好問一路傳承，其言「文以意爲主，辭以達意而已」〔註20〕或「以誠爲主」、「不誠無物」〔註21〕之種種文論不絕，且一脈相傳，根基可循；或言「貴議論文字有體致，不喜出奇，下字止欲如家人言語」〔註22〕，或言「平日好平淡紀實」〔註23〕者。甚如上位者亦追求「直言利害，勿用浮辭」〔註24〕之創作觀點，文以意爲主的析論未嘗中斷，樸質淺易的散文創作原則，儼然已成文士基本之共識，進而反映在散文的實際創作上。

平淡達意之風格，樸實而不虛妄，眞誠而不浮誇，以簡古峻潔爲皈依，是金代散文最顯見之特色。從實際創作成果來看：王寂之《拙軒集》散文風格博大疏暢，即使偶有詠物自況呻吟之語，仍篇篇情感眞摯，文字更以平易暢達爲尚；王庭筠更辭理兼備，在文章中寓含哲理；趙秉文雖出於經義名理之學，然散文議論橫生，文以意主，且與元好問同樣推重「貴誠」的文章；王若虛繼承周昂，屢屢強調「文章以意爲主」，所作之散文亦善持議論，不事雕琢而直書胸臆，下筆剴切如家人語；李俊民《莊靖集》中雖多應用文類，然其整體仍以沖淡和平具有高致，文意相符，不作虛辭浮語；楊奐散文則表現出光明俊偉，議論懇切，理氣十足，有著中原文獻之遺緒。

總體而論，金別集之散文，不論敘記或傳誌散文，皆以記錄典實爲最終之依歸。敘記散文多詳實敘述事件發展之始末，或鉅細靡遺，或化繁爲簡，偶有寓情寓理，諷刺時局者，亦皆以涵義深刻，感情眞摯爲尚，不言空語，不作浮辭，簡明而暢達。其碑誌散文多以辭采明潔之筆端，誠懇直切的態度

〔註19〕鄭靖時：《金代文學批評研究》，第八章〈結論〉，頁三九七。

〔註20〕《滏水集》卷十五〈竹溪先生文集引〉，葉一。

〔註21〕《遺山集》卷三十六〈楊叔能小亨集引〉，葉十二。

〔註22〕《歸潛志》卷八，頁88。

〔註23〕《歸潛志》卷八，頁89。

〔註24〕《金史》卷十〈章宗本紀二〉葉十五，總頁127。

撰寫，即使偶有隱惡揚善之作，仍以教忠教孝爲原則；論著文章則每每以剴切眞摯，發爲慷慨激揚之言，此皆體現了女眞質樸之性格。

第二節　由別集看金代散文之承啓

金朝的政壇與文壇都圍繞著同一個議題，即繼承唐或者繼承宋的歷史定位，關於這個部分，當時的士人論述很多。尤其是貞祐年間文人對於金之德運應以五行何者爲是，進而引發一連串的辯論，士大夫紛紛撰述〈德運議〉〔註 25〕上呈秉國者，用各種論點闡述金國應以繼承何朝爲是，所著皆收於《大金德運圖說》〔註 26〕一書中。金人之所以在繼唐和宋間辯論，不僅僅是爲國運，也是爲文學找一個承繼的理由。金代散文亦爲如此，不論是繼唐或繼宋，終究不能脫離任何一個時代而獨立存在。

清人莊仲方在〈金文雅序〉中曾對整個金代文學承先啓後的沿革，及金散文之特色與傳承，做了大致的描述，欲尋其承繼唐宋古文的痕跡。其云：

> 金初無文字也。自太祖得韓昉而言始文，太宗入宋汴州，取經籍圖書。宇文虛中、張斛、蔡松年、高士談輩後先歸之，而文字煨興，然猶借才異代也。至蔡珪傳其父松年家學，遂開金代文章之宗。洎大定、明昌之間，趙秉文、楊雲翼主文盟，時則有若梁襄、陳規、許古之勁直，党懷英、王庭筠之文采，王若虛、王渥之博洽，雷淵、

〔註 25〕據金代〈德運議〉中所論述，文人所持之德運論點大致分爲三派：一派以張行信爲首，認爲金之德運應承續唐之「土」德而以「金」運爲主的「金派」；另一派則認爲金應繼承宋之「火」德而以「土」爲運的「土派」；又有一派較爲特殊，以秘書郎呂貞幹、校書郎趙泌爲首，認爲金應以遼爲繼承對象，遼爲「水」德，則金應繼之爲「木」德的「木派」，惟「木派」鮮少有作品可供參考。

主張金應以「金」德爲繼者的「金派」，大多搬出歷史爲例，認爲五行失序之朝必將致亡國；然唐爲土德，宋理應繼之以金爲德運，但宋卻以火爲德，是脫失相生之序的原則，故導致北宋滅亡。又認爲僞齊已是繼宋爲土德，業已遭廢，金朝安能與之所繼相同；並認爲金太祖已經以「金」爲國號，以金爲德運，則符合金朝開國之始的實名。

至於「木派」者，以趙秉文、王仲元爲首，主張若不繼承宋之火爲「土德」，等於間接承認宋「猶未絕」；又認爲靖康以後，金已滅宋，又俘宋二主，既遷其寶器，則必以宋爲繼，故應繼宋之火爲土德；並以此論曾是章宗親自宸斷之事，當不可擅改之。

〔註 26〕詳見四庫全書本《大金德運圖說》，《金文最》卷五十八。

李純甫之豪俊，爲金文之極盛。即其亡也，則有元好問以宏衍博大之才，足以上繼唐宋而下開元明。〔註 27〕

上述這些文士戮力創作具有獨特風格的作品，正是造就了金代文學承先啓後的輝煌地位。

金與宋，各以女眞族與漢族爲主體，民族的融合是雙向的，文化與文學亦是如此。金初期由於與中原文化相差頗爲懸殊，金君對於宋文化採取模仿並接受的態度。金初實施「借才異代」之政策，科舉制度亦「合遼宋之法而潤色之」〔註 28〕，上位更留心於文事〔註 29〕，訪求博學雅才之士，不吝借重來自於宋或遼之人才，這對於金代後來的文化發展皆有極大的影響。除政策的施行以外，民間亦主動的學習宋文化，文人亦多認同來自宋之文學觀念，紛紛討論與學習宋以來的創作技巧，閱讀並試著仿作宋的文學作品。

早在遼朝，遼人即十分喜歡蘇轍與蘇軾之詩文〔註 30〕。爾後遼被金滅，金又借重遼人才以迅速建立屬於金朝之文化根基，原已傳入遼的宋文化資

〔註 27〕（清）莊仲方編：《金文雅》（(《中國少數民族古籍集成》第 22 冊。景印光緒辛卯七月江蘇書局重刊本)，成都：四川民族出版社出版；四川新華書店發行，2002 年第一版。）卷首，〈序〉，葉一。

〔註 28〕（金）李世弼〈登科記序〉，見（清）張金吾輯：《金文最》（成都：四川民族出版社出版；四川新華書店發行，《中國少數民族古籍集成》第 24、25 冊；2002 年第一版；景印光緒八年粵雅堂開雕本）卷四十五，葉七、八。

〔註 29〕（清）趙翼《廿二史札記》（中華書局《叢書集成初編》，1985 年）卷二十八「金代文物遠勝於遼元條」。

〔註 30〕蘇轍嘗在北宋哲宗元祐四年（1089）以使臣身分出使遼國，歸國後撰《北使還論北邊事札子五道》，其中有提及對遼國文化的描述云：「本朝民間開版印行文字，臣等竊料北界無所不有。臣等初至燕京，副留守邢希古相接送，令引接殿侍元辛傳語臣轍云：『令兄內翰（謂臣兄軾）《眉山集》已到此多時，內翰何不印行文集，亦使流傳至此？』及至中京，度支使鄭顓押宴，爲臣轍言：先臣洵所爲文字中事蹟，頗能盡其委曲。及至帳前，館伴王師儒謂臣轍：『聞常服茯苓，欲乞其方。』蓋臣轍嘗作〈服茯苓賦〉，必此賦亦已到北界故也。臣等因此料本朝印本文字，多已流傳在彼。其間臣僚章疏及士子策論，言朝廷得失、軍國利害，蓋不爲少。」（詳見：蘇轍《欒城集》(《四部叢刊初編》子部，國立中央圖書館藏，臺灣商務印書館）卷四十一《北使還論北邊事劄子五道》，頁 414。）不僅蘇軾的《眉山集》受到遼人的喜愛，就連蘇轍〈服茯苓賦〉也被上層文人所傳頌。蘇軾甚至對於遼人喜歡自己的詩文，備覺特別，曾言：「昔余與北使劉霄會食，霄誦僕詩云：『痛飲從今有幾日，西軒月色夜來新。公豈不飲者耶？』虜亦喜吾詩，可怪也！」（詳見：《蘇軾文集》((宋）蘇軾撰，孔凡禮點校，北京：中華書局，1983 年）卷六十八〈記虜使誦詩〉。）

源，便極自然地進入金朝。金人本身亦對蘇軾的詩文極爲仰慕，清人翁方綱在《石洲詩話》中即曾云：「有宋南渡以後，程學行于南，蘇學行於北。」〔註 31〕又云：

> 當日程學盛于南，蘇學盛于北，如蔡松年、趙秉文之屬，蓋皆蘇氏之支流餘裔。遺山崛起党、趙之後，器識超拔，始不盡爲蘇氏餘波沾沾一得，是以開啓百年後文士之脈。〔註 32〕

翁氏以蔡松年、趙秉文爲蘇軾之「支流餘裔」，認爲蔡、趙二人皆承繼蘇學而來；又拉出蔡、党、趙與元好問四人一脈相傳的繫線。翁氏之所以作此定論，足見蘇軾對金詩文及其創作理論影響巨大。

而清編《御定全金詩》〔註 33〕的編纂者曾在《四庫全書總目》中道出耐人尋味的一段話，其云：「宋自南渡以後，議論多而事功少，道學盛而文章衰。中原文獻，實併入於金。」〔註 34〕即是認爲南宋道學雖盛，然文章已衰，中原文獻藉由各種管道進入金朝，言下之意指金代才是北宋文壇的眞正繼承者。

不論是翁氏所言，或《全金詩》編纂者之論點，皆就整體文學作總觀性的論述，至於單就金散文對宋古文的繼承，史料記載較少，然仍可就片言隻語尋得金人欽慕宋散文之蹤跡。如金世宗右相耶律履曾說出他對蘇軾散文的看法，以爲蘇軾之奏議文章內容最値得學習：

> 金世宗大定年間，嘗問右相耶律履（字履道）：「宋名臣孰爲優？」履道以蘇軾對。上曰：「吾聞軾與王詵，交甚款至，作歌曲戲及姬侍，非禮之甚，尚何足道耶？」履道進曰：「小說傳聞，未必可信。就使有之，戲笑之間，亦何得深責！世徒知軾之詩文人不可及，臣觀其論天下事，實經濟之良才，求之古人，陸贄而下，未見其比。陛下無信小說傳聞，而忽賢臣之言。」明日，錄軾奏議上之，詔國子監刊行。〔註 35〕

〔註 31〕（清）翁方綱：《石洲詩話》（《續修四庫全書》集部．詩文評類，據清嘉慶二十年蔣攸銛刻本影印）卷五，葉二，總頁 188。

〔註 32〕同上註。

〔註 33〕（清）郭元釪原編：《御訂全金詩增補中州集》七十二卷，目錄一卷，卷首二卷（《文淵閣四庫全書》集部三八四．總集類）

〔註 34〕《欽定四庫全書總目》卷一百九十，集部．總集類五〈御定《全金詩》七十四卷〉，葉九，總頁 5-96。

〔註 35〕（清）周壽昌：《思益堂日札》（《續修四庫全書》據復旦大學圖書館藏清光緒十四年影印，子部．雜家類）卷二〈耶律履道〉，葉十、十一，總頁 390、391。

關於這段軼事，清人周壽昌有很深的感慨，嘗曰：

> 予案：東坡先生性既和易，好諧謔，隨筆作小詞，各說部多載其逸事，不必眞實。乃傳入敵國，幾遭詆斥，使非履道奏白，身後斗山之望減矣。世宗爲金朝有道右文之主，値宋孝宗臨朝。東坡文忠之謚，太師之贈，皆出自孝宗，而奏議復刊行於敵國，亦一時奇遇也。……〔註 36〕

由上述引文可知，右相直接向上位者推薦蘇軾之奏議文章，且已刊刻流行於世，亦足見當時蘇學已經全面影響金文壇。

事實上，除了蘇軾外，歐陽脩對於金代散文的影響力也不容小覷；金文人受歐陽脩影響的不在少數，究其原因，党懷英當爲關鍵人物。党氏是金朝文壇上第一個有意識的學習並刻意標舉歐陽脩爲正宗的文士，趙秉文嘗直指党氏之文即是宗法於歐陽脩而來，其云：

> 歐陽公之文，如春風和氣，鼓舞動盪，了無痕迹，使人亹亹不厭。凡此文章之正也。……本朝百餘年間，以文章見稱者：皇統間余文公，大定間無可蔡公，明昌間則党公。……至論得古人之正脈者，猶以公爲稱首。……文似歐陽公，不爲尖新奇險之語。〔註 37〕

據趙氏所言，党懷英顯然是積極主動的推重歐陽脩，且大力的推廣於文壇，並身體力行的創作實踐，進而使歐公之散文大行於金源一代，影響金中葉以後的散文創作。党懷英在金散文界中，有舉足輕重的地位。《歸潛志》云：「趙閑閑于前輩中，文則推党世傑懷英、蔡正甫珪；詩則稱趙文孺渢、尹無忌拓。」〔註 38〕一時文士如趙秉文對於党之散文，翕然宗之如此。顯然党的散文，在金代實受眾人之推重。使得趙秉文、王若虛、元好問等，莫不受其具領袖式的號召力所影響，在文章上亦紛紛視歐陽脩爲正宗。党懷英身爲「國朝文派」的領袖人物，成爲銜接歐文與金散文之間的橋樑，承先啓後之功實不可小覷，惜其《竹溪文集》已亡佚，否則當更能見其追宗歐陽脩之跡。

党懷英以後，散文尊歐似乎成了文人普遍的認同。楊雲翼曾在〈滏水文集引〉中言：「後生可畏，當有如李之尊韓，蘇之景歐者出。」〔註 39〕不難

〔註 36〕（清）周壽昌：《思益堂日札》（《續修四庫全書》據復旦大學圖書館藏清光緒十四年影印，子部・雜家類）卷二〈耶律履道〉，葉十、十一，總頁 390、391。

〔註 37〕《滏水集》卷十一〈翰林學士承旨文獻党公碑〉，葉十七、十八、十九。

〔註 38〕《歸潛志》卷十，頁 119。

〔註 39〕《滏水集》卷首，（金）楊雲翼：〈閑閑老人滏水文集引〉葉一。

見金文人散文觀裡，歐陽脩較蘇軾更值得學習，其中最具代表性之金中葉散文大家就是趙秉文。趙氏散文仿自歐公者最爲明顯，丁如明先生曾認爲：趙的〈磁州石橋記〉就是仿自歐陽脩的〈豐樂亭記〉，兩文的行文格調極其類似〔註 40〕。事實上，趙秉文不僅〈磁州石橋記〉的行文仿自歐陽脩的筆法，其〈寓樂亭記〉也是不脫歐陽脩舒徐的敘記風格；趙秉文的政論散文，是金代現存政論文章最多的一位，其中〈知人論〉不論內容或風格，幾乎仿自歐陽脩之〈朋黨論〉。今兩相對照如下以示之：

趙秉文〈知人論〉中有：

其所謂小人者，又非其貪如盜跖，賊如商臣，讒如惡來，汰如欒黶之爲難也。譬如猛虎猘犬，人得執而殺之矣。其要在乎小慧似智，矯諫似忠，趦趄盤辟以爲敬，內厚情深以爲重，見小利而不圖大患，邀近校而不知遠慮。主有所向，則逢其惡而先之；主有所惡，則射其怒而遷之。其詐足以固人主之寵，其信足以結人主之知。………人皆知金石之過，而不知酒色之蠱其先也。故賊莽之篡、內宦之專、八王之亂、安石之禍，金石之潰也。數子之甘言，酒色之咎也。人之適意，常在耳目之前，而遺患常在於數十年之後。求其免於後患也，難矣哉。然則何以知小人而君子？曰：難言也。雖然，試言其畧：小人不知大體而寡小過，苟得苟合，易進而難退；君子知大體而不免小過，不苟得不苟合，難進而易退。人主者赦君子之小過，而不逑于小人之寡過，以責其遠者大者，其庶乎其可也。〔註 41〕

歐陽脩〈朋黨論〉則有：

然臣謂小人無朋，惟君子則有之。其故何哉？小人所好者利祿也，所貪者財貨也。當其同利之時，暫相黨引以爲朋者，僞也；及其見利而爭先，或利盡而交疏，則返相賊害，雖其兄弟親戚，不能相保。故臣謂小人無朋，其暫爲朋者，僞也。君子則不然，所守者道義，所行者忠信，所惜者名節。以之修身，則同道而相益；以之事國，則同心而

〔註 40〕 丁如明：《遼金元散文》：「讀這段文章，使我們不能不想起宋代散文家歐陽修的〈豐樂亭記〉來。歐陽修在文章中忽然夾入「滁于五代干戈之際，用武之地也」一段，以引起歷史今昔的對比，充滿抒情色彩。趙秉文此文在格調上是學歐陽修的，而又有自身的特色：趙文辭氣感激，視野更開闊；歐文則節奏舒徐，更富於唱嘆色彩。」（頁 65）。

〔註 41〕 《滏水集》卷十四〈知人論〉，葉十六、十七。

共濟。終始如一，此君子之朋也。故爲人君者，但當退小人之僞朋，用君子之眞朋，則天下治矣。………夫前世之主，能使人人異心不爲朋，莫如紂；能禁絕善人爲朋，莫如漢獻帝；能誅戮清流之朋，莫如唐昭宗之世：然皆亂亡其國。更相稱美推讓而不自疑，莫如舜之二十二臣；舜亦不疑而皆用之。然而後世不誚舜爲二十二人朋黨所欺，而稱舜爲聰明之聖者，以能辨君子與小人也。周武之世，舉其國之臣三千人共爲一朋。自古爲朋之多且大，莫如周，然周用此以興者，善人雖多而不厭也。嗟乎！治亂興亡之跡，爲人君者，可以鑒矣。〔註 42〕

兩文相對照下，不論是章法架構，或剖析史弊、析理透辟的內容主題，以及議論詳實剴切的風格，皆不難尋見趙秉文刻意仿作歐陽脩散文的痕跡。

王若虛《滹南集》中，不論敘記或論著文章，也能見宗法歐陽脩之跡，且極爲推重歐公，雖在〈文辨〉之中屢屢評論歐公文章，然其實最爲心折歐公；關於這一點，鄭靖時先生亦有評論：

其實若虛以爲文章自宋人始有眞文字，尤爲心折歐陽脩，除東坡以外，尚不作二人想，譽爲一代之祖。……若虛對歷代名家之批評，以一流名家爲限，不入流者未曾掛齒，至於所列名家，指陳其弊愈少，即顯示其文弊亦輕，若虛評歐陽脩應如是觀。〔註 43〕

王若虛最心折於歐陽脩，將歐公視爲一代之祖，散文必然有參考仿作之處。

元好問又曾在〈內翰王公墓表〉中說王若虛乃「文以歐、蘇爲正脈，詩學白樂天，作雖不多，而頗能似之。」更可見王若虛刻意以歐、蘇古文爲仿作標的，歐、蘇兩者是在同一個基本面上被尊崇著的，且仿作已頗能相似。

至於元好問是金代集大成的文人，他的散文沒有刻意仿作歐、蘇，卻能自樹一格，已能追配歐蘇古文。元人杜仁傑就曾云：「敢以東坡之後，請元子繼，其可乎？」〔註 44〕金代散文到了元好問，已經完全脫離模仿的影子，而能直接承續唐宋散文，獨樹一格了。

除了北宋文學遺緒，南宋的著述亦透過各種管道在金國流行。孔凡禮先生曾在〈南宋著述入金述略〉一文中做一統計，其在王若虛《滹南遺老集》前四十卷雜著中，發現提到的南宋作者就有四十人左右，著述達五十種，其

〔註 42〕（宋）歐陽脩：《歐陽文忠公文集》《(四部叢刊初編》集部，國立中央圖書館藏，臺灣商務印書館)。民國 8 年。）卷十七〈朋黨論〉，頁 152、153。

〔註 43〕鄭靖時：《金代文學批評研究》，頁 197。

〔註 44〕《遺山集》卷首，杜仁傑：〈遺山先生文集後序〉，葉五。

中涉及經義、史學、文學諸方面，多不勝枚舉〔註 45〕。王若虛之作品散佚已算嚴重，仍可尋得多種南宋著作，足見金中葉以後南宋雖與金為敵對關係，不論書禁政策如何之施行〔註 46〕，雙方之書籍仍透過私人管道交流，並無礙於金文人對於宋文學主動的學習和仿作的態度。

金散文上承襲唐宋外，亦有啓下之功。正如金散文沒有宋古文的養分就無法獨立存在般，元散文與金散文的承繼關係亦為深厚。元與金同為北方異族所建立之王朝，金文人通過學習唐宋文學，迅速建立獨特文化資產的模式，正可以被元朝仿效。尤其是金散文到了「遺民餘音期」，經過元好問等人的努力，已眾體兼備，作品有著北方文人特有的風格；相較於南宋文學而言，金散文更適合元人直接汲其精粹。除此之外，許多金遺民士人，直接或間接培養出元朝新世代的散文家，如元人郝經便師事於元好問多時，楊奐與李俊民皆在金亡後入元從事教育於一隅，不論是詩文的創作或理學的建立，都起了極大的影響，更能推測金散文影響元代散文的可能性。

只可惜，元散文具體的學習金散文的資訊，隨著金元滅亡以後，皆無直接清晰的描述來證明兩朝散文間的關係。對此胡傳志曾經無奈的表示：

> 金代文學與元代文學有著天然的淵源關係，元代文學的各個方面都以金代文學為基礎，像詩歌以元好問為代表的北方傳統為主導，戲劇在金代基礎上發揚壯大，這些幾乎為學界所公認。可是，我們的研究往往各自為政，畫地為牢，跨段研究向來比較薄弱，加上學界不太重視元代詩詞文這些傳統樣式，導致很少有人能全面深入地探

〔註 45〕孔凡禮：〈南宋著述入金述略〉，《文史知識》1993 年第 7 期，98～101 頁。案：胡傳志曾在〈遼金文學研究與宋元文學研究〉一文中說：「目前可考定傳入金朝的南宋文獻有六十餘種，其中包括誠齋體詩歌、辛棄疾與陳與義詞、《苕溪漁隱叢話》等文學文獻。當時實際入金的文獻會更多。這些文學作品傳入北方，都曾產生不同程度的反響。金人趙秉文有類似誠齋體的詩歌，元好問詞有近似陳與義詞的滄桑感和言外之味，亦有近似辛棄疾詞的風貌，就是很好的見證」（以上見於胡傳志：〈遼金文學研究與宋元文學研究〉《學術研究》2005 年第 3 期）頁 133～134）

〔註 46〕徽宗大觀二年（1108 年）三月十三日，有詔曰：「訪聞虜中多收蓄本朝見行印賣文集書冊之類，其間不無夾帶論議邊防、兵機、夷狄之事，深屬未便。其雕印書鋪，昨降指揮，令所屬看驗，無違礙然後印行，可檢舉行下，仍修立不經看驗校定文書、擅行印賣告捕條禁，頒降其沿邊州軍。」（詳見（清）徐松輯錄：《宋會要輯稿》（陳垣先生主持，北平國立圖書館購藏，1931～1936 年）第一百六十五冊，刑法二之四七，葉九十五）。

> 討兩者淵源關係。……其中比較關鍵的是金亡的過渡時期，許多文人由金入元，輾轉漂泊，沉浮不定。其中文人的生存狀態、創作情況，尤其是不太知名的文人命運，還沒有清楚的描述。文人的活動對元代文學究竟起到了哪些作用？似乎也沒有有份量的論述。〔註47〕

胡傳志先生道出金元文學關係研究上的困境，更遑論金元散文往往被世人所忽略，兩者的承繼關係幾乎只能用推敲的方式，窺其斑豹。筆者有鑑於此，以金遺民散文家入元以後的活動歷程，及金元散文間的承繼仿作痕跡為主，略言金散文對元散文的啓下之功。

元好問曾在〈癸巳寄中書耶律公書〉中，擬了一份名單，把金末諸多重要文士介紹給耶律楚材，望當時擔任中書令的耶律楚材能夠保全金代文化資產，進而重用這些文人。為此，元好問曾遭受某些異議人士的批評和謗議〔註48〕。元氏推薦的這些文人，包括「聖者之後如衍聖孔公；耆舊如馮內翰叔獻、梁都運斗南、高戶部唐卿、王延州從之；時輩如平陽王狀元綱，東明王狀元鶚、濱人王賁、臨淄人李浩、秦人張徽、楊煥然、李庭訓、河中李獻卿」〔註49〕等共五十四人。其中楊奐、王若虛、王鶚等人都是以散文名重於一時，這些文人若受元朝廷任用，當對元文化有相當程度的影響，更裨益於元散文持續的發展。

元好問本身也培養了一班子弟，這些儒生後來都在散文界發光發熱；如其大弟子郝經，本身即為散文大家，其散文遵循著元氏規矩的準繩，主張實用而明理，反對浮詞誇言言之無物的文字。彼在〈文弊解〉中曾表示：「事虛文而棄實用，弊亦久矣。」故為文主張「唯實是務」、「有實則有文，未有文而無其實者也。」又說「六經無虛文，三代無文人」，而「後世文士，工于文而拙於實，衒於辭而忘于道義。」〔註50〕又在〈答友人論文法書〉中說：

〔註47〕胡傳志：〈遼金文學研究與宋元文學研究〉《學術研究》2005年第3期）頁133～134。

〔註48〕元好問撰此書信時，乃天興二年（1233）金尚未亡國時，然文中卻說「授之維新之朝」，於是輿論譁然；又因與蒙元宰相通信，節操備受質疑，議者多以為元氏國家未亡即急於攀附新朝權貴。元好問亦嘗在〈外家別業上梁文〉中云：「爰自上書宰相，所謂試微軀於萬仞不測之淵；至於喋血京師，亦常保百族於群盜垂涎之口。皇天后土，實聞存趙之謀；枯木死灰，無復哭秦之淚。」（《遺山集》卷四十，葉二）即言此事遭非議之心境。

〔註49〕《遺山集》卷三十九〈寄中書耶律公書〉，葉一。

〔註50〕以上見（元）郝經：《陵川集》卷二十〈文弊解〉，葉十三、十四。

> 爲文則固有法。……雖然，理者，法之原；法者，理之具；理致夫道，法工夫技；明理，法之本也。……故古之爲文，法在文成之後，辭由理出，文由辭生，法以文著，相因而成也。非求法而自作之也。……故今之爲文者，不必求人之法以違法，明夫理而已矣。〔註 51〕

其「非求法而自作之」的論點正是來自元好問「非求工而自工」〔註 52〕的作文理論，亦證明文學理論相互傳承之功。他如王惲亦師事於元好問，其文章亦步隨遺山矩矱，也促使金代散文的精髓繼續在元朝發展。

此外，理學的相互交流也可能促成散文的創作；如楊奐〈與姚公茂書〉一文即可證明金儒士與元中堅之理學家交情匪淺。姚公茂即爲姚樞，是元代非常著名的理學家，楊與姚的理學交流，從書信中可一窺梗概；而姚樞、許衡、竇默三人，是建立元代理學的重要人物，他們彼此切磋交流，並各自教授講學於一方，吸引大量的後輩儒生前來追隨，某種程度上金代學術文化透過理學家的交流，可以在元朝繼續流傳。再加上姚、許、竇三人，本身即有優秀的散文作品；尤以許衡，主張篤實以化人，既爲理學大家又精通經學，所作散文無意於修飾，皆自然明白而雅正，其風格特色與光明俊偉且簡明詳實的楊奐，創作之理念皆相似。

綜上所言，沒有金諸多散文家的努力創作，元散文亦不能以今日之樣貌呈現；金元散文之間必定透過微妙複雜的關係互相滲透與師友傳承著。恰如清人譚宗浚所言：「世多以金偏安一隅，又國祚稍促，遂不及宋、元，不知有元一代文章，皆自金源啓之。」〔註 53〕牛貴琥先生亦對於金代文學對元文學的貢獻，曾下了很好的註解：

> 正如金代滅亡之後《泰和律義》在蒙古占領區仍然有效那樣，金代這一北方少數民族建立的統一的區域文化，在同屬少數民族的蒙古統治時期繼續發展。金代文學的價值就在於爲元代文學打下基礎，做了厚實的鋪墊。金代發芽、開花，蒙元結下豐碩的果實，如果沒有金代文學，元代文學能有那麼輝煌的成就是不可想像的。〔註 54〕

〔註 51〕（元）郝經：《陵川集》卷二十三〈答友人論文法書〉，葉七、八。

〔註 52〕《遺山集》卷三十六〈新軒樂府引〉，葉十三、十四。

〔註 53〕《金文最》卷首，譚宗浚〈序〉，葉一。

〔註 54〕牛貴琥：〈金代文學與金代社會〉（《遼寧工程技術大學學報》（社會科學版）2012 年 11 月第 14 卷第 6 期）。

所言甚是公允。

綜上所言，金散文家有著優秀的學術涵養，肩負傳承之責任，積極於道統之承繼，大量創作著平易暢達、樸實剴切的散文，對蒙元之學術發展影響實不可小覷。清人莊仲方在〈《金文雅》序〉中曾對整個金代文學環境做了大致的描述，也對金文學承上啓下之功做了公允的評價，其云：

> 金初無文字也。自太祖得韓昉而言始文，太宗入宋汴州，取經籍圖書。宇文虛中、張斛、蔡松年、高士談輩後先歸之，而文字煨興，然猶借才異代也。至蔡珪傳其父松年家學，遂開金代文章之宗。泪大定、明昌之間，趙秉文、楊雲翼主文盟，時則有若梁襄、陳規、許古之勁直，党懷英、王庭筠之文采，王若虛、王渥之博洽，雷淵、李純甫之豪俊，爲金文之極盛。即其亡也，則有元好問以宏衍博大之才，足以上繼唐宋而下開元明。〔註55〕

今觀金代散文，尤以充實的內容，充沛的情感，精闢的見解，多變的筆法及高超的修辭技巧等，皆已具足以比肩唐宋散文之格，實「足以上繼唐宋而下開元明」，洵不虛也。

〔註55〕（清）莊仲方編：《金文雅》（（《中國少數民族古籍集成》第22冊。景印光緒辛卯七月江蘇書局重刊本），成都：四川民族出版社出版；四川新華書店發行，2002年第一版。）卷首，〈序〉，葉一。

徵引文獻

一、古籍

【別集】（以作者時代先後排列）

1. （宋）歐陽脩：《歐陽文忠公文集》（《四部叢刊初編》集部，國立中央圖書館藏，臺灣商務印書館）。民國8年。
2. （宋）蘇軾：《蘇軾文集》（孔凡禮點校，北京：中華書局，1983年）
3. （宋）蘇轍：《欒城集》（《四部叢刊初編》集部，國立中央圖書館藏，臺灣商務印書館）。民國8年。
4. （金）王寂：《拙軒集》（（清）吳重熹輯：《石蓮盦彙刻九金人集》），臺北：成文出版社，民國65年8月臺一版。
5. （金）王庭筠：《黃華集》（《叢書集成續編》第133冊，文學類，景印《遼海叢書》第三冊），臺北：新文豐出版社，民國78年。
6. （金）趙秉文：《滏水集》（（清）吳重熹輯：《石蓮盦彙刻九金人集》），臺北：成文出版社，民國65年8月臺一版。
7. （金）王若虛：《滹南集》（（清）吳重熹輯：《石蓮盦彙刻九金人集》），臺北：成文出版社，民國65年8月臺一版。
8. （金）李俊民：《莊靖集》（（清）吳重熹輯：《石蓮盦彙刻九金人集》），臺北：成文出版社，民國65年8月臺一版。
9. （金）元好問：《遺山先生文集》（（清）吳重熹輯：《石蓮盦彙刻九金人集》），臺北：成文出版社，民國65年8月臺一版。
10. （金）楊奐：《還山遺稿》（《北京圖書館古籍珍本叢刊》集部．元別集類．第93冊，頁755～806；據明嘉靖元年宋廷佐刻本影），北京：書目文獻出版社，1988年。

11. （金）元好問撰；（清）施國祁箋注：《元遺山詩集箋註》（《續修四庫全書》集部，別集類，第 1322 冊；據上海圖書館藏清道光二年南潯瑞松堂蔣氏刻本影印），上海：上海古籍出版社，2002 年

12. （元）郝經：《陵川集》（《摛藻堂四庫全書薈要》集部，別集類，第 399 冊），臺北：世界書局，1987 年。

13. （元）耶律楚材：《湛然居士集》（《摛藻堂四庫全書薈要》集部，別集類，第 399 冊），臺北：世界書局，1987 年。

14. （元）王惲撰：《秋澗集》（《四部叢刊正編》第 66 冊；據上海涵芬樓借江南圖書館藏明弘治翻元本景印），臺北：臺灣商務，民國 68 年。

15. （元）姚燧：《牧庵集》（《文津閣四庫全書》集部，別集類；1206 冊），北京：商務印書館，2006 年。

16. （清）李祖陶評選：《元遺山文選》（長澤規矩也編：《和刻本漢籍文集》第十一輯，景印清同治八年奎文書屋藏刊本）昭和五十三年十月。

17. （清）翁方綱：《石洲詩話》（上海古籍出版社 2002《續修四庫全書》集部．詩文評類，據清嘉慶二十年蔣攸銛刻本影印）

18. （清）周壽昌：《思益堂日札》（《續修四庫全書》據復旦大學圖書館藏清光緒十四年影印，子部．雜家類）

【總集】（以作者時代先後排列）

1. （金）元好問編撰：《中州集》，國立中央圖書館藏，影印元延祐乙卯年刊元建安廣勤堂修補本。

2. （元）蘇天爵編：《元文類》（《摛藻堂四庫全書薈要》，集部，總集類；第 480 冊），臺北：世界書局，1987 年

3. （清）莊仲方編：《金文雅》（《中國少數民族古籍集成》第 22 冊。景印光緒辛卯七月江蘇書局重刊本），成都：四川民族出版社出版；四川新華書店發行，2002 年第一版。

4. （清）張金吾編：《金文最》（《中國少數民族古籍集成》第 24、25 冊；景印光緒八年粵雅堂開雕本），成都：四川民族出版社出版；四川新華書店發行，2002 年第一版。

5. （清）郭元釪原編：《御訂全金詩增補中州集》七十二卷，目錄一卷，卷首二卷（《文淵閣四庫全書》集部三八四．總集類），臺北：臺灣商務印書館，民國 75 年。

【史料方志】（以作者時代先後排列）

1. （金）劉祁撰；崔文印點校：《歸潛志》（《元明史料筆記叢刊》），北京：中華書局 1983 年 6 月第 1 版。

2. （宋）楊堯弼：《僞齊錄》（《叢書集成續編》史地類，第 276 冊），臺北：新文豐出版社，1989 年臺一版。
3. （宋）無名氏：《劉豫事迹》（據清刊本影印），臺北：新興出版社，1975 年。
4. （宋）徐夢莘編：《三朝北盟會編》（《文淵閣四庫全書》），臺北：臺灣商務印書館，民國 75 年。
5. （宋）宇文懋招撰，崔文印校證：《大金國志校證》，北京：中華書局，1986 年 7 月。
6. （宋）李心傳：《建炎以來繫年要錄》（《叢書集成新編》第 115～116 冊），臺北：新文豐，民國 74 年。
7. （宋）無名氏：《劉豫事迹》，臺北：新興出版社，1975 年，據清刊本影印。
8. （元）脱脱：《金史》（《百衲本二十四史》），臺北：臺灣商務印書館，1988 年 1 月臺六版。
9. （元）蘇天爵：《元朝名臣事略》（《中國少數民族古籍集成》第 19 冊，景印清光緒五年（1879）定州王氏謙德堂刊本），成都：四川民族出版社出版；四川新華書店發行，2002 年第一版。
10. （明）宋濂等主編：《元史》，臺北：中華書局，《四部備要》史部，據武英殿本校刊。
11. （清）張景堂纂；張縉璜修：《確山縣志》，臺北：成文出版社，民國 64 年臺一版，影印民國 20 年排印本。
12. （清）衛萇纂修：《乾隆栖霞縣志》（《中國地方志集成》，《山東府縣志輯》），北京：鳳凰出版社、上海書社、巴蜀書社共同輯之，2006 年。
13. （清）謝應起等修：《宜陽縣志》（《中國方志叢書》據清光緒七年刊本影印），臺北：成文出版社，民國 57 年。
14. （清）畢沅編：《續資治通鑑》，國家圖書館藏；民國間上海中華書局《四部備要》排印本。
15. （清）梁清遠：《雕丘雜錄》（《續修四庫全書》，子部三十八，雜家類五；景印太平閣藏書本）
16. （清）施國祁：《史論五答》（《叢書集成續編》第 276 冊），臺北：新文豐出版社，民國 78 年。
17. （清）徐松輯錄：《宋會要輯稿》（陳垣先生主持，北平國立圖書館購藏，1931～1936 年）

【書目】（以作者時代先後排列）

1. （清）黃虞稷：《千頃堂書目》（《四部分類叢書集成．續編》；景印適園叢書第二集，吳興張氏采輯善本彙刊），臺北：藝文印書館印行。

2.（清）紀昀等編撰：《四庫全書總目提要》，臺北：臺灣商務印書館，民國54年。

3.（清）倪燦撰，盧文弨補：《補遼金元藝文志》（《中國少數民族古籍集成》第十八冊，據上海辭書出版社圖書館藏清光緒刻廣雅書局叢書本影印），成都：四川民族出版社出版，四川新華書店發行，2002年。

【年譜】（以作者時代先後排列）

1.（清）王樹枏編：《閑閑老人詩集》（《陶盧叢刻二十六種》）清光緒～民國年間新城王氏刊本，1875年。

2.（清）凌廷堪：《元遺山先生年譜》（收於《石蓮盦彙刻九金人集》本）。

3.（清）施國祁：《遺山先生年譜》（收於《石蓮盦彙刻九金人集》）。

4.（清）翁方綱：《元遺山先生年譜》（《新編中國名人年譜集成》），臺北：臺灣商務印書館，民國67年。

5.（清）余集編：《元遺山先生年譜略》（收錄於《北京圖書館藏珍本年譜叢刊》第35冊頁141～146，據清道光十年刻本影印），北京：北京圖書館出版社，1999年。

6.（清）李光廷：《廣元遺山年譜》（二卷），上海古籍出版社，據湖北省圖書館藏清同治刻本影印，2002年。

二、近人著作

【專書】（以人名筆劃順序排列）

1. 丁如明：《遼金元散文》，北京：上海書店出版社，《中國散文寶庫》系列，2000年12月。

2. 孔凡禮編：《元好問資料彙編》，北京：學苑出版社，2008年4月北京第1版。

3. 牛貴琥：《金代文學編年史》，北京：北京師範大學出版集團，安徽大學出版社；2011年3月第1版。

4. 王永：《金代散文研究》，北京：中國社會科學出版社，2011年9月第1版。

5. 王明蓀：《遼金元史論文稿》，臺北：槐下書肆、花木蘭文化出版社聯合出版，2005年3月。

6. 王慶生：《金代文學家年譜》，南京：鳳凰出版社，2005年3月。

7. 李正民：《元好問研究論略》，社會科學文獻出版社，1999年版。

8. 李宗慬：《新編王庭筠年譜》，臺北：秀威資訊科技股份有限公司，2006年7月。

9. 李修生：《全元文》，南京：鳳凰出版社（原江蘇古籍出版社），2004年12月。

10. 周惠泉：《金代文學研究》，臺北：文津出版社有限公司，2000 年 4 月。
11. 周惠泉：《金代文學發凡》，長春：東北師範大學出版社，1994 年。
12. 周惠泉：《金代文學論》，長春：東北師範大學出版社，1997 年。
13. 林宜陵：《金末遺臣李俊民與楊宏道詩學考察》，臺北：萬卷樓圖書股份有限公司，2011 年 8 月。
14. 林明德：《金源文學家小傳》，臺北：臺灣商務印書館，民國 67 年。
15. 金毓黻輯編：《黃華集年譜》(《叢書集成續編》景印《遼海叢書》第三冊，收在卷八附錄中)，臺北：新文豐出版社，民國 78 年。
16. 姚奠中主編；李正民增訂：《元好問全集》，太原：山西古籍出版社，增訂本，2004 年 1 月第 1 版。
17. 胡傳志：《金代文學研究》，合肥：安徽大學出版社，2000 年 5 月。
18. 陳蕾安：《趙秉文散文研究》，臺北：花木蘭文化出版社，2011 年 3 月。
19. 陶晉生：《宋遼金元史新編》，臺北：稻香出版社，2003 年 10 月。
20. 楊家駱編撰《新補金史藝文志》(附於楊家駱主編：《新校本金史并附編七種》)，臺北：鼎文書局，民國 74 年 6 月 4 版。
21. 劉浦江編：《20 世紀遼金史論著目錄》，上海：上海辭書出版社，2003 年 10 月。
22. 閻鳳梧主編，貫培俊、牛貴琥副主編：《全遼金文》，太原：山西古籍出版社，2002 年 8 月第 1 版。
23. 繆鉞編：《元遺山年譜彙纂》，發表於 1935 年，收於姚奠中主編《元好問全集》附錄中。

【論文】(以人名筆劃順序排列)

1. 胡幼峰：《金詩研究》私立輔仁大學中文研究所碩士學位論文，1976 年。
2. 蔡維倫：《王寂及其文學研究》，佛光大學文學系碩士學位論文，2013 年。
3. 鄭靖時：《王若虛及其詩文論》，國立政治大學中國文學研究所碩士學位論文，1974。
4. 鄭靖時：《金代文學研究》，國立政治大學中國文學系博士學位論文，1987 年。

【期刊】(以人名筆劃順序排列)

1. 牛貴琥：〈金代文學與金代社會〉，《遼寧工程技術大學學報》(社會科學版)，2012 年 11 月第 14 卷第 6 期。
2. 王基：〈元遺山早期文論著作簡論〉，《中國韵文學刊》總第 8 期，頁 48。
3. 王曉楓、王志華：〈元好問碑志銘詩的文學成就〉，《山西大學師範學院學報》(哲學社會科學版)，1998 年第 2 期（總第 42 期）。

4. 陳蕾安：〈僞齊時期散文及其繫年考〉，《東亞漢學研究》第 3 號，2013 年 9 月，頁 188～197。
5. 陳蕾安：〈試論金代「中州」與「國朝文派」定義〉，《東亞漢學研究》第 2 號，2012 年 5 月，頁 350～360。
6. 陶晉生：〈金代的用人政策〉，《食貨月刊》8.11 期 ，1979 年 ，頁 521～531。
7. 喬芳：〈元好問碑志分類研究〉（《江蘇大學學報》社會科學版，2007 年 7 月，第 9 卷第 4 期）。
8. 褚玉晶：〈楊奐詩文集之存本〉，《文獻季刊》，2007 年 4 月第 2 期。
9. 劉鋒燾：〈艱難的抉擇與融合〉，《文史哲》，2001 年第 1 期。
10. 鄭靖時：〈「金源一代坡仙」——趙秉文〉，《中興大學中文學報》民國 80 年 1 月第 4 卷，頁 171。
11. 薛瑞兆：〈《金文最》校札〉，《江蘇大學學報》（社會科學版），2011 年 1 月，第 13 卷，第 1 期。
12. 魏崇武：〈光明俊偉，尚新求變——簡論金末元初楊奐的散文〉，《殷都學刊》，2005 年第 3 期。
13. 魏崇武：〈略論金末元初李俊民的散文〉，（香港）《新亞論叢》，2005 年第 1 期。

附錄一　僞齊時期散文及其繫年考

一、前言

僞齊（西元 1130～1137 年）是中國史上極爲特殊的朝代，乃金朝（1115～1235）在宋建炎三年（1129）時，佔領宋的領地後，循過去立張邦昌爲楚帝〔註 1〕以達到「以漢治漢」目的所建立，藉以削弱宋人民族意識，掩蓋侵略事實，便於對宋進行後續的招降納叛，且作爲宋金間軍事與文化上暫時的緩衝區域。

僞齊擁有舊宋的領地，統治著舊宋的人民，內部的官吏亦大多來自於宋，「凡諸事體，且循宋舊例」〔註 2〕，內政制度完整，但軍事卻是依靠金朝支援，與宋爲敵，故宋人撰著的史料中對於此朝代正統性與唯一的皇帝劉豫人品描述多有偏頗之嫌，加以史料散佚者多，往往未能呈現僞齊在文學史上的特色。本文試圖在有限的資料中，以所有在僞齊阜昌元年到八年間創作的散文爲研究依據，探索其內容及藝術特色，並逐一考證每篇散文的正確繫年，冀能還原當時的文化背景與文人心態等等。

〔註 1〕北宋滅亡後，天會五年（1127）三月七日，金人強立宋臣張邦昌爲「大楚」魁儡帝，「自黃河已外，除西夏新界，疆場仍舊。世輔王室，永作藩臣。」（金・不著撰人：《大金弔伐錄》（臺北，臺灣商務，《叢書集成初編》據光緒六年傳鈔金山錢氏守山閣本排印）卷四〈冊大楚皇帝文〉頁 101）以達以漢治漢的目的。張邦昌爲免金人殺戮，只得答應，然當年四月，張即迎立哲宗廢后孟氏垂簾聽政，僅當了三十三天的皇帝便退位。

〔註 2〕《大金弔伐錄》卷四〈差劉豫節制諸路總管安撫曉告諸處文字〉（頁 919）。

二、歷史背景

僞齊的歷史與唯一帝王劉豫之生平事蹟散見於《金史》與《宋史》中，另可見舊題宋・楊堯弼所撰《僞齊錄》，紀錄僞齊興盛衰亡過程，最爲詳細。而《大金國志》卷六至卷九，亦有僞齊王朝的興廢記錄，卷三十一〈齊國劉豫錄〉〔註3〕，則以繫年爲主，詳列建國之初至廢帝之大事。《三朝北盟會編》、《續資治通鑑》、《大金弔伐錄》等，則有零散史料，可供參酌。

僞齊國祚僅八年，史書中，宋稱之爲「僞齊」，金則稱「廢齊」。齊的建廢，與宋金間的戰與和有很大的關係。史家對於這個既非宋又非金的僞朝代著墨頗少，至於此時的文化與文學更鮮少被提及。

齊僞帝乃宋之叛吏劉豫。劉豫（1073～1146），字彥游，景州阜城（今河北省阜城縣）人。宋元符年間（1098～1100）登第，少時曾上疏自清盜同舍生金盂子、紫紗衣之事〔註4〕，因而獲徽宗赦勿問，可知其少時即辯才無礙。建炎二年受薦爲濟南知府。其後，金人完顏昌攻入濟南，劉豫殺守將以降。金人有意在佔領區建立異於趙姓的政權，完顏宗翰等即在天會八年九月九日，立劉豫爲「子皇帝」，由當時一代名士韓昉以知制誥的身份主持冊封大典，都大名府（今河北省大名縣），國號大齊，改元阜昌〔註5〕，並逼迫原舊宋之太原尹張孝純爲尚書右丞。是時，金師南征回，亦要求李鄴、李俅、鄭億年臣於劉豫，使僞齊內政規模完整的建立。未幾，金又徙劉豫於東平（今山東省東平），號東京；天會十年又遷都汴京（今河南省開封）。僞齊的領地，大約在今河南、山東、陝西一帶〔註6〕，這些地方皆爲文化故都，建設上可擁有一定程度的優勢。

〔註3〕清代則有朱彝尊抄自倦圃曹氏，題宋無名氏所撰《劉豫事迹》（臺北：新興出版社，1975年，據清刊本影印）一卷，其內容與《僞齊錄》大致相同。

〔註4〕（宋）楊堯弼撰：《僞齊錄》（臺北：新文豐，叢書集成續編》史地類，第二七六冊，1989年台一版）卷上：「少時嘗盜同舍生金盂子、紫紗衣，及是言者發其夙醜，豫因上疏自明，上皇赦而不問。」（葉一）清・朱彝尊抄自倦圃曹氏，題宋無名氏所撰《劉豫事迹》（臺北，新興出版社，1975年，據清刊本影印）所述亦略同。

〔註5〕關於年號之命名典故，可參考金・元好問《續夷堅志》（姚奠中主編；李正民增訂：《元好問全集》（太原：山西古籍出版社，第1版，增訂本））卷二〈巽齊之讖〉中有：「天會八年，冊劉豫爲大齊皇帝，都大名。諸門舊有巽齊、安流、順豫之號，以門名色瑞，因取三市門名阜昌者建元。雖出傅會，亦有數焉。」

〔註6〕僞齊之領地，史書未有詳載者，且金給予劉豫控管的地區變易多次。今乃依其遷都的位置推其大概。

韓昉所撰僞齊皇帝冊文中稱劉豫是「夙擅敢言之譽，素懷濟世之才，……有定衰救亂之謀，安變持危之策」〔註 7〕廢齊改封曹王時，又在制文中其爲「敦大而直方，高明而寬厚，早居南服，以直言諫聞於時，頃在東州，以智略英資長於眾。」〔註 8〕可知其並非庸碌僥倖之徒或全憑賄賂〔註 9〕就能被冊立爲齊帝，應有著一定的威望與影響力才能受到金上位者的青睞。

僞齊立國後，「奔附者眾」〔註 10〕，劉豫也想有一番作爲，欲先依附金後再取宋，進而王霸於一方。建國後，即下詔安撫民心、求直言、獎勵農業生產，大旱時更下令祭奠祈雨，且積極改革稅法、主持地圖刻製等，爲帝已是盡心盡力。《金石萃編》中更載阜昌元年與七年，劉豫分別主持〈禹蹟圖〉與〈華夷圖〉兩地圖的刻製，此二圖乃「唐宋以來地圖之存，惟此而已」〔註 11〕對於地理「則此圖之傳，良足寶矣。」〔註 12〕貢獻亦不在話下。

可惜，僞齊對宋人而言已非正統，加上毀宋太廟、盜墓挖墳、以民女獻金將領來尋求資金與兵援等諸多受人詬病的失當政策，漸失民心。對金朝而言，劉豫既無法在短暫的時間中有實質政績表現，軍事合作上也長期攻宋不力，加以金內部權力鬥爭與宋金兩國議和勢態不定的影響下，終難逃被廢的命運。天會十五年（1137）遭廢後即舉家被遷往臨潢府，形同流放。皇統二年（1142）改封曹王，期間劉豫雖上謝表自陳忠心仍未受重視，終至皇統六年鬱鬱寡歡而逝。

三、文化情況

劉豫曾爲宋進士，擁有一定的文采，元好問編選《中州集》時，曾選錄「劉曹王豫」七首詩歌〔註 13〕，加以《御定全金詩增補中州集》補兩首，保

〔註 7〕《大金弔伐錄》卷四〈冊大齊皇帝文〉，頁 130。

〔註 8〕同上，〈劉蜀王進封曹王制〉頁 131。

〔註 9〕《劉豫事迹》：「時撻懶（完顏昌）久駐濱濰，豫事之甚善，嘗許立豫，而雲中留守高慶裔亦與豫通，素爲粘罕（完顏）信仗，于是豫遣子麟齎重金寶賂金酋粘罕左右，求贊立。」（葉二）《大金國志校證》（宋・宇文懋招撰，崔文印校證。北京，中華書局，1986 年 7 月第一版）：「撻懶嘗有許豫僭逆之意。慶裔，粘罕心腹也，恐爲撻懶所先，遽建此議，務欲功歸粘罕，而又使豫知恩出于己，望其後報也。」（卷六〈太宗文烈皇帝四〉，頁 100）

〔註 10〕宋・徐夢莘編：《三朝北盟會編》（以下簡稱《會編》）卷一百八十一，載：「豫初僭立，奔附者眾。」如馬定國、施宜生之流不在少數。

〔註 11〕《金石萃編》卷一百五十九〈齊〉，葉三十六～四十一，總頁 7-607～7-610。

〔註 12〕同上註。

〔註 13〕《中州集》卷九〈劉曹王豫〉，葉九。

存至今的詩即有九首之多。至於評價，正如陳寅恪所云：「阜昌天子頗能詩，集選中州未肯遺。」〔註 14〕也都是受世人認可的水準之作；且據清・黃虞稷《千頃堂書目》之集部別集類補金代中載劉豫有《劉曹王集》十卷〔註 15〕，今佚。

金朝科舉創始於天會元年（1123）〔註 16〕，天會二年及五年、六年、十年皆有舉行，此後，天會年間就再也沒有舉行科舉了〔註 17〕。劉豫稱帝八年內即舉行兩次以上的科舉：第一次在阜昌四年（天會十一年）二月，賜羅誘狀元以下八十四人及第；第二次則在阜昌七年二月，親賜邵世矩等六十九人及第。另外，阜昌六年也可能舉行了科舉〔註 18〕。這些積極的開科取士，都讓黃河以南一帶文化發展起了作用。爲政期間，劉豫曾撰〈求直言詔〉以求人求言，又在遷都之際「與民約曰：今後……文武雜用，不限資格，惟其人。」〔註 19〕可知齊建國之初，劉豫即急於安撫人心，求才若渴，所以才能使宋人「奔附者眾」，此與《大金國志》〔註 20〕中所述劉豫的形象頗爲迥異，值得深思。

除了積極建設，劉豫對文學亦熱衷。阜昌三年祝簡曾上呈〈馬國賦〉，豫劉豫表面上雖批賦爲「賦，正非治天下所宜尚」〔註 21〕是嬉遊之事，但還是藉有利於馬政爲由，減其二年磨勘。馬定國也曾「以詩撼齊王豫，豫召與語

〔註 14〕陳寅恪：《陳寅恪詩集》（上海，上海古籍出版社，1980）〈阜昌〉，頁 36。

〔註 15〕（清）黃虞稷：《千頃堂書目》（臺北：藝文印書館印行，《四部分類叢書集成・續編》；景印適園叢書第二集，吳興張氏采輯善本彙刊。）卷二十九，葉十三。

〔註 16〕《金史》（元・脱脱：《金史》（臺北，臺灣商務印書館，百衲本二十四史，1988 年 1 月台六版））五十一「選舉志一」中云：「其設也，始於太宗天會元年十一月，時以急欲漢士以撫輯新附，初無定數，亦無定期，故二年二月、八月凡再行焉。」（葉六，總頁 480）

〔註 17〕《大金國志》卷七〈太宗文烈皇帝五〉，天會十年「夏，粘罕試舉人于白水泊，磁州胡礪爲魁。是舉也，粘罕密諭試官，不取中原人，故是歲只試詞賦，不試經義。」（頁 115）後依遼制，每三年實行一舉，然天會十三年適遇金太宗卒，停試。

〔註 18〕《金石萃編》卷一百五十八「金五」中有〈進士題名記〉，「阜昌六」下有「第一甲朱希，第四甲劉晉，錄事可。」

〔註 19〕《僞齊錄》卷上，頁三。

〔註 20〕（宋）宇文懋招撰，崔文印校證：《大金國志校證》（北京，中華書局，1986 年 7 月）

〔註 21〕閻鳳梧主編：《全遼金文》（太原：山西古籍出版社，2002 年 8 月第一版）頁 1184。以下所引散文內容皆以《全遼金文》爲主。

大悅，授監察御史，仕至翰林學士。」〔註 22〕加以自身頗有文采，賦詩撰文，事必躬親，唯礙於國家正處艱困之時，未暇偃武修文。

金朝建國之初皆「借才異代」以促進文化學習速度，也有意以文士輔佐僞齊，如左丞相張孝純，在未任職時，曾於天會七年受金元帥宗翰之託，在雲中路主持科舉考試〔註 23〕。此舉不但顯示金朝對張孝純文采的肯定，直接促進了金文化的發展，任張氏爲僞齊丞相，更有助於僞齊文化的提升。

任職僞齊的舊宋臣都有著不可避免的矛盾心態，除了幾個被金朝逼迫而仕宦外，無非各懷私心，都想藉新興的勢力，企圖改變在宋頹萎的情勢。如施宜生，原爲穎州教授，後回到江南任從事郎。他親見地狹貧困的建州人在宋官吏剝削下爆發起義，宋軍不加撫恤反武裝剿叛。施氏進而替這些起義的人請命，反遭到「與汝爲同情反叛」審罪，後雖僥倖免死，但已妻離子散，流離顚沛。他對於宋的腐敗極度失望，才逃亡淮北投靠劉豫。加上僞齊以舊宋故土爲據，凡諸事體皆循宋舊例，這樣的政治環境極適合對朝廷徹底失望的宋人。

歸納而言，來自舊宋的僞齊官員主要有兩個管道：一則受金指派或脅迫而臣於劉豫的，如李鄴、李俅、鄭億年、張孝純、龔璹、盧偉卿、傅維允、關師古、張昂等；二以自願投奔僞齊的，如施宜生、馬定國、孟邦雄、酈瓊、李成、孔彥舟、徐文、祝簡、朱之才、馮長寧等。這些文人武將都有一定的文采，如朱之才《中州集》收其詩十六首，佳句三則〔註 24〕，有文集傳世；馬定國曾作〈石鼓辨〉，洋洋萬餘言；他如施宜生、張孝純等皆有詩收《中州集》中〔註 25〕。這些仕齊之士，雖品節不一，心態迥異，卻對僞齊時期的文化建設有了或多或少的貢獻。

〔註 22〕《中州集》〈馬御史定國〉。〈登歷下亭有感〉：「男子當爲四海遊，又攜書劍客東州。煙橫北渚芰荷晚，木落南山鴻雁秋。富國桑麻連魯甸，用兵形勢接營丘。傷哉不見桓公業，千古遶城空水流。」（葉二十四）以春秋之齊暗指僞齊，以桓公暗喻劉豫。

〔註 23〕（宋）李心傳撰《建炎以來繫年要錄》（以下簡稱《要錄》）（北京：中華書局，《叢書集成初編》，第 3861～3878 冊，1985）卷三十載：「是秋，金國元帥府復試遼國及兩河舉人于蔚州。……張孝純主文，得趙洞、孫九鼎諸人。」（頁 558）

〔註 24〕《中州集》卷二〈朱諫議之才〉，葉四。

〔註 25〕《中州集》卷二〈施內翰宜生〉，葉九；卷九〈張丞相孝純〉，葉九、十。

四、散文內容

僞齊時期存文不夥，且多出於史料，應用類文章數量居冠，內容與政治時事相關，但偶有眞情流露的可觀者，加以優美的文筆修辭，確實值得研究。茲依撰寫目的分爲「君頒之詔令、冊文、國書類」、「臣子所撰之議論、諫疏類」與「其他類」三項。

（一）君頒之詔令、冊文、國書類

建國初，劉豫需在最短的時間內積極建設國家，其中包括收民心、改善內政與設法增強外交與兵力等等，僞齊的標舉，都在這類文章中表露無遺。茲依內容分以下四項：

1、批宋以舉正統

僞齊接管宋地以建國後，劉豫欲跳脫宋傳統不事貳君的觀念，就須極力自我標榜以求民心之歸順，採取的方法有二：一則批舊宋之非，一則標榜政府作爲。〈詔諭士民榜〉、〈肆赦文〉、〈謀伐南宋詔〉可爲此類文章之代表。

〈詔諭士民榜〉寫得義憤塡膺，大抵是以攻擊宋之政弊爲主，並強調僞齊成立的正統性。開頭即奮慨云宋「之君奢靡昏迷，獲罪於天，盜賊遍起於天下，兵火相繼者累年，流毒下民，自古少比。」述宋高宗放任下屬賣官鬻爵、稅賦制度嚴重不公、賄賂、巧立名目橫徵暴斂，至「民不堪命，日以困窮」。軍與民爭利並強虜百姓以充軍，不酌民力卻大興土木，勞民傷財。並藉歸附民語以證宋制大弊。在行文方面，則以「亡宋……洪惟主上……」、「亡宋……今朝廷……」、「亡宋時……今主上……」或「昨……今……」、「前日……今日」不斷反覆以今昔之對比強調宋弊與齊利。劉豫在位初年的大志與細膩的思維、明理的分析，都在此文展現無遺。

〈肆赦文〉則以「前朝失御」下開議論，而下標榜即位乃時勢所趨，加以配合天命，亂世需能主之下，並說自己是「方圖自效而歸，敢有懷他之望」，故「勉膺位號」。目的在於安撫人民，強調入主中原的正統性，寫出對於民生不幸的同情，亦不失爲一眞摯之作。

作〈謀伐南宋詔〉時，劉豫在位已五年，態度由保守轉爲積極，爲求與金國合力擊宋，在文中標舉自己的正當性，再次強調「蓋朕以救生靈爲心，勉即大位，彼儻能善保一隅，不肆殘暴，雖分列土地，樹之國都，使海內偃兵息民，朕之志也。」故「合大金元帥大軍，直搗僭壘，俘其罪人。」文章寫的理氣十足，但僞齊戰爭連年失利，實已大失民心。

2、論事以言要端

僞齊留存許多詔文，其中涉及重大決策者，如「改元」有〈建元阜昌詔〉；「立后」有〈立錢后冊文〉；「遷都」則有〈遷都汴京詔〉；勸農桑以利經濟者，如〈戒守令勸農桑詔〉；也有求言以利政策者，如〈求直言詔〉，內容皆以言內政時事爲主。此類散文內容較爲貧乏，但其藝術特色以典雅華麗爲尚，今以〈求直言詔〉，逐錄一段以示之：

> 辭避無術，竟當任重。蒙遠近官吏、士庶、耆老奏集稱慶，無以能副眾勤，誠惟極愧惕，念時當草昧，事極艱難，臨政之初，若涉大水，其無津涯。更冀官吏、軍民、耆老凡有所見，直陳無隱，庶補昧陋，共圖永濟。

3、撫臣以立威信

面對臣子，劉豫在史料中的形象多是泛罰濫刑，然今觀其詔文，多有不吝嘉賞之證，如〈敕羅誘詔〉中云：「朕當親勒六軍，式圖厥事。果獲戡定，樂與卿共之，安享太平，豈不大哉？秋涼，卿比來安好否？」劉氏在文中難得眞情流露，君臣之誼表露無遺。又如〈覽祝簡國馬賦批文〉中雖批文學非治國之道，但仍以有助於馬政爲由減祝簡二年磨勘。〈除李成鎭海節度使詔〉則依李成在戰功上的表現「智識精明、性資果毅」，授鎭海軍節度使輔國上將軍充山東路留守之職。劉豫這些論功行賞的目的雖多爲了正宋人視聽，現今看來反而扭轉史書中對於臣子一味嚴苛殘酷的形象，也隱約透露劉豫多愁善感與雅愛文學的性格。

4、析勢以求兵援

劉豫自知若無金朝支持，在領地狹、軍力弱的情況下，國勢必衰，故屢次求兵於金。這些求兵援的國書中，或分析情勢，或推薦歸附之將領，望金當權者能助齊一臂之力。此類文字散見於史料，多疑爲殘文，但從文中仍可窺見劉豫在外交與軍事上所遭遇之困境。如〈報元帥伐府議伐宋書〉中云：「若輕兵直趨采石，彼未有備，我必徑渡江矣。光世海船亦在潤洲，韓世忠必先取之，二將由此必不和。以此逼宋主，其可以也。」沒有華麗的鋪敘，言簡易賅，分析戰勢頗有力道；〈宋徐文來降報元帥府書〉，則以徐文降齊爲由，求援於金，亦不難見劉豫雀躍期待金兵來援的心情。

（二）臣子所撰之議論、諫疏類

除了國書詔冊之應用文章外，尤其是議論文字，極少留存，即便偶有存錄者，亦多輯自史書之殘文而已，佚者恐多，百不存一。此類文章內容大致可以分爲兩類：

1、純議論時勢型態者

這一類的文章僅有羅誘的〈南征議〉一文至今尙存，更是同時期少數能夠以條理分明爲優勢的議論文章，在文學或史學上都有一定程度的重要性。〈南征議〉舉出關於立國重大方針及決策的「四議」與征討南宋的「六擊之便」，對劉豫而言，正急需這些能快速的樹立立國的方針及改革的建議。所謂「四議」是確立了伐宋的必要性與合理性：其一，需認清自己君王的角色，絕不能再私通舊主，否則只是「邦昌之禍及矣」，要劉豫堅定反宋的決心。其二，彼雖強敵，若只是等待對方「冗兵坐食」「兵老財匱」或是以賂大金以求自保皆非強盛之道，應乘弊而擊，莫「待其羽翮之成，提兵北顧，則齊一敗塗地，間不容髮。」其三，宋「奄有神器垂二百年」故能得民心，宋金若議和，金不援我，豪傑四起，將大不利於齊。不應只知乞師於金，而應主動出擊，待宋金兩國互戰，齊可坐收漁翁之利「終得取天下」。其四，則言元子應親帥六軍，與民除亂，「以結民心，以服大臣」，未來才有傳萬世之可能。至於攻宋有「六擊之便」亦一一條列之。文章有收有放，論述雖條理分明，洞悉君王內心眞正的需求與期待，但引據偶有失當，終不免失之偏頗。牛貴琥先生於《金代文學編年史》中認爲此議「全仿諸葛亮之〈出師表〉，文氣通暢，邏輯清楚，的確不是當時那些『碌碌之士，詞章氾濫，不能盡當世之務』的文章所可比肩。」〔註 26〕筆者以爲，相較於〈出師表〉，一則作者雖皆身爲臣，然情感之取向及政治目的實有不同，二則時空各異，前者顯積極進取，後者則趨保守與戒慎，兩者雖皆情理並茂之作，仍存有一定的差異性。

〈南征議〉的出現，除了代表僞齊有眞正歸順的臣子外，也象徵著士氣的高峰，這給予劉豫莫大的希望，故當年即下〈謀伐南宋詔〉以決伐宋之意念。且於當年秋冬之際即遣子劉麟等人再次伐宋〔註 27〕，即是實踐議文中所

〔註 26〕 牛貴琥：《金代文學編年史》（合肥，安徽大學出版社，2011 年 3 月第一版）頁 76。

〔註 27〕 《大金國志》卷八〈太宗文烈皇帝六〉：天會十二年，「劉豫遣其子麟、姪猊將兵，與窩里嗢等俱入南宋。」（頁 129）。

云「宜遣元子親行」，可見文章說服力強大，是僞齊現存議論文中最優秀的作品。

2、諫修法規以合內政

馮長寧於阜昌四年所上〈進刪修什一稅法疏〉也是一篇難得的議論文，其引經據典，文字亦稱流暢。內文云：「暴君污吏，貪虐相資，誅求百出，朝行寬恤之詔，夕下割剝之令。元元窮蹙，群起爲盜，滅亡之田，可爲龜鏡。」充滿張力的文辭，可撼動上位者。又云：「所以張太平之紀綱，立至化之基址，行之數年，稍得法意，公私兼利。獨權要豪右不逞之徒，病其不能容奸，因州縣奉行間有乖方，或煩苛滅裂，致百姓之疑惑，厭苦者乘之肆爲浮言，力圖沮壞。」文字敘事娓娓，條理分析清楚，既說之以理，也動之以情，在修辭藝術上亦頗有技巧，是值得一觀的作品。而盧載揚〈結南夷擾宋川廣議〉篇幅較爲短小，雖疑爲殘文，但亦言簡意賅。

（三）其他類型散文

不屬於上述分類者，則有張孝純的密牘〈上大宋書〉及廢後的劉豫於皇統二年所撰的〈曹王劉豫謝表〉、李杲卿之〈孟邦雄墓銘〉與王蔚〈奉敕祭唐忠武王渾瑊記〉。

〈上大宋書〉是題爲張孝純義憤塡膺的巨篇大作，這是其任僞齊尚書左丞相期間曾冒死上書宋高宗，其文收於《僞齊錄》卷下。張孝純（？～1144），字永錫，徐州（今江蘇省徐州）人。工詩，有文武才略，宋元祐四年登進士第。天會四年（宋靖康元年 1126）金兵攻太原，死守逾年，城破被俘。天會八年，劉豫立爲僞齊皇帝，金便脅迫誘騙張氏任僞齊左丞相〔註 28〕。

本文首述己對宋之忠心十年未改，隱忍受辱只爲「思有以報宗廟社稷者，惟恐不至」，並言托付此書者之可信。接著言上此書之理由乃劉豫「復有詭道將以傾陛下社稷，事屬危切，不可不聞。」並取「尤可畏者」十事以成書上報宋皇。此十事以條列式行文，包括盧載揚上議「陳結南夷擾川、廣之策」、羅誘所上〈南征議〉之內容大概、劉豫三次往金乞師合與太子完顏亶密議起兵攻宋、徐文投納並獻策犯宋、齊暗中養游俠士二十餘人謀行刺等十事，言

〔註 28〕詳見《大金國志》卷六〈太宗文烈皇帝四〉：「孝純守太原幾年，而被執至粘罕前，逼令下拜，……竟不拜，粘罕不能強之。因囚歸雲中。……粘罕遣孝純南歸，止云歸鄉而已。……至汶上，豫已僭位，遽拜爲相。當是之時，孝純昵于鄉黨，懼于還北，因而遂喪晚節，惜也。」（頁 104）

詞皆以懇切見長。文章篇幅長達四千餘字，描寫戰事詳細，且行文多以對話呈現，以致不似密牘，反類野史小說。全文除《僞齊錄》外，別無其他史料無記載此文之詳細來源，加以時間敘述有所扞格、撰寫時作者已致仕等等問題，頗有僞作或後世增添內容之嫌，然因述及僞齊時期之事，其內容仍有部分參考價值。

〈曹王劉豫謝表〉則是劉豫被廢後的散文作品，寫得眞摯而感人，文詞雍容雅麗，造字遣詞表現出高超純熟的技巧。其云己已「承積年殘毀有餘，凡百事艱難極甚，闢寇賊以置朝市，披荊棘而創耕桑。應機投隙，以傾挫敵仇；損己便人，以招集散徙。忘寢忘食，必躬必親，培廣業之惟勤，庶大恩之不玷。俄知廢罷之議，愈盡措畫之新，要先時成績於斯邦，覬後日受知於上國。」文中先述己臨危受命創業之艱辛，廢寢忘食事必躬親，雖落得被廢的下場，顯得話中有話。最後仍以「八年辛苦以經營，兩手歡欣而分付」自況，雖清閑北歸，仍感念金皇之提攜，望「安時處順」隨時等待「涓埃之報」。透露對於爲帝經歷的感觸與被廢後的感慨與無奈。本文引用經典，有據有則，如「星斗輝輝，麗窈然之天道；典謨渾渾，顯大哉之王言。徽軫爨下之焦桐，青黃溝中之斷木，光生縣磬之室，榮張設羅之門」等，對仗精良華麗又不失典雅。劉豫在政戰上雖寡有作爲，但在文學的表現上亦能稱不凡，本文可視爲一篇優秀的抒情散文，是其最後的代表作品。

至於李杲卿〈孟邦雄墓銘〉，是僞齊時期唯一的碑誌散文。內容寫孟氏在仕宋時曾力拒盜賊，後又能「適時知變」歸附劉豫，後不幸遭叛逆所執，不屈被殺。文中感慨當今能「智略壯勇」、「死節」之志者「幾希」。全篇構思並不特別，但述及劉豫愛才的態度，與史書形象頗異，亦足見投奔劉豫的武將，一如墓銘中引傳主之言云：「大丈夫事主，當一心建功立名，期不朽，豈可乍服乍叛，以速滅夷滅哉？」也並全非碌碌自私之徒。另外，阜昌七年由王蔚所撰之〈奉敕祭唐忠武王渾瑊記〉，則記劉豫遣劉議祈雨祭奠之事，文中云：「士民歡騰，神人交慶，咸以謂自貞元迄今，寥寥數百年，神之功烈被民，垂光後世，薦被褒嘉，實一時之盛事。」奉承上位者的意味雖濃，但文詞亦不失優雅。

五、僞齊時期散文繫年考證與勘誤

僞齊時期的散文，《全遼金文》〔註 29〕收劉豫文十五篇、張孝純文一篇、

〔註 29〕閻鳳梧主編：《全遼金文》（太原，山西古籍出版社，2002 年 8 月第一版）。

羅誘文一篇、祝簡賦一篇、馮長寧文一篇、王蔚文一篇、盧載揚殘文一則，共二十篇文章，並於題目下繫年以記之。《金石萃編》中又有李杲卿〈孟邦雄墓銘〉一篇。然《全遼金文》繫年多誤，今依年序以相關史書加以考證勘誤如下：

劉豫撰〈建元阜昌詔〉：《全遼金文》繫於天會十五年，誤也。按天會八年九月初九，金立劉豫爲大齊帝，是年十一月豫即下詔曰：「其以十一月二十三日以後爲阜昌元年。」〔註30〕故依題意應改爲阜昌元年。

劉豫撰〈立錢后冊文〉：《全遼金文》繫於天會十五年，誤也。按《大金國志》卷三十一云：「冬，遣孝純奉冊寶冊母翟氏爲皇太后，妻錢氏爲皇后。」〔註31〕此處所繫亦爲阜昌元年，應改之。

劉豫撰〈求直言詔〉：《全遼金文》繫於天會十五年，誤也。《劉豫事迹》繫此詔於阜昌元年，並引全文，僅無「九月二十三日，三省同奉聖旨」〔註32〕十二字。宜改繫阜昌元年。

劉豫撰〈遷都汴京詔〉：《全遼金文》繫於天會十五年，誤也。按《大金國志》卷三十一云：「阜昌三年四月，遷都於汴。」〔註33〕又，此詔內文云：「十二月十八日，奉詔書……已定明年春末遷都於汴。」云云，故推此詔應作於阜昌二年十二月。

劉豫撰〈除李成鎮海節度史詔〉：按《劉豫事迹》葉十八云「阜昌二年，……五月宋討淮南盜李成，成逃歸豫，除知開德府。」又按內文有「拯生民之塗炭，提士眾以來歸，允懷心膂之良，增重爪牙之任。」蓋劉豫擢李成以聳宋人視聽，姑繫此文於阜昌二年。

劉豫撰〈覽祝簡馬國賦批文〉：《全遼金文》未繫年。按《大金國志》卷三十一云：「阜昌三年四月，遷都于汴。……太常博士祝簡進〈遷都賦〉，又進〈國馬賦〉……豫手批褒答，減二年磨勘。」〔註34〕又觀〈國馬賦〉內文應是頌讚新都汴京之風土，故推此文亦乃僞齊遷都汴京後作，應繫年於阜昌三年。祝簡〈國馬賦〉亦應繫於是年。

劉豫撰〈宋徐文來降報元帥府書〉：《全遼金文》繫於阜昌二年，不知所據何來。今按徐文乃紹興三年（阜昌四年）四月「率戰艦十艘泛海歸于齊」

〔註30〕《大金國志》卷三十一，頁435。

〔註31〕同前註，頁434。

〔註32〕《劉豫事迹》葉七。

〔註33〕《大金國志》卷三十一，頁436。

〔註34〕同前註。

〔註35〕劉豫斷不可能在阜昌二年撰此書以報金元帥，故《全遼金文》必誤，應繫於阜昌四年。

馮長寧撰〈删修什一稅法疏〉:《全遼金文》未繫年，按《大金國志》卷三十一有云:「阜昌四年……五月，馮長寧、許伯通删修什一稅法」〔註36〕、《要錄》卷六十五，「紹興三年五月已巳」條:「僞齊尚書戶部郎中兼權侍郎權給中馮長寧、尚書右司員外郎許伯通同修什一稅法，及阜昌敕令格式，是日書成。」〔註37〕其下並略記進箚內容。《會編》卷一百八十一亦類同，故應補之。

盧載揚（一作陽）〈結南夷擾宋川廣議〉:《全遼金文》未繫年，按《要錄》卷六十八云:「九月，……初，僞齊侍御史盧載陽上議，陳結南夷擾川、廣之策。」〔註38〕此爲紹興三年（阜昌四年）事，故應繫於此年。

羅誘撰〈南征議〉:《全遼金文》未繫年，《劉豫事迹》錄此文於阜昌四年二月劉豫賜羅誘狀元及第下，繫年不明。按《宋史》本傳載獻文於阜昌五年七月後，《續資治通鑑》卷第一百一十四〈宋紀一百十四〉亦繫此文「秋，七月。……齊奉儀郎羅誘上南征議於豫，豫大悅，以誘爲行軍謀主。」《要錄》亦繫此文與紹興四年七月，又爲一證。

張孝純撰〈上大宋書〉:此據內文云:「僞齊自四月、五月、七月三次往金國乞師」、「與金國太子議起兵事，欲於十月興師」，又載七月羅誘上〈南征議〉及九月劉豫遣盧偉卿詣大金議事，與「今年九月初四日，遣齊州僞通判傅維允」云云，故依文意，推其撰文最遲不逾阜昌五年十月，亦不早於同年九月五日。然此文有不得其年之處，仍俟考〔註39〕。

劉豫撰〈戒守令勸農桑詔〉:《全遼金文》繫於天會十五年，誤也。按內文有:「朕撫有海內，五年於茲。」《劉豫事迹》亦繫此詔於阜昌五年。

〔註35〕（元）脫脫:《金史》（臺北，臺灣商務，百衲本二十四史，1988年1月臺六版）卷七十九〈徐文傳〉葉四，總頁745。

〔註36〕見《大金國志》卷三十一，頁437。

〔註37〕《要錄》卷六十八，頁1105。

〔註38〕《要錄》卷六十八「紹興三年九月乙卯」條，頁1144。

〔註39〕此文撰述時間有所爭議，《要錄》卷一百五，繫此文於「紹興六年九月壬申」，後世學者多從之，蓋據文中云:「臣亦隱忍受辱，於今十年」，天會四年九月三日張孝純被金軍所俘虜，故推知。然文中亦稱金熙宗爲太子，又多述及紹興三年、四年之事，兩者頗有扞格。

劉豫撰〈敕羅誘詔〉:《全遼金文》繫於天會十五年，誤也。此詔乃劉豫答羅誘〈南征議〉後，仍應繫於阜昌五年爲是。同年劉豫撰〈謀伐南宋詔〉，揭舉伐宋之正當性。

王蔚〈奉敕祭唐忠武王渾瑊記〉:《全遼金文》繫於天會七年，以內文「阜昌七年正月初四」誤植也，應改正之。

由上述重新的繫年，讓短暫卻又充滿傳奇的僞齊散文有了全面的概觀，亦能稍勘正《全遼金文》中阜昌年間散文之繫年。

六、結論

僞齊國祚僅八年，所佔領地爲山東、河南文化古都一帶，此一時期有很多大儒皆曾仕齊，人文薈萃已是事實，且劉豫素雅愛文學，文化事業本可大有所發展及建樹，只可惜當時戰事頻繁，無餘力於文事，實爲一憾；又加以傳統民族觀念之束縛，宋人極力毀謗，立場偏頗，金人亦罕言及，致存文不夥又爲一憾。

今能見之僞齊時期散文內容多與政事相關，以服務於政治爲目的，考其原因乃時空政事紛亂，散佚猶多，存者皆輯自史書之故。雖然，檢視同時期金朝各式「制誥」文章與之相較，不難發現僞齊時期文學作品雖少，卻仍有可觀之處，其中尤以散文之流暢，修辭之精到，較金散文更爲成熟可觀，不應受忽略。

金初文學發展之所以迅速上升，並能培養優秀的下一代，大部分的學者都歸功於入金的宋人如宇文虛中等，對金代文學發展有了直接的影響，卻往往忽略僞齊阜昌年間，其文章及文化經驗的交流也可能間接被金朝所學習。僞齊任用了宋儒士〔註40〕，又與金朝相互合作與國書詔令的來往，提供了宋、金文學間重要的媒介；加以僞齊本身高度的文學涵養，尤以優美典雅之散文藝術特色與豐富內容，絕對帶給同時期的金代散文創作很大的榜樣與典範，這應是僞齊散文存在的最大的價值與意義。

〔註40〕張孝純在仕齊之前已於建炎三年（1129）九月時爲金大將完顏宗翰主持科舉考試（詳見於《三朝北盟會編》，卷一百三十二，頁4）

附表、偽齊時期散文繫年簡表

西元	年　號	重要散文著作	文化活動	歷史大事
1130 庚戌	金太宗天會八年 南宋建炎四年 僞齊阜昌元年	劉豫撰〈建元阜昌詔〉、〈立錢后冊文〉、〈諭士民榜〉〈求直言詔〉、〈肆赦文〉	張孝純爲劉豫宰相。馬定國仕劉豫。	九月初九，金立劉豫爲齊帝，都大名府。 十一月二十三日以後改元爲阜昌。 是年冬，遣孝純奉冊寶冊母翟氏爲皇太后，妻錢氏爲皇后。
1131 辛亥	金太宗天會九年 南宋紹興元年 僞齊阜昌二年	劉豫撰〈遷都汴京詔〉、〈除李成鎮海節度史詔〉	十二月，詔史平補上州文學，僧道賜齋。	五月，淮南盜李成逃歸豫，除知開德府。 十月，豫遣弟益守汴京，徙李儔知襲慶府。 十一月，豫將王才降於葉夢得。
1132 壬子	金太宗天會十年 南宋紹興二年 僞齊阜昌三年	祝簡撰〈遷都賦〉、〈馬國賦〉 劉豫撰〈覽祝簡馬國賦批文〉	太常博士祝簡進〈遷都賦〉（亡佚），又進〈馬國賦〉	四月，豫遷都汴。是日，暴風大作，屋瓦震動，都人大恐。 五月，宋孔彥舟叛降僞齊。 六月，張孝純致仕，張昂權右丞相。
1133 癸丑	金太宗天會十一年 南宋紹興三年 僞齊阜昌四年	劉豫撰〈宋徐文來降報元帥府書〉 〈除徐文防禦使兼遙領萊州詔〉（亡佚） 馬定國撰〈君臣名分論〉（殘文） 馮長寧撰〈刪修什一稅法疏〉 盧載陽撰〈結南夷擾宋川廣議〉 王杲卿賺〈孟邦雄墓誌〉	二月，劉豫賜羅誘以下八十四人及第。 九月，馬定國進〈君臣名分論〉，豫批定國轉一官。	正月，豫守將蘭和降於宋。 二月，豫葬太后于東平。 四月，僞齊知虢州董震及統制董先降宋；徐文率戰艦十艘泛海歸于齊。 五月，馮長寧、許伯通刪修「什一稅法」。
1134 甲寅	金太宗天會十二年 南宋紹興四年 僞齊阜昌五年	羅誘撰〈南征議〉 張孝純撰〈上大宋書〉 劉豫撰〈戒守令勸農桑詔〉、〈謀伐南宋詔〉、〈敕羅誘詔〉		五月，岳飛大敗僞齊軍於新野。 九月，豫下詔誣污宋朝 十月，韓世忠大敗金人於大儀。 十二月，金兵自淮引還。

1135 乙卯	金熙宗天會十三年 南宋紹興五年 僞齊阜昌六年	王寵撰〈勅祭忠武王碑〉	宋徽宗崩，朱弁、洪皓皆作哀詞。	正月，豫與宋師戰，屢敗。是月金太宗卒，完顏亶立，是爲熙宗。金軍班師回朝。 二月，改什一法爲五等稅法。 四月，宋徽宗卒於五國城。
1136 丙辰	金熙宗天會十四年 南宋紹興六年 僞齊阜昌七年	王蔚撰〈奉敕祭唐忠武王渾瑊記〉	二月，劉豫賜狀元邵世矩等六十九人及第，改明堂爲講武殿。	九月，岳飛大敗劉豫於濠壽之間，失軍車七千輛，船七百隻，亡歿散走者大半。豫遂廢猊爲庶人，免劉復官。以妻弟翟綸爲南京留守。
1137 丁巳	金熙宗天會十五年 南宋紹興七年 僞齊阜昌八年			八月，遣戶部員外郎韓元英、監場游何與金主乞兵，不許。 九月，以酈瓊爲難軍節度史。仍遣馮長寧再與金主乞兵。 十一月，金廢劉豫，改封蜀王。

本文發表於《東亞漢學研究》第 3 號，2013 年 9 月，頁 188～197。

附錄二　試論金代「中州」與「國朝文派」定義

一、前言

在歷史上，只有中原漢人建立的王朝，才能稱爲「中州」或「國朝」，其他邊疆地區民族只能稱爲「夷狄」，然而金朝卻是一個例外的開始。金初尙未萌生所謂的中州或國朝的觀念，但到了中葉，開始有文士體認到自己國家的文學應與中原文學站在既對等又有所區分的地位，提出「國朝文派」的觀念，且清楚的指出其代表人物，進而牽動整個女眞民族的漢化認同與文化定位的建立。

蕭貢（1158～1223）字眞卿，京兆咸陽（今陝西咸陽縣）人，金世宗大定二十二年（1182）進士，元好問評之曰：「博學能文，不減前輩蔡正甫」〔註1〕。《歸潛志》卷四中云其：「少爲名進士，時號「三蕭」。南渡，爲戶部尙書。後致仕還鄉，卒。公博學，嘗注《史記》，又著《蕭氏公論》數萬言，評古人成敗得失，甚有理。」蕭氏官拜尙書，在政治上都有良好的聲望，文壇上亦具有一定的影響力，劉祁也認爲其所著《蕭氏公論》在評論方面甚爲有理，可惜諸書皆已亡佚。

蕭貢是第一個提出「國朝文派」的人，其論點一出，世人皆無異論。元好問在《中州集》卷一〈蔡太常珪〉小傳中引用蕭氏這段話：

〔註1〕《中州集》卷五。葉四。

> 國初如宇文太學、蔡丞相、吳深州之等，不可不謂豪傑之士，然皆宋儒，難以國朝文派論之，故斷自正甫爲正傳之宗，党竹溪次之，禮部閑閑又次之。自蕭户部眞卿倡此論，天下迄今無異議云。〔註2〕

金末元好問更輯選南北名人節士、巨儒達官所爲詩詞，名之曰《中州集》。「國朝觀」與「中州觀」的建立是息息相關的，可見金一代民族自我認同，尤其是文學方面的認同感，必經歷一定的過程。

二、「中州」、「國朝」觀念的建立

金隨太祖完顏阿骨打建立天下以來，僅以外族自居，直至西元1127年以後，金滅北宋，立張邦昌僞帝時詔告天下曰：「恭以大金皇帝道奉三元，化包九有，不以混一中外爲己私念，專用全治生靈爲國大恩。」〔註3〕於此，金國第一次以「中」自稱，雖是無意識的主張，卻已是中原認同的一大進步。金統治者的民族觀念，隨著國內多元民族融合的發展而昇華，受漢文化教育而宛若「漢家子弟」的金熙宗曾言：「四海之內，皆朕臣子，若分別待之，豈能如一。」〔註4〕海陵王也說：「豈非渠以南北之區分，同類之比固，而貴彼賤我也。」〔註5〕故於天德三年（1151）并南北選爲一，罷經義、策試，專以詞賦取士。至寧元年（1213）十月，宣宗有詔令曰：「應遷加官賞，諸色人與本朝人一體。」〔註6〕

除了上位者的自覺以外，金內之文人也有充分的民族認同感。章宗以後，雷淵、劉昂霄、李汾等皆在詩作與文章中屢次以「神州」稱自己國家；趙秉文更清楚的表示「用夷禮，則夷之；夷而進於中國，則中國之。」〔註7〕並且強調「漢」即爲公天下，有公天下之心者皆可以「漢」稱之，我們可以看出金代夷狄觀念的轉換歷程。至於在文學上，眞正以「國朝」自稱而有記錄的，

〔註2〕《中州集》卷一，葉十六。

〔註3〕（金）佚名：《大金弔伐錄》（臺北：新文豐出版公司，叢書集成新編，民國74年）〈立張邦昌告諭諸榜〉。

〔註4〕（元）脫克脫等編：《金史》（臺北：臺灣商務印書館，百納本，民國77年1月臺六版，以下所引皆同）卷四〈熙宗紀〉。

〔註5〕（宋）徐夢莘：《三朝北盟會編》（臺北：文海出版社，據光緒四年刊本影印，民國51年）卷十四〈正隆事跡紀〉。

〔註6〕《金史》卷十四〈宣宗紀〉。

〔註7〕（金）趙秉文：《滏水集》（(清）吳重熹輯：《石蓮盦彙刻九金人集》（臺北：成文出版社，民國六十五年八月臺一版）卷十四〈蜀漢正名論〉，葉十一。

則始於蕭貢。蕭氏所處的時間正是金朝盛世，他初次提出「國朝文派」的論點，且迅速受到金人一致的認同。其後元好問引用蕭氏的說法，更將「中州」代替金朝，把所有金人詩詞匯集並命名爲《中州集》，代表著金朝中原觀念已正式的成熟。

三、「國朝文派」的基本定義

國朝文派的產生，蕭貢認爲是從他的前輩蔡珪開始的。元好問在《中州集》蔡珪小傳中曾引用之，顯然也贊成這個說法。蕭貢之說，原話已湮沒不聞，無從得知前後文是否有更詳細的闡述，但單從此段文字之中至少可以透露兩個訊息，其一：國朝文派指的是可以代表金朝本身的文學作家之作品，倘若該作家來自於異朝，即使是一代文豪亦不能選錄其中；其二：國朝文派有其代表的學人，他們都是名聞一時的文士，蕭氏依時間爲順序點出三位作家，即蔡珪、党懷英、趙秉文三人，讓後世可以藉由此三位代表作家去推知國朝文派可能的眞正內涵。

莊仲方在〈《金文雅》序〉中曾對金文化實際上也是對整個文學環境做了大致的描述，序云：

> 金初無文字也。自太祖得韓昉而言始文，太宗入宋汴州，取經籍圖書。宇文虛中、張斛、蔡松年、高士談輩後先歸之，而文字煨興，然猶借才異代也。至蔡珪傳其父松年家學，遂開金代文章之宗。洎大定、明昌之間，趙秉文、楊雲翼主文盟，時則有若梁襄、陳規、許古之勁直，党懷英、王庭筠之文采，王若虛、王渥之博洽，雷淵、李純甫之豪俊，爲金文之極盛。即其亡也，則有元好問以宏衍博大之才，足以上繼唐宋而下開元明。〔註8〕

從此一描述可以大概知道金代文學的發展歷程，也約略地將每個當代著名文士的特色點出，其中當然也包含了蕭氏口中「國朝文派」的三位代表人物。

在論述「國朝文派」的定義之時，有兩個觀念需先釐清，第一：張晶先生認爲所指的國朝文派是偏向「詩」的部分〔註9〕。事實上，國朝文派指的不

〔註 8〕（清）莊仲方編：《金文雅》（(《中國少數民族古籍集成》第 22 冊。景印光緒辛卯七月江蘇書局重刊本），成都：四川民族出版社出版；四川新華書店發行，2002 年第一版。）卷首，〈序〉，葉一。

〔註 9〕詳見張晶：〈論金詩的歷史進程〉，《遼金元文學論稿》（北京：北京廣播學院出版社，2004 年），頁 78～102。

僅僅只是詩而已，即使今日所能見到這段文字是引錄在《中州集》中，而《中州集》也確實是詩詞選集，但細觀該條中所舉之代表人物，即蔡、党、趙三人皆以文章名聞於天下。尤其是蔡、党二人，《歸潛志》中曾云：「趙閑閑於前輩中，文則推党世傑懷英，蔡正甫珪。」〔註 10〕由此可推知，國朝文派絕對非單指詩，而是詩文兼有，甚至可能偏重於文章部分；第二：張晶先生認爲「國朝文派」這個概念，本身滲透著強烈的北方意識，作家在地緣上，應該是要出生在金朝的土地上，這是外在的選錄標準；內在風骨的部分，則要求有別於遼、宋文學，即帶有獨特金文化風格的文學。〔註 11〕這個說法基本上是正確的，然今從蔡、党、趙各自的文章風格來研究，可發現三人並非完全有所謂北方的意識，而是或多或少都以繼承唐宋文學自居，尤其是党、趙二人。元・郝經曾評党懷英爲「中間承旨掌絲綸，一變至道尤沉雄。歸然度越追李唐，誠盡簡質辭雍容。」〔註 12〕便足以說明党氏「追李唐」的文章風格。至於趙秉文，在其《滏水文集》中絕大多數的詩文都是傳統唐宋的文學型態。金代文人甚至以文似唐宋之作而志得意滿，趙秉文曾以韓愈、歐陽脩自況，也被譽爲「歐陽公再生」，又曾稱讚党懷英「公之文似歐公」，在趙秉文心目中，韓、歐的文章有不能取代的地位的，亦是他爲文的仿效標的。劉祁曾云：「趙閑閑晚年，詩多法唐人李、杜諸公，然未嘗語於人。已而，麻知幾、李長源、元欲之輩鼎出，故後進作詩爭以唐人爲法。」〔註 13〕據此，我們只能說國朝文派期望著北方意識，並不一定帶有強烈的北方意識，而且與其說是北方意識，不如說是「金朝意識」，因爲「國朝文派」的命名法則，本來就是以國家爲主，地域爲輔的。

蕭貢國朝文派的基準線剛好劃在蔡氏父子之間，也恰巧劃在有著師徒關係上的蔡、党之間，這是個值得注意的標準。釐清了「國朝文派」的立論基礎後，可以清楚的了解到金文人強烈對於自身文學正名的急迫性，又帶著一種民族自卑感和矛盾，要求國朝文人身分既不能來自遼、宋等他國，卻又認爲以繼承唐、宋正統文學傳統是最上等的，這一路的迷思恐怕是元好問自己

〔註 10〕見（金）劉祁：《歸潛志》（北京：中華書局，崔文印中華書局點校本，1983 年 6 月 1 版 2007 年 5 月第 3 次印刷）卷十，頁 119。

〔註 11〕同註 9，〈「國朝文派」：金詩的整體特徵〉頁 49～61。

〔註 12〕（元）郝經：《陵川集》（臺北：世界書局《景印摛藻堂四庫全書薈要》集部，別集類：399，民國七十六年（1987）卷九〈讀党承旨集〉。

〔註 13〕《歸潛志》卷八，頁 85。

也無法解釋清楚的。張晶曾為「國朝文派」下了一個很適當的定義，他認為國朝文派不是某一個文學流派的稱謂，而是金詩區別於其他朝代詩歌的整體特色，他並不意味著一味的粗狂豪放，而是較為慷慨豪放的氣質為底蘊，與成熟的詩歌藝術表現形式相融合。〔註 14〕或許不僅僅是「詩」，金代所有的文體都可以適用於這個定義，然而這個觀念也應符合原主張者蕭貢的想法，也正代表了金源大多數人的主張。

四、「國朝文派」的流衍與承傳

蕭貢拉出一條國朝文派的脈絡，並清楚點出主軸上的三個代表人物，我們則可以由三人的文學建樹及特色來探討國朝文派的內涵。

蔡松年（1107～1159），字伯堅，號蕭閑。本為餘杭（今浙江杭州西北）人，長於汴京。入金以後居官眞定，是為眞定人。海陵王即位後，天德（1150～1153）初即為吏部侍郎，不久又拜戶部尚書，正隆三年進拜右丞相，加儀同三司，封衛國公。是金代文學家中「爵位之最重者」〔註 15〕，不但一生官運亨通，在文學上更有極大的影響力。但是，蔡松年由宋入金，其文學之基底畢竟是在宋朝時建立的，即使爵位再高，文壇地位再崇，文學史上仍稱其為「借才異代」的代表人物，蕭貢認為不能以「國朝」人視之，但是，其子與其徒二人，便在這「國朝文派」中成了代表的人物。

松年之子蔡珪（1129～1174），字正甫，號無可，是父親降金後所生，可謂道地的金朝人。他自幼聰穎好學，天德三年（1151），進士及第，時年僅二十三歲，他並未參加吏部銓選，反而繼續學習，訪書苦讀。大定十四年，由禮部郎中出任濰州太守，死於途中。他精於古代典章制度，長於文字考證，著述極多，曾因精於辨別文物、鑑定古文奇字而立下大功。金世宗大定年間（1161～1189），金建國已經半個多世紀，以由宋或遼入金的文人為主體的文壇格局，發生了很大的變化。蔡珪既非由宋入金的「宋儒」，詩文是在金朝最強盛的時候所撰寫的，也在金朝中發展成熟成為文壇盟主，恰好契合於國朝文派的標準。

蔡珪的文章向來受到金人的讚賞，趙秉文嘗多次推許蔡正甫之文，認為：「本朝百餘年間，以文章見稱者：皇統間余文公，大定間無可蔡公，明昌間

〔註 14〕同註 9。

〔註 15〕《金史》〈文藝上〉頁 1162。

則党公。」〔註 16〕此說為元好問所認同。元人郝經也曾於〈書蔡正甫集後〉一詩中總結蔡珪的文壇地位云：

> 共推小蔡燕許手，金石瑰奇近世無。
>
> 森森凡例本六經，貫穿百代恢規模。
>
> 追琢山岳礱琬琰，郊廟祠宇鬼神墟。
>
> 斷鰲立極走四夷，銘功頌德流八區。
>
> 煎膠續弦復一韓，高古勁欲摩歐蘇……不肯蹈襲抵自作，建瓴一派雄燕都……為讀忽見文正宗，歸來撫卷為嗟吁。規矩準繩有大匠，自視所作何粗疏。〔註 17〕

其中的「為讀忽見文正宗」也無疑是承認蔡珪的文字是金朝正宗的文學。

然而，蔡氏父子卻成為金代兩種不同的文學階段的代表，蕭貢刻意將蔡氏父子皆提出來，用意也在於此。另一方面，蕭貢與蔡珪在金文壇是亦師亦友師徒關係，元好問曾云蕭貢是：「博學能文，不減前輩蔡正甫」，意即認為蕭、蔡二人在文壇上相互師承又不分軒輊。蕭貢在「國朝文派」一說中提高蔡珪在金朝文學的地位，無疑也肯定自己在文壇上的位置。

隨後崛起的另一個文壇盟主党懷英，則是在金代文壇上「國朝文派」確立以來，第一個在散文、詩詞及史學、書法等多方面卓有成就的全才作家。《宋史》〈辛棄疾傳〉中載：「辛棄疾，字幼安，齊之厲城人。少師蔡伯堅，與党懷英同學，號『辛、党』。」〔註 18〕大定十年（1170）三十六歲的党懷英才中了進士，步入政壇並不算早。大定二十九年（1189）章宗即位，僅十多年間党氏卻儼然成為文壇上聲名日隆的中堅人物，連章宗也讚許他的文學造詣。党懷英在金朝文學上是第一個有意識的標舉歐陽脩為正宗的文士，他的大力的尊崇與推廣，使唐文學大行於金源。金代中後期的文學家趙秉文、王若虛、元好問等，莫不受到他具有魅力的領袖式的號召力所影響，在文事上紛紛以唐為正宗。

至於蔡松年、党懷英師徒二人雖有所師承關係，蕭貢也以為只有党懷英才能稱為國朝文派的代表人物。元朝大儒郝經對於這點是認同的，他曾稱許党氏為：

〔註 16〕《滏水集》卷十一〈翰林學士承旨文獻党公碑〉，葉十七。

〔註 17〕同註 12。

〔註 18〕（元）脫克脫等編：《宋史》（臺北：商務印書館，景印百納本，1967 年）卷四百一，列傳一六十。

斫雕剝爛故爲新，暢達明粹理必窮。漢火百鍾（煉）金源金，周制一用中華中。混然更比坡仙純，突兀又一文章公。自此始爲金國文，崑崙發源大河東。〔註19〕

郝經認爲党懷英是金朝文學建立的起點，然而百煉後的金源金是站在「漢火」上的，也就意指金文學是以中原文學爲基礎，點滴錘鍊而能成爲「發源大河東」的，此論可以詮釋党懷英在金朝的文學特點與貢獻，亦可從党氏文學特色了解國朝文派的立論基礎。

而趙秉文，則是國朝文派代表中「又次之」的人物，也是繼承這些「豪傑之士」最佳的人選，蕭貢國朝文派的最後一人。他是金元時期著名的文學家，更是元好問亦師亦友的研究夥伴，其繼承唐宋古文的文學主張，更影響整個金代文學風氣，是金源一代文壇中居承先啓後的一位關鍵者。趙秉文，字周臣，自號閑閑老人，磁州滏陽（今河北磁縣）人，生於金海陵王正隆四年（1159），自幼穎悟，讀書若夙習，廿七歲登金世宗大定廿五年（1185）進士第。

趙氏身處的年代是金朝由全盛漸轉衰之時。世宗時期，治平日久，宇內小康，乃正禮樂，修刑法，定官制。典章文物，粲然有制。文人開始有意識的覺醒，上位者倡導文學，加上政府及民間相繼建立太學、府州學及女眞學校等機構，不斷培養文才，名流輩出，蔡珪、党懷英、王寂、王庭筠、劉迎、蕭渢、周昂等人，不論詩文均有建樹。此時幾乎所有的金代作家都在不同程度上，繼承了韓愈、柳宗元、歐陽脩、蘇軾等人的優良傳統，遵循唐宋古文運動的道路邁進。趙秉文正處在如此的文學氣氛當中，曾以韓愈、歐陽脩自況，也被譽爲「歐陽公再生」，又曾稱讚党懷英「公之文似歐公」，在趙氏心目中，韓、歐的文章是有不能取代的地位的，亦是他爲文的仿效標的。

趙秉文在文章中就曾經表達自己的「國朝」理念，他在〈大金德運議〉〔註20〕中強調金朝以土繼火，說明了金朝繼承北宋的正統，以及入主中原的合法性；另一方面引用《春秋》「諸侯用夷禮則夷之，夷而進於中國則中國之。」〔註21〕的話語，似乎就是強調金朝在中州自稱「國朝」的正當性。除了曾清

〔註19〕同註12。

〔註20〕（清）張金吾輯：《金文最》（北京：中華書局，點校本，1990年）卷二十九〈大金德運議〉。

〔註21〕《滏水集》卷十四〈蜀漢正名論〉，葉十一。

楚的釐清夷狄與中國之間外，又撰寫〈海青賦〉〔註 22〕來頌揚金國的正統。他的中原觀建立很完整，也代表同一時期的文士普遍的觀念，他們已經不再懷疑或自卑的模仿，進而努力地創作屬於金朝特有的文學。

趙秉文是金中後期文壇的盟主，他的文學觀也被其他的文士所接受，本身也極爲推崇前輩蔡、党二人文學的建樹，所以可以成爲繼承國朝文派的第三人。元好問無獨有偶的也在自己的文集中將三人一一點出，他認爲趙秉文是：「周旋於正廣道宗平叔之間，而獨能紹聖學之絕業；斂避於蔡無可、党竹溪之後，而竟推爲斯文之主盟。」〔註 23〕可見元好問認爲此三人不但文學一脈相承，且皆爲一代文壇盟主，繼往開來，功不可沒。

從三人繼往開來的文學理念，我們可得知一個訊息：那就是國朝文派不可能單獨存在，而正是站在唐宋甚至遼文學基礎上發展的，這猶如蔡珪或党懷英的詩文不可與其父其師切斷關係是一樣的，這正是張晶所謂「內在風骨」的部分，它的來源深遠但又自有其特色。所以我們可以說，「國朝文派」是一種吸收漢族正統文學精粹又具有自己獨有的風格，能代表金代的一種基本特色的文學藝術。李文澤認爲：「所謂『國朝文派』是指在金立國後出生於中原地域的一批文人，他們一般都有高的門第，自又受到良好的儒學教育，加上北國風情的薰陶使他們的作品表現出與前期文學不同的創作風格」〔註 24〕此說相當中肯。

五、「國朝文派」的集大成

「國朝文派」根本而重要的標準，在於屬於金朝自己的風骨及神韻，元好問作爲金朝最後一位大家，基本上是認同蕭貢這一個脈絡，以爲「天下迄今無異議云。」元氏標舉此說，正是有意提倡金朝文章正統之意。

元好問曾云：

> 唐文三變，至五季衰陋極矣。由五季而爲遼宋，由遼宋而爲國朝，文之廢興可考也。……及翰林蔡公正甫，出于大學大丞相之事業，接見宇文濟陽、吳深州之風流，唐、宋文派，乃得正傳。然後諸儒得而和之。蓋自宋以後百年，遼以來三百年，若党承旨世

〔註 22〕《滏水集》卷二〈海青賦〉，葉六、七。

〔註 23〕《遺山集》卷三十八〈趙閑閑眞贊二首〉。

〔註 24〕李文澤：〈深衺大馬歌悲風——金代詩詞文學創作論略〉（《四川大學學報（哲學社會科學版）》2002 年第四期）。

> 傑……，不可不謂豪傑之士。若夫不溺於時俗，不汩於利祿，慨然以道德、仁義、道德、性命、禍福之學自任，沉潛乎六經，從容乎百家。幼兒壯，壯而老，怡然渙然，之死而後已者，唯我閑閑公一人。〔註 25〕

元好問在此文中，首次有意識的提出「國朝」二字，直接用以代替金朝，並幾乎將金朝著名的文士羅列其中，蔡、党、趙也在其列。墓銘中，元氏有異於蕭氏的看法：他認爲蔡珪屬於「唐宋文派」的正傳，党懷英則列屬「豪傑之士」之一，至於趙秉文則可謂集其大成。元好問把國朝範圍擴大，並以放寬標準，稍加分類，不再僅指出幾個代表人物，而是幾乎把所有的名士都納爲「國朝豪傑」。元好問提出唐宋文派的觀念，也間接定義了「國朝文派」的部分內涵其實是繼承唐宋而來的，這種刻意切割又無法完全切割的矛盾，是金代文學普遍的情況。這樣的情形也出現在〈跋國朝名公書〉〔註 26〕中，該文列舉宇文虛中、蔡松年蔡珪父子、吳激、趙秉文、党懷英、任詢、趙渢、王庭筠、王競、史公奕、龐鑄、許古等金朝書法大家，都把他們都統稱爲「國朝名公」之中，也未有屏除來自宋的文人，如宇文虛中、王競、蔡松年等人〔註 27〕。

最能展現元好問擴大國朝文派的範圍而採用寬鬆標準的，是把所有金朝文士的作品全部歸於「中州」之作。《四庫提要》說，《中州集》是一部「以詩存史的」〔註 28〕詩詞選集。元遺山在《中州集》序中把編撰的宗旨說的很清楚：

> 兵火散亡，計所存者才什一耳，不總萃之則將遂湮滅無聞，爲可惜也。乃記憶前輩及交游諸人之詩，隨即錄之。會平叔之子孟卿攜其先公手鈔本來東平，因以得合予所錄者爲一編，曰《中州集》。〔註 29〕

〔註 25〕見元好問：《遺山集》（清・吳重熹輯：《石蓮盦彙刻九金人集》（臺北，成文出版社，民國六十五年八月臺一版）卷十七〈閑閑公墓銘〉。

〔註 26〕姚奠中主編；李正民增訂：《元好問全集》（太原：山西人民出版社，1990 年）卷四十〈跋國朝名公書〉。本篇，江蘇局本《元文類》改作〈跋金國名公書〉。

〔註 27〕高明總編纂，江應龍編纂：《遼金元文彙》（臺北：國立編譯館主編，1998 年。）〈序跋〉頁 175，中有江應龍按：元太宗六年，歲次甲午，爲宋理宗端平元年，西元 1234 年，是年金亡，時作者（元好問）45 歲。

〔註 28〕姚覲光編、永瑢著：《四庫全書總目提要》（臺北：臺灣商務印書館，民國五十四年三月臺一版）卷一八八，頁 4170。

〔註 29〕《中州集》〈序〉。

元遺山基於這種歷史責任的因素，故著手編輯《中州集》。據此，我們也能肯定他的選錄標準是以積極保存即將亡佚的詩作爲目的，也能理解元氏以虛懷若谷的包容心態，將不同地位、地域的作家，不同風格、流派的作品皆采入此編。從收錄趙秉文與周昂兩人收錄的詩作數量與今實際存詩總數比較下來看，元好問確實是有先見之明，他總以存詩少或有亡佚之虞的爲優先采錄的對象。

《中州集》既名之曰「中州」，就不能說完全和地域沒有關係。家鉉翁在《題中州集後》曰：

> 壤地有南北，而人物無南北，道統文脈無南北，雖在萬里外，皆中州也，況於在中州者乎？余嘗有見於此。自燕徙而河間，稍得與儒冠縉紳遊。暇日獲觀遺山先生所裒《中州集》者，百年而上，南北名人節士巨儒達官所爲詩，與其平生出處，大致皆採錄不遺。……盛矣哉，元子之爲此名也！廣矣哉，元子之用心也！夫生於中原，而視九州四海之人物，猶吾同國之人；生於數十百年後，而視數十百年前，猶吾生并世之人……余於是知元子，胸懷卓犖，過人遠甚。〔註30〕

所謂「盛矣哉」與「廣矣哉」足以說明《中州集》編撰的範圍與標準，元氏是不分南北地域的一律蒐錄金人的作品。

除了地域的因素外，事實上，《中州集》中確實頗多「深裘大馬」之風〔註31〕，另一方面又突出了濃厚的北方文學特色。該集蒐錄金國二百五十六位作家，兩千餘首的詩與詞作，從藝術的角度看來，也很難有一定的選錄標準，但整體而論，比起蕭貢的「國朝文派」而言，態度要寬鬆了許多。他選錄了許多自己也不贊成的「趨新派」詩人的作品，如李純甫、李經等人的險怪詩歌，但這些文人的名字在蕭貢的「國朝文派」論中卻未曾提及，顯然，元氏的「中州」並不一定完全等同於蕭氏「國朝」的概念。原因就在於：其一，選錄者所處的時代與目的不相同。元氏輯《中州集》乃是爲存金朝亡國，兵後僅存的詩詞，爲了積極保存這些文學作品，他以「視九州四海之人物，

〔註30〕（元）蘇天爵編：《元文類》（臺北：臺灣商務印書館，民國54年3月臺一版）卷三十八，（宋）家鉉翁：〈題中州集後〉。

〔註31〕（清）徐釚：《詞苑叢談》（臺北：臺灣商務印書館，民國57年9月臺一版）頁62，卷四亦云：「元遺山及金人詞爲《中州樂府》，頗多深裘大馬之作。」

猶吾同國之人」的心理，放寬了國朝文學的標準，少選常見的作品，多選即將失傳的作品；而蕭貢身處金朝盛世，以當時名家爲標準，而國朝文派的提出，則爲了是要表彰金朝文學的正統性。其二：選錄者的著眼點相異。元氏以純粹史料的編撰上著眼，本身雖接受蕭貢等國朝文派論的說法，但在《中州集》之後所錄之樂府集裡，不爲此類正統觀念所束縛，而將吳激、蔡松年等由宋入金的作家詞作置於卷首，肯定這些非女真出生的漢人對金朝文學的貢獻，跳出狹隘的民族觀念，力圖復原金源文化的本來面目，這些觀點是很客觀公允的。比起遺山，蕭貢則以文藝眼光評斷文派標準，要顯得主觀多了。但是，這樣的跳脫並未讓他脫離國朝一脈相承的軌道。元．郝經曾言：「嗚呼，先生雅言之高古，雜言之豪宕，足以繼坡、谷；古文之有體，金石之有例，足以肩蔡、党。……先生雖死，文或不死，是謂亡而不死。」〔註32〕郝經道出元好問在古文、金石上對於蔡珪、党懷英的承襲，有體有例，足以與之並駕齊驅。

綜觀元好問爲金代文學的貢獻，他總結吸納了國朝文派「蔡、党、趙」三個代表人物的文學理論，並在此文派的基礎上有所創新，特別是他在金亡以後大量的文學寫作，累積了豐富的創作經驗，終能於元初文壇雜各家所長又卓然自成一家，成爲國朝文派中眞正集大成的人物。張晶認爲：「最傑出國朝文派的代表與典範，其實就是元好問本人，在元氏之前的的文人都只能算是國朝文學發展的某個階段，與遺山相比，就相形見絀了。」〔註33〕此說極爲公允。徐世隆也曾云：

> 竊嘗評金百年以來，得文派之正而主盟一時者，大定、明昌則承旨党公，貞祐、正大則禮部趙公，北渡則遺山先生一人而已。自中州斵喪，文氣奄奄幾絕，起衰救壞，時望在遺山。遺山雖無位柄，亦自知天之所以畀付者爲不輕，故力以斯文爲己任。……遺山詩祖李、杜，律切精深，而有豪放邁往之氣。文宗韓、歐，正大明達，而無纖晦澀之語。〔註34〕

徐氏這些評論，所言的正指出元好問繼承党、趙二公，又能上承唐之韓、歐，進而自成一家。正大明達的文學態度，所以能起衰救壞，集金朝文學之大成，當然也意味著集蕭貢所謂「國朝文派」之大成。

〔註32〕《陵川集》卷二十一〈祭遺山先生文〉。

〔註33〕同註9。《遼金元文學論稿》〈元好問的詩歌成就及其北方民族基質〉，頁240。

〔註34〕《遺山集》〈序〉卷首，葉一。

六、結論

金代是與南宋對峙相始終的國家，也是第一個以異族身分自稱中州而得到歷史認同的朝代，他們的文學淵源大多來自北宋的傳統，然卻與南宋卻走著不盡相同的發展道路。蕭貢的「國朝文派」論點一出，即被金人廣泛的接受，雖原文已經亡佚，然從元好問引文中仍可見出其理論依據的端倪來。元氏的《中州集》大抵也是走向相同的道路的，他既承認國朝文派的存在，也放寬了標準，並以存史為目的編輯了此書。元好問是眞正能跳脫「華夷之辨」的狹隘觀念的金朝學人，他能結合時代的特點，繼承並發展普遍文人對民族文化的包容態度，確實「胸懷卓犖，過人遠甚」〔註 35〕。

從國朝文派的流衍可以清楚發現，以女眞人爲主的金朝不僅積極學習漢官制以進行政治改革，也積極學習漢族文化與文學，藉以提高自身民族自樹能力，縮短他們與中原的差異，並建立外族統治者的一個榜樣，使得後來的元、清政府也用相同的手法來提升民族素養與文學能力，這便是一項寶貴的歷史經驗。從蕭貢開始，國人已經對自己國家所產生的文學予以高度的肯定，其後的元好問更以寬容的態度接納所有來自宋、遼的文人，一並以「中州」存之。總之，女眞族建立的金朝，在文學觀念上有這樣的進步與改變，可說是史上有目共睹的一頁。

本文發表於《東亞漢學研究》第 2 號，2012 年 5 月，頁 350～360。

〔註 35〕同註 29。

附錄三　金代主要別集散文繫年

（西元 1117～1260）

西元	年　號	重要散文著作	文學活動
1117 丁酉	金太祖天輔元年 宋政和七年 遼天慶七年	太祖有〈與高麗文孝王書〉、〈與遼王書〉、〈與遼天祚帝書〉、	
1118 戊戌	金太祖天輔二年 宋重和元年 遼天慶八年	太祖有〈與宋徽宗第一書〉、〈賜耶律余睹詔〉	九月，太祖下詔「國書詔令，宜選善屬文者爲之。其令所在訪求博學雄才之士，敦遣赴闕。」
1120 庚子	金太祖天輔四年 宋宣和二年 遼天慶十年	太祖有〈諭遼上京官民詔〉	
1121 辛丑	金太祖天輔五年 宋宣和三年 遼保大元年	太祖有〈與宋徽宗第二書〉、〈以完顏杲爲內外諸軍都統率師伐遼詔〉、〈命太宗貳國政詔〉 耶律余睹有〈降金書〉	宋・周邦彥卒（1156～）
1122 壬寅	金太祖天輔六年 宋宣和四年 遼保大二年	宇文虛中撰〈諫燕山用兵疏〉、〈十議〉太祖有〈與宋徽宗第三書〉、〈與宋徽宗第四書〉、〈與宋徽宗第五書〉完顏宗翰有〈移都統杲襲取遼主書〉完顏宗望有〈與夏國議和書〉郭藥師撰〈以涿州降宋表〉太祖有〈諭上京官民詔〉〈諭六部奚詔〉、〈獎諭都統杲遣使獻捷詔〉、〈諭逃散人民詔〉、〈答斡魯奏俘遼主戚屬詔〉	

1123 癸卯	金太宗天輔七年（天會元年） 宋宣和五年 遼保大三年	太祖有〈與宋徽宗第六書〉、〈與宋徽宗第七書〉、〈與宋徽宗第八書〉、〈與宋勢書〉、〈招降遼回離保詔〉、〈論關津不得禁民往來詔〉、〈答時立愛請遣官分行郡邑宣論德意詔〉、〈張覺叛論南京官吏詔〉、〈論女直人詔〉	五月，平州留守張覺殺左企弓、虞仲文等文人。 十一月，設進士科，劉撝中詞賦狀元。 馬鈺生（～1183）
1124 甲辰	金太宗天會二年 宋宣和六年 遼保大四年	完顏杲有〈與宋理宗索逃人書〉完顏晟有〈報宋獲契丹主書〉、〈賜夏國誓書〉完顏宗翰有〈諫割地與宋疏〉太宗有〈答鶻實答詔〉、〈允上太祖諡號詔〉	王繪中進士第。
1125 乙巳	金太宗天會三年 宋宣和七年 遼保大五年	完顏杲有〈上太祖諡號表〉完顏宗翰有〈與宋閹人河北河東陝西等處宣撫使廣陽郡王童貫書〉太宗有〈允上太祖諡號表〉宇文虛中撰〈徽宗己未罪己詔〉	
1126 丙午	金太宗天會四年 宋靖康七年	王大鈞撰〈兩漢策要序〉完顏宗翰有〈復謝宋欽宗書〉、〈上宋欽宗書〉、〈復宋欽宗乞免割三鎮書〉、〈復宋欽宗乞免割三鎮增稅幣書〉、〈再復宋欽宗請免割三鎮書〉、〈上宋欽宗請以黃河為界書〉完顏宗望有〈上宋欽宗請請鄆王爲質書〉、〈上宋欽宗再立誓約書〉、〈謝宋欽宗賜物書〉、〈遣計議使副及回謝書〉、〈班師辭別宋欽宗書〉、〈復謝宋欽宗書〉、〈報宋欽宗句抽圍城兵馬還營書〉、〈上宋欽宗索犯夜者書〉、〈班師謝宋欽宗書〉、〈移宋樞密院牒〉、〈回奏宋主〉、〈上宋欽宗減放物帛書〉宗翰與宗望有〈上宋欽宗問元割三鎮書〉、〈兵近都城上宋欽宗書〉、〈上宋欽宗請上皇爲質書〉、〈復宋欽宗書〉、〈上宋欽宗請近上官員議事書〉、〈上宋欽宗請喚回康王書〉、〈上宋欽宗索犒賞書〉、〈與宋書〉郭藥師撰〈降表〉太宗有〈勸農詔〉、〈答高麗恭孝王上表稱臣詔〉、〈論元帥宗翰詔〉	宋·范成大生（～1193） 周必大生（～1204） 徐夢莘生（～1207）
1127 丁未	金太宗天會五年 南宋建炎元年	完顏杲有〈賀俘宋主表〉宗翰與宗望有〈賀俘宋主表〉、〈賀張邦昌書〉、〈與張邦昌書〉、〈與張邦昌計會陝西地書〉、〈與張邦昌免括金銀書〉、〈與張邦昌定歲幣書〉、〈復張邦昌請歸宋舊臣書〉劉彥宗撰〈賀宋畫河請和表〉完顏兀室有〈元帥右堅軍與張邦昌書〉完顏兀室與耶	太宗詔南北各因其素所習之業取士，號爲南北選。

		律余睹有〈復宋康王書〉完顏宗翰有〈送范仲熊歸宋書〉、〈與都統杲書〉、〈再與都統杲書〉張邦昌撰〈與宗翰宗望乞親詣軍營致謝書〉、〈謝遣使書〉、〈復宗翰宗望書〉、〈與宗翰宗望懇免催徵金銀書〉、〈與宗翰宗望乞遣還馮澥郭仲荀書〉、〈與宗翰宗望請免括金銀書〉、〈回元帥府減免銀絹書〉、〈與宗翰宗望乞遣還孫傅張叔夜秦檜書〉、〈謝宗翰宗望減放銀絹書〉、〈答元帥府會計陝西地書〉、〈張邦昌募人齎僞詔告諭四方榜〉、〈令上書省榜施行事件〉、〈與翁彥國等書〉、〈遣使撫諭四方文〉、〈奉迎元祐皇后垂簾聽政文〉、〈率在京百官上康邸勸進表〉、〈禁稱聖旨詔〉、〈肆赦文〉、〈宣示上宋太后書〉、〈恭迎大元帥札子〉、〈齎康王咨目〉、〈張邦昌赦京城僞手書〉、〈張邦昌僭位僞手書〉、〈張邦昌僞赦手書〉馬伸撰〈狀申張邦昌〉胡舜陟撰〈上張邦昌書〉太宗有〈答元帥府奏宋降詔〉、〈廢宋諭欽宗詔〉、〈廢徽欽二帝詔〉、〈擇立異姓詔〉、〈諭河北人民詔〉、〈答高麗謝宣諭表詔〉、〈滅宋立張邦昌布告高麗詔〉、〈齎高麗恭孝王詔〉	
1128 戊申	金太宗天會六年 南宋建炎二年	楊舟（或作陽丹）撰〈故劉君墓志銘〉司古德撰〈上高麗恭孝王書〉兩篇 完顏勗撰〈諫索女直逃入高麗戶口疏〉太宗有〈降封宋徽宗昏德公欽宗重昏侯布告高麗詔〉宇文虛中撰〈資政大學士忠顯劉公神道碑〉〔註 1〕	王寂生（～1194）十月，金始撰國史。 十月，宇文虛中復爲資政殿大學士，爲金國祈請使。
1129 己酉	金太宗天會七年 南宋建炎三年	王朋壽撰〈增廣類材序〉周庭書〈重修護國顯應王廟記〉佚名撰〈富貴頂摩崖〉完顏宗翰有〈報劉豫推戴張孝純書〉王蔚撰〈奉敕祭唐忠王渾瑊記〉	董師中生（～1202） 許安仁生（～1205） 秋，金試學人於蔚州，孫九鼎經義第一。
1130 庚戌	金太宗天會八年 南宋建炎四年	張穆仲撰〈濟陽縣新修縣城記〉 張億撰〈創建文廟學校碑〉劉豫撰〈建	張孝純爲僞齊宰相。 馬定國仕僞齊劉豫。

〔註 1〕此據《金代文學家年譜》中所推論，頁 12；牛貴琥《金代文學編年史》則繫於天會五年（1127）八月。

	僞齊阜昌元年	元阜昌詔〉〔註2〕、〈立錢后冊文〉〔註3〕、〈諭士民榜〉太宗有〈答高麗進誓表詔〉、〈答高麗請免索保州人口詔〉、〈伐宋康王詔〉、〈答議劉豫爲子皇帝詔〉	蔡松年還自上都，作詩十首。 朱熹生（～1200）
1131 辛亥	金太宗天會九年 南宋紹興元年 僞齊阜昌二年	宇文虛中撰「寄家人書」「寄夫人書」〔註4〕 蔡松年撰〈念奴嬌序〉劉著撰〈病中言懷呈韓給事〉劉豫撰〈遷都汴京詔〉〔註5〕太宗有〈論新徙戍邊戶詔〉	
1132 壬子	金太宗天會十年 南宋紹興二年 僞齊阜昌三年	宇文虛中撰〈題與趙晦詩並序〉祝簡撰〈馬國賦〉劉豫撰〈覽祝簡馬國賦批文〉〔註6〕、〈肆赦文〉〔註7〕太宗有〈立合剌爲諳班勃極烈詔〉	王倫由金歸宋，朱弁繼續留金，與宇文虛中作詩往來。 宋·張孝祥生（～1169）
1133 癸丑	金太宗天會十一年 南宋紹興三年 僞齊阜昌四年	賈泳撰〈題安生僧并序〉劉豫撰〈宋徐文來降報元帥府書〉〔註8〕馬定國撰〈君臣名分論〉〔註9〕馮長寧撰〈刪	二月，劉豫賜羅誘以下八十四人及第。

〔註2〕《全遼金文》繫於天會十五年，誤也。按天會八年九月初九，金立劉豫爲大齊帝，是年十一月豫即下詔曰:「其以十一月二十三日以後爲阜昌元年。」(見《大金國志》卷三十一，頁435。)，故依題意應改爲阜昌元年。

〔註3〕《全遼金文》繫於天會十五年，誤也。按《大金國志》卷三十一云:「冬，遣孝純奉冊寶冊母翟氏爲皇太后，妻錢氏爲皇后。」(見《大金國志》卷三十一，頁434。)。此處所指亦爲天會八年，故應改繫於是年。

〔註4〕疑爲殘文。

〔註5〕《全遼金文》繫於天會十五年，誤也。按《大金國志》卷三十一云:「阜昌三年四月，遷都於汴。」(見《大金國志》卷三十一，頁436。)又，此詔內文云:「十二月十八日，奉詔書……已定明年春末遷都於汴。」云云，故推此詔應作於阜昌二年十二月。

〔註6〕《全遼金文》未繫年。按《大金國志》卷三十一云:「阜昌三年四月，遷都于汴。……太常博士祝簡進〈遷都賦〉，又進〈國馬賦〉……豫手批褒答，減二年磨勘。」(見《大金國志》卷三十一，頁436)又觀〈國馬賦〉內文應頌讚汴京之風土，故推此文亦乃僞齊遷都汴京後作，應繫年於阜昌三年。祝簡〈國馬賦〉亦應繫於是年。

〔註7〕《全遼金文》據內文有「天會八年九月九日即皇帝位，國號大齊」云云，乃繫於「天會八年」，誤也。按《大金國志》卷三十一云:「阜昌三年四月，遷都于汴。是日，暴風大作，屋瓦震動，都人大恐，豫曲赦以安之。」(見《大金國志》卷三十一，頁436。)故推此文當繫於天會十年。

〔註8〕《全遼金文》繫於阜昌二年，不知所據何來。今按徐文乃紹興三年四月（阜昌四年）「率戰艦十艘泛海歸于齊」(見《金史》卷七十九「徐文傳」葉四，總頁745)劉豫斷不可能在阜昌二年撰此書以報金元帥，故應改爲阜昌四年爲是。

〔註9〕按《三朝北盟會編》卷一八一，今僅存殘文。

		修什一稅法疏〉〔註10〕盧載陽撰〈結南夷擾宋川廣議〉〔註11〕	
1134 甲寅	金太宗天會十二年 南宋紹興四年 僞齊阜昌五年	羅誘撰〈南征議〉題張孝純撰〈上大宋書〉（此文爲僞作）〔註12〕劉豫撰〈戒守令勸農桑詔〉〔註13〕、〈謀伐南宋詔〉、〈敕羅誘詔〉〔註14〕	張萬公生（～1209）
1135 乙卯	金熙宗天會十三年 南宋紹興五年 僞齊阜昌六年	王蔚撰〈敕祭忠武王碑〉 程舜卿撰〈朔州馬邑縣重建桑乾神廟記〉熙宗有〈尊太祖太宗皇后爲太皇太后詔〉、〈報哀高麗詔〉	宋徽宗崩，朱弁、洪皓皆作哀詞。
1136 丙辰	金熙宗天會十四年 南宋紹興六年 僞齊阜昌七年	完顏宗磐作〈追尊祖宗諡號議〉熙宗有〈追太祖宗諡號詔〉	二月，僞齊帝劉豫賜狀元邵世矩等六十九人及第。 十月，吳激出使高麗，賀高麗王生日。
1137 丁巳	金熙宗天會十五年 南宋紹興七年 僞齊阜昌八年	郭公摰撰〈大金路州黎城縣重修利遠橋記〉張嗣京撰〈威州新建威儀司三清殿記〉熙宗有〈允尚書省請廢劉豫	

〔註10〕此文亦輯自《僞齊錄》卷上，按《大金國志》卷三十一有云：「阜昌四年……五月，馮長寧、許伯通刪修什一稅法，大略云：『宋之季世稅法害民，權豪兼併，元元窮癟。』」（見《大金國志》卷三十一，頁437）《三朝北盟會編》卷一百八十一亦云「（阜昌）四年春二月，葬僞太后於東平，賜狀元羅誘以下八十四人及第。五月，户部侍郎馮長寧、監察御史許伯通刪修什一稅法條式三十二件。」故今改繫於阜昌四年。

〔註11〕盧載揚（一作盧載陽）〈結南夷擾宋川廣議〉：此文輯自《金文最》卷五十八，然原文載於《僞齊錄》張孝祥〈上大宋書〉，本未載明時間。然今按《續資治通鑑》〈宋紀〉卷第一百一十二有云：「九月，癸丑，……，僞齊侍御史盧載陽上議，陳結南夷擾川、廣之策，劉豫遣通判齊州傅維永及募進士宋淵等五十餘人自登州泛海，冊交趾郡王李陽煥爲廣王，且結連諸溪洞酋長，金主遣使毛都魯等二十餘人偕行。」癸丑，乃阜昌四年，故此文應繫於此年。今僅存殘文。

〔註12〕此據内文云：「故臣亦隱忍受辱，於今十年」、「臣竊見僞齊自四月、五月、七月三次往金國乞師，金人以爲陛下遣使通和，未宜起兵」、「臣竊見與金國太子議起兵事，欲於十月興師」，又載七月羅誘上〈南征議〉及九月劉豫遣盧偉卿詣大金議事，與「今年九月初四日，遣齊州僞通判傅維允」云云，故筆者依文中所述，推其撰文最遲不超過天會十二年十月，亦不早於九月五日，姑繫於此年；然此文時間有扞格之處，疑爲僞作，詳見本論文附錄三〈考張孝純上大宋書僞作論〉。

〔註13〕《全遼金文》繫於天會十五年，誤也。按内文云：「朕撫有海内，五年於茲。」故應改爲阜昌五年。

〔註14〕《全遼金文》繫於天會十五年，誤也。此詔乃劉豫答羅誘〈南征議〉，故仍應繫於阜昌五年。

		詔〉、〈廢劉豫詔〉、〈下宗翰獄詔〉（此文爲僞作）〔註 15〕、〈諭行臺尚書省詔〉	
1138 戊午	金熙宗天眷元年 南宋紹興八年	賈葵撰〈解州聞喜縣改修董池神廟記〉何弼撰〈濟陽縣創修縣衙記〉朱守默、李□蟻撰〈泰山元陽子張先生坐化記〉孫九鼎〈重修唐太宗廟碑〉盧璪撰〈山嵕廟記〉熙宗有〈珠宗盤等詔〉	正月，頒行女眞小字。五月，詔以經義、詞賦兩科取士。九月，詔百官誥命，女眞、契丹、漢人各用本字。 劉仲尹生。
1139 己未	金熙宗天眷二年 南宋紹興九年	韓昉代撰〈誅宋兗諸王詔〉、〈奏請定官制禮子〉蔡松年撰〈水調歌頭並序〉楊丘行撰〈趙城洪洞水利碑〉熙宗有〈答請定官制詔〉、〈更定官制詔〉、〈誅希尹蕭慶詔〉、〈以陝西河南地歸宋諭吏民詔〉、〈議收復河南布告中外詔〉	晁會、王璹、劉彧、楊邦基登經義進士第。
1140 庚申	金熙宗天眷三年 南宋紹興十年	崔先之撰〈兗州重修宣聖廟碑〉 劉安禮撰〈重修孚濟王廟碑〉 佚名〈壽聖寺僧德詠塔銘〉熙宗有〈命元帥府撫定河南詔〉	十一月，熙宗以孔子四十九代孫孔璠襲封衍聖公。 宋·辛棄疾生（～1207） 李綱卒（1083～）
1141 辛酉	金熙宗皇統元年 南宋紹興十一年	王庭直撰〈省冤谷掩骼記〉文琉撰〈五台山瑞應記〉史中和撰〈曲沃縣建廟學記〉 方壺知足居士撰〈朗然子劉眞人詩跋〉金富軾撰〈高麗國延州妙香山普賢寺記〉完顏勗代完顏宗幹撰〈上熙宗尊號冊文〉〔註 16〕完顏宗幹有〈上熙宗尊號表〉完顏宗弼有〈上宋高宗書〉（四封） 熙宗有〈受尊號詔〉、〈祭拜孔廟詔〉	正月，諸士上熙宗尊號表，俱載於《大金集禮》。 完顏勗撰成《祖宗實錄》。
1142 壬戌	金熙宗皇統二年 南宋紹興十二年	李致堯撰〈汾州葬枯骨碑〉李魯撰〈靈岩寺定光禪師塔銘〉張巖老撰〈長清靈岩寺妙空禪師塔銘〉段無疆撰〈獨擔靈顯王廟碑〉嚴器之撰〈傷寒明理論序〉熙宗有〈立皇子濟安爲皇太子冊文〉、〈皇太子生大赦天下制〉、〈封高麗恭孝王冊文〉、〈加高麗恭孝王開府儀同三司詔〉	吳激出知深州，到官三日即卒（1090～） 王處一生（～1217） 朱自牧、王翛、韓汝嘉中進士。

〔註 15〕此據薛瑞兆著〈《金文最》校札〉（《江蘇大學學報》（社會科學版）2011 年 1 月第 13 卷第 1 期）

〔註 16〕同上註。

		佚名〈蒙山三清殿榜文碑〉完顏宗弼有〈上宋高宗書〉二封 劉豫撰〈曹王謝劉豫表〉	
1143 癸亥	金熙宗皇統三年 南宋紹興十三年	宇文虛中撰〈重修證類本草跋〉、〈重修證類本草序〉朱弁撰〈西京大普恩寺重修大殿記〉王庭直撰〈劉海蟾堂移石刻記〉穆□□撰〈白雲庵大論師義公傳〉劉子初〈靈峰院千佛洞碑〉范橐撰〈重修帝堯廟碑〉熙宗有〈諭河朔諸郡詔〉	洪皓、張邵、朱弁回南宋。
1144 甲子	金熙宗皇統四年 南宋紹興十四年	嚴器之撰〈注解傷寒論序〉楊用道撰〈附廣肘後方序〉藺世一書〈仙游觀永陽園詩記〉完顏勖撰〈東狩射虎賦〉仲汝尙撰〈沂州府普照寺碑〉(又名〈天寧萬壽禪寺碑〉)施宜生撰〈普賢洞記〉熙宗有〈令增上太祖謚號詔〉〈兩篇〉、〈施用新寶詔〉	張孝純卒。 朱弁卒。 王倫被殺。 完顏勗獻〈東狩射虎賦〉熙宗悅而厚賜之。
1145 乙丑	金熙宗皇統五年 南宋紹興十五年	蔡松年著〈水龍吟〉詞並序。 許申撰〈重修釋迦院碑〉 隨琳撰〈重修中岳廟碑〉完顏宗弼有〈增上太祖謚號議〉、〈增上祖宗謚號大赦天下制〉尹彥頤撰〈高麗國雲門寺圓應國師之碑〉	宋・呂本中卒(1084～)
1146 丙寅	金熙宗皇統六年 南宋紹興十六年	完顏沒里也撰〈仰天山記〉熙宗有〈祭高麗恭孝王文〉比丘・希辨撰〈大金燕京苑平縣金城山白瀑院王公法師靈塔記〉妙總大師了覺撰〈香積院重結涅盤會碑銘〉	賈益謙生(～1226) 宇文虛中(1079～) 高士談被殺(1080～)
1147 丁卯	金熙宗皇統七年 南宋紹興十七年	曹衍撰〈大金西京武州山重修大石窟寺記〉 蔡如撰〈褒賢顯忠禪院重修法堂記〉陳壽愷撰〈靈岩寺觀音聖迹序〉 程宷上〈言事疏〉	六月，田玨被殺，蔡松年、曹望之進用。 劉處玄生(～1203)
1148 戊辰	金熙宗皇統八年 南宋紹興十八年	蔡松年撰〈雨中花詞序〉 徐卓撰〈宜州廳峪道院復建藏經千人邑碑〉佚名〈寶寧禪師塔記〉積中撰〈金諴墓志〉釋法雲撰〈康淵贈靈巖寺西堂禪師詩跋〉完顏宗弼有〈臨終遺行府四帥書〉	四月，修《遼史》成。 丘處機生(～1227) 南宋・葉夢得卒(1077～)
1149 己巳	金熙宗皇統九年 (海陵天德元年) 南宋紹興十九年	張邦彥撰〈增修金堆院記〉王庭直撰〈重立司馬溫公神道碑記〉馬揚撰〈靈岩觀仙蛻岩碑〉、〈浮山仙蛻岩銘〉釋正觀撰〈靈岩寺雲禪師塔銘〉馬思孟撰〈許州昌武軍節度使廳壁題	董師中登進士第。韓昉卒(1082～)王磚與弟珙同登進士第。 五月，熙宗殺張鈞。

		名碑〉釋普覺撰〈千佛寺修多寶佛塔記〉佚名撰〈靈岩寺寶公開堂疏〉樸永文撰〈元沆墓志〉佚名撰〈崔涌妻金氏慕銘〉司馬作撰〈柳氏家訓〉海陵王有〈煬王即位大赦改元詔〉	
1150 庚午	金海陵天德二年 南宋紹興二十年	登仕郎佚名撰〈浦公禪師塔銘〉佚名撰〈大金懷州河內縣沐澗山勝果禪院僧因公尊勝幢銘〉釋清法撰〈益都府長秋鐵佛院建佛頂尊勝陀羅尼塔記〉楊漢卿撰〈重修微子廟碑〉 佚名撰〈張行願墓志〉	蔡松年爲吏部侍郎，又遷戶部尚書。 十二月，王競奉使南宋。 韓昉卒〈1083～〉 南宋·葉適生（～1223）
1151 辛未	金海陵天德三年 南宋紹興二十一年	海陵王有〈告百官詔〉·〈議遷都燕京詔〉、〈罷萬戶官詔〉 張曦撰〈潞州長子縣重修聖王廟記〉	海陵專以詞賦取士。 王寂登進士第。蔡珪登進士第。 王庭筠生。（～1202）
1153 癸酉	金海陵貞元元年 南宋紹興二十三年	蔡松年撰〈水龍吟詞序〉完顏□撰〈擬江樓記〉張瓚撰〈大覺寺記〉王炎撰〈福山縣令題名記〉何若愚撰〈流注指微針賦〉閻明廣撰〈流注精絡井滎圖序〉、〈流注指微針賦序〉王琯撰〈眞定府十方定林禪院第四代傳法注持賜紫通法大師塔銘〉、〈閔瑛墓志〉李□撰〈開化寺建殿都功德僧海師舍利塔銘〉王庭圭撰〈錦州安昌縣永和村東講院重修舍利塔碑銘〉海陵王有〈遷都燕京改元詔〉	十一月，蔡松年爲賀宋正旦使出使南宋。 海陵定貢舉程試條理格法。
1154 甲戌	金海陵貞元二年 南宋紹興二十四年	朱昺撰〈滕縣神農黃帝祠堂碑〉麴宗玘撰〈故麴公墓幢記〉佚名撰〈洪圓寺僧統教雄墓志〉〈李仁實廟志〉黃文通撰〈尹誧墓志〉佚名撰〈眞定府元氏縣東韓臺村崔皐等造石香爐記〉海陵王有〈開倉賑恤饑民詔〉、〈釋放囚徒詔〉	高汝礪生（～1224）趙可中進士。 南宋·劉過生（～1206）王藻卒（1079～）
1155 乙亥	金海陵貞元三年 南宋紹興二十五年	劉文饒撰〈修德觀問道碑記〉卜儒卿撰〈唐庾賁德政頌跋〉釋普明撰〈故義井寺住持遠公和尚塔記〉王革撰〈修昭化院記〉海陵王有〈以山陵禮成諭內外詔〉	蔡松年出使高麗。
1156 丙子	金海陵正隆元年 南宋紹興二十六年	孔瓌撰〈續編祖庭廣記跋〉張汝爲撰〈靈岩寺題記〉佚名撰〈祝延聖壽疏文〉傅愼微撰〈威縣建廟學碑〉海陵王有〈修汴京大內詔〉	張通古卒（1088～） 蔡松年爲右丞相。
1157 丁丑	金海陵正隆二年 南宋紹興二十七年	傅愼徽撰〈威縣建廟學碑〉、〈洺州宗城縣新修宣聖廟記〉李楠撰〈京兆府	許古生（～1230）李遹生（～1223）劉仲

		重修府學碑〉夏曾撰〈重修會應神廟記〉韓迪簡撰〈重修紫虛元君殿記〉李栗撰〈京兆府重修府學碑〉牛本寂撰〈少林禪寺西堂老師和尚塔銘〉海陵王有〈優恤河南百姓詔〉	尹、任詢、鄭子聃、馮子翼、王啓、高公振登進士第。
1158 戊寅	金海陵正隆三年 南宋紹興二十八年	胡礪撰〈磁州武安縣鼓山常樂寺重修三世佛殿碑〉王堪撰〈密州修學碑〉張元喆撰〈開廣濟民渠記〉林宗庇撰〈僧之印墓志〉	元德明生〔註17〕（～1204）蕭貢生（～1223）
1159 已卯	金海陵正隆四年 南宋紹興二十九年	海陵王有〈廢榷場詔〉時雍撰〈道德眞經全解序〉蔡松年撰〈蘇文忠公書李太白詩卷跋〉喬扆撰〈重立泰寧宮碑〉趙安時撰〈重修古賢寺彌勒碑〉	蔡松年卒（1107～） 趙秉文生（～1232） 張九成卒（1091～） 王革生（～1236）
1160 庚辰	金海陵正隆五年 南宋紹興三十年	呂中孚撰〈昭惠靈顯眞人廟記〉佚名撰〈崔誡墓志〉	王特起生（卒年不詳） 施宜生受誣被烹。
1161 辛巳	金海陵正隆六年（金世宗大定元年） 南宋紹興三十一年	世宗有〈世宗即位詔〉、〈即位賜臨潢尹移室懣詔〉、〈即位徙單合喜詔〉、〈增將士賞典詔〉、〈上閔宗諡號詔〉、高懷貞撰〈保德州創建文廟記〉李思孝撰〈新修妙覺寺碑記〉粘割沒雅撰〈諫毀都督府牒南宋鎭江府〉、〈金國移牒三省樞密院〉佚名撰〈尹裕延墓志〉〈金臣璉墓志〉〈王倖墓志〉〈林景軾墓志〉海陵王有〈諭宋國詔〉、〈招宋王權詔〉〈改葬熙宗詔〉	周昂登進士第。 南宋・張元幹卒。 郝天挺生（～1258）
1162 壬午	金世宗大定二年 南宋紹興三十二年	世宗有〈戒飭將帥詔〉、〈諭從賊諸將士詔〉、〈上宣獻皇后諡號詔〉、〈追諡妃烏林荅氏爲昭德皇后詔〉史純撰〈太原府英濟侯感應記〉趙夷簡撰〈滑州修文廟記〉吳浩撰〈重修平山縣城記〉段子卿撰〈大金國西京大華嚴寺重修薄伽藏教記〉朴文撰〈崔允仁墓志〉佚名撰〈劉惟辛墳幢題名〉王著撰〈重修宣聖廟記〉	馮璧生（～1240） 徐璣生（～1214） 王寂爲太原祁縣令。
1163 癸未	金世宗大定三年 南宋隆興元年	趙安上撰〈龍巖寺碑〉魏夸撰〈舉義鄉□壁村砌基階記〉宋雲公撰〈傷寒類證序〉李杰撰〈敕賜福勝院碑〉完顏元宜撰〈增上睿宗諡號表〉釋闍悟〈福嚴禪寺鐘識〉佚名撰〈溫富等造石香爐記〉釋法通撰〈鎭陽龍興寺河北西路都僧錄改授廣惠大師經幢銘〉朱阜亨撰〈單州成武縣南魯村	梁襄、孟宗獻、高有鄰登進士第。 施宜生卒（1091～） 張行信生（～1231）

〔註17〕此據《金代文學家年譜》，頁1231。

		廣嚴院碑〉〈河中府猗氏縣上李村龍岩寺額記〉紇石烈志寧〈復宋張魏公書〉世宗有〈與宋書〉	
1164 甲申	金世宗大定四年 南宋隆興二年	世宗有〈造總計錄詔〉、〈報紇石烈志寧請長驅渡江詔〉、〈均賦役詔〉姚孝錫撰〈重雕清涼傳序〉、〈忻州廟學記〉張瑜撰〈解州安邑縣□篆□慈雲院記〉宋壽隆撰〈開元寺重公大師壽塔銘〉聞悟撰〈硤石山福嚴重修佛殿之記〉張萬公撰〈太虛觀碑〉	十一月，金以女眞字譯經史。世宗詔進士文優則取，不限人數。
1165 乙酉	金世宗大定五年 南宋乾道元年	世宗有〈受尊號詔〉、〈壽王京謀反免死安置嵐州賜詔〉、〈却尊號禮冊詔〉趙安時撰〈重修眞澤二仙廟碑〉奚牟撰〈敕賜興國寺碑〉王堪撰〈清河縣重修廟學碑〉李綸撰〈創修泉池之記〉劉穡撰〈三官殿碑〉釋圓照撰〈甘泉普濟寺通和尚塔記〉耶律屢撰〈天竺三藏吽哈囉悉利幢記〉佚名撰〈祝延聖壽疏文〉〈資丘蒙福院碑〉完顏宗憲撰〈上世宗尊號表〉劉仲尹〈開元寺圓照塔記〉	趙思文生（～1232） 南宋・曾幾卒〈1084～〉
1166 丙戌	金世宗大定六年 南宋乾道二年	釋大□撰〈汧州開元寺觀音院記〉 〈請世宗受尊號禮冊表〉郭好問撰〈大金東平府平陰縣陶山幽棲寺故律師初公山主塔銘〉杜召美撰〈正覺院牒碑并陰〉	
1167 丁亥	金世宗大定七年 南宋乾道三年	趙揚撰〈潞州潞城縣常村重建洪濟院記〉釋行滿撰〈沃州柏林禪院三千邑眾碑〉蔡珪〈鏡辨〉（疑爲口述） 韓長嗣撰〈興中府尹銀青改建三學寺及供給道糧千人邑碑銘〉沙成之撰〈甘泉普濟寺賜紫嚴肅大師塔銘〉佚名撰〈王溝義安院碑〉	許安仁、郭用中登進士第。
1168 戊子	金世宗大定八年 南宋乾道四年	世宗有〈諭疏決繫囚詔〉、〈立楚王爲皇太子冊文〉蔡珪撰〈兩燕王墓辯〉李咏撰〈新鄉縣重修廟學碑〉鈕□□撰〈重修北極觀碑〉〈覆奏岳祀疏〉	董文甫生（～1227） 蔡珪坐高元鼎事笞四十。 南宋・李燾《續資治通鑑長編》成書。
1169 己丑	金世宗大定九年 南宋乾道五年	世宗有〈賜宋使銀合湯藥詔〉僧寶月撰〈石州定胡縣上招賢村普照禪院寺〉王覺撰〈靈源公廟記〉米孝思撰〈重建孫眞祠記跋〉劉琦撰〈河中府中條山萬固寺重修碑銘并序〉佚名撰〈寶山寺地界記〉張景仁撰〈清安寺碑〉完顏思敬上〈論五事疏〉	南宋・張孝祥卒（1132～）

1170 庚寅	金世宗大定十年 南宋乾道六年	世宗有〈答夏主仁孝為任得敬求封詔〉郭長倩撰〈梵雲院碑〉世宗〈答宋孝宗書〉紇石烈良弼等撰〈上世宗尊號冊文〉佚名撰〈昌樂縣北展店福祥院創建佛像記〉釋智深撰〈珪公居士塔銘〉	楊雲翼生（～1228）党懷英、李獻可登進士第。 全眞教道長王喆（王重陽）卒（1113～）
1171 辛卯	金世宗大定十一年 南宋乾道七年	世宗有〈親祀南郊詔〉、〈諭宋賀生辰使詔〉、〈答高麗莊孝王請以晧權守軍國詔〉、〈詢問高麗莊孝王詔〉李石撰〈加上世宗尊號表〉、〈加上世宗尊號冊文〉、〈加上世宗尊號第二、三表〉毛麾撰〈康澤王廟碑〉麻秉彝撰〈積仁侯昭佑廟碑〉李忠輔撰〈冀氏縣重修文宣王廟碑〉劉濟撰〈重修范縣妙應侯廟記〉劉若虛撰〈聞喜裴氏家譜序〉釋□□撰〈□□國平州石幢記〉又玄子撰〈太微仙君功過格序〉石琚撰〈郊天配饗疏〉曹望之上〈論便宜事〉郭郛撰〈高越墓幢〉	始制定樂舞制度。
1172 壬辰	金世宗大定十二年 南宋乾道八年	世宗有〈允高麗光孝王權守軍國詔〉、〈冊高麗光孝王詔〉、〈冊封高麗光孝王詔〉鄭彥文撰〈乾州思政堂記〉郭長倩撰〈文登縣新修縣學記〉范拱撰〈貞節先生范丹祠記〉劉允升、李霖各撰〈道德眞經取善集序〉陸秉鈞撰〈滕縣興國寺新修大殿悲〉趙攄撰〈薊州玉田縣永濟務大天宮寺碑〉魏公衡、王緯、王鼎各撰〈注解傷寒論序〉佚名撰〈四禪寺碑〉〈覆奏立武靈皇帝別廟疏〉〈封高麗光孝王冊文〉〈神泉里藏山神廟記〉李之茂撰〈高麗國斷俗寺大鑒國師碑銘〉	完顏璹生（～1232） 馬文來生（～1232）
1173 癸巳	金世宗大定十三年 南宋乾道九年	吳格撰〈齊東鎮行香院碑〉尚書省有〈覆奏梁肅請立衣服禁約疏〉中盧老人撰〈圓通全行大師碑〉僧永俊立〈大雲禪寺碑〉趙為撰〈慈雲院銘〉郝瑛撰〈慈相寺關帝廟記〉楊震撰〈眞定府元氏縣神岩鄉屯□□重修洪福院記〉	五月，金禁女眞人譯漢姓。 八月，世宗詔策女眞進士，徒單鎰等二十七人及第。 劉迎、趙承元、孫鐸登進士第。
1174 甲午	金世宗大定十四年 南宋淳熙元年	世宗有〈改名告中外詔〉王去非撰〈平陰縣城西清涼院記〉喬扆撰〈沁州沁源縣太清觀記〉鄭元撰〈遼州重修學記〉馬景其撰〈眞定府獲鹿縣靈巖院琛公長老塔銘〉釋□□撰〈蘇氏先代	李夷生（～1215） 王若虛生（～1243）

		碑〉劉拱辰撰〈寶泉院碑記〉翟炳撰〈長清縣靈岩寺寶公禪師塔銘〉佚名撰〈宋武翼大夫崔國華墓志〉	
1175 乙未	金世宗大定十五年 南宋淳熙二年	世宗有〈答高麗光孝王詔〉張建撰〈華州城隍神濟安侯新廟碑〉、〈反招隱賦并序〉孟宗獻撰〈與西堂和尙書〉李中孚撰〈重修白馬寺釋迦舍利塔碑〉寧師常撰〈丹陽神光爛序〉孫謙勉撰〈四仙碑〉馮長吉撰〈濟源縣重修岱岳廟記〉賈綽撰〈靈岩院敕黃記〉佚名撰〈封長白山神爲靈應王冊文〉〈移高麗寧德城牒〉〈高麗寧國寺圓覺國師碑〉劉晞顏撰〈創建寶坻縣碑〉趙揚撰〈晉先軫廟碑〉	趙秉文舉進士。 陳正叔生（～1228） 馮延登生（～1232） 蔡珪卒（生年不詳） 南宋朱熹與陸九淵鵝湖之會。
1176 丙申	金世宗大定十六年 南宋淳熙三年	姜國器撰〈章邱縣重修宣聖廟碑〉、空相禪師自覺撰〈明月山大明禪院記〉佚名撰〈游懸空寺〉張莘夫撰〈重修法雲寺碑〉王珣撰〈曹公神道碑〉許安任撰〈御題寺重建唐德宗詩碑〉〔註 18〕張微之撰〈涿州固安縣穎川陳公塔記〉范圓曦撰〈太古集序〉佚名撰〈鄒峰山記〉王彥潛撰〈完顏希尹神道碑〉、〈完顏婁室神道碑〉釋淳肇撰〈洪福禪院碑〉陽植撰〈重修縣學記〉	四月，金始置外府學及京府女眞學。五月，以女眞文譯《史記》、《漢書》、《貞觀政要》、《白氏策林》等書成。馮延登生（～1232）李俊民生（～1260）王庭筠、趙鼎登進士第。
1177 丁酉	金世宗大定十七年 南宋淳熙四年	世宗有〈賜宋賀生辰使副銀合湯藥詔〉劉象先撰〈雨聲軒記〉劉象撰〈雨聲軒記〉趙揚撰〈故潞城隱德君子王公墓誌銘〉尹仲撰〈鄄城縣正覺禪院碑〉鄭時撰〈三清觀鐵盆銘〉張開撰〈漢關大王祖宅塔記〉傅浹撰〈故忠顯校尉劉公建寺畫像之記〉周榮甫撰〈故周公之墓〉廉信若撰〈李應璋墓志〉韓柏達撰〈宇公居士塔記〉佚名撰〈張陸村重修功德記〉〈華山十□太陰寺記〉喬扆撰〈座中銘〉	李純甫生（～1223）
1178 戊戌	金世宗大定十八年 南宋淳熙五年	劉賢撰〈眞相院摹刻東坡施金帖跋〉王寂撰〈寶塔山龜鏡寺記〉孟鑄撰〈大金故聶公訓碑〉希選撰〈普明院碑〉釋智彥撰〈榮河縣胡壁堡鎭崇聖禪院院塔記〉劉賢撰〈眞相院摹刻東坡施金帖跋〉佚名撰〈重修護國西齊王廟	党懷英遷國史院編修應奉翰林文字等職。 南宋·魏了翁生（1178～）

〔註 18〕《全遼金文》繫此文於大定十八年，今據內文「大定十六年歲次丙申秋」云云改之。

		記〉〈增上孝成皇帝謚號表〉姜國器撰〈嘉禾記〉〔註 19〕党懷英撰〈禮部令史題名記（碑）〉郝大通撰〈太古集自序〉、〈周易參同契簡要釋義敘〉	
1179 己亥	金世宗大定十九年 南宋淳熙六年	世宗有〈增上孝成皇帝尊謚冊文〉、〈增上孝成皇帝謚號詔〉鄭子聃撰〈汝州香山觀音禪院慈照禪師塔銘〉王寂撰〈祁縣重修延祥觀記〉寇才質撰〈道德眞經四子古道集序〉趙振撰〈重修漢太史公墓碑〉嚴坦撰〈和順縣令馬公德政碑〉馮璧撰〈與劉太保書〉佚民撰〈濰州昌樂縣北嚴廣福院修殿題名并序〉〈奉安三聖御容群臣賀表〉鄭子聃撰〈中都十方大天長觀重修碑〉	劉昂登進士第。 高汝礪、田特秀、張行簡中進士。 南宋．朱熹復白鹿洞書院.。
1180 庚子	金世宗大定二十年 南宋淳熙七年	劉諤撰〈道德眞經四子古道集解後序〉劉煥撰〈清安堂銘并序〉姚建榮撰〈重修岩岩亭碑〉郝希文撰〈徹里葛二侯德政碑〉李□□撰〈萬壽觀自然先生贊碑跋〉孫鎮撰〈斛律光墓記〉佚名撰〈太陰寺尚書禮部符〉〈溫水塔河院碑〉任詢撰〈奉國上將軍郭公神道碑〉	鄭子聃卒（1126～） 完顏勖撰定《女直郡望姓氏譜》
1181 辛丑	金世宗大定二十一年 南宋淳熙八年	党懷英、王寂皆撰〈姚君哀詞〉李晏撰〈保德州重修城壁創開西門碑〉王反成撰〈大金故贈儒林郎鄭公墓之碑〉王頤撰〈大六壬玉連環一字訣序〉王□撰〈范公泉記〉王去非撰〈博州重修廟學碑〉、〈東昌府麒麟碣贊〉韓希甫撰〈清涼洞記跋〉王遵古撰〈廟學碑陰〉李振之撰〈魯埠眞元觀碑〉紫震撰〈九陽鐘銘〉段楫撰〈預修墓記〉。〈封大房山神爲保陵公冊文〉、〈盧工部移禮部關〉党懷英撰〈重建鄆國夫人殿碑〉〔註 20〕	楊邦基卒（生年不詳） 姚孝錫卒（1099～） 劉迎卒。 丁暐仁卒。 金世宗爲僕散忠義勒銘墓碑。

〔註 19〕此文《全遼金文》及牛貴琥《金代文學編年史》皆繫於大定十七年，蓋文中有「丁酉，石州六縣被災者大半，獨此一邦，歲則大熟。」然按北方稻作秋收冬藏之理推之，此文雖述及大定十七年事，未必作於是年。又按文中有「乃於正月上日稱觴之次，實而進之，使驚動萬國，爲一代美事。」疑此文作於次年，即大定十八年初也。故繫於此年。

〔註 20〕此文《全遼金文》與王永《金代散文研究》皆繫於大定十九年，蓋因文中有「越十九年冬，殿成」故《金文最》繫於大定十九年；《全遼金文》與王永皆不察文中已有「大定二十一年春正月十有二日」，應繫於大定二十一年爲是。《金代文學家年譜》亦繫於大定二十一年（頁 189）。

1182 壬寅	金世宗大定二十二年 南宋淳熙九年	世宗有〈恤民詔〉李俊民撰〈錦堂賦詩序〉黃久約撰〈重修中岳廟碑〉王寂撰〈贈日者李子明序〉、〈清河張氏夫人墓志銘〉王藏器撰〈濟源縣創建石橋碑〉陽伯仁撰〈大金重修東岳廟碑〉靳康侯撰〈鄠縣修城碑〉邊元忠撰〈西京副留守李公德政碑〉張天祐撰〈圓公馬山主塔記〉程道濟撰〈素問玄機原病式序〉釋嗣敏撰〈重修福昌大殿記〉張□撰〈龐整記〉	趙元生（卒年不詳）劉從益生（～1224）蕭貢登進士第。趙渢登進士第。 孫不二卒（1119～）
1183 癸卯	金世宗大定二十三年 南宋淳熙十年	國師尹撰〈重陽教化集序〉王鼎撰〈平原縣淳熙寺重修千佛大殿碑〉楊野撰〈重游靈岩有感并序〉秦果撰〈雄山重修先師殿記〉李鈞撰〈新修大雲院記〉王滋撰〈重陽教化集序〉馬大辨撰〈重陽分梨十化集序〉李守純撰〈大金重修宣聖廟記〉劉大用撰〈西岳華山志序〉張□□撰〈登州福山縣黃籙大醮碑〉王山甫撰〈澄城縣主簿李公去思碑〉康吉甫撰〈潞州寶峰寺記〉世宗有〈祭高麗恭睿太后文〉慧壽撰〈靈岩寺滌公開堂疏〉董惟明撰〈鄉貢進士董君墓志〉党懷英撰〈綠毛龜賦贊〉（本文亡佚）〔註 21〕	九月，譯經所譯《易》、《書》等書成，命頒行之。麻九疇生（～1232） 劉從益生（～1126）
1184 甲辰	金世宗大定二十四年 南宋淳熙十一年	世宗有〈賜皇太子詔〉、〈起復高麗光孝王詔〉党懷英撰〈重修天封寺碑〉范壽卿撰〈歸山操跋〉翟三俊撰〈三清殿碑〉成舟〈四禪寺新修羅漢洞碑〉華履道撰〈地理新書序〉魏知彰撰〈虢州盧氏縣成德觀創修三門記〉佚名撰〈淄川縣興教院碑〉、〈封龍山陽左村龍泉院記〉李嗣立撰〈無極縣整暇堂記〉	雷淵生（～1231）康錫生（～1230）
1185 乙巳	金世宗大定二十五年 南宋淳熙十二年	党懷英撰〈醇德王先生墓表〉、〈檀特山□寂寺建釋迦殿記〉楊峻撰〈同官縣靈泉觀碑〉黃久約撰〈涿州重修文宣王廟碑〉□復撰〈檀特山善寂寺新塑三世化佛大像記〉劉丙撰〈重修城碑〉趙大鈞撰〈滕縣染山重修伏羲廟碑〉□克□撰〈重建汝州香山觀音禪院碑〉陳尹撰〈重修回鑾寺記〉張子翼撰〈丹陽眞人馬公登眞記〉趙元卿	趙秉文、宗端修同登進士第。姚孝錫卒。 劉昂霄生（～1222） 完顏匡中禮部策論進士。四月，世宗在上京歌女眞本曲。

〔註 21〕 此據元．王惲撰《秋澗集》（臺北：世界書局；景印《摛藻堂四庫全書薈要》，集部，別集類；第 400、401 冊；民 76 年）卷十八〈綠毛龜詩後序〉：「偶得大定廿三年壬寅冬党承旨、郝侯、張甫所進賦贊墨迹。」（葉二十七）

		撰〈均樂亭記〉佚名撰〈李曄墓志〉王大鈞撰〈兩漢策要序〉趙可撰〈大金得勝陀頌碑〉	
1186 丙午	金世宗大定二十六年 南宋淳熙十三年	世宗有〈制祭孔廟詔〉胡光謙撰〈礌溪集序〉馮翼撰〈問山堂記〉趙可撰〈立原王爲皇太孫冊文〉張建撰〈仙蛻岩碑跋〉王宗儒撰〈解州聞喜縣重修宣聖廟記〉張著撰〈清明上河圖跋〉焦鬱撰〈武德將軍書公碣〉左容撰〈夏邑縣重修儒學碑〉趙懷允撰〈靈贍廟碑〉佚名撰〈改諡閔宗議〉〈針灸避忌太一之圖序〉〈宣武將軍李訓墓志〉	王渥生（～1232） 楊奐生（～1255） 黃河決口之事，八月，王寂黜爲蔡州防禦使。
1187 丁未	金世宗大定二十七年 南宋淳熙十四年	范懌撰〈水雲集序〉毛麾撰〈礌溪集序〉路伯達撰〈冀州節度使王公名魯重修廟學碑〉王寂撰〈三友軒記〉張文中撰〈創建靈應廟記〉蕭貢撰〈京兆府涇州陽縣重修北極宮碑〉蘇瓘撰〈海會重修法堂〉□安上撰〈淳化縣重修岱岳廟碑〉路伯達撰〈冀州節度使王公名魯重修廟學碑〉房暕撰〈鄠縣玉皇觀碑〉宗有□撰〈重修岱岳廟碑〉范若水撰〈華州華陽縣創修仙蛻塋碣〉張翬撰〈掖縣劉氏祖塋寒食享祀序跋〉賈天羽撰〈大金沁州武鄉縣禪隱山崇聖寺十方會記〉徐鐸撰〈長清縣靈岩寺才公禪師塔銘〉世宗有〈遺宋國書〉董惟明撰〈張福墓幢〉劉文中撰〈三靈侯廟記〉佚名撰〈張時墓幢〉〈楊聚墓幢〉〈和尚法慈碑〉許珪撰〈中都顯慶院故蕭蒼嚴靈塔銘〉黃久約撰〈金文宣王廟碑〉	高永生（～1232）趙渢召應爲翰林文字。 十二月，趙可出使高麗。 南宋・劉克莊生〈～1269〉
1188 戊申	金世宗大定二十八年 南宋淳熙十五年	王庭筠撰〈五松亭記〉王繪撰〈大聖院記〉世宗有〈大赦詔〉、〈覆宋孝宗書〉、〈正熙宗位號詔〉范懌撰〈重陽全眞集序〉訾棟撰〈中靖大夫邵公墓志銘〉完顏璹撰〈中都潭拓山龍泉禪寺言禪師塔銘〉孔盈撰〈玉虛觀松伯林記〉廣明撰〈寶嚴大師塔記〉申天祿撰〈喬扆興慶池李氏園兩詩跋〉郭明濟撰〈重建超山應潤廟記〉佚名撰〈尹宗諹墓志〉	朱瀾、盧庸、張翰、胥鼎、呂子明、張行中、史公奕、張轂登進士第。
1189 己酉	金章宗大定二十九年 南宋淳熙十六年	章宗有〈以選舉十事諭尚書省定擬詔〉、〈初置九路提刑司賜北京臨潢提刑司蒲帶詔〉范懌撰〈掖縣孛术魯園亭碑〉趙秉文撰〈孝義縣丞崔公墓銘〉王朋壽撰《增廣分門類林雜說》毛麾	十一月，章宗命官再預修《遼史》。楊弘道生（～1270） 趙可卒（生年不詳）

		撰〈沖虛至德眞經四解序〉、〈沁州銅鞮縣王可村修建昭慶院記〉房仲亨撰〈保義校尉房公墓碑〉衛周臣撰〈雲州創建太清觀碑〉楊訥撰〈英公禪師塔銘〉佚名撰〈移高麗邊吏牒〉〈龍岩禪院功德塔〉丘處機撰〈世宗挽詞引〉黃久約撰〈朝散大夫鎭西軍節度副使張公神道碑〉王寂撰〈送故吏張弼序〉〔註 22〕	
1190 庚戌	金章宗明昌元年 南宋光宗紹熙元年	章宗有〈諭孟宗獻詔〉、〈諭沁州刺史李楫詔〉、〈命追復故吏部侍郎田穀詔〉王寂撰〈遼東行部志〉高德裔撰〈游王官谷記〉路伯達撰〈成趣園記〉初昌紹撰〈成趣園詩序〉張曦撰〈潞州長子縣增修漳源嶷斗臺神殿之碑〉趙渢撰〈王榆山先生墓表〉唐處仁撰〈重修炳靈王廟碑〉趙秉文撰〈顯宗御書藏祕閣銘并序〉王勃撰〈大金西京大普恩寺重修釋迦如來成道碑銘〉李坦撰〈勝果院尊勝幢并惠澄銘〉佚名撰〈張中偉碑〉、〈修補孔聖廟特旨〉、〈續修補孔聖廟特旨〉党懷英撰〈中都十方大天長觀普天大醮感應碑〉、〈興中府尹完顏嵩神道碑〉	党懷英遷直學士，再遷國子祭酒。元好問生（～1257）耶律楚材生（～1244）辛愿生（～1231）李獻能生（～1232）張柔生（～1268）王鶚生（～1273）楊弘道生（～1272）王萬鐘生（～1216）李遹登進士第。
1191 辛亥	金章宗明昌二年 南宋光宗紹熙二年	章宗有〈答兗王永成坐圍獵解職奉表謝罪詔〉王寂撰〈鴨江行部志〉、〈書金剛經後〉、〈曲全子詩集序〉、〈謝帶笏表〉范懌撰〈陰符經注序〉党懷英撰〈曲阜重修至聖文宣王廟碑〉樊倫撰〈封龍山試劍石頌〉趙時中撰〈游龍門山記〉高德裔撰〈漢魯孝王石刻跋〉〈武德乾封詔敕碑跋〉、〈杏壇銘〉趙秉文撰〈叢臺賦〉毛麾撰〈潞州儒學碑〉郝長卿撰〈上黨縣西韓村石閘碑〉趙渢撰〈太原府學文廟碑〉黃久約撰〈朝散大夫鎭軍節度副使張公神道碑〉范懌撰〈陰符經注序〉趙□撰〈三官宮存留公據碑〉胡筠撰〈續修太清宮碑〉赫犹撰〈高曼卿增修宣聖廟記〉劉濤撰〈程明遠墓志〉佚名撰〈孔元措襲封衍聖公誥〉〈超授孔元措中議大夫仍賜四品誥〉〈唯識院文惠普同幢記〉	十一月，禁女眞以姓氏譯爲漢字。王庭筠入翰林院。李獻能生（～1284）李汾生（～1232）耶律履卒（1131～）李遹、李好復、趙文昌、劉濤、宋元吉登進士第。 南宋・姜夔作〈暗香〉、〈疏影〉二詞

〔註 22〕據內文曰「大定改元之再歲，予爲縣太原之祁…今予去祁二十有四年」。按王寂乃大定五年除祁縣改方山令，則推此序應作於大定二十九年。

1192 壬子	金章宗明昌三年 南宋光宗紹熙三年	安升卿撰〈泰山頂東北谷山絕壁游覽記〉宋安吉撰〈興儒里記〉張謙撰〈地理新書序〉毛麾撰〈平陽府浮山縣天聖觀重修紀聖碑亭記〉王成反撰〈鄭瞻墓碑〉張邵撰〈宣州大奉國寺賢聖題名記〉佚名撰〈香山寺鐘識〉〈修塔維那最上福田姓名眞像傳於不朽之碑〉周昂撰〈正定縣重修廟學記〉	十一月，陸九淵卒。 王庭筠應奉爲翰林文字。 胡光謙受特賜爲進士。 李汾生（～1234）李治生（～1279）冀禹錫生（～1233）田紫芝（～1214）
1193 癸丑	金章宗明昌四年 南宋光宗紹熙四年	章宗有〈答尚書左丞守貞以久旱表請解職詔〉、〈遣夾谷衡知東平府事完顏守貞詔〉、〈特授孔元措中議大夫特旨〉、〈諭諸王府傳尉詔〉、〈諭王翛詔〉趙秉文撰〈褅禮慶成頌并序〉、〈駕幸宣聖廟釋奠頌〉姜孝儀撰〈姜氏雲亭房名記〉史天驥撰〈虞芮二君讓德記〉李晏等人撰〈五龍廟祈晴記〉李仲略撰〈應州重建廟學碑〉佚名撰〈僧智偁墓志〉金平撰〈李勝章墓志〉党懷英撰〈栖閑居士張仲偉墓表〉	八月，章宗釋奠孔子廟。 南宋賜陳亮及第，授建康府判官，未到官即病卒。
1194 甲寅	金章宗明昌五年 南宋光宗紹熙五年	章宗有〈誅鄭王允蹈詔〉、〈鄭王允蹈伏誅布告中外詔〉、〈賜阿里不名衡詔〉、〈爲幸景明宮諫諭臣詔〉、〈諭東京路副使三勝詔〉穆昌世撰〈曲阜重修兗國公廟碑〉毛麾撰〈解州平陸縣張氏義居門閭碑〉張建撰〈高陵縣令張公去思碑〉穆昌世撰〈曲阜重修兗國公廟碑〉祁壽卿撰〈創塑先賢先儒像碑〉趙著撰〈佐玄寂照大師馮公道行碑〉安泰撰〈汾州平遙縣慈相寺修造記〉劉坦然撰〈廣教院香台記〉秦知常撰〈申先生上升記〉佚名撰〈國子監釋奠兗國公祭文〉〈服勝院建石塔記〉〈京兆府提學所帖碑〉党懷英撰〈長白山冊文〉〔註 23〕	王寂卒（1128～）陳庾生（～1261） 三月，置弘文院譯寫經書。 五月，章宗詔購求《崇文總目》所闕書籍。 楊雲翼經義進士第一，詞賦中乙科。許古、臣規、趙思文、張邦彥、劉中、龐鑄、田琢、翟升、韓玉等亦登進士第。
1195 乙卯	金章宗明昌六年 南宋慶元年	党懷英撰〈大金重修至聖文宣王廟碑〉、〈棣州重修廟學記〉、〈請照公和尚開堂疏〉李晏撰〈故崇進榮國公致仕謚忠厚時公神道碑銘并序〉黃晦之撰〈濟寧李氏祖塋碑〉周馳撰〈靈岩禪寺田園碑〉李俊民撰〈新建五祖堂記〉章宗有〈封靜寧山神爲鎮安公策	六月，張暐進《大金儀禮》。趙秉文，得王庭筠舉薦入翰林院。 十二月，趙秉文以上書事外補，後累王庭筠、周昂謫絀。 李獻甫生（～1234）

〔註 23〕本文已佚，今據《金史》列傳第六十四「王庭筠」中有明昌五年八月，章宗謂宰執「近党懷英作〈長白山冊文〉，殊不工」云云，姑繫於此年。

		文〉陳觀撰〈萊州膠水縣重修宣聖廟碑〉徐景揚撰〈李公墓銘并序〉釋智撰〈午西寺碑〉佚名撰〈潁川郡故陳公墓表銘〉趙秉文撰〈乞伏村堯廟碑〉	党懷英任翰林學士。
1196 丙辰	金章宗明昌七年（承安元年） 南宋慶元二年	党懷英撰〈十方靈岩寺記〉田肇撰〈皃山人祖廟碑〉白清臣撰〈許州重遷宣聖廟碑〉聶柔中撰〈顯武將軍張公墓表碑〉鄭松撰〈瑞芝記〉元德明撰〈仙雞詩序〉靳子昭撰〈曲周縣重修學記〉釋善慶撰〈眞定華嚴寺通鑒大師能公塔銘〉李彥矩撰〈福誠禪師塔銘〉	趙渢約卒此年（生年不詳） 趙秉文任同知岢嵐軍州事。 王庭筠坐趙秉文上書事，解職。 段克己生（～1254）
1197 丁巳	金章宗承安二年 南宋慶元三年	章宗有〈諭官吏詔〉、〈獎諭豫王永成進馬詔〉路鐸撰〈爽心亭記〉郝長卿撰〈梁公畫像碑〉高汝礪撰〈請通檢貧富疏〉邢□誠撰〈故趙公之墓幢〉劉公瓛撰〈智氏先塋石幢〉劉敘撰〈寧國院壽公和尙碑〉	李純甫、王若虛與趙逑、馮延登、李著、孫鎭、李節、李芳、盧洵、呂造同登進士第。路鐸召爲翰林修撰。馮璧登進士第。 李晏卒（1123～） 楊果生（～1269）
1198 戊午	金章宗承安三年 南宋慶元四年	章宗有〈獎諭西北路招討使獨吉思忠增繕堤墻詔〉、〈詢問高麗光孝王詔〉、〈答高麗光孝王請以弟晫權守軍國詔〉孫鎭撰〈澄城縣重修唐相鄭國文貞魏公廟記〉楊乃公撰〈定州創建圓教院碑〉史倬撰〈長子縣重修宣王廟碑〉皇甫希永撰〈佛塔山重建高僧祠堂碑〉楊庭秀撰〈西嶽灝靈門碑〉陳大舉撰〈濟陽縣創建先聖廟碑〉	党懷英爲翰林學士承旨，致仕。
1199 己未	金章宗承安四年 南宋慶元五年	章宗有〈允高麗靖孝王權守軍國詔〉、〈冊封高麗靖孝王開府儀同三司詔〉、〈賜高麗靖孝王車服金印詔〉王庭筠撰〈涿州重修蜀先生廟碑〉王若虛撰〈焚驢志〉、〈保義副尉趙公募志〉李廷訓撰〈白龍潭聖水感應記〉董師中撰〈雞澤縣重修廟學碑〉李嗣周撰〈中議大夫西京路轉運史焦公墓碑〉唐子固撰〈東海徐氏墓碑〉鹿汝弼撰〈成氏葬祖先墳塋碑〉釋覺聰撰〈三泉寺英上人禪師塔記〉孫震撰〈澄城縣令艾公遺愛碑〉雷文儒撰〈太原王氏墓記〉孔元措撰〈相國完顏膏昭告至聖文〉釋惠璉撰〈奉爲文悟大師建立功德幢記〉佚名撰〈道士曹道清碑〉党懷英代章宗草〈罪己詔〉	段成己生（～1279） 房皞生。 楊雲翼出爲陝西東路兵馬都總管判官。 十二月，更定科舉法，增設國史院女眞、漢人同修史一人。 南宋・魏了翁進士第。

1200 庚申	金章宗承安五年 南宋慶元六年	王庭筠撰〈香林館記〉高有鄰撰〈萬華唐記〉綦英裔撰〈重刊鄭司農碑陰記〉胥從簡〈東鎮神應記〉賀宗壽撰〈密咒圓因往生集序〉王若虛撰〈送彭子升之任冀州序〉梁襄撰〈修中岳廟圖碑〉邢孝撰〈霍習墓幢〉金氏撰〈□東輔墓志〉佚名撰〈蒙山祈雨記〉趙秉文撰〈利州精嚴禪寺蓋公和尚塔銘〉	李俊民、劉鐸、劉祖謙、王仲元、楊慥、盧天錫、石抹世勣登進士第。 三月，南宋・朱熹卒（1130～）。
1201 辛酉	金章宗泰和元年 南宋嘉泰元年	李秉鈞撰〈乞諡太醫使祁宰疏〉王庭筠撰〈麻君神道碑銘〉（佚）党懷英撰〈谷山寺碑〉劉忠撰〈綏德州重修儒學碑〉楊普撰〈重修曲沃縣學宮記〉范構撰〈重修殷太師廟碑〉趙大端撰〈平遙縣冀郭村慈相寺僧眾塔記銘〉梁德裕撰〈河中府猗氏縣忠勇廟碑記〉趙秉文撰〈祁忠毅公傳〉、〈重修川州文廟記〉釋淨惠撰〈法際院鐘題識〉佚名撰〈施華嚴寺石柱文〉〈賈公先思之記〉〈開義縣淨勝寺碑〉党懷英撰〈谷山寺碑〉王若虛撰〈寧晉縣令吳君遺愛碑〉	王庭筠復爲翰林修撰，扈從秋山，賦詩三十餘首，上甚嘉之。 王若虛赴調京師。 楊雲翼召爲太常博士，遷太常寺丞，兼翰林修撰。 金法律《泰和律義》成，改定贍學養士法。
1202 壬戌	金章宗泰和二年 南宋嘉泰二年	趙卞撰〈萬華堂記〉趙秉文撰〈學道齋記〉王若虛撰〈鄜州龍興寺明極軒記〉郭嵩撰〈蘭州普照寺大鍾銘文〉張令臣撰〈保德州重建廟學碑〉靳德昌撰〈晉趙宣子墓碑〉馮仲端撰〈鈞州靈泉禪院碑〉王陛臣撰〈大金潞州潞城縣重修靈澤王廟記〉韓士倩撰〈長生眞人至眞語錄序〉、〈復建顯聖王靈應碑〉張萬公撰〈段公墓表〉呂鑒撰〈元氏縣令高仲倫德政碑〉劉夔撰〈元氏縣重修社壇記〉佚名撰〈勍公和尚塔銘〉〈嘉祥縣洪福院碑〉〈請琮公禪師住持淨因禪寺疏〉	趙秉文改戶部主事遷翰林修撰。 李純甫上萬言書，上不納。作〈矮柏賦〉自況。 王庭筠卒（1151～） 董師中卒（～1129） 王元粹生（～1243）
1203 癸亥	金章宗泰和三年 南宋嘉泰三年	楊普撰〈重修曲沃縣學宮記〉張邦彥撰〈萬全縣重修聖廟碑〉李鑒撰〈岳廟新修露台記〉呂卿雲撰〈薊州葛山重修龍福院碑〉佚名撰〈歿故大公李琮墓志〉趙秉文撰〈上尊號表〉、〈禘禮慶成表〉、〈祁忠毅公傳〉、〈磁州石橋記〉	劉祁生（～1250）姚樞生（～1280）王磵卒（1126～）王革、李獻卿、劉光謙、白賁、惠吉、王特起等登進士第。
1204 甲子	金章宗泰和四年 南宋嘉泰四年	岳安常撰〈大茂山總眞洞修殿碑〉趙秉文撰〈敕高麗孝成王冊文〉郭邦縣撰〈重修惠民記〉魏辛撰〈西堂頌跋〉	王鬱生（～1236）元德明卒（1157～）馮璧卒（1162～） 十月，金命親軍三十

		龐鑄撰〈解州聞喜縣重修宣聖廟碑〉夾古璋等撰〈雲門山題名〉呂造撰〈東平縣君韓氏墓志銘〉賀允中立〈歷任襄垣縣縣令碣〉〔註 24〕 元好問撰〈摸魚兒詞序〉、〈梅花引詞序〉	五歲以下者習《論》、《孟》
1205 乙丑	金章宗泰和五年 南宋開禧元年	張濬撰〈鉅野縣漢御史卜公廟碑〉楊庭秀撰〈大金澤州硤石山福岩禪院記〉王國器撰〈楊用道懷范桂詩跋〉石抹輗撰〈伏犧廟碑〉趙良撰〈重修潤國禪院碑〉王希哲撰〈三原縣后土廟碑〉牛國瑞撰〈顯澤靈祠之記〉許安上撰〈芮城尉紇石烈昭信德政之碑〉許安世撰〈解州芮城縣壽聖寺鐘樓銘〉章宗有〈上京路諭民築城榜〉佚名撰〈道悟禪師塔志〉	許安仁卒（1129～）宋寧宗加贈宇文虛中少保，賜姓趙氏。 李純甫潛研佛老，著書三十餘萬言。
1206 丙寅	金章宗泰和六年 南宋開禧二年 蒙古太祖元年	章宗有〈諭諸路按察司詔〉、〈獎諭完顏匡敗宋詔〉、〈招宋吳曦詔〉、〈遣諭僕散揆詔〉、〈安慰陝西詔〉龐雲撰〈肥鄉縣創建文宣王廟碑〉趙秉文撰〈謝宣諭生擒賊將田俊邁表〉李純甫撰〈上南征勝負疏〉王若虛撰〈送呂鵬舉赴試序〉楊庭秀撰〈大金澤州松嶺禪院記〉党懷英撰〈新補塑釋迦佛舊像碑〉張廷玉撰〈郭公碑銘并序〉移剌霖撰〈磻溪集序〉田特秀撰〈重建顯烈廟碑〉佚名撰〈宣聖乘車像并贊〉〈奧屯良弼餞飲碑〉完顏宗皓撰〈復宋知樞密院事張巖書〉	李愈卒（1135～）趙抱淵卒（1135～） 李純甫入翰林，由薊州軍判官上書論兵，上奇之，詔參淮上軍。 梁持勝、張溫登進士。 楊奐赴貢試，千二百人中脫穎而出，再赴廷試。
1207 丁卯	金章宗泰和七年 南宋開禧三年 蒙古太祖二年	章宗有〈諭高琪詔〉、〈聞吳曦死遣使責完顏綱詔〉、〈賜張行簡詔〉、〈責僕散端薦妖婦阿魯不祈雨詔〉、〈以衛王子按陳爲鄭王允蹈後賜爲王詔〉、〈命按陳爲衛王後詔〉、〈許宋平報完顏匡詔〉、〈諭陝西軍士詔〉、〈諭宋重遣通謝使詔〉關昭素撰〈重修陝州故硤石縣大通寺碑記〉李天祐撰〈大金河東南路懷州修武縣七賢鄉西馮營村修孫眞人石像記〉李□□撰〈汝州香山秀公禪師塔銘〉王若虛撰〈門山縣吏隱堂記〉	元好問歸陵川。 王若虛任門山縣令。 十二月，修《遼史》成。詔策論進士免試弓箭、擊毬。 南宋·辛棄疾卒（1140～）南宋·張萬公卒（1134～）

〔註 24〕《全遼金文》繫此文於大定十三年，不知所據何來。按內文記有泰和四年正月初一事，推此文應不早於泰和年間，然不知正確作碑時間，姑繫於泰和四年。

1208 戊辰	金章宗衛紹王泰和八年 南宋嘉定元年 蒙古太祖三年	章宗有〈戒諭尚書省詔〉韓道昇撰〈重編改併五音篇海序〉安英撰〈重修公主聖母廟碑記〉陳大任撰〈磻溪集序〉粟希孟撰〈襄垣義冢記碑〉、〈襄垣雙榆杜記碑〉強造撰〈孔公渠水利碑記〉張守愚撰〈汾川昌寧公冢廟碑〉唐□華撰〈華嚴堂記〉趙申撰〈新創關王廟記〉佚名撰〈劉千墓幢〉〈房山東岳廟女冠卜道堅升雲幢〉趙秉文撰〈姬平叔墓表〉、〈祭姬平叔文〉、〈章宗挽詞〉	劉昂卒（生年不詳） 宗端修卒（1150～）
1209 己巳	衛紹王大安元年 南宋嘉定二年 蒙古太祖四年	衛紹王有〈章宗承御范氏貽氣損失詔〉、〈賜章宗元妃李氏承御賈氏自盡詔〉王若虛撰〈送王士衡赴舉序〉、〈行唐縣重修學記〉張建撰〈石字坡賦并序〉孔天監撰〈襄陵縣創修廟學記〉賈圻撰〈隴西郡李公墓誌銘〉張文紀傳〈賈將軍墓碑〉靳一玉〈滑州重修學記〉張□□撰〈單州烏延太守去思碑〉張獻臣撰〈清豐縣重修宣聖廟碑〉陳恕撰〈泗水縣重修舜帝廟碑〉王若虛撰〈行唐縣重修學記〉僧□昭撰〈大金嵩山少林寺故崇公禪詩塔銘〉佚名撰〈金鳳毛墓志〉衛紹有〈敕賜清眞觀牒〉李純甫撰〈栖霞縣建廟學碑〉〔註25〕	劉從益、王權登進士。 田特秀卒（1155～） 靖天民卒（1130～） 南宋・陸游卒（1125～）姜夔卒（1155～）
1210 庚午	衛紹王大安二年 南宋嘉定三年 蒙古太祖五年	衛紹王有〈敕開墾曠地詔〉趙秉文撰〈湧雲樓記〉、〈游懸泉賦〉牟中勛撰〈益都鄭公墓碑〉王若虛撰〈進士彭子升墓志〉孫鎭撰〈創建慶安亭記〉佚名撰〈重修晉國趙王廟記〉〈洞眞觀碑〉〈靈岩院勝公法師塔銘〉	趙秉文改任平定州刺史。 蕭貢任河東北路按察運轉使。
1211 辛未	衛紹王大安三年 南宋嘉定四年 蒙太祖六年	雷文儒撰〈李氏墓表〉裴震撰〈重修三殿廟記〉趙亨元撰〈重修中岳廟碑〉趙銖撰〈鈞州重修至聖文宣王廟碑〉劉夔撰〈眞定府元氏縣開化寺羅漢院重修前殿記〉佚名撰〈請淨因堂頭禪失琮公疏〉〈理公和尚塔銘〉趙秉文撰〈党公神道碑〉、〈党公墓誌銘〉	楊庭秀卒（生年不詳） 周昂卒（生年不詳） 党懷英卒（1134～）

〔註25〕按《乾隆栖霞縣志》卷二〈學宮〉中有：「在東門內。金大安元年，縣令李景道建。」（清・衛萇纂修：《乾隆栖霞縣志》；《中國地方志集成》《山東府縣志輯》，鳳凰出版社、上海書社、巴蜀書社共同輯之，2006年，卷二，葉六）而此文中亦有「今天子嗣位之元年」云云，乃指衛紹王嗣位之始，故推此文應作於大安元年。

1212 壬申	衛紹王崇慶元年 南宋嘉定五年 蒙古太祖七年	衛紹王有〈允高麗元孝王權守軍國詔〉、〈冊命高麗元孝王詔〉韓道昭、韓道昇撰〈改併五音集韻序〉李仲常撰〈武公墓表碑銘〉趙元撰〈郭郛墓志〉衛紹有〈封高麗元孝王冊文〉、〈敕賜寂照寺牒〉〈崇福禪院敕牒碑〉張鎡撰〈金許州臨縣穎水石橋記〉李太汝撰〈投龍記〉佚名撰〈樸仁碩墓志〉	高憲卒。 李獻能廷試第一，應奉翰林文字。 楊雲翼以病歸鄉。
1213 癸酉	衛紹王至寧元年（貞祐元年） 南宋嘉定六年 蒙古成吉思汗八年	衛紹王有〈諭愛王詔〉宣宗有〈立守忠為皇太子詔〉、〈放還章宗元妃李氏家族詔〉、〈諭西京副留守完顏承立詔〉1213～1217 間楊雲翼撰〈諫伐宋利害疏〉孫弼撰〈孟子祠記〉楊弘道撰〈弔元老詩序〉趙秉文撰〈賀立皇太子表〉、〈遂初園記〉張汝納撰〈重立晉大夫荀叔廟碑〉佚名撰〈李端林墓志〉	雷淵、宋九嘉、康錫、冀禹錫、高斯誠等登進士第。趙秉文轉翰林直學士。 高庭玉受誣入獄卒。
1214 甲戌	金宣宗貞祐二年 南宋寧宗嘉定七年 蒙古太祖九年	宣宗有〈議南遷詔〉、〈罪己詔〉、〈諭奧屯襄布希萬努富察烏錦協力詔〉、〈徵士詔〉、國俑撰〈聖水岩玉虛觀記〉柳伋撰〈河中府萬泉縣稷王廟祈雨感應記〉完顏素蘭撰〈革弊政恤妄費疏〉郝天挺撰〈貽范雲直書〉丘處機撰〈神清觀（原名全道庵）十六絕序〉 趙秉文撰〈東明令王君、雞澤尉楊君死節銘〉、〈順州守王晦死節銘〉（佚） 趙秉文等數十人皆撰〈德運議〉	元好古卒於忻州。 田紫芝卒。張翰卒（1160～） 元好問至汴京（今河南開封）受趙秉文、楊雲翼賞識。
1215 乙亥	金宣宗貞祐三年 南宋寧宗嘉定八年 蒙古太祖十年	宣宗有〈諭中都官吏軍民詔〉、〈獎諭合東南路宣撫使胥鼎詔〉、〈諭尚書省詔〉、〈答完顏承暉詔〉趙秉文撰〈相府請王教授書〉、〈手植繪刻像記〉、〈祭薛威儀文〉、〈追薦李中丞子賢青詞〉、〈廣平郡王完顏公神道碑〉劉炳撰〈上便宜十事疏〉侯摯撰〈陳九事疏〉董應撰〈大雲禪院之記〉李純甫撰〈榮鄉亭記〉	張行簡卒（1156～）。 李夷卒（1174～） 趙秉文主持省試，得李獻能賦大愛之，因擢為第一，然格律稍疏，眾譁然。 另有白華、王世昌、張德直、馮辰登進士第。 楊奐再赴廷試，同年丁父憂。
1216 丙子	金宣宗貞祐四年 南宋寧宗嘉定九年 蒙古太祖十一年	宣宗有〈立完顏守禮為皇太子詔〉、〈遣近侍諭胥鼎詔〉、〈報完顏仲元請詣闕詔〉元好問撰〈市隱齋記〉陳規撰〈條陳八事疏〉完顏素蘭撰〈請慎選東宮官屬疏〉、〈乞令有司舉堪任縣令者疏〉崔禧撰〈應奉翰林文字贈濟	劉秉中生（～1274） 趙秉文除翰林學士。 王仲元卒（生年不詳） 王萬鐘卒（1190～） 五月，元好問避亂於三鄉，潛心創作。

		州刺史李公碑銘〉王廷撰〈陶公壽堂記〉宣宗有〈移高麗擒送蒲鮮萬奴及借糧馬牒〉佚名撰〈重修岱岳廟碑〉趙秉文撰〈州學濟州刺史李演碑〉	
1217 丁丑	金宣宗貞祐五年（興定元年） 南宋寧宗嘉定十年 蒙古太祖十二年	宣宗有〈遷翰林侍講學士楊雲翼詔〉元好問撰〈錦機引〉、〈承奉河南元公墓銘〉胥鼎撰〈諫伐宋疏〉李革撰〈諫興兵伐宋〉趙秉文撰〈雙溪記〉、〈重修儲祥宮記〉、〈虛舟亭記〉楊弘道撰〈優伶語錄〉楊雲翼撰〈言簡卒理財疏〉武曦撰〈乾州刺史抹撚公德政碑〉高汝礪〈諫先與宋議和疏〉	趙秉文拜禮部尚書兼侍讀學士同修國史知集賢院事。 張翺卒（生年不詳） 郝天挺卒（1160～） 王處一卒（1142～）
1218 戊庚	金宣宗興定二年 南宋寧宗嘉定十一年 蒙古太祖十三年	楊弘道撰〈宣知賦〉、〈臨水殿賦〉樂詵甫撰〈中京龍門山乾元禪寺杲公禪師塔銘并序〉杜飛卿撰〈增修雲岩山崇慶院記〉佚名撰〈羅漢院山檔地土公據〉	王渥、王彪登進士第。 王良臣卒（生年不詳） 元好問進士未中。
1219 己卯	金宣宗興定三年 南宋寧宗嘉定十二年 蒙古太祖十四年	宣宗有〈敕臺臣詔〉、〈論完顏仲元詔〉元好問撰〈登封令薛侯去思頌〉瓜爾佳實倫撰〈請增兵以圖戰守疏〉李希白撰〈創建黑水山神廟記〉辛愿撰〈陝州崇修雪虛觀碑〉佚名撰〈虛明禪師塔志〉〈歷任襄垣縣縣令碣〉趙秉文撰〈雙溪記〉、〈誅高琪詔〉（佚）李純甫撰〈中京重建十方上清宮記〉辛愿撰〈大金陝州修靈虛觀記〉	李純甫入翰林。 許古解職。 盧庸卒（生年不詳） 宋九嘉見楊奐〈扶風福嚴院碑〉，奇其才，作書勉之。
1220 庚辰	金宣宗興定四年 南宋寧宗嘉定十三年 蒙古太祖十五年	宣宗有〈賜滄海公王福等詔〉元好問撰〈興定庚辰太原貢士南京狀元樓晏集題名引〉 、〈水調頭序〉郭文振撰〈請復置河北行省疏〉李純甫撰〈重修面壁庵記〉趙秉文撰〈進呈章宗皇帝實錄表〉丘處機撰〈陳情表〉李純甫撰〈重修面壁庵記〉	高汝礪遷尚書右丞相，兼修國史。 元好問、雷淵、李獻能同游玉華谷，有詩有賦。 《章宗實錄》成，進之。
1221 辛巳	金宣宗興定五年 南宋寧宗嘉定十四年 蒙古太祖十六年	宣宗有〈誅布薩阿海詔〉、〈遣使諭喬松等人詔〉劉祁撰〈北使記〉游叔撰〈重興文憲王廟碑〉高褒撰〈寧曲杜重修食水記〉杜仁傑撰〈眞靜崔先生傳〉高不愚撰〈李庄宣聖廟碑〉佚名撰〈重修神應觀記〉〈十方淨土禪寺方丈遺規〉〈柳光植墓志〉王若虛撰〈論語辨惑序〉趙秉文撰〈答麻知幾書〉	三月，元好問中進士。宰相師仲安指責趙秉文、楊雲翼、雷淵、李獻能爲「元氏黨人」。 楊雲翼復起爲禮部尚書。 耶律鑄生（～1285）
1222 壬午	金宣宗興定六年（元光元年）南宋寧宗嘉定十五年	宣宗有〈論宰臣詔〉、〈論近侍局官詔〉趙秉文撰《揚子法言微旨》、《太玄箋贊》、〈太玄箋贊引〉、《道學發源》王	趙秉文復起爲禮部尚書。 李遹卒（1157～）

	蒙古太祖十七年	若虛撰〈揚子法言微旨序〉、〈道學發源後序〉李純甫撰〈新修雪庭西舍碑〉袁從乂撰〈有唐呂眞人祠堂記〉李純甫撰〈新修雪庭西舍碑〉、〈華嚴原人論後序〉	郝經生（～1275）
1223 癸未	金宣宗元光二年 南宋寧宗嘉定十六年、蒙古太祖十八年	哀宗有〈哀宗即位大赦詔〉趙秉文自訂文集《閑閑老人滏水文集》楊雲翼撰〈閑閑老人滏水文集序〉趙秉文作《御史箴》、〈達摩面壁庵贊〉、〈李屏山墓表〉（佚）元好問撰〈葉縣中岳廟記〉雷淵撰〈嵩州福昌縣竹閣禪院記〉釋行秀撰〈寄湛然居士書〉王楫撰〈清眞師父住持燕京十方大天長觀疏〉趙琢撰〈大唐功臣汾陽王廟記〉佚名撰〈請印公和尚開堂疏〉〈請秀公和尚住持大覺禪院疏〉王若虛撰〈善人白公墓表〉辛愿撰〈金法王寺享公長老遺骨龕記〉	李純甫卒（1177～）楊雲翼致仕。 郝經生（～1275） 蕭貢卒（1158～） 劉昂霄卒（1185～） 南宋・葉適卒（1150～）
1224 甲申	金宣宗元光三年（正大元年） 南宋寧宗嘉定十七年 蒙古太祖十九年	哀宗有〈戒諭百官詔〉、〈却貢白兔詔〉元好問撰〈章宗皇帝鐵卷行引〉、〈秦王擒竇建德降王世充露布〉、〈擬賀登寶位表〉、〈擬立東宮詔〉、〈擬除樞使制〉、〈擬御史大夫讓樞密使表〉、〈拙軒銘引〉、〈扁鵲廟記〉、〈擬除司農卿制〉、〈兗州同知五翼總領王公墓銘〉、〈御史程君墓表〉趙秉文撰〈宣宗謚議〉、〈宣宗哀冊〉、〈許道眞制仕制〉、〈答夏國告知書〉、〈題米元章修靜語錄引後〉、〈劉從益墓表〉（佚）趙秉文作《尚書無逸直解》、《貞觀政要申鑒》、修《宣宗實錄》孔元措作〈手植檜刻像記〉王道衡撰〈汝州寶豐縣新修炎帝廟碑〉李山撰〈汾州重修儒學記〉李公老撰〈高麗國寶鏡寺〉楊奐草〈萬言策〉	程震卒（1181～）劉從益卒（1181～）高汝礪卒（1154～）元好問在汴京應試宏詞科，中選，授儒林郎權國史編修官。 楊果登進士第。 趙秉文罹患目疾。〔註26〕
1225 乙酉	金哀宗正大二年 南宋理宗寶慶元年 蒙古太祖二十年	哀宗有〈敕掩埋陣死遺骸詔〉趙秉文與楊雲翼合著《龜鑑萬年錄》趙秉文撰〈裕州學記〉劉渭撰〈大金重修府學教養廟碑〉（楊奐書，張邦彥篆額）元好問撰〈吏部掾屬題名記〉、〈警巡院廨署記〉、〈杜詩學引〉、〈劉景玄墓銘〉李邦獻撰〈隴州汧陽縣新修玉清觀碑〉完顏璹撰〈全眞教祖碑〉	元好問告歸嵩山，作詩數十首。 十二月，趙秉文出使西夏，未至又被召回。 孔叔利作〈改建題名碑〉刻高平縣二十八進士名於石。

〔註26〕 此按元好問《遺山先生集》卷三十七〈太原昭禪師語錄引〉：「正大初，予在史館，昭公屬予，求書屏山所作銘于禮部閒閒公。公初以目疾爲辭，予請之堅。」

1226 丙戌	金哀宗正大三年 南宋理宗寶慶二年 蒙古太祖二十一年	哀宗有〈諭止胥鼎請老詔〉元好問撰〈良佐鏡銘〉、〈題樗軒九歌遺書大字後〉趙秉文撰〈希夷先生祠堂記〉、〈與楊焕然先生書〉	李純甫卒（生年不詳） 賈謙益卒（1147～） 劉從益卒（1183～） 史學卒（生年不詳） 胥鼎卒（生年不詳） 厤九疇受賜進士第，未幾謝病去。 白樸生（～1306）
1227 丁亥	金哀宗正大四年 南宋理宗寶慶三年 蒙古太祖二十二年	元好問撰〈墳雲墓銘〉張行信、孔元措撰〈孔氏祖庭廣記序〉李俊民撰〈無名老人天游集序〉趙秉文撰〈故葉縣劉君遺愛碑〉、〈再與楊焕然先生書〉、〈送厤徵君序〉、〈申萬全祭文〉（佚）楊弘道撰〈秀野園記〉李文本撰〈唐太宗慈德寺詩跋〉孟攀麟撰〈湛然子趙先生墓碑〉姬志眞撰〈盤山栖觀碑〉權敬中撰〈任益惇廟志〉	董文甫卒（1168～） 秦略卒（1166～） 丘處機卒（1148） 王磐、徐世隆等中進士第。 元好問轉內鄉令。
1228 戊子	金哀宗正大五年 南宋理宗紹定元年 蒙古拖雷元年	趙秉文撰〈漢聞熹長韓仁銘跋〉元好問撰〈內相文獻楊公神道碑銘〉李獻能撰〈重修玄武殿碑〉韓時舉撰〈濟瀆靈應碑〉種竹老人撰〈重修濟瀆廟碑〉楊弘道撰〈裕州防禦使題名記〉姬志眞撰〈長春眞人成道碑〉	楊雲翼卒（1172～） 陳正叔卒（1175～） 十一月，王若虛、雷淵進《宣宗實錄》
1229 己丑	金哀宗正大六年 南宋理宗紹定二年 蒙古太宗元年	哀宗有〈戒進黃鸚䳇詔〉、〈諭元帥顏盞蝦蟆詔〉元好問撰〈長慶泉新廟記〉、〈東坡詩雅引〉李子樗撰〈中岳廟記〉李獻能撰〈漢聞熹長韓仁銘跋〉楊弘道撰〈題重刻離堆記後〉佚名撰〈水雲集後序〉劉冠撰〈太清宮前提點大師鄭公預志〉孟綽然撰〈陰符經注序〉	耶律楚材《西游錄》成 陳規卒（1171～） 元好問著《東坡詩雅》
1230 庚寅	金哀宗正大七年 南宋理宗紹定三年 蒙古太宗二年	元好問撰〈孫伯英墓銘〉、〈竹林禪記〉、〈東坡詩雅引〉、許古撰〈平水新刊韻略序〉趙秉文撰〈鄭州創建宣聖廟碑〉、〈參知政事李蹊授左丞誥〉王大任撰〈益都縣重修東岳行宮碑〉	許古卒（1157～） 孫邦傑卒（1180～） 宋景肅、李治、段成己、段克己、龐漢登進士第。 王渥出使南宋。
1231 辛卯	金哀宗正大八年 南宋理宗紹定四年 蒙古太宗三年	元好問撰〈雷希顏墓銘〉、〈贊皇郡太君墓銘〉、〈華嚴寂大夫墓銘〉、〈南陽縣令題名記〉、〈州新記〉、〈南陽縣令題名記〉、〈鄭州新倉記〉趙秉文撰〈明惠皇后謚議〉、〈明惠皇后謚冊文〉	張行信卒（1163～） 雷淵卒（1184～）申萬全卒（生年不詳） 辛敬之卒（生年不詳）
1232 壬辰	金哀宗天興元年 南宋理宗紹定五年 蒙古太宗四年	哀宗有〈諭戍兵詔〉元好問始撰《中州集》與史書《壬辰雜編》。趙秉文撰〈開興改元詔〉（佚）	王渥卒（1218～）李獻能被殺（1192～） 李汾被殺（1192～）

		元好問撰〈閑閑公墓銘〉、〈孝女阿秀墓銘〉、〈贈鎮南軍節度使良佐碑〉劉祖謙撰〈終南山重陽祖師仙跡記〉	麻九疇卒（1183～） 辛愿卒（生年不詳） 趙秉文卒（1159～） 完顏璹卒（1172～） 趙思文卒（1165～） 元周密生（～1298） 馬天來卒（1172～） 王予可卒（生年不詳） 李夷卒（1191～）烏林答爽卒（1203～） 高永卒（1187～）
1233 癸巳	金哀宗天興二年 南宋理宗紹定六年 蒙古太宗五年	哀宗有〈遣完顏阿虎帶使宋借糧詔〉、〈答胡土以奴降乞解軍職詔〉、〈曲赦蔡州詔〉、〈暴白撒罪詔〉元好問撰〈聶孝女慕銘〉、〈奉直趙君墓碣銘〉、〈御史孫公墓表〉、〈寄中書耶律公書〉	王若虛北歸故鄉。劉居仁投黃河卒。劉祖謙被殺。元好問始編纂《中州集》。劉鐸卒。曹恒卒。
1234 甲午 金亡	金哀宗天興三年 南宋理宗端平元年 蒙古太宗六年	元好問撰〈送李輔之之官濟南序〉、〈跋國朝名公書〉、〈校《笠澤叢書》後記〉、〈清眞觀記〉、〈南冠錄引〉、〈遺山自題樂府引〉釋行秀撰〈湛然居士文集序〉 元好問、劉祁合草〈崔立功德碑〉（佚）	李獻甫死於蔡州之難（1195～）。王鶚被殺（1190～）劉琢被殺。 元好問作《紀子正杏園燕集》
1235 乙未	南宋理宗端平二年 蒙古太宗七年	王若虛撰〈趙州齊參謀新修悟眞觀記〉元好問撰〈濟南行記〉、〈紫微觀記〉劉祁撰〈游西山記〉、〈代冠氏學生修廟學壁記〉	劉祁《歸潛志》成書
1236 丙申	南宋理宗端平三年 蒙古太宗八年	王若虛撰〈祖唐臣愚庵序〉元好問撰〈東游略記〉、〈贈馮內翰二首序〉、〈故物譜〉、〈東坡樂府集選引〉劉祁撰〈太古集序〉李俊民撰〈睡鶴記〉	姚樞等從蒙古軍南下，收集理學等書籍，招致儒、釋、道、醫、卜等人，得名儒趙復。理學遂北行。
1237 丁酉	南宋理宗嘉熙元年 蒙古太宗九年	王若虛撰〈恒山堂記〉、〈千戶賈侯父墓銘〉、〈順天萬戶張公勛德第二碑〉、〈王氏先塋碑〉元好問撰〈范文正公眞贊〉、〈太原昭禪師語錄引〉李俊民撰〈重修悟眞觀記〉	蒙元用耶律楚材建議，始以經義、詞賦、論三科取士；被俘之文人，亦釋放應試。中選者四千餘人，免爲奴者千人。
1238 戊戌	南宋理宗嘉熙二年 蒙古太宗十年	元好問撰〈范煉師眞贊〉、〈通先觀記〉、〈傷寒會要引〉、〈冠氏趙侯先塋碑〉、〈題學易先生劉斯立詩帖後〉、〈史邦直墓表〉李俊民撰〈悼犬〉	元建太極書院於燕京，以趙復爲師，講程朱理學。 劉祁出仕元朝。 楊奐赴試東平，兩中賦論第一，授河南路徵收課稅所長官兼廉訪使

1239 己亥	南宋理宗嘉熙三年 蒙古太宗十一年	李俊民撰〈重修王屋山陽台宮碑〉、〈孟氏家傳〉楊奐撰〈汴故宮記〉麻革撰〈游龍山記〉	
1240 庚子	南宋理宗嘉熙四年 蒙古太宗十二年	王若虛撰〈朝列大夫劉君墓碣〉李世弼撰〈登科記序〉李俊民撰〈重修眞澤廟杯〉王元粹撰〈神清觀記〉	趙天錫卒（1191～） 馮璧卒（1162～）
1241 辛丑	南宋理宗淳祐元年 蒙古太宗十三年	王若虛撰〈清虛大師侯公墓碑〉元好問撰〈故帥閻侯墓表〉、〈故規措使陳君墓誌銘〉、〈郝先生墓銘〉、〈忠武任君墓碣銘〉李俊民撰〈重修浮山女媧廟記〉、〈無名老人天游集序〉、〈大方集序〉楊奐撰〈京兆劉處士墓碣〉	
1242 壬寅	南宋理宗淳祐二年 蒙古乃馬眞后元年	王鶚撰〈滹南遺老集序〉元好問撰〈資善大夫武寧軍節度使夾谷公神道碑銘〉、〈費縣令郭明府墓碑〉、〈州將張侯墓表〉、〈惠遠廟新建外門記〉、〈都運李丈哀挽〉、〈元氏集驗方序〉、〈寄庵先生墓碑〉李俊民撰〈錦堂賦詩序〉、〈重建修眞觀聖堂記〉、〈陽城縣重修聖王廟記〉、〈澤州圖記〉、〈錦堂上梁文〉、〈題登科記後〉劉祁撰〈中鎭廟記〉	王若虛《滹南遺老集》成
1243 癸卯	南宋理宗淳祐三年 蒙古乃馬眞后二年	元好問撰〈內翰王公墓表〉楊奐撰〈總帥汪義武王世顯神道碑〉李俊民撰〈李氏家譜〉、〈承安登科記〉、〈歲寒堂記繼之以詩〉、〈大陽資聖寺記〉、〈故王公輔之墓誌銘〉	王若虛卒（1174～） 李俊民《莊靖集》初次編刊。門人史秉直四月十五日做序。
1244 甲辰	南宋理宗淳祐四年 蒙古乃馬眞后三年	李俊民撰〈道藏經跋〉劉祁撰〈游林慮西山記〉元好問撰〈兩山行記〉、〈雙溪集序〉、〈壽陽縣學記〉	郝經編《唐宋近體詩選》成。 蒙元中書令耶律楚材卒（1190～），麻革、曹之謙皆有挽詞。 耶律鑄《雙溪集》五卷成。 忽必烈召集藩府舊臣及四方之仕，問以治道，姚樞、王鶚、劉侃等遺民爲所聘。
1245 乙己	南宋理宗淳祐五年 蒙古乃馬眞后四年	劉祁撰〈故北京路行六部尚書史公神道碑銘並序〉、〈手植檜聖像贊〉	元好問到東平謁孔林。
1246 丙午	南宋理宗淳祐六年 蒙古定宗元年	李俊民撰〈澤州重修廟學記〉、〈郡侯段正卿祭孤魂碑〉、〈孫講師約束亡靈榜〉、〈段正卿祭孤魂青詞〉、〈葬枯骨疏〉元好問撰〈千戶喬公神道碑銘〉	曹玨卒（1173～）

1247 丁未	南宋理宗淳祐七年 蒙古定宗二年	郝經撰〈手植檜復萌文〉、〈種德園記〉、〈臨漪亭記〉、〈含元殿瓦硯記〉、〈送太原史子桓序〉元好問撰〈朝元觀記〉、〈藏雲先生袁君墓表〉、〈圓明李先生墓表〉、〈與樞判白兄書〉、〈令旨重修眞定廟學記〉王鶚撰〈渾源縣眞常子劉君道行記〉秦志安撰〈創建元都清虛觀記〉李俊民撰〈重修眞澤廟記〉	忽必烈以劉秉中爲謀士，禮遇理學家姚樞等，召用儒者張德輝等。 郝經撰《與北平王子正先生論道學書》
1248 戊申	南宋理宗淳祐八年 蒙古定宗三年	郝經撰〈庸齊記〉段克己撰〈送李山人之燕序〉元好問撰〈清眞道院營建疏〉張德輝撰〈鄰北山記〉楊弘道撰〈送趙仁甫序〉、〈重修太清觀記〉姬志眞撰〈濱都重建太虛觀記〉	王革卒（生年不詳）。 李治卒（1192～） 李治與元好問、張德輝號「龍山三老」。 蒙古釋奠孔子廟。
1249 己酉	南宋理宗淳祐九年 蒙古海迷失后元年	郝經撰〈漢義勇武安王廟碑〉、〈涿郡漢昭烈皇帝廟碑〉、〈漢丞相諸葛忠武侯廟碑〉、〈怒雨賦〉、〈許鄭總管趙侯述先墓銘〉李俊民撰〈重修太清觀記〉、〈修會眞觀記〉元好問撰〈三皇堂記〉、〈李氏脾胃論序〉、〈楊叔能小亨集引〉、〈中州集序〉、〈信武曹君阡表〉、〈恒州刺使馬君神道碑〉、〈令旨重修眞定廟碑〉、〈嘉議大夫陝西東路轉運使剛敏王公神道碑〉、〈孔道輔擊蛇笏銘〉、〈木庵詩集序〉、〈毛氏家訓後跋〉王鶚撰〈滹南遺老集引〉麻革撰〈重修證類本草序〉劉祁撰〈書證類本草後〉孟攀麟撰〈十方重陽萬壽宮記〉	楊弘道《小亨集》初次編定，元好問爲其作序。 元好問《中州集》刊刻。
1250 庚戌	南宋理宗淳祐十年 蒙古海迷失后二年	郝經撰〈渾源劉先生哀辭〉、〈皇極書院記〉、〈送裁梓材序〉、〈括囊圖說序〉元好問撰〈忻州天慶重建功德記〉、〈天慶王尊師墓表〉〈西寧州同知張公之碑〉、〈十七史蒙求序〉、〈李參軍友山亭記〉、〈順天府營建記〉、〈陶然集詩序〉宋子貞撰〈普照眞人玄通子范公墓誌銘〉麻革撰〈謝將軍神道碑〉楊奐撰〈跋趙太常擬試賦稿後〉楊弘道撰〈窳庵記〉	劉祁卒（1203～） 忽必烈征魏璠至和林，條陳30餘事，舉名士66人，忽必烈嘉納，後多採用。
1251 辛亥	南宋理宗淳祐十一年 蒙古憲宗元年	郝經撰〈祭魏先生文〉、〈送道士申正之序〉、〈儒行序〉楊威撰〈保命集序〉楊奐撰〈洞眞眞人于先生碑並序〉元好問撰〈題閑閑書赤壁賦後〉、〈順天萬戶張公勛德第二碑〉	段克己卒（1196～）

1252 壬子	南宋理宗淳祐十二年 蒙古憲宗二年	楊奐撰〈東游記〉、〈重修嶽雲宮記〉，姬志眞撰〈咸寧清華觀碑〉元好問撰〈送高雄飛序〉、〈東平行台嚴公祠堂碑銘〉、〈東平賈氏千秋錄後記〉	張德輝與元好問北觀見忽必烈，元好問請其爲「儒教大宗師」，忽必烈悅而受之。 楊奐告老於行臺。
1253 癸丑	南宋理宗寶祐元年 蒙古憲宗三年	郝經撰〈瓊花島賦〉、〈休復亭記〉元好問撰〈曹南商氏千秋錄後記〉、〈寒食靈泉宴集序〉、〈鳩水集引〉、〈致樂堂記〉、〈王黃華墓碑〉、〈宣武將軍孫君墓碑〉、〈跋紫微劉尊師山水〉	李俊民應召北覲忽必烈，七月歸。
1254 甲寅	南宋理宗寶祐二年 蒙古憲宗四年	郝經撰〈左副元帥祁陽賈侯神道碑銘〉、〈刪注刑統序〉、〈瑞麥頌〉楊奐撰〈臂童記〉、〈錦峰王先生墓表〉元好問撰〈暠和尚頌序〉〈新軒樂府引〉、〈張仲經詩集序〉麻革撰〈襄陵重修廟學碑〉馮志亨作〈敕建普天黃籙大醮碑〉	李俊民再應召。又上章舉鑒人材。 楊奐作《正統書》 段成己卒（1196～）
1255 乙卯	南宋理宗寶祐三年 蒙古憲宗五年	郝經撰〈去魯記〉、〈齊太公廟碑〉、〈素庵記〉、〈祭順天賈侯文〉、〈須城縣令孟君墓銘〉李俊民撰〈新建五祖堂記〉、〈重建梁甫廟記〉元好問撰〈濮州刺史畢侯神道碑銘〉、〈東平府新學記〉、〈陸氏通鑒詳節序〉	元好問與張德輝自汴北歸。 東平新府學落成。 楊奐卒（1186～）
1256 丙辰	南宋理宗寶祐四年 蒙古憲宗六年	郝經撰〈橫翠樓記〉、〈積慶堂記〉、〈程先生墓銘〉、〈廣威將軍潞州錄事毛軍墓誌銘〉元好問撰〈中順大夫鎭南節度副使張君墓碑〉趙衍撰〈重刊李長吉詩集序〉姬志眞撰〈高唐重修慧冲道觀碑〉	郝經至沙陀見忽必烈，條奏時事數十，切中時弊，上皆以爲善。 耶律鑄重刊家藏《李長吉詩集》
1257 丁巳	南宋理宗寶祐五年 蒙古憲宗七年	郝經撰〈房山先生墓銘〉、〈北風亭記〉、〈遺山先生墓銘〉、〈祭遺山先生文〉姬志眞撰〈滑州悟眞觀記〉王鶚撰〈萬戶張侯孝思之碑〉元好問撰〈壽冢記〉、〈琴辨引〉、〈跋張仲可東阿鄉賢記〉、〈如庵詩文序〉	元好問卒（1190～）
1258 戊午	南宋理宗寶祐六年 蒙古憲宗八年	姬志眞撰〈滎陽修建黃籙大醮記〉段成己撰〈故中議大夫中京副留守陳公墓表〉	
1260 庚申	南宋理宗景定年 元世祖中統元年		李俊民卒（1176～） 五月以王鶚爲翰林學士承旨。